MARY JANICE DAVIDSON
Weiblich, ledig, untot
Süß wie Blut und teuflisch gut

Weiblich, ledig, untot

Erst verliert Betsy Taylor ihren Job, dann kommt sie bei einem Autounfall ums Leben – und stellt schließlich fest, dass sie gar nicht wirklich tot ist! Zudem wird sie neuerdings von einem Heißhunger auf Blut geplagt. Ihre neuen Freunde halten sie für die prophezeite Königin der Vampire. Betsy ist da zwar anderer Meinung, doch den verlockenden Argumenten des Vampirs Sinclair kann sie kaum widerstehen …

Süß wie Blut und teuflisch gut

Betsy findet ihr Dasein als frisch gekrönte Königin der Vampire zunächst etwas gewöhnungsbedürftig. Um weiterhin ihrer Leidenschaft für teure Designerschuhe frönen zu können, braucht sie einen neuen Job. Doch wer stellt schon eine Untote ein? Sie begibt sich mit ihren High Heels auf schwankendes Terrain – und muss sich bald auf die Hilfe des einzigen Vampirs stützen, der ihr Blut in Wallung bringt …

Autorin

M. J. Davidson gelang mit ihrer Serie um die Vampirin Betsy der Sprung auf die internationalen Bestsellerlisten. Seither hat sie mit ihren humorvollen Liebesromanen eine riesige Fangemeinde gewonnen. Sie lebt in Minnesota. Weitere Informationen unter: www.maryjanicedavidson.net

Die Betsy-Taylor-Romane

1. Weiblich, ledig, untot 2. Süß wie Blut und teuflisch gut
3. Happy Hour in der Unterwelt 4. Untot lebt sich's auch ganz gut!
5. Nur über meine Leiche 6. Biss der Tod euch scheidet
7. Wer zuletzt beißt 8. Man stirbt nur zweimal

Die Alaskan-Royals-Serie:

1. Aus Versehen Prinzessin 2. Einfach königlich
3. Adel verpflichtet (*erscheint im August 2011*)

Die Fredrika-Bimm-Romane:

1. Traummann an der Angel 2. Mehr Mann fürs Herz
3. Unter Wasser liebt sich's besser

Außerdem erschienen:

Die mit dem Werwolf tanzt

Mary Janice Davidson

WEIBLICH, LEDIG, UNTOT

SÜSS WIE BLUT UND TEUFLISCH GUT

Zwei Romane in einem Band

LYX
EGMONT

Sammelbandausgabe Mai 2011 bei LYX, verlegt durch EGMONT Verlagsgesellschaften mbH, Gertrudenstraße 30–36, 50667 Köln.

Weiblich, ledig, untot
Die amerikanische Originalausgabe erschien 2004 unter dem Titel *Undead and Unwed* bei Berkley Sensation/The Berkley Publishing Group, New York.
Deutschsprachige Erstausgabe September 2007 bei LYX,
verlegt durch EGMONT Verlagsgesellschaften mbH,
Gertrudenstraße 30–36, 50667 Köln.

Dieses Werk wurde vermittelt durch die Literarische Agentur
Thomas Schlück GmbH, 30827 Garbsen.

Süß wie Blut und teuflisch gut
Die Originalausgabe erschien 2004 unter dem Titel *Undead and Unemployed*
bei Berkley Sensation/The Berkley Publishing Group, New York.
Deutschsprachige Erstausgabe November 2007 bei LYX,
verlegt durch EGMONT Verlagsgesellschaften mbH,
Gertrudenstraße 30–36, 50667 Köln.

Dieses Werk wurde vermittelt durch die Literarische Agentur
Thomas Schlück GmbH, 30827 Garbsen.

1. Auflage
Umschlaggestaltung: HildenDesign, München, www.hildendesign.de
Artwork: © Ramona Popa
unter Verwendung mehrerer Motive von Shutterstock
Satz: Greiner & Reichel, Köln
Druck: CPI – Clausen & Bosse, Leck
ISBN 978-3-8025-8433-6

www.egmont-lyx.de

WEIBLICH, LEDIG, UNTOT

Roman

Ins Deutsche übertragen von
Stefanie Zeller

Dieses Buch ist Anthony Alongi gewidmet, meinem Lektor und Partner, meiner bärtigen Nemesis und meinem Freund. Das Lob gebührt meinem geliebten Ehemann.

1

Mein Todestag begann schon schlecht. Und wurde leider auch nicht besser.

Ich kam zu spät zur Arbeit, weil ich die Snooze-Taste meines Weckers wieder einmal zu oft gedrückt hatte. Tut das nicht jeder für ein paar Minuten Extraschlaf? Na, also! Deshalb verschlief ich auch regelmäßig. Wegen der blöden Snooze-Taste.

Zeit für ein richtiges Frühstück blieb natürlich nicht mehr, also schlang ich zwei gefüllte Kekse hinunter, während ich auf den Bus wartete. Schokoladenfüllung! Mmhhh … Meine Mutter hätte mir applaudiert (von wem sonst stammte wohl meine Vorliebe für das ungesunde Zeug?), mein Ernährungsberater eher die Hände über dem Kopf zusammengeschlagen.

Der Bus hatte natürlich Verspätung. Den öffentlichen Nahverkehr in Minnesota muss man einfach lieben: gerade mal sechs Busse für eine viertel Million Einwohner! Und wenn sie nicht Verspätung hatten, kamen sie zu früh. Ich wusste schon gar nicht mehr, wie oft mir der Bus vor der Nase weggefahren war. Fahrplan? Was für ein Fahrplan?

Als der Bus endlich angezockelt kam, stieg ich ein und setzte mich erst einmal – in Kaugummi.

Um zwanzig nach neun erschien ich zu meinem Neun-Uhr-Meeting und musste erfahren, dass die wirtschaftliche Rezession, deren Existenz von den Experten seit Jahren hartnäckig geleugnet würde, nun auch mich erwischt hatte, und zwar mit voller Wucht: Ich wurde entlassen. Was nicht unerwartet kam. Den letzten Gewinn muss Hamton & Sons erwirtschaftet haben, als ich noch auf die Highschool ging. Aber weh tat es trotzdem. Es ist hart, den Job zu verlieren. Plötzlich wird einem klar, dass man nicht mehr gebraucht wird. Egal ob aus persönlichen, wirtschaftlichen oder anderen Gründen. Man will dich nicht mehr. Punkt.

Die Idee, Kosten zu reduzieren, kam Hamton & Sons ungefähr ein Jahr zu spät. Und schließlich entschied man sich lieber dafür, Leute zu entlassen, als, sagen wir mal, die sechsstelligen Gehälter der Manager zu kürzen. Die Bürokräfte und Sekretärinnen sah man als entbehrlich an. Aber wir wussten, dass die Trottel ohne uns nicht mal in der Lage waren, ein Fax zu senden, ganz zu schweigen davon, die Firma zu leiten. Sie würden schon sehen, was sie davon hätten!

Mit diesem aufmunternden Gedanken packte ich meine Sachen zusammen und versuchte die ausweichenden Blicke meiner Kollegen zu übersehen. Dann ging ich nach Hause.

Um mich zu trösten, machte ich Halt bei Dairy Queen auf einen Blueberry-Milchshake. Auf diese Frühlingsvorboten war immer wieder Verlass: Rotkehlchen, frisches Gras und Dairy Queen begrüßen die neue Saison.

Milchshake schlürfend kam ich zu Hause an. Mein Anrufbeantworter blinkte Unheil verkündend. Und richtig, die Nachricht war von meinem Stiefmonster, und nach dem Lärm im Hintergrund zu schließen nahm ich an, dass sie beim Friseur war. „Dein Vater und ich werden es leider nicht zu deiner Party heute Abend schaffen … Ich habe neue Medikamente verordnet bekommen und ich … wir … können ganz einfach nicht kommen. Tut mir leid.“ *Aber sicher tut es das, blöde Kuh.* „Hab viel Spaß, auch ohne uns.“ *Kein Problem.* „Vielleicht lernst du ja auch heute jemanden kennen." Was so viel hieß wie: Vielleicht heiratet dich irgendein armer Irrer.

Vom ersten Tag an hatte mein Stiefmonster mich als Rivalin um die Gunst meines Vaters betrachtet. Schlimmer noch: Wann immer mir etwas wirklich wichtig gewesen war, hatte sie die Depressionskarte ausgespielt, um sich zu drücken. Doch schon eine Woche nach unserem ersten Kennenlernen hatte mir das nichts mehr ausgemacht und war mir eigentlich auch ganz recht gewesen.

Ich ging in die Küche, um meine Katze zu füttern, und stellte fest, dass sie schon wieder abgehauen war. Sie war sehr abenteuerlustig, mein kleiner Mitbewohner Giselle, obwohl ich manchmal den Eindruck hatte, ich wäre ihr Mitbewohner. Ein Blick auf die Uhr – oje, noch nicht einmal Mittag. Genug Zeit, um die Schmutzwäsche zu versorgen und sich die Augen aus dem Kopf zu heulen. Ein perfekter Tag.

Alles Gute zum Geburtstag.

Wie das Leben so spielt: Ein Schneesturm kam auf (eher ungewöhnlich für April), und meine Party fiel aus. Auch gut. Ich hatte ohnehin keine Lust gehabt, auszugehen, ein gut gelauntes Gesicht aufzusetzen und zu viele Daiquiris zu trinken. Das Einkaufszentrum ist toll, aber für überteuertes Zeug, streitlustige Wochenendbesucher und Sechs-Dollar-Drinks muss ich in der richtigen Stimmung sein.

Mein einziger Lichtblick an diesem Tag war Nicks Anruf um acht Uhr. Nick Berry war ein super Detective drüben in St. Pauls. Vor einigen Monaten war ich Opfer eines Überfalls geworden und …

Na ja, „Überfall" war vielleicht untertrieben. Etwa so, als fände man den Zweiten Weltkrieg „bedauerlich". Ich möchte nicht gerne darüber sprechen – noch nicht einmal daran denken. Eines Tages hatte sich nämlich ein Haufen Irrer auf mich gestürzt, als ich gerade aus Khans Mongolischem Grill gekommen war. Dort gab es ein „All you can eat"-Buffet für elf Dollar fünfundneunzig, Salat, Dessert und Getränke inklusive – kein schlechter Deal, wenn es einen nicht störte, dass die Klamotten anschließend für einige Stunden nach Knoblauch rochen. Ich habe immer noch keine Ahnung, was meine Angreifer eigentlich von mir wollten. Kein Raub, kein Vergewaltigungsversuch, kein wirres Gequatsche von irgendwelchen Verschwörungen auf höchster Ebene.

Sie waren buchstäblich aus dem Nichts aufgetaucht, als ich noch gähnend nach meinen Schlüsseln gesucht hatte. Sie umzingelten mich, kratzten und bissen wie ein Haufen tollwütiger Eichhörnchen, während ich sie mit den Absätzen meiner Manolo Blahniks zurücktrieb und so laut ich konnte um Hilfe schrie. Danach hatte ich drei Tage lang nur noch flüstern können. Zu allem Überfluss stanken sie furchtbar, etwa so wie meine Küche, wenn ich vor der Urlaubsfahrt nach Cape Cod vergessen hatte, den Müll zu entsorgen. Alle hatten lange Haare und unheimliche, farbige Augen. Und die ganze Zeit über sprachen sie kein Wort mit mir.

Hilfe war nicht aufgetaucht, aber die Typen hatten schließlich trotzdem den Rückzug angetreten. Vielleicht hatte sie meine Stimme nervös gemacht. Wenn ich schreie, heulen die Hunde. Oder sie mochten den Knoblauchgeruch nicht. Was immer es war – sie flohen, Hals über Kopf. Als ich an meinem Auto lehnte und versuchte, nicht in Ohnmacht zu fallen, sah ich, dass einige sogar auf allen vieren krabbelten. Ich kämpfte tapfer darum, das Buffet, den Ingwertee und das Sesambrot bei mir zu behalten. Zu schade, wenn auch noch die elf fünfundneunzig zum Teufel gewesen wären! Dann nahm ich mein Handy und rief die 911.

Detective Nick übernahm den Fall und verhörte mich im

Krankenhaus, während die Bisswunden desinfiziert wurden. Alle fünfzehn. Der Assistenzarzt, der sich an mir zu schaffen machte, roch nach Koriander und summte die ganze Zeit über die Titelmelodie von *Harry Potter und die Kammer des Schreckens*. Und zwar falsch. Was mir tatsächlich mehr auf die Nerven ging als das Brennen des Antiseptikums.

Das war im Herbst gewesen. Seitdem waren immer mehr Leute überfallen worden, Männer ebenso wie Frauen, ohne Unterschied. Die beiden Letzten hat man tot aufgefunden. Ich hatte also allen Grund zur Angst – einer Scheißangst sogar –, und schwor, nicht wieder zu Khans zu gehen, bis die schrecklichen Typen gefasst wären. Aber vor allem war ich dankbar, dass mir nicht mehr passiert war.

Detective Nick hat dann noch einmal angerufen. Wir quatschten ein bisschen und – lange Rede, kurzer Sinn – ich versprach, noch einmal das Große Buch der Bösen Jungs durchzublättern. Zum einen, weil ich mich dann nicht mehr ganz so hilflos fühlen würde. Vor allem aber, um Nick wiederzusehen. Er hatte exakt meine Größe (ein Meter zweiundachtzig), dunkelblondes Haar, entsprechend der Dienstvorschrift kurz geschnitten, hellblaue Augen, den Body eines Schwimmers und Grübchen! Er sah aus, wie einem Kalender mit Männer-Akten entsprungen. Ich habe gegen das Gesetz verstoßen, Officer, bitte nehmen Sie mich fest!

Ich konnte mich kaum daran erinnern, wann ich das letzte Mal Sex gehabt hatte. Aber Nick mit den Augen zu vernaschen kam Sex sehr, sehr nahe. Dass wir uns richtig verstehen: Ich bin nicht prüde. Nur wählerisch. Sehr, sehr wählerisch. Ich verdiene die gleiche Behandlung wie die schönsten und teuersten Schuhe, die ich mir jemals würde leisten können. Was viel heißen will bei meinem mickrigen

Sekretärinnengehalt. Ganz egal, wie viel Geld mein Vater mir hinterherwirft, ich würde niemals Schuhe davon kaufen. Es wären nicht meine. Es wären seine. Und so spare ich eben monatelang für die verdammten Dinger, denn sie sollen ja schließlich an *meine* Füße.

Und das bin ich, in wenigen Worten: Elizabeth Taylor (lassen Sie stecken! Ich habe jeden Witz über meinen Namen mehr als einmal gehört), Single, einen Job ohne Zukunft (genau genommen nicht mal das), eine Katze als Mitbewohner. Ich bin so langweilig, dass sogar meine Katze jeden Monat dreimal abhaut, auf der Suche nach ein wenig Abenteuer.

Wenn man vom Teufel spricht: Kam da nicht ihr verräterisches Miiiiauuuuu von der Straße herüber? Na, toll. Giselle hasste Schnee. Sie hatte sich wahrscheinlich nach einer kleinen Frühlingsliebelei umgeschaut und war in den Schneesturm geraten. Jetzt war sie da draußen und wartete darauf, dass ich sie rettete. Und wenn ich mich ihrer dann endlich erbarmte, wäre sie schrecklich beleidigt und würde mich den Rest des Tages keines Blickes mehr würdigen.

Ich schlüpfte also in meine Stiefel und lief in den Hof. Es schneite immer noch, und ich konnte Giselles kleinen Schatten mitten auf der Straße ausmachen. Ich rief zehn Sekunden lang nach ihr, ohne Erfolg (*warum* rufe ich nach Katzen?), und stapfte dann über den Hof auf sie zu. Normalerweise war das kein Problem, denn ich lebte am Ende einer ruhigen Straße. Aber bei dem Schneetreiben auf der vereisten Straße sah der Fahrer mich nicht rechtzeitig. Und als er mich endlich bemerkte, tat er genau das Falsche. Er trat mit voller Kraft auf die Bremse. Damit war mein Schicksal besiegelt.

Sterben tut nicht weh. Das klingt vielleicht wie eine Phrase. Oder wie dummes Geschwafel, um den Menschen die Angst vorm Abkratzen zu nehmen. Aber glauben Sie mir, wenn so etwas passiert, ist Ihr Körper derart traumatisiert, dass er alle Nervenleitungen dicht macht. Ich hatte keine Schmerzen, fühlte noch nicht einmal die eisige Kälte, obgleich es an diesem Abend minus zwölf Grad waren.

Ich muss gestehen, dass ich nicht gut reagierte. Der Wagen kam auf mich zugefahren, und ich starrte in die Scheinwerfer wie ein erschrockenes Reh. Ein großes, doofes, blondes Reh, das gerade ein Vermögen für Strähnchen ausgegeben hatte. Ich rührte mich keinen Zentimeter, obwohl es doch um mein Leben ging.

Giselle dagegen rührte sich. Das undankbare, kleine Biest machte, dass es wegkam. Ich dagegen wurde durch die Luft geschleudert. Der Wagen traf mich mit einer Geschwindigkeit von sechzig Stundenkilometern, was nicht zwangsläufig lebensbedrohlich war, und schleuderte mich gegen einen Baum, was totsicher lebensbedrohlich war.

Wie gesagt, es tat nicht weh. Aber ich fühlte einen entsetzlichen Druck auf meinem ganzen Körper. Ich hörte, wie etwas brach. Ich hörte, wie mein eigener Schädel zersprang. Es hörte sich an, als würde jemand in meinem Ohr Eis kauen. Ich fühlte, wie ich blutete, fühlte Flüssigkeit aus mir herausrinnen. Meine Blase entleerte sich ungewollt – zum ersten Mal seit sechsundzwanzig Jahren. Mein Blut im Schnee sah in der Dämmerung schwarz aus.

Das Letzte, was ich sah, war Giselle, die auf meiner Veranda saß und darauf wartete, dass ich sie hineinließ. Das Letzte, was ich hörte, waren die Hilferufe des Fahrers.

Na ja, nicht wirklich das Letzte. Aber Sie wissen, was ich meine.

2

Tot zu sein bringt einen ins Grübeln. Man denkt darüber nach, was man in seinem Leben alles vermasselt hat. Oder ganz einfach verpasst hat.

Zugegeben, mein Leben war nicht besonders aufregend gewesen, aber ich hätte es trotzdem gerne länger als lumpige dreißig Jahre gelebt. Und bei dem Gedanken, wie ich das letzte Jahr einfach so verschwendet hatte … die letzten zehn Jahre verschwendet hatte, wurde mir ganz anders.

In der Schule war ich kein Überflieger gewesen. Meine Noten hatten sich immer im guten Mittelfeld bewegt. Ich war damit zufrieden. Mal ehrlich: Wen kümmerten schon Geometrie, Chemie oder Sozialkunde, wenn es Wichtigeres gab, wie etwa den Miss-Burnsville-Schönheitswettbewerb? Ganz abgesehen von drei oder vier Typen, die ich gleichzeitig am Haken hatte – ohne sie merken zu lassen, dass sie am Haken zappelten. Manchmal war ich bereits beim Mittagessen erschöpft.

Jedenfalls habe ich die Highschool erduldet und das College gehasst (im Prinzip wie Highschool, nur dass es dort Aschenbecher und Bierfässer gab). Schließlich flog ich vom College und modelte ein bisschen. Aber das fand ich schnell langweilig. Jawohl, langweilig. Niemand will mir glauben, dass diese Arbeit einfach tödlich öde ist. Aber es ist wahr. Das Geld ist okay, aber das ist auch schon alles.

Die Medien wollen uns glauben machen, dass das Leben als Model unglaublich glamourös sei. Aber das ist es kein bisschen. Wie die Schafe laufen wir alle brav tagaus, tagein zu den Castings, die Mappe mit unseren Fotos unter dem Arm und ein verzweifeltes Lächeln im hübschen Gesicht. Aus einem von zehn Jobs wird vielleicht etwas – wenn man Glück hat. Dann darf man um halb sechs morgens aufstehen, um achtzehn Stunden oder mehr am Stück zu arbeiten. Bezahlt wird man fünf Wochen später. Und das auch erst, nachdem dein Agent den Scheck zehn Tage lang zurückgehalten hat, um sicherzugehen, dass er auch gedeckt ist.

Am Anfang machte mir das alles noch Spaß. Der Laufsteg ist dazu da, dass man damit angibt. Ich fand es toll, den Leuten mitzuteilen, wie ich meinen Lebensunterhalt verdiente. Schließlich ist Amerika das Heimatland der Oberflächlichen. Das Modeln hat mir immerhin manche Einladung zu einem Drink beschert. Männer sind eben leicht zu beeindrucken.

Shootings allerdings waren wirklich furchtbar. Zehn Stunden am Stück auf den Beinen, ein Foto nach dem anderen und dabei immer schön lächeln, lächeln, lächeln. Am schlimmsten aber ist das ganze Getue mit Küsschen hier, Küsschen da und komm mal zu Papa auf den Schoß …

Ganz zu schweigen von den männlichen Models! Die sind noch eitler als Frauen. Den Film *Zoolander* kann ich mir auch heute noch nicht anschauen, er kommt der Wahrheit einfach zu nahe. Auch wenn ich weiß, dass Ben Stiller eine Komödie drehen wollte. Aber es ist ein Dokumentarfilm geworden.

Ein Date mit einem Mann, der mehr für Haarstyling-Produkte ausgibt als man selbst, ist sehr anstrengend. Und Augenkontakt fast unmöglich, wenn jemand nur am eigenen Spiegelbild interessiert ist. Die meisten männlichen Models sind wie läufige Hunde. Kaum dreht man ihnen den Rücken zu, um sich einen Drink zu holen, machen sie eine andere an. Oder *einen anderen*. Das ist dann wirklich peinlich. Für mich. Ich hasse es, als Vorwand missbraucht zu werden.

Nach gut zwei Jahren hatte ich die Nase voll. Ganz plötzlich. Ich saß in einem Raum voll großer, blonder Frauen mit langen Beinen und langen Haaren. Frauen mit meiner Körpergröße. Mit meiner Haarfarbe. Mir wurde klar, dass dem Mann, dem ich gleich gegenübergestanden hätte, absolut egal war, dass Schweinelendchen mit Risotto mein Leibgericht war, dass ich Horrorfilme (außer *Zoolander*) und meine Mutter liebte. Ihm war egal, dass ich mich im Tierschutzbund engagierte und Mitglied der Republikaner war (so ist es! Entgegen der landläufigen Meinung schließt das eine das andere nicht aus!). Ich hätte auch eine gesuchte Schwerkriminelle sein können, er hätte nicht mit der Wimper gezuckt. Das Einzige, was ihn interessierte, waren mein Gesicht und meine Figur.

Ich weiß noch, wie ich dachte: *Was mache ich hier eigentlich?*

Eine sehr gute Frage. Also stand ich auf und ging. Ich habe noch nicht einmal meine Mappe mitgenommen. Meine Freundin Jessica nannte mich immer eine Frau der schnellen Entscheidungen, und das stimmt. Wenn ich mich einmal entschieden habe, ziehe ich es auch durch.

Ich nahm eine Arbeit bei einer Zeitarbeitsfirma hier in der Gegend auf, was auch wieder eine Zeit lang Spaß machte, bis ich mich eingearbeitet hatte. Dann begann es mich erneut zu langweilen. Schließlich hatte ich so viel Berufserfahrung vorzuweisen, dass man mich zur Supersekretärin machte – Pardon! zur Assistentin der Geschäftsleitung.

So kam ich zu Hamton & Sons. Dort war mein Job gefährlich und aufregend. Aufregend, weil man sich immer fragte, ob genug Geld da wäre, um die Rechnungen zu bezahlen. Gefährlich, weil ich immer kurz davor stand, meinen Boss zu erwürgen und wegen Totschlags verhaftet zu werden. Dreifachen Totschlags, falls die Broker auf die Idee gekommen wären, sich zwischen uns zu stellen.

Alle klagen über ihren Boss. Das gehört zum amerikanischen Lebensstil. Aber mir war es ernst: Ich hasste ihn wirklich. Schlimmer noch, ich respektierte ihn nicht. Und an manchen Tagen fragte ich mich, ob er nicht verrückt war.

Zum Beispiel letzte Woche, das war mal wieder typisch. Ich kam pünktlich zur Arbeit (so gerade noch) und traf schon am Eingang auf verschreckte Broker, die in einem Moment der Unachtsamkeit den Kopierer kaputt gemacht hatten. Den nagelneuen Kopierer. Broker sind wie ungezogene Kinder, die man nicht allein lassen kann. Kleine, kettenrauchende Kinder.

„Er geht nicht", teilte mir Todd, der Leiter der Broker-Truppe, mit. „Wir müssen ihn zurückschicken. Ich habe Ihnen gesagt, wir brauchen keinen neuen Kopierer."

„Der alte war ständig überhitzt. Die Kopien waren braun und rochen nach Rauch. Was haben Sie gemacht?", fragte ich und hing meinen Mantel auf.

„Nichts. Ich habe kopiert, dann hat's gescheppert. Und dann passierte nichts mehr."

„Was – haben – Sie – gemacht?"

„Na ja … Ich habe versucht, ihn zu reparieren. Ich wollte Sie nicht damit behelligen", fügte er eilig hinzu, als er Mordlust in meinen Augen sah.

Er suchte hastig das Weite, aber ich griff nach seinem Arm und zerrte ihn zurück zum Kopierer. Die Maschine machte ein beunruhigendes Geräusch, so als schnappte sie mühsam nach Luft. Ich zeigte auf ein großes Plakat an der Wand.

„Lesen Sie das."

„Betsy, ich bin wirklich sehr beschäftigt. Die Börse hat gerade geöffnet und … ja, ja, schon gut … nicht kneifen. Da steht ‚Falls irgendetwas schiefläuft, rufen Sie Betsy oder Terry'. Zufrieden?"

„Ich wollte nur sichergehen, dass Sie das Lesen nicht verlernt haben."

Ich ließ seinen Arm los, konnte aber der Versuchung nicht widerstehen, ihn noch einmal feste zu kneifen. „Hauen Sie ab. Ich kümmere mich darum."

Zwanzig Minuten und einen ruinierten Rock später (blöder Toner!) lief der Kopierer wieder. Ich sah meine Post durch, musste feststellen, dass wieder einmal eine Mahnung vom Finanzamt darunter war, und marschierte schnurstracks in das Büro meines Chefs. Der glotzte mich mit den leeren Augen eines Wahnsinnigen an. Vielleicht lernte man diesen Blick ja auch im Betriebswirtschaftsstudium. Ich fuchtelte mit dem Brief vor seiner Nase herum: „Das Finanzamt hat immer noch nicht – *immer noch nicht!* – unsere Lohnsteuerabrechnung erhalten!"

„Damit kann ich mich im Moment nicht beschäftigen". sagte Tom gereizt. Er war kleiner als ich, was ihn sehr ärgerte, und rauchte Kette, als stünde Rauchen demnächst unter Strafe. In Minnesota ist es strikt verboten, in geschlossenen Räumen zu rauchen. Sein Büro aber roch immer wie ein Aschenbecher. „Wir reden darüber, wenn die Börse geschlossen hat."

„Tom, wir sind mit den Zahlungen fast ein Jahr im Rückstand! Das Geld gehört unseren Angestellten. Wir schulden es dem Staat! Davon haben Sie doch schon gehört? Steuern,

Staat? Es ist nicht dazu da, unsere Rechnungen zu bezahlen. Wir müssen jetzt schon mehr als hunderttausend Dollar nachzahlen!"

„Wenn die Börse schließt", sagte er und wandte sich wieder seinem Computer zu. Wegtreten, Betsy! Natürlich würde er um drei Uhr nachmittags fluchtartig das Büro verlassen, um jedem lästigen Gespräch mit mir aus dem Weg zu gehen.

Ich stampfte aus dem Zimmer. Es verging nicht ein Tag, an dem Tom nicht irgendetwas Hinterhältiges tat. Er betrog unsere Kunden, belog die Angestellten oder verfügte über deren Geld, ohne sie darüber zu informieren. Wenn es aufflog, schob er es mir in die Schuhe. Er besaß die unheimliche Gabe, Leute von seiner Unschuld zu überzeugen. Ich muss zugeben, das machte ihn zu einem genialen Verkäufer. Sogar ich war schon oft auf seine Begeisterungsfähigkeit hereingefallen. Und ich kannte ihn!

Ich hasste es, den Vollstrecker zu spielen und Abmahnungen zu schreiben, während er die Gehaltserhöhungen verkünden durfte. Tom übernahm nur solche Aufgaben, die Spaß machten. Und ich hasste es, wenn ich seine Kunden anlügen musste, nette Menschen, die keine Ahnung hatten, dass sie ihr Geld einem Psychopathen anvertraut hatten.

Aber er bezahlte mich gut. Darüber hinaus hatte ich einen Tag in der Woche frei, weil ich an den anderen vier Tagen zehn Stunden arbeitete. So einen Job kündigte man nicht so einfach. Woanders hätte ich sehr viel länger für meine Schuhe sparen müssen. War ich darum nun käuflich?

An diesem Tag blieb ich als Einzige bis fünf Uhr nachmittags. Die Empfangsdame war um halb fünf gegangen, alle anderen bereits eine Stunde vorher, nach Schließung der Börse. Aber Tom lebte in der ständigen Angst, einen lebenswichtigen Anruf zu verpassen, also musste ich jeden Tag bis fünf bleiben. Auf diese Weise konnte ich meinen Lektürerückstand aufholen.

Am Abend sollte ich ausgerechnet Todds Neffen treffen. Der hatte mir versichert, sein Neffe und ich würden ganz toll zusammenpassen. Normalerweise ließ ich mich auf keine Blind Dates ein. Sie führten einfach zu nichts. Aber ich war einsam und seit mehr als einem Jahr mit niemandem mehr ausgegangen. Für Clubs war ich zu alt, für Bingo zu jung. Also traf ich Todds Neffen.

Großer Fehler. Er war einen Kopf kleiner als ich. Mich störte das nicht. Die meisten Männer waren kleiner als ich. Aber es gab Typen, die nahmen das persönlich. Als wäre ich aus reiner Boshaftigkeit so groß geworden, als wäre es Teil meines ganz persönlichen diabolischen Plans. Gerry, der Neffe, war einer dieser Typen. Er sah zu mir hoch, dann schnell weg, um dann erneut hilflos zu mir aufzuschauen, wie geblendet (oder war das etwa Entsetzen in seinen Augen?) von meinen langen Beinen.

Erst riss er ein paar schmutzige Witze. Dann ergötzte er mich mit Storys darüber, wie er die geizigen, gierigen Juden in seinem Wirtschaftsprüfungsunternehmen mit Witz und Verstand ausstach. Anschließend klärte er mich darüber auf, dass die USA alle Dritte-Welt-Länder in die Luft jagen und den Terrorismus mit einem Schlag beenden sollten (mit Terror, nehme ich an). Dann hatte ich genug. Seelenverwandte waren wir nicht. Mir war es recht. Ich hasse Datings.

Ich stimmte einem Gutenachtkuss nur zu, um zu erleben, wie er sich nach mir strecken musste. Er stand auf Zehenspitzen, während ich mich zu ihm hinunterbeugte. Weiche, feuchte Lippen trafen die Gegend zwischen meinem Kinn und meinem Mund, und ich erschnupperte einen Hauch von Bier und Knoblauch. Der Knoblauch störte mich nicht, aber Bier hasste ich wirklich. Als ich den Schlüssel ins Schloss rammte, um endlich ins Haus zu gelangen, brach ich mir fast das Handgelenk.

Das also war ein Tag in meinem Leben. Was für eine Verschwendung. Und jetzt war ich tot. Und ich hatte doch noch gar nichts erlebt. Absolut nichts.

3

Als ich die Augen aufschlug, war um mich herum pechschwarze Dunkelheit. Als Kind habe ich einmal eine Kurzgeschichte gelesen, in der ein Priester in die Hölle kam und dort entdeckte, dass die Toten keine Augenlider hatten. Sie konnten also die Augen vor den Schrecken der Hölle nicht verschließen. Ich hingegen konnte nichts sehen. Also war ich nicht in der Hölle.

Ich reckte mich versuchsweise ein wenig und stellte fest, dass ich mich in einem kleinen, geschlossenen Raum befand. Ich lag auf hartem Untergrund, aber die Seiten meines kleinen Käfigs waren weich gepolstert. Ein merkwürdiges Krankenhauszimmer. Und die Medikamente waren offenbar phänomenal: Mir tat überhaupt nichts weh. Wo waren denn die anderen? Warum war es so ruhig?

Ich bewegte mich ein bisschen heftiger. Dann hatte ich einen Geistesblitz und setzte mich auf. Mein Kopf knallte gegen etwas Festes, das aber nachgab und nach einem Schubs den Weg freigab. Ich setzte mich auf und blinzelte in die Dunkelheit.

Zuerst dachte ich, in einer großen Industrieküche gelandet zu sein. Dann merkte ich, dass ich in einem Sarg saß. Einem weißen Sarg mit goldenen Schnörkeln an den Seiten und vornehmem pinkfarbenem Satinfutter. Igitt! Er stand auf einem breiten Tisch aus Edelstahl. Der Tisch stand mitten im Raum, an dessen Längswänden sich mehrere Waschbecken in einer Reihe befanden. Einen Herd sah ich nirgendwo. Nur ein paar merkwürdig aussehende Instrumente und eine Make-up-Tasche in Industriegröße. Es war also keine Großküche ... es war ...

Ich machte solch einen Satz, dass ich mir fast etwas brach. Voller Panik sprang ich aus dem Sarg, wobei er mit mir vom Tisch rutschte und wir gemeinsam auf den Boden knallten. Ich fühlte den Schmerz in meinen Knien, aber er war mir egal. Ich schüttelte den Sarg von meinem Rücken, kam wieder auf die Füße und begann zu rennen.

Ich brach durch die Schwingtür und fand mich in einer breiten, getäfelten Eingangshalle wieder. Hier war es noch gruseliger. Es gab keine Fenster, nur reihenweise Garderobenständer. Am Ende der Halle sah ich eine Blondine mit wildem Blick in einem albernen, pinkfarbenen Kostüm. Sie wäre durchaus hübsch gewesen, wenn sie nicht orangefarbenes Rouge und zu viel blauen Lidschatten aufgetragen hätte. Der braunrosa Lippenstift passte ebenfalls nicht zu ihrem Teint. Sie war so erschreckend blass, dass wahrscheinlich überhaupt kein Make-up zu ihrem Teint gepasst hätte.

Die Blonde kam auf ihren billigen Schuhen (Sonderangebot! Kaufen Sie zwei, nehmen Sie drei!) in meine Richtung getrippelt, und ich sah, dass ihr Haar eigentlich recht hübsch war: schulterlang, mit einer niedlichen Außenrolle und interessanten Strähnchen.

Interessante Strähnchen, Golden Blonde Reflets Plus Nr. 23 – Hallooo? Die Frau in dem furchtbaren Kostüm war ich. Die Frau auf den *billigen Schuhen* war ich. Ich stakste näher an mein Spiegelbild heran, sodass ich mir selbst in die schreckgeweiteten Augen sehen konnte. Ja, das war ich. Und, ja, ich sah wirklich schrecklich aus. Ich war in der Hölle!

Ich versuchte erst einmal, mich zu beruhigen. Vergeblich. Daher verpasste ich mir selbst ein paar Backpfeifen. Als ich das Rouge auf meiner Handfläche sah, wusste ich, dass ich falsch lag. Dies war nicht die Hölle. Dort gab es keine holzgetäfelte Eingangshalle mit einem Spiegel auf der einen und einem Sarg auf der anderen Seite. Es gab einen Grund, warum ich so abscheulich aussah. Ich war tot. Das dumme Arschloch in dem Pontiac hatte mich getötet. Wahrscheinlich hatte er mit meiner Katze unter einer Decke gesteckt. Das perfekte Ende eines perfekten Tages.

Ich war tot und zu blöd, um einfach liegen zu bleiben. Ich wanderte in einem Beerdigungsinstitut herum, in einem billigen Kostüm und Schuhen aus Kunstleder. Und tot. Das Begräbnis wäre wahrscheinlich morgen. Oder heute, korrigierte ich mich nach einem Blick auf die Uhr.

Wer hatte dieses Outfit für mich ausgesucht? Und diese Schuhe? Ich schlüpfte aus einem Schuh und schaute hinein.

Eigentum von Antonia O'Neill Taylor

Ich wusste es! Mein Stiefmonster. Das Miststück wollte mich in ihren ausrangierten Schuhen begraben! Das ärgerte mich mehr als die Tatsache, dass ich unter den Blicken meiner Katze in einen Baum katapultiert worden war. Fast hätte ich den elenden Schuh in den Spiegel gefeuert, zog ihn dann aber widerstrebend wieder über meinen Fuß. Draußen war es kalt, also würde ich ihn noch brauchen. Aber es kostete mich Überwindung. Wenn Giselle mich jetzt hätte sehen können. Wenn irgendjemand, der mich kannte, mich jetzt hätte sehen können …

Meine Katze! Wer würde sich jetzt um das kleine Monster kümmern? Vielleicht Jessica. Oder meine Mutter. Ja, wahrscheinlich meine Mutter.

Meine Mutter. Sie war sicher am Boden zerstört, als sie die Nachricht erhielt. Mein Vater ebenso. Vielleicht hatte er sogar anlässlich meines Begräbnisses einen ganzen Tag freigenommen … Mein Stiefmonster war sicher nicht tief getroffen, dessen war ich mir sicher. Sie hielt mich für ein verwöhntes, eigensinniges Balg – und ich hielt sie für ein intrigantes, hinterhältiges Miststück, das nur auf Geld aus war. Doch was half es nun, dass wir beide von Anfang an mit unserer Einschätzung richtiglagen?

Mir kam die Idee, dass ich meine trauernden Freunde und Verwandten aufsuchen und darüber informieren sollte, dass ich mich nicht begraben lassen würde. Du lieber Himmel, ich musste einen neuen Job finden, da hatte ich keine Zeit, in einem Sarg unter der Erde abzuhängen. Ich musste Rechnungen bezahlen, sonst wäre ich sehr bald ohne Kabelfernsehen.

Dann kam ich wieder zu Verstand. Ich war tot. Ich war zombifiziert worden oder so ähnlich und musste jetzt die Sache zu Ende bringen, die der Typ im Pontiac angefangen hatte. Vielleicht befand ich mich auch im Fegefeuer und Gott stellte mir diese Aufgabe, bevor er mir das Tor öffnete.

Ob die Ärzte in der Notaufnahme einen Fehler gemacht hatten? Diesen Gedanken verwarf ich schnell wieder. Zu lebendig war die Erinnerung an meinen zersplitternden Schädel. Wenn ich das überlebt hätte, befände ich mich jetzt auf der Intensivstation mit mehr Schläuchen an mir als in einem Labor. Und ich wäre auch nicht herausgeputzt wie …

(tot)

… eine Nutte mit billigen Schuhen an den

(tot)

… Füßen.

Ich hätte es nicht ertragen, dass mich jemand in diesem Aufzug gesehen hätte. Lieber wäre ich tot gewesen. Buchstäblich. Gewissermaßen noch einmal.

Mit einem letzten ungläubigen Blick auf mein Spiegelbild

ging ich zum Ende der Halle, fand das Treppenhaus und stieg die Stufen hinauf in Richtung Dach. Das Beerdigungsinstitut war drei Stockwerke hoch – was in den anderen Stockwerken zu finden war, wollte ich mir lieber nicht vorstellen. Meine scheußlichen Schuhe klapperten auf den Stufen. Ich getraute mich nicht, auf meine Füße zu gucken.

Ich hatte befürchtet, vor verschlossener Tür zu stehen, aber ein kräftiger Ruck, und sie öffnete sich mit einem metallischen Quietschen. Ich trat hinaus.

Die Frühlingsnacht war wunderschön. Die letzten Spuren des Schneesturms waren bereits verschwunden. Die Luft roch feucht und warm, irgendwie fruchtbar. Nie hatte eine Nacht so süß geduftet, noch nicht einmal an dem Tag, als ich in meine erste eigene Wohnung gezogen war.

Die Lichter der Stadt funkelten in der Ferne und erinnerten mich an Weihnachten. Erinnerten mich daran, dass es für mich nie wieder Weihnachten geben würde. Nur wenige Autos fuhren unten auf der Straße, und in der Ferne hörte ich eine Frau lachen. Wenigstens einer hatte Spaß.

Als ich an die Dachkante trat, versuchte ich die Angst zu ignorieren, die mir eiskalt den Rücken entlangkroch. Obwohl ich bereits tot war, traute ich mich nicht, hinunter auf die Straße zu sehen. Ich unterdrückte den Impuls, den Schritt zurück auf sicheren Boden zu machen.

Sicherer Boden. Haha. Gab es den überhaupt?

Dies war nicht meine letzte Nacht auf Erden. Die lag bereits einige Tage zurück. Es gab also keinen Grund, traurig zu sein. Ich war mein ganzes Leben lang ein braves Mädchen gewesen und würde nun den Lohn dafür erhalten, verdammt. Ich würde nicht wie ein Zombie durch die Gegend wanken, die Leute zu Tode erschrecken und so tun, als wäre mein Platz noch in dieser Welt.

„Lieber Gott“, sagte ich und versuchte schwankend, die Balance zu halten. „Ich bin es, Betsy. Ich komme jetzt zu Besuch. Bereite schon mal das Gästezimmer vor.“

Ich drückte mich vom Dach ab, widerstand dem Drang, mich zu einer Kanonenkugel zusammenzurollen, und schlug wie geplant mit dem Kopf zuerst auf der Straße auf. Nicht geplant allerdings war der alles überwältigende Schmerz beim Auftreffen und dass ich noch nicht einmal bewusstlos wurde. Ganz zu schweigen davon, dass ich meinem Kumpel Gott nicht begegnete.

Stattdessen hielt ich mir stöhnend den Kopf und rappelte mich auf, als der Schmerz nachließ. Um ein weiteres Mal überrollt zu werden – diesmal von einem Müllwagen, der zu dieser morgendlichen Stunde unterwegs war. Ich blickte gerade noch rechtzeitig hoch, um dem entsetzten Fahrer die Worte „Scheiße, pass doch auf!“ oder so ähnlich von den Lippen ablesen zu können, dann machte meine Stirn knallhart Bekanntschaft mit dem Kühler. Ich glitt daran herunter und landete mit dem Hintern zuerst auf der Straße. Das schmerzte weniger als der Kühler, aber nicht viel.

Eine ganze Weile lag ich auf der Straße und dachte ernsthaft darüber nach, ob ich überhaupt noch einmal aufstehen sollte. Dann kam ich zu dem Schluss, dass ich ja nicht für immer dort herumliegen konnte. Liegen bleiben war nicht mein Ding. Langsam rappelte ich mich auf.

Als ich mir den Staub von meinem billigen Rock klopfte und mir das Haar aus dem Gesicht pustete, legte der Fahrer den Rückwärtsgang ein und machte, dass er wegkam. Ich konnte es ihm nicht verdenken – bei meinem Anblick.

4

Ich kann sehr hartnäckig sein. Also warf ich mich in den Mississippi und fand dabei heraus, dass ich nicht mehr aufs Atmen angewiesen war. Ich stapfte eine halbe Stunde auf dem schlammigen Flussgrund herum und wartete darauf, zu ertrinken. Dann gab ich es auf und schlug mich zurück zum Ufer durch. Interessanterweise fühlte ich die Kälte nicht, obwohl ich pitschnass und es nicht wärmer als acht Grad war.

Dann hängte ich mich an eine Starkstromleitung und erdete mich. Das war zwar nicht gut für meine Frisur, hatte aber leider nicht den gewünschten Effekt.

Ich trank eine Flasche Bleiche, bekam aber nur einen trockenen Mund und unerträglichen Durst.

Ich stahl ein Metzgermesser bei Wal-Mart. Kann ich nur empfehlen: Um drei Uhr morgens kann man bei Wal-Mart prima einkaufen, wenn man tot ist und gerade keine Kreditkarte dabeihat. Mit dem Messer stach ich mir mitten ins Herz. Nichts. Nur ein kleiner Tropfen floss träge aus der Wunde, wurde langsamer, während ich ihm entsetzt und zugleich fasziniert zuschaute, und stoppte dann ganz. Ein paar Minuten später erinnerten nur noch ein Riss in meinem Kostüm und ein winziger Blutfleck an den Versuch.

Ich dachte gerade darüber nach, wie ich mich selbst enthaupten könnte, während ich die Lake Street entlangtrottete, als ich plötzlich leise Stimmen und eine Art unterdrücktes Wimmern hörte. Ich wollte schon weitergehen, schließlich hatte ich mit mir selbst genug zu tun, besann mich dann aber auf mein Gefühl für Anstand, überquerte die Straße und bog um die Ecke.

Dort bot sich mir folgende Szene: Drei Männer umstanden in einem bedrohlichen Halbkreis eine Frau und schubsten sie brutal hin und her. Die Frau hielt ein kleines Mädchen mit großen Augen an der Hand, das vielleicht sechs Jahre alt war. Ihre Angst ließ die Frau wie fünfzig aussehen. Ihre Handtasche lag auf dem Boden. Niemand versuchte danach zu greifen, und ich nahm an, dass sie die Tasche den Männern entgegengeworfen und dann zu fliehen versucht hatte. Die Typen aber hatten sie in die Ecke getrieben, denn sie waren auf etwas anderes scharf als auf ihre Handtasche. Sie wollten …

„Bitte“, wisperte sie, und ich war erstaunt, wie gut mein Gehör funktionierte, da ich sie bereits einen Block entfernt wahrgenommen hatte. „Tun Sie mir nichts vor meiner Tochter. Ich gehe mit Ihnen. Ich tue alles, was Sie wollen … aber bitte … bitte …“ „Mami, lass mich nicht allein!“ Die Augen des Mädchens leuchteten in einem hellen Whiskey-Braun, und als ich ihre Tränen blitzen sah, verspürte ich in meinem toten Herzen eine Regung. „Geht weg. Lasst meine Mami in Ruhe, ihr … ihr Stinker!“

„Psst, Justine. Sei still.“ Die Mutter wollte sich aus dem Griff ihrer Tochter befreien und versuchte so etwas wie ein Lachen. Ein grausiges Lachen. „Sie ist müde. Es ist spät. Ich gehe mit Ihnen.“

„Will nicht *dich*“, sagte einer Männer, das Mädchen fest im Blick. Justine brach erneut in Tränen aus, wobei sie mit den Füßen stampfte und Kiesel und Sand in Richtung des Mannes trat. Ich bewunderte ihre Tapferkeit, auch wenn ich von der Szene tief geschockt war.

„Ich nehme Sie mit zu meinem Auto. Der Motor springt nicht mehr an, aber ich könnte … mit allen … bitte, tun sie mir nur einen Gefallen …“

„Hallo, ihr Arschlöcher!“, sagte ich aufgekratzt. Alle fünf fuhren erschreckt zusammen. Das erstaunte mich. Eigentlich bewegte ich mich nicht besonders leise. Ich konnte auch nicht glauben, was ich da tat, denn ich war auch nicht gerade der konfliktfreudige Typ. Andererseits, was hatte ich zu verlieren? „Pardon, ihr drei Arschlöcher. Ich meine nicht die Lady und das Kind. Leute, würdet ihr mal rüberkommen und mich umbringen?“ Während sie damit beschäftigt wären, mich abzumurksen, könnten die beiden anderen fliehen. So wäre allen geholfen.

Justine lächelte mich erleichtert an und enthüllte dabei eine Lücke in ihren Milchzähnen. Die Männer kamen auf mich zu, Justine griff nach der Hand ihrer Mutter und zog sie in Richtung Lake Street, in Sicherheit.

„Ich …“

„Komm jetzt endlich, Mami!“

„… hole Hilfe.“

„Wagen Sie das ja nicht“, blaffte ich. „Wenn Sie mir meinen Mord versauen, bin ich sauer.“ Einer der Männer hielt meinen Arm umklammert und zog mich zurück zu Justine und ihrer Mutter.

„Immer langsam, mein Freund …“ Er piekste mich ruppig, also schubste ich ihn.

Dann ging alles sehr schnell. Arschloch Nummer eins hatte mich gar nicht gepiekst, sondern mit einem Messer auf mich eingestochen, wenngleich das Ergebnis zu wünschen übrig ließ. Mein Schubser hob ihn glatt vom Boden ab, und er wirbelte einige Meter, wie von einem Orkan erfasst, durch die Luft. Nach der Landung rollte er im Überschlag knapp dreihundert Meter weiter, bevor er sich aufrappeln konnte und davonrannte.

Während ich noch glotzte und erstaunt mein übliches Unverständnis artikulierte, wenn mal wieder alles zu schnell für mich ging (Was? Warum? Wie?), kamen die beiden anderen Typen an die Reihe. Ich griff sie bei ihren dreckigen Hälsen und schlug ihre Köpfe gegeneinander. Und wie stets, wenn ich angespannt war, handelte ich unüberlegt. Ich hörte ein Knirschen und spürte, wie ihre Schädel nachgaben. Igitt! Denselben dumpf-matschigen Laut hatte ich schon einmal gehört – auf der Hochzeit meiner Kusine, als der kindische Trauzeuge das Melonenboot auf den Boden geworfen hatte.

Die Bösen jedenfalls gingen zu Boden. Mausetot. Auf ihren Gesichtern der stinksaure Ausdruck für die Ewigkeit gefroren. „Scheiße! So ein Mist!"

Justines Mutter warf sich in meine Arme: „Danke, danke, danke." Sie roch nach Angst und Parfum von Tiffany. Oje. Es gab Zeugen meines Verbrechens! „Scheiße!"

Sie drückte mich erstaunlich fest und murmelte in meine Haare hinein. Ich versuchte mich aus ihrer Umklammerung zu befreien. „Mein Gott, ich dachte, sie würden mich vergewaltigen oder mich töten oder Justine wehtun oder töten. Dankedankedankedanke …"

„Unglaublich! Haben Sie gesehen, was ich gerade getan habe? Ich kann das nicht glauben! Wie habe ich das gemacht?"

„… Dankedankedankedanke …" Sie gab mir einen Kuss, einen deftigen Schmatzer mitten auf den Mund. „Wow, Sie gehen aber ran … wir kennen uns doch kaum. Außerdem bin ich so hetero wie der Papst." Dann tätschelte ich sie wie ein artiges Kind. „Und jetzt lassen Sie mich los. So ist es fein. Brave Hysterikerin."

Weiter vor sich hinmurmelnd, ließ sie mich los, stakste einige Schritte zu Seite und übergab sich. Ich konnte es ihr nicht verübeln, ich hätte ebenfalls Lust dazu gehabt, wenn ich das nicht schon erledigt gehabt hätte, nachdem ich die Bleiche getrunken hatte.

Danach wischte sie sich den Mund mit zitterndem Handrücken, ging auf die Knie und sammelte ein, was aus ihrer Handtasche gefallen war.

Seltsam ... plötzlich fühlte ich den Drang, ihren Rücken zu packen, trotz ihres Atems, der nach Kotze roch. Da war irgendetwas an ihr ... vielleicht das Blut, das aus einer kleinen Schürfwunde quoll. Ich wusste, das Blut floss in ihrer Achsel, unter ihrer Bluse, und es tropfte stetig. Plötzlich war ich so durstig, dass es mir den Atem verschlug. Nicht dass ich wirklich geatmet hätte, aber Sie wissen schon, was ich meine.

Justine starrte zu mir hoch. Sie drängte sich an meine Seite, seit ihre Mutter gewissermaßen die Vögel gefüttert hatte. Ihre getrockneten Tränen ließen ihre Wangen im Mondlicht schimmern. Sie sah sehr, sehr nachdenklich aus. Und auch sechs Jahre älter als noch kurz zuvor.

Sie zeigte mit dem Finger. „Tut das nicht unheimlich weh?" Ich schaute an mir herunter und zerrte das Messer aus meinem Brustkorb. Erneut sehr wenig Blut. Die Wunde tropfte eher lustlos und war schon bald wieder geheilt. Schon wieder. Mist! „Nein. Danke dir. Äh ... du brauchst keine Angst zu haben. Nicht mehr, meine ich."

„Warum wolltest du, dass sie dich töten?"

Normalerweise tausche ich keine Vertraulichkeiten mit merkwürdigen kleinen Kindern aus. Aber heute war alles anders. Es war halt eine dieser Nächte. Außerdem hatte sie mich auf das Messer zwischen meinen Rippen aufmerksam gemacht, also schuldete ich ihr eine ehrliche Antwort. „Ich bin ein Zombie", erklärte ich ihr und merkte, dass ich plötzlich Schwierigkeiten mit meiner Aussprache hatte. „Ich versssssuche, tot zu bleiben."

„Du bist kein Zombie", sagte sie und zeigte auf meine Zähne. „Du bist ein Vampir. Ein guter Vampir. Das ist schon okay", fügte sie hinzu.

Ich griff mir so schnell an den Mund, dass ich mich tatsächlich selbst biss. Ich fühlte die scharfen Spitzen neuer Eckzähne. Als ich das Blut der Mutter gerochen hatte, waren sie gewachsen und füllten jetzt meinen Mund.

„Ein Vampir? Wie isssst dasssss möglich? Ich bin bei einem Verkehrssssssunfall gestorben, mein Gott! So eine Ssssseissse!

„Trinkst du jetzt unser Blut?", fragte Justine neugierig.

„Igitt. Ich kann kein Blut sehen. Da muss ich kotzen."

„Jetzt nicht mehr, würde ich wetten", sagte sie. Sie war die vernünftigste Erstklässlerin, die mir je untergekommen war. Vielleicht konnte ich sie ja unter meine Fittiche nehmen und zu meiner kleinen, bösen Assistentin machen. „Das ist schon in Ordnung. Du darfst, wenn du willst. Du hast uns gerettet." Und mit leiserer Stimme: „Meine Mutter hatte echt Angst."

Sie ist nicht die Einzige, Schätzchen … und ich wette, du schmeckst wie Elektrizität, diese ganze Jugend und Energie, die durch deine Adern fließt …

Ich schlug beide Hände vor den Mund und zuckte zurück. „Lauf", sagte ich. Das war völlig überflüssig, denn Justines Mami hatte endlich ihre Tasche zusammengepackt und, nach einem Blick auf meine neue Kauleiste, ihre Tochter in die Arme gerissen, um so schnell wie möglich das Weite zu suchen. Justine schaffte es noch, mir zu winken, als sie auf der Hüfte ihrer Mutter auf und nieder hüpfte.

„Am Ende der Sssstrassse finden Ssie eine Tanksssstelle!", rief ich ihr nach. „Da können Sie einen Abschleppdienst anrufen." Ich steckte mir die Finger in den Mund. Das Lispeln schien langsam zu verschwinden. Genauso wie meine Reißzähne. „Was hatten Sie hier überhaupt um vier Uhr morgens zu suchen? Noch dazu mit Ihrer Tochter!", schrie ich noch einmal, denn mein Ärger flammte wieder auf. „Drogen vielleicht?!"

Die Leute denken immer, nur weil Minneapolis im Mittleren Westen liegt, gäbe es hier keine Vergewaltigungen, Morde und Raubüberfälle. Das ist falsch. Nur bei kaltem Wetter passiert weniger. Ich würde hundert Dollar darauf verwetten, dass der Pannenwagen der beiden ein Leihwagen war.

Das Rätsel war also gelöst. Ich war ein Vampir. Wie es dazu gekommen war, wusste ich allerdings nicht. Verkehrstote kehren nicht von den Toten wieder. Dachte ich bisher zumindest.

Im Kino wird immer ein süßes Mädchen von einer großen, dunklen Kreatur der Finsternis verfolgt, fällt ihr dann ohnmächtig in die Arme und wacht einige Nächte später mit einem ungeheuren Appetit wieder auf. Aber nichts davon ist mir widerfahren. Die letzte große, dunkle Kreatur der Nacht, der ich begegnet bin, war der Hausmeister im Büro. Und der hat mich auch nicht gebissen, sondern gebeten, die Herrentoilette zu benutzen, damit er in der Damentoilette putzen konnte.

Es gab einfach keine Erklärung dafür. Es sei denn … es hätte etwas mit dem Überfall im letzten Monat zu tun. Meine Angreifer waren wild, knurrig, wenig menschlich gewesen. Bis heute war dies das Surrealste gewesen, was mir je passiert war, die Steuerprüfung und die Scheidung meiner Eltern eingeschlossen. Hatten die Angreifer mich vielleicht infiziert?

Aber warum war ich dann noch ich selbst? Hätte ich, da ich nun ein blutrünstiges Mitglied im Club der Untoten war, nicht das kleine Mädchen bis auf den letzten Tropfen aussaugen und dann ihre Mami zum Mittagessen verspeisen sollen? Sollte ich nicht ein erbarmungsloses Raubtier der Finsternis sein, nur darauf aus, meinen widernatürlichen, teuflischen Hunger zu stillen?

Die Männer in der Gasse waren Arschlochraubtiere gewesen. Aber ich war immer noch entsetzt darüber, zwei von ihnen getötet zu haben. Ich hatte Justine und ihre Mutter gehen lassen, sie sogar dazu aufgefordert. Jetzt war ich durstiger als jemals zuvor in meinem … äh … Leben, aber der Durst beherrschte mich nicht. Ich war kein Tier. Ich war immer noch ich, Betsy, angewidert von meinem momentanen Schuhwerk und bereit, meine rechte Hand (oder meine neuen Reißzähne) für ein Autogramm von Colin Farell zu geben.

Colin Farell – der würde doch einen süßen Snack abgeben!

5

„Vater“, sagte ich, „Sie müssen mir helfen.“

„Das würde ich gerne. Aber ich bin kein Priester.“

„Ich werde in die Hölle kommen und habe nichts getan, was die Verdammnis verdiente. Außer vielleicht diese Sache mit dem Doppelmord. Aber das war ein Unfall! Ich bekomme doch bestimmt Extrapunkte, weil ich Justine und ihre Mutter gerettet habe.“

„Miss, wie ich schon sagte, ich bin kein Priester. Ich bin der Hausmeister. Und dies ist auch keine katholische Kirche. Wir sind Presbyterianer.“

„Schon gut, ich verstehe, Sie halten auch unter Druck dicht. Würden Sie mich mit Weihwasser verbrennen? Bitte!“ Ich hielt sein Hemd umklammert und zog ihn hoch auf die Zehenspitzen. Er war ungefähr acht Zentimeter kleiner als ich. „Oder mich mit dem Kruzifix zu Tode pieksen?“ Ich schüttelte ihn wie eine Ratte. „Mich mit Oblaten bewerfen, bis ich tot bin?“

Er schenkte mir ein süßes, aber schräges Lächeln. „Sie sind hübsch.“

Überrascht ließ ich ihn los. Dann tat er etwas Empörendes: Er schlang seine Arme um mich und küsste mich. Heftig. Wirklich sehr heftig, und er gab alles bei diesem Kuss. Seine Zunge stieß in meinen Mund, und etwas Hartes, Festes stieß gegen meinen Unterleib.

Behutsam drückte ich ihn weg, trotzdem flog er über die Kirchenbank und landete mit einem hässlichen dumpfen

Schlag neben der Kanzel. Das Grinsen wich nicht und leider auch nicht seine Erektion. Ich konnte das kleine Zelt in seiner Hose deutlich erkennen. „Mach das noch einmal", seufzte er und räkelte sich lasziv.

„Also wirklich! Machen Sie doch … Schlafen Sie es doch einfach aus!", blaffte ich ihn an, und zu meiner Überraschung ließ er den Kopf hängen und begann zu schnarchen. Betrunken. Natürlich. Ich hätte es riechen müssen.

Ich betrachtete ihn genauer und verfluchte mich selbst. Natürlich war er der Hausmeister. Das war deutlich an seiner Uniform mit der Aufschrift „D & E Reinigung – Wir räumen den Dreck weg!" zu erkennen. In meiner Panik hatte ich die erste Person ergriffen, die mir in der Kirche über den Weg gelaufen war. Und er hatte zurückgegrabscht, das war nur fair.

Nachhaltig erstaunt war ich allerdings darüber, dass ich mich in einer Kirche befand, ohne in Flammen aufzugehen. Nicht dass ich zu meinen Lebzeiten ein besonders eifriger Kirchgänger gewesen wäre. Als Kind bin ich hingegangen, aber vor allem, um meinem Stiefmonster für einige Stunden zu entfliehen. Und natürlich wegen des Traubensafts, den es umsonst gab. Aber nach meinem Auszug von zu Hause bin ich nicht mehr in der Kirche gewesen, abgesehen von einigen religiösen Feiertagen. Insofern war ich ein strenggläubiger Ostern-und-Weihnachten-Christ.

Und jetzt ein toter Christ. Deshalb war ich überrascht, dass ich das Heiligtum hatte betreten können, ohne zu explodieren. Die Tür war leicht zu öffnen gewesen, und die Kirche hatte ausgesehen, wie Kirchen eben aussahen: unfreundlich und doch tröstlich, wie ein geliebter, aber gestrenger Großvater.

Behutsam setzte ich mich auf eine Bank und erwartete

fast, dass ich mir böse den Hintern verbrannte. Aber nichts passierte. Ich berührte die Bibel, die vor mir lag. Nichts. Rubbelte die Bibel über mein Gesicht. Immer noch nichts.

Verdammt! Also war ich wohl ein Vampir. Schockierend, aber langsam gewöhnte ich mich an den Gedanken. Nur – Vampirregeln schienen für mich nicht zu gelten! Ich sollte eigentlich eine wandelnde Feuersäule sein und mich vor Schmerzen krümmen. Stattdessen saß ich ungeduldig auf dieser Bank und wartete darauf, dass Gott meine Seele endlich in die Hölle schickte.

Ich warf einen Blick auf die Uhr an der gegenüberliegenden Wand. Es war nach vier Uhr morgens. Die Sonne würde bald aufgehen. Vielleicht würde ein kleiner Morgenspaziergang mir endlich den Rest geben.

Ich seufzte und sank auf meiner Bank in mich zusammen. „Was geht hier vor, lieber Gott?“, jammerte ich. „Okay, ich bin nicht gerade im Bonusprogramm für Kirchgänger. Was aber habe ich getan, um das hier zu verdienen? Ich war ein braves Mädchen. Meistens jedenfalls. Ich war freundlich zu Kindern und dämlichen Tieren. Ich habe ehrenamtlich in Suppenküchen gearbeitet, verdammt noch mal! Vielleicht war ich ein bisschen materialistisch, zugegeben. Aber Qualität ist nun mal nicht billig. Ich denke nicht, dass es eine Sünde ist, die besten Schuhe besitzen zu wollen, die man für Geld haben kann. Zum einen halten sie ewig. Und dann gibt es noch so etwas wie Besitzerstolz. Habe ich nicht recht? Also, komm schon … Wenn Hitler kein Vampir war, warum bin ich dann einer?“

„Mein Kind?“

„Jahaaaa …“ Ich sprang auf die Füße und stolperte fast aus der Bankreihe.

Etwas zu spät roch ich Stärke, alte Baumwolle und Aftershave, wirbelte herum und sah, dass der Pfarrer durch den Mittelgang auf mich zukam. Er war um die fünfzig, mit einer kleinen Glatze und einem weißen Haarkranz. Er trug schwarze Hosen und ein schwarzes Kurzarmhemd; an seinem Kragen war ein kleines Kreuz befestigt. Seine Wangen waren noch gerötet vom Rasieren. Er trug dicke Brillengläser und beeindruckte mit einer heroischen römischen Nase. Am Ringfinger schimmerte ein Ehering. Für seine Größe hatte er ungefähr zwanzig Pfund Übergewicht, wahrscheinlich konnte man wunderbar mit ihm kuscheln.

Vorwurfsvoll sagte ich: „Sie haben mir Angst gemacht. Ich dachte, Sie wären Gott."

„Nicht ganz, mein Kind." Er erfasste die Szenerie mit einem Blick: Hausmeister liegt schnarchend am Boden, totes Mädchen steht neben der Kirchenbank und sieht aus wie ausgekotzt.

Er lächelte mich an. „Heute muss Montag sein."

Schließlich erzählte ich ihm die ganze Geschichte, während er uns Kaffee im Aufenthaltsraum machte. Dann setzte er sich mir gegenüber und hörte aufmerksam zu.

Nach den Strapazen der letzten Nacht waren die Stühle sündhaft bequem. Ich trank drei Tassen Kaffee mit viel Sahne und Zucker. Zukünftig würde ich mir ja wohl keine Sorgen mehr um meine Linie machen müssen. Ich beendete meine Erzählung mit den Worten: „Und dann kam ich hierher, aber weder die Türen noch die Bibel konnten mir etwas anhaben." Den Teil mit dem Hausmeister ließ ich aus. Es gab keinen Grund, ihn in Schwierigkeiten zu bringen. „Sie haben nicht zufällig ein Kreuz bei sich?", fügte ich hoffnungsvoll hinzu.

Er löste das kleine Kreuz von seinem Kragen und gab es mir. Ich schloss meine Finger darum und zuckte in Erwartung des Schmerzes vorsorglich zusammen, aber nichts passierte. Ich schüttelte es. Funktionierte das Ding überhaupt? Immer noch nichts.

Ich gab es dem Priester zurück. „Vielen Dank. Macht nichts."

„Sie können es behalten."

„Nein, danke. Ist schon gut."

„Wirklich. Ich möchte, dass Sie es behalten."

Seine Wangen waren gerötet, und das Rot wurde tiefer, als ich nach seiner Hand griff, das Kreuz hineinpresste und seine Finger mit Gewalt darum schloss. „Vielen Dank, aber es gehört Ihnen. Sie sollten es keiner Fremden schenken."

„Einer schönen Fremden."

„Was?" Erst der Hausmeister, jetzt der Priester. Verknallt in ein totes Mädchen. Bah!

Als könnte er meine schockierten Gedanken lesen, blinzelte er einmal und schüttelte dann langsam den Kopf. „Vergeben Sie mir. Ich weiß nicht, was über mich gekommen ist." Abwesend berührte er seinen Ehering. Das schien ihm die Kraft zu geben, mir in die Augen zu schauen. „Bitte, fahren Sie fort."

„Mehr gibt es nicht zu sagen. Ich fühle mich verloren", schloss ich, „und habe nicht die leiseste Ahnung, was ich jetzt tun soll. Ich weiß, Sie denken, ich sei verrückt, und ich kann es Ihnen nicht einmal verübeln. Aber könnten Sie nicht einfach so tun, als glaubten Sie mir? Geben Sie mir einen Rat!"

„Sie sind nicht verrückt. Und ich glaube nicht, dass Sie lügen", beruhigte er mich. Er hatte einen leichten Südstaatenakzent, der mich an Hafergrütze und Magnolien erinnerte. „Es ist offensichtlich, dass Sie gerade Schweres durchgemacht haben und jemanden brauchen, mit dem Sie darüber sprechen können. Und vielleicht sollten Sie sich ausruhen."

Na klar, ausruhen. Im Grab? Das wäre schön. Doch es war wahrscheinlicher, dass ich mich bald an einem Ort ausruhen konnte, wo so schöne Körbe geflochten und so schöne Topflappen gehäkelt wurden und wo die Wände so schön gepolstert waren. Ich war zu müde, mir den Kaffeelöffel ins Herz zu stoßen, um ihm zu beweisen, dass ich recht hatte. Stattdessen nickte ich und starrte in meine Tasse. Wenn ich sie vielleicht zerbrechen und die Scherben essen würde …?

„Es ist ziemlich klar, warum die Bibel Ihnen keinen Schaden zugefügt hat, mein Kind. Gott liebt Sie immer noch."

„Oder die Regeln gelten für mich nicht", erinnerte ich ihn. Doch schon als ich es aussprach, fiel mir auf, wie arrogant und lächerlich das klang. Gottes Regeln galten für jeden Menschen auf diesem Planeten, ohne jeden Unterschied. Außer für Betsy Taylor! Tsss … selbst ich konnte nicht so vermessen sein! „Sie meinen also, ich sollte die Selbstmordversuche unterlassen?"

„Unbedingt." Er berührte immer noch seinen Ring, und seine Stimme war wieder kräftiger, weniger verträumt. „Sie haben selbst gesagt, dass Sie der Frau und ihrer kleinen Tochter geholfen und niemanden gebissen haben. Ganz eindeutig haben Sie noch Ihre Seele." Er zögerte und traute sich dann. „Eines meiner Gemeindemitglieder arbeitet in … äh … in einer hübschen Einrichtung in der Innenstadt von Minneapolis. Darf ich Ihnen ihre Karte geben? Falls Sie keinen Wagen haben, wäre es mir eine Freude, Sie zu fahren …"

„Vielen Dank für die Karte, ich nehme sie gerne", sagte ich und fügte dann verlogen hinzu: „Ich rufe sie am späteren Vormittag an."

Der Priester und ich trennten uns freundschaftlich. Als ich ging, rüttelte er den Hausmeister wach.

Ich war eine herzlose Bewohnerin des Reichs der blutrünstigen Untoten, und der Durst nach Blut (Bähh!) wurde immer drängender. Aber viele Wege führen bekanntlich nach Rom. Ich musste kein Blutsauger auf zwei Beinen sein, wenn ich es nicht wollte. Immerhin gab es mindestens sechs Blutbanken in dieser Stadt.

Und Gott liebte mich immer noch. Und anscheinend ebenso der Hausmeister und der Priester. Ich sah nun alles in einem klaren Licht und wunderte mich, warum ich das Offensichtliche nicht vorher erkannt hatte: Wenn man sechs- oder siebenmal vergeblich versucht, sich umzubringen, ist man dazu bestimmt, weiterzuleben. Zumindest für eine Weile.

So unglaublich, so erstaunlich es war: Ich bekam eine zweite Chance. Ausgerechnet ich! Und die würde ich nicht vergeuden. Nicht mehr. Unter keinen Umständen.

Keine zwei Blocks weiter schaffte ich es, ein Taxi anzuhalten. Im Gegensatz zu Boston oder New York waren Taxis in Minneapolis selten und immer wie ein kleines Wunder. Ich hatte es bereits am Ende des Häuserblocks gesehen und meine Hand ohne viel Hoffnung gehoben. Ich hörte das Quietschen blockierender Reifen auf dem Pflaster, sah, wie der Wagen in einer illegalen Kehrtwende drehte und dann haargenau auf meiner Höhe an der Bordsteinkante zum Stehen kam. Der Fahrer sprang aus dem Wagen und riss die Beifahrertür für mich auf.

„Äh … Danke. Würden Sie mich bitte nach Edina fahren?“

Nichts. Noch nicht einmal ein Nicken. Er starrte mich nur an. Er hatte etwa das Alter meines Vaters, eine Wampe vom vielen Sitzen und Krümel im Bart. Das Hemd spannte über seinem Bauch, aber er sah nett aus. Immerhin lächelte er.

Grinste eher albern. Aber da ich nicht zwanzig Meilen zu Fuß laufen wollte, konnte ich nicht auch noch wählerisch sein.

Ich kletterte in den Wagen und los ging's. Also ehrlich: Wenn ich immer noch einen schrecklichen Tod hätte sterben wollen, hätte ich beim Verlassen des Beerdigungsinstituts dieses Taxi anhalten sollen. Dieser Typ war verrückt, und zwar buchstäblich. Dass er mich ständig im Rückspiegel anstarrte, machte die Sache nicht besser. Nur das Heulen von Sirenen oder die Flüche der Passanten lenkten seine Aufmerksamkeit kurzzeitig wieder auf die Straße.

Nachdem er beinahe einen Lieferwagen, einen Zeitungswagen, eine Haltestelle voll morgendlicher Pendler und einen Bus gerammt hätte, hatte ich genug. Vielleicht war ich ja unverwundbar und überlebte einen schrecklichen Autounfall, aber mein unerschrockener Fahrer war es nicht.

„Schauen Sie nicht zu mir!“, bellte ich ihn an und zuckte zusammen, als der Busfahrer sich mit seinem ganzen Gewicht auf die Hupe stemmte. Das Dröhnen marterte mein Trommelfell. Die Welt schien nur noch aus Lärm zu bestehen. „Achten Sie auf die Straße.“

Er gehorchte augenblicklich und ließ seinen Blick wieder in Richtung Straße einrasten. Von da an hatten wir keine Probleme mehr.

Dass ich kein Geld bei mir hatte, um ihn zu bezahlen, fiel mir erst vor meinem Haus ein. Was hatte ich mir dabei gedacht, diesen Typen anzuhalten? An ein Nickerchen und einen Drink – natürlich nicht in dieser Reihenfolge.

„Äh … wenn Sie kurz warten, laufe ich schnell ins Haus und …“ Und was? Wenn mein Gedächtnis mich nicht täuschte, hatte ich genau achtundvierzig Cents in meinem Portemonnaie. Und zwei Chips für eine Gratis-Autowäsche bei Mr. Wash. Beim Geldautomaten war ich heute noch nicht gewesen, da meine Geburtstagsparty ins Wasser gefallen war. „Nehmen Sie auch Schecks? Oder erlassen mir das Fahrgeld aus reiner Herzensgüte?“, scherzte ich.

Er schenkte mir ein schiefes Lächeln. „Ja, Ma'am.“

Ma'am? Der Mann war doppelt so alt wie ich! Mir kam ein schrecklicher Gedanke: Machte der Tod etwa Falten?

„Aha. Na gut“, sagte ich zweifelnd und versuchte verstohlen, neue Falten in meinem Gesicht zu ertasten. „Vielen Dank, dass Sie mich mitgenommen haben.“

Er trat auf das Gaspedal, den Blick durch das Seitenfenster auf mich geheftet. Ich zuckte zusammen, als er die Bordsteinkante mitnahm und einen Briefkasten rammte. Dann rannte ich die Auffahrt zu meinem Haus hinauf, um nicht Zeugin eines weiteren Gemetzels zu werden. Wie einfach man in diesem Staat doch einen Führerschein bekam! Erstaunlich.

Von außen sah meine Wohnung aus wie immer. Aber als ich eintrat – irgendein Trottel hatte die Haustür nicht verschlossen ... ups, das war ja ich gewesen! –, sah ich die Bescherung. Die meisten meiner Sachen waren in Kartons verpackt, die sich wahllos verstreut in meinem Wohnzimmer türmten. Das Licht in der Küche brannte. Wie viel mich das wohl gekostet hatte, während ich hübsch aufgeputzt im Beerdigungsinstitut gelegen hatte? Ich konnte das Parfum meines Stiefmonsters riechen (Dune – und davon viel zu viel), und mir kam ein schrecklicher Gedanke.

Ich stürzte in mein Schlafzimmer. Hier sah ich noch mehr Kartons, und einige meiner Kleider lagen auf mein Bett geworfen. Manche waren auf den Boden gefallen und lagen dort nun zerknittert in kleinen Haufen von Polyester, Seide und Baumwolle.

Ich riss die Schranktür auf, und meine schlimmsten Befürchtungen wurden bestätigt. Meine Klamotten waren noch da, ebenso meine Kinderschuhe und meine billigen flachen Slipper, die ich mir für die nicht so formellen Tage im Büro gekauft hatte. Aber meine Lieblinge, die Manolo Blahniks, die Pradas, die Ferragamos, die Guccis und Fendis – alle waren sie verschwunden.

Mein Stiefmonster hatte den Leichenbestatter angewiesen, mich in einem ihrer billigen Kostüme herzurichten, ihre ausgelatschten Treter über meine Füße zu ziehen, um sich dann umgehend in meiner Wohnung meine guten Schuhe unter den Nagel zu reißen.

Man muss sich das auf der Zunge zergehen lassen: *Sie zog ihre ausgelatschten Treter über meine Füße und riss sich selbst meine guten Schuhe unter den Nagel.*

Während ich diese Erkenntnis noch verdaute, hörte ich ein vorsichtiges Miau. Ich blickte auf und sah Giselle, die an der Haustür um die Ecke lugte. Super, sie hatte nach Hause gefunden. Ich zwang mich zu einem Lächeln und machte einen Schritt in ihre Richtung. Weiß der Himmel, wann sie das letzte Mal gefüttert worden war. Was machte sie überhaupt noch hier? Dann aber sah ich, wie sich ihre Rückenhaare drohend aufrichteten. Sie flüchtete so schnell, dass sie gegen die gegenüberliegende Wand schlidderte, dort abprallte und dann weiterrannte.

Ich sank auf mein Bett und weinte.

Weinen ist in Ordnung, aber man kann es nicht ewig tun. Nach einiger Zeit fühlt man sich etwas albern und fragt sich: Kommt dieses Geräusch von mir? Zumal wenn man keine Tränen mehr hat, ist Weinen ein höchst merkwürdiges Gefühl. Ich konnte schluchzen, aber Tränen kamen mir nicht. Konnte ich auch nicht mehr pinkeln oder schwitzen? Nun, ich musste es nicht sofort herausfinden. Also: Irgendwann ist man mit dem Weinen fertig und muss entscheiden, was als Nächstes zu tun ist. Entweder mit dem fraglichen Typen Schluss machen oder den Boss umbringen oder die Biestigkeit der Stiefmutter ignorieren oder herausfinden, wie man als Vampir klarkommt. Irgendwo beginnt immer der nächste Schritt.

Ich ließ mich mit dem Bauch nach unten auf mein Bett plumpsen, schlaff wie gekochte Spaghetti und restlos erschöpft. Und *durstig*. Aber dagegen würde ich jetzt noch nichts unternehmen. Vielleicht gab ich Giselle Futter … nein, auch das nicht. Ich würde einfach hier liegen bleiben und – da mein Zimmer nach Osten zeigte – auf die Sonne warten, die mir dann ein für alle Mal den Rest geben würde.

Wenn ich trotzdem als Tote wieder aufwachte, wäre es ein Zeichen des Schicksals. Dann sollte ich weitermachen. Wenn nicht – hätte ich ein Problem weniger. Die Hölle konnte nicht schlimmer sein als ein Wal-Mart nach Mitternacht.

Über diesen Gedanken schlief ich ein.

6

Ich erwachte schlagartig, wie zuvor schon in dem Sarg. Das sah mir gar nicht ähnlich. Normalerweise brauchte ich eine Stunde, eine Dusche, zwei Tassen Kaffee und den Weg zur Arbeit, um aufzuwachen. Jetzt nicht mehr. Eben war ich noch todmüde, und einen Moment später hüpfte ich aus meinem Sarg. Oder meinem Bett mit Laura-Ashley-Bettwäsche.

Ich war hellwach und klar im Kopf. Kennen Sie die Benommenheit, wenn man nach ein, zwei Stunden Nickerchen aufwacht? Genau so fühlte ich mich eben nicht. Ich war so aufgedreht wie nach drei Frappuccinos. Mit viel Zucker.

Als Erstes sah ich Giselle, die gebieterisch an meinem Fußende thronte. Offensichtlich hatte sie während des Tages ausgiebig meine Leiche beschnüffelt und beschlossen, es noch einmal mit mir zu versuchen. Also fütterte ich sie. Früher hatte ich das zweimal täglich gemacht; diese einfache Tätigkeit hatte etwas Tröstliches für mich. Dann duschte ich, putzte mir die Zähne, zog saubere und bequeme Kleidung an und schlüpfte in meine Tennisschuhe. Ich war hier, ich war tot, also gewöhnt euch dran – oder wie auch immer der entsprechende Paragraf der Vampirgrundrechte lauten mochte. Keine Selbstmordspielchen mehr. Es war Zeit, sich mit den Tatsachen abzufinden. Wie genau? Keine Ahnung! Aber ich wollte jetzt den ersten Schritt tun. Einmal in Schwung gekommen, würde sich der Rest schon ergeben.

Schritt eins: meine Schuhe zurückholen.

Lassen Sie mich einige Anmerkungen zu meiner Stiefmutter machen. Ich hätte ihr vergeben können, dass sie meinen Vater geheiratet hatte. Ich hätte ihr ebenfalls vergeben können, dass sie mich als ihre ewige Rivalin sah und nicht als ein Mitglied der Familie. Was ich ihr nicht vergeben konnte, war, dass sie es auf meinen Vater abgesehen hatte, als er noch verheiratet gewesen war. Sie brachte ihn zur Strecke wie eine verwundete Gazelle und heiratete dann den Kadaver.

Mein Vater war alles andere als ein Heiliger und ist auch heute noch keiner. Aber Antonia hatte alles in ihrer Macht Stehende getan, um ihn vom rechten Weg abzubringen. Manche Leute sind die geborenen Künstler, andere wiederum die geborenen Buchhalter. Antonia war die geborene Heimzerstörerin. Sie brachte die richtige Ausrüstung mit: einen großen Kunstbusen, der ständig dem V-Ausschnitt ihrer zu engen Pullover entquoll, schwarze Miniröcke, nackte Beine (sogar im Winter! In Minneapolis!) und Fick-mich-Pumps.

Um das Vorurteil zu komplettieren: Sie war auch noch dumm. Und blond. Einmal fragte sie mich, ob Lesben auch ihre Periode bekämen. Ich verkniff mir ein höhnisches Gelächter und klärte sie auf. Darauf sagte sie schnippisch: „Nun, wenn du mich fragst, ergibt das überhaupt keinen Sinn."

Meine Mutter erhielt das Haus und die übliche Demütigung von Freunden, Bekannten und Familie, wenn der eigene Mann einen gegen ein jüngeres und dünneres Modell eintauscht. Mein Vater bekam Ant und eine Beförderung, denn sie war die typische Trophäenfrau und half ihm, das muss ich zugeben, bei seiner Karriere. Und ich bekam im zarten Alter von dreizehn eine achtundzwanzigjährige Stiefmutter.

Das Erste, was sie zu mir sagte, war: „Sei vorsichtig mit meinem Kostüm." Das Zweite: „Fass das nicht an." *Das* war eine der antiken Vasen meiner Mutter, die diese mir geschenkt hatte, bevor sie von Antonia ausgestochen worden war. Antonia nahm die Vasen als Geiseln. Ich für meinen Teil muss ehrlicherweise gestehen: Ich habe nicht versucht, sie besser kennenzulernen. Ich hatte null Absicht, eine Beziehung zu der Frau aufzubauen, die die Ehe meiner Mutter zerstört hatte. Außerdem ist es schwer, nett zu jemandem zu sein, von dem man nicht gemocht wird und der damit auch nicht hinter dem Berg hält. Ich war eben eine Bedrohung für sie: ein intelligenter, launischer Teenager, den mein Vater mit der ganzen Kraft seines engen Herzens liebte.

Eine Woche nach ihrem Einzug belauschte ich eine Unterhaltung, in der sie meine Mutter als eine „Vorstadtpomeranze" bezeichnete. Daraufhin nahm ich ihre goldene Halskette, steckte sie in den Mixer und drückte unter dem Gekreische meiner Stiefmutter auf „Püree". Danach hatte ich meinen ersten Termin bei einem Therapeuten.

Ant glaubte unbedingt an Therapien. Professionelle Zuhörer für alle Beschwerden, die man sich vorstellen kann. Die reine Glückseligkeit! Schon früh erklärte sie mir stolz, dass man bei ihr eine Depression diagnostiziert hatte, die sich aber als die merkwürdigste psychische Krankheit herausstellte, der ich je begegnet war: Medikamente halfen nicht. Aber Schmuck tat es. Sie war zu depressiv, um zu einer meiner Schulaufführungen zu kommen, konnte sich aber immer aufraffen, um mit meinem Vater aufwendig auszugehen.

Mein Vater, der Drohn, versuchte den Ball flach zu halten. Man muss ihm zugutehalten, dass er den Bitten meiner Stiefmutter, mich ganz bei meiner Mutter wohnen zu lassen, niemals nachgegeben hat. Ihnen war das gemeinsame Sorgerecht zugesprochen worden, und er würde mich teilen, komme, was da wolle. Stattdessen stellte er sie mit Schmuck ruhig, kaufte mir Schuhe und hatte jede Menge Konferenzen außerhalb der Stadt. Ich nahm die Schuhe und versuchte alleine klarzukommen. Antonia beleidigte meine Mutter nicht mehr in Hörweite, und ich musste keine wertvollen Metalle in ein Küchengerät werfen. Aber für beide fühlte ich wenig Zuneigung. Sie hatten sich entschieden.

Ich fuhr vor ihrem grotesk großen Haus vor. Drei Stockwerke hoch, mit einer Außenverkleidung aus roten Ziegeln und mehr Dachfenstern als ein Gewächshaus. Ich starrte darauf, wie immer von seiner Größe erschlagen. Brauchten zwei Menschen wirklich dreitausendfünfhundert Quadratmeter zum Leben? Dann schlüpfte ich aus dem Auto. Welch eine Erleichterung, endlich wieder den eigenen Wagen fahren zu können und nicht mehr auf die öffentlichen Verkehrsmittel angewiesen zu sein! Anscheinend waren bisher weder mein Haus noch mein Auto verkauft worden. So erbärmlich es klang: Mein Nachlass war nicht geregelt worden. Aber schließlich war ich ja erst ein oder zwei Tage tot. Meine Familie, wenigstens meine Mutter und mein Vater, stand sicher noch unter Schock.

Ich öffnete die Haustür gerade rechtzeitig, um die liebliche Stimme meiner Stiefmutter sagen zu hören: „Scheiße, Arnie, du solltest die Arschlöcher verklagen! Sie haben die Leiche deiner Tochter verbummelt! Jetzt wird die Beerdigung wer weiß wann stattfinden. Wir werden unseren Urlaub verschieben müssen – verdammter Mist!“

Ein Eiswürfel klirrte, als mein Vater ihn in sein Glas mit Whiskey gleiten ließ. „Ich bin auch wütend, Toni, aber geben wir dem Institut noch eine Chance. Ich weiß, sie tun alles, was sie können. Wenn sie Betsy …" – ich hörte seine Stimme brechen und vergab ihm augenblicklich für den Großteil meiner verkorksten Jugend – „… bis morgen nicht gefunden haben, mache ich ein paar Anrufe."

„Wenn wir die Buchung stornieren, verlieren wie die Anzahlung", warnte Ant. Horror! Auf einem Boot gefangen mit dieser Frau! Was zum Teufel dachte sich mein Vater dabei? „Das sind dreitausend Dollar. Einfach aus dem Fenster geworfen."

„Das ist wirklich nicht meine Hauptsorge im Moment", sagte mein Vater sehr ruhig. Aha, jetzt gab es Ärger. Ich konnte die wenigen Gelegenheiten, diesen Ton gehört zu haben, an einer Hand abzählen.

Instinktsicher, wie sie war, gab Ant nach und machte eine Pause. „Oh … Na gut. Dann werde ich mich mal darum kümmern, und du kannst hier bleiben und … du weißt schon … machen, was du willst."

„Mein Gott, Toni! Ich weiß ja, dass du und Betsy nicht miteinander ausgekommen seid. Aber um Himmels willen, deine Stieftochter ist tot! Und du denkst nur an diesen beschissenen Urlaub." Ich hörte, wie mein Vater geräuschvoll seinen Whiskey kippte. „Was ist los mit dir?"

„Nichts", sagte Ant eilig, „Ich habe … einen Schock … glaube ich. Ich habe das nur so dahingesagt. Wie dumm von mir. Es tut mir leid, Honigbärchen. Du siehst so traurig aus. Mein armes Baby! Komm zu Mama, die macht alles wieder heileheile."

Ich schluckte und flog fast durch die Einganghalle, um nicht länger ihrem Vorspiel lauschen zu müssen. „Stopp!", sagte ich und trat in das Wohnzimmer, beide Hände fest auf meine Augen gepresst. „Ihr seid nicht etwa nackt, oder? Ich habe so einiges ertragen müssen in den letzten vierundzwanzig Stunden, aber das wäre zu viel.“ Ich lugte durch meine gespreizten Finger hindurch. Mein Vater saß zusammengesunken in seinem Komfortfernsehsessel, und die erstarrte Ant hatte sich über ihn gebeugt, die Finger in seiner sorgfältig quer gekämmten Frisur. Der Gesichtsausdruck meiner Stiefmutter entschädigte für das ganze Ungemach des Sterbens und Auferstehens. „Toll, ihr seid noch angezogen. Also, hier bin ich wieder. Ant, wo zum Teufel sind meine Schuhe?“

Die darauf folgende Totenstille (haha!) wurde nur unterbrochen durch das Geräusch zersplitternden Glases, als meiner Stiefmutter das Weinglas entglitt. Das Blut wich mit einem Schlag aus ihrem Gesicht, und zum ersten Mal bemerkte ich ein feines Netz von Krähenfüßen um ihre Augen. Sie war fünfzehn Jahre älter als ich, und in diesem Moment sah sie auch so aus.

„B-Betsy?“ Mein Vater versuchte ein Lächeln, aber seine Mundwinkel zuckten verräterisch, und ich erkannte, dass er Angst hatte. So schlimm dies auch war (mein eigener Vater hatte Angst vor mir!), ich konnte mich jetzt nicht darum kümmern, sondern steuerte weiter auf seine Frau zu.

„Du hast dem Beerdigungsinstitut ein pinkfarbenes Kostüm gegeben, obwohl du verdammt gut weißt, dass ich Pink hasse! Du hast ihnen deine beschissenen Latschen gegeben und weißt genau, wie sehr ich Designerschuhe liebe. Dann hast du dich in mein Haus geschlichen und meine guten Schuhe gestohlen. Dann wolltest du eine Kreuzfahrt machen! Nachdem du meinen Vater verführt hast – noch einmal! Am Tag meiner Beerdigung!“ Ich wusste nicht, was von alledem mich wütender machte.

Sie wich Schritt für Schritt in Richtung Kaminsims zurück

und war kurz davor, in den Schornstein zu kriechen. Ich aber hörte erst auf, als wir uns Nase an Nase gegenüberstanden. Ihr Atem roch nach Hummer. Nett! Ein kleines Festmahl an dem Tag, an dem die Stieftochter beerdigt wurde. „Und jetzt: Wo sind sie?"

„Toni, hast du das wirklich getan?", fragte mein Vater. Typisch: Er ignorierte das Unfassbare (Tochter steht von den Toten auf) und beschäftigt sich mit dem Banalen (Schlampenfrau klaut die Schuhe der toten Tochter). „Du weißt doch, wie lange sie gespart hat, um …"

„Sie war doch tot, um Himmels willen!" Selbst jetzt noch schaffte es mein Stiefmonster, beleidigt und gequält zu klingen. „Hallo, Dad", sagte ich. Dann wandte ich mich an sie: „Antonia, das spielt keine Rolle." Ich hörte hinter meinem Rücken etwas zerbrechen, drehte mich aber nicht um. „Wo sind sie?"

„Elizabeth, ich … du … du bist … du bist nicht du selbst. Mehr kann ich dazu nicht sagen."

„Ant, du verräterische Kuh, du weißt gar nicht, wie recht du hast. Sag mir lieber, wo meine Schuhe sind." Ich lehnte mich noch näher zu ihr hinüber und grinste. Sie erbleichte, und ich hörte, wie ihr der Atem stockte. „Du solltest mal sehen, was den letzten beiden Typen passiert ist, die mich wütend gemacht haben."

„Sieh mal in ihrem Schlafzimmer nach", sagte eine leise Stimme hinter mir. Ich drehte mich um und sah meine beste Freundin, Jessica Watkins. Sie stand im Flur, die Augen rot gerändert, und trug einen langen, durchsichtigen Rock über schwarzen Leggings und einen schwarzen Rollkragenpullover. Ihr Haar war so straff zu einem Dutt verdrillt, dass ihre Augenbrauen ständiges Erstaunen auszudrücken schienen. Auf Make-up hatte sie verzichtet, um zu zeigen, dass sie in

Trauer war. Ich hatte Jessica nicht ohne Mascara gesehen, seitdem wir zusammen die siebte Klasse besucht hatten. „Mrs. Taylor wird keine Zeit verloren haben. Sie hat sie sicher sofort in den Schrank geräumt. Also, tu, was ich sage, und sieh dort nach." Dann brach sie lautstark in Tränen aus. „Oh, Liz ... ich dachte, du wärst tot! Wir alle haben das gedacht!"

„Nenn mich nicht Liz. Du weißt, dass ich das hasse. Ich *bin* tot. Irgendwie", sagte ich, als sie in meine Arme stürzte. Bevor ich sie auffing, legte ich eine Hand auf das Gesicht meines Stiefmonsters und gab ihr einen ganz, ganz sanften Stups. Sie flog zur Seite, und ihr Hintern kollidierte mit dem Fernsehsessel, den mein Vater eilig räumte. „Es ist eine lange Geschichte. Du wirst sie mögen."

Dann weinte meine älteste Freundin in meinen Nacken, während ich sie in das hintere Schlafzimmer zog. Bei einem Blick zurück sah ich meine Stiefmutter benommen ins Leere starren und meinen Vater mit zitternden Händen einen weiteren Drink mixen.

7

„Und dann habe ich beschlossen, mir meine Schuhe zurückzuholen, und da bin ich. Liebes, kann ich meine Hand für einen Moment zurückbekommen?“ Jess hatte sie während meines Berichts die ganze Zeit über fest umklammert gehalten. Jetzt ließ sie mich widerstrebend los. Ich wackelte mit den Fingern, um die Blutzirkulation anzuregen.

„Ich kann es nicht glauben“, wiederholte sie immer wieder. Dabei schüttelte sie so heftig mit dem Kopf, dass ich schon vom Zuschauen Kopfschmerzen bekam. „Ich kann es einfach nicht glauben.“

Wir lagen auf den Knien in Ants begehbarem Kleiderschrank. Ich prüfte meine Schuhe sorgfältig auf Fehler und Macken, bevor ich sie in den Rock ihres tausendvierhundert Dollar teuren Ballkleides stopfte. Mein Vater und meine Stiefmutter hielten sich im Wohnzimmer versteckt. Sie waren zu verängstigt, um mit mir zu sprechen. Ich konnte ihre Angst und ihr Unbehagen riechen, sie rochen wie verbranntes Plastik. Aber obwohl ich erleichtert war, mich mit ihnen nicht auseinandersetzen zu müssen, machte es mich traurig.

Und warum konnte ich plötzlich so gut riechen? Ich war die Supernase. Und wieso konnte man Gefühle riechen? Ich verließ mich so selbstverständlich auf meine Nase wie auf meine Augen und meine Ohren. Ich war der untote Bluthund! Merkwürdig, aber irgendwie cool.

„Ich kann es einfach nicht glauben“, sagte Jessica erneut.

„*Du* kannst es nicht glauben? Dann wach *du* mal als Tote

wieder auf. Ich habe fast zwei Tage gebraucht, um mich an die Vorstellung zu gewöhnen. Und ich weiß immer noch nicht, warum und wieso und was ich jetzt tun soll."

„Das ist mir scheißegal", sagte Jessica, „du lebst, irgendwie. Du gehst, du sprichst, immerhin. Und das ist alles, was zählt." Sie schlang erneut ihre Arme um mich. Da sie nicht mehr als neunzig Pfund wog, war mir, als würde ich von einem Bündel Zweige gedrückt. „Liz, ich bin so froh, dass du da bist. Heute war der schrecklichste Tag meines Lebens!"

„Meiner auch. Was für ein Zufall!", rief ich, und wir kicherten beide. Ich fügte hinzu: „Und nenn mich nicht Liz. Du weißt doch, dass ich das hasse."

„Saugst du sonst mein Blut?"

„Ich versuche das aufzuschieben", gestand ich, nicht ohne einen Blick auf ihren langen, ebenholzfarbenen Hals zu werfen. „Wenn ich schon dran denke, muss ich würgen. Außerdem mag ich kein dunkles Fleisch."

Das brachte mir einen kräftigen Klaps ein. Ich ärgerte Jess, wann immer ich konnte. Weil das nun einmal das Privileg einer besten Freundin ist und weil sie schlimme Vorurteile hegte. Sie war davon überzeugt, dass alle Weißen, mit Ausnahme von mir selbstverständlich, gierig und hinterhältig waren. Manchmal allerdings fiel es schwer, sie vom Gegenteil zu überzeugen.

Als wir uns in der siebten Klasse kennenlernten, waren ihre ersten Worte an mich: „Fall tot um, du privilegiertes, milchgesichtiges Arschloch." Sie ihrerseits hielt eine Gucci-Tasche umklammert, was aber keine Rolle zu spielen schien. Meine Antwort („Geh doch zu Hause heulen, Süße.") schockierte sie so, dass wir Freunde wurden. Auf diese Weise habe ich die meisten meiner Freunde kennengelernt, mit Hilfe des Überraschungseffekts.

„Jetzt, da du eine Untote bist", fuhr Jessica fort, „erwarte ich, dass du mich und andere meiner Rasse nicht mehr wegen meiner Überzeugungen unterdrückst." Das war das Lustigste, was ich heute gehört hatte. Jessica war ungefähr so unterdrückt wie Tipper Gore.

„Ist notiert."

„Und jetzt? Bringt dich das gottlose Verlangen, Blut zu saugen, um den Verstand?", fragte sie in einem Ton, als böte sie mir Milch zum Kaffee an.

Ich musste grinsen. „Nicht ganz. Aber ich bin ungeheuer durstig. So, als wäre ich morgens aus dem Bett gesprungen und hätte für eine Stunde Sport getrieben. Oder die ganze Nacht durchgetanzt. Ich bin schon mit diesem Durst aufgewacht, und er vergeht einfach nicht."

„Aha. Ich rate dir, bleib weg von mir. Ich will meine beste Freundin nicht mit Pfefferspray behandeln müssen."

„Aber sicher. Nachdem ich vom Dach gestürzt bin, mich von einem Müllwagen habe überrollen lassen, mich erst mit Strom und dann mit Bleiche umzubringen versucht und schließlich einen Doppelmord und einen tätlichen Angriff begangen habe, lasse ich mich von dir und deinem Pfefferspray beeindrucken." Sie lächelte. „Du bist jetzt unausrottbar. Gut! Auf einen Anruf wie in der letzten Woche kann ich verzichten. Und die beiden Schlappschwänze haben bekommen, was sie verdienten, wenn sie sich mitten in der Nacht mit einer Mutter und ihrem Kind einlassen."

„Ich versuche, nicht mehr daran zu denken." Ich fühlte mich immer noch schuldig.

„Es ist nichts geschehen, dessentwegen du dich schlecht fühlen müsstest. Mehr sage ich dazu nicht."

„Ob du es glaubst oder nicht, das ist mein geringstes Problem. Wie lange bin ich tot gewesen? Was ist hier geschehen? Ich kann schlecht *sie* fragen“, sagte ich und nickte in Richtung Wohnzimmer. „Er hat einen Schock und sie ist nutzlos. Der mögliche finanzielle Verlust ihrer Urlaubsbuchung geht ihr näher als mein vorzeitiger Abgang.“

Jessica kniff die Augen zusammen, sagte aber nichts. Warum nicht? Schließlich kannte sie Ant ebenso lange wie ich. „Also“, sagte sie, kreuzte die Beine und faltete die Hände. Jetzt sah sie aus wie eine schwarze Gottesanbeterin. „Dein Vater rief mich Donnerstagabend an. Ich nannte ihn einen beschissenen, verlogenen Säufer und legte auf. Zu deiner Info, ich habe noch nie in meinem Leben jemanden Säufer genannt. Dann habe ich geheult. Ungefähr acht Stunden lang. Anschließend habe ich mit dem Polizistenhengst gesprochen …“

„Nick Berry?“

„Er hat angerufen und gefragt, wo und wann die Beerdigung stattfindet. Er hat vermutlich von dem Unfall gehört – als Polizist. Er war dann auch bei der Trauerfeier“, sagte sie verlegen. Monatelang hatte sie mich mit meiner vermeintlichen Affäre aufgezogen.

„Oh. Wer war noch da?“

„Hmm … die meisten Leute von der Arbeit. Und John.“

„Iihh, der, der in der Nase bohrt und dann die Finger an seiner Bürowand abwischt?“

„Genau der. Keine Sorge, ich habe den Popler im Auge behalten. Und dein alter Chef war da! Er feuert dich, du stirbst, und der Scheißkerl hat die Stirn, bei der Trauerfeier mit Triefaugen zu erscheinen. Und mich zu fragen, ob ich wüsste, wo du die Nummer des Kopierer-Service aufbewahrst. Und ob du dich um die Caroll-Lieferung gekümmert hättest, bevor du gestorben bist.“

Ich prustete vor Lachen.

„Die Beerdigung hat doch nicht wirklich stattgefunden. Sie haben schließlich deine Leiche verloren!“ Jessica fand langsam Gefallen an dem Thema. Ihre Augen begannen zu funkeln. „Stell dir das mal bildlich vor: Wir stehen alle herum, warten darauf, dass es anfängt, machen Smalltalk mit Leuten, die wir hassen ...“

„Ich stelle es mir vor.“

„... und dann kommt der Leichenbestatter und teilt uns mit, dass es ein ‚kleines Problem‘ gibt. Ich dachte, *das* wäre gruselig, bis ich in dieses Haus kam und herausfand, was *wirklich* gruselig ist. Und da wir schon von gruseligen Sachen sprechen: Wurdest du nicht einbalsamiert? Ich meine ... wirkt das nicht bei dir? Oder gibt es Extraregelungen für Vampire?“

„Das fragst du *mich*? Wie soll ich das wissen?“ Ich schauderte. Mir graute es schon bei dem Gedanken an eine Fettabsaugung, ganz zu schweigen von Schläuchen und Einbalsamierungsflüssigkeit. Ich hatte es definitiv nicht eilig mit der Antwort auf diese Fragen.

„Warum bist du überhaupt hergekommen? Das soll kein Vorwurf sein. Du hast mich vermutlich davor bewahrt, Ant den Hals umzudrehen. Aber du hasst meine Eltern! Sag nicht, du hättest ihre Hypothek von der Bank übernommen und wolltest sie nun pfänden.“

„Schön wär's. Gute Idee übrigens. Vielleicht mache ich das nächstes Wochenende.“

„Jessica ...“

„Bei der Beerdigung habe ich einen Blick auf Mrs. Taylors Schuhwerk geworfen und sofort gewusst, dass es nicht ihre Pradas waren. Also dachte ich, ich komme und hole sie zurück.“

„Sie ist so dämlich. Schließlich trägt sie eine Schuhgröße

mehr als ich! Meine Schuhe passen ihr nicht mal, und trotzdem will sie sie …"

„Tussen", sagte Jessica achselzuckend, „wer versteht die schon?"

Ich lächelte. Sie sah aus wie eine ägyptische Königin und verteidigte ihre Freunde wie eine Kobra. Sie verachtete meinen Vater und dessen Frau, aber wagte sich in die Höhle des Löwen am Tag meiner Beerdigung, nur wegen meiner Schuhe. „Oh, Jess … Warum? Ich war schließlich tot. Jedenfalls musstest du davon ausgehen. Ich brauchte sie nicht mehr."

„Na ja … ich wollte sie für mich", sagte sie scharf. Das war gelogen. Jessica hatte Füße wie ein Basketballspieler. „Außerdem war es einfach nicht richtig. Dieses Aas hat die Schlüssel von deinem Vater geklaut, hat sich in dein Haus geschlichen und geklaut! Ich wusste, du hättest nicht gewollt, dass sie sie bekommt. Da habe ich beschlossen, sie *Foot* zu schenken."

Ich nickte. In ihrer Freizeit (also gut fünfzig Stunden die Woche) führte Jessica eine Organisation mit dem Namen *The Right Foot*, die benachteiligte Frauen für Vorstellungsgespräche coachte.

Sie gab dort Tipps zur Vorbereitung, half bei der Ausarbeitung der Lebensläufe und stellte Secondhand-Kleider zur Verfügung. „Tolle Idee. Gut, dass du daran gedacht hast." Ich stopfte meine restlichen Schuhe in das Ballkleid, drehte das Ganze zu einem Sack und warf ihn mir über die Schulter. Ich sah aus wie ein vampirischer Nikolaus. „Aber daraus wird nichts, jetzt, wo ich von den Toten auferstanden bin. Wenn ich jemals die richtigen Schuhe gebraucht habe, dann jetzt. Lass uns gehen."

Ich machte Zwischenstation bei Antonias Schmuckkasten.

Dann ging ich in die Küche und übergab den Sack an Jessica. Die schaute mir interessiert zu, als ich den Schmuck in den Mixer füllte, den Deckel aufsetzte und auf „Püree“ drückte.

Das Knirschen, Kreischen und Rütteln brachte Antonia schnell zu uns in die Küche. Mein Vater ging in seinem Arbeitszimmer in Deckung, getröstet mit reichlich Whiskey und frischen Pornos in Reichweite.

Wir schauten dem gewaltig vibrierenden Mixer eine Zeit lang zu, dann stellte ich ihn ab, und das Schneidwerk kam ächzend zum Stehen. Ant knirschte mit den Zähnen, sagte aber nichts. Starrte mich nur an, hass- und angsterfüllt. Auch gut.

„Hör gut zu, Ant. Nehmen wir an – nur mal angenommen! –, dein Leben hinge davon ab. Betrete nie wieder mein Haus ohne meine Erlaubnis. Wenn du noch einmal anfasst, was mir gehört, ob ich nun tot bin oder nicht, dann trete ich dir so in den Hintern, dass er dir zu den Schulterblättern wieder herauskommt.“

Ich sagte dies in vollkommen liebenswürdigem Ton, während ich den Kühlschrankgriff herausriss und ihr überreichte. „Haben wir uns verstanden? Schön. Wir sehen uns Ostern.“

Jessica und ich gingen. Ich werde mich immer wieder gerne an den Anblick erinnern, wie Antonia O'Neill Taylor vor mir zurückwich, als ich auf die Tür zuging.

8

„Alles schön und gut. Aber du hättest vielleicht deinen Vater und Mrs. Taylor darüber aufklären sollen, dass du nur noch deswegen unter uns weilst, weil du ein Vampir bist." Jessicas Stimme überschlug sich bei dem Wort Vampir, und sie unterdrückte ein Kichern. Ich konnte es ihr nicht verübeln. Es klang wirklich drollig. „Du hast sie doch erlebt", gab ich zu bedenken. „Schienen sie dir offen zu sein für neue Ideen? Papa ist noch nicht einmal herausgekommen, um mir Auf Wiedersehen zu sagen. Und Ant war damit beschäftigt, ihren Schmuck aus dem Mixer zu fischen."

„Auch wieder wahr."

Ich hatte Jessica gebeten, die Neuigkeit all denen mitzuteilen, von denen sie glaubte, dass sie es wissen sollten. Doch sie weigerte sich. „Im Film tauchen Vampire immer unter und bleiben für ihre Freunde und Familien tot."

„Nun, erstens ist dies kein Film, und zweitens werde ich meine Freunde und meine Familie nicht in dem Glauben lassen, ich wäre tot. Ich muss doch kein Geheimnis daraus machen und für den Rest meines Lebens nachts umherschleichen wie irgendein blutarmer Irrer. Erspar mir das!"

„Was ist mit der Regierung? Der Wissenschaft? Was, wenn sie hinter dir her sind – zu Forschungszwecken? Deine Sozialversicherungsnummer ist nicht mehr gültig, deine Kreditkarte gesperrt. Du kannst nicht einfach da wieder weitermachen, wo du aufgehört hast, Betsy. Denk doch mal nach."

Auf diesen Gedanken war ich noch gar nicht gekommen.

Wie sollte ich meinen Lebensunterhalt verdienen? Vielleicht könnte ich die Nachtschicht an der Rezeption eines Motels übernehmen. „Ich habe das noch nicht zu Ende gedacht", verteidigte ich mich, „ein bisschen Geduld, bitte. Vor achtundvierzig Stunden lag ich noch nackt auf einem Tisch."

„Oooh, hattest du endlich ein Date?"

„Haha, selten so gelacht. Ich kümmere mich später um alles. Jetzt muss ich erst mal zu meiner Mutter."

Jessica nickte. „Na gut, ich komme mit."

„Vergiss es. Es wird ihr auch ohne dich Klugscheißer nur schwer begreiflich zu machen sein, dass ich von den Toten auferstanden bin."

„Du solltest nicht alleine gehen", protestierte sie.

„Was soll mir schon passieren?"

Pause. Dann ein widerwilliges: „Guter Einwand."

Ich stieg in meinen Wagen, knallte die Tür zu und kurbelte das Fenster herunter. „Du kannst darüber sprechen oder nicht, das ist mir egal. Ich will nur kein Geheimnis daraus machen, das ist alles. Wärst du nicht sauer gewesen, wenn ich es dir nicht gesagt hätte?"

„Das ist etwas anderes. Wir sind wie Schwestern."

„Das sagen alle", sagte ich fröhlich, „wegen der Familienähnlichkeit."

Jessica rollte mit den Augen. „Du musst es ja nicht *jedem* sagen. Nur deiner Familie und mir. Und vielleicht Officer Nick."

„Detective Nick."

Sie ignorierte meinen Einwurf. „Du solltest ihn mal einladen … verführerische Musik spielen … was Schlimmes von Sade vielleicht … und dann plötzlich zuschlagen. Er könnte deine erste Mahlzeit sein."

Ich schreckte zurück vor dem Gedanken, auch wenn ich

gestehen muss, dass das Bild von Nick als meinem ersten Opfer vor meinem geistigen Auge mir Appetit machte. „Du bist krank“, sagte ich, „und ich hasse Sade. Geh nach Hause und schlaf dich aus.“

„Ich bin nicht krank. Ich bin durchgeknallt. Damit kann ich leben, vor allem wenn ich die Alternativen bedenke. Grüß Mama Taylor von mir. Und denk mal darüber nach, was ich gesagt habe, Klatschmaul. Filme gehen nicht immer an der Lebenswirklichkeit vorbei.“

Was nur bewies, dass Jessica nicht oft ins Kino ging.

Nach dieser kurzen Diskussion trennte ich mich von Jessica und fuhr zum Haus meiner Mutter. Nun, da ich mich entschlossen hatte, mein neues Leben anzunehmen (ohne zu wissen, wie), konnte ich meine Mutter nicht eine Minute länger in dem Glauben lassen, ich wäre tot.

Ich hatte meinen Wagen vor dem Haus meiner Mutter geparkt, einem kleinen, zweistöckigen Gebäude in Hastings, einer Kleinstadt dreißig Meilen vor St. Paul. Es war fast Mitternacht, aber das Licht im Erdgeschoss brannte noch. Selbst wenn es ihr gut ging, litt meine Mutter unter Schlaflosigkeit. Und heute ging es ihr sicher nicht gut.

Ich sprang die Treppenstufen hoch, klopfte zweimal und drehte dann den Türknopf. Nicht verschlossen – eines der Dinge, die ich an Hastings liebe.

Ich trat ins Wohnzimmer und sah eine alte Frau im Stuhl meiner Mutter. Sie hatte das gelockte, graue Haar meiner Mutter (schon in der Highschool hatte sie zu ergrauen begonnen) und trug den schwarzen Hosenanzug meiner Mutter und ihre Perlen, ein Hochzeitsgeschenk ihrer Eltern.

„Wer …“ – zum Teufel sind Sie, hätte ich beinahe gefragt, bevor ich sah, dass sie es war. Natürlich. Der Schock und die Trauer hatten sie um zwanzig Jahre altern lassen. Sie war mit mir schwanger geworden einen Monat nach dem Highschool-Abschluss, und man hatte uns oft für Schwestern gehalten. Heute aber nicht.

Mama erstarrte. Sie versuchte etwas zu sagen, aber ihr Mund zitterte so stark, das sie nicht sprechen konnte. Sie umklammerte die Lehnen ihres Schaukelstuhls so stark, dass ich ihre Knöchel knacken hörte. Ich stürzte durch den Raum und warf mich ihr zu Füßen. Sie sah so fürchterlich aus, dass ich Angst bekam. „Mama, ich bin es. Es ist alles in Ordnung! Mir geht es gut!"

„Dies ist mein schlimmster Albtraum", sagte sie zu niemand Bestimmtem. Ich fühlte, wie ihre Hand sanft meinen Kopf streichelte. „Ja, sicher der schlimmste."

„Das ist kein Traum, Mama." Ich griff nach ihrer Hand und drückte sie gegen meine Wange. „Siehst du? Ich bin es wirklich." Ich kniff sie durch den Rock hindurch ins Bein, so fest, dass sie kurz aufschrie. „Siehst du?"

„Du schlimmes Kind, ich werde einen blauen Fleck bekommen, so groß wie eine Pflaume." Ich fühlte, wie ihre Tränen auf mein Gesicht tropften. „Du furchtbares, furchtbares Kind. So eine Last. So eine ..." Sie weinte leise vor sich hin und konnte die geliebte, gewohnte Tirade nicht beenden.

Sehr lange hielten wir uns in den Armen.

„Bekomm jetzt keinen Schreck", sagte ich etwa eine Stunde später, „aber ich bin ein Vampir."

„Wie Jessica sagen würde: Das ist mir scheißegal. Du bewegst dich mit Lichtgeschwindigkeit."

„Was?"

Mama warf frisch geriebenen Parmesan in das Risotto und rührte. „Als du zu mir gerannt kamst. Ich habe einmal geblinzelt und schon lagst du zu meinen Füßen. Ich konnte dir nicht mit den Augen folgen. Wie ein Film, den man im Schnelllauf betrachtet."

„Und das ist noch längst nicht alles. Ich habe den Geruchssinn eines Bluthundes. Dein Parfum konnte ich sofort riechen, als ich das Haus betrat. Und du badest ja nicht gerade darin." Ich sagte ihr nicht, dass ich auch Gefühle riechen konnte. Ihre Erleichterung und ihre Freude rochen wie Teerosen.

„Interessant. Entweder hast du an einem geheimen wissenschaftlichen Experiment der Regierung teilgenommen und nie davon erzählt ..."

„Nein, aber die Idee ist gut. Die muss ich mir merken."

„... oder es gibt eine übernatürliche Erklärung."

Ich blinzelte. Mama war immer schon sehr praktisch veranlagt gewesen, aber sie stellte sich mit erstaunlicher Gelassenheit auf meinen neuen Status als Untote ein. Sie musste meinen Gesichtsausdruck richtig gedeutet haben, denn sie sagte: „Liebling, du bist tot. Ich war im Leichenschauhaus. Ich habe dich gesehen. Und jetzt bist du zurück. Interessiert es mich, warum? Nicht im Entferntesten. Meine Gebete wurden erhört. Nicht, dass ich tatsächlich gebetet hätte. Die letzten Tage habe ich mit Gott gehadert."

Ich hörte still zu und stellte mir vor, wie sehr sie gelitten haben musste. Der lange, steril riechende Flur des Leichenschauhauses ... steril, aber doch mit einer deutlichen Note von Tod. Die grellen Neonlampen. Ein professionell mitleidiger Arzt. Dann die Identifizierung. „Ja, das ist meine Tochter. Oder was von ihr übrig ist."

„Fast jede Kultur hat ihre Legenden über Vampire", fuhr meine Mutter fort. „Ich habe oft gedacht, dass in diesen Geschichten doch ein Stückchen Wahrheit stecken muss. Warum gäbe es sonst so viele?"

„Wenn es danach ginge“, sagte ich, „müsste der Osterhase diesen Monat zu Besuch kommen.“

„Ein Mädchen mit Sinn für Humor. Risotto?“

„Bitte.“ Mama hatte mit dem Weinen aufgehört, ihr Gesicht gewaschen, den Anzug ausgezogen, den sie zu meiner Beerdigung getragen hatte, und mein Lieblingsgericht gekocht: Schweinelendchen mit Risotto. Wie schon Jessica zuvor berührte sie mich immer wieder. Es machte mir nichts aus! „Ich habe einen Bärenhunger, und es riecht köstlich!“

Ich schlang mein Essen in dreißig Sekunden herunter. Dann verbrachte ich fünf Minuten im Badezimmer, wo ich alles wieder erbrach. Mama hielt mein Haar zurück und reichte mir ein feuchtes Handtuch, als ich schließlich mutlos auf den Fliesen zusammensank. Ich begann zu weinen, mein seltsames Weinen ohne Tränen, das jetzt meine Spezialität war. „Ich vertrage kein normales Essen mehr! Kein Risotto, Krabbencocktail, Hummer, Prime-Rib-Steak …“

„Krebs, Aids, Tod durch Überfall, Vergewaltigung, Mord …“

Ich sah leise schniefend auf. Mama schaute auf mich herunter mit der Mischung aus Mitgefühl und Sachlichkeit, die für sie typisch war. Diesen Blick hatte ich gesehen bei meiner Beichte, dass ich vom College fliegen würde. Sie liebte mich mehr als sich selbst, aber das hielt sie nie davon ab, ehrlich zu mir zu sein. Auch wenn ich die Wahrheit nicht hören wollte.

„Ich würde gern mitfühlender sein“, sagte sie freundlich, „aber ich bin so froh, dass ich dich wiederhabe, Elizabeth. So schlimm das alles auch für dich ist, du hast keine Ahnung, was ich in den letzten drei Tagen durchgemacht habe. Ebenso dein Vater und deine Freunde. Ich hatte Angst, Jessica würde im Beerdigungsinstitut zusammenbrechen. Auch wenn ich immer dachte, das Mädchen könne gar nicht weinen, aber heute ist sie praktisch geschmolzen. Dein Vater hat mich kaum erkannt, er war wie betäubt. Deine Stiefmutter war … äh … traurig."

Ich schüttelte den Kopf, wegen der Wahrheit und der Lüge. „Ach, Mama."

„Ich muss nie mehr befürchten, noch einmal in dieses Leichenschauhaus gehen zu müssen. Außer du stolperst auf dem Weg nach Hause über einen Pfahl. Und was alles Übrige betrifft: Das schaffen wir schon. Haben wir das nicht immer gemacht, seit deinem dreizehnten Lebensjahr?"

Ich machte ein mürrisches Gesicht. „Ich glaube nicht, dass Leute, die Risotto essen können, da mitreden können."

„Dummes Mädchen. Es ist nur Nahrung. Im großen Weltenplan spielt das keine besondere Rolle. Putz dir die Reißzähne, dann sprechen wir weiter." Sie wandte sich zum Gehen, aber vorher konnte ich noch das süffisante Grinsen sehen.

„Sehr witzig!", rief ich ihr nach.

9

Um halb fünf morgens fuhr ich vor meinem Haus vor. Mir war immer noch ein wenig übel von der letzten Mahlzeit, aber der Appell meiner Mutter („Geh raus und zeig's ihnen!“) hatte mich aufgemuntert. Es war eine lange, aber ergebnisreiche Nacht gewesen. Jetzt wollte ich nur noch mehrere Liter Wasser trinken, auch wenn es gegen meinen Durst nicht helfen würde, und ins Bett gehen.

In meiner Auffahrt parkte ein fremder Wagen, ein weißer Taurus. Seufzend stellte ich mein Auto daher auf der Straße ab und warf im Vorbeigehen einen Blick ins Innere des Wagens. Ein Blaulicht. Polizei also. Und als ich mein Haus betrat, Ants Ballkleid hinter mir herzerrend, roch ich Detective Nicks frischen, unverwechselbaren Duft. Ich war bisher noch nie in diesen Genuss gekommen, nebenbei bemerkt. Immer wenn ich ihn auf dem Revier gesehen hatte, hatte ich nichts als alte Brötchen (das mit den Donuts ist ein moderner Mythos) und abgestandenen Kaffee riechen können. Er kam aus meiner Küche (was hatte er da zu suchen? Einen Snack?) und stoppte jäh, als er mich sah. Seine Kinnlade klappte herunter, und er griff nach seinem Schulterhalfter.

„Na, das ist ja wirklich nett“, bellte ich ihn an, knallte die Tür hinter mir zu und ließ das Ballkleid los. „Wagen Sie es ja nicht, in *meinem* Haus eine Waffe auf mich zu richten. Und wo ist Ihr Durchsuchungsbefehl?“

„Ich brauche keinen, da Sie ja tot sind. Außerdem haben Sie schon wieder Ihre Haustür nicht abgeschlossen.“

„Ich war ein wenig zerstreut, als ich ging", schnauzte ich. „Mann, Jessica konnte es ja gar nicht erwarten, die große Neuigkeit zu verkünden." Ich würde sie erwürgen, wenn ich sie das nächste Mal sah. Ich hatte zwar gesagt, meine Auferstehung solle kein Geheimnis sein, aber das hieß nicht, dass sie diese gleich der Polizei melden sollte. Ihre Kuppelei würde mich noch mal ins Grab bringen. Obwohl – wahrscheinlich eher nicht. „Die blöde Kuh … Freunde können wirklich eine Last sein."

Er starrte mich an wie ein Hund einen Knochen. „Ich habe ihr nicht geglaubt. Habe es für einen miesen Scherz gehalten, die Sache aber prüfen wollen."

„Die Tatsache, dass ihrer Familie zwei Drittel des Staates gehören, hat Ihre Entscheidung wohl nicht beeinflusst", sagte ich trocken.

„Der Chief hat es ganz oben auf meine Liste gesetzt", gab Nick zu. Er blinzelte ein paar Mal hintereinander. „Ich kann nicht glauben, dass ich diese Unterhaltung mit einem toten Mädchen führe."

„*Sie* können das nicht glauben?"

„Wissen Sie, dass es strafbar ist, den eigenen Tod vorzutäuschen? Der Staatsanwalt wird das gar nicht mögen."

„Ob Sie es glauben oder nicht, Nick, im Moment ist der Staatsanwalt das kleinste meiner Probleme. Und ich habe gar nichts vorgetäuscht."

Während unseres Gesprächs hatte er mich die ganze Zeit über angegafft, und als ich jetzt die Tennisschuhe von meinen Füßen streifte, kam er durch den Raum auf mich zu. Zu meiner größten Überraschung zog er mich in seine Arme wie der Held in einem Liebesroman.

„Äh … loslassen …"

„Gott", sagte er und sah mir direkt in die Augen. Das irritierte mich etwas, weil wir beide gleich groß waren. Seine Augen waren hellblau, mit kleinen goldenen Sprenkeln, seine Pupillen riesig, und ich musste unwillkürlich hineinstarren – mit offenem Mund. „Sie sind so schön."

Ich war starr vor Erstaunen. Nick hatte mich bereits einige Male berührt – vor allem, wenn wir uns die Hand gegeben hatten, und einmal waren unsere Finger aneinander vorbeigestreift –, aber er war immer kühl, freundlich und nett gewesen. Der perfekte Gentleman. Ich hatte null Interesse gespürt. Deshalb war ich ihm auch nicht nachgelaufen, und deshalb waren Jessicas Bemerkungen und Andeutungen auch so nervig gewesen. Aber jetzt ...

„Gott", sagte er noch einmal und küsste mich – oder versuchte vielmehr, mich zu verschlingen. Seine Zunge sprang in meinen Mund – zumindest fühlte es sich so an –, und plötzlich sog ich seinen Atem ein. Überraschend, aber nicht unangenehm. Dann: „Au!" Er sprang zurück und berührte seine Unterlippe, auf der ein kleiner Tropfen Blut zu sehen war. „Du hast mich gebissen."

„Ssuldigung. Du hasst mich erssreckt. Ich meine, überrasst. Oh, Sseisse." Mein Blick wurde immer wieder von dem kleinen dunkelroten Tropfen angezogen. Er schimmerte. Er winkte mir zu. Er bettelte darum, gekostet zu werden. „Nick, du ssolltesst gehen. Sofort."

„Aber du bist so wunderschön", flüsterte er und küsste mich noch einmal, sanfter diesmal. Ich schmeckte sein Blut – und das war's. Wenn ich bis dahin gedacht hatte, ich wäre lediglich durstig, so überkam mich jetzt ein überwältigendes Verlangen, wie ich es nie gekannt hatte. Ich küsste ihn meinerseits und saugte an seiner köstlich geschwollenen Unterlippe. Hmmm, damit ich dich besser fressen kann ... Dann riss er an meinen Kleidern wie ein rattiger Teenager.

Ich hörte ein metallisches Klirren, als sein Halfter auf den Boden fiel, und betete, dass seine Waffe gesichert war, die Münzen klimperten in seiner Tasche, als sich seine Hose plötzlich als kleines Polyesterhäufchen um seine Füße schmiegte, und schließlich vernahm ich das Reißen von Stoff. Jetzt würde ich mir wohl ein neues T-Shirt kaufen müssen. Keine Ahnung, was mit meinen Leggings passiert war. Er hätte sie auffressen können, ich hätte es nicht gemerkt.

Ich riss meinen Mund von seinem los, drückte seinen Kopf zur Seite und biss ihm in den Hals. Ich war nicht im Entferntesten über mich selbst entsetzt. Kein Zögern, kein mädchenhaftes Schaudern bei dem Gedanken, sein Blut zu trinken, als wäre es Kirschsaft. Ich konnte nicht warten. Ich *würde* nicht warten.

Ich war darauf gefasst, richtig zubeißen zu müssen, doch meine Zähne durchstießen seine Haut wie ein Laserstrahl. Dann strömte sein Blut in meinen Mund. Meine Knie wurden weich, während mein Körper zum ersten Mal seit dem Unfall wirklich lebendig wurde. Alles wurde plötzlich laut und hell und klar. Nicks Herzschlag donnerte in meinen Ohren, und das Dämmerlicht des Raumes blendete. Ich konnte seine Lust riechen wie knusprige Zedernspäne.

Nicks Körper hatte sich in meiner teuflischen Umarmung versteift, aber die feste, längliche Form, die gegen meinen Bauch drückte, zeigte an, dass er keine Einwände zu haben schien. Gott sei Dank, denn ich konnte nicht aufhören. Er nestelte an seiner engen Unterhose, konnte sie aber nicht herunterziehen. Schließlich wand er sich und drückte sich zitternd gegen mich.

Um ehrlich zu sein, ich kann meine Sexualpartner an einer Hand abzählen. An drei Fingern sogar. Ich war schließlich keine Schlampe. Und jedes Mal, wie bei den meisten Frauen, hatte es Zeit und Fingerfertigkeit gebraucht, dass ich kam. Ganz abgesehen davon, dass ich dabei hatte nackt sein müssen! Es ist doch ein Mythos, dass man Frauen nur dreimal streicheln muss, und schon heben sie ab zu einem fantastischen Orgasmus. Mir tun Frauen leid, die so einen Unsinn glauben und meinen, mit ihnen stimme etwas nicht, wenn sie mehr als einen Klaps und ein bisschen Kitzeln benötigen.

Aber jetzt, als Nick stöhnend und bebend an mir lehnte und sein Blut in meinem Mund war, kam ich augenblicklich zum Orgasmus, und sein Schwanz war noch nicht einmal in meiner Nähe. Er war immer noch in seine Baumwolljockeys verpackt, und ich hatte immer noch meinen Freitagsslip an (uuhhh … ich war mir plötzlich ziemlich sicher, dass bereits Dienstag war …).

Es war nur ein kleiner Orgasmus, so, wie eine Frau ihn bekommt, wenn sie ein wenig an sich selbst spielt und die Knie gerade im richtigen Moment zusammenkneift. Aber ein Orgasmus ist ein Orgasmus (diese tiefe Erkenntnis sollte ich mir auf ein Tuch sticken und in der Küche aufhängen). Der Blutgenuss hatte alles hervortreten lassen, alle Empfindungen waren intensiver und ließen eine neue Sinnlichkeit durch meinen Körper fließen, von der ich bis dahin nie zu träumen gewagt hatte.

Seine breite Schwimmerbrust drückte meine Brüste flach. Er schwitzte und keuchte, und ich merkte schlagartig, dass ich nun nicht mehr trinken musste. Meine Durst war gestillt, und ich fühlte mich besser als je zuvor.

Ich trat einen Schritt zurück, leckte aber noch die Bissspuren sauber, um die letzten Tropfen nicht zu verschwenden. Nick hielt mich mit beiden Händen fest, während er versuchte, auf den Beinen zu bleiben. Er rollte mit den Augen, und auf seiner Oberlippe glitzerten Schweißtropfen. Ich konnte seinen Herzschlag immer noch in meinen Ohren hämmern hören und war schockiert. Während ich einen Marathon hätte laufen können (und ihn wahrscheinlich gewonnen hätte), schien der arme Nick halbtot zu sein.

„Oh, Jesus …"

„Nicht", flüsterte er gegen meinen Hals.

„Nick, es tut mir ja so leid. Ich …"

„Nicht aufhören", brachte er heraus. „Mehr. Beiß mich. Noch einmal."

Die ganze Bedeutung seiner Bitte traf mich wie ein Keulenschlag, und ich hätte vor Schreck fast von ihm gelassen. Da erinnerte ich mich an den Hausmeister der Kirche („Sie sind so hübsch") und an den Priester („Eine schöne Fremde …") und wie seltsam sie sich verhalten hatten. Damals hatte ich meine Irritation nicht weiter beachtet, weil ich selbst eine sehr merkwürdige Nacht durchlebt hatte. Aber das hier war Nick, ein liebenswürdiger Mann, der bis dato keinerlei Interesse an mir gezeigt hatte – außer als Zeugin eines Überfalls – und der jetzt mit zerfetzter Kleidung und blutigem Hals vor mir stand und darum bettelte, noch einmal gebissen zu werden. Noch einmal!

Ich verfügte also nicht nur über die Fähigkeit, Autounfälle und Stromschläge zu überleben, erwachsene Männer herumzuschubsen, als wären sie aus Papier, sondern ich konnte auch Männer verrückt nach mir machen. Nach mir! Ich meine, ich war ganz niedlich auf der Highschool und habe, als ich älter wurde, viel darin investiert, auch weiterhin niedlich zu sein. Aber bisher hatten sich die Jungs ganz sicher nicht um mich gerissen. Jessica, ja, um die rissen sie sich, meistens nachdem sie einen Blick auf ihren Kontoauszug geworfen hatten.

Aber jetzt – jetzt nahmen sie mich wahr und begehrten mich und scherten sich nicht darum, dass ich sie trocken saugte, während sie sich nur an mir festhalten konnten. Ich wollte schon vor Entsetzen und Frustration losheulen, riss mich dann aber wieder zusammen. Stattdessen hob ich Nick hoch und trug ihn in mein Schlafzimmer, als wäre er eine blonde, männliche Scarlett und ich ein untoter Rhett.

„Es gibt sie also wirklich."

„Wen?"

„Vampire."

„Ja. Es gibt sie. Es tut mir wirklich, wirklich leid." Ich bedeckte mein Gesicht mit meinem Arm, konnte ihn nicht ansehen. Jetzt, da ich meinen Durst gestillt hatte, war ich peinlich berührt. Wenn das nicht ein klassischer Ausrutscher bei einem First Date war!

Er stützte sich auf den Ellbogen und schaute auf mich herunter. Ich wusste das, weil ich unter meinem Arm hervorblinzelte. Wir lagen nebeneinander im Bett, ganz still, vielleicht fünf Minuten lang. Als er endlich das Schweigen brach, war ich sowohl ängstlich als auch erleichtert.

„Es muss dir nicht leid tun. Das war der beste Sex meines Lebens. Auch wenn wir nicht wirklich ... egal. Und du ..." Er stockte. „Hast du genug zu ... zu saugen bekommen?"

Ich zuckte zusammen. „Ja. Mir geht es gut. Vielen Dank." Jetzt überkam uns die unerträglich beklommene Nüchternheit zweier flüchtiger Bekannter, die zu schnell zu intim miteinander geworden waren und Konversation machen mussten. „Äh ... und du ... bist du okay?"

Er griff nach seinem Hals, und ich war überrascht zu sehen, dass die Bisswunden bereits wieder heilten. „Es tut kaum weh." Dann errötete er wie ein Kind. Ich fand das sehr süß – wenngleich auch ein wenig seltsam, dass ich das in völliger Dunkelheit sehen konnte –, aber süß, wie gesagt. „Und ich bin in meine Hose gekommen. Das ist mir nicht passiert seit …“

„Letzter Woche?“, fragte ich fröhlich.

„Sehr lustig.“ Er betastete immer noch seinen Hals. „Es ist erstaunlich, ich kann nicht einmal mehr fühlen, wo du mich gebissen hast.“

„Offensichtlich ist in meiner Spucke ein Enzym, das den Heilungsprozess fördert. Wie bei einem Hund.“

Er brach in Gelächter aus. Gott sei Dank. Dann rollte er sich auf mich und knabberte an meiner Kehle. „Zeit für einen weiteren Drink?“, und die Begierde in seiner Stimme brachte mein Herz ins Stolpern. „Nein.“ Ich schob ihn weg, aber er machte es sich sofort wieder auf mir bequem. „Auf keinen Fall.“

„Mich stört's nicht.“

„Verdammt, natürlich stört es dich, Nick, und tief in deinem Inneren weißt du das auch. Sehr sogar. Ich habe dich gebissen! Ich habe dein Blut getrunken, ohne vorher zu fragen.“

„Du musst niemals fragen“, sagte er ruhig. „Und außerdem wollte ich es auch. Ich habe mich mindestens genauso auf dich gestürzt wie du dich auf mich. Du hattest keine Wahl. So sehe ich das.“

Ich schnaubte. „Du hättest mir nicht wehtun und mich niemals zwingen können, das kannst du mir glauben. Ich habe den Eindruck, du verstehst nicht ganz, wer hier das Opfer ist.“ Rief Vampirismus beim Opfer das Stockholm-Syndrom hervor?

Er lag immer noch auf mir, und ich konnte spüren, wie seine Leiste gegen meine drückte. Er war pulsierend und hart wie ein Rohr. Erstaunlich! Der Mann war doch bestimmt in den Vierzigern. „Ich fühle mich aber nicht wie ein

Opfer. Komm schon …“, versuchte er mich zu animieren, „lass mich rein, und ich lass *dich* rein.“

„Nein, nein, nein. Niemals wieder, Detective Barry. Auf keinen Fall. Es wäre wie eine Vergewaltigung. Es *ist* eine Vergewaltigung. Sie müssen jetzt nach Hause gehen und duschen. Ernsthaft.“

Er lachte mich aus, wurde aber wieder ernst, als ich ihn fragte: „Welche Gefühle hast du vor meinem Tod für mich gehegt?“

„Äh … ich fand dich super. Niedlich. Ich meine, hübsch.“

„Hättest du mich jemals gegen eine Wand drücken und mir das Hirn aus dem Schädel vögeln wollen, während ich dein Blut getrunken hätte?“

„Äh …“

„Genau. Aber auf einmal willst du es. Es macht dir noch nicht einmal etwas aus, dass ich dein Blut trinke, wenn wir es tun. Hallo?! Das ist nicht normal. Du willst gar nicht mich. Du willst … das, was mich zu einem Vampir macht. Eine übernatürliche Gabe oder so. Aber nicht mich. Es liegt an meinen untoten Pheromonen. Und deshalb ist hier Schluss.“

Er protestierte, aber ich stellte mich taub, half ihm in sein Halfter, sammelte seine Kleider mit ihm auf und schob ihn zu meiner Haustür hinaus. Auch wenn er anschließend fünfzehn Minuten dagegenhämmerte und bettelte, wieder reingelassen zu werden.

Ich floh in mein Schlafzimmer, zog mir ein Kissen über den Kopf, konnte ihn aber noch lange hören.

In Kinofilmen spielen Vampire immer die Rolle des übermächtigen Arschlochs, das Menschen wie Taschentücher benutzt. Jetzt verstand ich, warum. Ein unschuldiger Junge von nebenan, der dich sein Blut trinken lässt und anschließend um mehr bettelt, wird alles mit sich machen lassen. Alles.

10

„Stirb, Ausgeburt der Hölle!“

Ich riss die Augen auf und sah, wie der Pfahl auf mich niederstieß. Obwohl mein Gegenüber sich wahrscheinlich mit großer Geschwindigkeit bewegte, sah ich jede seiner Bewegungen in Zeitlupe. Ich griff nach dem Handgelenk, das den Pfahl hielt, und zerrte daran.

Die Frau flog über meinen Kopf hinweg mitten in den Raum hinein. Dabei roch ich einen Hauch von Chanel Nr. 5 und Steaksauce. Wenn sie nicht auf einem Futon gelandet wäre, hätte sie sich verletzt. Der war offensichtlich hereingeschleppt worden, als ich so tief und fest geschlafen hatte wie ein sattes Tier.

„Verdammt, Jessica!“

Sie hockte auf der Matratze und kicherte. „Und jetzt“, dröhnte sie mit verstellter tiefer Stimme, „erhebt sich das blutsaugende Untier aus seinem Grab, um die Sterblichen grausam zu strafen, die es wagten, sein widernatürliches Leben zu beenden.“

„Tickst du nicht sauber?“

Sie hüpfte grinsend auf und nieder. „Das ist das Einzige, worum du dir Sorgen machen musst, Kleine. Wo Vampire sind, da sind auch Vampir-Jäger. Die wissen ja nicht, dass du eine von den Guten bist. Ich habe gedacht, wir trainieren ein bisschen.“ Jetzt erst sah ich, dass sie Jeans trug, ein dickes Sweatshirt, Knie- und Ellbogenschoner und einen Fahrradhelm. Sie sah aus wie ein Gürteltier. „Du weißt schon, deine Anti-Pfahl-Reflexe auf Vordermann bringen."

„Kaffee", stöhnte ich und stakste in Richtung Badezimmer. Ich war hellwach – und musste ganz sicher nicht pinkeln –, aber ich war gewillt, eine gewisse Routine beizubehalten. „Und hau ab!"

„Keinesfalls. Ich werde alles dafür tun, dass du nicht mehr ins Gras beißt, jetzt, da du schon einmal von den Toten auferstanden bist. So etwas wie letzte Woche möchte ich nicht noch einmal durchmachen. Liz, bist du bereit für … DAS?" Sie jaulte wie ein Wolf und wollte auf meinen Rücken springen. Ich hatte genug Zeit, einen Schritt zur Seite zur treten, und sie traf auf die Wand wie ein Käfer, prallte zurück und landete vor meinem Kleiderschrank auf ihren Knieschützern. „Oho, toll", sagte sie beeindruckt, „du hast dich nicht mal umgedreht. Wir müssen also ein Supergehör mit auf die Liste setzen."

„Bitte geh", bat ich, „ich werde heute den ganzen Tag … äh … die ganze Nacht zu Hause bleiben und mich in meinen Schuldgefühlen suhlen."

„Warum?"

Gute Frage. Ich konnte ihr ja wohl schlecht von Nick erzählen. Das war zu peinlich. Und da Nick … hmm … gekommen war, wäre er jetzt für Jessica ein SP (Sexpartner). Wahrscheinlich würde sie unseren Sexkalender umgehend updaten. Um mich ein wenig anzuspornen, die Anzahl meiner SP zu erhöhen, hatte sie nämlich damit begonnen, Buch zu führen. Die jämmerliche Zahl, die sie für das letzte Jahr hatte verbuchen können, war allerdings beschämend. „Weil ich jetzt eine widernatürliche Kreatur bin, deshalb. Mach den Abflug!"

„Keine Chance. Heute Nacht bekämpfen wir das Böse!"

„Tun wir das?“

„Jawohl. Außerdem fühlst du dich ein bisschen klamm an. Ich habe versucht, deinen Puls zu fühlen, und dein Handgelenk war kühl. Ich weiß! Lass uns deine Temperatur messen.“

Bei dem Gedanken erschauderte ich. Hatte ich etwa Raumtemperatur? War ich wechselblütig wie eine Schlange? „Lieber nicht.“

„Ich hatte Mühe, dich aufzuwecken. Beim Reinkommen habe ich absichtlich Lärm gemacht, und du hast dich keinen Millimeter gerührt. Ich habe dich sogar geschüttelt. Ohne Erfolg. Du hast geschlafen wie eine To… – wie jemand, der wirklich sehr müde ist.“

„Soso. Und warum bin ich dann aufgewacht, als du mit einem Pfahl herumgefuchtelt hast?“

Wortlos deutete sie auf das Fenster. Es war dunkel. „Ich habe bis Sonnenuntergang gewartet.“

Ich zuckte mit den Achseln. Inzwischen war ich im Badezimmer und starrte die Toilette an. Ich verspürte keinen Drang, mich daraufzusetzen. Was konnte man sonst noch mit einer Toilette anstellen? Zeit, sich etwas auszudenken.

Vielleicht sollte ich die Schüssel rausreißen und Lilien darin pflanzen?

Ich duschte, war aber enttäuscht. Natürlich wurde ich sauber, aber ich hatte nicht diese Wohlfühl-Frischeempfindung wie normalerweise nach meiner morgendlichen Dusche. Beziehungsweise ab sofort abendlichen Dusche. Ich trocknete mich ab, zog mich an und fand Jessica in der Küche. Buffy war fleißig gewesen, während ich mich ausgeruht hatte (man kann diesen tiefen, traumlosen und, nun ja, totenähnlichen Zustand, in dem ich mich befunden hatte, kaum Schlaf nennen). Sie hatte auf meinen Computer alle wichtigen Nachrichten des Tages heruntergeladen, sodass ich mich jetzt, nachdem ich aufgestanden (äh … *auferstanden*) war, auf den neuesten Stand bringen konnte. Und außerdem hatte sie mein Haus gekauft.

„Mein Haus", sagte ich langsam.

„Ja. Haus. Haus wie: ein Ort zum Wohnen." Als sie sah, dass meine Miene ausdruckslos blieb, fügte sie hinzu: „Es sollte doch Ende des Monats verkauft werden. Du warst tot, schon vergessen? Du wohnst hier nicht mehr, und da dein Hypothekenkredit noch elf Jahre lief, war die Bank sehr daran interessiert, das Haus zu verkaufen." Sie übergab mir einen dicken Packen Papier. „Ich habe mich um alles gekümmert."

Ich blinzelte und schaute auf das Papier in meiner Hand. „Jess, ich weiß nicht, was ich sagen soll. Das ist so fürsorglich … und clever. Ich habe noch nicht einmal damit begonnen, mir über solche Dinge wie Haus und Auto Gedanken zu machen."

„Das Auto habe ich auch gekauft", sagte sie hilfsbereit.

„So schnell? Ich bin doch erst eine Woche tot. Wie hast du das alles innerhalb eines Tages geschafft?"

„Es ist ganz hilfreich, geradezu schamlos wohlhabend zu sein", sagte sie bescheiden. „Außerdem bin ich doch dein Nachlassverwalter, weißt du das nicht mehr?"

„Ich habe das für einen Scherz gehalten."

„Der ganze Papierkram, den du unterschrieben hast, soll ein Scherz gewesen sein?"

„Wundert dich das? Was für ein Nachlass?"

Sie schnaubte verächtlich. „Ist doch egal. Ich habe damit schon an deinem Todestag begonnen. Ich … so hatte ich etwas zu tun. Und ich wollte nicht, dass Mrs. Taylor irgendeinen Mist mit deinen Sachen anstellt. Ich dachte, da ich nun die rechtmäßige Eigentümerin wäre, hätte ich genug Zeit, deine Sachen zu ordnen und sie dann wieder zu verkaufen, wenn … du weißt schon … sich alles wieder ein bisschen beruhigt hätte."

Ich schüttelte den Kopf. „Kein Wunder, dass ich im Zulassungstest fürs Studium neben dir alt ausgesehen habe. In Ordnung, ich nehme an, ob ich nun an die Bank oder an dich die Raten abzahle, macht keinen Unterschied."

„Kommt gar nicht in Frage."

„Jessica …"

„Vergiss es."

„Du kannst doch nicht dieses ganze Geld ausgeben …"

„Du bist to-ot. Ich kann dich nicht hööööören!"

„… und dafür keine Gegenleistung verlangen."

„Lalalalalalalala." Sie hielt sich mit beiden Händen die Ohren zu und kniff die Augen zusammen.

Ich trat sie ganz, ganz leicht gegen den Knöchel. „Schon gut."

Sie öffnete die Augen und lächelte mich an. Dann bückte sie sich und rieb ihren Knöchel. „Gut. Und … aua! Es ist übrigens kein Geschenk. Du wirst für eine Weile kein eigenes Einkommen haben. Aber du wirst nachts bösen Jungs auflauern …"

„Ich habe mich noch nicht entschieden, wie meine Pläne für die Nächte aussehen."

„… und dann sind wir quitt", brachte sie ihren Satz in der ihr eigenen Sturheit zu Ende. „Du solltest dir nicht auch noch über Hypothekenkreditraten Sorgen machen müssen."

„Also dann … danke. Ich weiß wirklich nicht, was ich sagen soll. Du bist zu gut."

„Da hast du verdammt recht. Ich werde dein reicher, anonymer Mäzen sein, während du nachts auf den Straßen für das Gute kämpfst. Und wir alle wissen, dass du dir das mit dem, was du verdienst, nicht leisten kannst. Verdient hast, meine ich natürlich."

Gewiss, ich hätte mich noch länger wehren müssen. Aber Jessica hätte die Häuser aller Menschen bezahlen können, die mit uns auf die Highschool gegangen sind, und trotzdem noch eine Milliarde Dollar übrig gehabt. Es wäre dumm gewesen, ihr Angebot abzulehnen, wenn sie doch die Kohle hatte und den Willen, sie auszugeben. Aber ich würde einen nicht pekuniären Weg finden, mich erkenntlich zu zeigen.

Schau ihr in die Augen und sag ihr, dass sie dein Geld nehmen soll, flüsterte eine heimtückische innere Stimme. Sie klang verdächtig nach meiner Stiefmutter. *Mach sie dir gefügig.*

Entsetzt schüttelte ich den Gedanken ab und sagte mir, dass es nicht funktionieren würde. Jessica war schließlich eine Frau und wohl kaum an der Farbe meiner Unterwäsche interessiert.

Du kannst sie aber dafür interessieren.

„Nein!"

„Nein was? Schwächelst du etwa schon? Es ist doch erst halb acht. Zu früh für Hysteriker." Mein Telefon klingelte. „Ich gehe schon ran, totes Mädchen. Wir sollten uns übrigens überlegen, was wir mit dem Telefon machen."

Ich dachte darüber nach, wie durstig ich war, als ich in meinen Kühlschrank starrte, und versuchte, mir nicht vorzustellen, wie viele Liter leckeren Blutes durch die Venen meiner energischen Freundin flossen. Eier? Nein. Reste vom Pastasalat? Nein, der war schon vor meinem Tod verdorben gewesen. Eine Orange? Das hörte sich schon besser an. Ich könnte sie vierteln und den Saft heraussaugen.

Jessica trabte zurück in die Küche. „Deine Mutter sagt

Hallo und lässt dir ausrichten, dass du vorsichtig sein sollst bei der Verbrechensbekämpfung. Also, sie ist wirklich cool! Andere Familien wären noch in der Gummizelle, wenn ihre Lieben von den Toten auferstanden wären. Wie ist es denn gestern Abend gelaufen?"

„Ich habe nichts gemacht!"

„Mit deiner Mutter? Das will ich hoffen!"

„Ach so. Genau. Sie hat es unglaublich gelassen aufgenommen. Sehr cool. Ganz anders als Dad und Ant. Etwa in der Art ‚Oh, du bist ein Vampir? Wie schön. Nimm dich vor Weihwasser in Acht'. Selbst für ihre Verhältnisse war das ungewöhnlich. Ich glaube, mein Tod hat sie wirklich tief getroffen, und sie war einfach glücklich, mich wiederzusehen. Die näheren Umstände haben sie nicht interessiert."

„Mir geht es genauso. Und, ich kann mir nicht helfen, ich finde es einfach nur toll."

„Bitte … du klingst wie ein Cheerleader."

„Ich war ja auch mal einer. Aber ich komme nicht über deine Mom hinweg. Ich würde alles dafür geben, um so eine …" Ich hörte, wie ihre Zähne aufeinanderschlugen, als sie verstummte, und drehte ihr den Rücken zu. Demonstrativ schnitt ich meine Orange in Viertel, aber eigentlich wollte ich ihr nur ein wenig Zeit geben, sich zu sammeln.

Jessica war loyal, liebevoll und fantastisch in fast allen Belangen, aber sie hatte das Temperament eines Alligatorweibchens, das seine Eier verteidigte. Es gab eine Sache, die sie verrückt machte und völlig die Beherrschung verlieren ließ: wenn Menschen sich an Kindern vergingen. Weil man sich nämlich an ihr vergangen hatte, als sie ein Kind war.

Ihr Vater hatte irgendeinen dummen Chip erfunden, den jetzt jeder Computer auf diesem Planeten benötigte. Und er besaß das Patent. Mister Watkins war wahrscheinlich der einzige Mensch auf der Welt, dem es gelungen war, Bill Gates auszutricksen. Und das Geld floss in Strömen. Er war einer der reichsten Männer der Welt und verdiente mehr Geld in einem Jahr als Oprah Winfrey in zehn. Er spendete sehr großzügig für gemeinnützige Einrichtungen, politische Kampagnen und Städte (sechs Parks, vier Schulen und siebzehn Sportplätze trugen seinen Namen allein in diesem Staat).

Er wollte zwar für seine Taten nicht öffentlich gelobt werden, hatte aber leider auch seine einzige Tochter ignoriert, die doch mit ihm unter einem Dach lebte. Bis zu ihrer Pubertät hatte er sich nicht für sie interessiert. Dann aber änderte sich das. Sehr.

Zuerst hatte sich Jessica an ihre Mutter gewandt und sie gebeten, Daddy zu sagen, dass sie es nicht mochte, auf diese Weise von ihm angefasst und „so feste gekitzelt" zu werden. Mrs. Watkins, ein ehemaliges Showgirl aus Las Vegas (Jessica war nicht zufällig so schön und schlank), hatte ihr keine Beachtung geschenkt. Sie hatte den ungehinderten Geldfluss nicht gefährden wollen. Sie bat ihre Mutter erneut um Hilfe, als ihr Vater begann, in ihr Zimmer zu kommen, nur mit seiner Unterhose bekleidet. Für ihre Verleumdungen bekam sie Ohrfeigen.

Als Mister Watkins dann eines Nachts zu ihr kam, wie Gott ihn geschaffen hatte, wartete Jessica mit einem Baseballschläger auf ihn, der einzigen Waffe, die sie unbemerkt in ihr Zimmer hatte schmuggeln können.

Sie brachte ihn fast um. Dann warf sie den Schläger aus dem Fenster, rief die Polizei, zog sich an und wartete geduldig. Erst die Polizei hatte dann den Notarzt gerufen.

Auf der Wache hat Jessica ihnen dann alles erzählt.

Dem Einfluss der Familie war es zu verdanken, dass die hässlichen Details nicht an die Presse gelangt waren. Es vergingen Monate, in denen Mister Watkins sich einer schmerzhaften Physiotherapie unterzog. Jessica war bei Nachbarn untergekommen und hatte als Minderjährige ihre Mündigkeit beantragt. Die Papiere wurden Mister und Mrs. Watkins an dem Tag zugestellt, als Mister Watkins erstmals wieder feste Kost zu sich nehmen durfte.

Mister Watkins geriet in Rage darüber, dass ein Gericht, das er doch eigentlich zu kontrollieren glaubte, ihm seine Tochter, sein Eigentum, nehmen wollte. So fuhr er mit überhöhter Geschwindigkeit mit seinem Wagen zu seinem Lieblingsviersternerestaurant und krachte in die Südseite des Pillsbury-Gebäudes. Weder er noch seine Frau hatten Sicherheitsgurte angelegt. Mrs. Watkins war auf der Stelle tot. Seine Wut hielt ihn noch drei Wochen am Leben, bis eine mitleidige Seele den Stecker zog. Dann war es vorbei.

Im Alter von vierzehn Jahren erbte Jessica das gesamte Vermögen.

Sie ging nicht zur Beerdigung.

„So, ich werde jetzt eine Orange versuchen. Mal sehen, ob ich die bei mir behalten kann“, sagte ich, um das unangenehme Schweigen zu brechen. Jessica hätte eine Mutter wie die meine verdient. Jeder hätte das. Aber daran konnte man nichts ändern. „Habe ich dir schon erzählt, dass ich feste Nahrung erbreche?“

„Ein toller Partyspaß. Das Frühstück ist serviert.“ Jessica hielt mir ein Glas entgegen. Ein kurzes Schnuppern, und ich wusste, es war voll Hämoglobin. Ein grünes Blättchen schmückte kunstvoll den Rand des gekühlten Glases, der vorher in grobes Salz getaucht worden war. „Es ist null negativ. Ein Allrounder.“

„Du hast ein Glas mit Blut mit Basilikum und Margherita-Salz garniert“, sagte ich.

„Aber sicher. Das ist doch kein Blut vom Drive-in bei McDonald's. Wohl bekomm's!"

„Ernsthaft. Woher hast du das?"

„Das verrate ich dir nicht. Aber wir sollten eine Miniblutbank für dich einrichten, dann brauchst du nicht auf den Straßen herumzulungern und auf einen Schuss zu warten. Ich habe bereits jemanden gefunden, der daran arbeitet. Er denkt, ich wäre eine exzentrische Erbin, die ihren Vorrat an Blut aufstockt, weil sie sich vor einer nationalen Katastrophe fürchtet." Sie gluckste. „Natürlich hat er recht. Prost!" Ich nahm das Glas mit der gleichen Begeisterung, als hätte sie mir pürierte Klapperschlange angeboten. Durch den Geruch wurde mir ganz schummrig, und das war nicht angenehm. Während Jessica mich beobachtete, probierte ich ein Schlückchen und musste mich fast übergeben. Es war, als tränke man eine alte Batterie, altes Laub und eine heruntergebrannte Kerze. Es schmeckte nach nichts. Und leider spürte ich auch nichts. Ich war so durstig wie beim Aufwachen. Ich gab ihr das Glas zurück und schüttelte den Kopf: „Nein. Es muss lebendig sein." Sie schaute traurig. „Mist. Der Plan funktioniert also nicht. Kannst du wirklich überhaupt keine Nährstoffe daraus ziehen? Es vielleicht irgendwie verstoffwechseln?"

„Es ist, als schlucktest du eine Vitamintablette, und dann sagte man dir, dies sei dein Mittagessen. Du würdest recht schnell den Hungertod sterben. Aber danke, dass du dir die Mühe gemacht hast", fügte ich hinzu, weil sie so geknickt aussah. Ich musste zugeben, dass ich selbst ziemlich enttäuscht war. Jetzt würde ich jagen gehen müssen.

Ich dachte an Nick. *Warum rufst du ihn nicht an? Er wäre in einer Sekunde hier.* Doch dann verscheuchte ich den Gedanken. Das Telefon klingelte erneut, aber ich gab Jessica ein Zeichen. „Ich gehe ran. Es ist sicher mein Vater. Er hatte jetzt einen Tag, um über den Schock hinwegzukommen."

In meinem Wohnzimmer sah ich, dass Jessica umsichtig die Kartons ausgepackt und meine Sachen an ihren Platz zurückgestellt hatte. Sie konnte manchmal anstrengend sein, aber ich war froh, sie an meiner Seite zu wissen. Ich war gut beraten, das nicht zu vergessen. „Hallo?"

„Ist da Elizabeth Taylor?"

„Ja. Und bitte keine Witze über meinen Namen. Ich kenne sie alle."

„Elizabeth Taylor, sieben-zwei-eins-sieben-fünf, Louis Lane in Apple Valley?"

Ich gähnte und betastete meine Zähne. Keine Reißzähne. „Ja. Und ich bin sehr zufrieden mit meinem Telefonanbieter, vielen Dank."

„Warum", fragte die Stimme, die sich anhörte, als wäre der Anrufer in den Zwanzigern, „gehen Sie ans Telefon?"

„Weil es geklingelt hat, Blödmann. Um ehrlich zu sein, bin ich auch wirklich sehr beschäftigt …"

„Aber Sie sind tot!"

Ich hielt inne. Wie sollte ich damit umgehen? Wer war der Kerl? Von einem Kreditkartenunternehmen? Einem Energieversorgungsunternehmen? Schließlich sagte ich: „Sie dürfen nicht alles glauben, was in der Zeitung steht. Die Schecks sind übrigens in der Post, aber da ich im Verzug bin, würde ich gern mit Ihnen über Ratenzahlungen reden …"

„Sie sind ein Vampir und sitzen jetzt in ihrem eigenen Haus am Telefon? *Verschwinden* Sie von dort!"

Ich ließ fast den Hörer fallen. „Erstens: Wie können Sie das wissen? Und zweitens: Das werde ich auf keinen Fall tun. Der Hypothekenkredit ist bezahlt. Ich gehe nirgendwohin. Gute Nacht."

Ich hängte auf, aber das Telefon begann sofort wieder zu läuten. Wenn ein Telefon verärgert klingen konnte, so war meins wütend. Vielleicht empfing ich aber auch die Gefühle der Person am anderen Ende der Leitung. Wie auch immer, der Hörer sprang mir geradezu in die Hand. „Hallo?"

„*Warum gehen Sie an Ihr Telefon*?"

„Weil es weiterhin klingelt!" Warum um Himmels willen hatte ich auf Rufnummer-Identifikation verzichtet, als ich die Gelegenheit dazu hatte! „Jetzt hören Sie auf, mich zu belästigen, bevor ich Ihren Anruf zurückverfolgen lasse, Arschloch!"

„Warten Sie! Hängen Sie nicht auf!"

Als wenn ich das getan hätte. Ob das wohl ein anderer Vampir war? Selbst wenn nicht, wusste er doch immerhin, dass *ich* einer war. Vielleicht konnte er mir erklären, was hier vor sich ging, mir ein paar wertvolle Tipps geben. Besser, als sich alles in den nächsten zehn Jahren mühsam selbst beizubringen. „Nun", sagte ich geziert, „ich bin sehr beschäftigt."

„Hören Sie, kommen Sie zu Barnes & Noble in der Innenstadt. Wissen Sie, wo das ist?"

„Sicher." Wie könnte ich nicht, der Laden nahm einen ganzen Straßenzug ein.

„Wenn Sie sich genährt haben, treffen wir uns in der Kochbuchabteilung."

„Das ist gemein", protestierte ich.

„Okay, in der Humorabteilung."

„Das ist nicht viel besser", grummelte ich. „Was ist, sind Sie allergisch gegen Liebesromane? Und ich brauche kein Blut, ich gehe sofort."

Es folgte eine lange Stille, so lange, dass ich schon glaubte, er hätte aufgelegt. Dann hörte ich ein Flüstern: „Sie brauchen kein Blut? Haben Sie heute Abend noch keine Gelegenheit gehabt?"

„Keine große Sache. Ich halte es ein paar Tage ohne aus. Ich meine, was soll's, richtig?"

„Was?"

„Was haben Sie denn nicht verstanden? Hören Sie mir überhaupt zu?"

„Was?"

Hörte der Kerl schlecht, oder war er nur dämlich? „Wie sehen Sie aus? Sollen wir ein Erkennungszeichen verabreden? Oder einen supergeheimen Handschlag für Untote?"

„Machen Sie sich keine Sorgen, Miss Taylor", und er klang erschüttert, „ich weiß, wie Sie aussehen."

„Aha. Und woher?"

„Ihre Todesanzeige. Hübsches Foto übrigens. Wir sehen uns in einer Stunde." Klick.

„Uhuuuu, jetzt habe ich aber Angst", sagte ich spöttisch in die tote Leitung und hängte ebenfalls auf. Hoffentlich hatte Ant kein allzu unvorteilhaftes Bild für die Anzeige ausgesucht.

„Worum ging's?", fragte Jessica.

Ich starrte sie an.

„Halloooo? Meine Lippen bewegen sich, kannst du verstehen, was ich sage? Worum – ging – es."

Jessica davon zu überzeugen, dass ich eine Verabredung mit einem geheimnisvollen Fremden hatte, der von mir wusste, und alleine zu dieser Verabredung gehen zu wollen, würde nicht einfach werden. Besser, ich brachte es hinter mich.

11

Ich liebe meine Katze. Sie kann eine ganz schöne Nervensäge sein, aber sie ist von mir abhängig und hat mich noch nie nach meinem Äußeren beurteilt. Genau genommen steckte ich überhaupt nur ihretwegen in diesem Schlamassel. Dennoch hatte ich sie nicht vor die Tür gesetzt. Ich hatte noch nicht einmal an ihr genascht! Ich war definitiv ein Katzenmensch!

Deshalb war es auch sehr irritierend, als ich feststellen musste, dass Hunde mich nun unwiderstehlich fanden. Bevor ich in dem Beerdigungsinstitut aufgewacht war, hatte ich Hunde geflissentlich ignoriert, und sie mich. Jeder hatte sich um seine eigenen Angelegenheiten gekümmert. Jetzt nicht mehr.

Nachdem ich aus meinem Auto gestiegen und einige Schritte gegangen war, heftete sich fast ein Dutzend Hunde an meine Fersen. Sie himmelten mich geradezu an, und das sehr ausdauernd. Wenn ich mich umdrehte und sie mit einem Tritt in die Flucht zu schlagen versuchte, schlichen sie nur näher, leckten an meinen Knöcheln und schenkten mir eine Art breites, dämliches Grinsen. Ich weiß nicht, warum mir das noch nicht widerfahren war, als ich in der Lake Street nachts die bestmögliche Selbstmordmethode gesucht hatte. Vielleicht brauchten meine Vampir-Pheromone einige Zeit, um sich voll zu entfalten. Vielleicht gab es in diesem Viertel mehr Hunde. Vielleicht wurde ich aber auch langsam verrückt. Als ob die sabbernde Meute um mich herum nicht schon genug gewesen wären, klingelten mir noch die Ohren von Jessicas Standpauke. Langer Rede kurzer Sinn: Ein Treffen mit einem Fremden, der wusste, dass ich ein Vampir war, hielt sie erstens für verrückt und zweitens für dumm und mich, wenn ich zu diesem Treffen ginge, für verrückt *und* dumm. Ich hingegen verwies darauf, dass es noch verrückter wäre, meine verletzbare, sterbliche Freundin zu dieser Verabredung mitzunehmen.

Als sie drohte, mir zu folgen, betrat ich meine Auffahrt und schob ihr Auto auf die Seite. Unglaublich, wie leicht das ging. In meinem vorherigen Leben hatte ich mehr Mühe damit gehabt, meine Garagentür zu öffnen. Jessica war beeindruckt, aber sauer. Bis dahin hatte ich noch keine gemischten Gefühle zu wittern bekommen, und es roch sehr merkwürdig – wie flambierter Schokoladenpudding.

Als ich ging, war sie gerade dabei, meine Küchenschränke umzuräumen. Sie weiß, wie ich es hasse, nichts zu finden.

Ich parkte meinen Wagen in einem unverschämt teuren Parkhaus und näherte mich gerade Barnes & Noble, als eine dreckige, matschverschmierte Limousine auf meiner Höhe mit quietschenden Reifen bremste. Die Hunde (drei schwarze Labradore, ein Corgi, ein Golden Retriever, zwei fette Pudel und ein Köter undefinierbarer Rasse, alle mit Hundehalsbändern und schleifenden Leinen) erschreckten sich vor dem Lärm, und ich nutzte die Aufregung, um noch einmal „Haut ab!" zu zischen.

Alle Türen der Limousine sprangen auf.

„Was …?"

Viele Hände griffen nach mir.

„Heh …!"

Und zerrten mich ins Innere des Wagens. Die Türen schlugen zu, und wir fuhren los.

„Ich wusste, dass das geschehen würde“, ließ ich meine Entführer wissen, „nur damit ihr Bescheid wisst. Es war ja ganz offensichtlich, dass der Anruf eine Falle war.“ Vier meiner Entführer saßen mir gegenüber (toll! Extrabreite Sitze!), und ihre martialische Aufmachung war beeindruckend. Sie hielten mir große Holzkreuze mit ausgestreckten Armen entgegen, und einer von ihnen schüttelte eine kleine Flasche mit einem Korken. Ich nahm an, es handelte sich um Weihwasser. Sie wirkten ein bisschen angespannt, aber nicht wirklich eingeschüchtert. Das hier taten sie nicht zum ersten Mal. „Wer von euch hat mich angerufen?“

Totenstille.

„Bitte, bitte. Wenn ihr es so haben wollt. Aber Angst habe ich nicht. Das erinnert mich an meinen Abschlussball. Der rüde Umgang, die muffigen Gesichter, die übertriebene Limousine … ach ja … schön war die Zeit.“

Mein unmittelbares Gegenüber schnaubte, aber die anderen guckten weiter undurchdringlich. Sie sahen alle aus wie voneinander geklont: breite Brust, gut über eins achtzig groß, mit riesigen Händen und Stinkfüßen. Alle brauchten dringend eine Rasur, alle hatten schmutzig blonde Haare und braune Augen und rochen wie Old Spice gemixt mit Kirschhustensaft.

„Seid ihr Brüder?“, fragte ich. Keine Antwort. „Dann seid ihr vielleicht alle Besitzer eines Cockerspaniels? Ihr wisst schon, was man sagt: dass die Leute nach einer Weile aussehen wie ihre Hunde? Weil ihr nämlich alle ausseht wie Cockerspaniel, wenn Cockerspaniel aufrecht gehen und ihr Fell rasieren könnten – und sprechen. Einmal angenommen, dass ihr sprechen könnt. Denn bisher hat ja keiner von euch ein Wort gesagt. Ich unterhalte den Laden momentan noch alleine. Das ist schon Ordnung, keine Sorge, mir macht es nichts aus, die Konversation im Fluss zu halten. Obwohl es eines der Dinge ist, die meine Stiefmutter zur Weißglut treiben. Was wiederum …"

„Halt den Mund!", sagte der am Ende der Reihe.

„… wirklich unglaublich ist, weil *sie* nämlich über Kleider, Dinnerpartys und Poolpflege reden kann, bis der Arzt kommt, aber wehe, jemand anderes will mal ein Wort einwerfen, dann …"

„Halt den Mund!", sagten alle vier sauer.

Ich verschränkte die Arme vor der Brust. „Zwingt mich doch!", sagte ich – eine mutige, aber leider auch etwas unüberlegte Antwort.

Der Spaniel am Ende der Reihe lehnte sich vor und schob sein Kreuz näher zu mir herüber. Ich spielte mit dem Gedanken, es einfach zu packen und in tausend Zahnstocher zu zerbrechen, aber erstens hatte ich nichts zwischen den Zähnen, und zweitens dachte ich, es könnte respektlos wirken, und schließlich hatte ich keine Lust, mir einen Splitter in der Hand einzufangen. Sie hielten ihre Kreuze und ihr Weihwasser und fühlten sich sicher. Noch wollte ich ihnen ihre anrührenden Illusionen über Vampire nicht nehmen.

Was allerdings nachdenkenswert schien: Wenn Kreuze und Bibeln mir nichts anhaben konnten, dann doch sicher auch nicht anderen Vampiren, oder? Andererseits lag ich vielleicht falsch. Warum sonst die Kruzifix-Brigade?

Was ließ mich sonst noch kalt, hatte aber bei „normalen" Vampiren möglicherweise eine Wirkung? Um das herauszufinden, würde ich Augen und Ohren offen halten müssen, so viel stand fest. Nachdem ich dies für mich entschieden hatte, bemerkte ich, dass der Spaniel immer noch mit seinem Kreuz vor meiner Nase herumfuchtelte. „Nein. Bitte nicht. Aua. Das brennt", sagte ich höflich. Und schwieg dann, denn das war es offensichtlich, was sie von mir wollten. Mir war's recht. Ich genoss den Ausblick.

Ich stöhnte, als wir anhielten. Ein Friedhof! Ausgerechnet! Huhuuuu … das Böse … lauert … in den Herzen … der Menschen … überall … huhuuuu. Zum Kotzen!

„Also wirklich, Leute!", sagte ich, als sie mich aus dem Wagen zerrten. „Müssen wir denn jedes Stereotyp durchorgeln? Wenn ihr mich jetzt noch zu einem Typen mit langem Umhang und hohem Kragen bringt, bin ich aber sauer."

Wir trampelten durch den pflichtschuldigst gruseligen Friedhof, mit von obligatorischem Mondlicht beschienenen Grabsteinen, schaurigen Eulenrufen (in Minneapolis!) und großen, gespenstischen, völlig stillen Mausoleen. Wir hielten vor dem größten und gespenstischsten. Nach der fünfzehn Zentimeter großen Inschrift war dies das Mausoleum der Familie Carlson. Ein typischer Name für eine Gegend, die von Norwegern entdeckt wurde.

„Uhhh, das Carlson-Mausoleum", amüsierte ich mich, als die Cockerspaniel-Boys sich an der schweren Eingangstür zu schaffen machten. „Wie düster! Was kommt als Nächstes? Ein Teller mit Laugenfisch und Squaredance? Braucht ihr Hilfe?" Sie brauchten keine. Endlich schwang die Tür auf.

„Wo bleibt denn das schaurige Quietschen rostiger Scharniere? Da müsst ihr aber noch mal ran, das ruiniert ja die ganze Atmosphäre. Nicht schubsen, ich geh ja schon."

Ich stapfte einige Stufen hinunter, ging an großen Steinsärgen vorbei (igitt!), durch einen steinernen Torbogen und wieder ein Dutzend Stufen hinunter. Der Raum war unterirdisch (natürlich) und mit Fackeln beleuchtet (selbstredend!). Ich sah einige Leute, die herumliefen, aber mein Blick wurde sofort von einer Person angezogen.

Er war unglaublich. Einen so erstaunlichen Mann hatte ich noch nie gesehen, außer im Playgirl. Nicht dass ich so einen Schund lese. Nur manchmal.

Groß, sehr groß – mindestens zehn Zentimeter größer als ich. Er hatte dickes, tintenschwarzes Haar, das in üppigen Wellen auf seine Schultern fiel. Nur wenige Männer konnten auf der Elvis-Schiene fahren – so wie er. Seine Gesichtszüge waren klassisch gut aussehend: ausgeprägte Nase, gutes Kinn, schöne, breite Stirn. Seine Augen waren wunderschön und beängstigend: ein dunkles Schwarz mit einem harten Glitzern, wie Sterne, die an einem dunklen Winterhimmel leuchten. Und sein Mund wäre sanft gewesen, hätte nicht ein grausamer Zug um die Oberlippe seinen Ausdruck mitbestimmt. Er sah gemein und er sah *böse* aus.

Und sein Körper! Er hatte so breite Schultern, dass ich mich fragte, wie er durch die Tür passte, und seine Arme sahen kräftig und stark aus. Der anthrazitfarbene Anzug unterstrich perfekt seine lange Silhouette. Und da wir gerade von Länge sprechen: Seine Finger waren ebenfalls lang und gerade. Sie sahen geschickt und erfahren aus. Die Hände eines Pianisten. Oder eines Chirurgen. Seine Schuhe … Wow! Waren das Ferragamos? Wie selten bekam man einen korrekt beschuhten Mann in einem unterirdischen Mausoleum zu sehen! Wundervoll! Interessanterweise waren die Spitzen feucht, als wäre er durch nasses Gras gelaufen, weil er es eilig hatte. Das war seltsam, denn er sah nicht aus wie ein Mann, der irgendwohin *rannte*.

Ich schob mich langsam näher, um ihn besser betrachten zu können. Fast ebenso interessant wie sein gutes Aussehen war die Tatsache, dass er offenbar genauso ungern hier war wie ich. Außer uns befanden sich noch andere Leute im Raum. Glaubte ich zumindest. Wen interessierte das?

„Aha, Gentlemen. Sie bringen unsere neue Dienerin!"

Die allzu dröhnende Stimme kam leider nicht von dem Typen, den ich gerade im Auge hatte, und sie ließ mich schnell wieder zu mir kommen. Ja, stimmt, da waren andere Leute im Raum. Blasse Leute. Blass, mit funkelnden Augen und weißen, scharfen Zähnen. Sie standen unbeweglich, wie Statuen. Aber sie sahen krank aus. Zu blass, selbst für Vampire (glaubte ich – was wusste ich schon?), und dünn, und kalt, und abgerissen. Jeder von ihnen hatte mindestens einen Fleck auf der Kleidung. Ein trauriger Anblick. Der Tod durfte keine Entschuldigung für Nachlässigkeit sein.

Sie drängten sich zusammen und starrten auf den Sprecher, und ich fühlte plötzlich Mitleid mit ihnen. Wenn sie nicht so bedauernswert ausgesehen hätten, wären sie Furcht einflößend gewesen.

„Nun, Miss Taylor, als unser jüngster Anwärter werden Sie sich bald nähren dürfen. Wie jeder von euch."

Daraufhin schaute die Horde geradezu lächerlich dankbar drein.

Der Sprecher kam vom anderen Ende des kalten Raumes auf mich zu. Er war nicht annähernd so eindrucksvoll wie der andere Typ: eher mittlerer Größe, einen Kopf kleiner als ich, ein bisschen speckig um den Bauch herum, ein gespaltenes Kinn, wässrige blaue Augen (genau das, was Jessica mit unfehlbarem Taktgefühl ein „Arschlochgesicht" nannte). Und (o Gott!) er trug einen schwarzen Smoking. Kein schwarzer Umhang, aber fast genauso schlimm.

„Äh, hallo", sagte ich und starrte das wandelnde Klischee an. In Büchern und Filmen waren Vampire immer rechtschaffen gut aussehend, selbst die bösen. Dieser hier war wohl kein eifriger Leser.

Er nahm meine Hand und umklammerte sie fest. Sie war

kalt – kälter als meine. Dann küsste er mich mit seinen widerlichen, kalten Lippen. Endlich – Gott sei Dank! – richtete er sich auf und ließ meine Hand los. Sofort rieb ich sie an meinem Bein. Unhöflich, ich weiß, aber ich konnte nicht anders. Ein Kuss vom Glatzen-Mann war wie ein Kuss von einem toten Fisch.

„Als Erstes, und das verlange ich von allen neuen untoten Kindern ...“ Genauso drückte er sich aus. Man konnte die Großbuchstaben quasi hören. „... musst du auf diese runzligen Knie, die die deinen sind, niederfallen und mir Treue schwören. Dann werden wir schmausen, und du wirst an meiner Seite ruhen, unser neues untotes Kind und mein derzeitiger Günstling.“

„Runzlige Knie?“ Wer war der Typ?

Ich hatte es nicht vor. Auf gar keinen Fall. Aber ich begann zu lachen und konnte nicht mehr aufhören. Das Rascheln und Raunen im Raum erstarb, und alle schauten mich geschockt an. Alle, außer dem hinreißenden Typ in der Ecke. Er zog die Augenbrauen hoch, und seine Lippen zuckten, aber er lächelte nicht. Er sah mich nur weiter prüfend an mit seinem eisigen Blick.

„Hör auf!“

„Ich kann nicht“, kicherte ich.

„Ich befehle dir, mit dem Lachen aufzuhören! Du wirst nicht trinken dürfen an den heiligen Kehlen unserer ...“

„Stopp, stopp, du bringst mich um!“ Ich kicherte und keuchte und musste mich an der Steinbüste eines Carlson abstützen, um nicht zu fallen. „Als Nächstes wirst du mir sagen, dass es schreckliche Folgen haben wird, wenn man über deine erhabene Wenigkeit spottet.“

Er zeigte mit dem Finger auf mich. Nichts passierte. Das schien ihn zu überraschen (hatte er erwartet, dass ich zu

Staub zerfiel?) und machte ihn sauer. „Gentlemen! Bestraft sie!"

Dies hatte nur weitere Lachsalven meinerseits zur Folge. Die Cockerspaniel-Boys kamen näher, schwenkten Kreuze, und einer schleuderte Wasser in mein Gesicht. Ich musste beim Lachen ein paar Tropfen eingeatmet haben, denn ich nieste. Und lachte. Und nieste. Und lachte. Als ich mich schließlich wieder unter Kontrolle hatte, waren die Cockerspaniel-Boys in ihre Ecke zurückgekehrt, hinter den Glatzen-Smoking, und die anderen Vampire, außer einem, kauerten so weit wie möglich entfernt von mir zusammen.

„Ach du meine Güte", sagte ich und wischte mir die Augen. Ich hatte nicht geweint, mein Gesicht war vielmehr nass von Weihwasser. „Das war wirklich gut. Das war den teuren Parkplatz in der Innenstadt wert. Und es gibt wirklich nicht viel, was den Preis rechtfertigt, ausgenommen vielleicht noch ein Abendessen im *Oceanaire.*"

„Du bist ein Vampir", sagte der Smoking, sehr viel weniger gebieterisch als zuvor. Er quiekte eher.

„Vielen Dank für die Mitteilung, aber das habe ich schon begriffen, als ich vor einigen Tagen von den Toten wiedererweckt wurde."

„Aber … aber du …"

„Ja, ja. Nun – das war alles ein großer Spaß, aber ich denke, ich werde jetzt gehen."

„Aber … aber du …"

„Ich war neugierig, deshalb bin ich mit euch mitgefahren. Ich meine, wenn jemand dich anruft und weiß, dass du ein Vampir bist, was du selbst erst seit wenigen Tagen weißt, würdet ihr da nicht mitfahren?"

„Dich anrufen? Ich …"

„Also. Hier bin ich. Und, entschuldigt bitte, aber es ist so dreckig hier unten! Und langweilig, was noch schlimmer ist. Wenn ich all die Film-Klischees mitmachen muss, nur um mit anderen Vampiren meine Zeit zu verbringen, dann könnt ihr das vergessen. Friedhöfe? Party machen in frostigen Mausoleen? Nicht mit mir."

„Du ..."

„Außerdem trägt heute keiner mehr einen Smoking, außer zu einer Hochzeit. Du siehst aus wie dem Bühnenbild von *Dracula bumst Doris* entsprungen."

Ich machte eine Pause, um ihnen Gelegenheit zur Entgegnung zu geben, aber niemand sagte ein Wort. Sie starrten mich alle mit funkelnden Augen an. In den letzten dreißig Jahren war ich nicht so viel angestarrt worden wie in den letzten drei Tagen, und ich war mir nicht sicher, ob ich es cool oder ärgerlich finden sollte.

Ich zuckte mit den Achseln und verließ den Raum, stieg die Stufen hinauf und war im Nu wieder an der frischen Luft. Der Abend hatte wohl einige neue Informationen gebracht, war aber alles in allem enttäuschend gewesen. Unglaublich, dass Vampire so langweilig und uncool waren. Zu meinen Lebzeiten war ich Trendsetter gewesen, anscheinend musste ich diesen Part auch noch nach meinem Tod übernehmen. In Sachen Styling gab es einiges zu tun.

„Warte." Das war kein Ruf, sondern ein kühler Befehl. Und merkwürdigerweise stoppten meine Füße wie am Boden festgenagelt. Verärgert blickte ich auf sie hinunter. Verräter!

Ich schaute mich um. Mister Groß-dunkel-und-unheimlich kam rasch näher. Er war der Einzige im Mausoleum gewesen, dem ich keine Furcht eingejagt hatte. Noch vor einigen Minuten hatte mir das gefallen. Nun nicht mehr.

„Was gibt's denn? Ich muss jetzt wirklich gehen. Ich habe schon viel zu viel Zeit in diesem Loch verloren."

Er beachtete mich nicht, sondern griff mit beiden Händen nach meinem Gesicht und zog mich so nah an sich heran, dass unsere Münder nur Millimeter voneinander entfernt waren. Ich quietschte erbost und versuchte, mich wegzudrehen, aber es war, als müsste ich mich aus erstarrtem Beton befreien. Hatte ich geglaubt, meine vampirische Kraft wäre etwas Besonderes, so musste ich jetzt einsehen, dass dieser Typ mindestens doppelt so stark wie ich war.

Er berührte mein Gesicht, untersuchte es wie ein interessantes, ihm bisher unbekanntes Musterexemplar, fingerte an meinen Lippen herum und zog meine Oberlippe zurück, um meine Zähne zu begutachten.

Ich schnappte nach seinen Fingern, was immerhin seine Mundwinkel zum Zucken brachte. „Lass mich los. Herr im Himmel. Ich wusste doch, ich hätte heute Morgen nicht aufstehen sollen. Heute Abend, meine ich." Ich trat ihn vor das Schienbein, was ganz schön wehtat. Als hätte ich einen Felsblock getreten. Und auch die Reaktion war die eines Felsblocks, nämlich gar keine. „Die Frauen reißen sich bestimmt um ein zweites Date mit dir, was?"

„Du *bist* ein Vampir", sagte er. Das war keine Frage. Er lockerte seinen Griff, und ich trat so schnell von ihm weg, dass ich strauchelte.

Er blinzelte auf mich herunter und streckte dann die Hand aus. Ich schlug sie weg, als ich wieder auf die Füße sprang. „Erwartest du jetzt einen Tusch, weil du eins und eins zusammenzählen kannst? Ich sage dir, ich würde eher sterben …"

„Schon geschehen."

„… als mich mit blassen, schlecht angezogenen Losern wie euch abzugeben. Das ist nicht mein Niveau, vielen Dank. Ich will nur noch weg hier. Es war ein Vergnüüüügen, dich kennenzulernen", fügte ich sarkastisch hinzu.

Seine Hand schnellte vor und umklammerte meinen Oberarm. „Auch ich werde mich jetzt zurückziehen. Aber ich denke, du begleitest mich." Seine steinerne Miene kam in Bewegung, und ich glaubte fast, ein Lächeln zu erkennen. „Ich muss auf das Vergnügen deiner Begleitung bestehen. Wir haben einiges zu besprechen."

„Leck mich am Arsch!"

„Wenn es dein Wunsch ist. Aber ich würde denselben doch gerne begutachten, bevor ich deinem Wunsch folge. Wenn er so aussieht wie der Rest, ist er sicher recht hübsch. Außerdem ..." Er zog mich ohne jede Anstrengung zurück an seine Brust, als wäre ich leicht wie ein Papiertaschentuch. „Du hast dich heute noch nicht genährt und bist trotzdem voller Energie. Du siehst nicht hungrig aus. Eigentlich siehst du eher ... gut aus. Wie machst du das?"

Ich räusperte mich, um Spucke zu sammeln (gar nicht einfach, wenn man plötzlich kaum noch Körperflüssigkeit produziert). Dann sagte ich: „Punkt eins: Kümmere dich um deine eigenen Angelegenheiten, Punkt zwei: Dies ist nicht deine Angelegenheit!" Meine Stimme wurde kalt und hart. Ich hatte mich noch nie so sprechen hören, noch nicht einmal, als ich Ant beschied, sie könne mich nicht zur Militärschule schicken. „Nimm deine Hand weg, solange du noch fünf daran abzählen kannst."

Einen Moment lang starrte er mich an und lachte dann. Ich hatte nicht gewusst, dass sich Lachen so humorlos anhören kann. „Lass das", blaffte ich ihn an und versuchte nicht zu zeigen, wie entnervt ich war.

„Ja", sagte – säuselte er. Mein Arm wurde taub von seinem festen Griff, „du kommst mit zu mir nach Hause, und wir unterhalten uns. Über dies und das. Und, Mädchen, glaube mir, es ist zu deiner eigenen Sicherheit."

„Pardon, aber ich habe bereits dem Werwolf versprochen, dass wir miteinander gehen. Und jetzt lass mich los!“ Ich zog und zerrte, wütend, dass meine Kraft, das einzig Gute an meinem Vampirdasein, mich im Stich ließ.

Seine andere Hand war wieder in meinem Gesicht, seine Finger zwangen meine Zähne auseinander, und mit dem Daumen streichelte er einen meiner Eckzähne. Dann drückte er zu und ich schmeckte einen Blutstropfen auf meiner Zunge. Ich war schockiert. Aus mehreren Gründen. Zum einen weil es köstlich war, viel besser als Nicks Blut. Dann weil es kühl war. Und schließlich weil ich nicht geglaubt hatte, dass Vampire bluten können.

„Ich frage mich …“, sagte er leise, hauchte er fast, während er seinen Daumen immer tiefer in meinen Mund schob, wie eine merkwürdige Art Vergewaltigung, empörend und erregend zugleich, „… wie du wohl schmeckst.“

Dann find’s doch raus. Stopp. Was dachte ich da? Dies ist ein sehr böser Mann.

„Jetsst reichtss. Ssum letssten Mal, Ssluss jetsst!“ Ich schubste ihn so fest, wie ich nur konnte. Und konnte kaum glauben, was als Nächstes geschah.

Es dauerte nur eine Sekunde, aber ich sah alles in Zeitlupe. Mister Groß-dunkel-und-unheimlich flog durch die Luft wie eine abgefeuerte Kanonenkugel und durchschlug ein großes steinernes Kreuz. Gesteinsbrocken flogen, weil das Kreuz unter seinem Aufprall zerbarst, und der Rücken seines Anzugs begann zu qualmen. Aber er segelte weiter, bis er in die Wand eines Mausoleums krachte und dort wie ein Sack in sich zusammenfiel.

Ich wollte nicht herausfinden, was mit ihm war. Ich rannte davon.

12

Als ich endlich ruhiger wurde und mich umschaute, stellte ich erstaunt fest, dass ich sechzehn Blocks gerannt war. Olympische Spiele, hier komme ich! Falls die Sprints auch nachts stattfanden.

Da ich mich in einer Seitenstraße des Minneapolis Hospital befand, beschloss ich, hineinzugehen und von dort aus ein Taxi zu rufen. Vielleicht hatte ich Glück und erwischte einen weiblichen Fahrer.

Auf keinen Fall würde ich zum Friedhof zurückfahren. Von diesen Verlierern hatte ich genug. Und wenn ich jemals wieder diesen Scheißkerl von einem Elvis-Imitator träfe, würde ich ihm die Augäpfel herausreißen und … eben das mit ihnen machen, was man so macht, wenn man etwas wirklich Widerliches mit Augäpfeln anstellen will.

Wann immer ich an seine Hände auf meinem Körper, seinen Daumen in meinem Mund dachte, wurde mir ganz heiß. Nein, Scheiße, ich wurde sehr wütend. Sehr, sehr wütend. Ich sollte meine Finger in seinen Mund stecken, mal sehen, wie ihm das gefallen würde. Ich sollte sie in seine Luftröhre stecken! In seinen Arsch! Um seine …

Jetzt stampfte ich wirklich wütend die Straße entlang, und einer Meute Hunde, die um die Ecke gebogen kam, warf ich einen Blick zu, dass sie in die Gegenrichtung davonlief. Na also, geht doch! Raubtiere, aufgepasst, mit mir war nicht zu spaßen! Wie konnte dieser hinreißende Widerling es wagen, mich anzufassen? Mich? Ich küsste nie beim ersten Date, wie wäre ich dann dazu gekommen, fremde Vampire ihre Finger in meinen Mund stecken zu lassen?

Ich war fast erleichtert, als ich eine gedämpfte Stimme durch den vereinzelten Straßenverkehr und die übrigen Nachtgeräusche hörte: „Bis dann, Welt!“ Endlich eine Ablenkung von den beunruhigenden Ereignissen der letzten Stunde.

Ich schaute hinauf. Sechs Stockwerke über mir stand ein Mann auf dem Dachfirst. Ich konnte ihn so klar sehen, als stünde er in nur zwei Meter Entfernung. Er war ein paar Jahre jünger als ich und schaute auf die Straße, genau in meine Richtung. In einem Liebesroman würde nun etwas wie „unsere Blicke trafen einander und Funken flogen“ oder ähnlich Dummes folgen. Tatsächlich aber sah er nur müde und entschlossen aus, und ich gaffte ihn an, mit offenem Mund, wie ein Landei, das seine erste Nacht in der großen Stadt erlebt.

Mir war sofort klar, dass er nur darauf wartete, springen zu können, ohne mich mit seinen Überresten zu besudeln. Deshalb blieb ich stehen.

Er stand auf dem Dach eines alten Gebäudes aus groben Backsteinen. Ich ließ meine Hand über die Wand gleiten, um die Beschaffenheit zu testen, dann hatte ich eine Idee. Eigentlich war es eher eine Eingebung. Denn eine Idee fühlt sich an wie ein Blitz aus dem Nichts. Also zog ich mich hoch und begann zu klettern. Im Nu hatte ich die Außenwand des Gebäudes erkrabbelt wie ein großer, blonder Käfer. Ich war immer noch wütend über das, was auf dem Friedhof geschehen war, und machte mir Sorgen um den Typen auf dem Dach. Aber ich war zugleich auch entzückt darüber, dass ich eine senkrechte Wand hochklettern konnte. Sechs Stockwerke! Ich! In der Schule war ich im Turnunterricht nicht mal das Seil hochgekommen, noch nicht einmal das mit der Kletterhilfe.

Aber das hier war einfach. Und wunderbar! So einfach wie das Öffnen einer Chipstüte. Ich war schnell, ich war stark, ich war – *SpiderVamp*!

Auf dem Dach angekommen, tat ich einen kleinen Hopser, der mich einige Meter in die Luft schnellen ließ, und landete dann mit einem „Ta-dahhh!".

Er sah wirklich süß aus und trug einen grünen Arztkittel, an dem ich getrocknetes Blut roch. Hmmm. Igitt! Hatte ich gerade *Hmmmm* gedacht? Noch so ein Typ mit tiefschwarzen Haaren. Aber während der eine einen Duft unterschwelliger Bedrohung verströmte, strahlte dieser Junge erschöpfte Verzweiflung aus.

Sein Haar war so kurz geschnitten, dass die Kopfhaut durchschimmerte. Die Augen waren dunkelgrün, und er hatte einen Spitzbart, der ihm das Aussehen eines müden Teufels verlieh. Er war fast so blass wie ich und sehr dünn, fast zu dünn. Mit großen Augen starrte er mich an.

„Was haben *Sie* denn gegessen?", fragte er schließlich.

Ich setzte mich neben ihn auf den Sims. „Fangen wir damit erst gar nicht an. Das ist eine lange Geschichte, und Sie würden mir sowieso nicht glauben."

„Ich muss wirklich sehr müde sein", sagte er.

„Netter Versuch. Aber ich bin keine Sinnestäuschung, auch wenn ich das mit diesen alten Tennisschuhen lieber wäre. Sie sehen scheiße aus, wenn ich das so sagen darf."

„Na ja", sagte er einsichtig, „das wäre logisch. Ich fühle mich auch scheiße."

„Es geht mich ja nichts an, aber warum wollen Sie springen? Was ist passiert?"

Er blinzelte und verlagerte sein Gewicht von einem Fuß auf den anderen. Unser Gespräch machte ihn nicht ein bisschen nervös. Wahrscheinlich hatte er geglaubt, springen zu können, bevor ich ihn zu fassen bekam. Und er war so traurig und unglücklich, dass ihn heute Nacht nichts mehr überraschen konnte. „Ich kann keine Kinder mehr sterben sehen. Ich bin bis über beide Ohren verschuldet, weil ich einen Kredit für das Medizinstudium aufnehmen musste. Mein Vater hat Krebs. Ich habe seit zwei Monaten keinen Sex mehr gehabt. Mein Vermieter hat mir meine Wohnung gekündigt, weil das Haus verkauft wurde. Und ich habe eine GAS, und Valium wirkt bei mir nicht mehr."

„Was ist GAS?"

„Generalisierte Angststörung."

„Das hört sich schlimm an", gab ich zu, „ich meine, ich weiß zwar nicht, was Generalisierte Angststörung genau bedeutet, aber die Liste ist ziemlich beeindruckend. Außer dem Punkt mit dem Sex. Typisch Männer: wollen gleich springen, bloß weil man zwei Monate lang nicht zum Schuss gekommen ist. Ich habe es einmal auf zwei Jahre gebracht."

Er dachte eine Weile darüber nach. Dann schüttelte er den Kopf.

„Was ist mit Ihnen? Was ist Ihnen passiert?"

Ich verschränkte die Beine und machte es mir gemütlich. „Also gut. Vor einigen Tagen bin ich gestorben und fand heraus, dass ich gar nicht sterben konnte. Meine Stiefmutter hat alle meine guten Schuhe geklaut. Ich kann kein echtes Essen mehr essen. Letzte Nacht habe ich einen richtig netten Typen praktisch vergewaltigt, danach ein paar Vampire getroffen, die sich alle aufführten wie einem schlechten Film entsprungen, schließlich habe ich einen hartnäckigen Verehrer durch ein Steinkreuz geworfen und dann herausgefunden, dass ich eines der schnellsten Geschöpfe auf dem Planeten bin. Und dann sah ich Sie."

„Also sind Sie ein Vampir?"

„Ja. Aber haben Sie bitte keine Angst. Ich bin immer noch nett."

„Wenn Sie nicht gerade Männer vergewaltigen."

„Genau." Ich schenkte ihm ein freundliches, gewinnendes Lächeln. Mit diesem Lächeln hatte ich in der Highschool die Wahl zu *Miss Charme* für mich entscheiden können.

Glücklicherweise war das Blut auf seinem Kittel getrocknet und roch nicht zu appetitlich, sonst wäre mein Lächeln sicher von Reißzähnen aufgehübscht worden. „Wie wäre es, wenn wir einen Kaffee tränken und uns darüber unterhielten, warum unser Leben beschissen ist?"

Er zögerte. Der Wind ließ seinen Kittel flattern, aber seine Haare waren so kurz, dass sie fest am Kopf lagen. Er blickte runter auf die Straße, dann schaute er mich an, dann wieder zurück auf die Straße. „Wissen Sie, wenn ich einmal eine Entscheidung getroffen habe, ziehe ich sie normalerweise auch durch ..."

„Geben Sie es zu", beschwatzte ich ihn, „Sie hatten keine Ahnung, dass Vampire wirklich existieren."

„Nun ja ..."

„Genau. Ich zumindest hatte keine Ahnung. Vampire? Hallooo??? Aber mal angenommen, wir existieren, was könnte es dann noch für erstaunliche Dinge da draußen geben, die Sie noch nicht kennen? Was, wenn Werwölfe und Hexen und Feen und solche Dinge wirklich existieren? Es ist vielleicht ein bisschen verfrüht, das Buch des Lebens jetzt schon zuzuklappen, oder? Wie alt sind Sie, fünfundzwanzig?"

„Siebenundzwanzig. Wollen Sie mich hier nur herunterlocken, um mich auszusaugen und Ihren Blutdurst zu stillen?"

Warum stellten mir die Leute immer diese Fragen? „Neiiiin, ich möchte nur, dass Sie von diesem Dachsims steigen. Ich kann mit der nächsten Mahlzeit noch warten."

„Ich komme runter", sagte er langsam, „wenn ich Ihre nächste Mahlzeit sein darf."

Bei diesem einfachen Satz durchfuhr mich eine Erregung, die mir fast die Sinne raubte. „Haben Sie etwas geraucht? Wir haben uns doch gerade erst kennengelernt! Immerhin bin ich doch ein Furcht einflößender Vampir!"

„Und außerdem sind Sie viel zu niedlich, um Furcht zu verbreiten. Und die letzten drei Minuten waren die interessantesten meines Lebens. Also ..."

Ich war geschmeichelt, dass er mich niedlich fand. Dennoch musste ich ehrlich zu ihm sein. „Sie wissen nicht, was Sie da sagen, mein Lieber." Ich versuchte tough und cool zu klingen, atmete aber schwer und machte eher den Eindruck eines lüsternen Cheerleaders.

„Sicher weiß ich das. Ich bin ja hier oben, weil ..."

„... Sie Ihr Sexleben so sehr deprimiert?"

Ich sah ein flüchtiges Lächeln. „Das auch. Sie haben recht. Ich dachte, das Leben hielte nur den Tod und Menschen bereit, die einander schlecht behandeln. Ich hätte nie Arzt werden dürfen, habe es auch eigentlich nie werden wollen. Aber mein Vater ... na, egal. Ich dachte es gäbe nichts Neues mehr, nur Sterben, Papierkram und wieder Sterben. Und das verstärkt meine Angststörung, was wiederum die Arbeit erschwert, was wieder meine Angststörung verschlimmert." Seine Stimme verlor sich, und ich sah Tränen in seinen Augen schimmern. Er blinzelte sie fort. „Also, beweisen Sie mir, dass ich unrecht habe. Und noch einiges mehr, wenn möglich. Ich möchte wissen, wie es sich anfühlt. Ich möchte mehr fühlen als … nichts."

Ich biss mir auf die Lippe. Der arme Junge. „Vergessen Sie's." Aber ich rutschte ein wenig näher. Ich war durstig, und er war ein gesundes Exemplar (so gesund, wie ein pathologisch depressiver, selbstmordgefährdeter Mann sein konnte), das sich mir zum Abendessen anbot. Es wäre verrückt gewesen, dieses Angebot nicht anzunehmen. Wenn ich hier nicht zuschlüge, würde ich später einen anderen armen Kerl mit Gewalt zwingen müssen.

Warum sollte ich jemandem Schmerzen zufügen oder ihn ängstigen, wenn sich hier doch ein attraktives Opfer freiwillig darbot? Wenigstens himmelte er mich nicht an und brabbelte wirres Zeug über meine angebliche Schönheit. Er war klar im Kopf, willig und neugierig. Was konnte es schaden? Und warum suchte ich überhaupt nach Ausflüchten? Ich musste mich schließlich ernähren, oder? Warum zögerte ich noch?

„Okay. Wenn ich es mache, versprechen Sie mir, nicht zu springen?"

„Ja."

„Und Sie werfen sich auch nicht vor einen Lastwagen oder nehmen ein Bad mit Ihrem Toaster oder kämmen sich mit einer Kettensäge das Haar?"

Er lachte und sah sofort um einige Jahre jünger aus. Seine völlige Arglosigkeit stimmte mich schließlich um.

„Ich verspreche es. Jetzt tu es, Süße, bevor ich wieder zu Sinnen komme."

Ich sprang vom Sims und zog ihn sanft zu mir herunter wie einen Liebhaber. Sein Kittel hatte einen V-Ausschnitt, und so konnte ich ohne Umstände zubeißen. Er keuchte, und sein Körper versteifte sich in meinen Armen. Dann umschlang er mich fest. Er stellte sich auf seine Zehenspitzen, seine Hüften schossen vor und drückten sich an mich. Sein Blut floss langsam in meinen Mund und schmeckte wie der süffigste, kräftigste Wein. Mein Durst wurde für einen kurzen Moment, falls überhaupt möglich, noch unerträglicher und war dann von einem auf den anderen Augenblick gestillt. Mein Gehör war schärfer und das Licht war heller. Sein Herzschlag hämmerte in meinen Ohren, und er atmete schwer. Ich konnte sein Geschlecht riechen, hart und drängend und gegen mich gepresst, ein Geruch nach Moschus, nach Leben.

Ich zog mich zurück. Auch das wird im Film immer falsch dargestellt: Vampire müssen ihre Opfer nicht „leer" trinken. Ich hatte nur eine halbe Tasse getrunken, wenn überhaupt! Und das würde mir für den Rest der Nacht reichen. Natürlich hätte ich mehr trinken können, aber das wäre dann schiere Völlerei gewesen, keine Notwendigkeit. Ich wette, der Widerling vom Friedhof trank zehnmal in einer Nacht, nur zum Vergnügen.

„Hör nicht auf", flüsterte mein Abendessen.

„Doch. Mehr brauche ich nicht."

„O nein. Mehr. Bitte."

„Vielen Dank. Aber ich denke, Sie sind gerade nicht Herr Ihrer Sinne."

Er bewies es mir, als er mich am Ellbogen griff und mir in die Augen starrte. „Mach es noch einmal."

„Nicht so gierig! Äh … was machst du da?"

Er hatte mich losgelassen und fummelte an seiner Hose, zog und zerrte daran, dann lag sie zu seinen Füßen. Seine Hand umschloss seine Erektion. Er griff so hart zu, dass seine Knöchel weiß wurden, und während ich verblüfft zuschaute, pumpte er ein-, zwei-, dreimal und kam dann, während ich eilig aus dem Weg sprang.

Lange glotzten wir einander an, dann beeilte er sich, seine Hose hochzuziehen, und schloss sie mit zitternden Fingern. Er atmete schwer, keuchte fast. Ich hatte nicht übel Lust gehabt, auch ein bisschen zu keuchen.

Ich blinzelte. „Gott ist mein Zeuge, ich weiß nicht, was ich dir sagen soll."

„Mir? Wie zum Teufel hast du das gemacht?", sagte er bewundernd. „Gerade war ich noch todunglücklich, und schon denke ich nur an – das exakte Gegenteil von Tod." Er errötete, das Blut schoss in seine Wangen. Ich konnte es fast hören. „Ich habe das noch nie gemacht, wenn jemand zuschaut. Du kannst dir vorstellen, wie seltsam das für mich ist."

„Junge, du solltest mal versuchen, einen Tag lang in meinen Beverly Feldmanns herumzulaufen. Aber ich will mich nicht beschweren. Ich meine, jetzt, wo ich mich langsam dran gewöhne. Das ist auch nicht schlimmer als das, was ich dir angetan habe. Vielen Dank übrigens, dass du selbst Hand angelegt und nicht versucht hast, deinen Schwanz bei mir loszuwerden."

„Diesen Mann hast du nicht wirklich vergewaltigt", insistierte er. Sein Blick war direkt und erschreckend ernsthaft; ich konnte ihm nicht ausweichen. „Wenn du jemanden gebissen hast, und er hatte mehr gewollt, dann war es keine Gewalt. Er wollte es. Wahrscheinlich musste er es sogar."

Ich wollte nicht darüber sprechen. Wenn man sich in einen Blutsauger verknallte und ihn dann ganz dringend bumsen wollte, bedeutete das nicht automatisch, dass der Blutsauger ein schlechter Mensch war, oder? Genau.

„Belassen wir es dabei, und machen wir, dass wir von diesem Dach herunterkommen, Doktor …?"

„Marc."

„Ich heiße Betsy."

„Betsy?"

„Fang nicht *damit* an. Ich kann nichts dafür, dass ich ein Engel der Finsternis mit einem langweiligen Vornamen bin."

„Tut mir leid. Es ist nur … ich meine, die Liste wird wirklich surreal."

„Liste?"

„Vampir, untot, Bewohnerin des Schattenreiches, Blutsaugerin, Männer-Vergewaltigerin und dann – Betsy?"

„Du hast recht", gab ich zu. „Das Ganze klingt ziemlich irrsinnig. Was soll ich sagen? Nichts davon habe ich gewollt, muss nun aber damit leben. Du kannst mich auch Elizabeth nennen, wenn du willst, auch wenn das sonst keiner tut."

„Elizabeth …?"

„Vergiss es."

„Komm schon."

„Niemals."

„Wie schlimm kann es denn sein?"

„Taylor. Elizabeth Taylor."

Er lachte, wie alle, wenn sie meinen Namen hören. Durch dieses Lachen wurden wir Freunde, und das war gut so.

13

„Du brauchst einen Partner", verkündete Marc. Er hatte gerade seinen zweiten Teller mit Eiern und Schinken geleert. Ich blieb lieber bei Tee mit Honig.

„Ich habe schon einen", sagte ich finster, „meine Freundin Jessica."

„Ich meine einen richtig harten Typen, keine Tippse aus dem Sekretariat."

Ich hielt ihm meinen Finger vor die Nase. „Mach dich nicht über Sekretärinnen lustig. Das sind nämlich die richtig harten Typen. Oder glaubst du, Unternehmen werden vom Management geführt?"

„Du weißt offenbar, wovon du sprichst."

„Bis letzte Woche war ich eine Sekretärin."

„Dann bist du gestorben?"

„Nein, ich wurde gefeuert. Erst dann bin ich gestorben. Ich sollte mal bei meiner alten Arbeitsstelle vorbeischauen. Wahrscheinlich ist sie mittlerweile in Flammen aufgegangen." Ich kicherte böse. „Nachdem sie die gesamte Verwaltung entlassen haben, haben sie es nicht mehr geschafft, ihre Klienten anzurufen, ihre Computer einzuschalten, den Sortierer des Kopierers einzustellen, Bürobedarf nachzubestellen, Daten zu aktualisieren, Schecks auszustellen, Post zu frankieren, Gehälter zu berechnen, Overnight-Kuriere zu beauftragen und … eben alles, was den Laden zusammenhält." Ich grinste, als ich mir all dies bildlich vorstellte, und kam dann zurück auf den Punkt. „Jessica ist mindestens zweimal so schlau wie alle, die hier am Tisch sitzen. Und darüber hinaus … du meine Güte, wie viel willst du denn *noch* essen?"

Während ich schimpfte, hatte er die Kellnerin erneut herangewunken.

„In der letzten Zeit war ich zu deprimiert, um zu essen", verteidigte er sich, „und nach dem, was auf dem Dach passiert ist, habe ich einen Bärenhunger. Außerdem bist du nur neidisch."

„Da hast du recht", sagte ich schlecht gelaunt und rührte in meinem Tee. „Meine Mutter hat mir gestern mein Lieblingsessen zubereitet, und ich habe das ganze Badezimmer damit vollgekotzt."

„Aber trinken kannst du?" Er nickte in Richtung meines Tees.

„Offensichtlich. Auch wenn es leider keine Wirkung auf mich hat. Jedenfalls stillt es nicht meinen Durst. Aber es ist so vertraut, verstehst du?"

„Klar. Aus diesem Grunde bleibe ich auch in der Notaufnahme. Die Arbeit deprimiert mich fürchterlich, ich habe keinen Feierabend, aber wenigstens weiß ich, wo ich was finde."

„Wenn du so unglücklich bist, warum wechselst du nicht? Such dir doch einen Job in einer netten Privatklinik irgendwo."

„Bei der Wirtschaftslage?"

„Also wirklich! Du bist doch kein Maurer. Du bist Arzt, und Ärzte werden immer gebraucht."

Er zuckte mit den Achseln und starrte auf seinen Teller. „Na ja …"

„Es muss doch schwer sein, in einer Kinderklinik zu arbeiten."

„Es ist ganz fürchterlich“, sagte er düster. „Kaum zu glauben, was für schlimme Sachen Menschen Kindern antun.“

„Ich will es nicht hören“, fiel ich ihm ins Wort.

„Aber ich würde gern mit dir darüber sprechen. Du *musst* doch Blut saugen, oder? Ich könnte dir eine Liste von Eltern aufstellen, die ihre Kinder misshandeln, Säuglinge als Aschenbecher benutzen oder ihren Kindern ein heißes Bügeleisen auf den Rücken pressen, weil sie die Tür ein wenig zu laut knallen ließen. Du könntest … du weißt schon, die Dinge wieder in Ordnung bringen.“

„Eine Art blutsaugende Bürgerwehr?“ Ich war entsetzt. Und wurde nachdenklich. Aber vor allem war ich entsetzt. „Hast du mir nicht zugehört? Letzte Woche war ich noch Sekretärin!“

„Aber jetzt nicht mehr“, sagte Marc verschlagen. Jetzt, da er einen neuen Sinn im Leben gefunden zu haben schien, war seine Körpersprache – sogar sein Geruch! – verändert. Keine hängenden Schultern mehr, keine traurigen Augen. Vor mir saß der Rächer. „Du wolltest doch das Böse bekämpfen zum Ausgleich für deine neuen Ernährungsgewohnheiten, oder? Das wäre doch ein idealer Anfang!“

Ich schüttelte nur den Kopf und rührte in meinem Tee.

„Was ist die Alternative? Du bist nicht der Typ, der im Dunkeln lauert und seine unglücklichen Opfer in eine teuflische Umarmung lockt.“

Ich musste kichern, als ich mir die Szene bildlich vorstellte.

„Und Vampire kichern auch nicht.“

„Dieser Vampir schon. Und bevor ich es vergesse …“ Meine Hand schoss vor. Ich zog ihn zu mir und schaute ihm tief in die Augen. Der richtige Zeitpunkt, um meinen bösen Sexappeal zur Abwechslung einmal für Gutes zu nutzen.

„Ich freue mich, dass es dir besser geht. Aber falls du rückfällig wirst: Du – bringst – dich – nicht – um." Ich machte eine Pause und fügte dann hinzu: „Ich befehle es dir."

Er starrte zurück. Seine Pupillen waren stecknadelgroß. Das Licht in dem Nachtcafé war gleißend. „Ich werde tun, was immer … ich – will – aber – vielen – Dank."

Ich starrte intensiver. *Komm schon, Vampir Mojo. Tu deine Wirkung.*

„Bring – dich – nicht – um."

„Warum – sprichst – du – so – komisch?"

Unwillig ließ ich seine Hände los. „Verdammt. Seitdem ich als Tote erwacht bin, sind alle Männer meinem Befehl willenlos gefolgt. Und mehr als einer hat mir schon auf der Highschool gehorcht, vielen herzlichen Dank. Was ist so besonders an dir?"

„Danke, dass du so angewidert klingst. Ich habe keine Ahnung. Ich … äh …" Seine Kinnlade klappte herunter, und ich konnte praktisch hören, wie sein IQ eine Talfahrt machte. Verträumt blickte er über meine Schulter hinweg. Ich schaute ebenfalls und wäre fast von der Bank gefallen. Der Psychopath vom Friedhof stand in der Tür und fixierte mich. Du liebe Güte! Zufrieden stellte ich fest, dass sein Haar nicht mehr so perfekt lag. Seinen Rücken konnte ich nicht sehen, aber er roch nach verbrannter Baumwolle. Gut!

„Mein Gott!", schwärmte Marc. „Wer ist das?"

„Ein Arschloch", grummelte ich, drehte mich wieder zu ihm um und griff nach meinem Tee. Ich war so durcheinander, dass ich ein wenig heiße Flüssigkeit auf meine Hand verschüttete. Aber es tat gar nicht weh.

„Er kommt zu uns rüber", quietschte Marc. „O mein Gott, o mein Gott, ohmeingott!"

„Krieg dich wieder ein!“, zischte ich. „Du benimmst dich ja wie ein verknalltes Schulmädchen. Ach sooo!“ Die Erkenntnis traf mich wie immer ein wenig spät. „Du bist schwul!“, rief ich laut. Das ganze Café drehte sich nach uns um. Oder vielleicht starrten sie auch Danger-Boy an, der sich jetzt schnell näherte.

„Klar.“

„Gar nichts ist klar. Wie sollte ich das wissen? Ich nahm an, du wärst hetero.“

„Weil du hetero bist.“ Er schaute immer noch gebannt über meine Schulter hinweg und fuhr sich eilig durch die kurzen Haare, die in dieser Länge ohnehin nie aus der Form geraten wären. „Ich denke immer, alle anderen wären schwul.“

„Statistisch gesehen ist das ziemlich dumm.“

„Ich muss mir keine Ratschläge von einer untoten Heterosexuellen anhören. Hallo-hooo“, gurrte er dann. Plötzlich fühlte ich ein Gewicht auf meiner Schulter: Arschlochs Hand. Ich schüttelte sie ab und widerstand der Versuchung, wie ein tollwütiger Kojote hineinzubeißen.

„Guten Abend“, sagte das Arschloch, zu allem Überfluss mit einem unwiderstehlichen Bariton.

„Verpiss dich“, sagte ich herzlich.

Er glitt neben Marc auf die Bank. Ich hörte ein unterdrücktes Keuchen und fürchtete schon, Marc wäre in Ohnmacht gefallen. „So sieht man sich wieder.“

„Großartig.“

„Ich glaube nicht, dass wir einander schon offiziell vorgestellt wurden.“

„Das hatte ich gerade vor, als du deinen Finger in meinen Mund gesteckt hast.“

Ich überlegte, ob ich ihm meinen Tee ins Gesicht schütten sollte, aber der Mistkerl würde wahrscheinlich Marc als lebendigen Schutzschild benutzen.

„Ach so. Nun gut. Mein Name ist Sinclair. Und du bist …?“

„Wirklich sauer auf dich.“

„Ist das ein Familienname?“

Marc brach in Gelächter aus. Sinclair belohnte ihn mit einem warmen Lächeln. „Ist das ein Freund von dir?“

„Das geht dich gar nichts an.“

„Ich wollte mich umbringen, und sie hat mich überredet, es nicht zu tun“, ließ Marc meinen neuen Erzfeind wissen. „Jetzt überlegen wir gerade, wie wir misshandelnden Eltern das Handwerk legen können.“

„Tun wir nicht!“

„Tun wir wohl!“

Sinclairs Nasenlöcher blähten sich. Er lehnte sich vor und begutachtete Marcs Hals genauer (es hatte sich schnell ein blauer Fleck gebildet, aber es waren keine Bissspuren zu sehen), dann sah er wieder mich an. „Du hast von diesem Mann getrunken?“

Ich errötete. Oder fühlte mich zumindest so, vielleicht konnte ich das gar nicht mehr? „Noch einmal: Das geht dich nichts an.“

Er trommelte mit den Fingern auf der Tischplatte. Ich versuchte, sie nicht anzustarren. Sie waren so lang und schlank, und ich hatte eine ungefähre Vorstellung davon, wie kräftig sie waren. „Interessant. Und jetzt sitzt ihr hier zusammen. Hmmm.“

„Willst du uns Gesellschaft leisten?“, ließ Marc sich vernehmen. Ich stöhnte, aber beide ignorierten mich. „Auf einen Kaffee oder so?“

„Ich trinke nicht. Keinen Kaffee.“

„Oh, sehr witzig“, sagte ich schnippisch. „Was tust du hier,

Sink Leer? Wenn du mir den Mantel in Rechnung stellen willst, vergiss es. Das bist du selber schuld."

„In der Tat." Er maß mich mit kühlem Blick. Schwarze Augen bohrten sich in meine, und das war genauso angenehm, wie es sich anhört. „Diese Angelegenheit werden wir in Kürze klären. Jetzt aber, um auf deine Frage zu antworten, kann meine Anwesenheit dir von Nutzen sein, meine Liebe."

„Nenn mich nicht so."

„Mich darfst du so nennen", zwitscherte Marc hilfreich.

„Nostro will dich tot sehen, als Strafe für das, was du heute Nacht getan hast. Der Vampir, der ihm deinen Kopf bringt, wird reich belohnt."

„Wer zum Teufel ist Noseo?"

„Nostro. Er ist der ... ich glaube, du würdest ihn einen Stammesführer nennen. Manchmal – oft – tun sich Vampire zusammen, und der Stärkste ist dann ihr Anführer."

„Warum um alles in der Welt tun sie das?", nörgelte ich. „Warum machen sie nicht einfach da weiter, wo sie vor ihrem Tod aufgehört haben?"

„Weil es nicht erlaubt ist. Vampire müssen sich normalerweise zu ihresgleichen gesellen."

„Ich nicht."

„Dazu kommen wir später."

„Wie bitte?"

„Aber um auf deine Frage zu antworten: Die Untoten tun sich zusammen, um sich zu schützen. Aus Sicherheitsgründen."

„Und dieser Typ, Notso, dreht jetzt durch, weil ich nicht mitspielen will?"

„Das und weil du mit hysterischem Gelächter geantwortet hast, als er deinen Respekt einforderte."

Marc war der Unterhaltung aufmerksam gefolgt und starrte mich jetzt an. „Der Chef-Vampir wollte etwas von dir, und du hast ihn ausgelacht?"

„Nicht nur einmal", fügte Sink Leer hinzu.

„Mein Gott, Betsy! Hat er nicht versucht, dich abzumurksen oder so? Du kannst von Glück sagen, dass du noch hier bist."

„Er versprach ihr die schlimmste Strafe, die einen Vampir treffen kann, und auch daraufhin lachte sie." Dann fragte er: *„Betsy?"* – „Ganz genau. *Betsy*. Willst du dazu etwas sagen?" – „Nein, ganz und gar nicht." Unterdrückte das Arschloch etwa ein dreckiges Grinsen? Ich schaute genauer hin, doch seine Miene blieb ausdruckslos. Hatte ich mir wohl nur eingebildet.

„Du willst also versuchen, Notso meinen Kopf zu bringen?"

„Nostro. Nein, will ich nicht. Du bist viel zu hübsch, um enthauptet zu werden."

„Haha. Soll Nostro die Kurzform für Nostrodamus sein? Ist der moppelige Idiot so einfallslos?"

Sink Leer sah gequält aus. „Ja. Und leider, ja."

„Iihhh!"

„Ich stimme zu."

„Warum bist du also hier, Sink Leer?"

„Ich heiße SIN-clair und ich denke, das sollte selbst dir klar sein."

„Hehe!"

„Du bist eine ganz frische Untote und für dich selbst eine Bedrohung. Du kennst die Regeln nicht, und schon ist ein Kopfgeld auf dich ausgesetzt, keine zweiundsiebzig Stunden nachdem du wiederauferstanden bist. Gut gemacht. Ich nehme dich unter meine Fittiche."

„Und als Gegenleistung …?“ Es sollte nicht so klingen, als bisse ich auf einen Käfer, aber ich konnte nicht anders. Diesem Typen konnte ich nicht weiter trauen, als ich ihn werfen konnte. Allerdings hatte ich bereits bewiesen, dass ich ihn sehr weit werfen konnte. „Das tust du doch nicht aus reiner Steinherzensgüte.“

„Als Gegenleistung werde ich herausfinden, warum du so anders bist als wir anderen. Du hättest schreckliche Schmerzen haben müssen, als sie das Weihwasser auf dich spritzten. Stattdessen hast du nur geniest. Wenn ich erst herausgefunden habe …“

„Nein, danke.“

Es folgte eine lange Pause. Ganz offensichtlich hatte er mit allem außer Ablehnung gerechnet. Armes Baby!

„Wirklich. Ich bestehe darauf.“

„Das kümmert mich nicht. Du bist nicht mein Vater. Obwohl du alt genug wärst, und …“

„Wie alt bist du?“, fragte Marc atemlos.

Sinclair schenkte ihm seine Aufmerksamkeit. „Ich wurde geboren an dem Tag, als der Zweite Weltkrieg ausbrach.“

Das verschlug mir den Atem. Ich war entsetzt. Dass ich mich zu diesem Fossil hingezogen fühlte! Aber Sinclair sah schließlich aus wie in den Dreißigern. Keine Spur von Grau in seinen tintenschwarzen Haaren, keine Falten um seine unergründlich dunklen Augen. „Uuuhhh! Dann bist du ja so an die neunzig Jahre alt! Igitt. Trägst du ein Bruchband unter deinem Anzug?“

„Du bist das unwissendste, hochmütigste, aufgeblasenste …“

„Er ist eher in den frühen Sechzigern“, sagte Marc eilig, „und kommt mal wieder runter, ihr beiden. Ich möchte ungern in einen Faustkampf unter Vampiren geraten.“

„In der Tat. Geh schlafen."

„Aber ich bin nicht … sssss."

Es gelang mir gerade noch, seinen Kopf aufzufangen, bevor er auf die Tischplatte schlug, dann zog ich meine Hand vorsichtig zurück und starrte Sinclair wütend an. „Warum hast du das getan?" Und *wie* hast du das gemacht? Ich hätte den Trick das nächste Mal gerne an dem Stiefmonster ausprobiert.

Er schaute zurück, kühl wie ein Baby auf einem Bett aus Eiswürfeln. „Es ist unangebracht, dass er so viel über uns weiß. Und damit kommen wir zum nächsten Punkt, um den ich mich kümmern möchte. Hast du deiner Familie mitgeteilt, dass du wieder am Leben bist?"

„Ich bin nicht wieder am Leben, das geht dich gar nichts an – und wie hast du das herausgefunden?"

Er beachtete keine meiner Fragen. „So etwas darfst du nicht tun. Du bringst damit die in Gefahr, die du eigentlich beschützen möchtest."

„Ach ja? Wie willst du das wissen?"

„Nun, ich …"

„Ich erwarte keine Antwort", erklärte ich. „Das sollte eine rhetorische Frage sein."

„Pardon."

„Und noch etwas, hat dir schon mal jemand gesagt, dass du ein wenig langatmig formulierst? *In der Tat … Wir sind einander nicht offiziell vorgestellt worden … meine Liebe …* Hat man so zur Zeit des Zweiten Weltkriegs geredet?"

„Hat man dir schon einmal gesagt, dass du vom Thema abweichst?"

„Natürlich", sagte ich. Ich stürzte meinen Tee hinunter und knallte die Tasse auf den Tisch. Marc schnarchte ungestört weiter. „Jetzt hör mir mal zu: Ich mag es nicht, wenn man mich begrabscht, und noch weniger mag ich deine fettigen Finger in meinem Mund …“

„Gerade jetzt bin ich versucht, dir den Mund mit etwas ganz anderem zu stopfen“, sagte er sanft.

„Halt den Mund! Und ich mag nicht, dass du mir folgst, und ich mag nicht, dass du meine Freunde einschläferst.“

„Er ist nicht dein Freund. Ihr habt euch heute Abend zum ersten Mal getroffen.“

„Er ist ein Freund, den ich noch nicht so lange kenne, okay? Noch einmal: Das geht dich nichts an. Jetzt hau endlich ab. Ich habe alles im Griff, ich brauche dich nicht, ich will dich nicht…“

„Du lügst.“

Ich fühlte, wie sich mein Magen bei dieser Entgegnung verkrampfte, fuhr aber fort: „Und deine blöden Vampirstämme brauche ich auch nicht. Nur weil ich tot bin, muss mein Leben nicht zu Ende sein.“

An dieser Stelle blinzelte Sinclair irritiert, und ich beeilte mich, bevor er etwas einwenden konnte: „Ich habe meiner Familie gesagt, dass ich nicht tot bin. Na und? Sie werden mich kaum mitten in der Nacht pfählen – zumindest meine leiblichen Eltern. Ich versuche, so gut es geht, mit der Situation fertig zu werden, und ich werde mich von euch untoten Losern tunlichst fernhalten. Also hör auf, mir zu folgen und mich zu nerven.“

„Fertig?“

„Mal sehen: Alles im Griff – Ist meine Sache, wem ich es sage – Untote Loser – Hör auf, mich zu nerven. Ja, fertig.“

„Wir sprechen uns wieder. Es wird die Zeit kommen, kleine Einzelkämpferin, da du sehr dringend meine Hilfe benötigen wirst. Und ich werde sie dir gern gewähren. Ich bin nicht nachtragend.“ Er grinste. Erschreckend – ich sah nur weiße Zähne und funkelnde Augen. Seine Eckzähne schienen fünfzehn Zentimeter lang zu sein. Wie machte er das nur? Soweit ich riechen konnte, blutete hier niemand. „Vorausgesetzt, ich darf wieder etwas in deinen Mund stecken."

„Igitt!"

„Gute Nacht!"

Paff. Er hatte sich in Luft aufgelöst. Oder er bewegte sich so schnell, dass ich ihm mit den Augen nicht folgen konnte. Wie auch immer – der untote Houdini war verschwunden und ließ mich zurück, bebend vor Wut und – o nein – Verlangen. Und Marc sabberte auf den PVC-Boden.

14

Einige Tage lang geschah gar nichts. Anscheinend war das aber schon zu viel für meine alte und meine neue Nervensäge, Jessica und Marc. Der Trubel um meine Wiederauferstehung hatte sich ein wenig gelegt, weitere neue Vampirfreunde hatten sich nicht vorgestellt, und die Beziehung zu meiner Stiefmutter und meinem Vater war unverändert geblieben (sie ignorierte mich, er schickte Schecks). Das war meinen Kumpels viel zu ruhig. Ich dagegen war sehr glücklich mit dem Zustand.

Als ich die beiden zum ersten Mal miteinander bekannt gemacht hatte, waren sie sich nicht ganz grün gewesen, schließlich aber einmütig übereingekommen, mich zu teilen. Ich hielt mich da raus. Solange sie nicht stritten, war es mir egal.

Wie immer, wenn ich neue Freundschaften schloss, fühlte Jessica sich in ihrer Position bedroht. Ich versuchte ihr zu erklären, dass mir meine Freunde durchaus nicht gleich viel bedeuteten und dass sie meine Favoritin war und es immer bliebe, amen. Aber meine Beteuerungen stießen auf taube Ohren. Außerdem galt diese Regel nur für mich, Jessica selbst hatte eine Menge Schickimicki-Freunde, die sich nicht die Bohne für mich interessierten, was mir recht war.

Dr. Marc Spangler hingegen war immer noch sehr labil, auch wenn er neuen Lebenssinn gefunden zu haben schien (und einen Kreuzzug gegen Kinderschänder plante). Ich wollte nicht, dass er sich durch Jessicas Verhalten dazu hätte veranlasst sehen können, wieder zurück aufs Dach zu klettern. Er wohnte bei mir, während er sich nach einer neuen Wohnung umschaute, und das passte uns beiden sehr gut. Ich suchte einen Mitbewohner, der auch am Tage die Wohnung verlassen konnte, und er brauchte ein Bett.

Vor meinem Tod hätte ich mich auf so etwas niemals eingelassen. Nicht weil Marcs Situation mir egal gewesen wäre. Ich hätte nicht den Mut dazu gehabt. Man sah den Menschen immer nur bis vor die Stirn und konnte nie wissen, was sie hinter einem freundlichen Lächeln verbargen. Aber jetzt hatte ich nicht nur einen unstillbaren Durst, sondern auch ein recht gutes Radar, das mir sagte, dass Marc in Ordnung war.

Alleine zu wohnen hatte ich ohnehin nie besonders gemocht und deshalb auch Giselle aus dem Tierheim geholt. Ich hatte zu viele Horrorfilme gesehen und dann die ganze Nacht nicht schlafen können, weil ich bei jedem Knacken aufgeschreckt war. Zombiefilme gruselten mich am meisten. Ironie des Schicksals, denn jetzt war ich selbst ein Zombie. Und lebte trotzdem immer noch nicht gern alleine.

Jessica meckerte zwar ein wenig, willigte dann aber ein, als ich ihr von meinem Vampir-Radar erzählte. Und gleich am ersten Abend wanzte ich ihn bei Marc an.

„Ich muss dir gestehen, dass ich mir ein wenig Sorgen um dich mache."

„Um mich? Wieso?" Er bestrich ein Croissant mit Butter. Bah! Als ob nicht schon genug Butter in diesen Dingern wäre. „Man sollte meinen, dass du dir im Moment um ganz andere Sachen Gedanken machst als um meine Wenigkeit." Er klimperte theatralisch mit den Wimpern und verschlang das Croissant mit einem Bissen. „Du würdest dich wundern, wie wenig Gedanken ich mir mache. Und das war jetzt keine

Einladung für dumme Bemerkungen", sagte ich, als er mit vollem Mund ansetzte. „Ich habe einfach Angst, dass du bei der nächstbesten Gelegenheit wieder auf ein Dach steigst."

„Nie wieder", sagte er.

„Wieso nicht?", wollte ich wissen.

„Weil ich eine Angststörung habe und nicht selbstmordgefährdet bin. Menschen wie ich bringen sich fast nie um, sie haben zu viel Angst vor dem Tod."

Diese Feststellung war so absurd, dass ich lachen musste. Marc grinste nur und schlang noch ein Croissant hinunter.

So richteten wir drei uns ein; für mich jedoch war es eine Art von Balanceakt zwischen meinen beiden Freunden. Und weil ich meine beiden Neurotiker glücklich sehen wollte, fand ich mich eines Mitternachts in einem Untersuchungsraum im öffentlichen Krankenhaus von Minneapolis wieder, anstatt dass ich mich im gleichzeitig stattfindenden mitternächtlichen „Supersonderausverkauf mit irren Preisen" der Schuhabteilung von Neiman Marcus tummelte. „Das mache ich nur für dich", hatte ich zu Jessica gesagt. „Und – glaube ich – für dich", ließ ich Marc wissen.

Sie stimmten nämlich in einer Meinung überein: Ich war kein einfacher Feld-Wald-und-Wiesen-Vampir, und je mehr wir über meine Fähigkeiten wussten, desto besser. Marc wollte „Basisdaten" erheben, was auch immer das sein mochte. Jessica war einfach nur neugierig. Also hatte Marc uns einen Raum im Krankenhaus reserviert, und die Untersuchung konnte beginnen.

„Ich ziehe mich nicht aus", warnte ich ihn. Marc rollte mit den Augen. „Oh, wie schlimm. Da werde ich wohl heute Abend nichts Heißes zu sehen bekommen."

„Keiner von uns wird das", sagte Jessica trocken. „Das Mädel hat die Hautfarbe eines Froschbauchs, und ihre

Haaransätze müssen nachgefärbt werden." – „Das stimmt nicht!", sagte ich schockiert. „Ich war zwei Wochen vor meinem Tod beim Friseur. Meine Ansätze sind in Ordnung."

„Was passiert wohl, wenn du dein Haar kurz schneidest?", fragte Marc nachdenklich und legte ein Thermometer unter meine Zunge. „Würde es für immer kurz bleiben? Würde es nachwachsen? *Könnte* es überhaupt nachwachsen? Oder wäre es wie durch Zauberhand am nächsten Tag wieder da?" Er starrte mein Haar in Gedanken versunken an, dass ich mich vorsorglich so weit zurücklehnte wie möglich, ohne vom Untersuchungstisch zu fallen.

„Also, dieser Sinclair ... der will dich unter seine Fittiche nehmen?", fragte Jessica. Sie rollte mit einem Drehstuhl durch den Untersuchungsraum, drückte sich mit den Füßen von der Wand ab und raste dann zur anderen Seite des Raumes. Marc war offensichtlich an solche Spielchen während einer Untersuchung gewöhnt, mich aber machte es klaustrophobisch. Jessica trug keine Trauerkleidung mehr, sondern sportliche grüne Leggings, ein butterblumengelbes T-Shirt, einen lachsfarbenen Regenmantel und grüne, flache Schuhe. „Will er dir ein bisschen zeigen, was für Vampire Sache ist?"

„Gott, er ist so heiß", brummelte Marc. Im Gegensatz zu ihr hatte er sich für den Lumpenlook entschieden und trug zerrissene Jeans und ein T-Shirt mit der Aufschrift „Krepier, Fred", für einen Arzt ein beunruhigendes Motto. „So unglaublich lecker. Junge, Junge, ich ... hmm." Er äugte auf das Thermometer und steckte es mir gleich wieder in den Mund. „Ich habe übrigens die gesamte Ausrüstung an mir selber getestet, bevor ihr gekommen seid. Wir können also davon ausgehen, dass sie funktioniert."

„Wenn wir davon ausgehen, dass *du* funktionierst", betonte Jessica und grinste.

„Dich hat keiner gefragt, Rich-Girl. Was sagten wir gerade? Ah ja … Sinclair. Du solltest den Typen sehen, Jessica. Er sieht aus wie der Prinz der Dunkelheit und bewegt sich wie ein Stierkämpfer. Allein bei seinem Anblick gerate ich ins Schwitzen."

„Hm", machte Jessica beeindruckt. „Ein Weißer, nehme ich an."

„Das nimmst du richtig an", spottete ich, „und vergiss nicht, er ist hundert Jahre alt."

„Eher dreiundsechzig, und damit hat er ein ganzes Leben voller Weisheit und Erfahrung vorzuweisen. Nicht zu vergessen die Tatsache, dass er die gesamte Zeit zu Sex auf jede nur erdenkliche Art genutzt hat. Das zusammen mit einem schönen, harten, kräftigen, ewig jungen Körper … Jesus, ich sollte aufhören, darüber zu sprechen, oder ich muss mich setzen."

„Bitte", sagte ich mit dünner Stimme. An einen hässlichen, alten, verschrumpelten Körper, der sich – abgesehen von der enormen Erfahrung – möglicherweise unter dem maßgeschneiderten Anzug verbergen konnte, hatte ich noch gar nicht gedacht. „Außerdem interessiert es mich einen Scheiß, was Sinclair will. Ich habe nicht vor, mich in der Vampirpolitik zu engagieren. Ich kümmere mich um meine Angelegenheiten, und er sollte sich besser um seine kümmern."

„Oder du wirfst ihn noch einmal durch ein Betonkreuz", fügte Jessica hinzu. „Das hätte ich gerne gesehen!"

„Nein, das glaube ich nicht", sagte ich verdrossen. „Das Ganze war ebenso dumm wie erschreckend. Wenn mich das in einem Vampirclan erwartet, dann will ich nicht dazugehören. Ich bin nicht wieder hingegangen und ich werde es auch nicht tun. Das Schauspiel war lahm und schaurig zugleich, eine üble Mischung."

Jetzt hielt mir Marc eine Plastiktasse entgegen. „Mach die voll."

Ich starrte die Tasse an. „Äh … das kann ich nicht."

„Keine Sorge, du wirst deine Privatsphäre …"

„Nein, ich meine, ich kann wirklich nicht. Ich musste seit meiner Auferstehung nicht einmal auf die Toilette."

„Oh. In Ordnung." Aber ganz offensichtlich war es das nicht. Marc schien beunruhigt und beeilte sich, zum nächsten Punkt der Untersuchung überzugehen.

„Denk mal daran, wie viel Toilettenpapier du sparen wirst", sagte Jessica fröhlich.

„O ja, das ist doch die ganze Mühe wert."

Marc ließ sein Stethoskop unter mein Shirt gleiten. „Tief einatmen."

„Äh …"

„Versuch es einfach", sagte er ungeduldig.

„He, pass auf deinen Ton auf, Freund. Unter Spaß stelle ich mir auch etwas anderes vor."

„Seid nett zueinander. Marc hat bisher sicher noch kein totes Mädchen untersucht, das sprechen kann. Lass ihn in Ruhe."

„B I T T E."

„Versuch es", sagte Marc noch einmal.

Ich tat es und mir wurde so schwindlig, dass ich fast in Ohnmacht fiel. Und als mein Atem meinen toten Lungen entwich, war ich nahe daran, mich zu übergeben.

„Langsam, langsam."

„Mach du mal langsam." Ich hüpfte vom Tisch und kreuzte die Arme abwehrend vor meiner Brust. „Ich atme nicht noch einmal, also, hoffentlich hast du bekommen, was du wolltest."

Schon leuchtete er mir mit einer Lampe ins Auge. „Aha",

sagte er und schlug dabei denselben Ton an wie alle Ärzte dieser Welt. Jetzt ins andere Auge: „Ahaaaa." Er trat von mir weg und löschte das Licht. Nicht dass das es einen Unterschied für mich machte, ich konnte auch im Dunkeln perfekt sehen. Dann untersuchte er erneut meine Pupillen.

„Jesus!"

Ich hörte ein metallisches Geräusch, als er sein Augen-Dingsbums fallen ließ. „Was? Was stimmt nicht?"

„Nichts." Er tastete auf dem Boden herum. Da sich in diesem kleinen Vorzimmer zur Hölle keine Fenster befanden, musste es stockdunkel sein. Jessica jedenfalls stand stocksteif, um sich nicht das Knie an einem Schrank zu stoßen, und Marc tastete sich weiter vorwärts. Wenn ich weiter schwieg und sie gegeneinander stießen, könnte das lustig werden.

„Es liegt circa eineinhalb Meter neben deiner linken Hand", sagte ich.

Marcs Finger streiften sein Augen-Dingsbums, und er griff danach. Dann schaltete er das Licht wieder ein und die Untersuchung ging weiter. „Sag mal Aaaah", sagte er fröhlich, und ich gehorchte. „Lass uns die Dinger mal sehen."

„Was?"

„Deine Reißzähne. Komm schon, raus damit."

Ich blinzelte. Auch Jessica drängte sich näher, sehr interessiert daran, auch einmal einen Blick darauf zu werfen. „Ich kann nicht."

„Natürlich kannst du. Du bist ein rastlos getriebenes Geschöpf der Nacht. Los, Bets. Ich möchte sie mit deinen anderen Zähnen vergleichen."

Ich presste. Ich grunzte sogar ein bisschen. Nichts. „Es hilft nichts. Ich kann nicht."

„Versuch's noch einmal. Denk an Blut!"

„Denk du doch an Blut!“, sagte ich verärgert. „Ich sage doch, ich kann sie nicht einfach wachsen lassen. Vielleicht gehorchen meine Zähne mir, wenn ich ein bisschen mehr Erfahrung als Vampir habe. Aber diese Woche nicht mehr.“ Ich umfasste sein Handgelenk, bevor er vom Tisch wegtreten konnte, denn ich wusste genau, woran er dachte. – Um das klarzustellen: Ich konnte nicht Gedanken lesen. Aber seine Körpersprache verriet mir, was er als Nächstes tun würde. Ein weiterer toller Vampirtrick, den ich ziemlich praktisch fand. „Und wehe, du schneidest dich, damit meine Zähne sich zeigen. Auch meine Geduld ist einmal zu Ende“, warnte ich ihn.

„Okay, okay. Entspann dich.“ Ich ließ ihn los und konnte die weißen Abdrücke meiner Finger auf seinem Arm sehen. Er massierte sein Handgelenk und glotzte mich an: „Jesus, du packst ja zu wie eine Anakonda. Können wir jetzt zum Ende kommen?“

„Ach, war das hier etwa meine Idee?“

Schließlich hatte Marc seine Untersuchung beendet. Er betrachtete mich mit einem seltsamen Blick, den zu ignorieren ich vortäuschte. Als ich mit Leichtigkeit ein Gebäude hinaufgeklettert war, hatte ihn das kaum erstaunt. Er war gut damit klargekommen, mein potenzielles Abendessen zu sein. Er hatte sich ohne Umstände in meiner Wohnung einquartiert. Aber jetzt sah der Wissenschaftler in ihm harte Fakten schwarz auf weiß, und das verunsicherte ihn offensichtlich.

„Also, wird sie durchkommen, Doktor?“, lachte Jessica.

„Nun ja.“ Er räusperte sich. „Dein Blutdruck zeigt Extremwerte, dein Babinski-Reflex existiert nicht, deine Körpertemperatur liegt bei 27 Grad Celsius, deswegen ist dein Händedruck auch so verdammt nasskalt, die Atemfrequenz liegt bei drei pro Minute, Puls bei sechs. Alles nicht kompatibel mit menschlichem Leben."

„Hey, meine Freundin ist nicht kompatibel mit menschlichem Leben." Jessica zeigte sich beeindruckt.

„Und ich dachte immer, Pink wäre nicht kompatibel mit mir."

„Das heißt, dass du verdammt vorsichtig sein musst", warnte Marc. „Wenn du tagsüber irgendwo aufgefunden wirst, jemand ausflippt und einen Krankenwagen ruft, wirst du auf der Stelle für tot erklärt, und du findest dich in der Leichenhalle wieder."

Jessica betrachtete mich eingehend. „Du atmest nur dreimal pro Minute?"

„Offensichtlich", sagte ich. Ich fühlte mich angegriffen. „Ich denke nicht darüber nach. Denkst du etwa an deine Atmung, wenn du nicht gerade eine Erkältung oder so hast?"

„Und sie ist nicht nasskalt", sagte sie loyal. „Wenn man sie berührt, ist es, als läge man in kühlem Schatten."

„Nasskalt", sagte ich düster. „Trotzdem danke für den kühlen Schatten. Nett gemeint."

„Aber ... Wenn die Testergebnisse auch nicht auf Leben schließen lassen, so bist du doch superstark, unmenschlich gelenkig und ernährst dich ausschließlich von Flüssigkeit. Außerdem sind deine Pupillen immer noch isokor..."

„... sprich deutsch, weißer Junge", befahl Jessica.

„... seitengleich und rund, Licht- und Nahreaktion normal."

„Ich hätte Medizin studieren können", sagte ich, „wenn da nicht das ganze Mathezeugs gewesen wäre."

„Dein Sichtfeld dagegen ist fast zweimal so weit wie das normaler Menschen. So etwas habe ich noch nie gesehen."

„Was soll ich sagen?“, sagte ich bescheiden. „Ich war schon immer etwas Besonderes.“

„Ja“, sagte Jessica süß, „selbst deine eigene Olympiade hast du.“

Marc beachtete uns nicht. „Die Aktivität deiner Zellen ist sehr begrenzt. Das heißt, du alterst nicht mehr. Und scheidest auch nichts mehr aus. Deshalb hast du auch nicht mehr pinkeln müssen, was ja eigentlich widersinnig ist, weil du den ganzen Tag nur Flüssigkeit zu dir nimmst. Du schwitzt nicht, du weinst nicht …“

„She's a very freaky girl“, sang Jessica schief, „The kind you don't take home to mother …“

„Jessica hat mir gesagt, dass du keine Blutkonserve trinken kannst.“ Während er laut dachte, klopfte er mit dem Bruststück des Stethoskops an seine Zähne. Bah! Ich hoffte, er würde es in Reinigungsalkohol tauchen, bevor er es einem anderen nichts ahnenden Patienten auf die Brust drückte.

„Also gibt es da etwas in frischem Blut, das dir Energie gibt. Sind es die Elektrolyte? Die Energie, die sich in lebenden Zellen befindet? Ich frage mich, ob deine Verstoffwechslung …“

„Du kannst nicht alles mit Wissenschaft erklären“, unterbrach ihn Jessica. „Wahrscheinlich passiert hier irgendeine mystische Scheiße.“

Ich lachte. „Mystische Scheiße? Ist das ein Fachbegriff?“

Wir warfen uns unsere Mäntel über, löschten das Licht und verdrückten uns durch die Seitentür so unauffällig wie möglich. Marc hatte heute keinen Dienst, und er wollte unbequemen Fragen über ein gewisses totes Mädchen auf dem Untersuchungstisch aus dem Weg gehen.

„Ich weiß nicht … Ich habe nie an dieses Zeug geglaubt. Ich lese ja noch nicht einmal Science-Fiction. Aber manchmal sehe ich Dinge im Krankenhaus ... Die Spezies Mensch ist erstaunlich anpassungsfähig. Wir überleben eine Menge, was alles andere längst umgebracht hätte."

„Ach ja?" Ich war beeindruckt.

„Das kannst du mir glauben. Ich habe Kinder gesehen, die wurden mit Pfählen in ihren Körpern eingeliefert. Und am nächsten Morgen frühstückten sie schon wieder ausgiebig und verlangten nach Bonbons zum Mittagessen. Es ist unglaublich und unberechenbar. Es gibt bestimmt eine Erklärung für ... das, was du jetzt bist. Vielleicht bist du eine Mutation. Vielleicht ist Vampir nur ein anderes Wort für ..."

„... mutierter Freak. Sehr beruhigend."

„Ich könnte eine Abhandlung über dich schreiben", sagte er mit leuchtenden Augen, die mir Angst machten. „Ich könnte berühmt werden – und anschließend würde man mich in die geschlossene Abteilung stecken." Wir mussten alle kichern. Die Tür hinter uns fiel ins Schloss, und wir traten durch einen Nebenweg auf die Hauptstraße, als plötzlich die Hölle losbrach.

Ich fühlte, dass wir ein Problem bekämen, lange bevor Jessica und Marc es bemerkten. Die beiden waren ahnungslos, bis die Schlampe sich auf uns stürzte. Aber ich war nicht schnell genug. Ich sah nur eine verschwommene Bewegung, und schon griff eine kleine, dunkelhaarige Frau mit den blauesten Augen, die ich je gesehen hatte, nach Marc. Sie schlang ihren Unterarm unter seine Gurgel und zog seinen Kopf zurück, sodass sein Hals genau auf Höhe ihres Mundes zu liegen kam. Jessica lag bewusstlos mit dem Gesicht nach unten im Schnee. Shorty hatte sie im Vorbeigehen gegen eine Mauer geworfen.

„Die berüchtigte Betsy", schnurrte Shorty. Sie war mit ihren knapp eineinhalb Metern sehr klein und wog vielleicht neunzig Pfund. Aber sie war stark wie ein Ochse auf Steroiden. Ihr Gesicht war nichts Besonderes, fast glatt – normale Nase, normales Kinn, schmale Stirn –, aber ihre Augen waren ungewöhnlich und hübsch: groß und von der Farbe eines Frühlingshimmels, umrahmt von dunklen, dichten Wimpern. Ihre Eckzähne wuchsen, während ich sie ansah. „Endlich lernen wir uns kennen." Ärgerlicherweise lispelte sie nicht.

„Eine Freundin von dir?", gurgelte Marc. Seine Luftzufuhr war eingeschränkt, und sein Kopf war so weit zurückgebogen, dass er die Sterne betrachtete. Ich konnte sehen, dass die kleinen Härchen auf seinem Unterarm aufgerichtet waren. Er hatte Todesangst, aber seine Stimmlage war genau die richtige: beiläufig und unbeeindruckt. Ich war sehr, sehr stolz auf ihn. Ehrlich gesagt hatte ich bisher gar nicht gewusst, dass er mutig war. „Vielleicht eine alte Schulfreundin?"

„Ich sehe sie zum ersten Mal. Hör zu, Süße, willst du meinen Freund loslassen, bevor ich dir ein Kreuz in den Arsch schiebe?"

Sie lachte und griff noch fester zu. Marc schnappte nach Luft, sagte aber nichts. Sie leckte über seinen Hals, und er erschauderte, lehnte sich aber gleichzeitig gegen sie. „Aha, der ist schon auf den Geschmack gekommen! Kein Wunder, dass du ihn in deiner Nähe hältst."

„Er ist mein Mittagessen, such dir dein eigenes." Locker trat ich einen Schritt vor, und sie biss ihn. Wild, nicht wie ich es tat, zaghaft vorsichtig. Sie riss ein etwa drei Zentimeter großes Stück Haut heraus, spuckte es aus und schlappte das Blut wie ein Hund Wasser an einem heißen Tag.

Marc schrie, und sein Schrei verlor sich in der Dunkelheit.

Ich schrie ein bisschen mit. „Hör auf!" Die Schlagartigkeit, mit der dies alles geschah, machte mich schwindlig. Eine Minute zuvor waren wir noch alle friedlich zusammen nach Hause gegangen! Selbst das Treffen auf dem Friedhof war nicht so beängstigend gewesen. „Lass es einfach, okay? Was willst du?"

Sie hörte auf zu trinken. Ihre Pupillen waren geweitet. War es das, was Marc gemeint hatte? Ich schüttelte den Gedanken ab und versuchte, mich auf das zu konzentrieren, was sie sagte: „Dich natürlich. Mein Meister wünscht deine Anwesenheit."

„Nosehair?"

Ihre Nasenflügel weiteten sich. Blut schimmerte auf ihrem Kinn. Ich spürte tatsächlich das Verlangen, es abzulecken, ist das nicht krank und abstoßend? Ich fühlte, wie meine Zähne wuchsen und meinen Mund füllten. Peinlich berührt, traute ich mich nicht, Marc anzusehen.

„Nosehair? Soll das ein Witz sein?"

„Nein! Ich kann mir keine Namen merken …"

„Stimmt was nicht mit deiner Stimme?"

„Egal. Du sssagtssst wasss über einen Meissster?"

„Nostro wünscht deine Anwesenheit. Er befahl mir, dich mit allen verfügbaren Mitteln zu überzeugen. Daher werde ich jetzt …"

„Okay."

Sie hielt inne. „Was?"

„Okay, ich gehe mit. Wir können sofort gehen. Lass ihn los."

„Wag es ja nicht", sagte Marc in den Himmel.

„Marc, halt den Mund."

„Geh nicht mit dieser Schlampe. Schlechter Plan."

„Marc."

„Ja, Marc." Sie drückte ihn, und ich hörte ihn unter dem

Druck stöhnen. „Halt den Mund." Sie dachte eine Weile nach. Offensichtlich hatte sie mit mehr Widerstand gerechnet. „Na, dann."

Nach einer gefühlten halben Stunde lockerte sie ihren Griff, und Marc brach sich fast etwas, als er von ihr fortstolperte. Sofort rannte er zu Jessica, kniete nieder und fühlte ihren Puls. „Lass uns gehen."

„Marc", meine Zähne zogen sich zurück, Gott sei Dank, „hat sie einen Puls?"

Er schaute zu mir hoch, zitternd vom Adrenalinschub. Seine Augen waren riesig, und sein Gesicht hatte alle Farbe verloren. „Ich denke, sie ist in Ordnung. Nur bewusstlos."

Herzlichen Glückwunsch, Shorty, du kannst von Glück sagen, wenn du die nächste Stunde überlebst. „Okay, bring sie in die Notaufnahme und lass sie untersuchen. Und jemand soll sich deinen Hals ansehen. Es tut mir leid."

„Es ist nicht deine Schuld, ich habe etwas gutzumachen. Ich werde dem diensthabenden Arzt sagen, dass wir überfallen worden sind."

„Es tut mir leid." Ich ging die Straße hinunter. Shorty beobachtete mich, in ihrem bösen, kleinen Gesicht las ich belustigte Verachtung. „Ich komme wieder."

„Nicht unbedingt", kicherte Shorty.

„Halt dein blödes Maul, du Fotze." Ich hatte vorher noch nie das F-Wort benutzt, aber heute Abend und bei dieser Frau war es angebracht. Und der schockierte Ausdruck auf ihrem Gesicht zeigte mir, dass ich sie getroffen hatte. Ich fühlte mich besser, nach dem, was sie meinen Freunden angetan hatte. *Süße, irgendwann erwische ich dich, wenn du einmal nicht aufpasst …*

Aber sie war nur der Bote, ein Soldat. Nostro hatte sie geschickt. Ihn musste ich als Ersten erledigen.

15

„Mein Meister wird ...“

„Halt die Klappe.“

„So kannst du nicht mit mir sprechen!“

„Halt die Klappe.“

Sie lehnte sich zu mir herüber, und ihre Augen bekamen die Farbe des Himmels kurz vor Sonnenuntergang. „Du willst doch sicher keinen Kampf mit *mir*, Betsy.“

Uhhh, Augen, die die Farbe wechselten, wenn sie beleidigt war. Jetzt bekam ich aber Angst! „Da kannst du deinen Arsch drauf verwetten, Süße. Komm nur her, du Kuh! Mal sehen, wie du dich machst, wenn du dich nicht hinter einem meiner Freunde versteckst.“

Ich musste so wütend geklungen haben, wie ich mich fühlte, denn ich sah sie zögern. Dann kreuzte sie die Arme vor der Brust, als hätte sie nicht für einen Moment Angst verspürt, lehnte sich zurück und starrte aus dem Fenster der Limousine.

Ja, so ist es: Ich saß wieder einmal in einer von Nostros Limousinen. Sie hatte am Ende der Straße auf uns gewartet, wie ein großes, dunkles Vorzeichen des Todes. Nur so zum Spaß brach ich die Antenne ab und warf sie der süßen Shorty an den Kopf. Sie duckte sich – nur ein wenig. Der Fahrer sagte kein Wort, sondern hielt mir die Tür auf.

„Ich heiße Shanara.“

„Halt die Klappe.“ Ich fingerte in meiner Hosentasche – dass Leinen aber auch immer so leicht knitterte! – und warf ihr einen Fünfdollarschein zu. „Geh und kauf dir einen vernünftigen Namen."

Sie ließ den Schein von ihrer nicht vorhandenen Brust abprallen, nahm die Arme herunter und trommelte mit ihren langen, roten Fingernägeln auf der Armlehne herum. Sie begann sehr genervt auszusehen, unternahm aber interessanterweise nichts. Hatte Nosehairs Auftrag etwa beinhaltet, meine Freunde zu verletzen, mich aber nicht?

Ich würde es herausfinden. „Lange, rote Nuttenfingernägel sind schon ewig out", informierte ich sie. „Schon vor fünf Jahren waren sie nicht mehr in. Nur weil du tot bist, musst du doch nicht als modischer Schandfleck herumlaufen."

„Untot", blaffte sie.

„Tot", sagte ich unnachgiebig. „Wann hast du das letzte Mal ein schönes Steak gegessen? Oder nur einen Salat? Mal ehrlich, wann hast du das letzte Mal Toast gegessen? Tote essen nicht. *Wir* essen nicht. Also sind wir tot."

„Wir haben mehr Macht, als Sterbliche sich überhaupt ..."

„Blablabla. Spar dir das für ein Vorstellungsgespräch auf. Also, wann bist du gestorben? Du siehst nicht älter als sechzig aus."

Ihre flache Brust hob sich empört. „Meine glorreiche Wandlung vollzog sich 1972."

„Das erklärt die Fingernägel und die Schlaghosen."

„Die sind jetzt wieder in!", schrie sie und zeigte auf ihre Hosen, eine GAP-Kopie. „Nee ... tut mir leid. Ich weiß, ich weiß, es ist schwer, auf dem Laufenden zu bleiben. Die meisten Menschen kommen da nicht mit."

Vom Vordersitz des Wagens her konnte ich einen merkwürdig gedämpften Laut hören, so als würde jemand ein Lachen unterdrücken.

Sha-Dingsda drehte sich um und schlug blitzschnell mit ihrer Handfläche gegen die Trennwand zwischen uns und dem Fahrer. Das Glas riss, aber brach nicht. „Du sollst nur fahren!“

„Empfindlich, hä?“, kommentierte ich. „Übrigens, Sha-Dingsda, wenn du noch einmal einen meiner Freunde anrührst, beiße ich dir alle Finger ab und stopfe sie dir einzeln in die Nase.“ Ich lächelte freundlich. „Und das gilt ebenfalls für unseren Freund Nosehair. Haben wir uns verstanden?“

Das war natürlich nur Gerede. Schließlich war ich eine kleine Sekretärin und keine grausame Rächerin. Dazu noch eine arbeitslose Sekretärin. Ich konnte tippen wie eine Göttin, aber ich hatte mich noch nie wirklich geprügelt.

Aber reden konnte ich. Wenn es sein musste, würde ich bis zum Tag des Jüngsten Gerichts quatschen.

„Das wirst du büßen“, sagte sie mit steinerner Miene. „Schon morgen wird es dir schlecht ergehen.“

„Du lieber Gott, das will ich hoffen. Ich bin nicht gerne so sauer und gelangweilt.“

Sie verzog das Gesicht, als hätte ich ihr eine Gabel ins Auge gestoßen. Schnell überlegte ich, was ich gerade gesagt hatte: Gelangweilt? Sauer? Gott?

„Gott“, sagte ich. Noch ein Zucken. „Jesus Christus. Herr. Vater unser, der du bist im Himmel.“

„Hör auf, hör auf!“ Sie ging fast die Decke hoch, nur um von mir fortzukommen. „Sag das nicht, sag nicht *diese Worte*!“

„Hör auf, so geschwollen zu reden, und ich sag's nicht mehr.“

„Was? Ich verstehe nicht.“

„Niemand, der diese Schuhe trägt“, sagte ich mit einem

Blick auf die billige Prada-Kopie an ihren Füßen, „könnte das verstehen."

„Sind wir endlich da?"

„Nein."

„Sind wir endlich da?"

„Nein."

„Sind wir endlich da?"

„Nein."

„Sind wir endlich da?"

„Halt endlich den Mund! Ich sollte dich zu ihm bringen, aber noch ein Wort aus deinem blöden Schafsmund ist eine Zumutung. Halt den Mund, halt den Mund, halt den Mund."

„Schon gut, schon gut. Du hast eine feuchte Aussprache, Schlampe." Ich wartete einige Sekunden und sagte dann: „Sind wir endlich da?"

„Das Schicksal ist barmherzig", sagte sie und knirschte mit den Reißzähnen. „Wir sind da."

„Hey, toller Trick. Du zeigst ja Zähne! Warum? Hungrig?" Wahrscheinlich war sie es sogar. Sie sah schrecklich aus, zu blass, zu dünn, irgendwie ausgezehrt. Natürlich konnte es auch daran liegen, dass sie die letzten dreißig Minuten mit mir zusammen in einem engen Raum festgesessen hatte.

Ant, mein Vater und ich haben einmal eine Rundreise mit dem Auto gemacht, als ich noch ein Teenager war. Es ist bei diesem einen Mal geblieben.

„Denk nicht mal daran, an mir zu knabbern."

„Das hättest du wohl gern", fuhr sie mich an. Die Limousine hielt sanft, die Tür flog auf, Shanara packte mich am Ellbogen und stieß mich aus dem Wagen. „Komm mit."

„Was? Kein Friedhof?" Wir standen vor einem gigantischen Haus am Ufer des Lake Minnetonka. Das Gebäude war drei Stockwerke hoch, dunkelgrün und hatte vier weiße Säulen. Licht brannte nirgends. Natürlich. „Ich dachte, dein Boss mag Klischees."

Keine Antwort. Sie griff wieder nach meinem Ellbogen und zog mich mit. Ich sah, dass sie danach lechzte, mir wehzutun. Ein intelligenter, verständiger Mensch hätte die Gelegenheit genutzt, um sich unauffällig nach einer Fluchtmöglichkeit umzusehen.

„Also, wie ist das, Sha-Dingsda, bist du sein Schoßhund? *Ich will Betsy, hol mir Betsy, bring's!* Ist das so? Oder bist so ein Loser, dass du kein eigenes Leben hast und an seinem Rockzipfel hängen musst? He, pass mit dem Anzug auf!" Ich trug einen braunen Leinenanzug von Anne Klein und flache Schuhe von Helene Arpel, allerdings aus dem letzten Jahr. Die Arschlöcher sollten nicht glauben, dass ich mich extra für sie hübsch gemacht hätte.

Sie zog mich weiter durch das Haus, das zwar im Dunkeln lag, mir aber wie hell erleuchtet erschien. Sie zerrte mich durch Glastüren, die sich zu einem Ballsaal hin öffneten. Vorsichtig sah ich mich nach der Discokugel um. Große Erleichterung: keine zu sehen.

Es waren ungefähr zwanzig Personen im Raum, alle – na klar – in Schwarz gekleidet. Die Frauen trugen Lippenstift in unterschiedlichen Rottönen und die Männer Smokings. Iihh! Geliehene Smokings. Gibt es etwas Schlimmeres?

„Ahhhhh, Elizabeth." Nostro erhob sich von einem (stöhn!) Thron. Ein echter Thron am anderen Ende des Saales. Richtig hässlich, vergoldet, funkelnd und stillos, mit einem großen, goldenen Fächer in Kopfhöhe. Wenigstens trug er keine Krone. „Ich danke dir, dass du sie mir gebracht hast, Shanara."

„Wuff, wuff, guter Hund. Das ist eine brave Hündin", brummte ich.

Sie zischte mich an, bevor sie antwortete: „Ihr kleinster Wunsch ist mein dringlichster Befehl, mein Meister."

Ich schnaubte. Sha-na-na schoss einen vor Gift triefenden Blick auf mich ab. Demonstrativ beachtete ich sie nicht. „Warum bin ich hier? Warum hast du deinen Hund nach mir geschickt?"

„Das letzte Mal bist du früh gegangen", sagte Nostro freundlich. Als er näher kam, fiel mir wieder sein Allerweltsäußeres auf. In Büchern ist der Vampir immer ein unsagbar weltgewandter, toll aussehender Typ (oder eine unglaublich hübsch aussehende Frau), aber der alte Nostro sah aus wie ein böser Mönch, der Mäuse quälte, während die anderen Mönche beteten. „Ich freue mich, dass du dich entschieden hast, zurückzukommen."

„Du redest Scheiße", sagte ich. Ich hörte erschrecktes Aufkeuchen um mich herum, aber niemand bewegte sich oder sagte etwas.

Nostro zwang sich zu einem Lächeln und fuhr fort, als wäre nichts gewesen: „Jetzt können wir die Zeremonie beenden, und du wirst Mitglied meiner Familie." Mit großer Geste deutete er schwungvoll auf die anderen. „Sie können es gar nicht erwarten, dich in ihrer Mitte zu begrüßen."

„Ja, sie sehen wirklich aus, als könnte man mit ihnen Spaß haben. Hör zu, Nostro, ich mag das nicht. Ich bin nicht freiwillig zurückgekommen, und das weißt du auch. Deine Bodybuilderhure in gefälschten Markenklamotten hat einen Freund von mir verletzt, damit ich ihr folge. Und ich werde an keiner Zeremonie teilnehmen. Und ich will, dass du mich *in Ruhe lässt.*"

Noch mehr erschrecktes Aufkeuchen. Nostro schaute

langsam in die Runde, eine Kobra auf der Lauer nach unvorsichtigen Mäusen, aber niemand wagte einen Augenkontakt mit ihm. Alle starrten zu Boden. Nur ich nicht. Natürlich. Zu blöd, um Angst zu haben. Oder zu wütend.

Nostro wandte sich wieder mir zu und zwang sich erneut zu einem Lächeln. Das erstaunte mich. Zum ersten Mal bemerkte ich, dass seine Pupillen rot gerändert waren. Das machte mir tatsächlich mehr Angst als das große Geisterhaus, der blöde Smoking, der dumme Thron und das falsche höfische Getue. Darüber konnte ich nur lachen. Aber was er hinter dem ganzen Pomp nicht verstecken konnte – seine gruseligen Augen –, das flößte mir wirklich Furcht ein.

„Ich muss darauf bestehen“, sagte er mit seidiger Stimme. „Ich verlange deine Mitwirkung bei der Zeremonie und ich werde *nicht* …“ Das „nicht“ schrie er laut heraus, und ich zuckte zusammen. Dann fuhr er in ganz normaler Tonlage fort: „… dulden, dass du Partei für Sinclair ergreifst.“

(Notiz für mich: Entweder hat der Tod diesen Typen um den Verstand gebracht, oder er war vorher schon nicht ganz dicht.)

„Sinclair?“ Ich wurde fast ohnmächtig vor Erleichterung. Obwohl ich nicht der Typ Frau bin, der leicht in Ohnmacht fällt. „Du machst dir Sorgen, dass ich mich mit diesem Scheißkerl zusammentun könnte? Mach dir darüber mal keine Gedanken, kleiner Mann. Den würde ich noch nicht mal mit der Kneifzange anfassen. Igitt!“

Nostro öffnete und schloss ein paar Mal langsam die Augen wie ein Frosch. Ein fetter, böser, toter Frosch. „Du wünschst keine Verbindung, weder mit meinem Clan noch mit Sinclair?“

„Mein Gott, jetzt hat er's!“, sagte ich viel zu heiter und hoffte auf ein Lachen. Aber es herrschte weiterhin Schweigen. Ich hüstelte und führte aus: „Ich möchte mit niemandem von euch zusammen sein. Ich will keine Zeremonien oder Vampirpolitik, und ich will vor allem nicht, dass jemand meinen Freunden auflauert, weil ein anderer Jemand ganz heiß darauf ist, mit mir zu sprechen. Nichts von alldem will ich. Ist nichts Persönliches", fügte ich hinzu, als ich sah, dass sich seine Miene verdüsterte.

„Das habe ich auch nicht so verstanden", sagte er mit gespieltem Ernst.

Ich versuchte, es nicht sarkastisch klingen zu lassen, als ich fortfuhr: „Ich möchte nur meinen Tod so leben, wie ich auch mein Leben gelebt habe." Ich schaute mich im Raum um und suchte Augenkontakt mit irgendjemandem – irgendjemandem. „Kommt schon, Leute!", sagte ich laut. „Ich werde doch nicht die Einzige sein, die so denkt. Wollt ihr denn nicht eure Freunde wiedersehen? Vielleicht euren alten Boss aufsuchen und ihn so richtig zu Tode erschrecken? Oder euren Eltern mitteilen, dass ihr nicht ins Gras gebissen habt? Warum müssen wir uns denn in kleinen, untoten Hexenzirkeln zusammenrotten?"

„Um uns zu schützen, um …"

„Blödsinn. Diese Geschichten sind doch bloß Ammenmärchen. Wir haben es geschafft, unsere Seelen zu behalten. Warum können wir nicht auch Individuen bleiben? Warum können wir das gottverdammte Licht nicht anmachen? Warum tragt ihr alle Schwarz? Warum seht ihr aus wie Statisten bei einem zweitklassigen Vampirfilm? Jetzt mal ehrlich, was stimmt denn nicht mit euch?"

Nostro zuckte bei „gottverdammt" zusammen wie schon Shanara, aber abgesehen davon ließ ihn mein Appell völlig ungerührt.

„Genug", sagte er, weil einige der anderen mich überrascht und nicht wenig neugierig betrachteten. „Ich hasse es, auf Phrasen zurückgreifen zu müssen …“

„Ach ja?“

„… aber entweder bist du auf unserer Seite oder auf Sinclairs. Also?“

„Auf keiner von beiden! Beide seid ihr Widerlinge mit lächerlichen Namen.“

„Lächerlichen Namen?“

„Nostro? Ich bitte dich! Ich wette hundert Dollar, dass das nicht der Name auf deiner Geburtsurkunde ist. Wie lautet dein richtiger Name? George? Fred? Ich wette, es ist etwas schrecklich Banales, weil du ganz eindeutig überkompensierst.“

Ich hatte den Satz noch nicht beendet, da wusste ich, dass ich zu weit gegangen war. Wie der Blitz überwand er die zwei Meter Distanz zwischen uns, seine Hände griffen nach meiner Kehle und drückten mir die Luft ab. Was ein großes Problem gewesen wäre, hätte ich mehr als dreimal pro Minute atmen müssen.

„Schließ dich mir an!“, schrie er mir ins Gesicht.

„Urrgg“, sagte ich oder etwas Ähnliches. Ich wusste, dass ich eigentlich verschreckter hätte sein sollen, aber es war schwer, dieses Theater ernst zu nehmen. Im Film war der Böse wenigstens groß, überwältigend, gut aussehend und düster – wie Sinclair! Der Angriff von Nostro war eher, als fiele der Weihnachtsmann eines Supermarkts über mich her.

Er schüttelte mich wie eine Rumbakugel, während die anderen sich langsam näherten. Es waren zu viele, als dass sie mir ernsthaft hätten schaden können, ich sah und fühlte nichts als irgendwelche Fäuste. Nostro lockerte seinen Griff, und ich hörte ihn sagen: „In die Grube mit ihr!“

„In die Grube mit mir?“, krächzte ich. „BITTE. Hörst du dich manchmal reden? Oh, warte, ich verstehe, es nicht die, es ist DIE GRUBE. Tadaaaaah!“ Die wogende Menge trug mich fort. Ich wehrte mich nicht, warum auch? Zwanzig gegen einen, da standen die Chancen schlecht. Stattdessen konzentrierte ich mich darauf, nicht zu fallen, was gar nicht so einfach war, denn sie zerrten mich so schnell und so wütend, dass meine Zehen kaum den Boden berührten.

Wir stiegen tief, tiefer, am tiefsten, und bevor ich auch nur einen Blick auf den Raum, in den sie mich schubsten, werfen konnte, flog ich durch die Luft, von Dunkelheit in tiefere Dunkelheit. Und irgendjemand folgte mir in die Dunkelheit.

16

Es war ein Mädchen. Natürlich hätte sie auch hundert Jahre alt sein können, aber sie sah eher aus, als müsste sie beim Zigarettenkaufen ihren Ausweis vorzeigen. Obwohl es in der Grube sehr dunkel war, funktionierten meine untoten Augäpfel ausgezeichnet, und ich konnte ihre feine, blasse Erscheinung eingehender studieren: blondes Haar, spitzes Kinn, hohe Wangenknochen und große, dunkle Augen, noch beeindruckender als die von Sha-Dingsda – Kulleraugen nennt man sie wohl –, groß und hübsch mit langen, seidigen Wimpern. Ich dagegen musste erst eine Wagenladung L'Oreal Luscious Lash verschmieren, damit man überhaupt sah, dass ich Wimpern hatte.

Wir standen also in der Grube und starrten einander an. Sie sah so jung und frisch aus, ich wäre nicht überrascht gewesen, wenn sie Pompomps hervorgezogen und wie ein Cheerleader getanzt hätte.

Stattdessen fiel sie auf die Knie und beugte sich so tief, dass ihre Stirn den Grubenboden berührte. „Majestät, ich bitte um Vergebung. Ich konnte Euch nicht helfen, es waren zu viele."

„Steh auf, nenn mich nicht so und mach dir darüber keine Gedanken. Himmel, wirst du wohl aufstehen? Der Boden ist furchtbar eklig." Ich verlagerte probeweise das Gewicht. Jawohl, meine Schuhe klebten am Boden, wie im Kino nach der Mitternachtsvorstellung der *Rocky Horror Picture Show*. Ich beugte mich herunter und zog sie hoch.

„Majestät …“

„Betsy.“

„Königin Betsy …“

„Betsy. Schau mich an.“

Sie schaute weg, dann hob sie schüchtern ihren Blick. „Das kann ich nicht. Brächtet Ihr es etwa fertig, Elizabeth II. *Betsy* zu nennen?“

„Nein“, gab ich zu, „obwohl das jemand einmal tun sollte. Und ich bin nicht die Queen.“

„Noch nicht“, sagte sie geheimnisvoll.

Ich antwortete nicht. Sie war zwar nicht ganz richtig im Kopf, aber süß.

„Wo sind wir? Warum bin ich hier unten? Ist das hier ein Kerker?“

„Das wäre gut, Majestät.“

„Nenn mich nicht so. Das wäre gut? Was soll das heißen?“

„Der Meister hält seine Biester hier unten.“

„Ich nehme an, Biest ist nicht sein Codename für Häschen?“

„Jetzt in diesem Moment wird er den Hebel ziehen.“

„Aha, den Hebel. Es gibt einen *Hebel*. Na klar. Bin ich die Einzige, die glaubt, in einem schlechten Film festzustecken?“

Sie zwinkerte, offensichtlich verunsichert durch die zahlreichen Unterbrechungen. Wenn ich nervös bin, neige ich zum Quasseln. „Die Käfigtüren werden sich öffnen“, erklärte sie, als spräche sie zu einem zurückgebliebenen Kind, „und die Biester werden sich auf uns stürzen.“

„Nun, das ist ein hilfreicher Hinweis.“ Ich war nervös, aber nicht zu Tode geängstigt. Noch nicht. Der Cheerleader dagegen hatte mein Interesse geweckt. Warum war sie mit mir in den Schacht gesprungen? Und warum hielt sie so unbeirrbar an der Idee fest, dass ich eine Königin wäre? Ich war ja noch nicht mal Löwe im Sternzeichen!

„Die Wände sind ganz schön steil. Wir werden wohl keine Zeit mehr haben zu klettern. Gibt's weitere Vorschläge?"

„Ja." Der Cheerleader suchte in der Tasche seiner Jeans und brachte einen kleinen, gepolsterten CD-Umschlag zutage. Sie warf praktisch damit nach mir, so eilig hatte sie es, ihn loszuwerden. „Für Euch. Nur Ihr könnt es ertragen."

„Äh … danke. Das ist mir aber unangenehm, ich habe gar nichts für dich." Ich öffnete den Umschlag und äugte hinein. Und lächelte. Ich stülpte das Innere nach außen und fühlte, wie die Goldkette kühl in meine Hand glitt. Ein hübsches goldenes Kreuz hing an einer Kette, die so fein war, dass selbst ich mit meinen Superkräften sie im Dunkel der Grube kaum sehen konnte. Ach, ich vergaß: im Dunkel DER GRUBE. Ich legte sie um, fühlte nach dem klitzekleinen Haken, und Sekunden später lag sie um meinen Hals. „Vielen Dank. Ich habe mein Kreuz zu Hause gelassen."

„Deshalb seid Ihr die Königin. Oder werdet es sein. Es wurde so vorhergesagt, wisst Ihr."

„Nein, weiß ich nicht. Wer bist du überhaupt?"

„Ich heiße Tina."

„Gott sei Dank, endlich einmal kein dämlicher, prätentiöser Name!"

„Es ist die Kurzform für Christina Caresse Chavelle."

„Na ja, du hast das Beste draus gemacht."

Dann hörte ich ein Knarren, ein wirklich hässliches Quietschen. Dreckverschmierte Scharniere drehten sich mit quälender Langsamkeit. Ich wollte mir die Ohren mit beiden Händen zuhalten, so unerträglich war das Geräusch. Tat es aber nicht, denn ich wollte weiterhin einen – sagen wir – coolen Eindruck auf Tina machen. Schließlich war sie mit mir in diese Grube gesprungen und hatte mir obendrein noch ein Geschenk gemacht. „Was zum Teufel ist das?"

„Das Tor öffnet sich. Die Biester werden losgelassen", sagte Tina in ruhigem Ton, aber sie nagte an ihrer Unterlippe. „Habt keine Angst."

„Sprichst du mit mir oder führst du Selbstgespräche?"

„Beides", gab sie zu.

„Vielleicht hätten wir weniger quatschen und mehr klettern sollen. Und jetzt ist es zu spät. Im Kino würde ich jetzt Popcorn in Richtung Leinwand werfen und die dämliche Heldin für ihre Blödheit beschimpfen."

„Ich musste Eure Fragen beantworten, Majestät."

„Oho, jetzt ist es mein Fehler? Klar, die Regierung ist immer schuld", scherzte ich.

Sie schaute zu mir herauf. Verdammt, war das Mädchen winzig. Sie reichte mir noch nicht einmal bis zur Schulter. Niedlich. Wie ein kleiner Käfer. „Sie werden Euch nur über meine Leiche bekommen, Majestät."

Ich unterdrückte ein Lachen. „Danke, Tina. Aber das wäre wohl nicht sehr königlich, oder? Sich hinter jemandem verstecken, der kleiner ist? Wie viel wiegst du? Neunzig Pfund?"

Wir hörten ein Rascheln, wie Wind, der durch einen Umhang fuhr, und dann sah ich Augen im Dunkeln, kleine, düstere Kohlenstücke. Ich zählte zehn Kohlenstücke. DIE GRUBE hatte anscheinend noch einen anderen Zugang als die Öffnung über unseren Köpfen. Aber der war wohl blockiert, denn sonst würden die Biester ja draußen im Mondlicht herumtollen wie große, böse Hundebabys. Falls wir es schafften, sie zu überwältigen (großes, großes FALLS), würden wir genug Zeit haben, um aus dem Schacht zu klettern. Aber was dann?

Tina trat vor mich, als das erste Biest uns erreicht hatte. Ich bedauerte fast, so gut im Dunkeln sehen zu können. Sie hatten etwas Menschliches, wie ja auch der Teufel etwas Menschliches hat. Obwohl Zweibeiner, krabbelten sie doch auf allen vieren. Ihr Haar war für Männer (oder Frauen? – das Geschlecht war nicht genau auszumachen) lang und strähnig und fiel ihnen immer wieder in die Augen. Ihr Mund wies riesige Reißzähne auf, scharf und Furcht einflößend. Ihre Wangen waren so eingefallen, dass jedes Supermodel vor Neid erblasst wäre. Sie waren in Lumpen gekleidet, dreckig und erbärmlich, und obwohl sie es auf mich abgesehen hatten, fühlte ich doch Mitleid mit ihnen. Diese Dinger waren Nostros Haustiere, und er kümmerte sich nicht gut um sie.

„Zurück, Jungs“, sagte ich mit einer Stimme, die von den Wänden der Grube donnernd widerhallte. „Ihr wollt euch doch nicht mit einer arbeitslosen Sekretärin anlegen. Wir sind sehr reizbar.“

Die Biester zuckten zurück, aber vermutlich nicht wegen meiner Drohung. Plötzlich fiel mir auf, dass ich besser sehen konnte als noch einige Sekunden zuvor.

Das Kreuz. Das Kreuz um meinen Hals schimmerte.

Nicht stark. Das Licht war nicht strahlend weiß, wie man es aus Filmen kennt. Sein Schimmern war zart und gelblich – und das Kreuz brannte auch nicht auf meiner Haut. Es war noch nicht einmal warm. Die Biester konnten es jedoch nicht ertragen. Und Tina ebenfalls nicht, denn sie vergrub das Gesicht unter ihren Armen.

„Augenblick mal!“ Die Haare … das Krabbeln … mehr Tier als Mensch … Ich kannte diese Biester. „Ihr habt mich überfallen! Vor Khans, im letzten Herbst!“ Die Erkenntnis haute mich fast um. Ich verspürte den Drang, ihnen in ihre bösartigen Rippen zu treten. Es war eine erschreckende Erleuchtung, unglaublich, aber plötzlich wusste ich, wie ich zu einem Vampir geworden war. Diese … Dinger hatten mich angesteckt. Dann war da noch dieser Typ einige Monate später, und was immer die Biester mit ihrem Kratzen und Beißen in meinen Blutkreislauf gebracht hatten, war aktiv geworden.

Funktionierten deshalb die meisten Anti-Vamp-Mittel nicht bei mir? Weil ich nicht durch einen Vampir gestorben, sondern nur von einem infiziert worden war? Oder von fünf?

Ich schüttelte mich wie ein Hund, um wieder einen klaren Kopf zu bekommen. Ich musste wie ein Idiot ausgesehen haben, mit meiner hängenden Kinnlade, aber für solche Überlegungen war jetzt keine Zeit. Die Biester schreckten immer noch vor mir oder dem Kreuz zurück. Jetzt wusste ich, warum Nostro mich hierhergebracht hatte. Diese kleinen, unangenehmen Kerle hätten jeden normal neu auferstandenen Vampir in Stücke gerissen. Wäre nicht die mutige Tina gewesen, würde ich jetzt von den Biestern geschrotet.

„Haut ab“, sagte ich sanft und trat einen Schritt vor. Sie wieselten zurück, drehten sich um und flohen.

„Komm, Schnuckelchen, lass uns aus diesem Loch verschwinden. Und mit deinem Boss habe ich auch noch ein Wörtchen zu reden.“

„Nostro ist nicht mein Boss.“ Tina klang tödlich beleidigt. Ich ließ das Kreuz wieder unter mein Shirt gleiten, und sie senkte langsam die Arme. „Ihr seid mein Boss.“

„Darüber sprechen wir später. Komm jetzt.“

Es war ein Kinderspiel, aus dem Schacht zu klettern. Die Wände waren gemauert mit zahlreichen vampirfreundlichen Spalten. Niemand stand Wache. Nostro musste sehr zuversichtlich gewesen sein, dass wir verspeist würden. Zu zuversichtlich, Arschloch. Sah er sich denn niemals James-Bond-Filme an? Man darf den Helden niemals, unter keinen Umständen, aus den Augen lassen.

Tina kannte den Weg hinaus, und ich folgte ihr. Einige bemerkten uns, aber sie hatten zu viel Angst, um Alarm zu schlagen. Stattdessen zuckten sie zurück, als wir näher kamen, und mieden unseren Blick. Interessant.

Obwohl sie meinen Hintern gerettet hatte und ich warme und freundliche Gefühle für sie hegte, hatte ich doch ein großes Problem mit ihrem nächsten Vorschlag.

„Scheiße, nein!"

„Bitte, Majestät."

„Betsy, verdammt!"

„Es ist zu Eurer eigenen Sicherheit. Sinclair muss wissen, was Nostro versucht hat. Und was ihm nicht gelungen ist. Dies ist unsere Chance, uns zusammenzutun und ihn ein für alle Mal zu besiegen. Wenn Ihr Euch auf Sinclairs Seite schlagt, wird Nostro vernichtet werden."

„Ich hasse den Drecksack."

„Welchen?"

„Ehrlich gesagt, beide. Aber ganz besonders den eingebildeten Widerling, Sink Leer."

„Nun ja", mir schien, als wählte Tina ihre Worte sehr behutsam, „wenn Ihr uns helft, Nostro zu besiegen, werdet Ihr die rechtmäßige Königin sein. Ihr könntet dem Widerling befehlen, die Stadt zu verlassen."

„Das klingt schon besser", stimmte ich zu. „Aber ich habe keinerlei Qualifikation für den Job als Queen."

„Das ist nicht richtig", sagte sie ruhig, „Ich weiß es. Eure Ankunft wurde prophezeit."

Irgendein Idiot hatte seinen Schlüssel im Schloss eines Lexus stecken gelassen, also kletterten wir hinein und fuhren davon. Tina schlug südliche Richtung ein. Ich hatte kein schlechtes Gewissen. Geschah dem Lexus-Fahrer recht, wenn er in der Nachbarschaft von Vampiren lebte. Wahrscheinlich war er sogar selbst ein Vampir. Außerdem würde ich den Wagen an einem sicheren Ort abstellen. Nach allem, was ich diese Woche erlebt hatte, würde ein kleiner Autodiebstahl mir wohl kaum den Angstschweiß ins Gesicht treiben, oder?

„Meine Ankunft wurde also prophezeit“, sagte ich und klammerte mich an der Armlehne fest, als Tina eine Kurve auf zwei Reifen nahm. „Das hast du vorhin gesagt.“

„Es gibt da ein Buch. Wir Vampire nennen es *Tabla Morto*. Schon vor tausend Jahren wussten Vampire, dass Ihr eines Tages kommen würdet. *Eine Königin wird wiederkehren, mit Macht größer als die eines Vampirs. Kein Durst wird sie verzehren und kein Kreuz wird sie verletzen und die Bestien werden ihre Freunde sein und sie wird über die Toten herrschen.*“ Tina nickte zufrieden.

„Du liebe Güte!“ Ich hüstelte. Die Stelle mit den Bestien … das erklärte die Hunde. Während wir vom Haus zum Auto gegangen waren, hatten sich alle Hunde in der Nachbarschaft losgerissen und mich freundlich umringt. Während ich fluchte und schimpfte und versuchte, sie mit sanften Fußtritten zu verscheuchen, hatte Tina das Schauspiel mit großen Augen beobachtet. Als wir losgefahren waren, hatten sie hysterisch unseren Rücklichtern hinterhergebellt. Was für ein unauffälliger Abgang!

„Eine hübsche Geschichte.“

Tina lächelte nicht. „Das seid Ihr, Majestät. Seit tausend Jahren seid Ihr der erste Vampir, der ein Kreuz in Händen halten kann, ohne zu schreien, sich zu übergeben oder verbrannt zu werden.“

„Das ist noch gar nichts. Du solltest erst einmal meine anderen Partytricks sehen."

„Nostro hat Euch Weihwasser ins Gesicht geschüttet, und Ihr habt gelacht. Gelacht!", sagte sie im Ton vollkommener Bewunderung. „Hunde gehorchen Euch ..."

„Einen Scheiß tun sie. Wenn ich ihnen befehle, abzuhauen, gehorcht mir keiner. Sie lecken meine Knöchel und sabbern mir auf die Schuhe. *Auf die Schuhe*!"

Sie ließ mich ein kleines Lächeln sehen. „Sie gehen nicht, weil sie wissen, dass Ihr nicht wirklich böse auf sie seid. Ihr einziger Wunsch ist es, Euch nahe zu sein. Daran solltet Ihr Euch gewöhnen."

„Toll." Meine Überzeugung, nur ein Problem zu haben, wurde durch diese Neuigkeiten gründlich erschüttert. „Wenn es wahr ist, dass ich der Supervamp aus eurer Prophezeiung bin, wie kommt es dann, dass du die Einzige bist, die davon weiß? Warum warst du die Einzige, die mit mir in die Grube gesprungen ist? Danke, übrigens. Das war wirklich mutig. Ich wusste ja nicht, was mich erwartete. Aber du wusstest es und hast es trotzdem getan." Ich legte meine Hand auf ihre Schulter. „Wenn du einmal Hilfe brauchst, Sonnenschein, dann komm zu mir."

Sie sah mich mit dem breitesten Lächeln an, das ich je gesehen hatte. „Oh, Majestät, das war doch nicht der Rede wert. Das war das Mindeste, was ich für Euch tun konnte! Wenn ich ganz alleine in die Grube hätte gehen können, um Euch das zu ersparen, hätte ich es getan." Das Lächeln verschwand so schnell, wie es gekommen war. „Du fragst nach dem Grund, warum ich die Einzige war? Weil Nostros Anhänger verfickte Feiglinge sind."

„Tina!" Nicht dass ich das F-Wort zuvor noch nie gehört hatte, aber aus diesem niedlichen Mund in diesem süßen

Gesicht klang es besonders böse. Und, um es vorsichtig auszudrücken, es war irritierend, wie leicht sie von der Hochsprache zur Umgangssprache des einundzwanzigsten Jahrhunderts wechselte.

„Sie kämpfen nicht“, sagte sie dickköpfig, „sie tun nur, was er ihnen sagt. Selbst wenn dabei Unschuldige zu Schaden kommen. Außerdem seid Ihr mehr ein Mythos als Realität. Wie die Wiederkehr von Du-weißt-schon-Wem.“

„Christus?“

Sie schauderte und der Wagen geriet ins Schlingern. Dann nickte sie. „Ja. Er. Jeder weiß Bescheid, aber wer glaubt denn wirklich daran? Oder würde Ihn erkennen, wenn Er wiederkehrte? Man spricht über Wunder, darüber, dass er über Wasser geht und Wasser in Wein verwandelt, aber wenn ich es jemals mit meinen eigenen Augen sähe, würde ich mich fürchten. Und das ginge vielen Menschen nicht anders. Und mit Euch verhält es sich genauso, Majestät.“

„Hm, ich denke, du solltest es lieber lassen, mich mit Christus zu vergleichen. Nichts für ungut. Das ist nicht wirklich cool, verstehst du? Die Leute sind damals ganz schön sauer geworden, als die Beatles das getan haben.“

Sie beachtete mich nicht. „Jeder Vampir weiß von Euch … aber kaum einer glaubt an Euch.“

„Was ist mit Sinclair?“

„Er war der Erste, der glaubte, Ihr könntet diejenige sein. Einer seiner Leute rief Euch an und bestellte Euch zu der Buchhandlung … erinnert Ihr Euch an die Nacht Eurer Entführung?“

„Welche?“, grummelte ich. „Ich verliere langsam den Überblick.“

Aber natürlich erinnerte ich mich. Also war der Anruf von Sinclairs Gefolgsmann gekommen, nicht von Nostro. Aber es musste einen Verräter geben, denn Nostros Männer hatten mich früher abgefangen. Sinclair musste sich die Seele aus dem Leib gerannt haben, um vor mir beim Mausoleum zu sein. Mir fiel ein, dass ich seine Schuhe genauer unter die Lupe genommen und die nassen Abdrücke auf dem Boden bemerkt hatte, als wäre er durch Tau gelaufen und nur Sekunden vor mir angekommen. „Du arbeitest also für Sinclair?"

„Ja."

Hmm. Das war interessant. Und auch ärgerlich. Trotzdem, ich konnte mir nicht helfen. Ich war immer noch ein bisschen misstrauisch. Woher kannte Tina den Hintereingang von Nostros Haus? Woher wusste sie, wie wir aus der Grube entkommen konnten? Und dennoch sollte sie keine von den Bösen sein?

„Also", sagte ich aufmunternd, „was läuft denn da zwischen dir und dem Obergrabscher?"

Sie blieb ernst. „Sinclair rettete mich vor Nostro", sagte sie einfach. „Wenn er nicht gewesen wäre, wäre ich jetzt eine dieser seelenlosen Kreaturen."

„Ich muss gestehen, ich finde es beunruhigend, dass du für diesen alten Drecksack arbeitest. Was bist du? Seine Botin?"

„Ich bin seine Dienerin."

Aha! „Also ist er nicht besser als Nostro."

„Doch."

Oh.

„Ich folge ihm, weil ich ihm folgen will", fuhr sie fort. „Wenn ich ihn morgen verlassen wollte, dann würde er keinen Widerspruch erheben. Ich habe ihn gemacht, verstehst du?"

Der Wagen schien plötzlich zu schrumpfen. Ich starrte sie

an. Langsam begann ich durchzudrehen. Sie starrte durch die Windschutzscheibe.

„Du hast aus Sinclair einen Vampir gemacht?“ Ich kreischte fast.

„Ja. Ich war verzweifelt. Nostro lässt uns selten Nahrung aufnehmen. Das ist seine Art, uns zu kontrollieren. So stellt er sicher, dass niemand stärker wird als er.“

„Arschloch“, kommentierte ich.

„In der Tat. Eines Nachts fand ich Sinclair auf einem Friedhof. Seine Eltern waren in jener Woche gestorben. Ermordet. Er war ganz allein auf der Welt. Er sah mich … ich war zu hungrig, um mich zu tarnen.“

Tinas Stimme wurde sanfter, und sie brachte die Worte kaum über die Lippen, als wäre sie immer noch beschämt über das, was vor so langer Zeit geschehen war. „Er öffnete seine Arme und lud mich zu sich ein. Er wusste, ich war eines der Monster, und es war ihm egal. Und … und ich nahm ihn. Ich tötete ihn.“

„Nun ja – das ist es doch, was ihr so macht, oder?“

Sie schüttelte den Kopf. „Das ist verboten. Es ist uns nur mit Nostros Zustimmung erlaubt, neue Vampire zu machen. Aber ich kam um vor Hunger, und es war mir egal. Er – Nostro – bezeichnet sich selbst als Wissenschaftler. Deshalb erschafft er auch die Biester. Aber ich komme vom Thema ab. Um es kurz zu machen: Ich war unvorsichtig, und Sinclair musste dafür bezahlen. Ich wartete auf ihn, als er auferstand.“

Das musste ich erst einmal verdauen. Die Geschichte gefiel mir nicht, und zwar aus mehreren Gründen. Ich hatte Mitleid mit Sinclair, konnte mir die Szene bildlich vorstellen: er in einem schwarzen Anzug, blass vor Trauer, allein. Und Tina, die auf ihn zukam, stockdürr, geisterhaft weiß und zitternd vor Hunger. Und wie er mit einem Blick verstand und ihr dennoch seine Arme öffnete und sie willkommen hieß. Weil er alles verloren und nichts mehr Bedeutung hatte für ihn, nicht einmal der Tod durch einen Vampir.

„Wow … das ist … das ist ja eine tolle Geschichte. Und er brachte dich von Nostro weg."

„Sofort nach seiner Wiederkehr war Sinclair stark. Einige – wenige – sind das."

„Wie kommt das?"

„Das weiß niemand. Warum werden manche als große Maler oder große Mathematiker geboren?"

„Aua! Ich bin in Trigonometrie durchgefallen."

„Sinclairs Willensstärke ist … unglaublich. Nostro wollte sich nicht mit ihm anlegen. Niemand wollte das. Also ließ er Sinclair gehen."

„Warum hat er ihn nicht einfach getötet?"

„Neben vielem anderen ist Nostro auch verrückt. Das werdet Ihr sicher bemerkt haben", sagte Tina trocken. „Sein Urteilsvermögen ist nicht das allerbeste. Vielleicht war er neugierig. Vielleicht hatte er Angst."

„Vielleicht ist er auch einfach nur ein Idiot. Der Typ sollte sich wirklich mehr James-Bond-Filme anschauen. Sie sind eine Art Handbuch für böse Jungs. Also ließ er Sinclair ziehen und …"

„… Sinclair nahm mich mit, ja. Und so ist es nun seit vielen Jahren."

„Wie alt bist du?"

„Ich wurde geboren", sagte sie und bog in einer scharfen Linkskurve in einen Waldweg ein (wann hatten wir überhaupt die Stadt verlassen?), „im Monat und im Jahr, als der Sezessionskrieg begann."

„Donnerwetter. Meine Mutter interessiert sich sehr für

den Bürgerkrieg und würde dir bestimmt gern einige Fragen stellen. Später einmal. Aber bis dahin … wie alt ist Nosehair?"

Sie kicherte, unterdrückte das Geräusch aber sofort, als wäre es selbst auf einige Meilen Distanz zu seiner Basis gefährlich, über ihn zu lachen. „Das weiß keiner. Seiner Stärke nach zu urteilen vierhundert Jahre, würde ich schätzen. Vielleicht älter."

„Unglaublich." Ich schüttelte den Kopf. „Er ist ein erstklassiger Bösewicht, aber wenn ich ihn ansehe, muss ich immer lachen."

„Das war bereits ein Problem", sagte Tina trocken.

„Ach, komm schon. Sag mir nicht, du hast Angst vor ihm!"

„Ich habe ihn bei der Arbeit gesehen. Ich schaute zu, wie er eine komplette Gruppe mit Erstklässlern abschlachtete, während ich zu hungrig und zu schwach war, um einzuschreiten. Ich sah, wie er ihre Knochen brach und das Mark heraussaugte. Ich sah …"

„Okay, okay. Himmel! Genug davon." Ich unterdrückte den Drang, mich auf das feine Lederpolster zu übergeben. „Du sagtest, seiner Stärke nach zu urteilen, muss er alt sein. Was bedeutet das?"

„Ich sagte, dass Sinclair bereits stark war, als er wiederkehrte. Aber die meisten Vampire müssen ihre Stärke erst erwerben. Je länger Ihr Euch nährt, je mehr Ihr dazulernt, desto stärker werdet Ihr. Ein achtzigjähriger Mann hat mehr Lebenserfahrung als Ihr, oder? Er … äh … hat es krachen lassen. Jetzt stellt Euch den alten Mann in einem jungen Körper vor, der niemals müde wird und grenzenlos stark und schnell ist."

„Verstanden." Im Gegensatz zu vielem anderen, was mir in letzter Zeit passiert war, leuchtete mir das ein.

„Also ist ein dreihundert Jahre alter Vampir sehr viel stärker als ein Vampir, der erst gestern auferstanden ist. Ich nehme an, Sinclair war ein außergewöhnlicher Mann im Leben, wenn er direkt nach seinem Tod schon wieder so stark war."

„Oho, Tina! Das hört sich an, als hätte sich da jemand in seinen Boss verknallt!"

Sie lächelte. „Nein, Majestät. Ich bewundere ihn sehr, aber alles andere … das habe ich schon vor hundert Jahren aufgegeben."

„Das ist vielleicht das Deprimierendste, was ich in der letzten Zeit gehört habe, Süße. Äh … pardon." Die Frau war alt genug, um meine Ur-ur-ur-ur-ur-Urgroßmutter zu sein, selbst wenn sie aussah, als hätte sie noch Eigelb hinter den Ohren. Ich musste Schluss machen mit den herablassenden Spitznamen.

„Ich habe übrigens durchaus noch nicht zugestimmt, dass wir zu Sinclairs Haus fahren."

„Wir sind bereits da", sagte sie entschuldigend, als die Tore aufschwangen. Wir sausten hindurch, so schnell, dass ich in meinen Sitz gedrückt wurde, aber als ich die Tore hinter uns ins Schloss krachen hörte, wusste ich warum.

„Himmel! Der Typ lässt die Eingangstür keine Sekunde zu lang offen!"

„Er ist ein vorsichtiger Mann", war alles, was sie sagte.

Ich murmelte eine Antwort und bin mir ziemlich sicher, dass Tina das Wort „Arschloch" verstand, aber sie war zu höflich, um zu antworten.

Wir fuhren vor dem Haus vor, einem wunderschönen, roten viktorianischen Gebäude. Aber nach Nostros Palast und natürlich dem Lebensstil meiner milliardenschweren Jugendfreundin begannen die großartigen, schönen Herrenhäuser mich zu langweilen. Warum lebte eigentlich keiner dieser Leute in einer öden Vorstadtsiedlung?

Tina stoppte den Wagen, flitzte um die Kühlerhaube herum und hielt mir die Tür auf, bevor ich überhaupt bemerkte, dass wir angehalten hatten. „Lass das", sagte ich, als ich ausstieg.

„Wie bereits die Hunde", sagte sie mit einem Lächeln, „weiß ich, dass Ihr es nicht ernst meint. Soll ich Euch die Stufen hochtragen, Majestät?"

„Nur wenn du meinen Fuß in deinem Arsch spüren willst", warnte ich sie. Sie grinste, und ich freute mich darüber. Tina machte mir ein wenig Angst. Und sie war eine alte Frau! Natürlich war auch Nostro alt, ebenso Sinclair, aber im Unterschied zu den beiden mochte ich sie. Die Türen öffneten sich, als wir uns näherten, und wir wurden von einem Mann ins Haus geleitet, der vielleicht drei Zentimeter größer war als Tina. Er hatte einen kleinen, glänzenden Kopf und trug einen bleistiftdünnen Schnurrbart. Seine Augen waren schmal und engstehend, seine Gesichtszüge waren sehr fein. Er sah aus wie ein cleverer Windhund. Er trug ein wehendes weißes Hemd, maßgeschneiderte schwarze Hosen und kleine Lederstiefel. Sehr adrett, dachte ich und sagte Hallo zu seinem Kopf, denn als er mich sah, hatte er sich tief verbeugt. „Ich heiße Betsy."

Das brachte ihn wieder in die Vertikale. „Betsy?"

„Dennis …", warnte ihn Tina.

„Wollt Ihr sagen, dass die zukünftige Königin der Untoten – *meine* zukünftige Königin – Betsy heißt?"

„Tja, es ist ein Kosename", verteidigte ich mich. „Eine Kurzform für Elizabeth, aber nenn mich nicht so, das mag ich nicht."

„Elizabeth ist ungleich passender für Eure Position."

„Wen kümmert's? Ich werde keine Königin sein, für niemanden. Ich habe selbst genug eigene Probleme, da werde ich mir doch nicht noch die Verantwortung für eine Horde zweibeiniger Parasiten aufhalsen. Und nimmt mal jemand diese Hunde weg von mir?"

Sinclair schien, neben seinen anderen hassenswerten Eigenschaften, hundert Hunde zu halten. Genau genommen waren es sechs – fette schwarze Labradore. Allesamt sabbernd. Gott sei Dank trug ich Schuhe aus der letzten Saison!

„Das alles muss ein Schock für Euch sein", sagte Dennis und musterte mich von oben bis unten. „Ich hatte etwas … anderes erwartet." Dann: „Habt Ihr mich gerade einen zweibeinigen Parasiten genannt?"

„Hallo! Ich kenne deine Stimme! Du bist der Typ, der mich angerufen und in den Buchladen bestellt hat."

Er verbeugte sich erneut. „Mit Vergnügen zu Euren Diensten."

„Ja, ja, gute Arbeit, wirklich. Nostro hat mich geschnappt, oder besser gesagt seine Gefolgsleute, die Cockerspaniel-Boys."

„Bitte?"

„Also vielen Dank für *nichts*", beendete ich meine Rede triumphierend.

„Dennis, hilf mir mit den Hunden", befahl Tina. Sie schaute streng, aber als sie die Hunde in den Nebenraum verfrachtet hatte, hörte ich sie lachen. Ob über mich, Dennis oder die großen, dummen Hunde, konnte ich nicht sagen. Wahrscheinlich über uns alle.

Ich schaute mich in der Eingangshalle um. Es war ein Raum für sich, mit hohen Decken und einer prächtigen Treppe, die aussah wie aus *Vom Winde verweht*. Gott, was hatte ich dieses Buch geliebt! Die Heldin war eine trendbewusste, habgierige, unnütze Tusse. Wie hätte ich sie nicht lieben können? Als ich den Roman in der Highschool zufällig entdeckt hatte, las ich ihn zehnmal hintereinander und später zweimal jährlich. Sinclairs Treppe sah aus wie die in *Twelve Oaks*.

Tina eilte herbei. Ohne Hunde. „Wenn Ihr bitte hier warten möchtet, Maj… Betsy, dann sage ich Sinclair, dass Ihr angekommen seid. Dennis wird Euch alles bringen, was Ihr wünscht."

„Natürlich werde ich das." Dennis hatte sich doch noch an seine guten Manieren erinnert. „Tee? Kaffee? Wein?"

„Ich hätte gern ein Glas Pflaumenwein", gestand ich.

Er sah überrascht aus und lächelte dann. „Selbstverständlich. Auch der Boss trinkt Pflaumenwein. Ich dagegen nicht. Es ist, als tränke man Zuckersirup aus einem Weinglas."

Ich folgte ihm zu einer Bar in der Ecke. „Deshalb mag ich es ja. Die meisten Weine schmecken nach saurem Traubensaft. Pflaumenwein ist das Einzige, was süß genug für mich ist." Ich schaute die Wand hoch und sah einen Spiegel über dem Tresen. „Himmel, dieser Spiegel ist größer als mein Schlafzimmer." Dennis folgte meinem Blick und sagte mit leiser Stimme: „Ich sage Euch etwas, Miss Betsy, ich war schockiert, als ich auferstanden war und mich immer noch im Spiegel sehen konnte. Erst nach Tagen kam ich darüber hinweg. Ich fühlte mich von Hollywood betrogen."

„Warum sollten wir uns auch nicht im Spiegel sehen?" Er öffnete eine brandneue Flasche für mich, goss ein und gab mir das Glas. Ich roch daran. Lecker! Der Duft von Zucker und überreifen dunkellila Pflaumen schlug mir entgegen. Aber wie bei Kaffee und Benzin galt auch für den Wein, dass er niemals so gut schmeckte, wie er roch.

„Nun ja, weil wir doch keine Seelen haben."

„Wir haben Seelen. Natürlich haben wir die. Sonst würden wir ja den ganzen Tag über schlimme Dinge tun. Wie Politiker."

Er vergaß die Attitüde des beflissenen Butlers und sah mich mit einem Blick an, in dem ich so etwas wie Hoffnung erkennen konnte. Jetzt sah er sehr viel jünger aus. „Glaubt Ihr das wirklich?"

„Ich weiß es", sagte ich im Brustton der Überzeugung und fügte hinzu: „Außerdem hat es mir ein Priester bestätigt."

„Ein Priester? Wann?"

„Sofort nachdem ich auferstanden war. Ich war in eine Kirche gegangen in der Absicht, mich selbst um die Ecke zu bringen, aber nichts passierte."

Wenn Dennis' Augen noch größer hätten werden können, wären sie ihm aus dem Kopf gefallen. „Ihr standet an einem … einem heiligen Ort? Ihr konntet über die Schwelle treten?"

„Ja, sicher. Aber das ist nicht der Punkt. Diese Geschichte von Vampiren, die keine Seele und daher auch kein Spiegelbild haben, macht keinen Sinn. Ich meine, schau dich doch um." Er gehorchte. „Kannst du die Bar sehen? Und die Flaschen? Und den Boden? Und den Stuhl in der Ecke? Das alles können wir doch auch im Spiegel sehen. Und Hunde und Katzen. Und Babys und Frösche. Sie alle haben ein Spiegelbild."

„Das ist wahr. Aber das beweist noch lange nicht, dass Vampire ihre Seelen behalten."

„Du beweist das. Und ich. Du hast doch bestimmt schon Blue Jeans gehasst, bevor du gestorben bist, habe ich recht?"

Er erschauerte tatsächlich.

„Schon gut, du musst dich nicht gleich auf die Bar übergeben. Und heute bist du auch nicht gerade der sportliche Typ, oder? Ich wette, du hast keinen Stapel Levi's ganz hinten in deinem Schrank versteckt. Das, was dich zu dem gemacht hat, was du bist, ist immer noch da. Außer dass du dich jetzt nur noch von Flüssigkeit ernährst." Ich trank einen Schluck von meinem Wein. „Wie ich!"

„Das könnte stimmen", sagte er nachdenklich, aber er schaute nicht mehr zum Spiegel hinauf, sondern zu mir und schenkte mir nach. „Selbst wenn Ihr Euch wie ein Ekel benehmt, höre ich Euch gerne zu."

„Äh ... vielen Dank."

„Ehrlich gesagt, sind Sinclair und Tina die einzigen Vampire, die ich ertragen kann."

Darüber dachte ich einen Moment lang nach. „Ich bin ja noch nicht sehr lange einer. Vielleicht liegt es daran."

„Nein, das ist es nicht", sagte er ernsthaft. „Junge Vampire sind die schlimmsten, weil sie nur an ihren Hunger denken. Für mindestens fünf Jahre kann man mit ihnen keine zivilisierte Unterhaltung führen."

„Wie schade! So lange, ja? Und sie tun nichts außer essen?"

„Und schlafen, ja."

„Wie neugeborene Babys, nur mit Reißzähnen und schlechter Laune?"

„Genau."

„Ich bin froh, dass das bei mir nicht so ist."

„Und das ist die große Frage, nicht wahr?" Dennis musterte mich genauer. „Warum seid Ihr nicht wie sie?"

„Tja – gesunde Ernährung?", schlug ich vor.

„Nein. Es muss mehr als das sein."

Mir gefiel die Wendung nicht, die unser Gespräch nahm.

Ganz abgesehen davon, dass Dennis mich anstarrte wie einen seltenen Käfer. Ich wechselte das Thema. „Warum braucht Tina so lange? Wo ist Sinclair?“

„Ich nehme an, er nährt sich in Damenbegleitung.“ Er sagte das in ganz selbstverständlichem Ton. „Ich sehe mal, ob Tina meine Hilfe braucht.“ Er stellte die Flasche wieder ins Regal und eilte die Treppe hinauf. „Entschuldigt mich, ich bin sofort zurück“, rief er mir über die Schulter hinweg zu, bevor er um die Ecke bog.

Ich ließ eine Minute verstreichen, sagte dann: „Darum möchte ich auch bitten“, und stürzte den Wein in einem Zug runter. Dann hörte ich den Schrei.

Wie der Blitz rannte ich Dennis hinterher.

17

Es war kein böser Schrei, eher ein guter. Eigentlich war es sogar ein ekstatischer Schrei. So habe ich geschrien, als ich herausfand, dass Gucci einen Schuhsonderverkauf veranstaltete. Sinclairs „Damenbegleitung"? Eher ein Harem.

Selbst in diesem Palast brauchte ich nicht lange, um den Raum zu finden. Ich folgte einfach dem Keuchen und Stöhnen. Mittlerweile war ich mir ziemlich sicher, dass derjenige, der geschrien hatte, keine Hilfe brauchte. Aber ich war neugierig. Und verärgert. Wenn ich doch angeblich so eine große Nummer in der Vampirwelt war, wieso ließ mich Sinclair, der Scheißkerl, dann warten?

Ich öffnete die Tür am Ende des Flurs und sah Tina, die vor einem breiten Fenster stand. Sie drehte sich zu mir um und hob entschuldigend die Hände. „Sie sind wirklich sehr beschäftigt", erklärte sie, „ich konnte ihn nicht auf mich aufmerksam machen. Aber es dürfte nur noch einige Minuten dauern."

Neugierig trat ich neben sie. Die Scheibe war durchsichtig, wie bei dem Verhörraum auf einer Polizeiwache. Auf der anderen Seite konnte ich Sinclair und zwei – hoppla, da war ja noch ein Paar Titten – drei Frauen sehen. Sie krümmten sich stöhnend und schnurrend in der Mitte eines Bettes, das, falls überhaupt möglich, größer als Kingsize war. Ich sah Satinwäsche, so weit das Auge reichte. Jeder der vier Pfeiler des Himmelbettes war so dick wie ein Baumstamm, und die Matratze war mit schokoladenbraunem Satin bezogen (wenigstens waren sie nicht rot, eine Farbe, die die *Cosmopolitan* schon letztes Jahr als *out* gelistet hatte). Alle neun Kissen waren zu Boden gefallen.

Sinclair sah glücklich aus. Er lächelte fast! Und dazu hatte er auch allen Grund, denn er lag in einem Nest von Brünetten. Die drei Frauen hatten rückenlanges, dunkles Haar und pralle Glieder. Endlich mal jemand, der keine magersüchtigen Models bevorzugte! Eine hatte sogar einen sanft gerundeten Bauch. Zwei von ihnen waren weiß, aber die dritte hatte die Hautfarbe von Milchschokolade und die hohen, majestätischen Wangenknochen der Ägypter.

Und sie waren menschlich. Ich war selbst erstaunt, wie schnell ich das erkannt hatte. Sie verströmten eine Aura, eine Vitalität, die Sinclair, Tina und ich nicht mehr hatten. Vielleicht weil ihre Herzen so viel schneller schlugen und sie so viel öfter atmen mussten.

Ich hustete. „Ähem … sollten wir sie nicht lieber alleine lassen?“

Tina sah überrascht aus. „Sie können uns nicht hören. Dieses Glas ist acht Zentimeter dick. Außerdem macht es Sinclair nichts aus. In diesem Raum gibt es immer einen Beobachter.“

„Das ist krank!“

„Nein, das ist vernünftig.“

„Tja, schau mal, ich habe zufällig eine ganz andere Definition von Vernunft.“

„Wisst Ihr, wie viele mächtige Männer im Bett getötet wurden?“

„Mit Sicherheit weiß ich das nicht.“

„Eine Menge. Ich habe Euch gesagt, dass er ein vorsichtiger Mann ist. Er ist niemals unaufmerksam, nicht einmal in einer Situation wie dieser.“

Ganz untypisch für mich, brachte mich das zum Schweigen. Das war eines der deprimierendsten Dinge, die ich je gehört hatte. Wenn man sich noch nicht einmal beim Sex entspannen konnte – vor allem inmitten einer perfekten Penthouse-Inszenierung wie dieser –, schien mir das ein ziemlich armseliges Leben zu sein. Es war eine Sache, Vorsicht walten zu lassen. Lebendig begraben zu sein, eine andere.

„Kann er nicht mal eine Pause einlegen?", grummelte ich und verschränkte die Arme vor der Brust. Fühlte ich mich etwa unbehaglich? Aber nein, ich doch nicht! „Es macht mir ja nichts aus, aus … äh … geschäftlichen Gründen zu warten. Wegen Geschäften, die man vollständig bekleidet tätigen kann. Aber warum müssen wir hier dumm herumstehen, während er sich verwöhnen lässt? Ich dachte, es ginge um etwas Wichtiges."

„Tut es auch", sagte Tina ernsthaft. „Wir sind nicht wie Ihr, Betsy. Wir müssen uns nähren. Wir können es nicht ein oder zwei Tage aufschieben, manchmal noch nicht einmal eine Stunde. Für Sinclair ist dies lebenswichtig. In diesem Moment sind wir so nahe am Leben dran, wie wir nur sein können. Nichts anderes hat Vorrang."

Eine der Frauen kreischte.

„Nahe dran am Leben?", sagte ich trocken. Ich schaute weg, bevor meine Augen noch etwas Unchristliches erblickten. Aber wie Lots Frau schaute ich zurück, gerade noch rechtzeitig, um zu beobachten, wie Sinclair sich hinter eine der Frauen kniete. Es fiel mir schwer, es zuzugeben – aus mehreren Gründen –, aber der Mann hatte den besten Arsch, den ich je gesehen hatte. Stramm, muskulös und an den richtigen Stellen sanft gerundet. Einfach lecker.

„Wie kommt es, dass wir sie hören können?", fragte ich

mit heiserer Stimme und bemerkte, dass mein Mund sehr trocken war. Wortlos zeigte Tina nach links, und ich sah den Lautsprecher in der Wand. „Das ist krank", sagte ich erneut und beobachtete wieder den Schauplatz, um mich zu vergewissern, dass die Verderbtheit dort weiter fortschritt. Jemand sollte hinschauen, sollte Zeugnis ablegen können darüber, was für ein Schwein Sinclair war. Also würde ich es eben auf mich nehmen …

„Sie sind so schön", sagte Tina sanft. Sie legte ihre Handfläche auf die Glasscheibe. „So lebendig, frisch und jung."

Jung? Tina hatte recht. Keine der Frauen war hässlich. Aber alle waren Ende dreißig und sahen sehr weiblich aus: kleine Bäuche, runde Hüften, Lachfältchen. Nicht die Körper von Neunzehnjährigen. Nicht für Sinclair.

Dafür mochte ich ihn.

Nach einer Minute zog Sinclair sich zurück, bückte sich und sagte etwas zu einer der Frauen, zu leise, als dass ich es verstehen konnte. Sie schenkte ihm ein sattes Lächeln, und ihre Augen schlossen sich halb. Dann wandte er sich der anderen Frau zu.

Es war tatsächlich ein Schauspiel. Ein Teil von mir wollte den Raum verlassen und ihnen ihre Intimität gönnen. Eigentlich mochte ich noch nicht einmal die nächtlichen Softpornos im Fernsehen, auch nicht ohne Ton. Ganz zu schweigen von echten Menschen, die wirklich zur Sache kamen.

Aber es war mir unmöglich, wegzuschauen. Zum einen war es wirklich heiß. Unglaublich heiß. Zum anderen wegen Sinclairs Stehvermögen. Aber vor allem wegen seiner drei Freundinnen. Ich sah keinen Neid, keine Zickerei. Sie waren einfach glücklich dort mit ihm. Jede überließ der anderen ihren Platz. Nie hätte ich mir so etwas träumen lassen. Ich hatte immer gedacht, dass in einer Ménage à – Mist, wie lautete doch gleich das französische Wort für vier? Egal. Ich dachte eben, dass in jeder Art von Ménage Gefühle verletzt würden. Nicht so hier.

„Du hast den schönsten Arsch, den ich in fünfzig Jahren gesehen habe“, sagte Sinclair seiner momentanen Partnerin. Er war nicht einmal außer Atem. Ich hörte, dass er amüsiert war, und sein Tonfall sorgte dafür, dass meine Nackenhaare sich aufstellten. Er war nicht wirklich unbeteiligt, aber ich spürte, dass es ihm gleich war, welche Frauen dort drinnen mit ihm waren. Es hätten irgendwelche Frauen sein können. „Mindestens fünfzig Jahre.“

„In tausend Jahren!“, sagte die mit dem großen Hintern, und alle drei Frauen kicherten zusammen.

Sinclair prustete und zog sich zurück. Ich schnappte nach Luft. Warum ich erstaunt war, weiß ich nicht. Sinclair war riesig. Er hatte große, breite Schultern, kraftvolle Arme und Beine und war gut über eins neunzig groß, wog über hundert Kilo ohne ein überflüssiges Gramm Fett. Ich hätte mir denken können, dass auch andere … äh … Körperteile größer waren als der Durchschnitt. Dennoch war ich geschockt.

„Jesus Christus“, sagte ich, „kein Wunder, dass er sich keine Neunzehnjährigen aussucht.“ Wenn ein kleines Clubhäschen *das* auf sich zukommen sah, würde es die Flucht ergreifen.

Tina, meine kleine Sexreiseführerin, nickte. „Sinclair bevorzugt ältere Bettpartnerinnen. Wenn sie nicht … erfahren sind, könnte er ihnen wehtun. Es läge nicht in seiner Absicht und es würde ihm später leid tun. Aber er würde es tun.“

Unterdessen, zurück in Sodom, war Sinclair immer noch hungrig. Dabei war er sanft, aber nachdrücklich. Eine der

Frauen war gerade halb eingeschlafen, da griff Sinclair nach ihren Armen, hielt sie fest und biss sie in den Nacken. Sie krümmte sich gegen ihn und schrie laut auf: „O Gott, noch mal, noch mal!“ Während er aus ihrer Kehle trank, zuckte ihr Kopf ekstatisch und sank zurück auf ihre Schultern.

Sinclair hörte auf zu trinken. Ein wenig Blut rann über sein Kinn, und er fing es mit der Zunge auf. Sein Schwanz schwang für einen Moment beschäftigungslos in der Luft. „Hör nicht auf“, sagte er. Dann, als er sah, dass seine zweite Gespielin der Ohnmacht nahe war, sagte er: „Jemand anderes.“

Eine andere Frau kniete sich sofort vor ihn, aber er griff in ihr Haar, zog sie zu sich, drückte sie auf den Rücken, spreizte dann ihre Beine mit seinen großen Händen und biss sie in ihre Oberschenkelarterie.

„Er ist wirklich gut in Form“, sagte ich trocken, wobei ich kühl und unbeteiligt zu klingen versuchte, aber noch nie in meinem Leben hatte ich mich so angetörnt gefühlt. Ich hätte ihnen den ganzen Tag lang zuschauen können. Daher hatte Tina sicher auch gezögert, sie zu trennen und Sinclair mitzuteilen, dass er Besuch hatte.

Die neue Partnerin stöhnte, als Sinclairs Mund sich mit ihrem prallen Oberschenkel beschäftigte. Sie streichelte ihre Brüste, drückte sie dann so fest, dass ihre Fingernägel weiße Spuren auf ihrer Haut hinterließen, und schrie „Mehr, mehr, mehr!“ zur Decke hinauf.

Was tust du hier?

Tot hin oder her, Vampir hin oder her – ich befand mich in einem abgefahrenen Herrenhaus und schaute einem Widerling und seinem Harem beim Vögeln zu. Das war nicht ich! Betsy Taylor schaute keine Softpornos und war erst recht keine Voyeurin.

„Ich ... ich muss gehen“, sagte ich in nicht sehr überzeugendem Ton. „Sie werden ja bald fertig sein.“

„Ja, Majestät.“

„Und dann können wir Sinclair erzählen, was heute Nacht passiert ist.“

„Ja.“

„Und entscheiden, wohin wir dann gehen werden.“

„In Ordnung“, sagte Tina mit der unbewegten Miene einer Schaufensterpuppe.

„Geht es dir gut?“

„Ich muss Euch jetzt küssen.“ Sie drehte sich um und zog mich an sich. Ihre Pupillen waren riesig. Ich schaute auf ihr hübsches, süßes Gesicht herunter und versuchte, ein wenig schockierter zu sein. Bisher hatte ich noch nie eine Frau geküsst. Ich war noch nicht einmal neugierig gewesen. Meine Einstellung zur Homosexualität war dieselbe wie zur Heterosexualität: Sex zwischen zwei willigen Erwachsenen ging mich nichts an. Nur sehen wollte ich es nicht.

„Ich bitte um Eure Vergebung“, sagte Tina und streckte sich auf ihre Zehenspitzen. Ihr Mund war dunkelrot, mit passendem Lipliner (das fand ich gut. Dunklere Lipliner waren ja so was von gestern!), und ihre Oberlippe hatte einen kleinen Schwung. Der Mund einer Zauberin, hoffentlich einer guten Zauberin. „Nur ... ein ... Kuss.“

„Vergiss es“, sagte ich laut und brach den Bann. Für einige Sekunden war ich wie hypnotisiert gewesen. Erst eine Voyeurin, jetzt eine Lesbe? Nicht mit mir! „Meine Güte, ihr seid wirklich krank! Macht er das hier jede Nacht? Du brauchst mir nicht zu antworten. Und du, du behältst deine Pfoten bei dir, verstanden?“ Ich schubste sie weg. Schon als ich mich zu wehren begonnen hatte, hatte sie mich losgelassen, sodass sie jetzt durch den Raum taumelte.

„Ich dachte“, sagte ich wie betäubt, denn obwohl ich wusste, dass ich richtig handelte, fühlte ich mich schlecht, „dir würde seit hundert Jahren nichts mehr daran liegen.“

„An Männern“, sagte sie und schaute mich traurig mit großen, dunklen Augen an, „an Männern liegt mir nichts. Es tut mir leid, es war stärker als ich. Ich hatte heute noch keine Nahrung, und Ihr seid so wunderschön. Aber es tut mir sehr leid.“

„Nun ja.“ Wunderschön genannt zu werden lenkte mich für einen Moment ab, aber ich ließ mich nicht erweichen. „Vergiss es. Vergiss es einfach! Ich gehe jetzt.“

„Bitte geht nicht. Es ist mein Fehler. Es ist alles mein Fehler. Es tut mir so leid.“ Ich erschrak, als sie sich auf die Knie fallen ließ und tatsächlich – tat sie es wirklich? Sie tat es! Sie küsste meine Schuhe! „Bitte, Majestät. Vergebt mir meine Zudringlichkeit. Ich bitte Euch!“

„Hör auf!“, zischte ich und hüpfte zurück, sodass ihre Lippen nicht mehr meine Schuhe berührten. Dann zerrte ich sie zurück auf die Füße. Sie wollte mich nicht ansehen, schrak zurück vor meiner Wut. Jetzt fühlte ich mich schuldig, was mich noch wütender machte. „Küss meine Schuhe niemals wieder. Herr im Himmel …“ – sie stöhnte und wich zurück – „… warum müssen sich Vampire immer so komisch benehmen? Bin ich denn die Einzige, die ein gottverdammt normales Leben führen will?“

Sie zuckte zusammen, als ich „gottverdammt“ sagte. Jetzt ließ ich meiner Wut freien Lauf, einer Wut, die mich quälte, seitdem ich wieder zum Leben erwacht war. „Gott, Gott, Gott!“, schrie ich ihr ins Gesicht und sah mit grimmiger Freude, wie sie Schutz suchte. „Jetzt ist es aber genug mit diesem schrägen Scheiß. Ich habe die Schnauze voll! Ist dir klar, dass ich noch nicht einmal eine Woche tot bin?“ Ich ließ ihren Arm los und stürmte aus dem Raum. Als ich die Treppen hinunterstampfte, rannte ich beinahe Dennis über den Haufen.

Eilig sprang er mir aus dem Weg. „Was stimmt nicht, Miss Betsy?"

„Nichts. Alles. Ich muss gehen."

„Bitte geht nicht!", schrie Tina von oben. „Bitte bleibt! Wir brauchen Euch!"

„Aber ich brauche Euch nicht", sagte ich und lief über den Marmorboden. „Und dafür bin ich so dankbar wie noch nie in meinem Leben."

Ich hörte ein Zischen, und plötzlich stand Sinclair vor mir. Was mich gehörig erschreckte. „Uhuuu …" Ich schaute zu ihm hoch. Offensichtlich war er aus dem oberen Stockwerk direkt vor meine Füße gesprungen. „Und du – geh mir aus dem … he!" Er ergriff meinen Ellbogen und zog mich zu einer Tür am anderen Ende des Raumes. Ich versuchte, mich mit den Füßen dagegenzustemmen, aber ohne Erfolg. Wenigstens hatte er sich ein Laken um die Hüften gebunden.

Er schlug die Tür zu, der Raum wurde dunkel (oder halbdunkel, da ich ja jetzt über die Sehkraft der Untoten verfügte), und Tina und Dennis blieben außen vor. „Elizabeth", sagte er ruhig, als wären wir uns gerade auf der Straße begegnet, „wie schön, dass du vorbeikommen konntest."

„Bah", zischte ich und versuchte, meinen Arm aus dem festen Griff seiner Finger zu befreien. „Lass los, du Perverser. Ich will hier raus aus diesem Sündenhaus."

„Aber ich will nicht, dass du gehst", sagte er ganz ruhig, „nicht jetzt."

„Das ist aber verdammt schade für dich. Ich will nichts mit dir zu tun haben, du … du Schlampe."

„Aber, aber, Elizabeth", sagte er und klang tatsächlich

vorwurfsvoll, „ich komme ja auch nicht zur dir nach Hause und kritisiere deinen Lebensstil."

„Haha, Lebensstil! Ich kann sie ja noch alle an dir riechen!"

„Eifersüchtig?"

Ich würgte. „Wohl kaum. Jetzt lass mich los, ich will gehen."

„Du hast Tina sehr traurig gemacht."

„Geht das denn nicht in deinen Kopf? Du bist widerlich, es ist mir egal, was du denkst, es könnte mir nicht gleichgültiger sein, ob Tina traurig ist, und lass mich verdammt noch mal los."

„Gleich", sagte er leichthin. Und dann, mit dieser empörenden Kraft, die er schon auf dem Friedhof bewiesen hatte, zog er mich an sich und presste seinen Mund auf meinen.

Ich öffnete die Lippen, um zu schreien oder zu beißen, was ein taktischer Fehler war, denn er nutzte die Gelegenheit, um seine Zunge in meinen Mund zu schieben. Ich trommelte mit Fäusten auf seine Brust ein, so fest ich konnte, und hörte eine Art Knacken. Völlig unbeeindruckt küsste er mich noch intensiver. Meine Knie wurden wackelig, was mich schrecklich ärgerte. Noch nie hatte ich mich so zu jemandem hingezogen gefühlt, den ich derart verachtete, und das machte mich wütend.

Ich fühlte seine Hand in meinem Kreuz mich fester an ihn pressen und spürte etwas Langes, Hartes gegen meinen Bauch. Wie konnte das sein, nach allem, was oben passiert war? Brauchte er nicht mal eine kleine Erholungspause? Oder eine Dusche?

Er trat so plötzlich zurück, dass ich ins Stolpern geriet. „Also", sagte er unanständig zufrieden, „jetzt bleibst du, und wir können uns unterhalten."

Als ich zuschlug, hörte ich ein deutliches Knacken und sah zufrieden, wie er zurücktaumelte.

„Wenn du mich noch einmal anfasst, töte ich dich." Ich heulte beinahe vor Wut, drehte mich um, tastete nach dem Türgriff und rannte aus dem Zimmer.

Ich schenkte Dennis , der mich anstarrte, keine Beachtung und auch nicht Tinas ängstlichem Rufen: „Wartet!" Ich riss die Eingangstür auf. „Schaut noch einmal gut hin", sagte ich grimmig, „weil ihr mich nämlich niemals wiedersehen werdet."

Tina brach in Tränen aus, ich schlug die Tür zu, um es nicht hören zu müssen. Und fühlte mich nicht schlecht. Nicht ein bisschen. Absolut nicht.

Nein.

Verdammt seist du, Sinclair!

18

Wieder musste ich ein Auto knacken, um nach Hause zu kommen. Beim Umrunden des Gebäudes fand ich Sinclairs Garage. Dort stand ein halbes Dutzend blitzblanker Wagen. Praktischerweise waren die Schlüssel alle nummeriert und hingen griffbereit an einem Brettchen bei der Tür. Ich wählte den für den Jaguar. Niemand versuchte mich aufzuhalten. Glück für sie.

Ich fuhr wie eine Verrückte und verschmähte auch die Sicherheitsgurte. Warum auch nicht? Ein Autounfall konnte mir ohnehin nichts anhaben. Und ein kleiner Flug durch die Windschutzscheibe wäre nach den Ereignissen dieses Tages nur eine Abwechslung für mich gewesen. Der Wagen war klasse – schwarz, mit einem zarten Duft von teurem Leder und einem Gaspedal, das sich butterweich bis zum Anschlag durchtreten ließ. Die vierzig Meilen Strecke schaffte ich so in zwanzig Minuten.

Mit quietschenden Reifen kam ich in meiner Auffahrt zum Stehen und sprang aus dem Auto. Die Schlüssel ließ ich stecken. Es war kindisch, ich weiß, aber ich hoffte wirklich, jemand würde den Jaguar stehlen. Der Gedanke, dass Sinclair auf einer Polizeiwache einen Bericht nach dem anderen ausfüllen müsste, munterte mich ungeheuer auf.

Dann bemerkte ich, dass ein riesiger Riss meine Haustür spaltete, als hätte jemand permanent dagegengetreten. Wie angewurzelt blieb ich auf meiner Veranda stehen.

Ich gestehe, ich wollte nicht wissen, wer in mein Haus

eingebrochen war. Wer immer es war, er sollte sich allein mit meiner Baumwollbettwäsche, meinem schmutzigen Geschirr und den flauschigen Badezimmerteppichen vergnügen.

Ich drehte mich gerade auf dem Absatz um, um mich bei meiner Mutter drei oder vier Stunden lang auszuheulen, als …

„Bets! Bist du das?“ Das war Jessicas Stimme.

„Komm schnell rein.“ Und das Marcs.

Was war das jetzt schon wieder? Ich drückte die Tür auf und ging langsam ins Haus. Wenigstens ging es Jessica gut, zumindest ihrer Stimme nach zu urteilen. Shanara konnte sie also nicht allzu schlimm verletzt haben. Du meine Güte, war es erst drei Stunden her, dass sie uns in der Gasse aufgelauert hatte? Es schien mir eher wie drei Jahre.

Meine Freunde knieten neben einem großen Haufen Kleider mitten auf dem Schlafzimmerboden. Marc hatte einen frischen Verband um den Hals und trug noch immer das Krankenhausarmband. Jessica schien völlig wiederhergestellt. Ich hatte ein schlechtes Gewissen, weil ich für eine kurze Zeit überhaupt nicht mehr an sie gedacht hatte. „Seid ihr okay?“

„Jepp. Und du, Schätzchen? Du siehst ein bisschen blass aus um die Kiemen. Mehr als sonst, meine ich“, gluckste Jessica. Dann wurde sie wieder ernst und deutete auf den Kleiderhaufen. „Du hast ein Problem, Betsy! Ich meine ein neues. Neben denen, die du ohnehin schon hast.“

Marc stupste den Kleiderhaufen an – und es war Nick! Er sah furchtbar aus. Wie drei Tage ohne Nahrung, fünf Tage ohne Schlaf und mindestens zehn Tage ohne Bad. Sein Haar bestand nur noch aus fettigen Zotteln, und er glotzte mich mit blutunterlaufenen Augen an, in denen mehr Rot als Weiß zu sehen war. „Mehr“, brachte er heraus, „Mehrmehrmehr.“

„Nein, mein Gott, nein!“ Ich eilte zu ihm. „Jesus, Nick, was ist passiert?“

„Wir hatten gehofft, du könntest uns das sagen“, sagte Marc und betastete seinen Verband. „Irgendwie scheint er mehr als nur einen schlechten Tag gehabt zu haben. Und er hört nicht auf, deinen Namen zu sagen.“

„Oh, Scheiße, Scheiße …“ Mir kam ein furchtbarer Gedanke, und ich vergrub das Gesicht in meinen Händen. „Ich halte das nicht mehr aus, Leute. *Ich kann nicht mehr!* Ich kann nichts essen, ich bin tot, mein eigener Vater hat Angst vor mir, Vampire werfen mich in Gruben, Sinclair ist eine Schlampe und ein guter Küsser, Nick ist traumatisiert, und ich bin als Autodieb auch noch ein Wiederholungstäter. Genug ist genug!“

Jessica zog eine Augenbraue hoch. „Äh … wer ist ein guter Küsser?“

„Wer hat dich in eine Grube geworfen?“, fragte Marc interessiert. Und dann: „Wiederholungstäter?“

„Mehr“, flüsterte Nick. Seine Lippen waren trocken und aufgesprungen, und er stank wie ein brennender Müllwagen. „Betsy. Mehr. Betsy.“

„Meine Güte, ich hatte doch nur Hunger. Ich wollte doch nicht …“

„Da stimmt doch was nicht“, sagte Marc. „Ich meine, ich war schließlich auch dein Abendessen, aber ich habe mich nicht in ein triebgesteuertes Häufchen Elend verwandelt.“

„Das nicht“, sagte Jessica langsam und schaute ihn dabei mit einem merkwürdigen Blick an, der mir nicht gefiel. „Aber du hast verdammt noch mal keine Zeit verloren, bei ihr einzuziehen.“

Marc blinzelte. Nick stöhnte. Ich glotzte. „Was hat das denn damit zu tun?“, fragte er, ehrlich verwirrt.

„Nun ja, findest du es nicht ein wenig seltsam, vor allem wenn man bedenkt, dass ihr beide sexuell gleich orientiert seid und …“

„Jetzt nicht, Leute! Wir haben wirklich andere Probleme. Eins davon liegt hier vor uns auf dem Boden.“ Ich bedeckte meine Augen mit den Handflächen. „Scheiße, Nick, das wollte ich nicht. Was habe ich nur getan!“

„Genau das Gegenteil von dem“, sagte Sinclair nachdenklich, „was ich tue.“

Ich wirbelte herum und ließ die Arme sinken. Sinclair, Tina und Dennis standen vor meiner Schlafzimmertür. Ich hatte sie nicht hereinkommen hören, nicht ihre Anwesenheit gespürt und noch weniger das Trippeltrappel kleiner Vampirfüße vernommen. Jessica und Marc schrien auf und sprangen sich beinahe gegenseitig in die Arme.

Nur Nick nahm nichts um sich herum wahr. Er hatte damit begonnen, sich vor und zurück zu wiegen, als wollte er sich auf diese Weise beruhigen, und hielt dabei seinen Blick fest auf mein Gesicht geheftet. Es war schrecklich, unvorstellbar schrecklich, so als humpelte ein verkrüppelter Hund seinem Herrn hinterher. Man hätte nicht gewusst, ob man den Hund aus Herzensgüte hätte erschießen oder aus Mitleid streicheln sollen.

„Sie müssen Sink Leer sein“, sagte Jessica und schnappte nach Luft. Zu meinem Ärger machte sie große Augen.

„Hallo, Mister Sinclair!“, zwitscherte Marc. Er winkte sogar mit der Hand. „Seid ihr Jungs auf einen Snack vorbeigekommen?“

„Haut ab, ihr drei“, blaffte ich. „Ich habe im Moment genug Probleme, vielen Dank.“

Sinclair zeigte mit dem Finger auf Nick. „Das da ist dein Werk, nehme ich an. Ich denke, ich kann dich an ihm riechen. Unter sechs Schichten Dreck." Er sagte dies so gelassen, dass ich nicht übel Lust hatte, ihn umzubringen. Meine Hand wanderte zu dem Kreuz, das Tina mir geschenkt hatte. Würde er immer noch so kühl und unbeteiligt klingen, wenn ich ihm dieses kleine Schmuckstück ins Ohr rammte?

Doch schon kam Sinclair mit langen Schritten zu uns herüber. „Tina", sagte er ruhig und kniete neben Nick nieder, „hilf mir." Seine Worte sprachen eine ganz andere Sprache als sein Auftreten, und das verwirrte mich völlig.

„Was stimmt denn nicht mit ihm?", rief ich. „Wird er ein Vampir?"

„Nein. Er sehnt sich nach dir. Er ist süchtig."

Tina sah mich mit weit aufgerissenen Augen an. „Wie oft habt Ihr Euch von diesem hier genährt?"

„Nur ein einziges Mal."

„Du Hund." Das kam natürlich von Jessica. „Und du hast nichts erzählt."

„Einmal", wiederholte Sinclair.

„Ja. Nur einmal, ich schwöre!"

„Aber von mir hast du auch nur einmal genossen", sagte Marc. „Versteh mich nicht falsch, es war toll. Mal etwas anderes. Und cool und sexy. Und auch seltsam. Aber das war's dann auch. Warum ist der Typ jetzt so ein Wrack?"

„Einmal?" Tina zeigte mit dem Finger auf Nick.

„Muss ich es auf meine Stirn schreiben? Ja, einmal, ein einziges Mal."

Der mit Händen greifbare Zweifel wurde von Sinclair unterbrochen: „Du kannst sie dir nicht einfach nehmen und dann wieder laufen lassen, Elizabeth. Als du einen bestimmten … Aspekt des vampirischen Lebensstils gesehen hast, bist du aus meinem Heim geflohen. Aber ich würde den Meinen niemals das antun, was du mit deinem getan hast."

Das saß. „Er ist nicht meiner! Ich kenne ihn ja kaum."

„Nun ja." Dennis räusperte sich. Er hockte über uns, die Hände auf die Hüften gestemmt, und sah aus wie ein untoter Richter. „Das ist noch schlimmer, versteht ihr?"

„Aber das wusste ich doch nicht!"

„Ich habe dich gewarnt", sagte Sinclair. Er ließ den Umhang von seinen Schultern gleiten und breitete ihn über Nicks zitternde Gestalt. „Du kennst die Regeln nicht. Die meisten Vampire lernen sie, oder sie sterben. Aber du wurdest stark geboren und hast nur wenige unserer Schwächen. Während du also lernst, müssen Unschuldige leiden."

„He, lass sie in Ruhe. *Ich* muss nicht leiden." Gott segne Dr. Marc! „Natürlich fühle auch ich mich manchmal einsam und verletzbar …"

„Sei still!" Jessica biss sich auf die Unterlippe, um nicht lachen zu müssen.

Sinclair beachtete sie nicht. „Ist denn mein Hilfsangebot immer noch so inakzeptabel für dich?"

Jessica und Marc sahen mich an. Obwohl sie beide versuchten, mich aufzuheitern, sah ich doch den Vorwurf in ihrem Blick.

„Okay, okay. Sag mir, was ich machen muss. Wie ich Nick helfen kann. Und ich werde Erstklässlerin in deiner kleinen Vampirnachhilfeklasse, Sinclair. Aber erst, wenn es Nick besser geht."

„Gib mir dein Wort, Elizabeth."

„Sie hat doch schon gesagt, dass sie Ihre Hilfe akzeptiert", sagte Jessica mit eisiger Stimme. Auch wenn sie Sinclair so appetitlich fand wie einen Rieseneisbecher mit Sahne, würde niemand die Ehre ihrer Freundin in ihrem Haus in Frage stellen. „Wenn Ihnen das nicht genügt, Sink Leer, dann passen Sie auf, dass die Tür auf dem Weg nach draußen nicht Ihren großen, weißen Arsch trifft."

„Bitte sprechen Sie meinen Namen nicht so aus", seufzte er. Ohne jede Anstrengung nahm er Nick auf die Arme. Dann fragte er: „Großer, weißer Arsch?"

„Bring ihn ins Badezimmer", sagte Tina. „Dennis und ich werden uns um ihn kümmern."

„Aber ..." Ich klappte meinen Mund zu. Nick war fast so groß wie Sinclair und damit zwei Köpfe größer als Tina und Dennis. Auch egal. Wahrscheinlich würden sie, falls nötig, auch einen Bulldozer in mein Badezimmer wuchten.

Sinclair trug Nick ins Badezimmer und legte ihn vorsichtig auf dem Boden ab. Dennis zog ihn aus und verzog das Gesicht, als ihm der Geruch entgegenschlug. Tina drehte unterdessen die Dusche auf. Sinclair legte eine Hand auf meine Schulter, drehte mich um und geleitete mich hinaus. Aus meinem eigenen Badezimmer!

„Pass auf deine Pfoten auf, Freundchen!", warnte ich.

„Äh ... kann ich Ihnen etwas zu trinken anbieten?" Jessica stand in der Schlafzimmertür. Sie errötete, was man bei ihr aber nur schwer erkennen konnte. „Einen Tee vielleicht, Mister Sinclair?"

Ich war baff. Das war eine beeindruckend schnelle Kehrtwendung, vor allem für Jessica „Nachtragend wie ein Elefant" Watkins.

„Nenn mich doch bitte Eric", sagte das untote Stinktier mit echter Wärme in der Stimme. „Schließlich bist du eine Freundin von Elizabeth."

„Er mag Pflaumenwein, gib ihm ein Glas", blaffte ich gereizt.

„Ich gehe schon!", sagte Marc. Er hatte Nicks Lumpen in meine Waschmaschine gesteckt, eilte aber jetzt zum Flur. In der Tür stieß er mit Jessica zusammen.

„Nein, ich hole es!"

„Fick dich, Drinks zu holen sollte doch unter deiner Würde sein."

„Fick du dich, dies ist mein Haus. Ich habe es bezahlt."

Sie rangelten, bis sie sich beide durch den Türrahmen gedrückt hatten. Ich hörte ein Poltern, als sie in die Küche rannten, und bedeckte meine Augen. Freunde – sie sind nicht nur ein Segen.

„Schade, dass du mir nicht so zugetan bist wie deine Freunde", zog Sinclair mich auf.

„Sie wissen nicht, was für ein Arschloch du bist." Ich war sauer. Auch Giselle schnurrte auf seinem Arm, als er sie gedankenverloren unter dem Kinn kitzelte. Wie wankelmütig dieses Tier doch war! Enttäuschend. Ich riss sie ihm aus den Armen und schubste sie in Richtung Tür. Sie ging erst, nachdem sie mir einen hochnäsigen Blick über die Schulter zugeworfen hatte. „Hätten sie auch nur die leiseste Ahnung, wie erbärmlich, verdorben und verachtenswert du bist …"

„Aber, aber, Elizabeth! Wie kannst du nur so etwas sagen?" Er schaute mich mit unschuldigen Bambiaugen an. Kalten, glitzernden Bambiaugen. „Du weißt, dass ich dir beim Mausoleum nur helfen wollte und dass ich Tina zu deiner Unterstützung in Nostros Haus geschickt habe. Hätte sie dir mein Geschenk nicht gegeben, hätten die Biester dich in Stücke gerissen."

„Dein Geschenk?"

„Das Kreuz gehörte meiner Schwester."

Meine Finger fuhren sofort zu der Halskette und tasteten

nach dem Verschluss. Doch er ließ mich mit einem Kopfnicken innehalten. „Behalte es. Ich kann es sicher nicht tragen, und es könnte dir noch einmal nützlich sein."

Betroffen sagte ich: „Ja, aber ... es gehörte doch deiner Schwester."

„Ja, das ist mir bewusst. Und jetzt ist es deins."

„Danke. Ich will nicht undankbar erscheinen, aber ..."

„Aber nein, niemals", sagte er spöttisch.

„... aber wenn du so besorgt warst, warum bist du heute Nacht nicht selbst gekommen?"

„Ich bin ja gekommen", sagte er unschuldig. „Mehr als einmal. Ich dachte, das hättest du beobachtet."

Ich fühlte, wie ich rot wurde. Bemerkenswert, da ich doch tot war.

„Sehr lustig! Du weißt, was ich meine."

„Leider nur zu gut. Unglücklicherweise war eine der Bedingungen für Tinas Freilassung, dass ich niemals wieder den Fuß auf sein Territorium setzen sollte."

„Nun, das ist sicher nicht die Zeit für Frage-und-Antwort-Spiele, aber eines brennt mir doch auf der Seele: Warum hat er Tina überhaupt Zutritt gewährt? Er muss doch gewusst haben, dass sie dir alles berichten würde."

„Er liebt es, mit seiner Macht zu protzen", antwortete er einfach. „Dennoch, obwohl ich meine Gesandten schicken kann, muss ich mich zurückhalten, es sei denn, er verletzt mein Territorium. Und er genießt es, vor meinen Leuten anzugeben. Man könnte sogar sagen, dafür lebt er. Das Mausoleum aber, wo du Nostro das erste Mal trafst, ist neutraler Boden. Jeder Vampir aus jeder Stadt weltweit ist dort willkommen. Überall auf dem Planeten gibt es solche neutralen Orte."

„Also konntest du zu dem Mausoleum kommen, um an

der Party teilzunehmen? Oder war es keine Party?“ Die lahmste Party seit langem, das war sicher.

„Eigentlich wollte ich nicht hingehen, bis ich hörte, du würdest dort sein.“

„Oh.“ Verdammt! Noch mehr solcher Geschichten, wie er Tina von Noseo fortbrachte und mich hatte treffen wollen, und ich würde ihn vielleicht nicht mehr ganz so sehr hassen. Aber ich wollte für einen schlüpfrigen Typen wie Sinclair nicht so empfinden. „Na ja – dann … vielen Dank …“

„Mein Herz! Wird es einer solchen Zuneigung gewachsen sein?“

„… und außerdem weiß ich, dass du ein hinterhältiges Motiv für deine Hilfe hattest.“

„Meine Position ist seit einigen Tagen klar: Anti-Nostro und Pro-Elizabeth. Daran ist nichts Hinterhältiges.“

„Hinterhältig ist dein zweiter Vorname …“

„Eigentlich lautet der Astor.“

„… und das erinnert mich daran, dass du hier nichts zu suchen hast. Und ist Astor nicht eine Blume? Ich werde das so schnell wie möglich nachschlagen.“

„Du hast mein Auto“, entgegnete er. „Ich muss darauf bestehen, dass du es mir zurückgibst. Du scheinst mir nicht gerade ein umsichtiger Fahrer zu sein. Und ganz sicher hattest du es verdammt eilig, mein Grundstück zu verlassen.“

„Ich möchte nicht darüber sprechen.“

„Ein prüdes Mädchen des späten zwanzigsten Jahrhunderts? Ich hätte nicht gedacht, dass so etwas noch existiert.“

„Nur weil ich glaube, dass man nicht fröhlich mit mehreren Partnern rumbumsen sollte – zur selben Zeit! –, bin ich noch lange nicht prüde!“

Er deutete auf die Badezimmertür, hinter der Nick von Tina und Dennis verarztet wurde. „Ich denke nicht, dass du das Recht hast, meine Handlungen zu kritisieren. Meine Frauen wissen, worauf sie sich einlassen."

„Und trotzdem bist du ein Schwein", sagte ich bitter. „Ich habe dich gesehen. Es war dir egal, mit welchen Frauen du es treibst, Hauptsache, du konntest sie für deine Zwecke benutzen. So behandelt man keinen Freund."

„Nun", sagte er und zog eine Augenbraue hoch, „vielleicht habe ich bisher einfach nicht die richtige Frau getroffen."

„Oder vielleicht bist du einfach nur ein Schwein!" Ich warf die Arme hoch. „Brauchtest du denn wirklich alle drei? Also wirklich, mussten es *drei* sein?"

Sein Gesicht verzog sich zu einem Lächeln, und ich fühlte, wie mein Magen sich zusammenzog. „*Braucht* jemand wirklich ein ganzes Eisdessert, wenn es auch eine einzige Kugel Eiscreme täte?"

„Wir reden hier von menschlichen Wesen", stieß ich aufgebracht hervor. Ich war so sauer, dass ich zu schielen begann. „Nicht – Eis – Creme – *Schwein*."

„Deine ermüdende Predigt hat mich aufgerüttelt. Daher biete ich dir den Deal des Jahrhunderts an, Elizabeth. Ich werde ihrer Freundschaft jetzt und für alle Zeit entsagen, heute Abend noch. Wenn du ihren Platz in meinem Bett einnimmst. Für immer."

Mir fiel dir Kinnlade herunter. Die unterschiedlichsten Gefühle durchzuckten mich im Bruchteil einer Sekunde – Empörung, Neugier, Angst, Lust, Schock –, und bevor ich wusste, was ich tat, sprangen meine Hände zu seinem Gesicht und ohrfeigten ihn so hart, dass sein Kopf zurückschleuderte.

Er betastete sein Kinn und schaute mich an. Seine Augen funkelten, und ich schluckte ein erschrockenes „Tut mir leid!" herunter.

„Nett", war alles, was er sagte. „Das hatte ich nicht erwartet, wenngleich ich darauf hätte vorbereitet sein müssen. Schließlich hast du mich schon einmal geschlagen."

Ich suchte nach etwas, was stolz und beleidigend klang, was ich hätte antworten können, doch mir fiel nichts ein.

„Danke", sagte er höflich und nahm das Glas entgegen, das Jessica ihm anbot. Direkt hinter ihr stand Marc und hielt ein Tablett voller Cocktail-Zubehör: Maraschino-Kirschen, Zitronenscheiben, Oliven. Sie hatten die Ohrfeige nicht mitbekommen. Ich selbst hatte sie ja kaum gesehen, meine Hände hatten sich fast in Lichtgeschwindigkeit bewegt.

„Was war das für ein Lärm?", fragte Jessica.

„Mach dir keine Gedanken. Ist das ganze Zeug für den Wein gedacht?", seufzte ich, rollte mit den Augen und rieb mir die schmerzende Handfläche.

Aus reiner Gehässigkeit suchte Sinclair sorgfältig eine Zitronenscheibe aus und ließ sie in seinen Wein gleiten.

Jessica warf einen Blick ins Badezimmer und kam zurückgerannt. „Sie haben den Typen bis auf die Haut ausgezogen und rubbeln ihn mit deinem neuen Badeschwamm ab!"

Ich zuckte zusammen. Siebenunddreißig Dollar und neunundneunzig Cents im Body Shop. Futsch. „Das geht schon in Ordnung. Schließlich ist es meine Schuld, dass er sich in diesem Zustand befindet. Was passiert, wenn er sauber ist, Sinclair?"

„Eric."

„Errrric …", wiederholten Jessica und Marc träumerisch.

„Habt ihr eigentlich gar nichts anderes zu tun?" Ich glaube, ich schrie tatsächlich.

„Das ist die aufregendste Woche meines ganzen Lebens", stellte Marc fest. „Vampire! Bündnisse! Hinreißende Good Guys! Hinterhältige Bad Guys! Für das Gute kämpfen! Und jetzt rubbeln wir einen delirierenden Cop in deinem Badezimmer ab. Was kommt wohl als Nächstes? Wer kann das wissen? Warum um alles in der Welt sollten wir das verpassen wollen?"

„Wahrscheinlich weil die Dinge, die sich hier ereignen, euch nichts angehen", sagte Sinclair sanft.

Marc schnaubte. „Ich wohne hier, mein Freund. Also geht es mich etwas an. Außerdem, was habe ich denn Besseres zu tun? Papierkrieg im Krankenhaus? Krankenversicherungen anbetteln, während ein Kind im Sterben liegt? Und was soll Jessica machen? Ihr Geld zählen?"

„Außerdem sind wir Partner. Teil des Teams. Alles, was Elizabeth betrifft, betrifft auch uns", fügte Jessica hinzu.

„Ich werde mich bemühen, das nicht zu vergessen. Und um deine Frage zu beantworten, Liz …"

„Wag es ja nicht!"

„Kein Sink Leer mehr?"

Verdammt! „Okay."

„Sehr gut. Wie ich gerade im Begriff war auszuführen, nach der Reinigung werden Tina und Dennis Detective Berrys Blut saugen, um sein Verlangen zu stillen. Dann werden wir ihn vergessen lassen, dass er dich jemals als Vampir gesehen hat. Er wird in seinem eigenen Bett aufwachen, mit einer Woche alten Bartstoppeln, und sich fühlen wie von einer Grippe genesen."

„Aber ich will nicht, dass das jemals wieder jemandem zustößt", sagte ich. „Ich meine, dein Plan klingt gut und Gott weiß, dass du genügend Zeit hattest, um deine Tricks zu perfektionieren, aber ich will die Krankheit heilen, nicht die Symptome."

Sinclair war bei „Gott" zusammengezuckt, antwortete aber dennoch ganz locker: „Dann such dir einen oder zwei oder drei Liebhaber aus, denen es nichts ausmacht, neben ihren Körpern auch ihr Blut mit dir zu teilen, und benutze sie, sooft es nötig ist. Oder sooft sie es wollen."

„Schau nicht in meine Richtung, auch wenn du meine Freundin bist!", befahl Jessica.

„Ernsthaft", fügte Marc hinzu. „Es sei denn, dir wäre in den letzten Tagen ein Penis gewachsen."

„Vielen Dank für nichts, ihr Widerlinge. Hör mal gut zu, Sinclair, selbst wenn ich so etwas Ekliges täte – und das kannst du gleich wieder vergessen –, woher weiß ich, dass sie nicht alle wie Nick werden?"

„Weil sie alle Zugang zu dir hätten. Du wirst dich nicht einmal an ihnen nähren und sie dann im Stich lassen."

„So war das nicht", sagte ich leise.

„Wenn du es sagst." Er grinste breit, dieses Ekelpaket.

„Es ist bestimmt nicht so schlimm, wie er es darstellt", versuchte Marc mich zu trösten. „Schau, ich bin kein Wrack. Nicht deswegen zumindest."

„Er ist homosexuell. Auf ihn wirkt es anders."

„ER steht genau vor dir, hallo?!"

„Und", fuhr Sinclair fort, „wie Jessica schon feststellte, er wohnt hier. Mit dir."

„Hehe, jemand muss schließlich den Kühlschrank abtauen!"

Ich lachte. Sinclair ignorierte uns und fuhr mit seinen Ausführungen fort. „Nimm zwei. Oder drei. Ernähre dich von ihnen und sei ihnen dann zu Willen. Du wirst sehen, es ist ein sehr zufriedenstellendes Arrangement."

Jetzt lachte ich nicht mehr. „Tja, der Unterschied zwischen dir und mir liegt hier, das sag ich dir."

„Ein Gedicht, ein Gedicht!", rief Marc. Ich sah ihn scharf an, aber Marc lächelte nur ungerührt. Ich wandte mich wieder Sinclair zu: „So machst du aus einem menschlichen Wesen ein Tier, dein Haustier." Niemals würde ich den kühlamüsierten Blick vergessen, mit dem er sich erst die eine, dann die andere seiner Damenbegleitung vorgenommen hatte. Es war ihm vollkommen gleichgültig gewesen, wer in seinem Bett lag. Niemals würde ich jemanden spüren lassen wollen, dass er ein beliebig austauschbares Teil eines größeren Plans war.

Niemals.

„Hast du vor deinem Unfall kein Fleisch gegessen?", fragte er. „Du warst stark, und um stark zu bleiben, hast du Schwächere benutzt. Raubtiere tun das. Und Vampire tun das. Sonst wärst du ja ein idiotischer Tierschützer, der will, dass wir alle Gras knabbern und Nektar trinken."

„Oho, jetzt wird's ernst", murmelte Jessica.

„Ich bin Mitglied im Tierschutzbund", sagte ich, „Ich habe Fleisch gegessen, natürlich, aber ich denke nicht, dass wir einem Kaninchen Rasiercreme in die Kehle schütten oder einem Hund Mak-up ins Auge reiben sollten, nur um Frauen dichte Wimpern zu verschaffen. Es ist eine Sache, sich angemessen zu ernähren, und eine andere, sich ausgestopfte Tierköpfe an die Wand zu hängen oder ein Deodorant herzustellen, dessen Unbedenklichkeit zuvor an Tieren erprobt wurde."

„Eine vampirische Tierschützerin." Sinclair konnte ein Grinsen nicht unterdrücken.

„Du bist eine von *denen*?", sagte Marc erschrocken. „Mist, das wusste ich nicht! Ich fühle mich besudelt! Warum hast du nichts gesagt?"

Ich war verwirrt. „Dass ich ein Vampir bin, stört dich nicht, aber dass ich Mitglied im Tierschutzbund bin?"

„Als du nur eine von Satans Untergebenen warst, konnte

ich damit umgehen. Aber eine, die Bäume umarmt und Seidenäffchen liebt ... igitt! Ich habe auch meinen Stolz!"

Jessica gluckste und begann laut zu lachen.

Sinclair grinste dreckig und ließ mich nicht aus den Augen. Ich bemerkte, dass er darauf achtete, seine Zähne nicht zu zeigen. Wahrscheinlich wären Marc und Jessica sonst schreiend aus dem Raum gelaufen.

„Ich sehe lieber mal nach den anderen", sagte ich schließlich. Als ich an ihnen vorbeiging, ignorierte ich Marc, der mir mit den Fingern das satanistische Symbol machte.

Dennis kam mir entgegen. „Wir brauchen Kleider für Nick", rief er mir über die Schulter hinweg zu. „Etwas, was er auf dem Nachhauseweg tragen und nicht mit dir in Verbindung bringen kann."

„Ich habe ein paar alte Jogginganzüge, die ich nicht mehr trage. Unterste Schublade links. Mein Name steht nicht drin, wenn du das meinst. Sie werden ihm ein bisschen klein sein, aber es wird reichen." Dann betrat ich mein Badezimmer.

Nick sah wieder ein bisschen lebendiger aus, und das war auch verständlich, denn sein Kopf ruhte auf Tinas Brüsten, während sie langsam und genussvoll seinen Rücken mit Seifenschaum massierte. In der Tat war er sehr erfreut, sie zu sehen. Ich war erleichtert, ihn so zu sehen, denn ich hatte schon befürchtet, dass er niemals wieder in dieser Weise Freude würde empfinden können.

„Wie läuft es denn hier drinnen?", fragte ich. Dabei war ich in Tinas Gegenwart ein wenig befangen.

„Er kommt wieder in Ordnung. Meint Ihr, Ihr könntet mir helfen? Ich würde ja Sinclair oder Dennis fragen, aber ..."

„Ich bin es schließlich, die es vermasselt hat. Sicher helfe ich dir." Ich schlüpfte aus meinen Klamotten, zog den Duschvorhang zu Seite und stieg in die Wanne. „Was … äh … was machen wir jetzt?“

„Jetzt falle ich mit unstillbarem Verlangen über Euch her und vögele Euch das Gehirn aus dem Kopf.“

Ich lachte. Ich saß so weit weg von ihr, wie die enge Wanne es zuließ, und so würde es auch bleiben. Dennoch fühlte ich mich ein wenig seltsam, so nackt vor einer Lesbe. Möglicherweise habe ich früher auch schon so empfunden, zum Beispiel in öffentlichen Duschen, aber dort weiß man es ja nie mit Sicherheit, nicht wahr? Ich war einfach davon ausgegangen, dass alle anderen auch hetero waren, und wenn eine Frau meine Titten angestarrt hatte, dachte ich als Erstes, sie wollte mich fragen, wer meine Brüste gemacht habe. „Sehr lustig. Tut mir leid.“

„Mir tut es leid. Ich habe Euer Vertrauen missbraucht und damit alles gefährdet.“ Das sagte sie in so bitterem Ton, dass ich erschrak. „Alles nur, weil ich mich nicht beherrschen konnte.“

„Na, na, beruhige dich, Sonnenschein. Du wolltest ja nur einen Kuss und hast nicht versucht, meine Miezekatze zu erstechen. Außerdem schulde ich dir noch einen Gefallen, oder? Wegen der Grube.“

Sie schob Nick so leicht zur Seite, als wäre er ein Baby. „Also“, sagte sie mit unbewegter Miene, „ich habe mein Leben riskiert und einem schrecklichen Tod ins Auge gesehen, und Ihr habt meine Avancen zurückgewiesen, und deshalb sind wir quitt.“

„Genau.“ Ich grinste.

Sie rollte mit den Augen. „Der Teufel soll uns holen, wenn Ihr wirklich die Königin seid“, sagte sie, aber mit einem Lächeln, und so wusste ich, dass sie mich aufzog, damit ich mich besser fühlte. „Na gut. Zurück zum Geschäft. Wenn

Ihr aus seiner Kehle trinkt, nehme ich ihn in mich auf. Er wird sich erleichtern und dann können wir ihm alles suggerieren, was wir wollen."

„Ihn in dich ... Oh! Oha! Igitt! Hier? Jetzt?" Wie, wie, wie um Himmels willen kam ich immer wieder in solche Situationen?

„Er stirbt", sagte sie ernst.

„Also schläfst du mit ihm und zack! Alles wird gut?"

„Macht Euch nur lustig."

„Das meine ich ernst!"

„Das ist genau, was er braucht."

„Aber du kannst nicht ... du kannst nicht ... oh, fuck!"

Sie lachte. „Das ist alles richtig, aber es muss auch Ausnahmen geben."

„Aber ich habe den ganzen Schlamassel doch angerichtet!"

„Ja, aber Ihr wollt es nicht tun. Von Anfang an habt Ihr es nicht gewollt und wollt es auch jetzt nicht und erst recht nicht, wo mehrere Personen sich hinter dieser Tür befinden, die warten und von denen zwei ein außerordentlich gutes Gehör haben. Und das ist okay." Als sie den Blick in meinem Gesicht sah, sagte sie sanfter: „Es ist wirklich alles in Ordnung, Betsy. Mir macht es nichts aus. Mir bedeutet es nichts und ihm alles. Außerdem, seid Ihr nicht durstig?"

Das war ich. Heute Nacht hatte ich noch keine Nahrung gehabt. Und letzte Nacht auch nicht. „Aber warum muss es denn beides sein? Warum müssen wir trinken und vögeln?"

„Wir müssen nicht", sagte sie, „aber sie müssen. Wenn wir von ihnen nehmen, bedürfen sie unserer in einer Weise wie nichts zuvor. Trinken können sie nicht. Also sehnen sie sich nach dem Nächstbesten, der besten Art und Weise, das Leben zu bejahen. Ich denke, es ist wie Masturbation, ohne dass man zu einem Orgasmus kommt. Wozu soll das gut sein? Es ist nur frustrierend und macht uns unglücklich. Wir könnten nehmen und nichts zurückgeben, aber das wäre wirklich grausam."

Oh. Na gut. Wenn man es so sah ...

„Das ist alles sehr beunruhigend, die Zeit vergeht im Fluge und mein Heißwasserspeicher ist nicht allzu groß, also lass uns lieber beginnen. Und ich bin durstig, ganz recht, aber wenn du das für mich tust, dann schulde ich dir einen Gefallen. Einverstanden?"

Sie schaute mich an und tippte mit der Spitze ihrer kleinen, rosa Zunge nachdenklich gegen einen ihrer Schneidezähne. „Einen Kuss", sagte sie schließlich.

„Ach, Tina, ich habe es dir doch schon gesagt", jammerte ich, „das ist nicht mein Ding."

„In deinem früheren Leben sicher nicht. Aber Vampire müssen sich anpassen ... und nicht wenige von uns finden heraus, dass sie ... äh ... nach ihrer Auferstehung flexibler sind."

Das erklärte vieles. Wenn noch zwei Wochen zuvor eine fremde Frau versucht hätte, mir einen Kuss aufzudrücken, hätte ich sie mit meiner Handtasche geprügelt. Aber hier war ich, sehr, sehr nackt mit einer hinreißenden Frau und einem Typen, der auch nicht gerade hässlich war, und jeder der beiden hätte sich darum gerissen, mich zu vögeln. Und ich dachte tatsächlich daran, die Rolle des Belags in ihrem kleinen Sandwich zu spielen.

Das war alles sehr merkwürdig.

„Okay", sagte ich mit gespielter Zurückhaltung, „darüber reden wir später."

„Selbstverständlich", versicherte sie mir, „warte ich, bis wir ein wenig ... Zeit für uns haben."

„Weißt du eigentlich, dass diese Pausen, mit denen du und Sinclair eure Sätze beendet, einem regelrecht Angst machen können?"

„Warum sollten wir es sonst tun? Und wer, denkt Ihr, hat es ihm beigebracht?", fragte sie fröhlich. Sie wusch den letzten Rest Seife von Nicks Körper und winkte mich dann heran. Ich ließ meine Hände auf seinen Rücken sinken, griff dann seine Schultern, lehnte mich vor und biss ihn. Heißes, salziges Leben tropfte in meinen Mund. Nicks Körper straffte sich mit einem Ruck und verlor sämtliche Apathie, die ihn die ganze Nacht umhüllt hatte. Er versuchte sich zu drehen, um mich anzusehen, aber ich ließ ihn nicht.

„Hier bin ich", sagte Tina in einem süßen Singsang. Nick stürzte vor, hob sie hoch und fuhr in sie hinein. Ihr Rücken schlug gegen die Kacheln, und ihre Beine wurden gewaltsam nach oben und um seine Hüften gedrückt. Vor Schmerz gab sie einen Schrei von sich, und Nick begann so hart gegen sie zu stoßen, dass ich mich nicht mehr festhalten konnte.

„Mein Gott, tut er dir weh?" Ich war entsetzt. Ich wollte ihn schon von ihr wegziehen und ihn durch den Duschvorhang werfen, Opfer hin oder her.

„Das ist nichts."

Ich dachte daran, dass diese Frau, die sich nichts aus Männern machte, sich mir zuliebe durchvögeln ließ, während sie noch nicht einmal das Vergnügen hatte, sein Blut trinken zu können, um das Ganze angenehmer zu machen. Und das alles nur, weil sie wollte, dass ich trank. Was ich egoistische Kuh auch getan hatte.

Ich hätte aber nicht gedacht, dass er so grob wäre. So brutal und gedankenlos. Natürlich hatte er es auch bei mir versucht. Aber ich hatte es ihm mit gleicher Münze heimgezahlt – abgesehen davon mochte ich Männer. Aber Tina …

Nick griff sie bei den Oberschenkeln und zerrte sie weiter weg. Sie schrie auf.

„Alsso jetssst reichtssss“, sagte ich.

Ich begann, sie von ihm wegzuziehen, aber ihr scharfes „Nein, sonst ist alles umsonst gewesen“ stoppte mich.

Also hielt ich stattdessen ihre Hand. Sie drückte mich, immer fester, während Nick immer schneller zu seinem Höhepunkt kam. Dann war er fertig und brach zusammen, auf die Knie, schon halb bewusstlos. Ich fing Tina auf, als sie nach vorne fiel. „Das war es, Süße“, sagte ich und strich ihr eine feuchte Haarsträhne aus den Augen. „Das ist die letzte Rammelei, die du dir mir zuliebe antun musst.“

„Einverstanden.“

Wir stolperten zusammen aus der Dusche. Ich dachte sogar noch daran, die Dusche abzustellen, damit Nick nicht ertrank. Und trotzdem hätte ich ihn am liebsten durch eine Wand geworfen.

19

„Wir kommen mit“, sagte Jessica stur.

„Ganz sicher nicht“, sagte Sinclair höflich.

„Aber Partner kommen immer mit. Das ist die Regel. Außerdem will ich den Nachhilfekurs für Vampire erleben“, ergänzte Marc.

Dennis und Tina sahen erschüttert aus. „Das ist gegen alle Gesetze“, erklärte Tina. „Und … und …“

„Und es ist vollkommen unangebracht“, sagte Dennis beleidigt. „Wir sind doch keine Zirkusaffen, die sich ihre Verschnaufpausen erst verdienen müssen.“

„Das ist eine private Angelegenheit“, fügte Tina hinzu, „zwischen Ihrer Majestät und uns.“

„Um noch einmal auf diese Majestät-Sache zurückzukommen“, sagte Jessica, „ich meine, das Mädchen ist etwas Besonderes, kein Zweifel, und ich habe es immer gewusst.“

„Oje“, sagte ich.

„Sei still. Aber es war immer mehr ihre Persönlichkeit, die überzeugte, als irgendetwas anderes. Was macht sie zu eurer Königin? Intelligenz kann es nicht sein.“

„Haha, der ist wirklich gut … vielen Dank, blöde Kuh.“

„Süße, du hast die Weisheit eben nicht mit Löffeln gefressen, das ist einfach so. Das ist doch keine Schande.“

„Nur weil ich keinen IQ von 142 habe wie einige reiche Schlampen heißt das noch lange nicht, dass meine Arme beim Gehen auf dem Boden schleifen.“

Sinclair blickte finster drein. Und ich ebenfalls! „Ich kann euch versichern, dass sie nicht gewählt wurde. *Ich* hätte sicher nicht für sie gestimmt."

„Habe ich das Rundschreiben verpasst, das für heute den Wir-verarschen-Betsy-Tag angekündigt hat?", maulte ich.

„Ist ja nicht mein Fehler, wenn du nicht in deinem Postfach nachsiehst", gab Jessica zurück. „Also, Eric, was hat es denn nun mit unserer Queenie auf sich?"

„Komm bloß nicht auf die Idee, mich Queenie zu nennen. Das meine ich ernst!"

Sinclair seufzte. Das wirkte, denn ich wusste, dass er nur ganz selten ausatmete. „Das ist eine lange Geschichte und geht euch nichts an, sie kommt mit uns, gute Nacht."

Bei „gute Nacht" fielen Marc und Jessica wie nasse Säcke zu Boden. Ich sprang zur Seite, um nicht von ihren fallenden Körpern getroffen zu werden. „He, hörst du wohl auf, das mit meinen Freunden zu machen? Und *wie* machst du das? Weil nämlich das Osterfest mit meinem Vater und meiner Stiefmutter nicht mehr weit ist …"

Sinclair erschauerte, als ich das Osterfest erwähnte. „Darüber sprechen wir später. Kommt, Tina, Dennis."

„Gute Hunde, wau, wau", murmelte ich.

Sinclair warf sich den dösenden Nick über die Schulter wie einen Sack Mehl und trug ihn nach draußen zum Jaguar. Trotz meiner Proteste stopfte er ihn ohne Umstände in den Kofferraum, schlug den Deckel zu und setzte sich hinter das Lenkrad. „Kommst du?", fragte er höflich, während Tina und Dennis in den zweiten Wagen stiegen, einen roten Maserati. „Das glaubst du doch wohl selbst nicht", brummte ich und kletterte auf den Beifahrersitz. Der Nachbarshund kam zum Wagen gerannt, mit hängender Zunge und in eindeutiger Leckabsicht, aber ich schlug eilig die Tür zu. „Bekloppte Irre alle miteinander."

Sinclair hatte seine Knie bis auf Ohrenhöhe angewinkelt, und er sah wirklich traurig aus, während er nach dem Sicherheitsgurt tastete. „Du hast die ganze Inneneinrichtung verstellt“, beschwerte er sich und drehte und wendete den Rückspiegel. „Du siehst groß aus, hast aber anscheinend Beine wie ein Schnabeltier.“

„Du meine Güte, heul doch! Verklag mich, weil ich an das Gaspedal kommen wollte!“

Er startete den Motor und zuckte in seinem Sitz zusammen, als Rob Zombies „Living Dead Girl“ aus den Lautsprechern dröhnte. „Das ist nicht auszuhalten!“, schrie Sinclair vergeblich gegen den Lärm an. Er stürzte sich auf den Lautstärkeregler und drückte gereizt den Preset-Knopf. Sofort wurde der Wagen durchflutet von – Igitt! – den Tönen eines heiteren Streichquartetts.

„Bah“, kommentierte ich.

„Du nimmst mir das Wort aus dem Mund“, sagte er und rieb sich das Ohr. „Ich bitte dich, Betsy, du hast ein wesentlich schärferes Gehör gekriegt. Du musst die Lautstärke nicht bis zum Anschlag aufdrehen.“

„Bringen wir jetzt Nick nach Hause, oder zicken wir uns weiter an?“

„Ich habe beides vor“, sagte er ironisch und legte so rasant den Rückwärtsgang ein, dass der Schwung mich nach vorne schnellen ließ.

In null Komma nichts fuhren wir vor einem kleinen Ranch-Wohnhaus vor, von dem ich annahm, dass es Nick gehörte. Ich würde nicht fragen, wieso Sinclair wusste, wo Nick wohnte. Das gehörte zu den Dingen, die ich einfach nicht wissen wollte. Eigentlich wollte ich die *meisten* Dinge nicht wissen und musste sie mir trotzdem anhören.

Sinclair stieg aus, zog Nick aus dem Kofferraum, brachte

ihn ins Haus, vollführte dort irgendeinen Hypnose-Trick, den er für solche Gelegenheiten parat hatte, und ließ ihn anschließend schlummernd zurück.

Tina und Dennis verschwanden, was mich sehr beunruhigte. „Wir müssen Euch nicht zu dritt das Jagen beibringen", hatte Tina gesagt und gewunken, als sie und Dennis aus Nicks Auffahrt davonfuhren. „Viel Glück!"

„Lass mich nicht allein mit diesem Arschloch", schrie ich den davonfahrenden Rücklichtern hinterher. Dann: „Jagen?"

„Du hast es versprochen", sagte er mit seidiger Stimme. „Komm."

„Komm. Sitz. Platz."

„Ach ja, das wäre schön."

„Es gibt keine Vampire."

Ich blinzelte. „Äh … pardon, ich habe nicht zugehört. Hast du gerade gesagt, dass es uns nicht gibt?"

„Du musst zuhören. Wir sind ein Mythos, eine Legende. Folklore."

„Wie die Zahnfee", schlug ich vor, „mit Reißzähnen."

„Nein, ganz und gar nicht wie die Zahnfee, denn an die glauben viele Kinder."

„Hast du daran geglaubt?"

„Ich bin nie Kind gewesen", sagte er nüchtern. „Also, weil es uns nicht gibt, können wir auf einem Level operieren, der mit nichts sonst in der Natur vergleichbar ist. Es ist lebenswichtig, dass wir …"

„Hoho, Brauner, immer langsam. Nie ein Kind gewesen?"

Er antwortete nicht. Wir gingen durch ein Naturschutzgebiet ungefähr siebzig Meilen nördlich der Twin Cities. Ich konnte unzählige unterschiedliche Arten von Leben nur durch mein Gehör ausmachen – Eichhörnchen, Hirsche, Kaninchen, Fledermäuse, Käfer, Beutelratten, Schlangen –, es raschelte und kämpfte und kopulierte und fraß und starb, alles um mich herum. Es war so interessant wie anstrengend. Der Wald kribbelte vor Leben, und ich konnte es sowohl schmecken als hören.

„Ich war nie ein Kind", sagte er endlich, „weil das Leben für mich von Beginn an ein Kampf war. Ich brachte regelmäßig Fleisch auf den Tisch meiner Familie, bevor ich das Alphabet beherrschte."

„Wie das?"

„Ich war zu klein, um mit einem Gewehr umgehen zu können, daher lernte ich Fallen zu stellen. Fallstricke und Ähnliches. Und fischen konnte ich."

„Oh." Ich musste zugeben, ich war beeindruckt. Auch wenn ich mir Mister Schlüpfrig nicht als Kleinkind vorstellen konnte, das zum örtlichen Fischteich stapfte, mit einem Stab über der einen Schulter und einem Korb über der anderen.

„Was haben deine Eltern gemacht?"

„Wir waren Bauern."

„Echt?"

„Überrascht?"

„Nun. Ja. Ich meine ... du bist so ..." Schlüpfrig. Gebildet. Extravagant. Reich. Schlüpfrig. So gar nicht bäurisch. Hatte ich schlüpfrig schon erwähnt? „Du bist ... äh ..."

„Die Landarbeit", fuhr er fort, als suchte ich nicht immer noch nach Worten, „ist Knochenarbeit. Selbst heute noch, in diesem Jahrhundert."

„Woher weißt du denn, wie es in diesem Jahrhundert ist?"

„Ich besitze mehrere Farmen."

„Oh. Wie kommt's? Ich meine, ich habe eher das Gefühl, dass du mit all dem nichts mehr zu tun haben willst, und …"

„Nach dem Tod meiner Eltern war ich nicht in der Lage, um … ich hatte nicht die finanziellen Mittel, um … ich wollte die Farmen einfach haben. Punkt. Egal warum. Zurück zum Geschäft. Weil es Vampire nicht gibt, haben wir einige Freiheiten. Aber ob man diese Freiheiten auch nutzen kann, hängt ab von …"

„Aber es gibt uns doch", unterbrach ich. Ich wusste schließlich einen Hinweis zu deuten. Sinclair schien von unserem Gerede über Farmen aus dem Gleichgewicht gebracht. Wenn er das Thema wechseln wollte, war das okay für mich. Aber nicht, wenn er einen Haufen Unsinn von sich gab. „Hallo?! Wir gehen gerade im Wald spazieren, oder etwa nicht? So untot wie nur irgend möglich, oder?"

Sinclair seufzte. „Lektion eins: Vampire existieren nicht."

„Lektion eins stimmt nicht."

„Der Punkt ist, dass wir unseren Geschäften im Geheimen nachgehen."

„Warum?"

„Weil das die Regel ist."

„Aber *warum* ist das die Regel?"

Er hielt verärgert inne. „Also ehrlich, Elizabeth, diese Konversation kann ich auch mit einem Erstklässler führen."

„Das kannst du dir schenken. Du wolltest mir einen Nachhilfekurs geben, und ich war einverstanden. Und ich stehe zu meinem Wort. Aber das, was du mir beibringst, muss Sinn machen. Das ist *meine* Regel."

„Ja, und das sture Festhalten an deinen Regeln hat zur Folge, dass der mächtigste Vampir der letzten fünfhundert Jahre deinen Kopf auf einem silbernen Tablett kredenzt haben will."

Ich schmollte und trat gegen Haufen von Blättern auf dem Waldboden. Besserwisserischer Widerling.

„Wir – existieren – nicht. Wir besuchen nicht unsere Eltern. Wir kehren nicht in unsere Häuser zurück. Wir erklären keinen Fremden, dass wir Untote sind."

„Und aus diesem Grunde sind *wir* alle komplette Loser?"

„Darum", sagte er grimmig, „werden wir uns kümmern. Also, kommen wir zu Punkt eins: auf die Pirsch gehen."

„Oje, auf die Pirsch? Hörst du dich selbst reden?"

„Wie willst du denn sonst an etwas zu essen kommen?"

„Das war bisher kein Problem", sagte ich hoheitsvoll.

„Sag das mal deinem Detective-Freund."

Da hatte er mich. „Na gut", sagte ich sauer, „reden wir über die Pirsch."

„Wir atmen nicht und unsere Herzen schlagen nicht. Nicht oft jedenfalls. Also ist es erstaunlich einfach, sich an jemanden heranzuschleichen, ohne dass der es merkt."

„Richtig. Als ich in dem Begräbnisinstitut aufgewacht bin …"

„Die Geschichte musst du mir unbedingt einmal erzählen", unterbrach er mich geschmeidig. „Wie ich schon sagte, mit ein bisschen Konzentration und Übung kannst du dich an jeden anschleichen, sogar an einen anderen Vampir."

Dieser Gedanke munterte mich auf. Vielleicht könnte ich eines Tages, wenn ich mich geschickt anstellte, Sinclair auflauern und ihm seine Eier quetschen. „Also, wie geht das?"

„Siehst du den Hirsch?"

In der Tat, ich sah ihn. Ungefähr zwanzig Meter entfernt standen eine Hirschkuh und ein Jährling. Zu meinen Lebzeiten hätte ich sie weder gehört noch gesehen. Zum einen war es sehr dunkel, zum anderen standen sie gut versteckt im Unterholz.

„Jepp."

„Lass uns versuchen, näher heranzugehen. Versuche die Hirschkuh zu berühren, bevor sie dich bemerkt."

„Damit sie einen Herzanfall bekommt? Himmel, sie ist doch eine Mutter! Herzloser Widerling."

„Dann das Kitz", sagte er ungeduldig.

„Bambi Angst einjagen? Sinclair, ich schwöre, wenn du nicht ein Vampir wärst, würdest du in der Hölle schmoren."

Er legte eine Hand über die Augen und schwieg für einen langen Moment, die Lippen zu einem schmalen Strich gepresst. Die Pose kannte ich. Über die Jahre hatte ich sie schon bei meinem Vater, verschiedenen Lehrern und Chefs gesehen. Wahrscheinlich konzentrierte er sich mit aller Kraft darauf, mich nicht zu erwürgen. Tja, so war ich eben. Daran gewöhnte er sich besser bald.

„Außerdem", setzte ich hinzu, „kommt da jemand." Dem Lärmpegel nach zu urteilen war eine ganze Herde im Anmarsch. Das Geräusch raschelnder Blätter war so laut, dass ich mir die Ohren zuhalten wollte. Es klang, als würde ein Riese Reis-Crispies kauen. Und ihr Atmen war wie das Keuchen eines kurzatmigen Rhinozerosses. In Erwartung eines grässlichen Ungeheuers schaute ich mich ängstlich um.

„Halli-Hallo! Habt ihr euch verlaufen?"

Das grässliche Ungeheuer war der Förster, ein Mann in den Vierzigern. Er war ungefähr so groß wie ich, mit dünner werdendem blondem Haar und wässrigen blauen Augen. Für April wies er bereits einen hübschen braunen Teint auf, und er trug eine braune Uniform mit Schulterklappen, auf denen ich das Logo der *Minnesota Game and Fish Commission* erkannte.

„Wir gehen ein bisschen spazieren", sagte Sinclair schnell und schüttelte den Kopf, weil die Hirschkuh und ihr Kitz davonsprangen. „Junge Liebe, Sie wissen schon." Er legte einen Arm um meine Schultern und drückte mich an sich.

„Bah", sagte ich. „Ich meine, genau. Junge Liebe."

„Ich muss Sie auffordern zu gehen", sagte er streng. „Wir sind gerade dabei, einige Untersuchungen zu machen. Es heißt, dass ein oder zwei der Hirsche CWD haben."

„Chronic Wasting Desease, chronische Erschöpfungskrankheit?", fragte Sinclair. „Sind Sie sicher?"

„Nein, deshalb untersuchen wir es ja. Gehen Sie bitte jetzt weiter", sagte er freundlich.

„Guten Abend."

„Okay, tschüss", sagte ich und versuchte, Sinclairs Arm nicht allzu offensichtlich von meiner Schulter zu schütteln. Es war, als wollte man einen Ast entfernen.

Als wir außer Hörweite waren, zog ich ihn zur Seite. „Chronic Wasting Desease? Ist das nicht BSE für Hirsche?"

„Ja."

„Pfui! Und du wolltest, dass wir uns an wahnsinnige Hirsche anpirschen!"

„Die WHO sagt, es gebe keine Beweise, dass CWD auch Menschen infiziert, und erst recht keine Vampire."

„Netter Versuch, mein Lieber! Blut saugen und mich dann mit Vampirwahnsinn anstecken, das ist für diese Woche *so gar nicht* auf meiner Agenda. Nicht dass überhaupt irgendetwas von diesem Mist hier auf meiner Liste wäre", fügte ich leise hinzu.

„Ihr Blut saugen?" Sinclair hörte sich schockiert an. „Aber natürlich nicht!"

„Oho, sie waren dir gut genug, um ihnen aufzulauern und sie zu Tode zu erschrecken, aber nicht, um sie zu essen?"

Er erschauerte. Ich hatte gedacht, das könnte er gar nicht!

„Nein, nein. Die Tiere waren nur zur Übung gedacht. Und frag nicht warum, das weißt du sehr gut."

„Äh … nein, das weiß ich nicht." Wahrscheinlich war ich nicht so clever, wie er dachte. Mist! „Warum nicht von Tieren trinken? Das muss doch leichter sein. Und auf jeden Fall ist es weniger traumatisch. Für alle Beteiligten!"

„Ist dir denn nicht die … Wirkung … aufgefallen, den dein Mund auf Männer hat?"

Die Wirkung, die mein Mund … oh. Oh! Wenn er tatsächlich so sinnlich war und so stark anmachte, dann würde das arme, kleine Bambi, wenn ich es beißen würde, versuchen, über mich … „Oh."

„In der Tat."

„Igitt."

„Ja."

„Also nur Menschen, richtig?", seufzte ich.

„Ja. Aber keine Kinder."

„Nun ja … natürlich nicht!"

„Hauptsache, wir verstehen uns. Was für mich selbstverständlich ist, scheint dich oftmals zu überraschen."

„Wenn du denkst, dass ich ein Trottel bin, dann sag es doch gleich, anstatt um den heißen Brei herumzureden."

„Ich denke, du bist ein Trottel."

„Bitte?!" Wie konnte er es wagen? „Also ehrlich, kannst du nicht wenigstens einmal für fünf Minuten so tun, als wärst du nett?"

„Immer wenn ich versuche …äh … nett zu sein, handle ich mir eine gebrochene Rippe als Dank für meine Mühe ein." Er klopfte auf seine linke Seite.

„Das hast du verdient, weil du versucht hast, mich ohne meine Erlaubnis zu küssen. Und das, nachdem du mit *ihnen* zusammen warst."

„Da bin ich anderer Meinung. Ich war ganz einfach ein guter Gastgeber."

Während er mich auslachte, geriet ich ins Stottern: „Sinclair, du bist der schlimmste … der … oh, Mist, mir fällt nichts ein, was schlecht genug wäre. Wo zum Teufel steht der Wagen? Ich bin jetzt lange genug mit dir durch den Wald gelatscht."

„Da vorne. Hast du genau verstanden, was ich dir über das Blutsaugen gesagt habe?"

„Ja, ja, du musst nicht extra die Handpuppen herausholen. Ich habe alles verstanden." Ich sah das Auto, als wir aus dem Wald traten. „Es ist ja nicht so, als müsste ich mir darüber jede Nacht den Kopf zerbrechen", sagte ich, wieder besser gelaunt. „Noch nicht einmal die nächsten zwei Nächte."

Sinclair schüttelte den Kopf. „Das ist wirklich erstaunlich."

Ich war stolz auf mich.

„Das ist ein absolutes Novum und unverdient obendrein."

„Hör doch auf, du bist nur eifersüchtig. He, kann ich zurückfahren?"

„Selbstverständlich nicht."

„Bin ich die Königin oder nicht?"

„Königin magst du sein, aber die Grenze ist da erreicht, wo mein Auto ins Spiel kommt."

„Männer und ihre Spielzeuge …"

Ich kletterte auf den Beifahrersitz und schmollte den ganzen Rückweg über.

20

Ich wachte neben Sinclair auf und bekam den Schock meines Lebens. Zu allem Überfluss lag er auf der Seite, hatte den Kopf auf das Kinn gedrückt und beobachtete mich. Seine Brust war mit krausem schwarzem Haar bedeckt und sein …

„Guter Gott!“ Ich setzte mich auf und betastete mich von oben bis unten. Gott sei Dank war ich bekleidet. „Lass das! Was mache ich überhaupt hier auf diesem satinbezogenen Höllenbett?“ Ich robbte zur Bettkante vor. Wir lagen in der Mitte des gigantischen Bettes, dessen Laken erfreulicherweise gewechselt worden waren. Heute waren sie hellgrau, fast silbern.

„Ein Guten Abend auch dir.“ Er sah zu, wie ich mit der Grazie eines Nilpferdes aus seinem Bett kletterte. „Wie kommt es, dass du heute Morgen von der Sonne nicht kross gebraten wurdest?“

„Was? Das fragst du mich? Wie soll ich das wissen?“

Wir waren so schnell wir konnten zu Sinclairs Haus gefahren, trotzdem hatte die Sonne uns plötzlich überrascht. Ich machte mir keine Gedanken darüber. Hatte ich nicht die ganze letzte Woche mit geöffneten Vorhängen geschlafen? Und zeigte mein Schlafzimmer nicht nach Osten? Aber Sinclair flippte aus, als ich die Autotür öffnete.

„Woher hätte ich denn wissen können, dass ein unterirdischer Weg zu deinem Haus führt?“, grummelte ich, blinzelte mich selbst im Spiegel an und fuhr mir mit den Fingern durchs Haar. War mein Haar vielleicht gewachsen? Würde ich mir jemals wieder Sorgen machen müssen, ob ich einen Termin bei Simone bei *Le Kindest Kut* bekäme? Die Ansätze wirkten nicht dunkler. Wahrscheinlich sollte ich noch einmal zwei Monate abwarten.

„Betsy?"

„Was?" Würde ich jemals wieder rote Strähnchen ausprobieren können – die waren mal in gewesen, dann wieder out und jetzt wieder ganz trendy. Was, wenn schulterlanges Haar einmal richtig aus der Mode käme? Ein schrecklicher Gedanke! Ein unmoderner Haarschnitt, ein Leben lang, für die Ewigkeit! Das wäre fast so schlimm, wie in den 60ern als Vampir wiederzukehren und auf ewig mit dem Mary-Tyler-Moore-Look leben zu müssen. Dann schon lieber gepfählt.

„*Elizabeth*."

„Was?"

„Wir haben gerade darüber gesprochen, warum du letzte Nacht nicht verbrannt bist. *Versuche* doch wenigstens, dich zu konzentrieren."

„Und du beruhige dich, bevor dich der Schlag trifft. Was ist schon Großes passiert? Ich hatte halt geglaubt, dass das Sonnenlicht dir genauso wenig etwas ausmacht wie mir."

„Herzlichen Dank für die Klarstellung. Nur um sicherzugehen: Sonnenlicht macht dir nichts aus?"

„Du warst doch in meinem Schlafzimmer, Sinclair. Erinnerst du dich daran, dass es nach Osten zeigt? Und dass meine Vorhänge weiß und durchsichtig sind?"

„Ich nahm an, du würdest im Keller schlafen." Er betrachtete mich mit solcher Eindringlichkeit, dass ich fast den Drang verspürte, mich unter seinem Blick zu winden. „Bemerkenswert. Wirklich bemerkenswert."

„Nun ja. Wie dem auch sei." Ich hüstelte bescheiden. „Als

du den Wagen anhieltest, hatte ich nicht erwartet, dass sich der Eingang zu Bat-Höhle öffnen würde.“

Sinclair hielt seinen Arm hoch. Es war ein grelles Rot, fast hummerfarben. Bei seinem Griff nach mir hatte er sich böse verbrannt. Das war mir wirklich peinlich gewesen. Hier stand ich, blinzelte ins Sonnenlicht und gähnte. Dort war Sinclair, noch bleicher als sonst, und streckte seinen Arm aus dem dunklen Wagen nach mir aus wie einen haarigen Rettungsring. „Oh, na klar“, sagte ich langsam und dümmlich. War ich jemals so müde gewesen? „Die Sonne … sie brennt … oh, der Schmer z… oh, grausame Strahlen …“ Schnarch.

Sinclair räusperte sich und holte mich zurück in die Gegenwart. Ich starrte auf seine Brandwunde. „Das tut mir leid. Ich wollte nicht, dass du verletzt wirst. Es wäre nicht passiert, wenn du mich hättest fahren lassen, das ist dir doch klar?“

„Verbrennungen zweiten Grades sind ein geringer Preis, den ich zu zahlen bereit bin.“

„Ich wäre selbst wieder in den Wagen eingestiegen. Aber das Denken fiel mir schwer, ich war so furchtbar müde.“

„Und du warst furchtbar nahe daran, mich lebendig zu frittieren. Wie konntest du nicht wissen, dass dir das passieren würde?“ Sein Ton war sowohl ungeduldig als auch bewundernd. „Es war mir nicht klar, dass ich in der Morgendämmerung praktisch ohnmächtig würde“, maulte ich. „Normalerweise bin ich im Bett, bevor die Sonne aufgeht. Und dann macht es Puff, und eine neue Nacht beginnt.“

„Jetzt ist ein guter Zeitpunkt, um deine Lektionen zusammenzufassen.“

„Warum?“

„Weil du es versprochen hast.“

„Nein, ich meine, warum tust du das? Warum liegt dir so viel daran, mich zu unterrichten?“

„Weil“, sagte er einfach und erhob sich in einer fließenden Bewegung (ich war erleichtert, dunkelblaue Boxershorts zu sehen), „du die Regeln der Gemeinschaft kennen musst, die du regieren wirst, wenn du eine gute Königin sein willst.“

„Komm schon, diesen ganzen ‚Buch der Toten‘-Mist glaubst du doch selbst nicht, oder? Weil du mich nämlich so gar nicht wie eine Monarchin behandelst. Es würde dich übrigens kaum umbringen, es einmal zu versuchen“, fügte ich hinzu.

„Auch wenn ich bis letzte Nacht nichts von deiner privilegierten Stellung gewusst hätte, wäre mir spätestens dann ein Licht aufgegangen, als du gähnend in der Sonne gestanden hast, anstatt das zu tun, was ein normaler Vampir getan hätte, nämlich in Flammen aufgehen.“

„Ach, das war doch nichts“, sagte ich mit gespielter Bescheidenheit. „Aber warum hast du mich in dein Bett gesteckt? Das Haus muss doch über hundert Schlafzimmer haben.“

Langsam verzog sich sein Gesicht zu einem Lächeln. Es war, als ginge der Mond auf. „Ein Privileg des Gastgebers.“

„Perversling.“ Aber ich war verunsichert. Er sah wirklich verführerisch aus, verdammt! Absolut hinreißend – und er konnte durchaus ein braver Junge sein, wenn er wollte. Er hätte die Situation ausnutzen können, hatte es aber nicht getan.

Warum zum Teufel hatte er keinen Versuch unternommen? Waren die Mitglieder seines Harems hübscher als ich, oder hatten sie festere Schenkel? Er hätte es schlechter treffen können als mit der Königin der Untoten, vielen herzlichen Dank! Vielleicht war ja königliches Blut nicht gut genug für ihn? Aber die ehemalige Miss Charme *und* die ehemalige Miss Burnsville? Mochte er etwa keine Ex-Cheerleader? Jeder Mann in Amerika war scharf auf Cheerleader. Und ich war schließlich nicht nur ein Truppenhäschen gewesen, sondern die Choreografin.

„Betsy, ist alles in Ordnung? Du hast einen so seltsamen Ausdruck im Gesicht. Selbst für deine Verhältnisse."

Ich schüttelte die Gedanken ab. „Warum warst du vor mir wach? Und da wir schon einmal dabei sind: Warum bist du nicht im Auto eingeschlafen? Wir haben den Wald erst so spät verlassen."

„Ich habe mich um die Uhrzeit nicht geschert, da wir ja in Sicherheit waren, bevor die Sonne aufging."

„Aber warum bin ich dann eingeschlafen? Und du vor mir aufgewacht?"

„Wenn du mich nur ausreden ließest …" Er hörte auf zu reden und zog eine Augenbraue hoch. Ich glotzte. „Oh, du gehorchst. Was für eine angenehme Überraschung am frühen Abend." Er musste gehört haben, wie ich mit den Zähnen knirschte, denn er fuhr fort: „Es ist einfach so, dass ich ein bisschen älter bin als du. Wenn ich es nicht möchte, muss ich nicht den ganzen Tag ausruhen."

„Oh. Wird das bei mir eines Tages auch so sein?"

Er musterte mich von oben bis unten mit kritischem Blick. Ich zupfte meinen Pony gerade. „Absolut nicht. Manche müssen eben den ganzen Tag schlafen. Nostro zum Beispiel."

„Kein Grund, so selbstgefällig zu sein", sagte ich. Das war er nämlich durchaus. Denn obwohl ich mit Weihwasser hätte gurgeln können, gelang es mir nicht, lange aufzubleiben, und das freute ihn. „Also zurück zu deinen Lektionen. Gähn."

„Aber zuerst …“, Sinclair grinste breit wie eine Katze, „gibt es da ein kleines Problem, über das ich vor einigen Nächten beim Dinner gesprochen habe.“

Mir kam ein böser Verdacht, war also aufs Schlimmste vorbereitet. Ich ging zu einer Kommode beim Fenster, die so hoch war, dass sie mich noch überragte. „Ich weiß nicht, wovon du sprichst.“

Langsam kam er zu mir herüber. „Ich sagte damals, dass die Zeit käme, da du meine Hilfe benötigen und ich sie dir gewähren würde, vorausgesetzt, dass du etwas von mir in deinen Mund steckst.“ Seine Hände griffen nach meinen Schultern und drehten mich sanft um, sodass ich ihn ansehen musste. „Auch hier gilt selbstverständlich Damenwahl, aber ich hoffe wirklich, dass du dich … Was ist das?“

„Eines deiner Taschentücher“, sagte ich und schon hatte ich es aus der obersten Schublade gezogen, mir in den Mund gestopft, darauf herumgekaut und schließlich geschluckt. „Wo ist das Badezimmer?“, fragte ich mit belegter Stimme. „Ich glaube, mir wird schlecht.“

Er starrte mich lange an und brach dann in Gelächter aus. Er war kaum in der Lage, mir den Weg zum Badezimmer zu weisen, so sehr schüttelte es ihn. Fast hätte ich es nicht rechtzeitig geschafft.

Während Sinclair duschte, entschied ich, dass ich eine Tasse Tee wollte. Sinnlos, ich weiß. Tee würde sicher nicht meinen Durst löschen. Aber ich hasste es, an fremden Orten aufzuwachen, zusammen mit fremden Vampiren, ohne einen Eye-Liner zur Hand, und eine schöne heiße Tasse würde mir helfen, meine angespannten Nerven zu beruhigen. Allerdings hatte Sinclairs Wohnsitz die Größe des Weißen Hauses. Das war ein Problem. Ich ging immer der Nase lang und fand mich in einem Bad wieder, wo man grünen Tee in den Whirlpool tat, um den Körper von Antioxidantien zu befreien. Uuuhhh!

Ich ging zurück in den Flur und wäre fast über eine andere Frau gestolpert. Ich erkannte sie sofort, was mich überraschte, denn das letzte Mal, als ich sie gesehen hatte, war sie nackt und verschwitzt gewesen und hatte entschieden zu viel Spaß mit Sinclair gehabt.

„Oh", sagte ich lahm. Ich wusste nicht, ob ich ihr mitteilen sollte, dass ich sie wiedererkannte. Aber es war mir schon immer schwergefallen, bei Steuern, Gruppensex, Mord und solchen Sachen zu schummeln.

Abschätzend musterte sie mich. Eine Frau geht ganz anders vor als ein Mann. Eine Frau prüft dein Haar, dein Make-up, deine Kleider, deine Schuhe. Wenn du nackte Beine hast, schaut sie, ob du Krokodilshaut hast oder ob du mit Feuchtigkeitslotion umzugehen verstehst. Im Grunde will sie herausfinden, ob du ihr ebenbürtig bist.

Ein Mann prüft deine Brüste, dann dein Gesicht. Das mag unangenehm sein, ist aber ehrlicher.

„Hah", sagte sie und ließ ein Schnauben hören, das ich als ein Zeichen von Abscheu verstand. Das war es auch schon. Nur „Hah" und ein Schnauben.

Wie nett! Sie kannte mich noch nicht einmal! Die meisten Menschen redeten zwei- oder dreimal mit mir, bevor sie sich entschieden, mich nicht zu mögen.

Sie war eher attraktiv als hübsch im herkömmlichen Sinne. Sie hatte hohe Wangenknochen, eine offene Stirn, eine ausprägte Nase und tiefliegende, dunkle Augen. So dunkel, dass ich, wie bei Sinclair, die Iris nicht erkennen konnte. Bei ihm fürchtete man, in der Tiefe seiner Augen zu versinken, und das war Furcht einflößend. Bei ihr war es nur seltsam, etwa wie die Augen von Keanu Reeves. Sie war fünf oder sieben Zentimeter größer als ich und damit eine der größten Frauen, die ich je getroffen hatte. Unter ihrem roten Bademantel war sie nackt, und sie benötigte dringend eine Pediküre.

„Könnten Sie mir bitte sagen, wo ich die Küche finde?", fragte ich, als sie mich ausreichend gemustert und auch offensichtlich nichts weiter zu sagen hatte. „Ich versuche vergeblich, mich in diesem Haus zurechtzufinden, aber ..."

Ihre Nasenlöcher blähten sich. Und da sie, wie gesagt, eine ausgeprägte Nase hatte, war die Wirkung frappierend. Ich trat fast einen Schritt zurück. Als sie zu sprechen begann, war ihre Stimme überraschend tief und kehlig. „Aha. Weil ich eine Schwester bin, muss ich wissen, wo die Küche ist, oder was?"

„Ich dachte ..."

„Du dachtest, eine schwarze Frau, die um acht Uhr abends einen Bademantel trägt, kann nur die Küchenhilfe sein? Da liegst du falsch. Zu deiner Info, ich könnte keine Bratpfanne von meinem eigenen Arsch unterscheiden."

„Äh ... bedaure, das zu hören."

„Ich bin nicht *die Hilfe*. Ich bin die rechte Hand vom Boss, und ich weiß, dass du das weißt, denn ich weiß, dass du uns beobachtet und deinen Spaß gehabt hast."

Ich war platt. Niemals zuvor hatte man mir Ressentiments vorgeworfen. Wer mich kannte, wusste, dass Jessica meine beste Freundin war. Und wer Jessica kannte, wusste, dass sie cleverer, hübscher, dünner und reicher war als ich. Diesem Vergleich halte ich nicht stand. Wenn überhaupt, ging ich davon aus, dass Schwarze („Niemals African Americans", hatte Jessica mir beigebracht, „meine Großeltern kamen aus Jamaika!") cleverer und erfolgreicher waren als ich. Weil alle, die *ich* kannte, es auch tatsächlich waren.

Nachdem sie mich also verbal in Stücke gerissen hatte, wandte sich meine nette neue Freundin von mir ab, hielt aber im Schritt inne, als ich sie ansprach.

„Erst einmal", sagte ich und ich war wirklich sehr böse, also versuchte ich es leichthin zu sagen, „dachte ich, dass du weißt, wo die Küche ist, weil du anscheinend hier wohnst. Es sei denn, Bademäntel sind auf einmal ein trendy Abendoutfit. Was ich allerdings bezweifle, denn davon stand nicht eine klitzekleine Zeile in der aktuellen Vogue."

Sie öffnete den Mund, aber ich kam in Fahrt. „Nummer zwei: Euch dabei zuzusehen, wie ihr gegenseitig eure erogenen Zonen erforscht, war nicht meine Idee. Nicht dass es mir etwas bedeutet, was du mit Sinclair machst, aber damit anzugeben ist wirklich blöd. Ist es etwa eine Leistung, dass er dich besteigt? Du musstest sicher eine *sehr* harte Aufnahmeprüfung bestehen", sagte ich sarkastisch, „aber Titten hast du ja. Das wird gereicht haben."

„Wag es nicht, so mit mir zu sprechen", sagte sie trotzig und betastete den Gürtel ihres Bademantels.

„Wag *du* es nicht, so mit mir zu sprechen. Ich habe dir eine höfliche Frage gestellt, und du bist auf mich losgegangen. Wenn du deine Beine das ein oder andere Mal zusammenhalten würdest, vielleicht könntest du dann etwas an deinen Manieren arbeiten."

Ihr Arm schnellte nach oben, um mich zu schlagen. Kein Schlag mit der offenen Hand, wie ich erschrocken feststellte, sondern mit geballter Faust. Natürlich war ich tot und sie war ein Mensch, sodass es für mich aussah, als geschähe es in Zeitlupe. Aber es war dennoch beängstigend genug.

„Wag es ja nicht!", blaffte ich und schlug ihre Hand zur Seite wie eine lästige Fliege. Unglücklicherweise warf mein Schlag sie ungefähr einen Meter zurück. Ups. „Wenn du keine Unannehmlichkeiten haben willst, dann fang gar nicht erst damit an. Und noch eins: Wenn du noch einmal behauptest, ich hätte Ressentiments, werde ich dir deinen fetten Arsch versohlen. Wenn du ein Problem mit jemandem hast, der dich schlecht behandelt hat, dann wende dich an ihn."

Ich rauschte an ihr vorbei und marschierte den Flur hinunter. Für einen guten Kampf war ich immer zu haben, vorausgesetzt, ich hatte die richtige Munition. Aber ich wusste immer noch nicht, wo sich die Küche befand. So ein Mist! Zu allem Überfluss war ich so durstig wie nie. Ich hätte Wie-war-noch-gleich-dein-Name anknabbern sollen. Was sie dann wohl gesagt hätte?

Ich bog um die Ecke und hörte jemanden langsam und demonstrativ in die Hände klatschen. In der Tür zu einem Schlafzimmer stand eine weitere Dame aus Sinclairs Harem. Die war sogar angezogen. „Exzellent", sagte sie mit perfektem britischem Akzent. Ich liebe es, Briten zuzuhören. „Das hat Mitzi schon seit einer Weile gebraucht."

„Die Amazone heißt Mitzi?"

Sie lächelte verschlagen. Sie sah aus wie eine süße, kleine Elfe mit ihrem kurz geschnittenen blonden Haar, den himmelblauen Augen und dem kleinen Kinn mit Grübchen. Sie trug ein pinkfarbenes T-Shirt, das ihren Teint toll zur Geltung brachte, und wadenlange weiße Hosen. Ihre Zehennägel war in schimmerndem Rosa lackiert und sahen aus wie kleine Perlen. „Sprich du … Betsy."

„Na gut. Sag mal, du weißt nicht zufällig, wo die Küche ist, oder? Und die Frage ist nicht als Verunglimpfung deiner ethnischen Herkunft gemeint …"

„Dann komm mal mit mir mit." Sie hüpfte den Flur hinunter, und ich musste mich anstrengen, mit ihr Schritt zu halten.

„Ist das hier ein Rennen?“
„Oh, pardon.“ Sie verlangsamte ihr Tempo ein wenig.
„Also, ihr… ihr lebt in diesem Haus?“
„Mm-hmmm.“
„Magst du es?“
Sie sah mich überrascht an. „Was soll man denn daran nicht mögen? Du hast doch Eric Sinclair gesehen, oder?“
„Äh … ja, ja.“ Natürlich sah er ganz gut aus … aber war er nicht auch eines der Untiere? So wie ich übrigens auch? Warum sollte sie sein Appetithäppchen sein wollen? „Ich pflege Menschen nicht vorschnell nach ihrem Äußeren zu beurteilen, meistens zumindest. Aber du scheinst mir nicht der Typ zu sein, der gerne … äh …“
Sie lächelte und in ihren Augenwinkeln bildeten sich freundliche Lachfalten. „Eine verdorbene Schlampe, eine aus seinem Harem, sein Frühstück, Mittag- und Abendessen ist?“
„Nun ja. Ja.“
„Eric Sinclair hat mich gerettet. Ich weiß, der Anschein spricht dagegen, aber er fand mich auf der Straße. Ich habe meinen Lebensunterhalt auf den Knien in dunklen Seitenstraßen verdient. Er hatte einen weit besseren Vorschlag.“
„Oh. Oh!“ Wenn ich noch leben würde, hätte mein Gesicht jetzt die Farbe von Roter Bete gehabt. „Du siehst gar nicht aus wie eine … ich meine … du bist so …“
„Meine Mutter hat immer gesagt: Jeder wird in Gottes schöner Welt gebraucht.“
Ich hatte mich nie zuvor mit einer ehemaligen Prostituierten unterhalten. Und ich hatte so viele Fragen! Wie hoch war der Verdienst? Waren Zuhälter wirklich so böse wie in den Filmen? Gab es Zahnzusatzversicherungen? Konnte sie einen Polizisten von einem Freier unterscheiden? Hatte es

ihr je Spaß gemacht, oder war es immer nur Arbeit, Arbeit, Arbeit? Wurde eine Schwangerschaft von der Berufsgenossenschaft als Arbeitsunfall anerkannt?

Ich riss mich zusammen. „Meine Mutter sagt das auch immer. Nun, ich denke, was zählt, ist, dass du hier glücklich bist. Und dass das Essen gut ist. Der Rest geht niemanden etwas an."

Sie lachte. „Das Essen ist wundervoll. Und für mich ist es keine Last, Sinclair wohlgenährt zu halten."

Wir gingen jetzt eine Treppe hinunter, die aber nicht zur der mir bereits bekannten Eingangshalle führte. „Ja, Ja. Außerdem ist er angenehm anzuschauen, nichts Wildes. Kann ich eigentlich irgendwo eine Karte kaufen, um mich in diesem Haus zurechtzufinden?"

Sie lachte wieder. „Daran wirst du dich gewöhnen."

„Ach Gott, ich hoffe nicht."

Ihr Lachen erstarb so abrupt, als wenn jemand ein Radio ausgeschaltet hätte. „Du … ich dachte, du wärst ein Vampir."

„Das bin ich auch."

„Sag noch einmal Gott."

„Gott."

„Sag ‚O Jesulein süß, oh Jesulein zart'."

„O Jesulein süß, oh Jesulein zart."

„Sag das Vaterunser auf, bitte."

„Nur wenn du mir einen Keks gibst, wenn ich fertig bin. Vater unser, der du bist im Himmel, geheiligt werde dein Name, dein Reich komme, dein Wille geschehe …"

„Still!" Dennis schoss die Treppe hoch und traf uns in der Mitte. Seine Füße schienen den Boden kaum zu berühren, so schnell rannte er. Die Hände hatte er fest auf die Ohren gepresst. Seine Augen rollten, wie die eines tollwütigen Hundes. „Sei ruhig, Karen! Wenn du das tust, kann ich meine Arbeit nicht machen. *Hör auf, diesen verdammten Lärm zu machen!*"

„Das bin nicht ich, Dennis", sagte die, die ich für Karen hielt, und drückte sich mit dem Rücken gegen die Wand. Sie zuckte mit dem Daumen in meine Richtung. „Die da ist es."

„Oh." Langsam ließ Dennis seine Arme sinken. Er hatte sich schick gemacht, denn er trug schwarze Hosen, schwarze Socken und ein frisches, weißes Oxford-Hemd. Keine Krawatte, doch er schloss ohnehin alle Knöpfe bis zum Hals. „Oh, Ihr seid es."

„Tut mir leid", sagte ich.

„Ihr müsst Euch nicht bei *mir* entschuldigen, Majestät."

„Ich denke doch. Es schien, als träfe dich gleich der Schlag." Oder du würdest dir in die Hosen machen. Oder beides gleichzeitig. „Noch mal: tut mir leid."

„Mir tut es auch leid", sagte Karen schnell. „Ich dachte nicht, dass sie es tatsächlich tun würde. Oder vielmehr, dass sie es *könnte*." Sie drehte sich zu mir um. „Aber du bist doch ein Vampir!"

„Das sagt man mir immer wieder. Also, zurück zur Küche …"

„Richtig, richtig." Sie schüttelte sich wie ein Terrier. „Hier entlang."

Mit einem letzten misstrauischen Blick über die Schulter schlich Dennis davon. „Es tut mir wirklich leid", sagte Karen leise zu mir. „Noch nie habe ich einen normalen Menschen aufgefordert, das Vaterunser zu beten. Und an diesem Ort erst recht nicht."

„Tut es ihnen weh?" Ich sprach ebenfalls leise, auch wenn ich wusste, wie gut Vampire hören konnten.

„Tina sagte mir, es wäre so, als kratzten Metallnägel über

eine Kreidetafel. Mal tausend. Und sie hören es in ihrem Kopf, sodass es nichts nützt, wenn sie sich die Ohren zuhalten. Trotzdem versuchen sie es."

„Autsch!"

„Aber wie kannst du … wie kannst du die Worte aussprechen? Wie kannst du sie nur denken? Und was meinst du damit, wenn du sagst: Tut es ihnen weh? Du bist doch eine von ihnen!"

„Das ist allen ein Rätsel", sagte ich ein bisschen stolz. Warum auch nicht? Ich war ein Rätsel, eingewickelt in ein Mysterium und garniert mit Big-Mac-Geheimnissoße. „Sinclair versucht es zu lösen. Deswegen bringt er mir bei, was es heißt, ein Vampir zu sein."

„Sieht aus, als wärst du diejenige, die ihn unterrichten sollte", sagte Karen und errötete dann bis zu den Haarwurzeln. „Das hast du nicht gehört, okay?"

„Was denn?"

„Danke."

Wir durchquerten noch einige Flure und gingen durch mehrere Schwingtüren, bis wir endlich, endlich die Küche erreichten. „Na endlich", beschwerte ich mich. „Wenn ich noch leben würde, wäre ich jetzt verdurstet."

Karen räusperte sich. „Ach ja, dazu …äh … brauchst du … soll ich jemanden holen?"

„Süße, das Einzige, was du mir holen sollst, ist ein Teekessel."

Sie sprang zu einem der Küchenschränke, wühlte darin herum und zauberte eine leuchtend rote Kanne hervor, eine von der Sorte, die wie am Spieß schrie, wenn das Wasser kochte.

„Danke." Ich legte die Strecke zum Waschbecken zurück – ungefähr sechs Meter, denn Sinclairs Küche war größer als das ganze Erdgeschoss im Haus meines Vaters – und füllte die Kanne mit Wasser. „Möchtest du auch Tee?"

„Lass mal sehen …" Sie wühlte erneut in einem der Schränke. „Ja, ich glaube schon. Heute gibt es Teeblätter, keine Beutel."

„Was stimmt denn nicht mit Beuteln? Ach ja, richtig, du bist ja Britin! Beim Tee seid ihr wählerisch", kicherte ich.

„Nun ja, das bin ich tatsächlich! Das Zeug in den Beuteln ist ungenießbar. Das sind nur Reste, musst du wissen. Die guten Blätter tun sie in Dosen und der Staub, der übrig bleibt, kommt in die kleinen Beutel!"

„Komm mal wieder runter. Dose oder Beutel, das ist mir egal. Aber um ehrlich zu sein, ich hasse es, wenn die kleinen Blätter in meinem Tee schwimmen. Einige finden immer ihren Weg aus dem Tee-Ei. Was, wenn ich mich übergeben muss?", fügte ich besorgt hinzu.

„Übergeben?"

Ich nickte mürrisch und erklomm den Stuhl an einem Küchentisch von der Größe einer Schlachtbank für Großvieh. Großes Großvieh. „Wenn ich feste Nahrung zu mir nehme, muss ich kotzen. Kein hübscher Anblick." Ich vergrub das Gesicht in meinen Händen. „Das fällt mir jetzt erst auf! Dessert! Keine Crème brulée mehr! Kein Schokoladenkuchen, keine Eiscreme. Schluss mit Zabaglione mit Himbeeren, Cookies mit Schoko-Crisps, Sahnetorte! Ich fange gleich an zu heulen."

„Bitte nicht", sagte Karen ängstlich. Sie nahm mir den Teekessel ab, mit dem ich in meiner Aufregung herumgefuchtelt hatte, und ging zum kleinsten der zahlreichen Herde (mit nur acht Gasflammen). Sie drückte auf einen Kopf, und eine blaue Flamme schoss hoch. „Sei mir nicht böse, aber … darüber machst du dir jetzt gerade Sorgen?"

„Lass mich doch in Ruhe! Ich bin erst … äh … welcher Tag ist heute? Vor einer Woche bin ich erst gestorben.“

Ich hörte ein Knallen, dann ein Krachen. Sie hatte den Kessel fallen gelassen. „Du bist … du bist gerade erst auferstanden?“ Sie wich tatsächlich vor mir zurück! „Aber du bist nicht … du müsstest dich auf mich stürzen. Ich … ich kann nicht hier in deiner Nähe bleiben. Tut mir leid, du scheinst ganz nett zu sein, aber …“

„Hör sofort damit auf“, schnappte ich. „Dein Gestammele à la Hugh Grant macht mich nervös. Ich werde dich nicht beißen. Und ich bin nicht durstig. Okay, meinetwegen, vielleicht bin ich es ein bisschen. Aber ich habe es unter Kontrolle. Wirklich. Das habe ich. Sonst wäre ich doch schon über Mitzi im Flur hergefallen, oder?“

Karen drückte sich gegen die Wand am anderen Ende des Raumes. Ich konnte sie kaum sehen. Blöde Riesenküche. „Na ja, dann … und du bist schon irgendwie interessant.“ Sie zwang sich zu einem Lächeln. „Und ich habe mein Kruzifix nicht dabei.“

„Das würde dir ohnehin nichts nutzen“, sagte ich entschuldigend. „Die kann ich nämlich berühren. Wahrscheinlich könnte ich sie sogar essen. Kein Problem. Ich trage sogar selbst eins.“

Jetzt wagte sie sich aus ihrer Ecke heraus. „Echt? Du kannst deinen Appetit kontrollieren und Kruzifixe tragen?“

„Hatten wir das Thema nicht schon abgehakt? Deine Aufmerksamkeitsspanne ist so klein wie deine Füße. Was soll ich sagen? Ich bin ein Rätsel, eingewickelt in ein Mysterium und garniert mit …“

„Nichts davon stimmt. Aber wer bist du?“ Jetzt stand sie ganz nah vor mir – musste die Küche rasend schnell durchquert haben – und starrte mir ins Gesicht.

Ich zuckte mit den Schultern. „Ich bin … nur ich, nehme ich an. Nur Betsy. Oder das, was ich immer gewesen bin."

„Ich glaube nicht, dass wir einander vorgestellt wurden. Ich bin Karen Helmboldt." Vorsichtig reichte sie mir ihre Hand und erwartete wohl, dass ich hineinbiss. Aber ich schüttelte sie nur kurz.

„Schön, dich kennenzulernen."

„Ebenso – glaube ich."

Während ich noch über ihre Antwort lachte, hatte sie sich gebückt, den Kessel aufgehoben, wieder gefüllt und auf den Herd gestellt. Dann fand sie ein Handtuch und wischte das Wasser auf dem Boden auf. Dabei behielt sie mich die ganze Zeit über scharf im Auge. „In jedem Fall war es sehr interessant, dich kennenzulernen. Hier war es einfach zu ruhig in letzter Zeit. Du bist das Originellste, was mir seit … äh …"

„Wirklich ganz schön ruhig hier, was?"

„O ja, Gott sei Dank", sagte sie feierlich. Dann zuckte sie zusammen. „Tut mir leid! Oh, nein … *das* tut mir leid! Ich vergaß …"

„Himmel, beruhige dich. Ich dachte immer, ihr Briten seid allzeit entspannt und locker."

„Nicht an Tagen wie diesen", sagte sie trocken.

21

Nach dem Tee bat ich Karen, mir die Bibliothek zu zeigen. Nicht dass ich ein Bücherwurm gewesen wäre, aber ich wollte wissen, welche Art von Büchern Sinclair so herumliegen hatte. Und wenn er Geschichtsbücher besäße, würde ich versuchen, ihn oder Tina oder Dennis darin zu finden. Oder Nostro. Kenne deine Feinde, heißt es doch so schön, selbst wenn der Feind eine alte Zicke mit Bierbauch ist. Oder sagte man in diesem Fall Blutbauch?

Überraschung, Überraschung – die Bibliothek kam direkt aus einem Katalog des neunzehnten Jahrhunderts. Dunkle Wände, ein dicker, weinroter Teppich, in den ich bis zu den Knöcheln einsank, Mahagonimöbel und zahllose Bücherregale. Der Tisch war so groß, dass daran drei Leute bequem arbeiten konnten, ohne dass sich ihre Ellbogen je berührt hätten. Lächerlich! Wenn ich nicht mit Sicherheit gewusst hätte, dass Sinclair nichts, aber auch gar nichts kompensieren musste, hätte ich mir meine Gedanken gemacht.

An der Wand hinter dem Tisch hing ein gerahmtes Foto. Die darauf abgebildeten Männer hatten Sinclairs unergründliche Augen, doch einer von ihnen war ein Teenager und der andere ein Mann in den Fünfzigern. Die Frauen waren klein und zierlich, mit dunklem Haar und mandelförmigen Augen, und da das Foto in Schwarzweiß war, konnte ich die Augenfarbe nicht erkennen. Nur das Mädchen lächelte. Es war ungefähr dreizehn Jahre alt. *Das ist seine Familie,* dachte ich. *Seine Eltern und seine Schwester. Alle tot. Ich frage mich, ob er wohl, als das Foto gemacht wurde, damit gerechnet hatte, dass er das einundzwanzigste Jahrhundert erleben würde.*

Es war das einzige Foto im Raum.

Ich fuhr mit dem Finger über die Buchrücken auf den Regalen. Shakespeare. Selbstverständlich. Die ganze James-Herriot-Reihe. Das war nicht so selbstverständlich. Ich hätte Sinclair nicht für jemanden gehalten, der es sich mit einem Buch über einen Tierarzt in Yorkshire gemütlich machte. Andererseits war er auf einer Farm aufgewachsen.

Die Wand hinter dem Tisch war komplett mit CD-Regalen bedeckt. Ich machte mir nicht die Mühe, sie näher zu untersuchen, denn nach der Erfahrung im Auto letzte Nacht hatte ich wenig Hoffnung.

Ich wandte mich den Büchern zu. Eine Kollektion ledergebundener Enzyklopädien roch fantastisch, von Aalfischerei bis zytotoxisch. Atlanten. *The Geography of the World* in 32 Bänden – Copyright 1922. Ein Globus in der Ecke neben dem Fenster. Ich fragte mich, ob dies auch so ein lustiger war, wie mein Vater ihn besaß. Der ließ sich nämlich öffnen und wurde dann zur Bar. *The Canterbury Tales*, igitt … so alt war selbst Sinclair nicht. Dantes *Inferno* – was für ein Schauerroman!

Und was war das? Im mittleren Regal fand ich ein ganz eigenes Genre: *Zurück vom Tode; Große Vampire in der Geschichte; Unter Untoten; Menschen verstehen – ein Führer für Vampire; Kirche und Untote: Eine Geschichte; Tot – na und?*

Ich zog *Große Vampire in der Geschichte* hervor und sah sofort, dass es sehr zerlesen war. Es öffnete sich an einer augenscheinlich oft markierten Seite, und ich erkannte ein schlechtes Foto von Nostro, der mich finster anstarrte. Fast hätte ich das Buch fallen gelassen.

Nostrodamus, auch bekannt als Frederick O'Neill, geboren: 14. Februar 1627, Geburtsort: London, England, Todesdatum: 26. Dezember 1656.

Ach du meine Güte! Der alte Nostro war ein Valentins-Baby. Wie süß. Geboren an Valentin, gestorben zwei Tage nach Heiligabend. Puh. Sein Name war Fred? Ich wusste es! Kein Wunder, dass er ihn so schnell geändert hatte. Und wo war sein britischer Akzent? Vielleicht hatte er ihn nach zweihundert Jahren in Amerika verloren.

Das Buch wog eine Tonne und war mindestens achtzehn Zentimeter dick. Ich setzte mich bequemer und las weiter.

Aufgrund der dürftigen Quellenlage und seiner Zurückgezogenheit weiß man wenig über Nostrodamus und sein Leben. Seit seinem Tod sind seine Heldentaten allerdings bemerkenswert, als da wären:

Der Aufstand der Untoten von 1658. Nach einer vernichtenden Niederlage gelang es Nostrodamus, sechstausend Vampire in kürzester Zeit hinter sich zu sammeln. Wenn nicht die Hilfe und Intervention der katholischen Kirche gewesen wären, hätten die Vampire mit Sicherheit London einnehmen können.

Nach nur zwei Jahren Tod führte er bereits einen Aufstand an? Ehrgeiziges kleines Arschloch.

Das Maypole-Massaker von 1660. Wieder war Nostrodamus von der Kirche geschlagen worden, jedoch nur unter empfindlichen Verlusten. Doch er hatte aus früheren Fehlern gelernt, und in einem Geniestreich nahm er der Stadt die Kinder…

Ich blätterte um. Nein, danke. Das wollte ich nicht wissen.

Der Plymouth-Aufstand, 1700. Nach einer Reise im Frachtraum eines Seglers Ihrer Majestät Queen Elizabeth I *in die Neue Welt fasste Nostrodamus schnell Fuß in der Kolonie von Massachusetts Bay. Dieses Mal herrschte er sechsundfünfzig Jahre lang über die Stadt, bevor er von Siedlern und Eingeborenen verjagt wurde, die Plymouth während des Tages anzündeten und alle Überlebenden in der darauffolgenden Nacht pfählten.*

Es ist das erste Mal, dass eine Allianz von Eingeborenen und Siedlern gegen Vampire in den Schriften erwähnt wird. Um zu entkommen, opferte Nostrodamus die meisten seiner Gefolgsleute. Er ließ sie zurück, damit die Einwohner der Stadt sie …

Ich schloss das Buch mit einem Knall. Himmel, der Typ gab wohl niemals auf. Ein Angriff nach dem anderen, und er scherte sich nicht darum, wer verletzt oder getötet wurde. Er würde alles tun, um sein Territorium zu bewahren.

Aber er war weitergezogen. Und tat es immer wieder. Allerdings erst nach einer Niederlage. Jetzt hatte er sich hier verschanzt und würde sich wohl kaum verziehen wollen, um woanders sein Glück zu versuchen. Schade.

Und er war böse auf mich. Warum nur? Ich hatte ihn doch nur ausgelacht. Und war nicht auf schreckliche Art und Weise gestorben. Und hatte ihn vor seinen Gefolgsleuten beleidigt. Und war dann entkommen.

„Faszinierende Lektüre, oder?“

Fast hätte ich das Buch auf meinen Fuß fallen lassen. Sinclair stand in der Tür und sah umwerfend aus, in schwarzen Hosen, dunkelblauem T-Shirt und schwarzen Schuhen. Sein Haar war noch feucht von der Dusche und er roch vage nach frischem Blut. Als ich ihn scharf ansah, sagte er schnell: „Ich habe Mitzi getroffen, als ich aus der Dusche kam. Ihr habt euch kennengelernt, wie ich gehört habe.“

„Aber ja, da hast du dir ja ein richtiges Schätzchen geangelt. Lass sie bloß nie wieder gehen.“

„Sie hat Angst“, sagte er in amüsiertem Ton. „Als sie sich mit dir anlegte, wusste sie nicht, wer du bist. Ich hatte alle Hände voll zu tun, sie zu beruhigen.“ Ich zog es vor, auf diese alberne Vorlage nicht zu antworten. „Der macht nichts Angst. Woher kommen alle diese Bücher? Von einigen habe ich noch nie etwas gehört.“

„Nun“, sagte er mit unbewegter Miene, „Shakespeare war ein berühmter Dichter, der im Jahre …“

„Den kenne ich, Blödmann. Ich meine die Ratgeber-Bücher für Vampire.“

„Glaubst du denn, mit dem Leben verlören wir auch unsere Kreativität, unseren Wissensdurst?“

„Nein, das denke ich nicht. Also gibt es Vampir-Verlage?“ Ich kicherte.

„Ja.“

Ich hörte auf zu lachen. „Oh. Kann ich mir ein paar Bücher ausleihen? Mein ganzes Wissen habe ich aus der Belletristikabteilung der Bücherei und dem Kino.“

Ich sah, wie ihm ein Schauer den Rücken herunterlief. „Bitte. Bediene dich. Ich bestehe darauf.“

„Super“, sagte ich und griff nach einigen Büchern. „Und jetzt muss ich gehen.“

„Du hast mir dein Wort …“

„Das weiß ich! Hör auf, darauf herumzuhacken. Aber letzte Nacht haben wir die Pirsch abgehakt …“

„Wohl kaum.“

„Und jetzt habe ich Hausaufgaben zu erledigen. Komm schon, lass mich das doch lesen. Morgen Nacht komme ich wieder, und du kannst mich abfragen.“

„Wirklich? Gibt es auch Strafen für falsche Antworten?“

„Äh …“

„Küsse?“

„Nur über meine Leiche.“

„Das dürfte kein Problem sein.“

„Habe ich schon erwähnt, dass ich solche Wortspielereien hasse? Ich gehe“, sagte ich kurz und wollte an ihm vorbei zur Tür. Der sture Kerl wich keinen Zentimeter, noch nicht einmal, als ich ihm mit meinem ganzen Körpergewicht in die Seite stieß. Also musste ICH mich grunzend an ihm vorbeischlängeln und wusste, dass er lächelte.

„Oh, und ich muss mir übrigens dein Auto ausleihen“, rief ich über die Schulter hinweg und sah zu meiner Freude, dass ihm das Grinsen aus dem Gesicht fiel.

Ich schaltete herunter und nahm die Kurve im dritten Gang. Der Wagen kam ins Schleudern, und ich kämpfte mit dem Lenkrad, bis er wieder geradeaus fuhr. Das Röhren des Motors – tatsächlich war das Auto so teuer, dass es eher ein Schnurren war – klang wie Musik in meinen Ohren.

Freiheit, süße Freiheit! Auf Wiedersehen, Sinclair. Bis bald, Tina. Tschüssi, Dennis, Mitzi und Karen. Na ja, vielleicht nicht Karen.

Eine Hand auf dem Lenkrad, die andere bis zum Ellbogen im CD-Fach, tastete ich, fühlte und zog. Der Soundtrack von Amadeus. Nein, danke. Ich nahm meine Hand lange genug vom Steuer, um das Fenster zu öffnen und Mozart an die frische Nachtluft zu befördern.

Beethoven: Konzert für Violine. Nicht für mich. Ich schob die CD zurück. *Sentimento*, Andrea Boccelli. Wer zum Teufel war die denn? Zurück damit. Mahler, Symphonie Nummer fünf. Die war sicher auch nicht besser als Nummer eins bis vier … schnief! *Chopin: Vierundzwanzig Etüden.* Et tu, Chopin? Auch du machst Bekanntschaft mit der Straße.

Wen musste ich denn beißen, um etwas Ordentliches zu hören zu bekommen? Und warum hatte ich mir einen Wagen ausgesucht, der ein CD-System auf dem neuesten Stand besaß, aber *kein verdammtes Radio?* Blöder Sinclair. Selbst wenn er nicht so schrecklich arrogant gewesen wäre, hätte ich ihn allein für seinen Musikgeschmack in den Hintern treten wollen.

Blinkende rote Lichter in meinem Rückspiegel erinnerten mich daran, dass es schlimmere Dinge gab, als in Sinclairs Mercedes mit lausigen CDs festzusitzen. Wenn man nämlich zum Beispiel um halb zehn abends in einem Auto, das nicht das eigene ist, ohne Führerschein von der Polizei angehalten wird. Ich fuhr rechts ran, so langsam und vorsichtig, wie ich nur konnte – toller Trick, wo ich doch vorher mit über hundertzwanzig gebrettert war –, und richtete hektisch meine Ponyfransen, während der Bär näher kam. Der Gouverneur von Minnesota mochte ja das Budget des Staates weiter herunterkürzen, aber es schien immer noch genug Staatspolizei unterwegs zu sein, um mich zu ärgern. Krankenschwestern wurden überall gefeuert, aber Polizisten gab es immer noch wie Sand am Meer – wenn das nicht unfair war?

Mehr Krankenschwestern, weniger Strafzettel – das ist mein Motto!

Vor meiner Tür hielt er an und beugte sich ein wenig herunter, um in den Wagen zu sehen. Ich schenkte ihm ein breites Lächeln. Und da kam sie schon, die dumme Frage Nummer eins:

„Guten Abend, Ma'am. Wissen Sie, wie schnell sie gefahren sind?"

Aber nein! Auch wenn ich die Frau am Steuer war, keinen Beifahrer hatte und die Geschwindigkeitsanzeige vor mir eine leuchtend runde Scheibe war, hatte ich keine Ahnung. Fünfundzwanzig Meilen? Dreißig?

„Es tut mir leid, Officer. Ich hatte es eilig, nach Hause zu kommen. Ich glaube, ich habe nicht richtig aufgepasst." Klimper, klimper. Diese Nummer hatte eine fünfundsiebzigprozentige Chance auf Erfolg, vor allem wenn ich meinen wildledernen Minirock anhatte: Hoppla, ich Dummerchen, das passiert mir heute zum ersten Mal, können Sie mich nicht einfach laufen lassen, Sie großer, starker Mann?

Er stand immer noch vornübergebeugt und starrte mich an. Ich versuchte der dummen Frage Nummer zwei zuvorzukommen. „Ich fürchte, ich habe meinen Führerschein zu Hause vergessen. Und die Fahrzeugpapiere habe ich auch nicht. Dies ist gar nicht mein Auto. Es gehört ..." Wem? Meinem freundlichen Feind? Nemesis? Dem Arschloch vom Dienst? Meinem untoten Quälgeist? Dem Widerling mit dem peinlichen Musikgeschmack? „... äh, ich habe ihn nur geborgt."

Der Polizist machte ein dämliches Gesicht und lächelte mich süß an. „Sie sind niedlich."

Jawohl! Post mortem schien die Masche hundertprozentig zu funktionieren!

Zum ersten Mal wurde ich mir darüber klar, welche Möglichkeiten ich in Zukunft haben würde. Wenn man von mir erwartete, dass ich der Schokolade entsagte, musste es schließlich auch eine Entschädigung geben. Geschwindigkeitsbegrenzungen galten ab jetzt für mich nicht mehr!

„Niedlich", sagte der Polizist, für den Fall, dass ich es beim ersten Mal nicht verstanden hatte. Als ob ich das hätte können! „Sie sind richtig niedlich. Hmmmm."

„Danke. Kann ich jetzt gehen?"

„Ja-ha."

„Okay."

Er rührte sich nicht. Ich hatte Angst, dass ich ihm über die Zehen fahren könnte, daher befahl ich: „Gehen Sie bitte zurück. Steigen Sie in Ihren Wagen. Stellen Sie heute Nacht keine Radarfallen mehr auf."

Und er gehorchte aufs Wort.

22

Ich stolperte in mein leeres Haus. Natürlich war ich stark genug, die Bücher zu tragen, aber ich hatte sie so ungeschickt gestapelt, dass ich kaum sehen konnte, wohin ich trat.

Ich ließ die Bücher auf meinen Couchtisch poltern. Das dünne Gestell erzitterte, brach aber glücklicherweise nicht zusammen. Dann ging ich in die Küche.

Um mich von meinem quälenden Durst abzulenken, brauchte ich mehr Tee. Die meiste Zeit gelang es mir, ihn zu ignorieren, aber jetzt wurde es immer schwerer. Wann hatte ich das letzte Mal Blut saugen können? Sicherlich war das schon zwei Nächte her. Irgendwann musste ich nachgeben und endlich etwas zwischen die Zähne bekommen. Vielleicht würde ich einfach warten, bis es noch dunkler wurde, dann einen Spaziergang unternehmen und mich ausrauben lassen.

Am Kühlschrank hing ein mit Marinarasoße beschmierter Rezeptzettel, auf den eine Notiz gekritzelt war. Marc weigerte sich standhaft, Servietten zu benutzen. Unglaublich, er sah so proper und gepflegt aus und war solch ein Ferkel. Ich hatte gedacht, dass Schwule gar nicht unordentlich sein *durften*.

Ich trat näher und las:

Hallo, verehrte Vampirkönigin. Hoffe, der Nachhilfekurs mit Wie-heißt-er-noch-Mal ist gut gelaufen. Wenn er dir dumm kommt, übernehme ich ihn gerne. Jessica kommt

spät, sie arbeitet heute Abend im Foot. Und ich habe diese Woche Nachtschicht. Im Kühlschrank brauchst du gar nicht erst nachzuschauen, wir haben die ganze Milch leer getrunken. Vielleicht bringe ich ein paar Patientenakten mit, die wir uns angucken können. Hungrig?
M.

Marc hatte es faustdick hinter den Ohren! Er hatte seinen Plan, eine Art Bürgerwehr der Untoten zu gründen, noch nicht aufgegeben. Und beim jetzigen Stand der Dinge war das noch nicht einmal der schlechteste Plan, wie ich zugeben musste. Wenn die Sache nur nicht mit so viel krimineller Energie verbunden gewesen wäre! Und einmal von mir gebissen, würden sie mit hoher Wahrscheinlichkeit langsam zu Tode siechen. Auch das gefiel mir nicht recht.

Und warum gab es keine Milch mehr? Verdammt, ich hasste Tee ohne Milch, oder zumindest Sahne.

Gerade trank ich meine dritte Tasse Tee ohne Milch und war ganz vertieft in meine Lektüre von *Kirche und Untote: Eine Geschichte*, als Jessica hereinkam und mich auslachte. Daran war ich gewöhnt. Ich lümmelte mich auf der Couch in meinem Sushi-Pyjama, an den Füßen Pantoffeln in der Form von Monstertatzen. Der Couchtisch war unter Büchern begraben, und im DVD-Player lief *Vom Winde verweht*. Der beste Film der Welt!

„Gemütlich?", grinste sie. Sie warf ihre Schlüssel in eine Schale neben dem Telefon und ließ ihre Aktentasche in eine Ecke fallen, in der sie morgen früh eine halbe Stunde nach ihr suchen würde.

„Hausaufgaben", sagte ich düster. „Wenn ich nicht tot wäre, hätte ich jetzt schlimme Kopfschmerzen."

„Was zum Teufel liest du da?"

„Hör dir das mal an: Per definitionem sind Kirche und Untote dazu verurteilt, in Feindschaft miteinander zu leben. Siehe Index VII, XXIII und XVII. Ich verbringe so viel Zeit damit, die blöden Fußnoten nachzuschlagen, dass ich gar nicht mehr weiß, was ich hier eigentlich lese."

Sie kam zu mir herüber und starrte die Folianten an. „Jesus", sie hörte sich beeindruckt an, was selten genug war, „was sind das für Bücher?"

„Supergeheimes Vampirzeug. Anscheinend gibt es untote Künstler, Autoren, Banker, Kammerdiener … blablabla. Und nachdem sie tot sind, machen sie eben solches Zeug hier. Vielleicht gibt es auch eine Bestsellerliste für Untote?"

„Wie lange sitzt du schon daran?"

„Eine endlose halbe Stunde! Ich brauche dringend eine Pause."

„Das trifft sich gut. Ich habe normalen anstatt entkoffeinierten Kaffee getrunken und bin hellwach. Lass uns etwas unternehmen."

Ich zuckte mit den Achseln. Eigentlich war ich nicht der typische Partygänger. Aber vielleicht war es nun an der Zeit, das zu ändern.

„Ach, komm schon", bettelte Jessica. „Wir haben schon lange nichts Lustiges mehr unternommen, nur wir beide, seit du … du weißt schon."

Seitdem ich gestorben war. Richtig. „Na gut." Ich stieß das Buch zur Seite und fuhr zusammen, als es auf den Teppich krachte. „Läuft heute etwas Gutes im Hype?" Das Hyperion war ein Kino, in dem die ganze Nacht hindurch Filme liefen. Der Eintritt war preiswert, denn es waren Filme, die bereits acht Monate zuvor gestartet waren. Oft wurden sie zusammen mit dem Start der DVD gezeigt. Und es war lustig, Vorschauen für Filme zu sehen, die bereits seit drei Monaten in anderen Kinos liefen. Trotzdem – zwei Dollar Eintritt, das war ein Argument!

Jessica grinste mich an. In ihrem grauen Kostüm von Armani mit schwarzen Strumpfhosen und schwarzen Pumps sah sie sehr tüchtig und geschäftsmäßig aus, aber das dreckige Feixen ruinierte den Eindruck und ließ sie eher wie eine freche Erstklässlerin wirken. „Das wirst du nie erraten."

„Wahrscheinlich nicht, also, warum sagst du es mir nicht sofort? Und lächle nicht so, das macht Krähenfüße."

„Gar nicht. Komm schon, rate."

„Äh … *Vom Winde verweht.*"

Das Grinsen erlosch. „Scheiße, nein! Warum sollte ich mir einen Film angucken, der …"

„Jetzt geht das wieder los."

„… die Sklaverei verherrlicht und dabei die reichen, widerlichen Plantagenbesitzer zu Halbgöttern erhebt?"

„Zuerst einmal sind sie keine Halbgötter. Sie haben mehr Fehler als normale Menschen. Die Heldin ist doch eine richtige Zicke, um Himmels willen! Margaret Mitchell macht kein Geheimnis daraus, dass Scarlett O'Hara aufgeblasen, eigensinnig, dickköpfig, selbstsüchtig …"

„Unterdrückerisch."

„Ja, ja, meinetwegen. Aber Mitchell zeigt ebenfalls, dass Scarlett ihre Bediensteten …"

„Sklaven."

„Nicht nachdem der Bürgerkrieg zu Ende war. Sie behandelte sie besser als Weiße, besser als ihren eigenen Ehemann! Ihre Ehemänner."

„Ja, aber …"

„Und der Held ist ein Frauen verführender, grausamer Spieler, der seine Frau vergewaltigt, wenn er getrunken hat. Ich meine – hallooo?! Wenn das keine Fehler sind. Die Sklaven und Dienstboten auf der anderen Seite haben fast durchweg einen guten Charakter, sind langmütig und ihren Familien treu ergeben. Die Botschaft des Buches war doch, dass aus dem Norden viel Schlechtes gekommen war. Wie viele von den befreiten Sklaven haben denn tatsächlich vierzig Morgen Land und einen Esel bekommen?"

Diese Diskussion hatten wir schon oft und gern geführt. Ich denke, im Geheimen mochte Jessica das Buch – mehr als einmal hatte ich mein Exemplar in ihrem Zimmer gefunden –, aber sie liebte es, darüber zu streiten. Und die meisten Weißen würden sich nicht trauen, es ihr gegenüber zu verteidigen. Ich dagegen kannte keine falsche Scham. Und sie hatte unrecht.

„Das Buch glorifiziert Weiße auf Kosten von Schwarzen."

„Die eingebildeten Weißen, die am Ende allein und unglücklich waren, oder die Weißen, denen von der Unionsarmee die Scheiße aus dem Leib geprügelt wurde? Oder die Weißen, die nach dem Krieg vor Hunger starben? Oder ..."

„Schon gut."

„Für jemanden, der er es sich leisten könnte, ganz London aufzukaufen, bist du ganz schön empfindlich, was die Sklaverei angeht. Niemand in deiner Familie war jemals ein Sklave."

Sie zog die Nase hoch. „Du wirst meinen Schmerz nie verstehen können."

„Den Schmerz, das erste Kind im Viertel gewesen zu sein, das seine eigene Patek Philippe am Arm hatte? Du arme, unterdrückte Kreatur."

Sie kicherte. „Gott sei Dank, du verstehst mich doch. Deshalb ertrage ich auch deine Engstirnigkeit und deinen Snobismus."

Ich warf ein Sofakissen nach ihr. Diesen Teil der Diskussion hatten wir ebenfalls schon oft durchgespielt, aber meine neuen Reflexe ließen ihr keine Chance, sich rechtzeitig zu ducken. Das Kissen traf sie mitten ins Gesicht und warf sie zwei Schritte zurück.

„Hilfe, Hilfe!“, rief sie. „Ich werde unterdrückt!“

„Diebin! Den Satz hast du aus Monty Python.“

„*Das* ist mal ein guter Film! Mein Gott, ich habe nicht einmal gesehen, wie sich dein Arm bewegt hat.“

„Tut mir leid“, sagte ich und meinte es auch so. Ich sah, dass sie ein wenig verunsichert war. „Ich werde versuchen, etwas langsamer zu machen.“

„Nein, mach das nicht“, sagte sie kurz, „ich gewöhne mich schon dran. Komm, lass uns gehen.“

„Was läuft denn jetzt tatsächlich? Das hast du mir noch nicht verraten.“

„Du wirst es mögen. Komm.“

Sie hatte recht. Ich mochte den Film. Aber ich tat ihr nicht den Gefallen und sagte es ihr. Das bekam sie schon allzu oft im Foot und von ihren zahlreichen Bewunderern zu hören.

„Du weißt, dass ich Filme nicht mag, die eine römische Ziffer im Titel haben?“, jammerte ich.

„Sei still. Das sind doch die besten. Außerdem kostet dich der Abend ganze zwei Kröten.“

„Plus neun“, sagte ich und hielt einen Becher mit 7-Up hoch, der die Größe eines Vier-Liter-Eiscremebehälters hatte. Ich schlürfte zufrieden, während auf der Leinwand der Vorspann von *Blade V: Die Rückkehr des Vampirkönigs-Neffen* lief. Meine Füße klebten am Boden, und ich versuchte, es nicht zu bemerken. Den ganzen Film über musste ich lachen. Vor allem als der Held über eine ganze Horde schlecht gelaunter Typen sprang, mitten im Flug noch einen Schwertkampf mit dem Bösen zeigte und dann am anderen

Ende locker auf den Füßen landete, gerade rechtzeitig, um zu verhindern, dass die Heldin in den sicheren Tod stürzte. Dann fing er seine Sonnenbrille auf, die von einem der Gefolgsleute des Bösen verächtlich fortgeschleudert worden war und nun in Zeitlupe genau in seine Richtung flog, und setzte sie auf, während die Heldin ihn bewundernd anstarrte. Scheiße, ja! Alles, was ihm jetzt noch fehlte, war ein Heiligenschein.

„Hör endlich auf!", zischte Jessica und stieß mir zum zehnten Mal ihren Ellbogen in die Seite. „Früher hast du so etwas gruselig gefunden."

„Na ja, jetzt finde ich es lustig. Oh, schau mal. Obwohl er vorher seine Taschen geleert hat, sind sie jetzt wieder voll mit Extrakugeln. Wie praktisch! Wie in *Die Schatzinsel*. Jemand sollte den Drehbuchautor erschießen."

„Wenn du nicht bald still bist, wird *dich* jemand erschießen."

„He, noch besser! Obwohl er sein Auto einige Meilen entfernt geparkt hat, wartet es jetzt direkt vor der Höhle des Feindes auf ihn. Was ist das? Ein Batmobil? Kommt es, wenn man es ruft?"

„Warum holst du dir nicht noch etwas zu trinken?"

„Wenn ich noch mehr trinke, platze ich. Ich glaube, ich muss sogar tatsächlich auf die Toilette."

Das Ende war vorhersehbar, wenngleich zufriedenstellend, und ließ ausreichend Raum für eine weitere Fortsetzung. Ich drängte Jessica zum Hinterausgang.

„Warum gehen wir hier raus?"

„Ich brauche frische Luft." Das war eine Lüge, aber ich sah keine Notwendigkeit, ihr jetzt schon Angst zu machen.

„Also hat es dir Spaß gemacht. Gelacht hast du jedenfalls genug."

„Es war toll! Ich sollte noch mehr Forschung betreiben. Alte Filme ausleihen. Die Klassiker. *Nosferatu. Dracula. Die rabenschwarze Nacht – Fright Night. Dracula* – der, in dem Gary Oldman mit dieser Altfrauenfrisur herumläuft. Ich weiß nicht, was gruseliger war, die Art, wie er das Blut von Rasierklingen leckte, oder wie er sein langes, weißes Haar in einem Dutt trug."

Jessica musste lachen. „Als wenn Gary Oldman allein nicht schon gruselig genug wäre!"

„Genau. Und wie heißt noch mal der mit Eddie Murphy und Angela Bassett? Ach ja, und *Vampire* mit James Woods."

„Ich dachte, du wolltest dir Klassiker ansehen."

„Das *sind* Klassiker! Die sind alle im letzten Jahrhundert herausgekommen, oder? Und *Dracula 2000*. Und …"

„Ich bin ja so froh, dass wir mit dem Millennium-Thema endlich durch sind. Ich kann die vielen Filme, bei denen eine 2000 an den Titel gehängt wurde, nicht mehr sehen."

„Mecker, mecker. Lass uns die Straße dort nehmen."

„*Wohin* gehen wir?"

„Ich dachte, wir nehmen eine Abkürzung." In diesem Teil der Stadt gab es nur wenige Straßenlaternen, und sie standen weit auseinander. Perfekt.

Kommt schon, Jungs, worauf wartet ihr? Auf eine Trompetenfanfare, um euch willkommen zu heißen?

„Oh. Du … äh … bist auf der Jagd?"

„Nein."

„Hast du keinen Durst?"

„Doch."

„Warum hast du nicht … äh …"

„Weil es eklig ist", sagte ich gereizt und trat eine leere Budweiser-Dose aus meinem Weg. Sie flog die Straße entlang und zerschmetterte an der gegenüberliegenden Wand.

„Schau, ich weiß, ich muss mich daran gewöhnen. Ich sollte es einfach schlucken – das Wortspiel war nicht beabsichtigt –, aber auch wenn es sich wirklich toll anfühlt …"

„Tut es das?"

„Der beste Sex, den du je gehabt hast. Mal zehn."

„Der beste Sex, den *ich* gehabt habe oder den *du* je gehabt hast?"

„Hahaha."

„Das ist ein großer Unterschied."

„Sei still! Außerdem ist das egal. Ich mag die Vorstellung immer noch nicht. Jemandem das Blut aussaugen. Pfui."

„Ich kann's dir nicht verübeln. Bets, du musst es tun", sagte sie ernst. „Was ist, wenn du krank wirst?"

„Ich glaube nicht, das ich das überhaupt kann. Aber ich kann es auch nicht länger aufschieben. Ich habe schon lange kein Blut mehr gehabt und bin unglaublich durstig."

Sie wich vor mir zurück wie ein schreckhaftes Pferd. „Vergiss es! Ich prügle mich für dich, ich überschütte dich mit Geld, ich zanke mich mit Gläubigern, ich kaufe dein Haus, damit Ant es nicht bekommt, ich helfe dir, die Kräfte des Bösen zu besiegen. Aber ich bin nicht dein Lunch!"

„Beruhige dich, bevor dich noch der Schlag trifft. Ich dachte eher an die beiden Typen, die uns folgen."

„Welche beiden Typen?" Sie reckte den Hals.

„Nicht gucken! Dann merken sie es doch!"

„Welche beiden Typen?", fragte sie erneut und schaute sich übertrieben beiläufig um.

„Die beiden, die uns ins Kino gefolgt sind, neben dem Snackstand herumgelungert haben und genau hinter uns waren, als wir aus dem Kino kamen."

„Wow. Das hast du alles gesehen?"

„Eher gerochen."

„Vielleicht wollen sie uns nur anbaggern?“

Ich prustete.

„Das wäre durchaus möglich“, sagte sie trocken. „Menschen haben nämlich Dates. Außer dir natürlich.“

„Ich weiß. Aber diese beiden riechen nach getrocknetem Sperma und Pfannkuchen. Ich bin mir ziemlich sicher, das sie nichts Gutes im Schilde führen.“

„Was hat dich darauf gebracht, das getrocknete Sperma oder die Pfannkuchen?“ Sie versuchte, witzig zu klingen, aber ihre Stimme brach bei dem Wort Pfannkuchen. „Soll ich die 911 anrufen?“, fragte sie und grub in ihrer Handtasche nach dem Handy.

„Nein. Keine Sorge, Jess. Ich würde es nie zulassen, dass dir jemand was antut. Und ganz sicher nicht diese beiden Kotzbrocken. Dauert nur eine Minute.“ Ich wirbelte herum, um sie direkt anzusehen. Wahrscheinlich hatten sie geglaubt, sich leise zu bewegen. „Haut ab, Jungs. Wir sind nicht in Stimmung.“

„Her mit den Handtaschen, ihr Schlampen.“

„Könnt ihr nicht zählen? Hier gibt es nur eine mit einer Handtasche. Und wenn man's genau nimmt, ist es eine Abendtasche.“

„Gibt es da einen Unterschied?“, fragte Jessica neugierig. Ich wusste, dass ihr meine Furchtlosigkeit Mut machte. Oder sie war leicht abzulenken. Ach nein, das traf ja auf mich zu.

„Also, eine Handtasche ist mehr eine Tasche und eine Abendtasche hat meistens keine Trageschlaufen. Ich weiß, das klingt kompliziert, aber eigentlich ist es …“

„Rüber mit dem Scheiß! Sofort, ihr Schlampen!“

Ich runzelte die Stirn. Straßenräuber waren so unhöflich! „Nein.“

Sie glotzten mich an. Sie waren beide gleich groß, einige

Zentimeter größer als ich, und hatten beide wesentlich breitere Schultern. Rasierer oder Seife hatten sie in letzter Zeit nicht von Nahem gesehen, und sie stanken nach Verzweiflung und unterdrückter Wut. Und sie hatten Hunger. Sie starben vor Hunger. Ich konnte es ihnen nachfühlen.

Jessica hielt unbewusst ihre Abendtasche – nicht Handtasche! – fest gegen ihre Brust gepresst und beobachtete uns wie bei einer Sportveranstaltung. Aber sie wich nicht zurück und blieb dicht an meiner Seite. Wenn ich sie nicht schon geliebt hätte, würde ich es jetzt tun. Obwohl voller Angst, würde sie mich nicht alleine lassen.

„Warum verpisst ihr euch nicht?“, schlug ich vor, während sie noch meine Weigerung verarbeiteten. Normalerweise war dies der Moment, wo die Frau alles Gewünschte aushändigte und sich in die anschließende Vergewaltigung fügte. Jetzt waren sie sich nicht sicher, wie sie weiterverfahren sollten. „Mit uns solltet ihr euch nicht anlegen.“

„Genau“, echote Jessica solidarisch, „mit uns solltet ihr euch nicht anlegen.“

„Ich meine, wir prügeln uns, ihr unterliegt, und dann werde ich euch aussaugen müssen. Was nicht sehr angenehm für mich ist, denn ihr seid ekelhaft schmutzig.“

Das war das Ende der Plauderei, denn sie stürzten sich beide zugleich auf mich. Jessica schrie auf, ich sprang zur Seite, was clever war, denn die Schlacht würde gleich beginnen. Noch zögerte ich allerdings – wie war der militärische Ausdruck? – die Attacke hinaus.

Im Leben war ich nie sehr konfliktfreudig gewesen. Ich habe mich nie gern gestritten, außer es handelte sich um einen schönen, altmodischen Zickenkrieg mit vielen saftigen Beleidigungen. Aber jetzt war es an der Zeit, damit zu beginnen und meine – für einen Vampir – seltsame Abneigung gegen das Blutsaugen zu überwinden. Wenn nicht mir zuliebe, dann zumindest für meine Freunde.

Wahrscheinlich bewegten sie sich sehr schnell, aber für mich sah es aus, als wateten sie durch knietiefen Sirup. Ich fing die Faust von dem Dreckigeren der beiden ab und zerrte ihn brutal an mir vorbei. Er krachte in die Hauswand und sank in sich zusammen. Den anderen erwischte ich beim Nacken, schüttelte ihn wie ein Terrier eine Ratte und schlug dann mit einer schnellen Bewegung seine Stirn gegen meine. Bewusstlos hing er schlaff an meinem ausgestreckten Arm.

„Sssau nicht hin, jetssst wirdsss eklig“, sagte ich zu Jessica und schlug meine Reißzähne in seinen Hals.

Er war widerlich und abstoßend, und er stank. Aber er war perfekt. Sein Blut war nicht widerlich, sondern schmeckte wie köstlicher, vollmundiger Burgunder. Sein Bart kitzelte an meinem Kinn, während ich trank. In weniger als einer Minute war es auch schon vorbei.

Ich ließ ihn los, als Jessica gerade aufhörte, sich zu übergeben. „Ich habe doch gesagt, du sollst nicht hingucken“, rief ich und eilte zu ihr herüber, während ich mir das Blut von den Zähnen leckte, die sich schnell wieder zurückbildeten. Ich zog sie von der Hauswand weg und drehte sie zu mir um. Iiihhh, ich sah etwas Schleimiges, Glänzendes. „Warum hast du geguckt?“

„Das war es nicht. Ich habe kaum Blut gesehen. Aber du hast so ein Geräusch gemacht beim Trinken.“ Sie schlürfte laut, und ich sprang zur Seite, falls ihr noch einmal danach wäre, sich zu übergeben.

„Tut mir leid.“ Ich fühlte mich elend. „Ich hätte nicht trinken sollen während deiner Anwesenheit.“

Sie richtete sich auf und fuhr mich an (den Ton kannte

ich!): „Es muss dir nicht leid tun! Es ging nur alles so schnell." Ihre Stirn war mit Schweiß bedeckt. Sie sah zu mir auf. „Ich meine, bevor mein Adrenalin Zeit hatte, richtig in Schwung zu kommen, bekam ich schon Angst, dann flog der Typ plötzlich durch die Luft, und alles war schon wieder vorbei. So war's. Deswegen wurde mir schlecht."

„Aha. Fühlst du dich jetzt besser?"

„Mir geht's gut, nur zu viel schlechtes Kinopopcorn gegessen."

„Es war weich", sagte ich trocken, „aber so schlecht war es nun auch wieder nicht."

„Ich bin an Gourmet-Popcorn gewöhnt."

Ich lachte. „Jess, du bist einzigartig."

„Da hast du verdammt recht. Und vergiss das nie." Sie schob ihre Hand in meine, als wir über unsere verhinderten Straßenräuber kletterten. Sie war fast so kalt wie meine, aber ein bisschen schwitzig. Ich drückte sie und sie drückte zurück.

„Äh … Betsy, wird der Typ jetzt wie Nick?"

Gute Frage. Ich dachte darüber nach. „Das weiß ich nicht. Ich glaube nicht. Ich meine, Nick hat mich schon vorher gemocht. Also bedeutete ihm das Blutsaugen … das Beißen … mehr, als es eigentlich sollte. So sollte ich es wohl ausdrücken. Und Marc hat es kein bisschen verändert. Aber dieser Typ hier kennt mich nicht."

„Das sagst du einfach nur so. In Wahrheit hast du keine Ahnung."

„Stimmt", sagte ich düster. „Deshalb gibt Sinclair mir Nachhilfeunterricht."

Wir gingen nach Hause.

23

„Hier bin ich, spaziere eine verlassene Straße hinunter, mitten in der Nacht. Hoffentlich passiert mir nichts. Du meine Güte, das würde mir den ganzen Abend verderben.“ Ich trottete vor mich hin, summte ein Liedchen, kurz, ich versuchte, wie ein unschuldiges Opfer auszusehen. Zumindest war ich so gekleidet: roter Leinenrock in A-Form, weiße Bluse, rote Ferragamos. Eigentlich aus der letzten Saison, aber in der Gasse war es dunkel. Niemand würde es bemerken.

Fünf Minuten vergingen, und meine Füße begannen zu schmerzen. „Das ist doof!“, schrie ich in den Schatten hinein, in dem Sinclair lauerte. „Ich bin doch kein Lockvogel. Das ist doch … aua!“

Jemand hatte mir eine Ziegelwand auf den Kopf geworfen. Zumindest fühlte es sich so an. Ich ging zu Boden. Blöde Lake Street. Die war sogar schmutzig, nachdem es geregnet hatte. Ich schlug dem Angreifer, wer immer es sein mochte, gegen den Kopf, und meine Hand wurde auf der Stelle taub. Als ob ich gegen einen Backstein geschlagen hätte. Ich fühlte, wie meine Schultern zu Boden gedrückt wurden, und dann sah ich – Reißzähne blitzen. Ich kreischte wie eine Feuersirene. Beschissener Sinclair und sein beschissener Nachhilfeunterricht! Ich hatte das Anpirschen üben sollen, aber er hatte nicht bedacht, dass ich selbst Opfer eines Vampirs hätte werden können. Toller Plan! Das Einzige, was ich jetzt herausbrachte war: „Blöd!“

„Niedlich“, summte das Ding, das dringend eine Munddusche benötigte. „Hör auf zu schreien!“

„Ich bin noch nicht einmal warm! Und du solltest mal baden!“ Sein Mund schoss herunter, ich konnte gerade noch rechtzeitig den Arm erheben. Sein Haar war schulterlang und offenbar das letzte Mal gewaschen worden, als Bush noch Präsident war – der andere Bush. Seine Augen waren schmutzig braun, seine Wangen mit Pockennarben übersät und sein Jeanshemd hatte Löcher in den Brusttaschen. Aber das war noch lange kein Grund, sich so gehen zu lassen.

„Nanu, haben Waschsalons nachts etwa geschlossen?“, giftete ich.

„Wer bist du?“, fragte er endlich und sah ein wenig verwirrt aus. „Du bist köstlich. Und schnell. Aber du bist kein Vamp…“

Jemand riss ihn nach hinten. Ich schaute hoch und sah Sinclair, der ihn am Genick gepackt hatte und ihn über dem Boden baumeln ließ. Fehlte nur noch, dass er meinen Angreifer jetzt ausschimpfte: Du böser, böser Vampir! Mühsam rappelte ich mich auf. „Na endlich“, sagte ich, „worauf hast du gewartet? Geigenmusik?“

Mein Angreifer war schon Furcht einflößend, aber Sinclair war noch beeindruckender, rasend vor Wut und mit blitzenden Augen. Er schwang herum, und der Vampir segelte gegen die nächste Wand.

Blitzschnell war Sinclair wieder bei ihm, sammelte ihn auf und schüttelte ihn wie eine Ratte. Dann schleuderte er ihn noch einmal in die Höhe. Leicht wie eine Feder flog er durch die Luft und landete krachend in einem Müllcontainer.

Noch einmal griff Sinclair nach ihm, so schnell, dass ich

ihm kaum mit Blicken folgen konnte, und wieder hörte ich die üblichen Geräusche.

„Das ist die Königin."

Wusch! Klatsch!

„Meine Königin."

Wusch! Klatsch!

„Fass sie nicht an."

Wusch! Ich fühlte mich wie in einem verkorksten Batman-Film. Wumm! Klatsch!

„Fass sie *niemals* an."

„Okay, das reicht!", rief ich. Mein verhinderter Blutsauger war ein blutendes Häuflein Elend. Der letzte Schlag hatte ihn tief in den Müllcontainer befördert, und ich sprang jetzt vor ihn. Sinclair fasste mich bei den Schultern und wollte mich zur Seite schieben, aber ich hielt mich fest wie eine Klette. „Okay, jetzt mal langsam. Er hat einen Fehler gemacht, aber wir müssen ihn deswegen nicht zu Brei schlagen."

„Er hat dir wehgetan", knurrte Sinclair. Er knurrte tatsächlich, mit allem, was dazugehört, zurückgezogene Lefzen, gebleckte Zähne etcetera. „Er hat dich ohne Erlaubnis gebissen."

„Hallooo?! Wer hatte denn diese brillante Idee? Und ich laufe schließlich nicht mit einer Krone auf dem Kopf herum. Er konnte nicht wissen, wer ich bin." *Ich* wusste es ja selbst nicht. „Beruhige dich einfach, okay? Atme tief durch. Zähl bis zehn. Du machst mir Angst."

Er starrte auf mich herunter. „Dein mitfühlendes Herz ist nicht gut für dich."

„Hehe, ich bin hart wie Stahl, Kollege. Was mich stört, ist der Lärm. Das ist alles." Ganz zu schweigen von dem Geräusch, wenn der Körper des Vampirs auf etwas Hartes aufgeschlagen war.

„Er hat dir wehgetan", wiederholte Sinclair mit steinerner Miene.

Ich hielt ihm meinen Arm entgegen. „Nur ein bisschen, Mami! Siehst du? Schon fast wieder ganz heile. Sein Geruch hat mich deutlich mehr traumatisiert. Hast du sein Shirt gesehen? Widerlich!"

Er schaute finster auf das wabbelige Fleisch meiner Armunterseite (mentale Notiz: mehr Armübungen machen). Dann umfasste er meinen Arm behutsam mit seinen großen Händen, hielt ihn einen Moment nachdenklich und drückte dann seine Lippen auf die Wunde.

„Äh …" Warum fühlte ich ein Kitzeln zwischen den Beinen? Er war weit entfernt von meinen Beinen.

Er leckte das halb getrocknete Blut ab und drückte einen Kuss auf die schnell heilende Wunde.

„Ähem …" Ohne es zu merken, hatte ich mich gegen ihn gelehnt, obgleich er sich besser neben dem anderen Typen in dem Müllcontainer gemacht hätte. Sein dunkler Kopf war über meinen Arm gebeugt, und ich wäre ihm liebend gern mit den Fingern durch das Haar gefahren. „Sinclair. Würdest du … uuhhh … das bitte sein lassen?"

Er zog mich näher zu sich.

„Bitte?"

Er beugte seinen Kopf über meinen, und ich sah seine Furcht einflößenden Reißzähne im Licht der Straßenlaternen blitzen.

„Und wenn ich ganz lieb bitte sage?"

Er küsste mich so fest, dass ich auf meine Zehenspitzen gezogen wurde und mich an seinen Schultern festhalten musste, um nicht das Gleichgewicht zu verlieren. Das tat weh (blöde Pumps!), aber egal. Seine Zunge schoss in meinen Mund, und ich schmeckte mein eigenes Blut. Das war so erregend, als hätte Sinclair sich mitten auf der Straße plötzlich nackt ausgezogen.

Ich klammerte mich an seinen Mantel und küsste ihn meinerseits. In meinem Mund wurde es plötzlich ein wenig eng, und ich fühlte meine Reißzähne wachsen – als Reaktion auf mein eigenes Blut. Haben Sie schon einmal etwas so Perverses gehört?

Sinclair zu küssen war, als würde man mit einem sexy Timberwolf herummachen. Er leckte an meinen Zähnen, zwickte mich leicht, und in sein heftiges Atmen mischte sich leises Knurren. Es war … es war erstaunlich.

Warum hatte ich keine Angst? Ich befand mich in einer Gasse zusammen mit zwei Vampiren und machte mit einem sehr bösen Mann herum, der viel größer und viel stärker war als ich, der um diesen Kuss nicht eigentlich gebeten, sondern ihn sich einfach genommen hatte. Was war los mit mir? Warum küsste ich ihn immer noch? Und warum sprach ich immer noch mit mir selbst?

Sinclair war jetzt nicht mehr in meinem Mund, der sich unanständig geschwollen anfühlte. Er tastete mit den Lippen meinen Hals entlang. Ich hörte mich selbst nach Luft schnappen und wunderte mich, da ich doch eigentlich kaum je atmen musste.

Er nahm mich fester in die Arme, streichelte meinen Rücken und küsste meinen Nacken – ich fühlte mich großartig. Eine halbe Sekunde Pause – dann setzte Sinclair zum Biss an.

Glücklicherweise brauchte ich nicht mehr als diese halbe Sekunde. Ich ließ seinen Mantel los und stolperte rückwärts. Als er nach mir griff, hielt ich seine Hand fest und zerrte mit aller Kraft. Er schlug gegen die Wand hinter uns, prallte zurück und wirbelte herum, um mich anzusehen.

„Herummachen issst ja gansss sssön“, ich versuchte nicht zu keuchen, „aber nicht dasss.“

„Hmmm.“ Amüsiert betastete er seinen Mund. Seine Reißzähne waren verschwunden. Verdammt! Wie machte er das nur? „Was ist denn mit deiner Sprache passiert?“

„Nichts.“ Lasss unsss … Nein. Was konnte ich ohne Zischlaut sagen? „Ich will heim“, sagte ich vorsichtig. „Genug für eine Nacht.“

„Viel hast du nicht gelernt“, stellte er fest.

Nur, dass du der beste Küsser der Welt bist.

„Mehr, als du denkst“, antwortete ich.

24

Ich erwachte (oder musste es nun heißen „ich *erhob* mich“?) und sah Sinclair, der über mir stand. Nicht die beste Art, den Tag zu beginnen. Was ich auch zum Ausdruck brachte, indem ich wie eine Drittklässlerin kreischte.

„In der Tat, ein wunderschöner Abend“, antwortete er. Er sah toll aus in seinen schwarzen Hosen, schwarzem Rollkragenpullover und einer schwarzen Jacke. In einer Hand hielt er ein Glas mit Pflaumenwein, die andere Hand steckte in seiner Hosentasche. Er war enorm höflich, und ich dachte kurz, dass er wie die vampirische Version von James Bond aussah.

Nostro und seine Lakaien wirkten in ihren schwarzen Klamotten wie wandelnde Abziehbilder. Sinclair wirkte in seiner komplett schwarzen Kleidung wie ein Trendsetter. Er sah einfach gut darin aus.

Wie ungerecht die Welt doch war: Da hatte ich so lange darauf gewartet, jemand Großartigen zu treffen, und dann konnte ich ihn nicht ausstehen. Ob ich ihn darum ablehnte, weil ich ihn vom Fleck weg hätte vernaschen wollen oder weil er ein arroganter Schnösel war, wusste ich nicht zu entscheiden. Vielleicht wegen beidem.

„Das muss aufhören“, stöhnte ich. „Du kannst nicht immer über mir stehen, wenn ich aufwache.“ Ich warf die Decke zurück und stand auf. Er zog die Augenbrauen hoch, als er meinen Pyjama sah – cremefarben mit einem Muster aus Lachs-Sushi und Tuna-Rolls –, aber er sagte nichts. „Ernsthaft, eines Tages bekomme ich einen Herzanfall.“

„Hast du gut geschlafen?"

„Wie eine Tote", gluckste ich.

Er kam näher. Das machte mich sehr nervös. Noch nervöser jedoch mein Verlangen, ihn bei den Ohren zu packen und auf diesen Mund der Sünde zu küssen.

„Musst du mir unmittelbar nach dem Aufstehen bereits auf die Pelle rücken?", sagte ich zickig.

Er beachtete mich nicht. „Mir hat unser kleines … Zwischenspiel … letzte Nacht Spaß gemacht."

„Darauf wette ich. Kannst du mir einen Gefallen tun und das nächste Mal fragen, bevor du mich knutschst?"

„Nein", sagte er zärtlich.

Ich knirschte mit den Zähnen und schubste ihn zur Seite.

Er folgte mir wie ein riesiger Welpe. „Warum gehst du auf die Toilette?"

„Gewohnheit", sagte ich und schlug ihm die Tür vor der Nase zu. Und schloss obendrein noch ab.

Nachdem ich meine morgendlichen Waschungen erledigt hatte, zumindest die allernötigsten, ging ich in die Küche und fand Sinclair dort höflich Marc zuhören. Der erklärte ihm, wie er während seiner Nachtschicht in der Notaufnahme Dutzende von Leben gerettet hatte.

„… die anderen Ärzte alle: ‚Keine Chance, Mann, das klappt nie.' Ich dann: ‚Leute, tretet zurück, ich mache es, egal was passiert.' Sie dann wieder: ‚Wir benachrichtigen die Krankenhausverwaltung, Mann', darauf ich: ‚Verdammt, Leute, ohne unsere Hilfe wird dieser Junge sterben, und dann sind alle …'"

„Ich dachte, du hättest letzte Nacht Papierkram zu erledigen gehabt", sagte ich. „Du weißt schon, Tabellen ausfüllen, Ablage und so."

Marc warf mir einen eisigen Blick zu, weil ich seine Fantastereien unterbrochen hatte. „Das war, nachdem ich mit dem Papierkram durch war“, sagte er steif.

„Aber sicher. Warum bist du hier?“, fragte ich Sinclair.

„Tina, Dennis und ich benötigen deine Hilfe. Die Dinge eskalieren mit … einer gewissen anderen Partei.“

„Willst du sagen, dass der alte Nosehair endlich reagiert?“

Sinclair starrte mich an. Offensichtlich gefiel ihm überhaupt nicht, dass ich Vampirangelegenheiten normalen Sterblichen gegenüber ausplauderte. „Kurz gesagt, ja. Wir besprechen alles Weitere im Auto.“

„Ach, komm schon, Sinclair“, jammerte ich, „warum muss ich denn da mitmachen? Ich bin gerade erst aufgestanden und muss schon ins Haus der Sünde hetzen? Außerdem habe ich heute einiges zu erledigen. Heute Abend, meine ich.“

„Einiges?“

„Genau. Die ganze Woche über bin ich nicht in einer Buchhandlung gewesen – beim letzten Mal bin ich gekidnappt und in ein gruseliges Mausoleum verschleppt worden. Und dann brauche ich dringend eine Pediküre. Und neue Klamotten brauche ich auch, weil ich nur ganz wenig Abendgarderobe habe und in der letzten Zeit doch vor allem abends unterwegs bin. Außerdem ist schon fast Sommer, und ich habe mich noch nicht ein Mal nach Badeanzügen umgeschaut. Was ist los?“

Sinclair hatte sich die Stirn gerieben, als hätte ihn eine plötzliche Migräne befallen. „Elizabeth, Elizabeth, deine Jugend ist manchmal sehr ermüdend.“

Marc lachte.

„Äh … danke? Wie dem auch sei, ich habe eine lange Liste abzuarbeiten, und du stehst nicht drauf.“

„Ich muss darauf bestehen.“

„Ach ja?“

„Vampirpolitik schlägt Fußmassage“, sagte Marc zwischen zwei Schlucken Kaffee.

„Als ob du das wüsstest. Halt dich da raus.“

Sinclair räusperte sich, bevor Marc und ich einen Streit anfangen konnten. „Dein Freund hat recht.“

„Verdammt, verdammt! Ich will aber nicht“, maulte ich, „und um ganz ehrlich zu sein …“

„Was du nie bist“, unterbrach mich Sinclair.

„… die ganze Situation ist einfach lächerlich. Ich wette, das denkst du auch, gibst es aber nicht zu.“

„Nein, niemals“, stimmte er mir zu.

„Ich kann mir keine blödere Art vorstellen, seinen Abend zu verbringen“, meckerte ich weiter. Ich hasste es, wenn mir mein schöner Plan für den Abend einfach über den Haufen geworfen wurde.

„Ich auch nicht“, sagte Sinclair trocken.

„Du schweig still. Habe ich wenigstens noch Zeit für einen Saft?“

„Wenn du nicht fünf Minuten lang gejammert hättest, wäre noch Zeit gewesen.“

„Na toll.“ Ich widerstand dem Drang, gegen ein Tischbein zu treten. „Dann lass uns gehen und es hinter uns bringen. Ich … warte mal.“ Ich nickte in Richtung Haustür und sah, dass Sinclair genau dasselbe tat.

„Hört auf damit“, befahl Marc, „ihr macht mir Angst. Ihr seht aus wie zwei Golden Retriever.“

„Da kommt jemand.“

„Das ist … ich glaube …“ Ein vorsichtiges Klopfen an meiner Haustür. Ich lief, um sie zu öffnen, und stand meinem Vater gegenüber. „Es ist mein Vater!“, sagte ich laut, damit Sinclair und Marc es hören konnten und weil ich sehr überrascht war.

„Hallo, Betsy." Er versuchte ein Lächeln. „Darf ich reinkommen?"

Ich trat zurück. Obgleich ich sein Timing verfluchte, war ich froh, ihn zu sehen. Die ganze Woche hätte er Zeit gehabt, und jetzt kam er mich besuchen?

„Sicher, komm rein. Dad, das ist mein Mitbewohner Marc und das ist mein ...äh ..."

„Eric Sinclair", sagte er und streckte seine Hand aus. „Es ist mir ein großes Vergnügen."

„Gleichfalls", murmelte mein Vater, schüttelte seine Hand nur kurz und ließ sie dann los wie einen Fisch. „Äh, Betsy, könnten wir ..." Er strebte in die hinteren Zimmer des Hauses.

„Ja, sicher. Jungs, ich bin gleich zurück."

„Es war nett, Sie kennenzulernen", sagte Marc.

„Die Zeit läuft gegen dich", sagte Sinclair. Als wenn das nicht jede Frau jenseits der Dreißig wüsste.

Zurück in meinem Schlafzimmer, machte ich für meinen Vater ein Plätzchen zum Sitzen frei, indem ich die schmutzige Wäsche einfach auf den Boden warf. Aber er blieb stehen. Und eigentlich sah er auch gar nicht gut aus. Er war immer ein attraktiver Typ gewesen, und jetzt, da sein dünner werdendes Haar mit leichtem Grau durchzogen war, schien er für die Rolle des distinguierten Gentleman wie gemacht. Auch der Armani-Anzug trug das Seine dazu bei. Allerdings wurden die Fältchen um seine Augen immer tiefer. Seine Augen waren rot gerändert, und feine Linien der Erschöpfung zeichneten seinen Mund.

„Was ist los, Dad?" Ich setzte mich auf mein Bett und rieb mir die Hände. Seine Besuche bei mir zu Hause konnte ich an einer Hand abzählen. Das verhieß nichts Gutes. „Alles in Ordnung?"

„Nun ja, nein. Deswegen … deine Stiefmutter und ich … ich muss mit dir sprechen."

„Worüber?"

Er blinzelte, dann brach es aus ihm heraus: „Was denkst du denn? Du bist tot, Betsy. Wir waren auf deiner Beerdigung."

„Nein, das wart ihr nicht", sagte ich reflexhaft, während ich fieberhaft überlegte, worauf er hinauswollte. „Die wurde abgesagt, weil ich mich verdrückt hatte."

„Das weiß ich", sagte er bitter.

„Wirklich? Es scheint aber, als hättest du einige nicht unwesentliche Details vergessen."

Er schüttelte heftig den Kopf. „Du siehst aus wie meine Tochter und du hast ihr flinkes Mundwerk. Aber Elizabeth ist tot. Meine Tochter ist tot."

„Dad, ich stehe genau vor dir."

„Und das Leben muss weitergehen", sagte er hartnäckig. „Also halte dich von uns fern, Betsy. Sei tot."

Er begann wieder auf die Tür zuzugehen, ich aber sprang wie der Blitz vom Bett auf und zog ihn zurück. Ich schubste ihn zu einem Stuhl, ohne auf sein ängstliches Keuchen zu achten.

„Du hast gesagt, was dir auf dem Herzen lag, jetzt hörst du mir zu." Ich konnte mich nicht erinnern, jemals zuvor so ungeheuer wütend gewesen zu sein, und steckte meine Hände in die Hosentaschen, weil ich ihnen nicht traute. Am liebsten hätten sie ihm die Haut in Streifen vom Gesicht gerissen. Oder ihn bei der Kehle gepackt und ihm den Hals umgedreht. „Tief in meinem Inneren habe ich schon immer gewusst, dass du ein Feigling bist. Du bist bekannt dafür, dass du den einfachen, nicht den richtigen Weg einschlägst. Bei der Arbeit, zu Hause, mit deinen Frauen – immer hast du den Konflikt gescheut und den Ball flach gehalten. Ich habe es trotzdem geschafft, dich zu lieben. Aber das lasse ich jetzt nicht zu."

„Elizabeth, bitte." Er zuckte vor mir zurück. Ich bemerkte, dass ich mich über ihn gebeugt hatte wie ein blonder Greifvogel, und trat einen Schritt zurück.

„Ich werde zum Osteressen bei euch erscheinen. Wie besprochen. So ist das seit Jahren, schon vergessen? Du selbst hast das so festgelegt. Mom hat mich zu Neujahr, du zu Ostern. Mom hat mich am Memorial-Day-Wochenende, du am vierten Juli. Nur weil ich zu stur war, um tot zu bleiben, heißt das nicht, dass deine Frau dieses Jahr keinen Braten zubereiten muss. Vorausgesetzt, sie findet den beschissenen Ofen."

Ich zerrte ihn aus dem Stuhl und schubste ihn in Richtung Tür. „Ich sehe dich dann zu Ostern, Dad. Und versuche nicht, mich auszusperren. Glaub mir", zischte ich ihm ins Ohr, „das würdest du gar nicht mögen."

Ich wusste, dass ich gemein und hart klang, und darüber war ich froh. Aber ich fühlte mich den Tränen nahe. Dass er schwach war, hatte ich schon lange gewusst, aber ich hätte doch gedacht, er würde sich darüber freuen, dass ich nicht tot war.

Sinclair stand immer noch, als ich meinen Vater in die Küche schleppte. „Ah, Mister Taylor", sagte er höflich, als hätte er mit seinen verdammten Supervampirohren nicht jedes Wort mitgehört, „lassen Sie mich Ihnen den Weg nach draußen zeigen." Er fasste meinen Vater beim Kragen, zog ihn durch den Raum und stieß ihn aus der Tür wie einen unartigen Welpen. Dann schloss er nachdrücklich die Tür.

Marc starrte mich an. „Was ist denn mit deinen Augen?"

„Was meinst du?", sagte ich gereizt.

„Sie sind ganz rot. Das Weiße ist blutrot."

„Meine Kontaktlinsen tun weh", schnappte ich.

„Aber du trägst doch gar keine …"

Sinclair war näher gekommen und schaute jetzt ebenfalls prüfend in mein Gesicht. „Hmm."

„Hört damit auf, beide!", blaffte ich. „Gott, bin ich sauer!" Wie gerne hätte ich jetzt das ganze Haus von den Fundamenten gerissen und die Straße hinuntergeschleudert. Oder billige Kopien getragen – nein, das sagte ich jetzt nur aus Wut.

Marc lehnte sich so weit von mir weg, wie er nur konnte, und ich sah, dass er es ganz unbewusst tat. „Du bist verärgert? Wie kommt das?", sagte er unschuldig.

„Lasst mich in Ruhe. Ich weiß doch, dass ihr alles gehört habt."

„Nun ja … du warst nicht gerade leise …" Er lächelte mitfühlend. „Was wirst du jetzt tun?"

„Darüber mache ich mir später Gedanken. Können wir jetzt endlich gehen?", schrie ich Sinclair an.

„Können wir."

„Gute Nacht, Marc, du neugieriges Flittchen."

„Hau sie um, o Beherrscherin aller narzisstischer Untoten."

„Als Titel", sagte ich zu Sinclair, als wir aus der Tür traten, „taugt das aber nicht."

Auf dem Weg zum Auto versuchte Sinclair nett zu sein. Ganz ehrlich. „Äh … Elizabeth … wenn du …"

„Nicht darüber sprechen ist alles, was ich will. Und dass du dies alles gar nicht erst mit angehört hättest."

„Ich entschuldige mich."

Ich winkte gereizt ab und kletterte auf den Beifahrersitz. „Das ist ja nicht neu. Sein Verhalten, verstehst du? Ganz typisch." Ich klappte die Sonnenblende runter und sah in den Spiegel. Meine Augen waren blau-grün, wie immer. Vielleicht zog sich Marc Kaffeepuder durch die Nase. „Ich habe wahrscheinlich immer darauf gewartet, dass er ein besserer Mensch würde."

„Vielleicht musst du ihm nur ein wenig Zeit geben ..."

„Jetzt hat er zwei Wochen. Dann ist Ostern. Aber nun haben wir Wichtigeres zu tun, glaube ich."

Er sah mich lange an. Dann lächelte er. „Ja, das haben wir. Aber ich finde, du bist bemerkenswert tapfer."

„Ach, fang gar nicht erst an, ich bin wirklich nicht in Stimmung."

Aber seine Bemerkung munterte mich doch ein bisschen auf.

„Das werde ich nicht tun."

„Aber Ihr müsst."

„Nein!"

„Wollt Ihr denn, dass Nostro noch mehr Macht gewinnt?"

„Was hab ich denn damit zu tun?"

„Ihr wisst es. Für Euch haben wir unser Leben mehrmals riskiert, Majestät."

„Danke, aber niemand hat euch darum gebeten. Und ich erst recht nicht!"

„Eure Ankunft wurde prophezeit."

„Genug damit!" Ich war der Panik nahe. Das hier war kein Nachhilfekurs, sondern eine Klasse für Fortgeschrittene: Warum Betsy uns helfen muss, den widerwärtigsten Vampir der letzten vier Jahrhunderte zu stürzen.

Deshalb waren sie so interessiert an mir. Nicht nur weil ich die Königin war, sondern weil ich alle Stämme vereinen und über sie herrschen sollte. Wie der Sprecher des Repräsentantenhauses, nur sehr viel blutrünstiger. Die ganze Nacht hindurch hatte Tina mir noch mehr Zeug aus dem Buch der Toten vorgelesen. Wie Religionsunterricht in der Hölle.

Ich hätte es wissen müssen: sich nicht gemeinsam mit ihnen zu nähren war ein Fehler gewesen. Es war alles sehr zwanglos; außer Sinclairs Harem lebten noch einige „Freunde" im Haus – Frauen für ihn und Tina, Männer für Dennis. Jeder von denen (beziehungsweise alle drei) wäre entzückt gewesen, mein Abendessen zu sein, aber Gruppenmahlzeiten stießen mich ab. Wie das Blutsaugen überhaupt, offen gestanden. Unglücklicherweise hatte es großen Eindruck hinterlassen, dass ich auf die gemeinsame Nahrung verzichtet hatte. Viel zu viel Eindruck. Und da ich einige Tage zuvor bei Tageslicht nicht in Flammen aufgegangen war, waren jetzt alle im Raum davon überzeugt, dass ich die Königin war. Außer der Königin selber.

„*Elizabeth.*" Ich blinzelte und sah, dass Sinclair mit den Fingern vor meinem Gesicht schnippte. „Ich rufe deinen Namen seit dreißig Sekunden. Hattest du irgendeine Form von ADS vor deiner Auferstehung? Du scheinst Probleme mit deiner Konzentrationsfähigkeit zu haben."

Ich schlug seine Hand fort. „Schon gut. Ich bin weder euer auserwählter El Vampiro, noch bin ich überhaupt ein Vampir."

„Ihr solltet besser die weibliche Form wählen", schlug Tina freundlich vor, „La Vampira."

„Jetzt ist nicht der Moment für einen Sprachkurs", sagte ich gereizt. „Für was auch immer ihr mich haltet …"

„Für wen", sagte Sinclair mit einem Grinsen.

„… ich bin es nicht."

„Da hat sie nicht unrecht", sagte Dennis entschuldigend,

„sie ist wirklich ein schrecklicher Vampir. Zu dämlich, um im Sonnenlicht ordentlich in Flammen aufzugehen, und ein viel zu weiches Herz."

„Halt den Mund, Dennis. Auch wenn es stimmt, was du sagst", fügte ich widerwillig hinzu.

Wir saßen in einem von Sinclairs Wohnzimmern. Ich selbst kannte drei. Wahrscheinlich besaß er darüber hinaus noch seinen eigenen Leichenkühlraum im Keller. Es war spät, fast Mitternacht. Also Mittagszeit – für Vampire. Tina, Dennis und Sinclair hatten mir abwechselnd erklärt, wie wir es anstellen müssten, um Nostro an seiner empfindlichsten Stelle zu treffen. Ich war nicht überzeugt.

„Hört mal zu, Leute. Ich bin Sekretärin." *Deren eigener Vater es vorzog, sie lieber tot zu sehen.* Hör auf, konzentrier dich. „Wenn ich für euch einen Haufen Memos tippen soll, die den Rücktritt von Nosehair fordern, dann bin ich die Richtige. Wenn eure Ablage in Ordnung gebracht werden soll, bevor ihr loszieht und euch prügelt, dann her damit. Ihr braucht Büromaterial, ich fülle den Antrag in dreifacher Ausführung aus. Aber ich bin kein Königsmacher."

„Ihr …", begann Tina, aber ich unterbrach sie.

„Ich bin einfach zu neu in dem Spiel, um schon Partei zu ergreifen und Tyrannen zu stürzen. Noch vor einer Woche habe ich einen Internet-Browser installiert!"

„Das ist für mich genauso schwer wie für dich, Elizabeth", sagte Sinclair, nahm sein Weinglas und trank gedankenverloren. „Eine Frau mit deinem launischen Temperament wäre niemals meine erste Wahl gewesen. Ein Nachteil ist auch, dass du jung bist – oder bei deinem Tod jung warst –, und als Vampir bist du heute auf dem Stand eines Kleinkindes. Aber was müssen wir noch tun, um dich zu überzeugen?"

Ich schniefte. „Einiges mehr, fürchte ich."

Er zeigte auf das Buch der Toten, das auf einem eigenen schicken Ständer aus Kirschbaumholz neben dem Kamin lag. Mehr als einmal im Verlauf dieses Abends war ich versucht gewesen, es in die Flammen zu stoßen. „Unser Buch, unsere Bibel, wenn du so willst, kündigt eine Frau an, die nicht von der Sonne verbrannt wird, die ihren Durst kontrollieren kann, die über die Biester herrscht …"

„Das sind doch nur dumme Hunde!"

„… die weiterhin von Gott geliebt wird – deshalb kannst du ein Kreuz um den Hals tragen."

„Immer noch nicht genug", sagte ich stur, „alles Zufälle."

„Du kannst all diese Dinge tun, Elizabeth. Und mehr noch, du bist du selbst geblieben. Ich bin ziemlich sicher, dass die Frau, die vor mir sitzt, derselbe Dickkopf ist, der noch vor einem Monat geatmet hat."

„He!"

„Du bist oberflächlich, du denkst nur an dein eigenes Vergnügen, du magst deine hübschen Sachen, du liebst Luxus und Komfort …"

„Das musst du gerade sagen! Bettwäsche aus Satin!"

Er blieb ruhig, aber Dennis hustete, um sein Lachen zu tarnen. „Du bist du selbst geblieben. Das ist der beste Beweis. Du bist in der Lage, an andere zu denken – Freunde genauso wie Fremde –, bevor du an dich denkst. Die meisten Vampire würden von ihrer eigenen Großmutter trinken, wenn sie durstig genug sind. Außerdem reagieren Menschen auf deine Ausstrahlung."

Tina und Dennis nickten zustimmend, ich jedoch rief: „Aber ich habe doch gar keine Aus…"

„Denkst du wirklich, dass Doktor Marc irgendeinem dahergelaufenen Vampir erlaubt hätte, sein Blut zu trinken? Dass er anschließend mit ihm essen gegangen, dann in sein

Haus eingezogen wäre und alles getan hätte, um ihm zu helfen?"

„Das ist etwas anderes. Das ist …"

„Etwas anderes. Ja, aber anders, als du glaubst. Er wollte sofort mit dir zusammen sein, obgleich ihn deine sexuelle Vorliebe gar nicht interessiert."

„Meine sexuelle Vorliebe? Jetzt wirst du aber seltsam."

„Deine Freundin Jessica hatte nicht einmal Angst vor dir – ist das korrekt? Das Buch hat deine einzigartigen Fähigkeiten vorhergesagt, und wir Vampire wissen, wer du wirklich bist. Aber nicht nur das, auch gewöhnliche Menschen fühlen es."

„Marc ist ein netter Junge, der Zeit mit mir verbringen wollte. Das ist alles", sagte ich abwehrend. „Und Jessica ist wie eine Schwester für mich, warum sollte sie Angst vor mir haben?" Aber schon als ich es aussprach, klang es falsch. Mein eigener Vater fürchtete sich vor mir, nicht aber Jessica. Marc war fest entschlossen gewesen, sich umzubringen, und jetzt schmiedete er gemeinsam mit Jessica Pläne, wie sie mir helfen könnten, die Welt zu retten. Und das alles innerhalb einer Woche.

„Elizabeth, auch wenn es schwer für dich ist, uns zu glauben, du bist dazu bestimmt, uns bei der Vernichtung von Nostro zu helfen. Um Frieden zu bringen. Zum Segen aller, Vampire wie Menschen."

„Aber …"

„Deinen Freunden *und* deinen Eltern. Du als Königin kannst verhindern", sagte er gerissen, „dass deine Mutter zu einem Mitternachtssnack wird."

Ich sprang auf die Füße. „Soll das eine Drohung sein?"

„Natürlich nicht. Trotzdem könnte es sein, dass Nostro gerade in diesem Moment die Biester zum Haus deiner Mutter schickt. Er ist sehr, sehr böse auf dich. Selbstverständlich …“, fügte er hinzu, da er ohne Zweifel annahm, dass ich aus dem Raum sausen würde, um meine Mutter schnellstens in einem Motel unterzubringen, „habe ich die entsprechenden Vorkehrungen getroffen. Sie hat gestern den Staat verlassen.“

„Du … Wie?“

„Ich war sehr überzeugend“, sagte er und lächelte. Es war kein hinterhältiges, gemeines Lächeln, sondern ein strahlendes Grinsen, das ihn um Jahre jünger aussehen ließ. „Hab keine Angst, die dich geboren hat, ist in Sicherheit. Und sie ist eine wirklich faszinierende Frau, wenn ich mir die Bemerkung erlauben darf. Sie hat sofort gewusst, dass ich ein Vampir bin, und es war zur Abwechslung mal sehr erfrischend zu sehen, dass jemand nicht gleich das ganze Haus zusammenschrie. Sie drohte allerdings, mir mit einem goldenen Kerzenhalter eins überzuziehen, wenn ich ‚linke Touren‘ versuchen sollte.“ Er wandte sich an Tina. „Übrigens hab ich ihr versprochen, dass du einmal zum Tee vorbeikommst. Sie hat einige Fragen zum Krieg.“

„Oh, der Krieg“, sagte Tina und rollte mit den Augen. Sie saß im Schneidersitz vor dem Kamin und sah so niedlich aus wie ein Käfer in pinkfarbener Bluse und weißen Caprihosen. „Das einzige Thema, worüber Wissenschaftler sprechen wollen. Wie war der Bürgerkrieg wirklich? Was halten Sie von General Grant? Wollten die Sklaven wirklich befreit werden? Pfui. Ganz zu schweigen davon, dass ich zu jung bin, um mich zu erinnern. Aber das will keiner hören.“

Ich entspannte mich ein bisschen. Soweit ich mich an diesem Ort überhaupt entspannen konnte. Ich glaubte Sinclair. Fragen Sie mich nicht, woher ich es wusste, aber es war offensichtlich, dass er die Wahrheit sagte. (Außerdem wollte ich bei der Verabredung zum Tee dabei sein, denn ich hatte selbst einige Fragen.)

Meine Mutter war in Sicherheit. Aber für wie lange?

Und es war nett von ihm, meinen Vater vor den anderen nicht zu erwähnen. Peinlich genug, dass Marc und Sinclair wussten, dass mein Vater mich nicht um sich haben wollte. Deshalb war diese ganze Diskussion um mich als Königin auch so befremdlich. Ich bitte Sie, mein eigener *Vater* wollte mich nicht, achtzig Myriaden Vampire aber schon? Das konnte doch nicht wahr sein.

Es war nicht gerecht. Ich hatte nicht darum gebeten und es auch nicht verdient. Aber das sagte ich nicht laut. Das Leben war nicht gerecht, das wusste ich schon seit der Junior Highschool. Alle starrten mich an wie untote Katzen, also räusperte ich mich und stellte eine Frage: „Denkt … denkt Nostro, dass ich die Königin bin?"

„Nein, er denkt, Ihr seid ein seltener Vampir, eine Art, die stark geboren wird. Aber er negiert alles, was im Buch geschrieben steht. Denn sonst müsste er an seinen eigenen Niedergang glauben."

„Warum kümmere ich ihn dann überhaupt?"

„Er will Euch", sagte Tina schnell. „Glaubt Ihr denn, jeden Tag würde ein so starker Vampir wie Ihr geboren? Glaubt Ihr, dass überhaupt jeden Tag jemand als Vampir aufersteht?"

„Du hast recht", sagte ich, „ich habe nicht die leiseste Idee, wie Vampire entstehen. Wahrscheinlich ist es gar nicht so leicht."

Alle drei nickten, und die Wirkung war so ansteckend, dass ich fast mitgenickt hätte. Tina fuhr fort: „Nostro ist davon überzeugt, dass unsere Population begrenzt werden muss, denn es ist für ihn sehr viel einfacher, die bereits existierenden Vampire zu kontrollieren. Da fällt mir ein, Betsy ... *warum seid Ihr hier?*"

„Sinclair kam zu mir nach Hause – uneingeladen, wie immer – und wir ..."

„Nein", unterbrach Dennis mich, „wer hat Euch verwandelt? Was ist passiert? Das fragen wir uns alle."

„Wenn es ein zu sensibles Thema ist, verstehen wir das natürlich", sagte Tina mitfühlend, „ermordet zu werden ist nicht angenehm."

„Ach, das. Ich wurde nicht ermordet. Ich wurde von einem Auto überfahren. Ich bin tot wieder aufgewacht. Aber einige Monate zuvor bin ich überfallen worden, ich glaube, es waren die Biester."

Es herrschte Totenstille, im wahrsten Sinne des Wortes, als sie die Neuigkeiten verdauten. „Also ... die Biester haben Euch angegriffen? Vielleicht sind sie auf Euch angesetzt worden? Aber gestorben seid Ihr nicht. Das geschieht erst einige Monate später, aber nicht durch einen Vampir. Und jetzt seid Ihr ..." Sie brach ab.

„Hat es denn nicht schon andere Vampire gegeben, die vor ihrer Auferstehung *nicht* verwandelt worden waren?" Ich zwang mich zu einem Lachen. „Ich meine, das kann doch nicht *so* ungewöhnlich sein, oder?"

Stille.

„Äh ... hallooo?"

„Wie kommt es, dass die Biester dich nicht getötet haben?", fragte Sinclair.

„Keine Ahnung. Sie sind einfach alle über mich hergefallen wie tollwütige Eichhörnchen, und ich habe mit meiner Handtasche um mich geschlagen und mich heiser geschrien. Das hat sie verjagt."

Tina unterdrückte ein Lächeln, aber Sinclair bohrte weiter. „Wo warst du zu dem Zeitpunkt?“

„Vor Khans. Du kennst doch den mongolischen Grill?“ Hmmm, mongolische Grillgerichte. Wenn ich noch lebte, würde ich jetzt sterben für einen Teller sautiertes Rindfleisch mit Nudeln. „Es ist auf der 494. Straße, gegenüber von …“

„Mongolischer Grill?“, fragte Dennis.

„Knoblauch“, sagte Sinclair.

„Natürlich!“ Das kam aus Tinas Richtung. „Habt Ihr in Eurem früheren Leben Knoblauch gemocht?“

„Was kann man daran nicht mögen?“

„Nun ja, das erklärt es.“

„Finde ich nicht.“

„Einige der Legenden sind wahr“, sagte Sinclair. „In der Tat sind wir allergisch gegen Knoblauch. Es koaguliert Blut.“

Ich musste sehr verständnislos geguckt haben, denn Dennis erklärte: „Geronnenes Blut ist schwer zu saugen.“

„Iiihhh!“

„Tut mir leid“, sagte Sinclair, aber es klang nicht so, als meinte er es aufrichtig. „Ich nehme an, du kamst gerade aus dem Restaurant, hast aus allen Poren nach Knoblauch gestunken, und sie konnten es nicht ertragen. Aber das erklärt nicht …“

„Vielleicht im Buch der Toten …“, begann Tina.

Sinclair schüttelte den Kopf. „Wir haben keine Zeit. Aber es ist wirklich interessant, nicht wahr?“

„So ist es.“

„Was? War ich zur falschen Zeit am falschen Ort? Zweimal …?“

„Und zur rechten Zeit“, sagte Sinclair ruhig.

„Schluss damit, tu nicht so geheimnisvoll, du machst mir Angst. Kommen wir lieber zu den Biestern. Was ist mit denen? Sind das tollwütige Vampire oder überzüchtete Fledermäuse?"

„Sie sind das Ergebnis eines … Experiments, kann man, glaube ich, sagen", antwortete Dennis zögernd. Ich sah, wie Sinclair die Lippen voller Abscheu aufeinanderpresste, als Dennis fortfuhr: „Nostros Experiment. Niemand weiß, was der Sinn und Zweck sein soll, aber ich würde sagen, das Beste wäre, sie alle zu pfählen."

„Dem stimme ich zu", sagte Sinclair fest.

„Wow, wartet!" Ich hielt meine Hand wie ein Schiedsrichter in die Höhe. „Es ist doch wahrscheinlich nicht ihre Schuld. Dieser lausige Nostro hat sie zu dem gemacht, was sie sind. Vielleicht können sie geheilt werden."

„Und wieder kommt das weiche Herz ins Spiel", stellte Sinclair fest.

„Und noch einmal: Das hat damit gar nichts zu tun! Ich glaube einfach, dass sie … äh … gute Gefolgsleute sein könnten. Das ist alles." Außerdem waren sie bemitleidenswert. Eigentlich hätte ich sie hassen sollen, weil sie mich in diese Lage gebracht hatten, aber sie taten mir leid. Arme, hässliche, stinkende Kreaturen. Wenn man sie baden und ihnen die Haare schneiden würde und sie im Park wie untote Welpen herumtollen ließe (vielleicht doch besser an der Leine?), wer weiß?

„Wir müssen uns beeilen", sagte Tina und tat mir den Gefallen, auf meine lahme Bemerkung über die angeblich guten Gefolgsleute nicht einzugehen. „Nostro hat uns ein Ultimatum gestellt."

„Ich weiß immer noch nicht, warum ihm das alles so wichtig ist", grummelte ich.

„Es geht um Stolz, Elizabeth. Und ein so gigantisches Ego kann eine mögliche Niederlage nicht akzeptieren."

O ja, *Nostros* Ego war riesig. „Wir können nicht einfach das Schloss stürmen, oder? Er hat eine Myriade von Gefolgsleuten."

„Schlag den Kopf ab", sagte Tina kalt, „und der Körper stirbt. Noch besser, der Körper läuft zu dir über."

Ich zog eine Grimasse. „Schick."

„Majes… Betsy, ich weiß, dass es schwer für Euch sein muss." Tina schenkte mir ein warmes, verständnisvolles Lächeln, was sofort mein Misstrauen erweckte. „Wie Ihr schon sagtet, Ihr seid erst seit einer Woche eine von uns. Eigentlich solltet Ihr Euch erst an Euer neues Leben gewöhnen und nicht Despoten stürzen."

„Ganz genau! Vielen Dank."

„Aber die Zeit läuft uns davon", fuhr sie unerbittlich fort. „Wir brauchen Eure Hilfe so schnell wie möglich."

„Warum die Eile? Er treibt sein Unwesen doch schon seit mehreren hundert Jahren, warum müssen wir denn gerade heute in den Ameisenhaufen treten?"

Tina und Sinclair tauschten einen Blick. „Darum", sagte Sinclair ausweichend. „Wir würden uns freuen, wenn du mit uns kooperieren …"

„Halt, stopp, da ist doch etwas oberfaul! Was geht hier vor? Was habt ihr drei Schlaumeier mir verschwiegen?"

„Das hatte ja passieren müssen", schnaubte Dennis.

„Äh …" Tina sah Sinclair an, der zuckte mit den Schultern. „Nun ja, Majestät, als ich bei Nostro im Haus war und ich Euch das Kreuz gab und wir sein Territorium ohne Erlaubnis verließen …"

„Ohne Erlaubnis?", kreischte ich. „Er hat uns in die Grube geworfen, um uns umzubringen!"

„… war das ein feindlicher Akt. Und Nostro hat uns bis heute Abend gegeben, dich zurückzubringen."

„Oder was?"

„Krieg."

„Wir gehen davon aus, dass er in jedem Fall in den Krieg ziehen wird", fügte Sinclair hinzu. „Du bist ein Vorwand. Über die Jahrhunderte ist er stetig mächtiger geworden, obgleich seine Macht immer unbeständig war. Er war der Herrschaft schon oft so nahe. Wenn du die Bücher gelesen hast, weißt du das."

Durchgeblättert traf die Sache eher, aber ja, ich wusste es.

Sinclair predigte unermüdlich weiter: „Er ist unendlich ehrgeizig und grausam. Jetzt, da er endlich ein Königreich besitzt, fürchtet er alles, was ihm seine Herrschaft streitig machen könnte. Du hast ihn zu Tode erschreckt, als das Weihwasser dir nichts anhaben konnte, und mehr als alles andere fürchtet er, dass jemand seine Angst erkennen könnte."

Nun ja, das war verständlich. Die schlimmsten Tyrannen in der Welt waren die, die befürchteten, ihre Macht zu verlieren – wie mein früherer Chef. Und Saddam Hussein. Und Nostro.

Aber ich wusste immer noch nicht, wie ich ihnen helfen konnte. Ich wollte helfen. Ich war ziemlich sicher, dass ich es wollte. Doch was konnte jemand wie ich schon ausrichten? Neuerdings konnte ich es mit zwei Möchtegern-Vergewaltigern aufnehmen, aber eine Horde bösartiger Vampire, die Nostro treu ergeben waren, war etwas völlig anderes. Ob ich einen Flammenwerfer würde mitnehmen können?

Den Gedanken verwarf ich. Sinclair redete *immer* noch!

„Bisher habe ich ihn toleriert, weil wir uns aus dem Weg

gegangen sind. Ich sah über seine Untaten hinweg, er akzeptierte meine Freiheit."

„Eine feine Geste. Von euch beiden!"

„Aber deine Anwesenheit hat die Situation verändert. Sie ist komplizierter geworden. Die Zeit der Gleichgültigkeit ist vorbei."

„Von all dem weiß ich nichts, aber jetzt sage ich euch mal etwas: Niemals hätte ich gedacht, dass ich einmal Angst haben würde vor einem kahlköpfigen Typen in einem schlecht sitzenden Smoking. Ernsthaft, er ist tatsächlich verrückt. Es liegt nicht allein an der Zahl seiner Anhänger oder an den schlechten Klamotten oder der Glatze ... er ist einfach gruselig."

Tina nickte. „Wahrscheinlich war er schon vor seinem Tod ein Psychopath. Oder er ist erst später verrückt geworden."

„Jawohl. Und seine Geschichte! Die würde sogar einem Monster Alpträume bereiten. Es ist ihm völlig egal, wer zu Schaden kommt oder getötet wird, Hauptsache, er ist der Boss. Den ersten Aufstand hat er angeführt, da war er noch nicht einmal kalt, ist das zu glauben? Ich traue ihm nicht zu, dass er von sich aus etwas Gutes tun könnte, und erst recht nicht inmitten seiner Gefolgsleute, die ihm ergeben sind."

Sinclair nickte. Tina sah erleichtert aus, und ich konnte von ihrem Gesicht ablesen: *Mein Gott, jetzt hat sie's!*

„Er hat es immer bereut, dass er mich hat gehen lassen", erklärte Sinclair. „Ihn quält der Gedanke, dass ich und die Meinen sich seiner Kontrolle entziehen. Eines Tages werden wir die Treppe herunterkommen und zweihundert Vampire vorfinden, die auf uns warten. Ich würde es vorziehen", sagte er trocken, „dem zuvorzukommen."

„Aber sollten wir nicht ... ich weiß nicht ... vorher das

Terrain erkunden oder so? Ich meine, wir können doch nicht einfach rübergehen und angreifen. Richtig? Oder? Ist doch so, oder?! Hallo?!"

Tina hob die Hände. „Die Zeit läuft ab."

„Das ist doch irre! Ihr seid verrückt, wisst ihr das?"

Sinclair räusperte sich. „Dennis?"

Sofort sprang Dennis auf, lief aus dem Raum und kam einen Moment später mit vier weißen Schuhkartons im Arm zurück. Er stapelte die Kartons auf dem Boden, ging wieder hinaus und trug sechs weitere herein. Er stellte alle Kartons vor mir auf und begann die Deckel zu heben.

Ich schrie auf. Vor Freude. Flip! Lavendelfarbene Manolo Blahniks mit dem allerliebsten Zweizentimeterabsatz kamen zum Vorschein. Flip! Ein Paar Beverly-Feldman-Sandalen in Butterblumengelb. Flip! Ein eisblaues Paar L'Autre Chose Slingbacks. Flip, flip! Zwei Paar Manolo Blahniks, eins mit schwarzen Riemchen, eins aus rotem Leder. Goldene Salvatore-Ferragamo-Absätze …

Ich stöhnte und stürzte mich auf sie. Alle in meiner Größe! Ich zerrte so heftig an meinen Tennisschuhen, dass meine Socken in hohem Bogen über meine Schultern flogen, und schlüpfte in die gelben Sandalen. Glückseligkeit!

„Spiegel!"

„Ich kann nicht glauben, dass wir unsere zukünftige Königin mit Designerschuhen bestechen", murmelte Tina.

„Spiegel!"

„Da drüben", sagte Sinclair und zeigte mit dem Finger. Über dem Kamin hing ein Spiegel. Ich zog einen Stuhl heran, riss den Spiegel von der Wand, hüpfte zurück auf den Boden und lehnte ihn gegen die Wand. Dann beäugte ich meine Füße. Ich fühlte mich wie Dorothy in den roten Schuhen im *Zauberer von Oz*. Wie Prinzessin Diana während ihrer Trauung! Wie … wie eine Vampirkönigin mit einer eindrucksvollen Schuhkollektion.

„Noch *nie* habe ich so toll ausgesehen."

Tina tat, als müsste sie würgen, was ich aber, ganz Dame, ignorierte. Ich drehte mich vor dem Spiegel hin und her. „Die sind wundervoll! Wie hast du das gemacht?"

„Ich entdeckte deine Schuhkollektion, als ich neulich bei dir zu Hause war, und habe dann meine Damen zum Einkaufen geschickt, während wir geschlafen haben. Mitzi lässt schön grüßen."

Ich nahm mir vor, die restlichen Schuhe auf Skorpione zu untersuchen. „Diese hier sind so wunderhübsch! Einfach umwerfend!"

„Wie schade, dass du sie nicht behalten kannst." Sinclair seufzte theatralisch und stellte sich neben Dennis, der die Kartons wieder mit dem Deckel verschloss.

Ich weinte beinahe. „Was? Warum?"

„Nun ja … da du so entschlossen bist, uns nicht zu helfen, also kein Königsmacher zu sein, wie du es ausdrückst. Sehr vernünftig und pragmatisch, aber leider für unsere Zwecke nicht geeignet. Also muss Plan B greifen. Vielleicht wird Nostro die Schuhe als ein Zeichen des Friedens akzeptieren."

Nostro? Nostro würde dieses butterweiche Wildleder, die zarte Stickerei mit seinen garstigen, feuchten Fingern betatschen? Es seinen Biestern als Spielzeug vorwerfen? Niemals!

„Finger weg! Böser Vampir!", blaffte ich, und Dennis erstarrte mitten in der Bewegung, als er nach einem Karton greifen wollte. „Ich helfe euch. Und ich darf die Schuhe behalten."

„Da schlage ich ein", sagte Sinclair, und seine Mundwinkel zuckten, als er ein Lachen zu unterdrücken versuchte.

Ich war sicher, dass er mich für oberflächlich und willensschwach und für eine komplette Idiotin hielt. Aber wen kümmerte das? Ich war eine oberflächliche, willensschwache Idiotin mit den coolsten Schuhen der Saison.

Ich sprang vom Stuhl auf, warf die Arme um Sinclair und küsste ihn mitten auf den Mund. Er war so überrascht, dass er fast das Gleichgewicht verlor. „Bekomme ich ein Extrapaar, wenn wir Nosehair heute Nacht zu Gehacktem verarbeiten?", fragte ich und sah ihm tief in seine dunklen Augen.

„Küss mich noch einmal so, und ich kaufe dir ein Dutzend Extrapaare."

Ich ließ ihn los, als hätte ich mich verbrannt (heiß genug war er ja!). Aber nicht ohne Bedauern. In Sinclairs Armen zu liegen war, als würde man einen gut riechenden Felsen umarmen. Selbst seine Ohrläppchen waren wohlgeformt. „Führ mich nicht in Versuchung. Also los, schnappen wir uns den Bösen."

„Ist das so simpel?", fragte Tina. Sie schüttelte den Kopf und grinste, während Sinclair mit einem amüsierten Ausdruck im Gesicht seinen Mund berührte.

„Ein Deal ist ein Deal", sagte ich und bewunderte meine hübschen Füße. Natürlich wussten wir alle, dass es nicht um die Schuhe ging. Jedenfalls nicht nur. Wahrscheinlich nicht nur. Aber Sinclair war kein Dummkopf, denn er gab mir einen Vorwand, das zu tun, was mir mehr und mehr als das Richtige einleuchtete.

Außerdem fühlte ich mich jetzt wesentlich besser. Mein Vater wollte mich nicht, aber diese Typen brauchten mich. Vielleicht war ich doch zu etwas gut.

„Ihr werdet ihnen also helfen, Nostro zu entmachten." Dennis hob ohne Anstrengung eine ganze Kiste Wein auf die Bar.

Ich hatte um mehr Pflaumenwein gebeten, Tina und Sinclair waren im Erdgeschoss und planten unsere Strategie.

Die blutigen Details interessierten mich nicht. Ich vermutete, dass sie mich ohnehin eher wegen meines Pseudostatus dabeihaben wollten („Wir haben die Königin auf unserer Seite – ergebt euch!“) und nicht, weil sie besondere kämpferische oder taktische Fähigkeiten von mir erwarteten. Zumindest hoffte ich das.

„Sicher. Ich möchte nicht, dass Nostro an der Macht bleibt. Er ist ein irres Arschloch, er behandelt die Biester schlecht, und alle anderen Vampire haben eine Scheißangst vor ihm. Außer Sinclair vielleicht. Wenn schon die Monster Angst vor jemandem haben, sollten sie ihn wahrscheinlich wirklich loswerden, oder?“

„Richtig.“

„Hast du das Buch über ihn gelesen? Mann, das liest sich wie ein Geschichtsbuch aus der Hölle. Du hast es doch gelesen?“

„Viele Male.“

„Genau. Abstoßend ist das. Eigentlich hatte ich ja gehofft, mich aus der Vampirpolitik heraushalten zu können. Aber wenn sie mich brauchen, um ihn zu entmachten (und wenn ich meine Schuhkollektion um achtzig Prozent erweitern kann), sollten wir das tun.“ Jetzt, da ich es aussprach, war ich nur noch halb überzeugt. Oder nur ein Viertel. Aber ich machte Fortschritte.

„Was, wenn Ihr Eure Meinung ändert?“

Ich verstand. Dennis war misstrauisch. Er wollte verhindern, dass ich den Schwanz einzog, wenn es unangenehm würde, und ihn und seine Freunde im Regen stehen ließ. Mehr als verständlich. Ich beeilte mich, ihn zu beruhigen. „Mach dir keine Sorgen, das werde ich nicht. Außerdem schulde ich dem Arschloch noch etwas, weil er Shanara auf meine Freunde gehetzt hat. Und dafür, dass er mich zu den Biestern in die Grube geworfen hat. Und für das Marypole-Massaker von sechzehnhundertundirgendwas."

„Aber damals hast du noch nicht einmal gelebt."

„Na und? Du hast doch das Buch gelesen, oder? Ich habe mich fast übergeben. Arschloch."

„Er ist ein temperamentvoller Mann."

„Ja, so temperamentvoll wie ein tollwütiger Vielfraß. Und ich will mir auch keine Sorgen mehr darüber machen, eines Tages auf einen seiner Gefolgsleute treffen zu können. Und ich will nicht mehr in seine verschiedenen Verstecke verschleppt werden. Eklig. Diese Woche war schon schwer genug, da musste ich nicht auch noch in Nostros Krieg verwickelt werden." Als ich sein Verhalten mir gegenüber überdachte, wurde ich wieder wütend. Ich bebte vor gerechtem Zorn. Die ganze Sache schien mir jetzt eine wirklich gute Idee zu sein. Die Schuhe waren nicht mehr wichtig.

„Also habt Ihr Euch endgültig entschieden?"

„Ein-hundert-Prozent" sagte ich mit Nachdruck. „Keine Sorge."

„Eigentlich", seufzte er, „müsste ich jetzt anfangen, mir Sorgen zu machen."

Ich konnte mich gerade noch fragen, warum er mir eine volle Weinkiste auf den Kopf schlug, als vor meinen Augen ein grelles Licht aufblitzte. Dann wurde alles schwarz.

25

Als ich aufwachte, hatte ich schrecklichen Durst. Ich wusste warum. Dennis, der verräterische Dreckskerl, hatte mich so fest geschlagen, dass es mich umgebracht hätte, wäre ich noch am Leben gewesen. Wenigstens hätte die Wucht mir den Schädel zertrümmert.

Während meiner Bewusstlosigkeit hatte mein Körper sich selbst geheilt. Und jetzt war ich unglaublich durstig. Ich verfluchte mich selbst, dass ich Sinclairs Angebot, mich mit ihnen zu nähren, abgelehnt hatte. Damals schien es mir das moralisch Richtige zu sein, jetzt würde es mich vielleicht umbringen.

Ich öffnete die Augen. Ich befand mich in einem frostigen, fensterlosen Kellerraum mit Boden und Wänden aus Beton. Es roch nach Matsch.

„Arschloch", krächzte ich. Ich räusperte mich und versuchte es noch einmal: „Arschloch, bist du da?"

„Ja", sagte Dennis und klang dabei auch noch entschuldigend. Frechheit! Er stand auf und zog prüfend an den Ketten, die um meine Knöchel gelegt waren. „Tut mir leid. Aber es ist wirklich zu Eurem Besten."

„Dann muss ich mir ja keine Sorgen machen. Dreckskerl. Sag mir nur eines: *warum*? Sinclair kümmert sich so gut um dich. Er ist der Good Guy! Ich habe gehört, dass du und Tina seit mehr als vierzig Jahren seine Gefolgsleute seid. Warum also das doppelte Spiel? Warst du schon immer ein Arschloch oder bist du erst später dazu geworden?"

„Nostro ist mein Meister“, sagte Dennis mit einer stillen Würde, sodass ich nicht übel Lust hatte, ihn zu treten. „Nur durch ihn bin ich, was ich bin. Als er mich vor einigen Jahren bat, zu seinem Feind zu gehen, konnte ich ihm diese Bitte nicht abschlagen.“

Ich zog an meinen Handfesseln. Nichts. Womit hatte man mich gefesselt? Mit Titan? Simplem kaltem Kitt? Aber nichts tat sich. Hände über dem Kopf, Beine weit gespreizt ... und dieser Block, auf dem ich lag, war wirklich kalt.

„Damit wir uns richtig verstehen, Arschloch. Weil Nostro dich aufgeschlitzt hat wie eine Forelle und dich bis auf den letzten Blutstropfen ausgesaugt hat, schuldest du ihm etwas?“

„So war es nicht. Er hat meine Fesseln gelöst. Er hat mich befreit.“

„Er hat dich zu seinem Happy Meal gemacht, und du warst dumm genug, es für eine Gunst zu halten.“

Zu spät sah ich das Messer, das Dennis jetzt in meinen Oberschenkel rammte. Huuhh! Ich hörte ein Klirren, als die Messerspitze auf den Steinblock traf, auf dem ich angekettet war. Es schmerzte wie verrückt, aber ich würde ihm nicht den Gefallen tun und schreien.

„Aua!“

Okay, einen kleinen Gefallen.

„Man hat mich schon einmal erstochen“, sagte ich spöttisch. „Ist noch nicht einmal eine Woche her. Und eine Buchprüfung habe ich auch schon überlebt. Und die Ehe meiner Eltern ebenfalls. Kurz gesagt – nichts für ungut, Kurzer! –, du machst mir keine Angst.“ Ich zerrte erneut an meinen Fesseln. Ohne Erfolg. Nicht genug damit, dass ich mich peinlicherweise mit einer Weinkiste hatte bewusstlos schlagen lassen, dann in das Versteck des Bösen verschleppt und auf einem Steinaltar festgekettet worden war (beschäftigte Nostro eigentlich einen eigenen Drehbuchschreiber, der ihm all diese Szenen lieferte?), zu allem Überfluss war auch noch meine Kleidung zerrissen. Dennis hatte ein bisschen mit dem Messer gespielt, bevor ich aufwachte. „Du musst dich schon ein wenig mehr anstrengen."

Dennis beugte sich zu mir herunter, so nah, dass ich den Widerschein des Kerzenlichts in seinem glatt gegelten Haar sehen konnte. Zum ersten Mal fiel mir auf, dass er wie ein Makak aussah. „Ich habe all deine neuen Schuhe ins Feuer geworfen", wisperte er mir ins Ohr.

Ich heulte auf und zerrte an meinen Fesseln. „Mistkerl", jaulte ich, „dafür wirst du bezahlen."

Er richtete sich wieder auf und presste verächtlich die Lippen zusammen. „Du bist abstoßend."

„Ich wette, das sagst du zu allen Frauen, du Schwuchtel."

„Euer hübscher Firlefanz ist Euch wichtiger als alles andere."

Firlefanz? Das war mal etwas Neues. Und dagegen ließ sich wenig anführen, also hielt ich meinen Mund.

„Ihr wollt Königin sein? Niemals! Nicht, solange ich meinem Meister noch dienen kann."

„Du hast recht! Ich habe nie darum gebeten, Königin spielen zu dürfen, Hohlkopf. Das war nicht gerade die Nummer eins auf meiner Top-Ten-Liste von Dingen, die ich nach meinem Tod unbedingt unternehmen wollte. Ich werde auf den Thron verzichten, okay? Hab ihn sowieso nie gewollt. Und er gehört mir auch gar nicht."

„Das wird nicht gehen. Sie werden Euch niemals in Ruhe lassen", seufzte er. Wir wussten beide, dass er damit Sinclair und Nostro meinte. „Und es ist auch nicht mehr wichtig. Ihr werdet sterben, nicht herrschen."

„Habe ich das richtig verstanden: Du glaubst, dass ich die Königin bin, aber dein Meister nicht? Das Buch der Toten hatte recht, aber das missfällt dir. Wie armselig!"

Ich ruckelte noch einmal an meinen Fesseln. Wieder nichts. Ich versuchte, das Bild von lavendelfarbenen Manolo Blahniks aus meinem Kopf zu verbannen, wie sie im Feuer rösteten, dann schwarz wurden und den Raum mit dem Duft von brennendem Leder erfüllten.

Er schnippte vor meinen Augen mit den Fingern. „Aufgewacht!"

„Waaaas?", jammerte ich.

„Ja, Ihr habt recht. Ich tolerierte Eure Anwesenheit, als Ihr noch nicht die Absicht hattet, Eric Sinclair zu helfen. Als Ihr nur ein niedlicher, junger Vampir wart, den er ins Bett bekommen wollte."

„Keine Chance, Gelkopf!"

„Oh, wie gut Ihr lügen könnt! Alle wissen, dass ihr miteinander geschlafen habt."

„Aber wir haben doch nur zusammen in einem Bett geschlafen! Wir haben nicht … du weißt schon … miteinander geschlafen."

Er schüttelte sich, als würde ihn das Gespräch mit mir über die Maßen ermüden. „Wie auch immer. In dem Moment, als Ihr Euch entschieden habt, mit ihnen zusammen meinen Meister zu stürzen …"

„… hast du zugeschlagen. Ja, das habe ich deutlich zu spüren bekommen. Kannst du mir eine Frage beantworten? Wie tötet man einen Vampir? Um präzise zu sein: Wie willst du *mich* töten? Ein zweites Mal kannst du mich nicht in die Grube werfen, weil die Biester jetzt Angst vor mir haben. Und du kannst mich auch nicht in einen Raum, der nach Osten zeigt, sperren und auf die Sonne warten, damit sie deine

Arbeit erledigt. Und Weihwasser wirkt bei mir auch nicht. Nicht dass ich nicht eine Gesichtsbehandlung gebrauchen könnte, also, wenn du es trotzdem versuchen möchtest ... sei aber vorsichtig mit dem Peeling, ich habe Mischhaut."

Dennis runzelte die Stirn, und für einen Augenblick sah er besorgt aus. Dann zuckte er mit den Schultern. Er zeigte nach links und ich folgte seinem Blick. Einige Schwerter standen dort in einer Ecke. „Ich muss Euch nur Euren niedlichen, kleinen Kopf abschlagen. Das reicht."

Ich verzog das Gesicht. Richtig, darum würde ich wohl nicht herumkommen. „Weißt du was? Irgendwie bin ich froh, dass es jetzt endlich zu einer Entscheidung kommt. Ich oder Nostro. Denn langsam bin ich von dem Mist *zu Tode* gelangweilt. Entführung, Verrat, Bündnisse hier, Bündnisse da. Es ist so verdammt kindisch. Wie haltet ihr das bloß aus?"

„Wir kennen unseren Platz." Er zog das Messer aus meinem Oberschenkel. „Wie schade, dass Ihr den Euren nicht kennt."

„Niemand sagt mir, wo mein Platz ist, du Schwuchtel." Vielleicht war ich ja tatsächlich die Königin! Und niemals würde ich mich vor Nostro oder Sinclair auf die Knie werfen. „Und jetzt genug mit dem Geschwätz. Sollten wir nicht langsam zur Sache kommen?"

Er blinzelte. „Ihr *wollt*, dass ich Euch den Kopf abschlage?"

„Alles ist besser, als hier zu liegen. Es ist arschkalt auf diesem Steinblock, und ich kann dein Haargel nicht mehr riechen! Suave ist übrigens nicht das richtige Produkt für deinen Haartyp. Viel zu fein und mädchenhaft. Du solltest auf Aveda umsteigen."

Er strich sich über sein glänzendes Haar und glotzte mich an. „Deine blöden Scherze machen mir nichts aus."

„Ich scherze nie über Haare. Wo ist denn überhaupt dein psychopathischer Boss? Ich hätte erwartet, dass er wie der wahr gewordene Alptraum eines Modedesigners mit mindestens vierzig oder fünfzig seiner Sklaven hier auftauchen würde, um sich ein bisschen in Schadenfreude zu üben."

Dennis zog eine Grimasse. Wahrscheinlich hielt er es für ein Lächeln. Jetzt wurde er richtig sauer. Gut. „Er tötet Eric und Tina. Aber er wird bald hier sein."

Ich hörte auf zu grinsen. Einer der Gründe, warum ich mich so forsch gegeben hatte, waren Eric und Tina. Bestimmt aber spielte die absurde Tatsache, dass ich halb nackt an einen Steinaltar gefesselt war, dabei ebenfalls eine Rolle. Aber insgeheim hatte ich gehofft, dass Eric und Tina kommen und mich retten würden.

„Der Tag, an dem Nostro sich Eric Sinclair überlegen zeigt, ist der Tag, an dem ich ..." Mir fiel nichts ein, was so aberwitzig war.

„... den Kopf abgeschlagen bekomme", beendete Dennis hilfreich den Satz.

„Hmm."

„Natürlich habe ich meine Stammesfreunde benachrichtigt, sobald ich dich in meiner Gewalt hatte. Einige von uns haben dich hierhergebracht, und der Rest hat Sinclairs Haus in Brand gesteckt. Wer flüchtete, wurde von uns mit einer Dusche aus Weihwasser empfangen, denn wir hatten das Herrenhaus komplett umstellt. Aber ich bin sicher, dass keiner es geschafft hat. Vampire brennen sehr gut."

Ich fluchte. Das herrliche viktorianische Haus, voll bis unters Dach mit wertvollen Antiquitäten. Und meine neuen Schuhe! Und Sinclair und Tina und die Damen und die Typen aus Dennis' Harem! Und meine neuen Schuhe!

Es war alles meine Schuld. Sinclair und Nostro hatten sich

jahrelang bekriegt, aber jetzt, da ich auf der Bildfläche erschienen war, eskalierte die Situation. Wenn ich nicht gewesen wäre, hätten sie sich für weitere fünfhundert Jahre mit der Pattsituation arrangiert. Ich hatte alles vermasselt und würde niemals die Chance bekommen, es wiedergutzumachen.

„Du Dreckskerl“, sagte ich hilflos.

„In der Liebe und im Krieg ist alles erlaubt“, sagte er leichthin. „Ich fürchte, ich kann nicht länger auf Nostro warten. Jetzt mache ich dich fertig, dann können wir mit dem Feiern beginnen. Außerdem ahhhh…“

Ich erstarrte. Eine lange Metallklinge hatte seinen Hals durchbohrt. Als ich endlich wieder meinen Augen traute, zog Tina bereits das Schwert aus Dennis' Hals und schwang es erneut. Er duckte sich weg. Sie drehte sich blitzschnell und ließ das Schwert auf die Ketten an meinen Füßen heruntersausen. Und noch einmal. Und …

„Hinter dir!“

Sie wirbelte herum, duckte sich, und Dennis' Klinge zischte über ihren Kopf hinweg. Ich trat mit den Füßen und zog an meinen Fesseln, so fest ich konnte. Ihre Schläge hatten die Ketten bereits fast durchtrennt.

Plötzlich lösten sie sich, und ich schwang meine Beine über den Kopf, um Schwung zu holen. Jetzt stand ich aufrecht dort, wo sich vorher mein Kopf und meine Hände befunden hatten. Die Ketten fraßen sich in meine Handgelenke, aber ich beachtete den Schmerz nicht. Ich stützte mich mit meinem ganzen Gewicht gegen den Altar und zog so fest ich konnte. Ich hörte ein Reißen, das nicht nur von den Ketten stammte, und dann war ich frei.

Atemlos rief ich „Du Arschloch“ und drehte mich um. Jetzt, da ich wusste, dass Tina überlebt hatte, konnte ich meine Wut ganz auf die verlorenen Schuhe konzentrieren. Und mein Zorn würde gewaltig sein! „Jetzt wirst du bekommen, was du … Igitt!“

Tina kniete vor mir, hielt Dennis’ Kopf an den Haaren und wollte ihn mir mit unbewegter Miene überreichen.

„Majestät, ich bitte um Vergebung für die Schmach, die Ihr erdulden musstet, und biete Euch als Wiedergutmachung den Kopf Eures Feindes …“

„Leg das Ding weg“, sagte ich ungeduldig. „Ich kann mich nicht mit dir unterhalten, wenn du seinen Kopf wie eine verdammte Rumbakugel schwenkst.“

„Sofort, Majestät.“

Sie ließ seinen Kopf fallen; ich dagegen riss sie auf die Beine, um ihr einen herzhaften Kuss auf den Mund zu geben. „Der ist dafür, dass du immer zur rechten Zeit erscheinst.“ Ich küsste sie noch einmal. „Und der dafür, dass du dem Bösen den Kopf abgeschnitten hast.“ Schmatz! „Und der, weil du so niedlich bist.“ Schmatz! „Und der, weil du nicht tot bist.“

„Aber klar“, sagte sie und schob mich mit dem Ellbogen fort, „jetzt, wo wir keine Zeit haben, seid Ihr ganz anhänglich. Wir müssen gehen.“

„Wo ist Sinclair?“

„Wir haben uns getrennt, um Euch zu suchen. Da ich die Ehre hatte, nehme ich an, dass er Nostro getroffen hat. Jetzt muss ich Euch Eure Gefolgschaft vorstellen.“

„Meine …“ Sie warf mir ein Schwert zu, ergriff meinen Arm und zog mich mit sich, so schnell, das ich fast gestolpert wäre. „Meine Gefolgschaft?“ Ich schaute noch einmal auf den kleinen, trostlosen Raum zurück, in dem ich fast zum zweiten Mal gestorben wäre. Dennis’ kopfloser Körper zuckte am Boden, erschauerte noch ein letztes Mal und lag dann regungslos da. Er wurde nicht zu Staub, sondern lag einfach da, wie eine Marionette, deren Fäden durchtrennt worden waren. Und der Kopf fehlte. Wieder einmal erlebte ich einen Schock in einer Woche, die zahllose unangenehme Überraschungen für mich bereitgehalten hatte. „Ich bin nur rechtzeitig gekommen, weil ich Nostros Leuten gesagt habe, dass Ihr die prophezeite Königin seid."

„Aber wie bist du dem Feuer entkommen? Dennis war sich sehr sicher, dass ihr alle zu Asche gegrillt wurdet."

„Der unterirdische Tunnel, natürlich", sagte sie ungeduldig. Sie zog mich hinter sich her wie einen Sack. „Sie haben ihn versperrt, aber nicht gut genug. Unter normalen Umständen wäre es ihnen vielleicht gelungen, aber Sinclair war so außer sich über Eure Entführung … so habe ich ihn noch nie gesehen."

Sie erschauerte. Vielleicht war ihr auch nur kalt.

„Dieser Sinclair. Tief in seinem Herzen ist er doch eine verschmuste Miezekatze. Also haben alle fliehen können? Das ist toll! Ich dachte, ihr alle wärt jetzt Toast."

„Ähm …"

„Ich war so geschockt, als er sagte, dass ihr alle tot wärt. Trotzdem habe ich immer weiter geredet, um Zeit zu gewinnen, wie sie es in den Filmen immer tun. Ich hatte nur daran denken können – und jetzt sieh nur, wie toll das geklappt hat!"

Tina schaute mich einen, wie mir schien, endlosen Augenblick lang an. „Karen ist tot, Betsy."

Ich stoppte. Karen verbrannt? In den Flammen *umgekommen?* Und wofür? Status und Territorium. Jungs, die sich um *Land* stritten. Obwohl diese Stadt doch groß genug gewesen wäre für zwei Führer-Vampire.

Was für eine Verschwendung.

„Es tut mir leid“, fuhr Tina fort, als ich nichts sagte. „Ihr mochtet sie, das weiß ich. Und sie hat genauso gefühlt, wenn Euch das hilft. Die letzten beiden Tage hat sie nur über Euch gesprochen.“

„Ich habe sie nicht einmal richtig gekannt. Sie hat mir Tee gemacht, das ist alles. Aber sie war nett. Ich fand sie richtig nett.“ Ich war zu benommen von den Ereignissen, als dass ich mehr hätte sagen können. Aber unter der Benommenheit kochte die Wut spürbar. Wie schwarzes Wasser, das sich im Januar unter dem Eis sammelt. Später würde jemand dafür bezahlen müssen.

„Also, ihr seid geflüchtet und dann hierhergekommen. Ganz einfach, was?“

Tina schnaubte. „Dennis hat das Haus ein wenig zu eilig verlassen. Ein böser Fehler, der ihn am Ende den Kopf gekostet hat. Eric und ich sind direkt hierhergekommen. Ich war darauf gefasst gewesen, mir den Weg freikämpfen zu müssen, aber stattdessen habe ich jedem, den ich traf, mitgeteilt, dass ich zu ihrer Rettung und zur Rettung ihrer Königin gekommen sei. Und wie durch ein Wunder – niemand hat mich aufgehalten. Das sagt mir, dass sie vielleicht bereit für Euch sind. Wenn ich ihnen Euch präsentiere, werden sie sich vielleicht gegen ihn wenden.“

„Glaubst du?“

„Nein“, sagte sie grimmig und zerrte mich eine Treppe hinauf. „Noch haben sie zu viel Angst. Zu viel Angst, mich aufzuhalten, aber auch, mir zu helfen. Dennoch habe ich festgestellt, dass immer dann, wenn Ihr ins Spiel kommt, interessante Dinge passieren. Also versuchen wir es einfach. Und wenn ich Nostro sehe, werde ich seine Eier zum Frühstück verspeisen.“

„Eine schöne Vorstellung.“

„Da!“, sagte sie und zeigte mit dem Finger. Im Ballsaal fand offensichtlich eine heftige Schlägerei statt. Mindestens dreißig Leute traten, kratzten, bissen, schlugen um sich. Nostro und Sinclair waren wahrscheinlich mitten unter ihnen.

Tina ließ meine Hand los und stürzte sich ins Getümmel. Ich drehte auf dem Absatz um und rannte. Am Ballsaal vorbei, am Pool vorbei, nach draußen. Ich wusste, was ich suchte, aber nicht, wo ich es finden würde.

Ich starrte orientierungslos auf den Boden. Zu meinem Pech war Nostros Grundstück riesig. Wo zum Teufel waren die …?

Ein junger, rothaariger weiblicher Vampir kam um die Ecke und stieß mit mir zusammen. Ganz offensichtlich wollte sie bei der Schlägerei nicht mitmachen. Als ich ihren Arm ergriff, kreischte sie und zuckte vor mir zurück.

„Wo sind die Biester?“

„Bitte nicht. Bitte tun Sie mir nicht weh!“

„Die Biester, Dummkopf. Wo hält dein Boss sie? Ich weiß, dass sie hier irgendwo eingeschlossen sind.“

Sie blinzelte mich an, und als ich sie näher betrachtete, fühlte ich mich elend. Sie war bei ihrem Tod vielleicht vierzehn Jahre alt gewesen, wog, grob geschätzt, achtzig Pfund, war sehr dürr und hatte die größten braunen Augen, die ich je außerhalb einer Tierhandlung gesehen hatte. Für immer ein Teenager. Für immer in der Pubertät. Ich konnte mir nichts Schlimmeres vorstellen. Sinclair war ein Schwein, aber er tötete keine Teenager. Wenn ich nicht schon entschlossen gewesen wäre, Nostro zu bekämpfen, bis seine Knochen unter der Erde lägen, dann wäre jetzt der Zeitpunkt dafür gewesen.

„Der Käfig befindet sich hinter der Scheune“, sagte sie

mit dünnem Stimmchen. „Ich kann es Ihnen zeigen, nur bittebittebittenichtwehtun."

„Entspann dich, Süße. Heute ist dein Glückstag. Bleib besser an meiner Seite. Drinnen ist es gefährlich."

„Gefährlich? Erzählen Sie mehr. Ich dachte immer, der Koreakrieg wäre gefährlich gewesen." Sie entspannte sich ein wenig, als sie sah, dass ich mein Schwert nicht dazu benutzen wollte, ihr den Kopf vom Körper zu trennen. „Ich bin übrigens … Alice."

„Ich bin die Königin, Alice." Mal sehen, Koreakrieg … dann war sie jetzt vierzig? Fünfzig? Ich würde mich nie daran gewöhnen. „Schön, dich kennenzulernen. Los jetzt."

Die Biester gerieten in Aufruhr, als sie mich sahen. Ich tastete nach meinem Kreuz und war erleichtert, dass Dennis es mir nicht abgenommen hatte. Wahrscheinlich hatte er es nicht berühren können. Oder er hatte es einfach vergessen. Ich hielt es den Biestern entgegen, und wie erwartet schreckten sie vor mir zurück. Widerlich.

Sollte ich das wirklich tun? Mein Plan konnte leicht nach hinten losgehen, und dann wäre ich geliefert.

Na ja, geliefert war ich ohnehin. Ich holte tief Luft, zerschlug mit der Faust die Schlösser an ihrem Käfig – das tat weh, war aber nichts im Vergleich zu dem Schmerz, den ich beim Zerreißen meiner Handfesseln erduldet hatte – und dann trat Stille ein.

„Äh … Eure Hochwohl… Eure Majestät … oder wie das heißt … ich würde nicht …"

„Es ist schon in Ordnung." Zumindest hoffte ich das. Wenn nicht, würde ich meine Entscheidung nicht lange bedauern müssen. Nicht mehr als fünf Sekunden, höchstens. „Ich denke, wir kennen uns." Ich hielt meine blutigen Handgelenke in die Höhe. Anscheinend konnte ich dort noch aus einer Arterie bluten, wenn auch nicht so stark und so heiß wie zu Lebzeiten. Es floss dick und schwerfällig und war dunkelrot, fast schwarz. Mir wurde ein bisschen schlecht, als ich auf meine Hände sah.

Die Biester krochen auf mich zu, berochen mich von oben bis unten und leckten dann an meinen Händen. Ihr Atem war kalt, und sie rochen unbeschreiblich schlecht.

„Was sind das für Kreaturen?"

„Es sind Vampire, denen es nach ihrer Auferstehung nicht erlaubt war, Blut zu saugen." Alice hielt die Gitterstäbe umklammert und beobachtete uns mit großen, ängstlichen Augen. „Wenn das passiert, werden sie zu Tieren, sie verlieren das Bewusstsein von sich selbst. Alles, was sie dann kennen, ist Hunger."

„Oh." Ich fühlte mehr Mitleid mit ihnen denn je. Einst waren diese Kreaturen Menschen gewesen! Selbst wenn sie die Ursache für meine neue Existenz waren, fühlte ich doch Mitleid. „Kann man es rückgängig machen?"

Lange Pause. „Ich … ich weiß nicht. Noch nie hat das jemand geschafft. Ich meine, mein Herr Nostro würde …"

„Sprich nicht weiter. Und hör auf, ihn Herr zu nennen. Alice, es scheint zu funktionieren. Also werde ich jetzt etwas versuchen und wahrscheinlich nicht getötet werden. Vielleicht aber doch. Wäre nicht das erste Mal. Also, bist du für mich oder gegen mich? Es ist in Ordnung, wenn du lieber draußen bleiben willst."

„Draußen bleiben? Und Euch alleine da reingehen lassen?" Sie dachte einen Augenblick lang über das verlockende Angebot nach und schüttelte sich dann wie ein kleiner Hund. „Ich glaube … ich glaube, ich bin für Euch." Sie starrte mich durch die Gitterstäbe hindurch an und senkte dann ihren Blick auf das Kreuz um meinen Hals, das immer noch tapfer sein weißes Licht ausstrahlte. Es erinnerte mich an das Snoopy-Nachtlicht, das ich als Kind gehabt hatte.

Sie schaute fort, dann wieder zu mir, wie magisch von dem Licht angezogen. Sie führte eine Hand zu ihren Augen, um sie zu schützen, hielt dann jedoch in der Bewegung inne. „Ihr seid so mutig und stark. Und es muss richtig sein, denn wie könntet Ihr sonst …"

„Heute noch, Alice. Könntest du meine Frage heute noch beantworten? Ich muss noch meine neuen Freunde retten, Nostro töten und rechtzeitig zu Hause sein, um mein Videogerät für Martha Stewart zu programmieren."

„Ich bin Eure Dienerin", sagte sie leise. Sie drückte die Stäbe so heftig, dass ich das Metall stöhnen hören konnte. „Für immer und ewig. Weil Ihr nett seid und weil Ihr mir erlaubt hättet, draußen zu bleiben. Auch wenn ich das nicht tun werde."

„Na, wunderbar." Würde ich mich jemals daran gewöhnen, dass Menschen sich mir augenblicklich zu Füßen warfen? Lieber Gott, hoffentlich nicht. „Also, das ist mein Plan."

26

Mit Alice und den Biestern auf den Fersen machte ich mich auf den Weg zurück zum Haus und rannte in den Ballsaal. Zu meiner großen Erleichterung schienen die Biester mir überallhin folgen zu wollen. Ich war nicht scharf darauf, sie alle an die Leine zu nehmen. Und bisher hatten sie auch nicht versucht, mich zu fressen. Auch das war ein großes Plus.

Nostro und Sinclair prügelten immer noch aufeinander ein, so schnell, dass ich nichts erkennen konnte. Nur fliegende Fäuste und dumpfe Schläge, wenn sie ihr Ziel getroffen hatten. Niemand sonst kämpfte mehr. Alle standen in einer Reihe an der Wand, hörten Tina zu und sahen verängstigt aus.

„Mischt euch nicht ein! Wer immer diesen Kampf gewinnt, wird unser neuer Herrscher sein, und deshalb dürft ihr euch nicht einmischen! Das war schon Gesetz, als die Sterblichen noch in Käfigen dahinvegetierten!"

In Käfigen vegetierten? Sehr nett. Tina konnte einem wirklich Angst machen.

„Ich werde mich einmischen", sagte ich hitzig. Hinter mir sammelten sich die Biester und rieben sich an meinen Beinen. Es war einerseits beruhigend, andererseits unglaublich gruselig. Ich zeigte auf die verschwommenen Gestalten von Nostro und Sinclair. „Fass!"

Jaulend und knurrend stürzten die Biester voran. Ich mit ihnen, aber nur, um Sinclair beim Kragen zu packen und aus dem Weg zu ziehen. So schnell ich auch war, eines der Biester rempelte uns und brachte uns ins Straucheln, sodass ich eine Ohrfeige von Nostro abbekam, die mich Sternchen sehen ließ. Ich fing mich wieder, rollte auf meinen Rücken und schaute zu.

In Comics wird ein Kampf immer mit wirbelnden Staubwolken, fliegenden Armen und Beinen, kleinen Sternchen und kreisenden Vögelchen dargestellt. Genau so war es hier auch. Die Biester knurrten. Nostro schrie, und wir Übrigen glotzten. Dann hörten wir Nostro röcheln und lautes Schmatzen einsetzen. Von Nostro hörten wir nichts mehr. Er war in Stücke gerissen.

Totenstille. Ich durchbrach sie als Erste: „Das war für Karen, du Scheißkerl."

Niemand sagte einen Ton. Dreißig Vampire schauten mich an, und der Triumph auf Tinas Gesicht war kaum zu ertragen. Ihr Gesicht war wie ein Leuchtfeuer, schön und schrecklich zugleich. Jetzt sah sie nicht mehr wie ein adretter Cheerleader aus, sondern wie eine siegreiche Kriegerin.

Ich wandte mich an Sinclair in der Hoffnung, eine seiner kühlen, sarkastischen Bemerkungen würde die Anspannung lösen. Dann schrie ich auf, rappelte mich hoch und versuchte, mich nicht zu übergeben, alles zur selben Zeit.

Sinclair war entsetzlich verbrannt. Das Fleisch seiner linken Seite war völlig verkohlt, sein Haar war verschwunden, seine Augenlider ebenso. Ich konnte sehen, wie die Venen unter der Haut seines rechten Arms mühsam Blut durch sein totes System zu pumpen versuchten.

Unglaublich, aber wahr: Er lächelte. Er verzog seine trockenen Lippen, und seine Zähne wirkten noch weißer und länger als gewöhnlich gegen sein verbranntes Fleisch. Ich hätte wohl Entsetzen verspüren sollen, aber dies war jemand, den ich kannte, selbst wenn ich ihn nicht mochte. Nicht sehr. Glaube ich.

„Sieg“, flüsterte er.

Ich brach in Tränen aus. So gut ich es eben konnte, ohne Tränen. Sicher, gesiegt hatten wir. Aber um welchen Preis? Und was würde als Nächstes passieren? Meinetwegen war er verbrannt, hatte er sein Heim verloren – und das meiste seines Körpers. Meinetwegen. Karen war tot. Meinetwegen. Und anstatt sich erst einmal zu erholen oder sich zu nähren, um wieder zu Kräften zu kommen, war er zu meiner Rettung herbeigeeilt.

„Sinclair … Eric … was …“

„Er muss sich nähren“, sagte Tina, als Sinclair sich auf sie stützte, um nicht zu fallen. „Von Euch. Euer Blut wird ihn schneller als alles andere heilen.“

„Weil ich die Königin bin?“

Sie nickte, sah mich dabei aber nicht an. Traurig starrte sie Sinclair an. „Wasser könnte helfen. Es beschleunigt den Heilungsprozess. Dann …“

„Gut, gut, das kannst du später erklären.“ Ich erinnerte mich, wie sie Detective Nick in die Dusche geschleppt hatten. Damals hatte ich angenommen, sie hätten ihn säubern wollen. Jetzt war ich mir nicht mehr so sicher.

Behutsam nahm ich Erics rechte Hand und schulterte ihn wie ein Feuerwehrmann. „Oh, nein, ich muss protestieren“, sagte er von der Rückseite meiner Oberschenkel her.

„Halt den Mund, Eric. Bald wird es dir besser gehen. Du musst schlimme Schmerzen haben.“

„Was ich alles durchmachen musste, damit du mich endlich bei meinem Vornamen nennst.“

Ich machte ein Geräusch, halb Schluchzen, halb Lachen. Der kraftlose Sinclair war unhandlich, aber dank meiner

Vampirkräfte fühlte er sich so leicht an wie ein Blatt Papier. „Still, Blödmann. Jetzt ist nicht die Zeit für deinen Sarkasmus."

„Bitte erzähl mir doch, wie du die Biester dazu gebracht hast, sich von Nostro abzuwenden", sagte er, den Kopf nach unten, als wäre die Situation dazu angetan, locker zu plaudern. Dies war wirklich der merkwürdigste Tag, den ich jemals erlebt hatte! „Das hat noch keiner vor dir geschafft."

„Du bist immer so neugierig."

„Und du verblüffst mich immer wieder."

Ich trug ihn zum Pool. Dann stellte ich ihn auf die Füße und richtete ihn auf.

„Wirklich, das ist doch alles nicht nötig …"

„Hol einmal tief Luft", sagte ich und stellte mich so nah an die Kante, dass meine Zehen ins Wasser ragten.

„Warum?", fragte Sinclair berechtigterweise. Dann tauchten wir.

Ich hatte noch Zeit zu denken, *oje, das Chlor wird in seinen Wunden höllisch brennen*, entnahm dann aber dem Ausdruck der Erleichterung auf seinem Gesicht, dass dies nicht der Fall war.

Warum konnte Wasser heilen? Vielleicht weil wir, technisch betrachtet, ausgetrocknet waren? Wir schwitzten nicht, weinten nicht und mussten nicht pinkeln, aber einmal ins Wasser geworfen, wurde alles gut? Seltsam. In den dicken, langweiligen Folianten, die ich ausgeliehen hatte, fände sich sicher eine Erklärung.

Sinclair zog mich sanft näher, und ich ließ es gern geschehen. Durch meine Schuld war er in diesen Zustand geraten, das Mindeste, was ich tun konnte, war, ihm durch mein Blut neue Kraft zu geben. Ich hoffte nur, dass ich genug davon hatte. War es denn ein solcher Unterschied, von einem anderen Vampir – von mir – zu trinken statt von einem Lebenden? Tina schien es zu glauben, und das reichte mir.

Ich erschauerte, als seine Zähne sich durch die Haut an meiner Kehle bohrten. Es war, als verlöre ich meine Jungfräulichkeit als Vampir. Das Wasser war köstlich kühl, als wir uns immer tiefer auf den Grund sinken ließen. Es war seltsam und wunderbar zugleich, sich unter Wasser treiben zu lassen und nicht auftauchen und nach Luft schnappen zu müssen.

Ich hatte meine Hände auf seinen Schultern und konnte fühlen, wie die Haut auf seinem Rücken wie durch Zauberhand heilte, als er von mir trank und an Kraft und Energie gewann. Während er saugte, streichelte er meinen Rücken, was sehr schön war – angenehm und sanft und tröstlich. Nahrung zu sein war genauso schön wie Nahrung aufzunehmen. Ich genoss es, genommen zu werden, von einem Wesen gehalten zu werden, das größer und stärker war als ich, ein Wesen, das mich hätte brechen können, wenn es gewollt hätte, es aber niemals tun würde (wahrscheinlich …). Es war wunderbar, mich ihm hinzugeben.

Eric zog sich zurück und lächelte mich glücklich an. Sein Gesicht heilte, während ich staunend zusah. So schnell – das alles geschah so schnell! Dann war er wiederhergestellt, perfekt – ein wunderbares Exemplar von einem Mann. Mit sehr großen Eckzähnen. Die ganze Prozedur hatte nicht einmal fünf Minuten gedauert.

Ich lachte unter Wasser und erstickte fast. Wieder zog er mich näher, nicht ganz so sanft diesmal, und dann war sein Mund auf meinem, seine Zunge rieb gegen meine, er umschlang mich mit seinen Armen, presste mich fest gegen seine Brust.

Wir küssten uns eine gefühlte Stunde lang. Er zog mir die zerrissene Kleidung vom Körper, ich half ihm aus seinen verbrannten Kleiderfetzen. Dann fiel mir ein, dass er das Kreuz nicht würde ertragen können, zog es über meinen Kopf und ließ es im Wasser davontreiben. Später würde ich es mir wiederholen. Als ich seinen pulsierenden, festen Schwanz berührte, war ich froh, im Wasser zu schweben. An Land hätte ich mich wohl kaum auf den Beinen halten können. Er war riesig und schön, und ich wollte jeden Zentimeter davon in mir spüren.

Ich fühlte mich zu ihm hingezogen und war es leid, ständig dagegen anzukämpfen, so zu tun, als drehte sich mir nicht jedes Mal der Magen um, wenn er mich anlächelte. Liebe? Ich wusste es nicht. Noch nie hatte ich jemanden wie Eric Sinclair kennengelernt, der mich für eine hoffnungslose Spinnerin hielt und dennoch für mich gekämpft hatte. Dabei hatte er alles verloren, nur um mir den Thron zu sichern.

Er nahm eine meiner Brustwarzen zwischen seine Lippen und saugte sanft daran. Dann strich seine Zunge über die feste Spitze – und wieder hätte ich unter Wasser fast nach Luft geschnappt. Seine Hände waren überall, kneteten und streichelten meinen Rücken, meinen Hintern, meine Oberschenkel. Dann ließ er mich los und tauchte.

Ich bog den Rücken durch, als seine Finger in mich glitten und ich seine Zunge tief in mir spürte. Ich starrte blind auf die Wasseroberfläche, während seine Zunge streichelte, neckte, leckte und in mich stieß, während seine Finger ohne Unterlass meine Schenkel kneteten. Ich umschlang seinen Kopf mit meinen Beinen, griff in seine Haare, um sein Gesicht noch fester in mich hineinzudrücken. Die Berührungen seiner Lippen und seiner Zunge in Verbindung mit dem lustvollen Streicheln des Wassers auf meiner Haut brachten mich in Ekstase.

Dann spürte ich, wie seine Zähne meine Haut durchstachen, fühlte, wie er sanft saugte, aus meinem Inneren trank, und ich kam zum Orgasmus. Kam? Eher wurde ich geschubst, gestoßen. Ich schrie lautlos, während ich auf das herrliche Licht der Wasseroberfläche starrte.

Er griff nach oben, fand meine Taille und zog mich zu sich hinunter, während er jeden Zentimeter meines Körpers küsste, bis sein Mund den meinen fand.

Sie ist so schön, sie fühlt sich so gut an, ich kann mich nicht zurückhalten, ich muss sie haben, ich muss in ihr sein, o Elizabeth, mein Liebling, mein Ein und Alles …

Ich erstarrte. Waren das Gedanken, die ich hörte? Falls ja, so waren es nicht meine. Und er hatte ja schließlich nicht Zugang zu meinem Kopf; sondern es war mehr wie ein Lauschen. Seit wann konnte ich seine Gedanken lesen? Irgendjemandes Gedanken lesen? Konnte er mich ebenfalls hören?

Eric, ich habe eine Geschlechtskrankheit im fortgeschrittenen Stadium. Das ist doch kein Problem, oder?

Nichts. Er küsste mich weiter und saugte jetzt meine Unterlippe in seinen Mund. Ich griff nach ihm, fand seinen gewaltigen Schwanz, und fing an, ihn sachte zu streicheln.

Jetzt muss ich es tun, jetzt sie nehmen, sie berühren, jetzt muss ich sie haben, jetzt, o bitte, lass mich ihr nicht wehtun, o Elizabeth, meine strahlende Königin, ich würde sterben für dich …

Er drückte, ich schlang meine Beine um seine Hüfte – jetzt trieben wir kopfüber – und nahm ihn langsam in mich auf. Es fühlte sich eng an, unglaublich eng, und auch herrlich, erstaunlich und wundervoll.

Ich spürte seine Hand in meinem Haar. Er zog meinen Kopf hoch und schaute mich an, als er immer weiter in mich eindrang, Zentimeter für Zentimeter.

„Hör nicht auf", formulierte ich lautlos mit den Lippen.

Ach Liebling, als wenn ich das könnte …

Und immer noch stieß er tiefer, drückte sich immer weiter in mich hinein. Er vergrub das Gesicht in meiner Halsbeuge, als er sich zu quälender Langsamkeit zwang, sich zurückhielt, aus Angst, mich zu verletzen.

Das war nett gemeint, aber ich wollte noch einmal kommen. Wollte ihn überall in mir spüren. Wollte ihn bis hinauf zu meiner Kehle spüren, ihn reiten, bis ich schrie und kratzte, in seine Augen sehen, wenn er sich in mir verkrampfte. Ich schlängelte mich näher, und er erschauerte. Dann biss ich ihn in die Kehle, und er stieß zu, sodass er komplett in mir war.

Ich wand mich auf ihm und genoss das Gefühl, festgenagelt, aufgespießt zu sein. Gevögelt zu werden.

Nein, o nein, nicht, nicht, ich tu dir weh, ich werde ihr wehtun, o Elizabeth, du fühlst dich so gut an …

Ich kreuzte meine Füße hinter seinem Rücken, schlug meine Fingernägel in seinen Rücken und erwiderte sein Stoßen. Erneut biss ich ihn, dieses Mal auf der anderen Seite, und er krümmte sich. Wieder stießen wir zu …

Kann nicht aufhören, kann nicht, kann nicht, Elizabeth, o Elizabeth, du fühlst dich so lebendig an, du fühlst dich einzigartig an, Elizabeth …

… wir kämpften beinahe unter Wasser miteinander, wie wir uns wanden und krümmten und immer wieder gegeneinander stießen. Wieder fand mich sein Mund, und er küsste mich so fest, dass einer seiner Eckzähne in meine Unterlippe stach.

MEHRMEHRMEHRMEHRMEHRMEHRMEHR.

Ich kam, und zwar so heftig, dass mir schwarz vor Augen wurde. Der Orgasmus war so stark, dass ich mich an ihm festkrallen musste …

ELIZABETH! ELIZABETH! ELIZABETH!

… und spürte, wie er zitterte, als auch er Erlösung fand. Es war … es war, als wäre ich wieder lebendig!

Er fasste fester zu, seine Zunge stieß noch einmal tiefer in meinen Mund, und dann entspannte er sich, wurde kleiner und zog sich aus mir zurück, kleiner und weicher, aber immer noch eindrucksvoll.

Ganz sachte entfernte ich mich von ihm, trieb von ihm fort – aber er griff nach mir und hielt mich lange fest in seinen Armen, während wir der Wasseroberfläche entgegentrieben. Ich konnte ihn nicht mehr hören, und das machte mich traurig.

Liebe? Ich war mir nicht sicher. Aber heute Nacht war etwas ganz Besonderes zwischen uns geschehen.

27

Ich schrie, als ich aus der Tiefe die Oberfläche durchbrach. Der Pool war voller Vampire, die alle geduldig warteten. Ich tauchte wieder, schwamm etwas herum und fand schließlich das Kreuz, das Sinclairs Schwester gehört hatte, leichter, als ich erwartet hatte. Ich legte es wieder um meinen Hals, hielt mich noch eine Weile auf dem Grund des Pools versteckt und sammelte meinen Mut, um aufzutauchen.

Da standen sie alle. Verrückt. Ich trat Wasser und dachte darüber nach, wo ich jetzt Kleider herbekommen würde. Und darüber, was sie wohl alles gesehen hatten. Alle starrten sie mich an, mit ausdrucksloser Miene. Gott allein wusste, was sie denken mochten. Erst tot, dann ein Vampir, dann eine Königin, jetzt eine Hure. Eine ereignisreiche Woche!

Tina kniete neben dem Pool und hielt mir einen Bademantel hin. Ich schwamm zu ihr, kletterte aus dem Wasser, ließ mir hineinhelfen – iiihhh, eine Polyester-Baumwoll-Mischung, aber in meiner Lage konnte ich nicht wählerisch sein – und schloss den Gürtel, so schnell ich konnte. Sinclair, das schamlose Luder, übte sich nicht in Bescheidenheit. Er drückte sich ganz einfach aus dem Pool heraus und baute sich dann wunderbar nackt vor unserem Publikum auf. Während ich ihn noch musterte, heilten bereits die Zahnabdrücke an seiner Kehle und an seinen Schultern. Sonst passierte nichts, aber ich schaute ihn immer noch an.

„Seht", sagte Tina laut, „unsere Königin und ihr Prinzgemahl."

Die versammelten Vampire applaudierten, aber es war ein gedämpftes Hurra. Mehr ein gemeinsames „Ahaaaa“. Wahrscheinlich dachten sie, der neue Boss wäre genauso wie der alte.

Es war zu offensichtlich, dass sie sich immer noch fürchteten. Ich hatte Mitleid mit ihnen, aber wie konnte ich ihnen beweisen, dass ich kein verrückter Irrer war? Wenn sie mich erst einmal kennengelernt hätten, würden sie mich nicht mehr fürchten. Und … Augenblick mal!

„Äh …“ Ich hob den Finger.

„Nostro existiert nicht mehr“, sagte Sinclair ernst (und nackt). „Die Biester stehen unter dem Befehl meiner Königin. Wie ihr alle.“

„Äh … Eric?“

„Alle, die sich ihr nicht anschließen wollen, sollen gehen, heute Nacht noch. Wir werden euch nicht zwingen. Ihr seid frei, zu gehen oder zu bleiben. Die dunkle Zeit ist vorbei. Aber alle, die bleiben und meiner Königin Treue schwören, werden unter unserem Schutz stehen, solange wir leben.“

Prinzgemahl?

„Prinzgemahl?“, fragte ich. Tina wich auf einmal meinem Blick aus, und ich fragte mich warum. „Tina? Prinzgemahl? Was?“

Überall im Raum warfen sich Vampire auf die Knie, senkten die Stirn auf die Fliesen, aber ich beachtete sie gar nicht. Und Tina wollte mich immer noch nicht ansehen. *Was ist hier los?*

Einige Vampire in meiner Nähe schreckten zurück – nicht so ganz einfach, wenn man auf den Knien lag –, und Tina hüstelte, während Sinclair sich mir zuwandte und mich nachdenklich ansah. Dann lächelte er mich an. Warum ängstigte mich sein Lächeln jetzt wieder?

„Hallo? Bin ich hier in diesem Raum? Möchte jemand mir endlich antworten? Prinzgemahl? Was geht hier vor?“

Tina hustete noch einmal. „Wir … äh … sind nicht dazu gekommen, dir die Prophezeiungen des Buches der Toten zu Ende zu erklären. Weil Dennis … und dann haben wir es vergessen.“

„Und …?“

„Aber Eure Ankunft wurde vorhergesagt und Nostros Niedergang ebenso und dass Eric der … also… Euer König sein würde.“

„Was?“ Ich konnte fühlen, wie mir die Augen aus dem Kopf traten. „Was hast du gesagt?“

„Sie sagte, dass Eric Euer König sein würde“, piepste Alice hilfreich aus dem Hintergrund.

„Du bist ruhig. Tina, rede weiter. Jetzt. Sofort.“

„*Und der Erste, der sich nach dem Niedergang des Thronräubers mit der Königin so vereint, wie es Ehegatten miteinander tun, wird der Prinzgemahl der Königin sein und an ihrer Seite herrschen tausend Jahre lang.* So ungefähr“, schloss sie, „habe ich den Wortlaut in Erinnerung. So geht es noch einige Zeit weiter. Ich werde Euch die Passage zeigen, wenn wir zurück sind.“

„Was?“ Ich geriet ins Schwanken. Sinclair wollte mich halten, doch ich zog meinen Arm fort, sodass ich beinahe rücklings in den Pool gefallen wäre. „Ich bin Königin und Sink Leer ist König? Wann soll das denn passiert sein? Hab ich hier irgendetwas verpasst?“

„Seitdem wir Sex hatten. Daran erinnerst du dich mit Sicherheit noch“, eilte Sinclair mir zu Hilfe.

„Warum hat mir das keiner gesagt? Warum hast du mich nicht gewarnt? Tausend Jahre lang? Was?“

„Nun ja“, sagte der, der nun auf ewig auf meiner Liste der

hassenswertesten Personen stand, die jemals gelebt hatten, „wenn ich gesagt hätte: Elizabeth, Werteste, ich würde gerne mit dir schlafen, aber du musst wissen, dass ich gleich nachdem ich gekommen bin, auch noch zu etwas anderem kommen werde, nämlich zur Krone, hätte ich wohl alle Hoffnung begraben können, dich jemals nackt zu sehen."

Tina deutete den Ausdruck auf meinem Gesicht richtig, denn schnell sprang sie vor Sinclair und breitete ihre Arme aus. Der Dreckskerl sah lediglich amüsiert aus und schaute mich über ihren Kopf hinweg an.

„Das ist nicht der Grund, Majestät. Ihr habt ihn tief im Inneren berührt, deswegen ist er jetzt auch so durcheinander." Dann zischte sie Sinclair zu: „Hör auf damit!" Sie lächelte mich falsch an: „Es ist so vorhergesagt worden, das ist alles. Wie auch Eure Thronbesteigung. Keiner von uns kann daran etwas ändern."

„Wollt ihr wetten?"

Sinclair breitete seine Arme aus. „Meine Liebste, du klingst so zornig. Wir müssen eine Krönung planen, also lächle! Außerdem wirst du bei mir einziehen, sobald ich mein Heim wieder aufgebaut habe."

„*Willst du wetten*?"

„Nun, dann vielleicht später. Nachdem du die ... freudige Überraschung ... verdaut hast."

„Du sagtest", ich stieß meinen Zeigefinger in Tinas Brust, „du sagtest, wenn ich Königin würde, könnte ich Sinclair loswerden."

„Du wolltest mich loswerden?" Das Arschloch wagte es tatsächlich, gekränkt zu klingen.

„Ich dachte nicht, dass Sinclair am Ende Euer Prinzgemahl würde", sagte sie schwach, aber ich wusste, dass sie log. Vielleicht sah sie in mir ja wirklich ihre Königin, aber

Eric war ihre Sonne und ihr Mond, er war ihr näher als ein Bruder. Was er wollte, würde sie ihm besorgen. Mich verehrte sie, aber ihn liebte sie. „Aber das Buch hatte recht. Mit allem. Und wir müssen es akzeptieren, das ist alles."

„Nur über meine Leiche!"

„Nun, wenn du …", begann Sinclair.

„Du hältst den Mund. Ich gehe jetzt nach Hause!", sagte ich laut. Ich zog den Gürtel des Bademantels fester. Wie sollte ich das anstellen? Ohne Schlüssel, ohne Auto, ohne Führerschein, ohne Slip? Glücklicherweise war ich zu wütend, um mir darüber Gedanken zu machen. „Und ihr beide bleibt weg von mir! *Das meine ich ernst*!"

Tina biss sich auf die Lippe und starrte auf den Fußboden. Aber Sink Leer lächelte mich an. „Unmöglich, meine Königin. Wir haben ein Königreich zu regieren."

EPILOG

So also wurde ich die Königin der Toten. Ich konnte mich schwer an den Gedanken gewöhnen, dass ich tatsächlich den Bad Guy getötet hatte – und jetzt war ich auch noch eine tote Regentin. Und der Rüpel mit dem unglaublichen Sexappeal mein König. Und ich hasse ihn. Aber für die nächsten tausend Jahre müssen wir uns damit abfinden. Tausend Jahre, ist das zu glauben! Wir werden uns länger halten als *Die Simpsons*! Wenn ich daran denke, bekomme ich jedes Mal Lust, jemand ganz Bestimmten durch eine Wand zu schubsen.

Noch eine Woche zuvor war meine größte Sorge, dass ich meinen Job verlieren könnte. Das waren noch Zeiten gewesen! Jetzt war ich damit beschäftigt, ein Königreich voller Vampire zu regieren, meine Finger von Sinclair zu lassen (mein Gott, ich wollte ihn noch immer! Ich würde alles dafür tun, noch einmal seine Hände – oder etwas anderes – zu spüren!), Tina die kalte Schulter zu zeigen, bis ich mich entschloss, ihr zu vergeben, Jessica und Marc davon abzuhalten, ein privates Verbrechensbekämpfungsunternehmen zu gründen (HELP GmbH) und Tausenden von Vampiren beizubringen, dass sie nun ihr eigenes Leben führen mussten.

Darüber hinaus musste ich mich um meine Beziehung – wenn man sie so nennen konnte – zu meinem Vater und Ant kümmern. Auch wenn es mir ganz gelegen kam, dass sie unbeirrbar so taten, als wäre ich noch am Leben, so konnte ich es doch nicht dabei belassen. Ich hatte mich an mein Stiefmonster gewöhnen müssen, dafür würde mein Vater sich nun mit der Tatsache anfreunden müssen, dass seine Tochter von den Toten auferstanden war.

Zu allem Überfluss musste ich eine Lösung für mein Nahrungsproblem finden. Und einen neuen Job. Denn obwohl ich arbeitslos *und* (un)tot war, wollte ich nicht für immer auf Jessicas Wohltätigkeit angewiesen sein müssen. Das wäre geradezu lächerlich gewesen. Aber ich wusste, es würde sehr schwer werden, sie davon zu überzeugen.

Ich übertrug Alice die Verantwortung für die Biester, die immer noch in Nostros Haus untergebracht waren, aber nun mehr Auslauf hatten. Irgendwann bekäme vielleicht einmal ein Genie unter den Vampiren eine Idee, wie man ihnen helfen könnte. Nahezu jeder versuchte mich davon zu überzeugen, dass sie gepfählt werden müssten, aber ich weigerte mich. Es fiel mir schwer, zu widerstehen. Ich musste mich erst an die Idee gewöhnen, nun die Verantwortung zu tragen. Ein seltsames Gefühl. Immerhin war ich einige Jahrhunderte jünger als die anderen Vampire.

Ich bestand darauf, dass Karen eine ordentliche Beerdigung erhielt, was anscheinend gegen alle Vampirregeln verstieß. Aber das war mir egal. Also setzte ich meinen Willen durch – und die Zeremonie war erstaunlich gut besucht. Nicht schlecht für eine Mitternachtszeremonie.

Mit Sinclair und Tina habe ich während der Trauerfeier nicht gesprochen, aber ich nahm die Urne mit nach Hause. Jetzt steht sie auf meinem Kaminsims und erinnert mich daran, dass Kollateralschäden niemals akzeptabel sind.

Meine Mutter war ebenfalls bei der Beerdigung. Sie war ganz begeistert von Sinclair, der sie anscheinend wirklich für sich gewonnen hatte, in dieser Nacht, als er wie ein schwarzer Engel zu ihrem Schutz herbeigeeilt war. Sie findet es schick, dass er mein König sein soll. Ich habe versucht, ihr zu erklären, wie hinterhältig, verschlagen und durch und durch unehrlich er war (ohne allerdings die Sache im Pool zu erwähnen), aber meine Ausführungen stießen auf taube Ohren. „Weißt du, Betsy, nur weil du untot bist, musst du nicht unverheiratet bleiben."

Aber sicher. Ich für meinen Teil war fest entschlossen, unverheiratet zu bleiben, zumindest für die nächsten tausend Jahre. Das Ekelpaket Sinclair als Prinzgemahl an meiner Seite zu wissen war schlimm genug, ich würde nicht auch noch die brave, kleine, untote Hausfrau spielen.

Kürzlich habe ich Nick noch einmal getroffen. Wir sind einander ganz zufällig über den Weg gelaufen, als wir beide, wie üblich in den Vorstädten, im selben Lebensmittelladen einkauften.

Er sah besser aus und schaute nur milde überrascht, als er mich vor dem Regal mit frisch gepressten Säften sah. An den Zeitungsartikel über meinen Tod konnte er sich nicht mehr erinnern, auch nicht an die Zeit, die wir gemeinsam verbracht hatten. Eine Sorge weniger auf meiner Liste.

Wenn ich nur Sinclair dazu bringen könnte, damit aufzuhören, mir Designerschuhe vor die Tür zu legen. In seiner letzten Karte versprach er nämlich, genau das zu tun. Jeden Tag ein Paar, bis ich ihm vergeben würde. Bis jetzt habe ich vierzehn Pradas, acht Manolos und sechs Ferragamos.

Vielleicht vergebe ich ihm … irgendwann.

Ich warte immer noch auf die neuesten Jimmy-Choo-Slipper. In Rot.

DANKSAGUNG

Eigentlich müsste ich niemandem danken. Ich habe es nämlich *ganz allein* geschafft, dieses Buch zu schreiben! Okay, okay, das ist gelogen. Sehr sogar. Denn während ich schrieb, haben mir sehr viele Leute geholfen, ohne es zu merken.

Zuallererst danke ich meinem Mann, der jedes Wort, das ich schrieb, noch einmal bearbeitete und mir die Kinder vom Hals hielt, wenn ich versuchte, einen Abgabetermin einzuhalten. Mein Dank gilt auch Angela Knight, die so freundlich war, Cindy Hwang auf meine Arbeit aufmerksam zu machen, ebenso Tina Engler, die mich ermutigte, ein düsteres e-book über eine tote Sekretärin zu schreiben, und Martha Punches, die den ersten Entwurf ohne Bezahlung Korrektur las. Danke auch an meinen Buchclub, den *Magic Widows*, die mir so oft tolle Ideen für Dialoge gaben, und einen besonderen Dank an Cathleen Barkmeier für die Informationen zu generalisierten Angststörungen.

Ich möchte meinen Freunden am Cape danken: Curt, Andrea, Guy, Vana und Jon. Eines Tages brachte Anthony einen Redneck aus dem mittleren Westen mit, und sie haben ihn mit offenen Armen empfangen.

Und ich möchte meiner Familie danken: Al, Sharon, Yvonne, Paul, Bill, Elinor, Julie Kathryn, Thomas, Betsy, Scott und Daniel. Sie haben mir das ultimative Kompliment gemacht, nicht von meinem Erfolg überrascht zu sein. Oder sie haben ihre Überraschung nicht gezeigt. Wie auch immer, ich bin ihnen dankbar.

SÜSS WIE BLUT UND TEUFLISCH GUT

Roman

Ins Deutsche übertragen von
Stefanie Zeller

LYX EGMONT

Für meine früheren Chefs: Jim, Linda, Bob, Vince, Maggie, Neil, Kathy, Pat, Jeff und Ron. Einige von euch waren fantastisch, einige waren vermutlich Soziopathen, aber ich habe von euch allen etwas gelernt.

Und der Erste, der sich nach dem Niedergang des Thronräubers mit der Königin so vereint, wie es ein Ehemann mit seiner Ehefrau tut, wird der Prinzgemahl der Königin sein und an ihrer Seite herrschen tausend Jahre lang.

Das Buch der Toten

Wenn dieser Mistkäfer Sinclair denkt, ich würde für tausend Jahre seine Frau, dann muss er verrückt geworden sein.

Aus den privaten Aufzeichnungen Ihrer Majestät, Königin Elizabeth der Ersten, Herrscherin über die Untoten, rechtmäßige Gebieterin über die Vampire, Gattin von Eric dem Ersten, rechtmäßiger König

PROLOG

Protokoll der Aussage von Robert Harris
30. Juni 2004
55121/02.32.55 Uhr – 03.45.32 Uhr
aufgenommen von Detective Nicholas J. Berry
Vierter Distrikt, Minneapolis, Minnesota

Nachdem er vor Ort verarztet worden war, lehnte Mr. Harris die weitere Versorgung im Krankenhaus ab und stimmte zu, die verantwortlichen Beamten, Whritnour und Watkins, zu einem Verhör auf die Wache zu begleiten.

Das Verhör wurde geführt von Detective Nicholas J. Berry.

Robert Harris ist 52 Jahre alt, weiß, männlich und arbeitet als Taxifahrer für *Bright Yellow Cab*. Mr. Harris hatte Dienst, als die unten beschriebenen Vorgänge sich ereigneten. Mr. Harris hat einen Atemtest durchgeführt. Die Laborergebnisse bezüglich eines möglichen Drogeneinflusses stehen noch aus.

Detective Berry: Sind wir fertig? Ist das Aufnahmegerät … Okay. Möchten Sie etwas trinken? Kaffee? Bevor wir anfangen?

Robert Harris: Nein, danke. Wenn ich so spät noch Kaffee trinke, kann ich nicht schlafen. Und mit meiner Prostata, Sie verstehen schon … Lieber kein Risiko eingehen.

DB: Können wir über die Ereignisse des Abends sprechen?

RH: Sicher. Möchten Sie über die Zwillinge reden, die verprügelt wurden? Oder warum ich so blöd war, einen Job anzunehmen, bei dem ich die ganze Zeit sitzen muss? Verdammte Hämorrhoiden.

DB: Die Ereignisse …

RH: Sicher, Sie wollen wissen, was das für eine Geschichte ist, die ich den Jungs erzählt habe. Sie haben sich um mich gekümmert. Sehr nette Jungs – für Cops. Nichts für ungut. Deswegen sind wir doch hier, oder?

DB: Genau.

RH: Weil ihr denkt, ich wäre verrückt. Oder besoffen.

DB: Wir wissen, dass Sie nicht betrunken sind, Mr. Harris. Also, heute Nacht …

RH: Heute Nacht saß ich mir in meinem Taxi den Hintern platt und dachte an meine Tochter. Sie ist jetzt neunzehn, geht auf die Uni.

DB: Die University of Minnesota, Duluth Campus.

RH: Genau die. Deswegen mache ich so viele Nachtschichten, weil diese Bücher so verdammt teuer sind. Also, mal ehrlich, einhundertzehn Kröten für ein Buch? Ein einziges Buch?

DB: Mr. Harris …

RH: Egal. Da saß ich also, dachte nach und aß mein Mittagessen. Natürlich war es Nacht, aber bei Nachtschichten passt man sich eben an. Ich saß an der Ecke Lake und Vierte. Die meisten Taxifahrer mögen den Stadtteil nicht, wissen Sie, wegen der Neger. Nichts für ungut. Ich meine, nicht dass Sie danach aussehen, aber …

DB: Mr. Harris, ich bin kein Afroamerikaner, aber selbst wenn – ich wäre sehr froh, wenn wir beim Thema blieben.

RH: Aber heutzutage kann man sich da nicht mehr sicher

sein, hab ich recht? Selbst die verdammten Nazis sind politisch korrekt. Ein Mann kann nicht mal mehr seine Meinung sagen. Ich hab einen Freund, Danny Pohl, der ist so schwarz wie ein Pikass, und er nennt sich selbst einen – na ja, ich will es jetzt nicht sagen, aber er sagt es die ganze Zeit. Und wenn es ihn nicht stört, warum dann uns?

DB: Mr. Harris …

RH: 'tschuldigung. Da bin ich also in diesem Stadtteil, den manche nicht mögen, und esse mein Mittagessen – Schinken und Schweizer Käse auf Weißbrot, falls es Sie interessiert –, und da liegt mein Taxi plötzlich auf der Seite!

DB: Sie haben nichts gehört?

RH: Ich hab's nicht kommen sehen, Junge. Ich esse friedlich mein Sandwich, und im nächsten Augenblick liege ich auf der Seite, und der ganze Müll vom Boden regnet auf mich runter, und ich lasse mein Sandwich fallen und liege mit dem Kopf auf der Straße. Ich hörte jemanden weggehen, aber sehen konnte ich nichts. Aber das war nicht das Schlimmste.

DB: Sondern?

RH: Na ja, ich überlegte gerade, ob ich den Senf aus meinem neuen Arbeitshemd wieder herausbekommen würde, als ich diesen wirklich lauten Schrei hörte.

DB: Ein Mann oder eine Frau?

RH: Schwer zu sagen. Ich meine, jetzt weiß ich es, weil ich sie gesehen habe – beide –, aber damals wusste ich es nicht. Auf jeden Fall schrie da jemand, als würden ihm die Beine aus dem Leib gerissen oder so, denn er kreischte und weinte und stammelte. Noch nie in meinem Leben habe ich etwas Schlimmeres gehört. Meine

Tochter ist völlig unmusikalisch und probiert immer wieder neue Instrumente aus. Die Tuba zum Beispiel. Aber verglichen damit ist das nichts.

DB: Was haben Sie dann getan?

RH: Was denken Sie denn? Ich bin so schnell ich konnte aus meinem Taxi geklettert, aus der Beifahrertür. Ich war Sanitäter im Krieg – in Vietnam. Zurück in den Staaten hab ich es drangegeben und nie wieder ein Krankenhaus betreten, noch nicht einmal als meine Frau, Gott hab sie selig, unsere Anna bekam. Aber ich dachte, ich könnte vielleicht helfen. Mein Taxi ist versichert, darüber machte ich mir keine Sorgen. Aber da war jemand wirklich in Schwierigkeiten, das war wichtiger. Ich dachte, vielleicht hätte jemand sein Kind überfahren, aus Versehen. Einige dieser Straßen sind ganz schön dunkel. Man kann kaum was erkennen.

DB: Und dann?

RH: Dann kam dieser Bus. Er hat fast mein Taxi gerammt! Das war seltsam, weil zu dieser Zeit eigentlich keine Busse mehr fahren, und dieser war auch leer. Bis auf einen Passagier. Dann ist diese junge Frau herausgesprungen. Und der Bus blieb einfach stehen. Der Busfahrer hat die Frau angestarrt, als wäre sie Schokoladeneis. Ich habe sie mir ein bisschen genauer ansehen können.

DB: Können Sie sie beschreiben?

RH: Also, sie war groß, richtig groß – ungefähr meine Größe, und ich bin fast eins dreiundachtzig. Sie hatte hellblonde Haare mit Streifen – wie nennt man das noch? Strähnchen! Sie hatte rötliche Strähnchen und die größten, hübschesten grünen Augen, die ich je gesehen habe. So wie diese altmodischen Glasflaschen, die dunkelgrünen. Und sie war sehr blass, als ob sie den ganzen Tag über im Büro arbeiten würde. Im Sommer wird mein linker Arm braun, weil ich ihn immer aus dem Fenster hängen lasse, aber mein rechter Arm bleibt weiß. Na ja, auch egal … Ich kann mich nicht mehr erinnern, was sie trug. Hab vor allem auf ihr Gesicht geachtet. Und … und …

DB: Geht es Ihnen gut?

RH: Es ist nur … nicht leicht für mich. Das ist alles. Diese junge Frau war vielleicht fünf oder sechs Jahre älter als meine Tochter, aber ich … na ja, sagen wir mal so, ich wollte sie, wie ein Mann seine Frau an einem Samstagabend will, wenn Sie verstehen, was ich meine. Und ich bin nie so einer gewesen, der scharf auf Kinder ist, die meine eigenen hätten sein können, obwohl meine Frau seit sechs Jahren tot ist. Also – es war schon ein bisschen peinlich, dass ich ganz plötzlich mit meinem Schwanz dachte, wo ich doch gerade diese schrecklichen Schreie gehört hatte.

DB: Nun ja, manchmal, unter Stress, kann es schon sein, dass …

RH: Das war nicht der Stress. Ich war scharf auf sie. Wie ich noch nie scharf auf jemanden gewesen bin. Ich starrte sie also an, aber sie beachtete mich nicht. Wahrscheinlich passiert ihr das zwanzigmal am Tag – alte Säcke, die sie anstarren. Sie sagte nichts zu mir, sondern marschierte zurück in Richtung Gasse. Also bin ich ihr gefolgt. Dort standen dann einige Straßenlaternen, sodass ich endlich etwas sehen konnte. Ich fühlte mich gleich viel besser, das kann ich Ihnen sagen. Bevor wir jedoch dort ankamen, verstummten die Schreie plötzlich, einfach so. Als hätte jemand das Radio abgedreht. Das Mädchen ist dann gerannt. Das war schon ein komischer

Anblick, weil sie diese hohen Stöckelabsätze trug. Lila, mit Schleifen an der Ferse. Sie hatte winzig kleine Füße, und an denen trug sie diese hübschen, kleinen Schuhe. Es war schon ein komischer Anblick.

DB: Und dann?

RH: Na ja, auf jeden Fall war sie schnell in diesen Schuhen. Sicher irgendeine bekannte Leichtathletin, so wie sie sprinten konnte. Und ich war dicht hinter ihr. Wir kommen also zu der Gasse, und ich sehe sofort, dass es eine Sackgasse ist. Ich wollte nicht allzu weit hineingehen. Merkwürdig, eigentlich denke ich nicht mehr an Vietnam, aber heute Nacht kam es mir vor, als wäre ich gerade erst heimgekehrt. Ich sage Ihnen, ich sah *alles*! Ich stand unter Hochspannung.

DB: Haben Sie jemanden in der Gasse gesehen?

RH: Zuerst nicht. Aber dann sagt das Mädchen ganz laut und fest, in einem oberlehrerhaften Ton: „Lass ihn gehen!" Da sehe ich drei Meter von mir entfernt zwei Typen! Ich weiß nicht, wie ich die hatte übersehen können. Einer von ihnen war so ein kleines Würstchen, aber er hielt den anderen, der größer war als ich, am ausgestreckten Arm in die Höhe! Er rammte den Typen gegen die Hauswand, und sein Kopf schlug hin und her, weil er bereits bewusstlos war. Aber dann, als das Mädchen sprach, ließ der Kleine den Großen los, und der Typ, der die ganze Zeit geschrien hatte, fiel wie ein Sack Sand gegen die Wand. Der war wirklich fertig. Und der kleine Typ kam zu uns herüber, und auf einmal hatte ich wirklich Schiss.

DB: Haben Sie eine Waffe gesehen, oder …

RH: Nichts habe ich gesehen. Er war einfach … böse, schlecht … glaube ich. Er war ungefähr einen Kopf kleiner als ich und hatte ganz graue Haut. Und einen von diesen kleinen schwarzen Schnurrbärten, diesen ganz dünnen. Ich persönlich denke ja, ein Mann sollte sich eine richtige Schenkelbürste stehen lassen oder gar nichts. Er sah aus wie ein kleines Arschloch, aber er hatte so was … Ich wollte einfach weg von ihm. Als hätte etwas in mir gespürt, dass er böse war, auch wenn ich selbst noch nicht verstand, warum. Aber ich will Ihnen eins sagen: Ich habe meine eigene Frau, die ich über alles liebte, an Magenkrebs sterben sehen. Acht Monate lang ist sie langsam gestorben, qualvoll. Danach habe ich gedacht, nichts könnte mir je wieder Angst machen. Aber dieser Typ …

DB: Brauchen Sie eine Pause, Mr. Harris?

RH: Verdammt, nein. Ich will es hinter mich bringen. Ich habe versprochen, Ihnen alles zu erzählen. Und das tue ich jetzt. Also – der Typ kommt ganz nah heran und sagt: „Das ist keiner von deinen Leuten, falsche Königin.“ Er hat sich auf so eine altmodische Weise ausgedrückt. So wie die Leute … ich weiß nicht … vielleicht vor hundert Jahren gesprochen haben. Und seine Stimme! Jesses, die machte mir am ganzen Körper Gänsehaut. Am liebsten wäre ich weggerannt, aber ich konnte mich nicht rühren. Aber die Frau ließ das kalt. Sie hat ihn von oben herab angeguckt und gesagt: „Du kannst mich mal. Hau ab, bevor ich richtig sauer werde.“

DB: „Du kannst mich mal“?

RH: ’tschuldigung, aber das hat sie gesagt. Ich weiß es genau, weil es so ein Schock für mich war. Ich meine, ich machte mir in die Hosen, obwohl ich groß und kräftig bin. Sie war so jung und schien überhaupt keine Angst zu haben.

DB: Und was passierte dann?

RH: Na ja, der kleine böse Typ sah aus, als würde er gleich aus den Latschen kippen. Wenn ich schon schockiert war, dann war er … na ja, er war eben *richtig* schockiert. Als wenn in seinem Leben noch niemand so mit ihm gesprochen hätte. Vielleicht war es auch so. Und er sagte: „Meine Mahlzeiten gehen Euch nichts an, falsche Königin." So hat er sie immer genannt, falsche Königin. Ihren Namen habe ich nicht einmal gehört.

DB: „Falsche Königin".

RH: Genau. Und sie sagte: „Geh woanders spielen, Arschloch." Ernsthaft! Und dann sagte sie: „Du weißt genauso gut wie ich, dass es nicht nötig ist, ihnen Angst zu machen oder Schmerz zuzufügen, um sich zu nähren. Also hör auf mit dem Scheiß." Oder vielleicht war es auch „hör auf mit dem Mist". Wie auch immer, sie war ganz schön sauer.

DB: Und dann?

RH: Dann hat er plötzlich nach ihr gegriffen! Und er hat die Zähne gebleckt, so wie ein Hund, bevor er zuschnappt. Ganz genauso war es, als der arme Hund unserer Nachbarn, Rascal, im letzten Sommer tollwütig wurde. Er sah genauso aus wie dieser Typ, bevor ich ihn erschoss. Ich hatte zwar Angst, aber ich wollte nicht, dass ihr etwas zustieß, und ich hätte ihr geholfen, aber da hatte sie schon ein Kreuz hervorgezogen und es ihm auf die Stirn gerammt! Wie im Kino! Mannomann, das Geschrei des großen Typen war schon schlimm gewesen, aber dieser hier, der jaulte jetzt, als würden seine Lungen verbrennen. Von seiner Stirn stieg Rauch auf, und dann der Gestank – lieber Himmel! Sie glauben gar nicht, wie das gestunken hat. Wie Schwein auf dem Grill, aber verdorbenes Schweinefleisch. Mein Gott, mir wird schlecht, wenn ich nur daran denke. Dann hat er sie losgelassen und ist zurückgestolpert, und sie geht auf ihn zu, die Ruhe selbst, und sagt: „Du wirst diesen Herrn jetzt ins Krankenhaus bringen. Und wenn er nicht krankenversichert ist, wirst du seine Rechnung bezahlen. Und wenn ich dich noch mal dabei erwische, dass du auf diese Weise jagst, dann ramme ich dir das Kreuz in deine Gurgel, ist das klar, oder soll ich es dir schriftlich geben?“ Und er wich vor ihr zurück und nickte. Sie war so streng und schön, dass er ihren Anblick nicht ertrug. *Ich* konnte sie ja kaum ansehen! Dann hat er den großen Typen aufgehoben, der immer noch bewusstlos war, und ist mit ihm aus der Gasse gerannt. Das Mädchen hat sich zu mir umgedreht und müde geseufzt. Dann sagte sie: „Hatten Sie schon mal Probleme, einen Job loszuwerden, obwohl Sie ihn gehasst haben?“ Und ich musste zugegeben, dass mir das gelegentlich schon passiert ist. Junge, hat die fantastisch ausgesehen!

DB: Und dann?

RH: Sie fragte, ob mit mir alles in Ordnung sei, und sagte, als ich bejahte, dass ich keine Angst haben müsse. Und ich antwortete, dass ich keine hätte, solange sie da wäre. Daraufhin hat sie mich angelächelt. Dann sind wir aus der Gasse gegangen, und sie hat gesehen, dass mein Taxi umgekippt war. Sie guckte richtig empört und sagte: „Mann, so was Kindisches.“ Wahrscheinlich meinte sie den Typen, der weggerannt ist. Und dann ist sie zu meinem Taxi gegangen – ich vermute, der Teil interessiert Sie ganz besonders –, hat sich hingekniet, zwei Finger unter den Wagen geschoben und es wieder auf seine vier Räder gestellt.

DB: Sie hat Ihr Taxi wieder aufgestellt?

RH: So ist es.

DB: Mit einer Hand?

RH: Mit zwei Fingern. Ich weiß, wie das klingt. Ich nehm's Ihnen nicht übel. Die anderen Polizisten haben mir auch nicht geglaubt.

DB: Und was ist dann passiert?

RH: Dann hat sie mich mit diesen hübschen grünen Augen angesehen – die jetzt seltsamerweise eher haselnussbraun waren, aber vielleicht waren ja ihre Kontaktlinsen herausgefallen – und gesagt: „Ich denke, es fährt noch. Pardon für die Umstände." Und ich habe geantwortet, dass das schon in Ordnung gehe. Dann ist sie wieder in den Bus gestiegen, der immer noch auf sie wartete, was vielleicht das Merkwürdigste an dieser Nacht war, und hat mir zum Abschied zugewunken. Schließlich fuhr der Bus fort, wobei er einen Briefkasten umnietete und eine rote Ampel nicht beachtete.

DB: Das war's?

RH: Ist das nicht genug? Das war vielleicht eine Nacht! Und das Mädchen war etwas ganz Besonderes, das sage ich Ihnen. Ich hoffe, dass *die* nicht mal böse auf mich wird.

DB: Weil sie so stark ist?

RH: Nein. Weil ich scharf auf sie war, aber gleichzeitig Angst vor ihr hatte. Ich bin nur froh, dass sie am Ende doch sehr nett war. Was, wenn sie so wie der kleine Typ in der Gasse gewesen wäre, der Vampir?

DB: Sie denken, der Mann war ein Vampir?

RH: Wen sonst würde ein Kreuz verbrennen? Aber was war *sie*? Das wüsste ich zu gerne.

DB: Sie glauben an Vampire, oder?

RH: Sie sind ein guter Zuhörer, mein Junge, und das weiß ich zu schätzen. Aber jetzt will ich, dass sie noch einmal gut die Ohren spitzen. Als Teenager war ich im Krieg und habe dort gelernt, dass derjenige, der seinen Augen nicht traut, in einem Sack nach Hause zurückkehrt. Also, ja, ich glaube an Vampire.
Jetzt.

Ende des Verhörs
03.45.32 Uhr

1

Etwa drei Monate nach meinem Tod entschloss ich mich, mir endlich einen Job zu suchen.

An meinen alten Arbeitsplatz konnte ich natürlich nicht zurück. Zum einen war ich an meinem Todestag gefeuert worden, zum anderen glaubten sie dort immer noch, dass ich friedlich in meinem Grab läge. Außerdem brauchte ich einen Job, den man nicht bei Tageslicht ausüben musste.

Immerhin hatte ich genug zu essen und ein Dach über dem Kopf. Meine beste Freundin Jessica besaß jetzt mein Haus und ließ nicht zu, dass ich Miete zahlte. Obwohl ich Einspruch erhob, beglich ihre Truppe von Superbuchhaltern alle Rechnungen. Außer Teebeuteln, Milch und Ähnlichem brauchte ich keine Lebensmittel. Mein Auto war abbezahlt. Meine monatlichen Ausgaben waren also nicht sehr hoch. Dennoch wollte ich nicht für immer auf Jessicas Großzügigkeit angewiesen sein.

Deshalb stand ich jetzt hier, auf den Stufen des Arbeitsamtes des Staates Minnesota. Jeden Donnerstag hatten sie extra lange geöffnet – Gott sei Dank!

Beim Durchschreiten der Tür blies mir die kühle Luft der Klimaanlage entgegen, und ich erschauerte. Seit meinem Ableben war mir ständig kalt. Auch darauf – wie auf so vieles – hatte mich keiner vorbereitet. Ganz Minneapolis stöhnte unter einer Hitzewelle, und ich als Einzige fühlte mich pudelwohl.

„Hallo", sagte ich zu der Dame am Empfang. Sie trug einen

steifen grauen Anzug und hätte mal wieder ihren Haaransatz nachfärben lassen müssen. Ihre Schuhe konnte ich nicht sehen. Wahrscheinlich war das auch besser so. „Ich wende mich an das Arbeitsamt, weil …"

„Pardon, Miss, es heißt Arbeits*agentur*. Arbeitsamt ist ein Anachronismus. Wir sind ein bedarfsorientiertes, modernes Unternehmen des 21. Jahrhunderts."

„Richtig. Ähem … okay … ich möchte gerne einen Termin mit einem Ihrer Berater."

Meine dreiste Bitte büßte ich mit dem zwanzigminütigen Ausfüllen von Formularen. Dann wurde endlich mein Name aufgerufen, und ich saß einem Berater gegenüber.

Er war ein freundlich aussehender, älterer Herr mit dunklem Haar, einem grau gesprenkelten Bart und schokoladenbraunen Augen. Erleichtert bemerkte ich seinen Ehering und das Bild seiner hübschen Frau und seiner zauberhaften Kinder. Ich wünschte inbrünstig, dass er eine glückliche Ehe führte, damit er sich nicht zum Idioten machen müsste, wenn mein untotes Charisma ihn kalt erwischte.

„Hallo, ich bin Dan Mitchell." Wir gaben uns die Hand, und ich registrierte, wie er erstaunt die Augenbrauen hochzog, als er meinen feucht-kalten Händedruck fühlte. „Elizabeth Taylor, richtig?"

„Das bin ich."

„Ist alles in Ordnung mit Ihren Augen?"

Die Sonnenbrille trug ich aus zwei Gründen. Zum einen tat mir das Neonlicht weh. Zum anderen fielen Männer meinem Charme nicht zum Opfer, wenn sie meine Augen nicht sehen konnten. Das Letzte, was ich jetzt gebrauchen konnte, war ein sabbernder, liebeskranker Sachbearbeiter.

„Ich komme gerade vom Augenarzt", log ich, „der hat mir diese Augentropfen gegeben."

„Ach ja, das kenn ich. Elizabeth Taylor, wie der Filmstar!", sagte er begeistert. Offensichtlich kam ihm nicht in den Sinn, dass auch schon andere vor ihm diese Verbindung hergestellt hatten. Und das nicht nur einmal.

„Betsy."

„Betsy dann also." Er blätterte durch die zahllosen Formulare, die ich ihm überreicht hatte. „Das sieht alles sehr gut aus …"

„Das hoffe ich. Ich wende mich an das Arbeitsamt, weil …"

„Wir sind eine Arbeitsagentur", sagte Mitchell geistesabwesend und blätterte weiter.

„Richtig, richtig. Wie auch immer, ich brauche einen neuen Job, und bis es so weit ist, brauche ich Arbeitslosengeld. Und dazu hätte ich eine Frage …"

Mitchell schaute alarmiert auf. „Ähm … da muss ich leider einhaken. Dafür sind wir nicht zuständig."

Ich blinzelte. Das konnte er hinter meiner Foster-Grant-Brille aber nicht sehen. „Pardon?"

„Wir sind eine Arbeitsagentur. Das ist unsere Aufgabe."

„Sicher. Schon verstanden. Aber was ist mit …?"

„Wenn Sie Arbeitslosenunterstützung beantragen wollen, müssen Sie die Hotline anrufen. Oder ins Internet gehen. Es tut mir leid, aber hier können wir Ihre Frage leider nicht beantworten."

„Verstehe ich das richtig: Dies ist der Ort, an den ich mich wende, wenn ich arbeitslos bin."

„Ja."

„Und hier gibt es Anträge auf Arbeitslosengeld."

„Aber natürlich!"

„Aber es gibt hier keine Person, an die ich mich wenden kann, um Arbeitslosengeld zu beantragen."

„Ja, das ist korrekt."

„Oh, okay." Das war seltsam, aber ich wollte kooperativ sein. Möglicherweise. Ich lehnte mich in meinem unbequemen Plastikstuhl zurück. „Nun gut. Könnte ich bitte Ihr Telefon benutzen, um die Hotline anzurufen?"

Mitchell streckte mir entschuldigend die Hände entgegen. „Ach je, wissen Sie, früher war das noch möglich, aber manche Leute haben unsere Hilfsbereitschaft ausgenutzt, also …"

„Sie sagen mir also, dass ich die Hotline des Arbeitsamtes nicht von einem Arbeitsamt aus anrufen kann?"

„Nun ja, technisch gesehen sind wir kein Arbeitsamt mehr. Das sagte ich ja bereits."

Ich begann mich zu fragen, ob sich ein Vampir betrinken könnte, und beschloss, es herauszufinden, sobald ich der bürokratischen Hölle entronnen wäre.

„Und deshalb kann ich es Ihnen leider nicht erlauben." Er zuckte mit den Achseln. „Sorry."

Ich zog meine Sonnenbrille ab, lehnte mich vor und durchbohrte ihn mit meinem bösen, untoten Blick. Ich fühlte mich scheußlich dabei, aber ich war verzweifelt. „Ich. Muss. Ihr. Telefon. Benutzen."

„Nein!" Er griff nach dem Apparat und drückte ihn schützend gegen seine Brust. „Das ist nicht erlaubt!"

Erstaunlich. Eigentlich hätte er jetzt, nachdem ich meine besonderen Vampirkräfte eingesetzt hatte, Wachs in meinen Händen sein sollen, aber sein Beamtenethos widerstand dem Bösen.

„Sie müssen nach Hause gehen und den Anruf auf Ihre eigenen Kosten machen", schnappte er.

Ich stampfte zurück in den Warteraum. Empörend! Ich war nicht irgendeine dahergelaufene Untote, ich war die Königin der Vampire!

„Vergessen Sie nicht, einen Fragebogen zur Kundenzufriedenheit auszufüllen, bevor Sie gehen!“, rief Mitchell mir hinterher.

Lieber Gott, töte mich. Jetzt sofort. Noch einmal, meine ich.

2

Das leuchtende Blaulicht in meinem Rückspiegel hatte die übliche Wirkung auf mich: Erst schoss mein Adrenalinspiegel in die Höhe, dann war ich verärgert. So schnell war ich nun auch wieder nicht gefahren. Und es war noch nicht einmal ein Streifenwagen, der mich anhielt, sondern ein stinknormaler Chrysler.

Eine der zahlreichen Personen, die mir die Laune verderben konnten, stieg aus und kam auf meinen Wagen zu. Er stolzierte nicht langsam, wie die meisten Staatsbeamten, er rannte. Ich erkannte ihn sofort und stöhnte.

Nick Berry. Detective Nick Berry, um genau zu sein, und der letzte Mensch, den ich jetzt sehen wollte. Im vergangenen Frühjahr war es zwischen uns zu einem peinlichen Zwischenfall gekommen, und ich lebte in der ständigen Angst, dass er sich eines Tages daran erinnern könnte, dass ich tot wäre. Oder zumindest, dass er bei meiner Beerdigung gewesen wäre.

Er ließ sich auf meinen Beifahrersitz fallen. „Hi, Betsy. Wie geht's denn so?“

„Du missbrauchst deine Amtsautorität – und das als vereidigter Diener des Gesetzes“, informierte ich ihn. „Ich bin nicht zu schnell gefahren.“

„Ja, ja, schon gut. Hör mal, wo bist du neulich nachts gewesen?“

„Wann?“

„Samstag.“

Hoppla! „Zu Hause“, sagte ich und fragte mit gespielter Neugier: „Warum?“

„Ich nehme nicht an, dass das jemand bestätigen kann?“

Ich schüttelte den Kopf. „Marc war im Krankenhaus und Jessica wahrscheinlich bei sich zu Hause. Wir waren an dem Abend nicht verabredet. Warum? Was ist denn los?“

Nick lehnte sich zurück und streckte seine Beine im Müll auf dem Boden des Beifahrersitzes aus. Dabei konnte er sich glücklich schätzen, denn als ich noch feste Nahrung zu mir nahm, sah mein Auto noch viel schlimmer aus. „Du meine Güte, machst du deinen Wagen nie sauber? Wie viele Shakes trinkst du in der Woche?“

„Das geht dich gar nichts an. Und jetzt geh und fang ein paar böse Jungs.“

„Ich werde eine Tetanusspritze brauchen, wenn ich hier aussteige“, beschwerte er sich und trat mit der Stiefelspitze gegen eine leere 7UP-Dose.

„Ernsthaft, Nick, was ist los? Ich meine, wenn du mir keinen Strafzettel schreibst …“

Er schüttelte den Kopf. „Es ist blöd.“

„Das habe ich mir schon gedacht.“

„Nein, so richtig blöd.“

Während er noch nach Worten suchte, ließ ich meinen Blick über sein blondes Haar gleiten, seine Schwimmerfigur, seine feinen Gesichtszüge … Dann riss ich mich zusammen und sah wieder auf die Straße. Auf diese Weise waren wir schon einmal in Schwierigkeiten geraten. Ich war frisch auferstanden und unglaublich durstig gewesen. Er war gerade verfügbar gewesen – also hatte ich sein Blut getrunken und er den Verstand verloren. Für eine ganze Weile. Sinclair hatte sich der Sache annehmen müssen. Bis heute wusste ich nicht, woran – wenn überhaupt – Nick sich erinnerte.

„… und dieser verrückte alte Taxifahrer hat dich beschrieben. Ich meine, natürlich laufen in Minneapolis Millionen von Blondinen herum. Trotzdem. Die Beschreibung passt genau auf dich. Es waren die Schuhe, die mich aufhorchen …"

„Nun, ganz offensichtlich war ich es doch nicht", sagte ich. „Ätsch."

„Ätsch? Das habe ich das letzte Mal vor fünfzehn Jahren gehört. Trotzdem … wahrscheinlich hast du recht. Die ganze Geschichte war so … Ich glaube, der Typ war … Ich weiß nicht … Vielleicht war einiges davon wahr, und anderes hat er sich eingebildet. Oder er hat es erfunden, damit ihm jemand zuhört. Er wirkte sehr einsam." Er massierte seine Schläfen. Das machte mich entschieden nervös. „Ich … habe auch manchmal Träume, und die scheinen so real zu sein …"

„Das passiert uns allen." Sollte ich ihn mit meinen Vampirkräften behandeln? War das eine gute Idee? Oder vertrug es sich vielleicht nicht damit, was Sinclair mit ihm angestellt hatte? „Vielleicht brauchst du Urlaub."

„War schon eine seltsame Sache, die dir letztes Frühjahr passiert ist", sagte er und wechselte das Thema. Zumindest *dachte* er, dass er das Thema wechselte. „Nicht jedem widerfährt so eine Verwechslungsgeschichte."

„Ich behaupte immer noch, dass meine Stiefmutter mir einen Streich spielen wollte. Manchmal sähe sie mich sicher am liebsten tot."

„Ja, aber geht man dabei so weit, eine Beerdigung vorzutäuschen … oder hatte wirklich eine stattgefunden?" Er massierte seine Schläfen so heftig, dass sie rot anliefen. „Ich träume davon, aber vor allem … ich …"

„Nick, Herrgottnochmal!", rief ich laut. „Ich bin sehr beschäftigt. Willst du jetzt aussteigen, oder was?"

Er ließ seine Hände in den Schoß fallen und erwachte aus

seinem tranceähnlichen Zustand. „Ich bin untröstlich, Betsy“, sagte er sarkastisch. „Gibt es irgendwo reduzierte Schuhe?“

„Wie der Zufall es will – ja. Also … ich hoffe, du findest bald den Schuldigen.“

„Ja, ja, ich bin sicher, du sitzt auf heißen Kohlen. Ist schon gut. Ich habe deinen Wagen gesehen und musste einfach fragen. Aber jetzt muss ich los.“

„Okay. War nett, dich wiederzusehen.“

„Finde ich auch. Pass auf dich auf.“ Er lächelte mich an und stieg aus meinem Wagen, ohne den Strohhalm zu bemerken, der an seiner Sohle klebte. „Einen schönen Tag noch.“

„Bye!“, rief ich und wartete, bis er weitergefahren war, bevor auch ich wieder Gas gab. Gerade zur rechten Zeit. Ich zitterte am ganzen Körper. Der arme Nick war der Wahrheit so nahe und dabei doch völlig ahnungslos. Wie gerne würde ich mich ihm anvertrauen, aber es wussten schon genug Leute über mein schmutziges, kleines, untotes Geheimnis Bescheid.

Außerdem hatte ich mich ihm schon einmal anvertraut – mit katastrophalen Folgen. Noch einmal würde ich denselben Fehler nicht machen.

Eine Stunde später befand ich mich an dem feinsten und prächtigsten Ort auf Erden: The Mall of America. Oder, für Kaufsüchtige, schlichtweg der Himmel auf Erden.

Zur Aufmunterung beschloss ich, mich durch den ersten Stock bei Macy's zu arbeiten und anschließend meine Sorgen in zwei oder zehn Daiquiris im vierten zu ertränken.

Wie jede große Erfindung ist auch die Mall (bitte schön immer mit einer kleinen, respektvollen Pause vor „Mall“) die größere Version von etwas, was man in kleinerer Form bereits kennt. Jeder hat schon einmal in einem Parkhaus geparkt, um dann zu Fuß zu einem Geschäft zu gehen. In der Mall of America musste man erst sehr, sehr lange gehen, ehe man das Geschäft erreichte. Auf dem Weg dorthin konnte man dann versuchen, sich an den Bundesstaat zu erinnern, in dem man geparkt hatte. Die meisten Parkhäuser benennen ihre Stockwerke nach Tieren. „Ach, Liebling, vergiss bitte nicht, dass wir im Pinseläffchen geparkt haben." Die Mall war so groß, dass Tiere unangemessen waren. Tiere waren zu mickrig. Man hatte sich daher für Bundesstaaten entschieden. Nicht kleine wie Rhode Island, sondern riesige wie Kalifornien und Texas.

Ich stellte meinen Wagen in Texas ab und überquerte eine kleine Seitenstraße, um zu Macy's zu gelangen. Wie immer war ich von der Schönheit des Gebäudes beeindruckt. Die roten Backsteine und hohen Fenster erinnerten mich – bitte nicht lachen! – an eine Kirche. Und der Stern im Logo anstatt des Apostrophs gab dem Ganzen eine geradezu himmlische Note.

Drinnen atmete ich tief den süßen Geruch von Parfum, Leder, Baumwolle und Bodenreiniger ein. Ich habe als Sekretärin gearbeitet, bevor ich gefeuert wurde. Jetzt war ich arbeitslos – wenn man die gelegentlichen Auftritte als Vampirkönigin nicht als Arbeit zählte. Was man schon deshalb nicht konnte, weil sie finanziell nichts abwarfen. Außerdem war ich mir immer noch nicht sicher, ob ich wirklich die Königin war. Die meisten Vampire, denen ich kürzlich begegnet war, glaubten ebenfalls nicht daran. Und Sinclair – hören Sie mir bloß auf mit dem! An diesen Mistkerl will ich überhaupt nicht denken.

Ich steuerte die Schuhabteilung an wie eine Taube, die zielsicher ihren Weg nach Hause findet. Eine blonde Taube.

Schuhe, Schuhe, so weit das Auge reichte! Ach ja, Schuhe sind himmlisch! Ich bin davon überzeugt, dass man eine Zivilisation an ihrem Schuhwerk messen kann. Wenn man ein Kaufhaus betritt, ist man plötzlich in einer Raum-Zeit-Falle gefangen. Der 4. Juli lag gerade erst eine Woche zurück, aber die Schuhabteilung hatte bereits die neuen Herbstfarben und -modelle ausgestellt. Mich störte das nicht. Sandalen besaß ich bereits, und zwar zweiundzwanzig Paar.

Ich scannte das Regal mit Kenneth-Cole-Stiefeln, zog schließlich ein Paar in strahlendem Rot hervor und befühlte das Leder. Sie würden fantastisch zu meinem schwarzen Westernmantel passen. Andererseits hatte ich bereits rote Stiefel. Hmmm – änderte das etwas?

Dann stöberte ich in den Schuhen von Burn. Sie waren angeblich alle handgemacht, und das war auch gut so, denn das Paar kostete schließlich zweihundert Dollar. Ich hatte noch nie eines anprobiert. Wenn ich einen Job bekäme, würde ich ihnen vielleicht eine Chance geben. Zur Belohnung.

Üblicherweise ignorierten einen die Verkäuferinnen bei Macy's, wenn man nicht mit Fünfzigdollarscheinen nach ihnen warf. Also tippte ich der, die mir am nächsten stand, leicht auf die Schulter: „Entschuldigen Sie, könnte ich bitte die neue Kollektion von Etienne Aigner sehen?"

Sie beäugte mich über den Rand ihrer schwarzen Fünfzigerjahre-Brille hinweg. Die Farbe war viel zu dunkel für ihren Teint – das nur nebenbei. Dadurch wirkte ihre ohnehin blasse Haut noch fahler und ihre braunen Augen trübe. „Es tut mir leid, Miss, wir haben keine."

„Aber natürlich haben Sie die. Ich verstehe, wenn Sie noch keine Zeit hatten, sie auszupacken und einzuräumen, aber ich würde sie dennoch gerne sehen."

Ich sah, dass eine zweite Verkäuferin und ein glatzköpfiger

Mann in einem himmlischen Armani-Anzug uns aus einiger Entfernung beobachteten. Er hielt ein Schreibbrett und trug ein Macy's-Namensschild. Die Frau neben ihm starrte ihre Kollegin an, die ganz offensichtlich heute Morgen mit dem dringenden Bedürfnis aufgewacht war, sich so ungefällig wie möglich zu zeigen.

„Wir haben wirklich keine …"

„Glauben Sie, ich kenne mich nicht aus?", sagte ich ungeduldig. „Die Aigner-Modelle sind seit sechs Tagen auf dem Markt. Sie haben sie wahrscheinlich vor vier Tagen erhalten. Ich möchte nur nachsehen, ob ein lavendelfarbener Pump darunter ist."

„Hören Sie, Sie …"

„Brigid."

Die Verkäuferin schwieg und sah zu dem Mann hinüber, der uns beobachtet hatte. Ich hatte mitbekommen, dass die beiden zu uns herübergekommen waren, sie hatte nichts bemerkt und erschrak sich jetzt so heftig, dass sie einen Luftsprung machte und sehr schuldbewusst aussah. „Ja, Mr. Mason?"

„Bitte kommen Sie in mein Büro. Ich muss mit Ihnen sprechen. Und Renee …", er wandte sich an die andere Verkäuferin, „bitte führen Sie die Kundin in den Lagerraum, und zeigen Sie ihr die Aigner-Modelle."

„Aha! Ich meine, vielen Dank."

„Hier entlang, Miss", sagte Renee lächelnd. Sie war gute zehn Zentimeter kleiner als ich, hatte braune Haare mit roten Strähnchen, braune Augen und trug eine Brille mit klassischem Drahtgestell. Ihre Gesichtsfarbe war natürlichfrisch, und sie hatte viele Sommersprossen. Sie trug ein rot-schwarz kariertes Kostüm, schwarze Strumpfhosen und flache, schwarze Schuhe von Nine West. Hübsch, ein klassischer Stil à la „intelligentes Mädchen aus gutem Hause".

Sie führte mich durch eine Hintertür der Schuhabteilung und brach dann in Gelächter aus. „Scheiße, der haben Sie's aber gegeben! Die ist erledigt. Das Regal hätte sie schon vorgestern einräumen sollen."

„Niemand stellt sich zwischen mich und die neuesten Schuhmodelle", sagte ich, „die Erfahrung haben schon ganz andere machen müssen. Das klingt ganz schön gefährlich, vielleicht sollte ich jetzt teuflisch grinsen."

Renee prustete und geleitete mich an den Regalen mit Sonderangeboten vorbei. Die Aigner-Modelle lagen überall auf dem Boden verstreut, zusammen mit den Nine-West-Resten aus der letzten Saison.

„Gott im Himmel!", keuchte ich, als ich die Bescherung sah.

„*Das* gibt Ärger", murmelte Renee.

„Helfen Sie mir, das aufzuräumen!"

„Äh … okay. Aber das müssen Sie nicht tun. Das sind doch nur Schuhe."

Mir wurde schwindlig, und ich ließ diese Bemerkung lieber unbeantwortet. Stattdessen machte ich mich an die Arbeit, und Renee half mir dabei.

Nach zehn Minuten hatten wir alle Aigner-Schuhe wie tapfere kleine Soldaten neben der Tür aufgereiht. Sie waren ein wenig staubig, hatten aber keinen weiteren Schaden genommen. Die Nine Wests hatte ich mit Fußtritten in eine Ecke befördert. Leider fand ich keine lavendelfarbenen Pumps. Auch gut. Heute hätte ich mir ohnehin keine neuen Schuhe leisten können.

„So ist es besser", sagte ich und wischte den Staub von meinen Händen. Ich hörte, wie die Tür hinter uns geöffnet wurde, aber da Renee keine Reaktion zeigte, drehte ich mich auch nicht um. Wie war ich früher bloß ohne Vampirgehör ausgekommen? „Wir bringen diese hier schnell in den Verkaufsraum."

„Sie kennen sich wirklich aus mit Schuhen", sagte Renee und starrte mich an. „Mir wären die Jude-Pumps zwischen den anderen gar nicht aufgefallen, und ich bin schon vier Monate hier."

Mir grauste vor ihrer Unwissenheit, aber ich versuchte, es mir nicht anmerken zu lassen. Das wäre nicht nett gewesen. Glücklicherweise kam der Typ zu meiner Rettung. „Darf ich unterbrechen, Ladys? Haben Sie gefunden, was Sie suchen?"

„Leider nein. Vielleicht sind sie ja in der nächsten Kollektion."

„Hmmm." Auf seinem Namensschild stand John Mason, Abteilungsleiter. Er ähnelte ein wenig dem Buchhalter meines Vaters – glatzköpfig, Brillenträger, guter Anzug, gute Schuhe. Er roch nach Calvin Kleins *One* und gebackenen Kartoffeln. „Wir suchen momentan eine Verkaufshilfe für die Schuhabteilung", verkündete er. Renee spitzte ihre Lippen zu einem lautlosen Pfiff und rollte mit den Augen, aber so, dass Mason es nicht sehen konnte. „Suchen Sie vielleicht zufällig einen Job?"

Ich erstarrte. John Mason, Abteilungsleiter, war entweder ein Genie oder telepathisch begabt. „Ja, das tue ich! Was für ein Zufall, ich meine, dass Sie mich fragen!"

„Nicht wirklich Zufall." Er zeigte auf meine Handtasche, aus der noch die Formulare des Arbeitsamtes hervorlugten. „Würden Sie gerne hier arbeiten? Nicht auf Kommission", sagte er streng, „ich kann Ihnen neun Dollar die Stunde zahlen."

„Was … Aber natürlich! Wann soll ich anfangen?"

„Ich benötige Sie jeden Abend, Dienstag bis Donnerstag", warnte er mich.

„Ideal! Ich kann ohnehin nur abends arbeiten."

„Nun, dann sind wir uns einig."

Bevor ich Mr. Mason auf den Mund küssen konnte, war er schon in die Personalabteilung gegangen, um den Papierkram zu erledigen. Ein wenig besorgt war ich schon, schließlich war ich vor drei Monaten gestorben. Ob meine Sozialversicherungsnummer noch gültig wäre?

Sie war es. Da kam man wohl in der Verwaltung mit der Arbeit nicht nach. Mir war's recht.

Als der Papierkram erledigt war, übergab Mr. Mason mir mein Namensschild und wünschte mir eine gute Nacht.

„Betsy Taylor" stand auf dem Schild.

„Macy's" stand auf dem Schild.

BetsyTaylorMacy's. Wow. Oh ... ganz einfach wow. Absolut und ohne Einschränkung wow.

Draußen angekommen, führte ich einen kleinen Freudentanz auf – und wäre beinahe gegen ein Auto gelaufen. Wahrscheinlich hätte mir ein Unfall heute nichts anhaben können, auch wenn ich nicht bereits tot gewesen wäre.

Wow! Ich arbeitete für Macy's! Das war wie der Bock als Gärtner. Besser ging es nicht.

3

Ich konnte es nicht erwarten, nach Apple Valley zu kommen, um Jessica alles über meinen neuen Job zu berichten. Aber schon auf der Vortreppe roch ich diesen unglaublichen Gestank. Ich konnte mich kaum überwinden, mein eigenes Haus zu betreten.

Ich drückte mich ein wenig auf den Stufen herum, wog das Für und Wider ab und sagte mir dann, dass ich einige Monate zuvor schließlich den bösesten Vampir der ganzen Welt besiegt hatte. Da war dies hier doch wohl ein Klacks.

Ich öffnete die Haustür und folgte dem Geruch ins Badezimmer, wo ich meine Freundin über der Toilette hängend fand.

„Hast du immer noch die Grippe?“, fragte ich mitfühlend.

„Bitte keine dummen Fragen von Vampiren“, stöhnte sie. Sie würgte wieder, und ich stellte fest, dass sie Hühnersuppe und Toast zu Mittag gegessen hatte. „Bitte nutze deine Superkräfte und reiß mir den Kopf ab. Bitte!“

„Herrgottnochmal, Jess, wie lange hockst du hier schon?“

„Welcher Tag ist heute?“

Ich bemerkte, dass sie in der Eile das Badezimmerlicht nicht eingeschaltet und die Toilette verfehlt hatte. Nun gut, die Wand musste ohnehin neu gestrichen werden.

Als sie sich die Seele aus dem Leib gekotzt hatte, hob ich sie hoch wie eine große Puppe und trug sie zum Gästebett. Als ich noch kein Vampir war, hätte ich das niemals geschafft. Sie war einige Zentimeter kleiner als ich und alles andere als pummelig, aber trotzdem sperrig. Jetzt jedoch war es für mich ein Kinderspiel.

Ich brachte ihr ein Glas mit 7UP und einen feuchten Waschlappen. Sie wusch sich notdürftig, dann trug ich sie so schnell wie möglich wieder ins Badezimmer, damit sie die Limonade erbrechen konnte.

„Vielleicht sollten wir lieber ins Krankenhaus fahren", sagte ich beunruhigt. Sie übergab sich nun seit zwei Tagen.

„Marc kann mir eine Spritze geben, wenn er nach Hause kommt", sagte sie. Sie klang irgendwie hohl, weil ihr Kopf tief in der Kloschüssel steckte. Glücklicherweise hatte sie sich vergangene Woche das Haar kurz schneiden lassen.

Marc war mein Mitbewohner, ein Assistenzarzt am Krankenhaus in Minneapolis. Er war in der Woche, nachdem ich auferstanden war, bei mir eingezogen. Jessica hatte eine fantastische, schicke kleine Siebenzimmerwohnung in Edina, aber die meiste Zeit verbrachte sie bei mir.

„Gibt es einen besonderen Grund, warum du lieber hier krank bist als bei dir zu Hause?", fragte ich.

„Du weißt gar nicht, wie gut du es hast", sagte sie und ignorierte meine Frage, „weil du tot bist."

„Wo ich dich so ansehe, muss ich dir recht geben. Hey, stell dir vor, ich habe einen Job."

„Das ist nett." Sie sah mich an. Ihre braunen Augen waren eingefallen. „Warum stehst du da so herum? Warum bringst du mich nicht einfach um?"

„Äh, sorry." Ich atmete durch den Mund ein. Das war tatsächlich nur zweimal pro Stunde nötig. „Aus irgendeinem Grund muss ich an deinen einundzwanzigsten Geburtstag denken. Erinnerst du dich?"

„Ich kann mich nur noch …", sie rülpste, „… verschwommen an den Abend erinnern."

„Nun ja, du hast Crème de Menthe mit Vermouth gemixt und bist dann zu Jack Daniels und Tequila übergegangen. Ich habe versucht, dich zu stoppen, aber du hast mir den Mund verboten und dir ein Zima mit einem Bourbon bringen lassen. Dann ..."

„Halt!"

„Tut mir leid." Das war nicht die beste Idee gewesen, aber wann hatte ich sie das letzte Mal so krank gsehen? „Wenn du ein Mann wärst oder schwul, könnte ich dich hypnotisieren, bis du ohnmächtig wirst. Ich könnte dir auf den Kopf schlagen, wie wäre das ...?"

„Hilf mir lieber wieder zurück ins Bett, totes Mädchen."

Das tat ich dann auch. Mir war selbst schon ein bisschen schlecht. Am liebsten wäre ich auf der Stelle zu Macy's zurückgegangen.

Stattdessen steckte ich Jessica ins Bett – sie war schon eingeschlafen, während ich noch die Decke bis unter ihr Kinn zog – und begann zu putzen.

Im Küchenschrank fand ich Wäscheklammern. Fragen Sie mich nicht, warum – ich besitze überhaupt keine Wäscheleine. Küchenschränke sind wie Wundertüten, immer wieder tauchen ganz erstaunliche Dinge auf, wie beispielsweise ein Gutschein für eine Gratispackung Vogelfutter. Dabei habe ich gar keinen Vogel.

Mit der Wäscheklammer auf der Nase, Gummihandschuhen an den Händen und schönen Gedanken an die Frühjahrskollektion von Ferragamo war ich in der Lage, das Badezimmer zu schrubben, ohne das Blut, das ich drei Stunden zuvor zu mir genommen hatte, wieder zu erbrechen. Der Spender war ein liebenswerter Autodieb gewesen, den ich überrascht hatte, als er an der Lenksäule eines Pontiac Firebird herumfummelte. Nachdem ich mich bedient hatte, rief ich ihm ein Taxi. Schlimm genug, dass ich ein Blutegel auf zwei Beinen war, ich wollte nicht auch noch Komplizin bei schwerem Diebstahl sein.

Ich wrang gerade den Wischmopp über der Toilette aus, als ich ein Klopfen an der Tür hörte. Schnell lief ich ins Wohnzimmer und öffnete, bevor Jessica wach würde.

Vor mir stand Tina, mit großen Augen und erwartungsvoller Miene. Sie warf einen Blick auf meine Aufmachung und schlug die Hand vor den Mund, um ein Kichern zu unterdrücken.

„Hau ab", schlug ich vor. Ich sprach nämlich immer noch nicht mit ihr. Ihr und Sinclair hatte ich es zu verdanken, dass ich die Königin der Untoten war. Ein klitzekleines Detail, das sie mir verschwiegen hatten, bis ich mit Sinclair geschlafen hatte. Dafür gab es keine Entschuldigung!

„Darf ich bitte eintreten, Majestät?", fragte sie, und ihre Mundwinkel zuckten immer noch.

„Nein. Und nenn mich nicht so." Aber ich hielt ihr immer noch die Tür auf. Ich hatte Tina von Anfang an gemocht. Wenn mir jemand das Leben rettet, ohne mich zu kennen, dann neige ich dazu, freundliche Gefühle für ihn zu hegen.

Und abgesehen von ihrer unerschütterlichen Loyalität zu Sinclair, die sie Dinge tun ließ, die mich wirklich ärgerten (siehe oben), war sie eigentlich ganz cool. Alt – ungefähr hundert Jahre und ein paar gequetschte –, aber cool. Sie verhielt sich nicht wie eine alte Dame, sie sprach nicht wie eine alte Dame, aber trotzdem konnte sie sehr förmlich sein. Und sie sah aus wie ein Covergirl von *Glamour* mit ihrem langen blonden Haar, den hohen Wangenknochen und den dunklen, riesigen Kulleraugen, die fast die Hälfte ihres Gesichts einnahmen.

„Was um Himmels willen tut Ihr? Und was ist das für ein Gestank?"

„Ich putze“, sagte ich mit nasaler Stimme. Ich entfernte die Wäscheklammer von meiner Nase. „Jessica hat die Grippe.“

„Das tut mir leid. Die Grippe. Die habe ich nicht mehr gehabt, seit ...“ Sie zog nachdenklich die Augenbrauen hoch. „Hmmm ...“

„Wie spannend. Aber mein Badezimmer riecht, als wäre jemand darin gestorben. Ich übertreibe nicht, schließlich muss ich es ja wissen, oder? Wir beiden müssten es wissen. Ich muss zurück an die Arbeit.“

„Lasst mich das tun“, schlug sie vor.

„Vergiss es!“, sagte ich überrascht. Igitt! Das würde ich meinem schlimmsten Feind nicht antun. Oder Sinclair.

„Diese Arbeit ist unter Eurer Würde.“

„Ich entscheide immer noch selbst, was unter meiner Würde ist, kleines Fräulein“, blaffte ich. „Und wie der Zufall es will, ist es eine meiner Lieblingsbeschäftigungen, Kotze wegzuwischen.“

„Ich bestehe darauf, Majestät.“

„Dein Pech. Außerdem kannst du ohne meine Erlaubnis mein Haus nicht betreten. Ha! Und ich sage es noch einmal, ha!“

Sie zog ihre Augenbrauen hoch, dunkel und zart wie Schmetterlingsfühler, und tat einen Schritt über die Schwelle.

„So was aber auch!“

„Tut mir leid. Das sind Kindermärchen. Außerdem sind Eric und ich schon letztes Frühjahr bei Euch ein und aus gegangen, erinnert Ihr Euch?“

„Ich gebe mir die größte Mühe, alles, was im letzten Frühjahr passiert ist, zu vergessen.“ Ich reichte ihr die Wäscheklammer.

„Und wenn man darüber nachdenkt, ergibt es keinen

Sinn“, sagte sie freundlich. „Warum sollte ein Vampir nicht kommen und gehen können, wie es ihm gefällt?“

„Erspar mir die Predigt. Und wenn du dich schon einmischen willst, mach dich wenigstens nützlich. Du willst sauber machen? Bitte schön.“

Sie machte sich so eifrig an die Arbeit, dass ich mich für eine Sekunde schuldig fühlte. Offensichtlich konnte sie es kaum erwarten, dass ich ihr vergab.

Nicht mein Problem.

„Warum bist du überhaupt gekommen? Was willst du?“

„Erneut um Eure Vergebung bitten“, sagte sie schlicht.

„Putz erst einmal“, riet ich ihr, „dann sehen wir weiter.“

Tina war so geräuschlos wie ein Ninja, trotzdem war Jessica wach, als wir ins Schlafzimmer kamen. „Was ist los?“, fragte sie benommen. „Tina? Bist du das?“

„Arme Jessica!“ Tina eilte an ihre Seite. Ihre zarten Nasenflügel flatterten nur ein einziges Mal, dann war sie wieder ruhig und höflich. „Wenn mich meine Erinnerung nicht täuscht, ist Grippe ganz furchtbar.“ Sie fühlte Jessicas Stirn mit der Hand. „Du musst dich sehr schlecht fühlen.“

„Ja, aber das tut gut. Feucht-kalte tote Hände sind jetzt genau das Richtige. Wie kommt es, dass Betsy dich hereingelassen hat? Ich dachte, sie wäre immer noch sauer auf dich und den Traumprinzen.“

„Nenn ihn nicht so“, murmelte ich.

„Sie hatte Mitleid mit mir. Schlaf jetzt, Schatz“, sagte sie sanft. „Wenn du aufwachst, wirst du dich viel besser fühlen.“

Und schlagartig rollten Jessicas Augen nach hinten, und sie fiel um, glückselig schnarchend.

„Verdammt!“ Ich war widerwillig beeindruckt. Tina war bisexuell, deshalb, so nahm ich an, hatte sie Macht über Männer *und* Frauen. „Gute Arbeit! Ich wusste gar nicht, dass du Grippe heilen kannst."

„Danke. Schrubber?"

„Gleich neben der Toilette. Aber mal ernsthaft, das ist doch zu traurig. Du musst Besseres zu tun haben, als mein Badezimmer zu putzen. Es ist fast Wochenende, um Gottes willen."

Tina zuckte zusammen, als ich Gott erwähnte. Vampire waren ja so empfindlich, was Kirchliches betraf. „Eigentlich wollte ich Euch etwas erzählen."

„Sinclair ist zu Asche zerfallen?", fragte ich hoffnungsvoll.

„Äh … nein. Aber lustig, dass Ihr das sagt. Wir bekommen Berichte von zahlreichen Pfählungen."

„Und was geht mich das an?"

Sie sah mich an.

„O nein", jammerte ich, „es geht mich tatsächlich etwas an?"

„Ihr seid die Königin."

„Ach, und deshalb muss ich die Vampire der ganzen Stadt beschützen?"

„Die Vampire der ganzen Welt, wenn man es genau nimmt", sagte sie freundlich.

Glücklicherweise stand ich neben der Badewanne, denn plötzlich verspürte ich das Bedürfnis, mich hinzusetzen.

4

„Also läuft jemand herum und tötet Vampire?"

„Genau. Wahrscheinlich mehr als nur ein einziger Jemand. Wir denken eher an eine Killertruppe."

„*Wir* heißt du und Sinclair."

„Ja."

Ich stand auf, um mir noch eine Tasse Tee zu machen. Das Badezimmer strahlte wie in einem Werbespot für Toilettenreiniger. Tina konnte putzen wie der Teufel. Putzte der Teufel überhaupt? Ich nahm mir vor, es bei Gelegenheit herauszufinden.

„Sieh mal, Tina, ich meine es nicht böse, aber ich bin mir nicht sicher, dass das unbedingt schlecht sein muss."

„Natürlich, Ihr meint es nicht böse", sagte sie trocken.

„Ich bin einfach nicht davon überzeugt, dass es meine Aufgabe ist, alle Vampire der Stadt zu beschützen, das ist alles. Bisher habe ich die Stadt vor *ihnen* geschützt. Anständige Zecken müssen ihr Essen nicht quälen, oder?"

Sie starrte in ihre Tasse und schwieg.

„Gerade gestern gehe ich nichts Böses ahnend meines Weges, und schon muss ich wieder einen Blutsauger von seiner Mahlzeit wegziehen. Er hatte nicht nur sein Essen zusammengeschlagen, sondern auch ein Taxi umgekippt und dem Fahrer eine Todesangst eingejagt. Und warum? Weil er es konnte."

Tina sagte immer noch nichts. Ich wusste, dass *ihre* Blutspender hundertprozentig einverstanden waren, aber es war immer peinlich, wenn man mit den bösen Jungs in einen Topf geworfen wurde.

Ich brach das Schweigen. „Also, ich denke ja, dass diese Killertruppe, oder was immer es ist, ein Hühnchen mit Untoten zu rupfen hat. Oder etwa nicht? Und jetzt soll ich mich da einmischen? Warum sollte ich das tun?"

Für einen langen Moment schwieg Tina weiterhin, dann sagte sie: „Ihr seid jung."

„Ach Gott, jetzt kommt das wieder."

Aber sie hatte recht. Vier Monate zuvor war ich noch ein lebendiger Niemand gewesen. Jetzt war ich eine tote Regentin. Aber ich konnte mich immer noch gut daran erinnern, wie es war, draußen im Tageslicht herumzulaufen, zu atmen und zu essen. Hätte es mir damals etwas ausgemacht, wenn jemand Vampire gekillt hätte?

Kaum.

Um ganz ehrlich zu sein: Die meisten Vampire waren Widerlinge. Unzählige Menschen hatte ich davor bewahrt, ausgesaugt zu werden, nur weil Vampire sich als ewige Opfer fühlten. Denn kaum waren sie von den Toten auferstanden, dachten sie nur daran, sich für den Mord an der eigenen Person zu rächen.

„Ich nehme an, Ihr fühlt Euch … zerrissen", sagte Tina.

„Eher genervt und sauer."

„Aber Tatsache ist, dass jemand Eure Leute tötet."

Ich sagte nichts. Leider verstand Tina den Wink nicht und fuhr fort: „Wir müssen dem ein Ende setzen. Sofort."

Ich setzte mich ihr gegenüber, in der Hand meine frische Tasse Tee. „Oje", seufzte ich, „lass mich darüber nachdenken, okay? Ich habe gerade einen neuen Job gefunden, meine Mitbewohnerin ist krank, mein Vater hat Angst vor mir, mein Auto braucht einen Ölwechsel, wir haben wahrscheinlich

Termiten, Jessica sucht bereits hinter meinem Rücken ein neues Haus, und es ist fast Wochenende. Ich bin gerade wirklich sehr beschäftigt."

„Ihr geht arbeiten?"

„Ja-ha." Ich versuchte bescheiden auszusehen. Nicht jedem war es vergönnt, seinen Traumjob zu finden. „Ich verkaufe Schuhe bei Macy's."

Eine weitere lange Pause. „Ihr arbeitet in einer Mall?"

Tina war nicht so beeindruckt und begeistert, wie ich erwartet hatte. Merkwürdig. „Nicht in einer Mall, in *der* Mall. Und deswegen habe ich ziemlich wenig Zeit. Außerdem muss ich morgen arbeiten. Bei Macy's. In *der* Mall. Also, können wir dieses Gespräch später fortsetzen?"

Sie trommelte mit den Fingern auf die Tischplatte und starrte mich an. „Ich denke, ich kann alle verfügbaren Informationen zusammenstellen und Euch später vorbeibringen."

„Nur eine Kurzfassung, bitte. Schreib mir ein Memo."

„Ein Memo."

„Genau." Ich schaute auf mein Handgelenk. Schon wieder hatte ich meine Armbanduhr vergessen. „Himmel, wie die Zeit vergeht! Es war schön mit dir, aber jetzt muss ich mich sputen."

„Ein Wink mit dem Zaunpfahl, ich verstehe schon. Ich komme wieder."

„Na toll, ein untoter Terminator, das ist es, was in meinem Leben noch gefehlt hat. Gib Sinclair einen schönen Tritt in die Eier von mir."

Sie schniefte. „Kein Grund, unhöflich zu sein."

Natürlich hatte sie unrecht. Wenn es um Sinclair ging, gab es tausend Gründe.

5

Vier Tage später

„Ähm, Mr. Mason, haben Sie eine Minute Zeit für mich?“

Wir befanden uns in den Räumen für die Angestellten, und ich stand vor seinem Schreibtisch. Die Trennwände waren geschmackvoll in Mausgrau verkleidet, und nirgendwo hing ein Foto, eine Kinderzeichnung, eine Einladung zu einer Party oder die Aufstellung eines Softballteams. Außer einem Computer stand nichts auf seinem Schreibtisch. Der ganze Arbeitsplatz war so spartanisch wie die Zelle eines Mönchs, beeindruckend und unheimlich zugleich. „Wenn Sie gerade beschäftigt sind, könnte ich …“

„Das bin ich, Betsy, aber ich bin froh, dass Sie da sind. Ich muss mit Ihnen reden.“ Er setzte seine Brille ab – gab es eine Vorschrift, dass Vorgesetzte Brillen zu tragen hatten? –, forderte mich auf, mich zu setzen, und polierte dann die Gläser mit seinem Pullover, den er merkwürdigerweise in seine Hose gesteckt hatte. „Aber zuerst, was kann ich für Sie tun?“

„Äh, nun ja … die Summe auf meinem Gehaltsscheck schien mir ein bisschen wenig zu sein. Nicht dass es nicht toll war, einen Scheck von Macy's zu bekommen … aber trotzdem. Ich hatte mit ein bisschen mehr gerechnet. Und da dachte ich, dass Sie vielleicht nicht alle meine Stunden gezählt haben oder so.“

Er hielt mir seine Hand entgegen, und ich überreichte ihm meine Abrechnung. Er überflog das Blatt und gab es mir dann zurück. „Nun ja, sie dürfen die Sozialabgaben und die Einkommensteuer nicht vergessen."

„Richtig."

„Und Ihren Angestelltenrabatt."

„Richtig! ... Was?" Verdammt! Um meinen neuen Job zu feiern, hatte ich ein paar Sachen gekauft, aber jetzt war ich doch überrascht, dass ich vier Fünftel meines Gehalts ausgegeben haben sollte, bevor ich es überhaupt ausgezahlt bekommen hatte. Die verdammten indigoblauen High Heels von Liz Clairbone!

„Oh", sagte ich und klang sicher nicht sehr intelligent. „Das habe ich ganz vergessen. Es tut mir leid, Sie damit behelligt zu haben."

„Einen Moment bitte, Betsy. Wie gefällt es Ihnen im Macy's-Team?"

„Machen Sie Witze? Es ist toll! Wie ein Traum, der wahr wird."

„Das freut mich. Und abgesehen von ein oder zwei kleinen Punkten sind wir ebenfalls sehr zufrieden."

„Oh", sagte ich traurig.

Er lächelte. „Zuerst aber möchte ich vorausschicken, dass Sie sich mit Luxusschuhen so gut auskennen wie niemand sonst, mich eingeschlossen."

Bescheiden strich ich mir den Pony aus der Stirn. *Mich eingeschlossen. Wer's glaubte* ... Trotzdem wollte ich freundlich bleiben. „Danke."

„Dennoch ..."

„Jetzt kommt's ..."

„Mir ist aufgefallen, dass Sie einigen Kunden ihre Einkäufe ausreden wollen."

Ich antwortete nicht und versuchte, mich auf meinem Stuhl nicht zu winden. Die Sache war die: Wenn jemand sehr ausgelatschte Schuhe trug, brachte ich es kaum über mich, ihm meine hübschen Babys zu verkaufen. Was konnte nicht alles passieren! Wenn die Schuhe einmal den Laden verlassen hatten, konnte ich sie nicht mehr beschützen. Und ich musste sie doch beschützen, meine kleinen Mündel aus Leder!

„Nun", sagte ich schließlich, „ich möchte nicht gern eine von diesen aufdringlichen Verkäuferinnen sein."

„Das ist löblich, aber sie sollten auch nicht eine von den Verkäuferinnen sein, die keine Schuhe verkaufen. Denken Sie bitte daran."

„Okay", sagte ich folgsam. Für einen Moment spielte ich mit dem Gedanken, ihn zu hypnotisieren, um Schuhe an wen ich wollte verkaufen zu können, verwarf ihn aber schnell wieder. Ich habe es nie gemocht, mir Menschen mit dem bösen Blick gefügig zu machen, und tat es auch nur in Notfällen. Wenn ich zum Beispiel vor Hunger starb oder um in der Schlange vorm Kino ein paar Plätze vorzurücken.

Ich schwor, der nächsten Person, die mich um Hilfe bat, ein Paar Schuhe zu verkaufen, egal, wie ausgetreten ihre Sneakers, wie abgelaufen ihre Absätze waren, egal, ob der Lidschatten verschmiert war und der Lipliner nicht zum Lippenstift passte, ich würde ihr etwas Fantastisches verkaufen und dabei immer freundlich lächeln, auch wenn ich mich später im Umkleideraum übergeben müsste.

Ich marschierte zurück in den Verkaufsraum, auf der Suche nach einem geeigneten Kunden. Da! Da stand eine Kundin, und sie war noch nicht einmal schlecht gekleidet in ihrer Leinenjacke und der dunkelblauen Hose. Gute Schuhe – Manolos, Jahrgang etwa 2001. Sie war ungefähr so alt wie meine Mutter und sah sich die Beverly-Feldman-Stiefel an.

„Hallo", sagte ich heiter. Sie zuckte zusammen und fiel fast in das Schuhregal. Ich griff nach ihrem Ellbogen und hielt sie zurück – ein wenig zu feste. Ihre Füße schwebten für einen Augenblick über dem Boden. „Hoppla, ich wollte Sie nicht erschrecken."

Sie drehte sich um und sah mich an, mit schreckgeweiteten Augen. Ich konnte das Weiße rund um ihre Pupillen sehen und hörte, dass ihr Herzschlag an Tempo zugelegt hatte. Ich fühlte mich wirklich schlecht.

„Machen Sie das nicht noch einmal, meine Liebe! Ich habe Sie gar nicht kommen hören."

„Es tut mir leid." *Gute Arbeit, Betsy, du Idiotin. Erst weigerst du dich, den Kunden etwas zu verkaufen, dann erschrickst du sie zu Tode. Dummer, untoter Schleichfuß*. „Ich wollte Sie nicht erschrecken."

Sie spähte zu mir hoch. „Warum tragen Sie eine Sonnenbrille?"

„Ich habe empfindliche Augen", log ich, „dieses Neonlicht bringt mich um. Äh … ich wollte nur wissen, ob ich Ihnen irgendwie behilflich sein kann."

„*Mir* kannst du behilflich sein."

Ich bekam eine Gänsehaut auf den Armen und erschauderte fast. Diese Stimme kannte ich. Eric Sinclair, ein Vampir und richtig harter Typ, der immer und überall auftauchte, wo ich ihn nicht brauchen konnte. Und mein Gemahl, Gott steh mir bei. So lächerlich es auch klingt, die meisten Vampire denken, dass ich ihre Königin und Eric ihr König wäre. *Mein* König.

Ich richtete mich auf, starrte ins Leere und legte meinen Kopf aufmerksam horchend schief. „Ja, Satan?" Ich drehte mich langsam um und setzte ein breites Lächeln für Sinclair auf. „Ups, sorry, Sinclair. Ich habe dich mit jemandem verwechselt."

Er stand bei dem Turm, den ich aus halbhohen Liberty-Stiefeln errichtet hatte, die Arme vor der Brust verschränkt, den Mund missbilligend verzogen. Wie immer, wenn ich ihn sah, geriet mein untotes Herz ins Schleudern. Wenn das keine Ironie ist: Ich musste erst sterben, um den Richtigen zu treffen, und dann stellte sich heraus, dass ich ihn nicht leiden konnte.

Er trug eine schwarze Leinenhose, ein dunkelblaues Hemd und Slipper ohne Socken. Seine schwarze Wildlederjacke sah aus, als wäre sie von Kenneth Cole.

Wie immer wurde ich von seinem Charisma überwältigt wie von einer riesigen Welle. Ich verspürte den unwiderstehlichen Drang, zu ihm zu laufen und meine Hände unter seine Jacke zu stecken. Natürlich nur, um nach dem Label zu schauen … Er war immer noch der bestaussehende Mann, den ich kannte: groß, gut gebaut, kraftvoll, mit schwarzen Haaren und dunklen Augen! Dunkle Augen wie die eines Teufels.

Ganz zu schweigen von seinem Teufelsmund. Junge, konnte der Mann küssen! Er fragte nie, bevor er mich küsste, und das brachte mich noch mehr in Rage. Nicht ein einziges Mal. Er nahm sich einfach, was er wollte. Ich hasste ihn, und mich hasste ich dafür, dass ich ihn so attraktiv fand.

„Ich konnte es einfach nicht glauben", sagte er.

„Wie? Ich habe nicht zugehört."

Der Moment meiner geistigen Abwesenheit hatte anscheinend länger gedauert, als ich gedacht hatte. Ich hatte ihn nicht wiedergesehen seit der Nacht, als wir gemeinsam unseren Feind Nostro getötet und … äh … zueinandergefunden hatten. Was soll ich sagen? Es war damals eine verrückte Woche gewesen.

Ich wandte mich wieder meiner Kundin zu, die Sinclair

mit offenem Mund anstarrte. Ihre Atmung schien ausgesetzt zu haben. Ihr Herzschlag dagegen hatte sich stark beschleunigt. Ich stupste sie an. „Wir haben einige hübsche Stiefel in diesem Stil."

„Ich war überzeugt, dass Tina sich geirrt haben musste."

„Ich hole Ihnen gerne weitere Modelle aus dem Lager."

„Also bin ich in dieses kapitalistische Dreckloch gekommen, um es mit eigenen Augen zu sehen."

Ich drehte mich um. „Wenn es dir nichts ausmacht …? Ich … uff." Mit der üblichen geisterhaften Geschwindigkeit war er zu mir herübergekommen, und als ich mich umdrehte, kollidierte ich fast mit seiner Brust.

„Das kann ich nicht akzeptieren."

„Und du weißt noch nicht alles, mein Freund", sagte ich zu seinen Hemdknöpfen. Ich legte beide Hände auf seine breite Brust – du lieber Himmel! – und stieß ihn zurück. „Hau ab, ich arbeite."

„Meine Königin", sagte er und starrte zornig auf mich herunter, „arbeitet nicht."

„Diese hier schon", sagte ich kurz angebunden. „Und wie du klingst! Jesses, ich wusste ja, dass du ein altmodisches Arschloch bist, aber selbst du musst wissen, dass Frauen heutzutage arbeiten gehen können. Und verdammt! Jetzt habe ich wegen dir ‚Arschloch' am Arbeitsplatz gesagt!"

„Keine meiner Gemahlinnen geht für den Mindestlohn mit Schuhwerk hausieren", bellte er. „Hol deine Sachen, sofort. Du kommst jetzt zu mir, zu uns nach Hause. Das hättest du schon vor drei Monaten tun sollen."

„Was für ein Zuhause? Soweit ich mich erinnere, liegt deine Villa in Schutt und Asche." Schuldgefühle wallten kurz in mir auf, die ich aber ignorierte. Sinclairs Dreißigzimmer-Zufluchtsort war niedergebrannt in ebenjener Nacht, als ich entführt und fast enthauptet worden war. Dann hatte ich den Bösen getötet und mit Sinclair gevögelt. Wie ich schon sagte, es war eine verrückte Woche gewesen. „Du kannst unmöglich in drei Monaten alles wieder aufgebaut haben."

„Das ist richtig", gab er zu. „Ich habe eine Suite im Marquette für Tina und die anderen gemietet."

„Vampire steigen im Marquette ab?"

„Der Service dort ist exzellent", verteidigte er sich. „Und dein Platz ist an meiner Seite. Du solltest nicht … Touristen bedienen, hier, in diesem Tempel der Kaufsucht."

„Wer bist du, der Fred Feuerstein unter den Vampiren? Anscheinend treffen wir uns heute das erste Mal, oder du hast alles vergessen, was du von mir wusstest." Ich griff nach seiner Hand und schüttelte sie wie eine Republikanerin. Und das war ich ja auch. „Hallo, ich bin Betsy. Ich bin eine Feministin, ich arbeite für meinen Lebensunterhalt und lasse mir ungern etwas von Mistkerlen mit langen Zähnen befehlen. Nett, dich kennengelernt zu haben."

Ich sah einen Ausdruck auf seinem Gesicht, der mir bekannt vorkam. Eine Mischung aus Ärger und Belustigung. „Elizabeth …"

Ich unterdrückte einen Schauder. Niemand sprach meinen Namen so aus wie er. Zuerst einmal nannte mich niemand Elizabeth – und schon gar nicht auf diese volltönende Art, mit der er jede Silbe auf der Zunge zergehen ließ. So wie Diabetiker von riesigen Eisbechern mit Karamellsauce sprechen.

Während ich noch seine Hand schüttelte, nahm er meine fest zwischen seine beiden Hände. Das war, gelinde gesagt, nervenaufreibend. Ich konnte ein Auto einfach in die Höhe stemmen und hatte es auch schon getan. Sinclair war mindestens doppelt so stark wie ich. „Elizabeth, sei doch vernünftig."

„Das steht nicht in meiner Arbeitsplatzbeschreibung. Geh weg."

„Du hast doch erreicht, was du wolltest. Ich bin zu dir gekommen. Du hast gewonnen. Jetzt komm mit mir und …", er zog mich näher, und ich tauchte ein in die Tiefe seiner dunklen Augen, „… wir reden über alles."

Ich versuchte ihm meine Hand zu entziehen. Ohne Erfolg. Am liebsten hätte ich mich mit dem Fuß an seinem Knie abgestützt, um mich mit einem Ruck zu befreien.

„Mein Bedarf an Gesprächen mit dir ist gedeckt", quiekte ich entschieden und hoffte, nicht so verunsichert zu klingen, wie ich mich fühlte. Habe ich schon erwähnt, dass Sinclair zu allem Überfluss auch noch sehr gut reden konnte? Gespräche unter vier Augen in beiderseits völlig entkleidetem Zustand waren seine Spezialität. „Du hast mich ausgetrickst und mich benutzt. Ich kann dich nicht ausstehen. Und die Tatsache, dass ich hier arbeite, hat gar nichts mit dir zu tun, du Macho."

„Aber warum bist du dann hier?", fragte er, ehrlich verblüfft.

Der Mann war unmöglich. „Weil ich Geld verdienen muss, du Idiot! Ich muss Rechnungen bezahlen."

Er ließ meine Hand los und richtete sich auf. Ich war erleichtert, denn jetzt hing er nicht mehr drohend über mir wie ein gut aussehender Bela Lugosi. Aber war ich nicht auch ein bisschen enttäuscht? „Ich habe Geld", sagte er und versuchte ein Lächeln. Es sah gespenstisch aus, weil ich wusste, dass er mich am liebsten über seine Schulter geworfen und zum Notausgang hinausgetragen hätte.

„Das ist schön für dich. Aber es ist nicht meins. Nichts, was dir gehört, ist meins."

„Das glaube ich dir nicht."

„Kannst du nicht einfach damit aufhören? Hau endlich ab, ich muss noch zwei Stunden arbeiten."

„Ich befehle dir, zu kündigen."

Ich brach in Gelächter aus. Um nicht das Gleichgewicht zu verlieren, musste ich mich sogar an ihm abstützen. Es war, als würde ich mich gegen einen wohlriechenden Felsbrocken lehnen. Dann wischte ich meine Augen trocken und sagte: „Danke für die Aufheiterung, das tat gut. War ein langer Tag."

„Das habe ich ernst gemeint, Elizabeth", sagte er mit steinerner Miene.

„Ich auch! Und jetzt hau ab, du hinterhältiger Widerling. Such dir einen anderen Dummkopf, den du belügen kannst."

„Ich habe dich nie belogen."

„Du tust es ja gerade wieder! Dass du dich überhaupt traust, zu mir zu kommen und …"

„Äh … Betsy? Gibt es ein Problem?"

Beide sahen wir uns um. Sinclair ließ, verärgert über die Störung, ein leises Knurren hören. Neben seinen vielen übrigen hassenswerten Eigenschaften war er auch noch unglaublich arrogant und außerdem der Meinung, dass Arbeitssklaven Distanz zu halten hätten.

Neben der Kasse stand mein Chef, Mr. Mason. Er hielt ein Schreibbrett, von denen er mindestens fünf besaß, alle mit einem andersfarbigen Stift, der mit einem farblich passenden Band am Brett befestigt war. Er sah sehr kühl aus, wie immer. Ich glaube, der Mann konnte gar nicht schwitzen.

„Nein, kein Problem, Mr. Mason. Dieser …" Irre. Idiot. Teufel. Verrückte. „… Herr hier wollte gerade gehen."

Mason hüstelte in seine Hand. „Benötigen Sie vielleicht eine Pause im grünen Raum?"

„Grüner Raum“ war der Code für „Möchten Sie, dass ich den Sicherheitsdienst rufe, damit er ihn hochkant hinausbefördert, meine Liebe?“. Dies zeigte mir, dass Mr. Mason ein sehr verständiger Mann war. Gewöhnliche Vampire machten Menschen Angst. Irgendetwas an uns löste ihren Radar aus. Aber Sinclair war nicht gewöhnlich. Frauen begehrten ihn. Männer schissen sich vor Angst in die Hose, denn mit einem tief verborgenen Teil ihres Gehirns erkannten sie sein wahres Wesen. Frauen dagegen – und eine nicht zu unterschätzende Zahl von Männern – ignorierten diesen Teil ihres Gehirns, der ihnen empfahl, das Weite zu suchen und dort zu bleiben. Mason tat das nicht.

„Nein, nein“, sagte ich hastig. Gott allein wusste, was Sinclair mit den Aushilfscops anstellen würde. „Wirklich, es ist alles in Ordnung. Mein ... äh ... Freund wollte gerade gehen.“

„Ist das dein Vorgesetzter?“, fragte Sinclair und würdigte Mason dabei kaum eines Blickes.

„Kümmere dich bitte, bitte, bitte um deine eigenen Angelegenheiten. Auf Wiedersehen!“

Sinclair sah Mason tief in die Augen und hielt seinen Blick fest. „Feuern Sie sie.“

Masons Augen wurden leer und glänzend, und er wankte von einem Fuß auf den anderen, wie ein Vogel, der von einer Kobra hypnotisiert wurde.

Ich trat dem miesen Verräter gegen den Knöchel und tat mir dabei selbst höllisch weh. „Wagen Sie es ja nicht!“

„Betsy ... es tut mir leid ...“, nuschelte Mason, „Einsparungen ... Budget ... mustergültige Leistung ... wirklich beachtliche Kenntnis ... aber ... aber ... bedaure ... bedaure ...“ Er litt so sehr darunter, zu etwas gezwungen zu werden, was gegen seine innere Überzeugung war, dass ich nicht überrascht gewesen wäre, wenn er als nächstes „Systemfehler" gesagt hätte und Rauch aus seinem Mund gequollen wäre.

„Gehen Sie zurück in Ihr Büro und vergessen Sie alles, was hier geschehen ist", fuhr ich ihn an. Ich polierte meine Brillengläser (Macy's war himmlisch, aber die Neonlichter waren grausam) und ließ ihn die ganze Macht meiner vampirischen Kräfte spüren, die, wenn ich das so sagen darf, beachtlich waren. „Jetzt sofort!"

Mason rannte. Er bewegte sich merkwürdig steif und presste die Arme beim Laufen fest an den Körper. Entsetzt sah ich ihm nach und drehte mich dann zu Sinclair um.

„Wenn du das noch ein Mal, nur ein einziges Mal machst, dann mache ich dich fertig."

„Was du nicht sagst."

„Ich meine es ernst. Komm niemals wieder an meinen Arbeitsplatz und hypnotisiere meinen Chef! Wegen dir habe ich ‚Arschloch' gesagt. Am Arbeitsplatz! Und jetzt verpiss dich!" Ich konnte fühlen, wie mein Gesicht sich tapfer bemühte, rot zu werden. Da aber mein Blut nur noch sehr träge floss, bekam ich lediglich Kopfschmerzen.

„Du wirst meine Hilfe noch brauchen."

Als Antwort imitierte ich Kotzgeräusche.

„Oh, ich denke doch", sagte er kühl, aber in seinen Augen sah ich ein Funkeln, das mir nicht gefiel. Wo war eigentlich *seine* Sonnenbrille? „Das ist einfach deine Natur. Und wie immer werde ich dir zu Diensten sein. Aber …" Er legte einen Finger auf meine Nase. Ich zuckte zurück. „… das wird bestraft werden."

„Ach ja? Werde ich dir zuhören müssen, wie du über Prophezeiungen und den Hotelservice jammerst? Wenn das nämlich die Strafe ist, fresse ich lieber Glas, als deine Hilfe anzunehmen."

„Einverstanden." Er griff nach meinem Arm und hob mich hoch, sodass wir jetzt auf Augenhöhe waren. Es kam so überraschend, dass mein Herz schneller schlug, wahrscheinlich zehnmal pro Minute. Ich hörte ein *Klack* und dann noch ein *Klack*, als meine Schuhe von meinen Füßen rutschten. „Bevor ich gehe ..."

Er beugte sich zu mir vor. Ich bog mich zurück. Was nicht einfach war, denn meine Füße schwebten ungefähr zwanzig Zentimeter über dem Boden. „Wenn du noch näher kommst, beiße ich dir die Lippen ab."

Er zuckte mit den Schultern. „Die wachsen nach."

„Igitt! Lass mich runter."

Er seufzte und stellte mich wieder auf den Boden. „Bis du mich wieder brauchst." Er drehte sich um und verließ die Schuhabteilung.

„Da kannst du lange warten, Loser!", rief ich ihm hinterher. Wahrscheinlich tat er das sogar.

Starke Worte. Aber es dauerte eine Stunde, bis ich nicht mehr am ganzen Körper zitterte. Es war nicht einfach gewesen, Sinclair diesen Kuss zu verweigern.

Und ob Sie es glauben oder nicht, ich bin nicht sehr konfliktfreudig.

Ich wandte mich wieder meiner Kundin zu, aber die hatte längst das Weite gesucht. Außer mir befand sich niemand mehr in der Schuhabteilung. Na toll.

Verdammter Sinclair.

6

„Jetzt ist es offiziell“, verkündete Marc, „wir haben Termiten.“

„Mein Gott, lass mich doch erst einmal die Schuhe ausziehen, ist das zu viel verlangt?“ Ich warf meine Schlüssel auf die Ablage im Flur und streifte meine High Heels ab. „Auch dir einen schönen guten Morgen.“

„Sorry. Ich habe das Gutachten heute Nachmittag erhalten, während du friedlich schlummertest. Aber bevor ich mit dir darüber sprechen konnte, musste ich ins Krankenhaus.“

Ich folgte ihm in die Küche. Er trug seinen grünen Krankenhauskittel und war wahrscheinlich nur eine halbe Stunde vor mir nach Hause gekommen. Mir fiel auf, dass er sein Haar wachsen ließ. Es war nicht mehr ganz so grausam kurz geschnitten. Und er legte ein wenig an Gewicht zu. Gott sei Dank.

Als ich Dr. Marc Spangler das erste Mal begegnete, wollte er sich gerade vom Dach eines Hochhauses auf der Seventh Avenue stürzen. Ich konnte ihn dazu überreden, seine Pläne zu ändern, und zwang ihn, bei mir einzuziehen. Er beschloss, lieber eine Wohnung mit einem Vampir zu teilen, als seine Eingeweide von irgendeinem Cop von der Straße kratzen zu lassen.

Meine Tasse Tee stand schon bereit für mich. Bislang hatte ich meine Wohnung noch nie mit einem Mitbewohner geteilt, und ich genoss es sehr. Es war hilfreich, dass tagsüber jemand ans Telefon gehen konnte, während ich den gottlosen

Schlaf der Untoten schlief. Und auch für Marc war es von Vorteil. Ich weigerte mich, Miete von ihm anzunehmen, also bezahlte er die Nebenkosten und machte Besorgungen, wenn er keinen Dienst hatte. Aus irgendeinem Grund hatte ich immer angenommen, dass Ärzte mehr Geld verdienten als Sekretärinnen, aber da hatte ich falschgelegen.

„Termiten also?“ Er wollte mir ein abscheulich gelbes Blatt Papier zeigen, aber ich winkte ab und setzte mich an den Tisch. „Ich hätte nicht gedacht, dass man heutzutage noch Termiten haben kann. Gab es das nicht in den Fünfzigern?“

„Eigentlich richten Termiten mehr Schaden an als alle Naturkatastrophen zusammen.“

„Da hat wohl wieder jemand zu lange im Internet gesurft.“

„Ich war es leid, Pornos herunterzuladen.“ Er grinste, seine grünen Augen funkelten. Mit seinem Spitzbart sah er aus wie ein freundlicher Teufel.

Wahrscheinlich hatte ich ihn deswegen von Anfang an gemocht. Ich kannte nur zwei Menschen mit grünen Augen – richtiges Grün, nicht so ein blasses Grünbraun, wie ich es hatte. Einer davon war meine Mutter.

„Auch wenn wir die Viecher loswerden, das Haus ist hinüber. Die Reparatur wird uns ein Vermögen kosten.“

„So ein Mist.“

„Du sagst es.“

„Es muss doch etwas geben, was wir tun können. Hast du dem Kammerjäger schon schöne Augen gemacht?“

„Wie Scarlett O'Hara. Glaub mir, das Vergnügen war ganz auf meiner Seite. Der Kerl war vielleicht gut gebaut! Aber leider immun gegen meine Annäherungsversuche. Das verdirbt mir aber nicht die Quote. Ich habe Samstag ein Date.“

„Sind wir denn sicher, dass es Termiten sind? Ich habe

die kleinen Tierchen, die hier immer herumfliegen, stets für Ameisen gehalten."

„Nein. *Insecta Termitidae.* Mit anderen Worten, wir sind am Arsch."

Ich nippte an meinem Tee und trommelte mit den Fingern auf den Tisch. Vielleicht war es Zeit für eine Veränderung, und Gott wollte mir diese Botschaft überbringen, indem er mich mit diesem Insektendingsda heimsuchte.

„Vielleicht kann Jessica …"

„Schsch!", zischte ich.

„Vielleicht kann Jessica – was?", sagte die Lady, als sie in die Küche trat.

„Vergiss es", sagte ich. „Was ist? Habe ich ein Memo verpasst? War für heute ein Meeting geplant?"

„Eigentlich ja." Jessica gähnte und griff nach dem Brot. Dann schob sie zwei Scheiben in den Toaster. Sie trug ihre übliche Arbeitsuniform – Bluejeans, T-Shirt und Sandalen. Ihr drahtiges Haar hatte sie so straff zurückgebunden, dass ihre Augenbrauen einem Ausdruck ständigen Erstaunens zeigten. „Das kommt mir auch nicht gelegen. Ich hasse es, wenn mein Wecker um zwei Uhr morgens klingelt."

„Willst du etwa Mitleid? Was soll ich denn sagen? Ich würde auch gerne mal wieder die Sonne sehen."

„Du bist aber zickig heute", sagte sie gutmütig.

„Wir haben das Gutachten, und es ist so, wie dein Typ vermutet hat."

„Moment mal, *dein* Typ?"

„Jessica hat den Kammerjäger bezahlt", erklärte Marc.

Ich ließ den Kopf in meine Hände fallen. „Marc, wir können uns nicht darauf verlassen, dass Jessica uns jedes Mal aus der Patsche hilft, wenn wir Geldprobleme haben."

„Können wir nicht?"

„Marc!“

„Ja, aber …“, er zuckte mit den Achseln, „es macht ihr nichts aus. Sie hat mehr Geld, als sie in dreißig Leben ausgeben kann. Warum sollten wir ihre Hilfe nicht annehmen? Es ist ja nicht so, dass sie das Geld vermissen würde.“

„Äh … Leute? Ich bin hier. In diesem Zimmer.“

„Nun, auf jeden Fall wird sie die Reparatur dieses Hauses nicht bezahlen“, erklärte ich und wischte mir ein paar Tropfen Tee vom Kinn. „Und Punkt.“

„Was willst du denn dann tun? Solange die Termiten noch leben, können wir das Haus nicht verkaufen. Vielleicht können wir ein Apartment mieten … “

„Oder eine Suite im Marquette“, murmelte ich. Der Geruch von frisch getoastetem Brot machte mich verrückt. Nummer zweihundertsiebenundsechzig der Dinge, die einem das Dasein als Vampir verleiden konnten: Essen konnte noch so fantastisch riechen, ein Bissen davon, und ich musste mich übergeben. Ich hielt mich strikt an meine flüssige Diät.

„Was redest du da?“, fragte Jessica und fischte ihre Brotscheiben aus dem Toaster, jonglierte sie rüber zum Tisch und setzte sich.

„Ratet mal, wer mich heute bei der Arbeit besucht und mir befohlen hat, zu kündigen und mit ihm ins Marquette zu ziehen?“

„Eric Sinclair?“ Beide schlugen einen identischen verträumten Ton an. Meine beste Freundin und mein Mitbewohner waren schwer verknallt. Dann kicherte Jessica als Erste. „Eric bei Macy’s? Ist er in Flammen aufgegangen, als er an der ersten Kasse vorbeikam?“

„Das wäre schön gewesen. Er hat versucht, meinen Chef zu hypnotisieren und ihn dazu zu bringen, mich zu feuern.“

„Hast du ihn umgebracht?“, fragte Marc.

„Ich wünschte, es wäre so. Aber ich musste Überstunden machen und anschließend … nun, ist auch egal …“

„Blut saugen von einem Möchtegern-Straßenräuber?“

„Möchtegern-Vergewaltiger. Aber wie ich schon sagte, das ist egal. Ich sage euch, die Verbrecher in dieser Stadt sind alle Idioten. Obwohl sie sehen, dass ich ihre Kumpels vier Meter weit werfe, denken sie immer noch, dass ich mit ihnen nicht dasselbe mache. Wie dem auch sei. Dann bin ich rechtzeitig zum Termiten-Gutachten heimgekommen.“

„Wahrscheinlich ist es das Beste so“, sagte Jessica mit vollem Mund. Ich wischte die Krumen aus meinem Gesicht, während sie fortfuhr: „Du hast dieses Haus nie wirklich gemocht. Vielleicht ist es an der Zeit, sich nach einer neuen Bleibe umzusehen.“

Ich antwortete nicht, dachte aber darüber nach. Ich besaß das Haus seit Jahren – seitdem ich vom College geflogen war. Mein Vater hatte mich mit einem Scheck über zwanzigtausend Dollar getröstet, den ich als fette Anzahlung auf mein kleines Dreizimmerhäuschen genutzt hatte. Schon seit einigen Jahren war es zu klein für mich, doch ich war zu bequem gewesen, es zu verkaufen und mich nach etwas Größerem umzusehen.

„Ich habe mir das mal durch den Kopf gehen lassen“, fuhr sie fort und nahm einen Schluck von meinem Tee. „Das Haus ist jetzt hypotheken- und schuldenfrei, oder?“

„Das weißt du doch“, antwortete ich verärgert, „du bist doch diejenige, die nach meinem Tod die Hypothek aufgekauft hat.“

„Ach ja, das hatte ich ganz vergessen.“

„Aber sicher.“

„Also, ich bin dafür, dass wir meinen Insektenfreund zum Sprayen kommen lassen und dann das Haus billig verkaufen.

Die Wirtschaftslage ist schlecht, die Wohngegend ist nicht die beste …"

„Hier kommt wieder die Anti-Apple-Valley-Tirade."

„Tut mir leid. Ich finde eben Städte ohne Persönlichkeit langweilig", sagte Jessica mit der ganzen Überheblichkeit einer neunundzwanzigjährigen Milliardärin. „Es gibt ja noch nicht mal ein richtiges Geschäftsviertel. Apple Valley gibt es nur, weil es Minneapolis gibt. Langweilig."

„Nörgler." Ich mochte Apple Valley. Wenn ich Lebensmittel einkaufen, ins Kino gehen, mir die Haare schneiden lassen, Pfannkuchen zum Frühstück essen oder den neuesten Roman von J.D. Robb kaufen wollte, konnte ich das alles in einem Umkreis von einer halben Meile tun – und das Meiste sogar in derselben Einkaufsstraße. „Großstadtnörgler."

Sie tippte sich mit den Fingern zu einem spöttischen Gruß an den Kopf. Ihre Nägel waren in Limettengrün lackiert, wie ich schaudernd feststellte.

„Wie auch immer. Ich denke, dass wir ein nettes Sümmchen dafür bekommen können. Selbst mit Termitenschaden. Und dann nehmen wir das Geld als Anzahlung für ein Objekt, das unseren Bedürfnissen mehr entspricht."

„*Unseren* Bedürfnissen?"

„Ich verkaufe mein Apartment. Marc und ich haben darüber gesprochen und beschlossen, dass ich bei euch einziehe."

„Habe ich ein weiteres Memo nicht bekommen?"

„Nein, nur ein Meeting verpasst. Wir haben es tagsüber abgehalten."

„Bitte tut das nicht", grummelte ich. Ich dachte daran, Einspruch zu erheben, aber Jess verbrachte so viel Zeit bei uns, dass sie praktisch schon eingezogen war. Ich wusste auch, warum. Mein Tod hatte sie wirklich mitgenommen. Sie hatte Angst, mich noch einmal aus den Augen zu lassen.

Und wieso sollte es mir etwas ausmachen? Je mehr, desto besser. Seitdem ich herausgefunden hatte, dass Monster tatsächlich existierten, war ich nicht scharf darauf, in ein leeres Haus heimzukommen.

„Also sind wir uns einig? Wir räuchern das Haus aus, geben eine Anzeige auf und finden etwas Größeres. Du musst dich um nichts kümmern, Bets. Marc und ich gehen tagsüber auf Häuserjagd."

Ich trank meinen Tee.

„Bets?"

„Was ist? Wollt ihr etwa meine Zustimmung? Ich bin doch nur das Aushängeschild."

„Das ist wahr."

„Aber du bist so niedlich", neckte Marc mich, „auch wenn du dein Macy's-Namensschild falsch herum angesteckt hast."

Einige Nächte später wachte ich auf und blickte in Himmelblau. Für einen Moment war ich verwirrt. War ich etwa im Freien eingeschlafen? Dann stellte ich fest, dass Marc mir ein blaues Post-it auf die Stirn geklebt hatte mit einer Notiz für mich darauf. Der Mistkerl.

Supervamp: Wir haben ein Angebot für das Haus akzeptiert, und Jessica hat ein neues für uns gefunden. Wir treffen uns 607 Summit Ave um 22 Uhr zur Besichtigung.

Du lieber Gott, was hatte sie nur angestellt? Ich zerknüllte das Papier, und mir schwante Böses.

Ich sah mich in meinem Zimmer um. In einer Ecke waren sechs leere Kartons gestapelt. Ein Wink mit dem Zaunpfahl, dass ich anfangen sollte, zu packen.

Ich duschte, wechselte die Kleidung und putzte mir die Zähne. Ob andere Vampire sich auch immer noch die Zähne putzten, wusste ich nicht, und es war mir auch egal. Wer Blut zum Abendessen trank, hatte am nächsten Morgen garantiert einen sehr unangenehmen Mundgeruch! Zahnseide benutzte ich ebenfalls. Und Mundspülung, obwohl der starke medizinische Minzgeschmack mich zum Würgen brachte.

Ich wollte gerade aus dem Haus gehen – nachdem ich über die Kartons im Wohnzimmer gestolpert war –, da hörte ich ein zaghaftes Klopfen. Als ich die Tür öffnete, stand Tina auf der Schwelle.

„Vielen herzlichen Dank, dass du mir Sinclair auf den Hals gehetzt hast", sagte ich zur Begrüßung. „Er hat mich an meinem Arbeitsplatz besucht!"

„Ach ja?", sagte sie unschuldig. Sie war gemeingefährlich angezogen: roter Minifaltenrock, kurzärmeliger weißer Pullover, schwarze Strümpfe und schwarze flache Schuhe mit silbernen Spangen. Ihr hellblondes Haar wurde von einem roten Haarband aus dem Gesicht gehalten. Sie sah aus wie sechzehn. „Wenn ich es mir recht überlege", sie schürzte nachdenklich die Lippen, „hat er erwähnt, dass er vielleicht in die Mall gehen wollte, um Euch zu sehen."

„Netter Versuch, aber das nehme ich dir nicht ab. Er geht doch noch nicht einmal kacken, ohne es vorher mit dir zu besprechen."

„Eigentlich ist es Jahrzehnte her, dass er oder ich auf die Toilette …"

„Du siehst übrigens sehr süß aus." Sie hatte es faustdick hinter den Ohren, verfügte aber über einen sehr guten Kleidergeschmack.

Sie lächelte und zuckte dann mit den Achseln. „Ich gehe später noch aus."

„Erzähl es mir nicht." Tina stand ein Trio von treu ergebenen Blutspendern zur Verfügung, aber manchmal hatte sie Lust auf etwas, was nicht auf der Karte stand. „Ich will es wirklich nicht wissen."

„Das mache ich auch nicht. Und außerdem ist hier Euer Memo." Sie gab mir einen dick gepolsterten Umschlag.

„Fühlt sich an wie ein Haufen Papier", sagte ich misstrauisch und wog den steifen Umschlag in der Hand.

„Ich habe, so gut ich konnte, alles zusammengefasst. Es liegen auch einige Fotos bei."

„Nun gut, ich werde es lesen, sobald ich …"

„Tina?"

„Uaaaah!" Ich ließ den Umschlag fallen, der mit einem saftigen Klatschen auf dem Boden aufschlug. Der Kopf einer zweiten Person war im Türrahmen aufgetaucht – ein sehr niedlicher Kopf –, aber ich hatte keinen Laut gehört. Eigentlich war es sehr schwer, sich an mich anzuschleichen. Einem Lebenden würde es kaum gelingen, erfahrenen und damit alten Vampiren aber schon.

„Es tut mir leid", sagte die niedliche Person. Ihre Augen waren riesig. „Ich bitte um Verzeihung, Majestät. Ich wollte Euch nicht erschrecken."

„Nenn mich nicht so. Und du hast mich nicht erschreckt, du hast mich *zu Tode* erschreckt. Wie alt bist du?"

Unter normalen Umständen wäre das keine sehr nette Frage gewesen, aber Vampire gaben liebend gerne damit an, wie altersschwach sie waren.

Dieser Vampir hier bildete da keine Ausnahme. Sie richtete sich stolz auf, und eine gute Haltung brachte ihre Vorzüge erst richtig zur Geltung. Sie war groß – fast so groß wie ich und einen guten Kopf größer als Tina – mit schulterlangem Haar, so blond, dass es fast silbern war, und Augen so blau wie der Himmel an Ostersonntag. Selbstverständlich war sie blass, aber das stand ihr gut. Der helle Teint passte zu ihren Farben. Sie trug Kakishorts, ein pinkfarbenes T-Shirt, das bis unter das Kinn zugeknöpft war, und lederne Sandalen. Vorsichtig lächelte sie.

„Ich bin achtundsiebzig, Majestät."

„Na, schau an! Und du siehst nicht einen Tag älter als zweiundzwanzig aus. Und nenn mich nicht Majestät. Wer bist du?"

„Monique Silver", sagte Tina schnell. „Sie wollte Nostro ihre Aufwartung machen und fand dann heraus, dass es jetzt eine neue Regierung gibt. Außer ihr ist ein weiterer Vampir neu in der Stadt, aber …", Tina blickte vorsichtig über ihre Schulter zurück, „… sie ist nicht mit uns gekommen, sondern geht zurück zum Hotel."

„Sie ist schüchtern", ergänzte Monique.

Tina schnaubte, ging aber nicht weiter auf das Thema ein. „Monique wohnt mit uns im Marquette."

Ich lächelte. Aber was ich hörte, gefiel mir nicht. Wenn Tina mit Sinclair zusammenwohnte, machte mir das nichts aus. Sie waren wie Bruder und Schwester, und außerdem interessierte sich Tina nicht für ihn. Aber die Vorstellung, dass dieser *Penthouse*-Starschnitt das Badezimmer mit Eric teilte, behagte mir nicht. Überhaupt nicht.

„Schön, dich kennenzulernen. Ich hoffe, du hast den alten Nostro nicht gemocht." Ich war besorgt. Was, wenn es doch so wäre?

Aber ihr warmes Lächeln beruhigte mich. „Nein, ganz und gar nicht. Ich bin Euch tatsächlich sehr dankbar. Wir alle sind es … Betsy?" Sie zog die Augenbrauen hoch, die so hell und fein waren, fast unsichtbar, und ihr Gesicht sah aus wie ein sexy Ei.

„Betsy", sagte ich entschieden. „Kein Majestät. Gott sei Dank begreifst du schneller als Tina."

Beide zuckten zusammen, als ich Gott erwähnte, und Monique taumelte sogar einen Schritt zurück. Nun, sie sollte sich besser daran gewöhnen.

„Ich würde euch ja hereinbitten, aber ich muss ..."

„... weg?" Tina neigte den Kopf. „Musst du dich nicht ernähren?"

„Später vielleicht."

„Du hast dich noch nicht ernährt? Und hast es auch nicht vor?" Moniques Augen wurden groß vor Erstaunen.

„Ich versuche, es so lange wie möglich aufzuschieben."

„Oh. Ihr habt Euch doch aber sicher endlich daran gewöhnt ..."

„Wollt ihr mich begleiten?", fragte ich schnell, um ihrem Vortrag zuvorzukommen. Tina und Sinclair waren nämlich der Meinung, dass es ungemein dumm von mir sei, meinen inneren Vampir noch nicht akzeptiert zu haben. „Ich werde das neue Haus besichtigen, das Jess für uns ausgesucht hat."

„Ihr zieht um?", fragte Monique, als ich mein Haus abschloss und zu meinem Auto eilte.

„Ich muss. Termiten. Und ich würde es sehr begrüßen, wenn diese Info nicht sofort wieder Sinclair zugetragen würde", sagte ich zu Tina. „Das geht ihn nämlich überhaupt nichts an."

„Selbstverständlich, Majestät."

„Hör auf damit."

„Selbstverständlich, Majestät."

„Ich hasse dich", seufzte ich und hielt Monique die Tür auf.

„Nein, das tut Ihr nicht", gab Tina zurück und versuchte ernst zu bleiben. „Majestät."

7

„Du meine Güte!“, sagte Monique.

„Wow“, sagte Tina beeindruckt.

Ich ließ meinen Kopf mit einer solchen Wucht gegen das Steuer fallen, dass er für einen kurzen Moment auf die Hupe drückte.

Ich hätte es wissen müssen. Ich hätte es wissen müssen! Summit Avenue war eine der ältesten Straßen in Saint Paul. Sie stand voll mit Herrenhäusern. Und Nummer 607 war umwerfend. Der Hammer. Weiß, mit schwarzen Fensterläden. Dreistöckig. Eine riesige Eingangstreppe wie aus *Vom Winde verweht*. Und die Garage war so groß wie mein jetziges Haus.

„Verdammt, verdammt.“ Ich stieg aus dem Wagen, Monique und Tina stolperten hinter mir her.

„Wie viel Geld hat Jessica eigentlich?“, fragte Tina ehrfürchtig. Es dauerte ewig, bis wir die Eingangstür über die Auffahrt erreicht hatten.

„Zu viel.“ Ich stampfte so heftig vorwärts, dass ich fühlte, wie meine Absätze Spuren im Beton hinterließen. Ich versuchte mich zu entspannen. Wahrscheinlich war der verdammte Gehweg fünfhundert Jahre alt. „Viel zu viel.“

„Ich finde das Haus perfekt. Es passt viel besser zu Eurem Rang als …“

„Stopp.“ Ich schlug mit der Faust gegen die Haustür, öffnete sie dann und trat ein. Sofort war ich eingeschüchtert.

Es war schlimmer, als ich mir vorgestellt hatte. Als Erstes sah ich die weitläufige Treppe, zwei Meter fünfzig breit, auf

Hochglanz poliert, die sich in die Höhe wand, so weit das Auge reichte. Die Eingangshalle war so groß wie mein Wohnzimmer. Es roch nach Holz und Wachs, Putzmittel und sehr alten Teppichen.

„Jessica!", schrie ich. „...icaaa ...icaaa ...icaaa", echote es in der Eingangshalle.

„Und hier werdet Ihr wohnen?", fragte Monique mit großen Augen.

„Scheiße, nein. Jessica!" – „...icaaa ...icaaa ...icaaa!"

Sie und Marc erschienen am Ende der Treppe und liefen uns entgegen. „Endlich! Du bist spät dran. Was sagst du?", fragte sie. „Ist es nicht großartig?"

„Warte, bis du den Esstisch gesehen hast", fügte Marc hinzu, „der ist riesig!"

„Jessica, das Haus ist zu groß für uns. Wir sind nur zu dritt, schon vergessen? Wie viele Schlafzimmer gibt es hier?"

„Elf", gab sie zu, „aber so müssen wir uns keine Gedanken darüber machen, wo unsere Gäste übernachten."

„Und wir haben alle unser eigenes Badezimmer", ergänzte Marc.

„Und wahrscheinlich auch eine eigene Küche!", sagte Tina und betrachtete mit großen Augen das Schloss, das Jessica höchstwahrscheinlich mit dem zwischen ihren Autositzen gefundenen Kleingeld gekauft hatte.

Jessica bemerkte meine schlechte Laune – was keine Kunst war –, und sie sagte streng: „Komm schon, sei nicht so voreingenommen. Es ist groß, aber es ist nur ein Haus."

„Das Herrenhaus des Gouverneurs ist genau gegenüber!", kreischte ich.

„Sieh dich erst einmal um", versuchte Marc mich zu überreden, „es wird dir gefallen."

„Ihr seid ..." Ich hörte, wie meine Stimme schrill wurde,

und zwang sie zurück in die tieferen Tonlagen. Sie hatten wahrscheinlich lange gesucht, und das Haus hatte Jessica auch nicht umsonst bekommen. Die Maklergebühren allein waren bestimmt sechsstellig. Ich fühlte mich so unbehaglich wie nie, aber ich wollte auch kein undankbares Arschloch sein. „Darum geht es nicht. Ich sehe auch, dass es fantastisch und traumhaft und so weiter ist."

„Gott sei Dank", sagte Marc.

„Es ist wunderschön, okay? Es ist perfekt. Aber ich kann es mir nicht leisten, und es ist nicht praktisch. Komm schon, wie viel hat es gekostet?"

„Nun ja, erst einmal mieten wir es, bis sie den Besitzer gefunden haben."

„Jessica …"

„Dreitausend die Woche", gab sie zu.

Ich fiel fast in Ohnmacht. „Das Geld vom Verkauf meines Hauses reicht noch nicht mal für ein Jahr!"

„Also kannst du doch Kopfrechnen", stichelte Marc, „das hatte ich immer schon wissen wollen."

„Bist du verrückt geworden?"

„Mit wem von uns beiden redest du?"

„Sieh doch mal, dieses Haus passt sehr viel besser zu deiner Position", sagte Jessica und versuchte logisch zu klingen.

„Welche Position?" Ich starrte sie böse an. Das Thema war tabu zwischen uns. Sie wusste sehr gut, dass ich mich völlig unwohl fühlte und lieber heute als morgen einen Weg aus dem ganzen Schlamassel gefunden hätte.

„Du weißt genau, welche Position", sagte Jessica streng. Verräterin! „Wenn der König mal vorbeischaut …"

„Nenn ihn nicht so", stieß ich zwischen zusammengebissenen Zähnen hervor.

„Wow", sagte Marc und beäugte mich, „deine Augen werden schon wieder rot. Und …“ Er sah an mir vorbei. Ich hörte, wie Monique und Tina einen Schritt näher kamen, aber ich war zu verärgert, um sie zu beachten.

„Sinclair, okay? Wegen Sinclair und Tina und … anderen Leuten“, sie nickte in Moniques Richtung, „brauchst du ein anständiges Haus. Eines, das den Leuten zeigt, dass …“

„… meine Mitbewohnerin meinen Lebensunterhalt bestreitet. Dieses Haus … das bin ich einfach nicht.“

„Hier sind wir unter uns, es ist das letzte Gebäude in der Straße, und hinterm Haus fließt gleich der Mississippi. Und wir haben viel Platz. Im Garten gibt es ein ausgezeichnetes Alarmsystem. Und du brauchst deine Privatsphäre, Betsy, auch wenn du es nicht zugeben willst. Und es ist groß genug, um Leute zu empfangen.“

„Warum können wir nicht einfach eine Eigentumswohnung in der Innenstadt von Minneapolis kaufen?“, jammerte ich.

„Vampirköniginnen leben nicht in Eigentumswohnungen.“ Es war Monique, die das sagte, aber Tina und Jessica nickten nachdrücklich.

„Also, Leute, irgendwo müssen wir ja leben“, unterbrach Marc. „Dein Haus wird in sich zusammenbrechen, wenn die Termiten noch länger daran herumnagen. Also lass uns dieses Haus einige Wochen lang ausprobieren. Mehr verlangen wir gar nicht.“

Natürlich verlangten sie mehr. Als ob ich meine Sachen zweimal innerhalb eines Jahres packen und umziehen würde! Jessica war bestimmend – daran war ich gewöhnt und konnte mich wehren. Aber Marc war die Stimme der Vernunft, und dagegen hatte ich kein Argument.

„Ihr müsst zugeben“, fügte Tina eilfertig hinzu, „dass es ein fantastisches Haus ist.“

„Ja, und? Wenn ich Königin bin, wie kommt es dann, dass mein Wort nichts gilt?"

Jessica grinste. „Mach dir darüber keine Gedanken. Wir halten dich auf dem Laufenden."

„Jessica ist Bruce Wayne, und du bist Batman", fuhr Marc fort. „Sie bezahlt deine Rechnungen, damit du rausgehen und das Böse bekämpfen kannst."

„Bruce Wayne und Batman waren ein und derselbe Typ, Dummkopf."

Jessica und Tina lachten, und das ärgerte mich. Wenigstens Monique zeigte Respekt und blieb ernst.

„Hallo, Tina, ich hatte noch gar nicht die Gelegenheit, dich zu begrüßen", sagte Marc. Er streckte seine große Pranke aus und schüttelte Tinas klitzekleine, zarte Hand. Es war fast komisch anzusehen. Der große, schlanke und fitte Marc überragte Tina um mehrere Haupteslängen, aber Tina und Monique hätten ohne großen Kraftaufwand alle Knochen seiner Hand brechen können. Das wussten er und Jessica. Aber es machte ihnen nichts aus.

Sie hatten sich viel schneller an diesen Vampirkram gewöhnt als ich selbst.

„Dann führ mich mal herum", sagte ich ergeben. Marc hatte recht. Wir mussten schließlich irgendwo wohnen. Und Jessica hätte jedes Haus in dieser Straße kaufen können, ohne den Dispokredit bei ihrer Bank anzutasten. Sie hatte viele Schwächen, aber ihre finanzielle Situation gehörte nicht dazu. „Lasst mal sehen, was ihr mir wieder eingebrockt habt."

Tina und Monique waren gerade gegangen, als die Maklerin erschien. Und das war gut so, denn ein hungriger Blutsauger war mehr als genug für eine Besichtigungstour.

Die Maklerin war eine sehr liebenswürdige, grauhaarige,

ältere Dame in einem schrecklichen Tweedkostüm – im Juli! Aber sie machte Punkte gut, weil sie nicht übertrieben unterwürfig war, obwohl wir alle wussten, dass sie auf eine saftige Courtage hoffte. Und sie wusste sehr viel über das Haus. Marc flüsterte mir ins Ohr, dass sie im Entstehungsjahr des Hauses, 1823, wahrscheinlich schon geboren war.

Ich kicherte hinter vorgehaltener Hand, während May Townsend – „Nennen Sie mich einfach May-May, meine Liebe" – weiter über die exquisiten Holzarbeiten, die ausgezeichnete Handwerkskunst schwafelte und wie erstaunlich es sei, dass die Termiten das Haus noch nicht verschlungen hätten. Wir könnten froh sein, dass es uns niederen Primaten erlaubt sei, in diesen heiligen Hallen zu wandeln. Ich dachte darüber nach, mich von ihr zu nähren, aber der Tweed roch, offen gesagt, etwas unappetitlich.

„Wie ich Ihnen schon am Telefon mitteilte", sagte May-May, als wir vom zweiten in den dritten Stock stapften, „gehört das meiste Mobiliar zum Haus. Die Besitzer befinden sich in Prag und sind an einem Verkauf sehr interessiert."

„Wir mieten", sagte ich entschieden, bevor Jessica etwas sagen konnte.

„Natürlich, meine Liebe. Und dies ist das Hauptschlafzimmer", fügte sie hinzu und öffnete die Tür zu einem Raum mit hohen Decken, einem Bett so groß wie meine Küche und riesigen Fenstern. „Es ist komplett modernisiert worden, und das angrenzende Bad hat einen Whirlpool, ein Säulenwaschtisch und …"

„Ich nehme es", sagte Marc laut.

„Ganz sicher nicht", fuhr Jessica ihn an. „Ich denke, die Person, die sich hier auch wirklich amüsieren wird, sollte den Raum bekommen."

„Na, damit seid ihr beide, du und Betsy, ja wohl aus dem

Rennen", feixte Marc, „wann hattest du denn das letzte Mal Sex?"

„Das geht dich verdammt noch mal nichts an, weißer Junge."

„… von Hand bemalte Tapeten, einzigartig für die damalige Zeit, und bitte beachten Sie das goldene Blatt in den Ecken des Zimmers …"

„Da ich in die Falle gelockt wurde", meldete ich mich, während May-May weiter über das authentische Holz und die authentischen Dielenbretter schwadronierte, „nehme ich das Hauptschlafzimmer. Ihr habt ja noch weitere zwölf zur Auswahl."

„Zehn", korrigierte mich Marc.

„Egal."

„Das ist nicht fair!", heulte Marc.

„Ihr habt die Wahl, entweder das oder zurück zur Termitenzentrale." Endlich einmal markierte ich die starke Frau – und setzte mich tatsächlich durch! „Äh … hey, Marky-Marc, warum gehst du nicht mit May-May und schaust dir den Säulenwaschtisch an?"

„Warum? Wenn ich ihn doch nicht benutzen kann … he!" Ich gab ihm einen kleinen Schubs in Richtung Bad, und er trollte sich dorthin. Die Maklerin folgte ihm pflichtbewusst. Auch wenn Marc es ruhig hören konnte, May-May ging mein untoter Zustand nichts an.

„Äh, Jess", fragte ich ruhig, „wer soll sich um diesen Palast kümmern? Marc und ich arbeiten nachts, das weißt du, und du bist nicht gerade mit einem goldenen Besen im Arm geboren worden."

„Ich engagiere ein paar Haushälterinnen", versicherte Jessica, „und wir stellen jemanden ein, der den Rasen mäht und sich um den Garten kümmert."

„Ich kann den Rasen mähen!“, brüllte Marc aus dem Badezimmer.

„Aha, du willst also jede Woche fast einen Hektar Rasen mähen?“, schrie Jessica zurück. „Und hör auf zu lauschen! Wir haben hier eine private Unterhaltung!“

„Vielleicht mache ich das tatsächlich! Mähen, meine ich.“

„Die Haushaltshilfen sollten wir auf ein Minimum beschränken“, sagte ich besorgt.

„Keine Angst, Bets. Niemand wird es herausfinden, es sei denn, du sagst es ihm.“

Marc kam aus dem Bad. „Was herausfinden?“, fragte er.

„Dass sie so dumm ist, wie sie aussieht“, sagte Jessica fröhlich und wich meinem Fußtritt aus.

„Möchten Sie den ersten Stock sehen?“, fragte May-May strahlend. Ich wollte nicht, folgte ihnen aber gehorsam.

8

Jessica hielt Wort. Ich hatte noch nicht einmal ausgepackt, da wieselten schon zahlreiche Leute durch das Haus – oder die Vampzentrale, wie Marc es nannte. Ich zählte mindestens drei Haushälterinnen und zwei Gärtner. Jessica hatte sie über *The Right Foot* gefunden, ihre gemeinnützige Organisation, und so profitierten alle davon.

Der Kühlschrank war ständig gefüllt mit Popcorn, Eistee, Sahne, Gemüse und allerlei Kleinigkeiten für das Abendessen. Die Gefriertruhe quoll über von Eiscreme und Frozen Margaritas. Aber unsere Helfer waren so umsichtig, dass ich sie kaum bemerkte. Vielleicht fanden sie es merkwürdig, dass ich den ganzen Tag verschlief und die Nacht hindurch unterwegs war, aber niemand sprach mich darauf an.

Merkwürdig, das Auspacken deprimierte mich. Wir hatten es so eilig gehabt, aus der Termitenstadt herauszukommen, dass ich meine Sachen ohne nachzudenken in Kartons gestopft hatte. Aber jetzt, da ich Zeit hatte, alles an seinen Platz zu räumen, war ich mit dem Krimskrams konfrontiert, den ich über die Jahre zusammengesammelt hatte.

Die Kleider, Schuhe und Schminkutensilien waren nicht das Problem, obwohl ich jetzt so blass war, dass ich kaum mehr als Mascara auflegte. Es waren die Bücher.

In meinem Zimmer gab es, neben vielen anderen Dingen, wunderschöne Bücherregale, und während ich meine Kartons auspackte und die Bücher ins Regal stellte, fühlte ich, wie tief die Kluft zwischen meinem neuen und meinem alten Leben war. Der Sommer war so verrückt gewesen, dass ich nicht bemerkt hatte, wie wenig Zeit mir zum Lesen geblieben war. Und es würde nie wieder die richtige Zeit dafür sein.

Ich konnte mit meinen Lieblingsbüchern – die Kleine-Haus-Reihe, alle Werke von Pat Conroy, Emma Hollys erotische Werke, meine Kochbuchsammlung – nichts mehr anfangen. Schlimmer noch: Ich fühlte mich schlecht, wenn ich in ihnen blätterte.

Ich hatte *Der Gesang des Meeres* und *Herr der Gezeiten* geliebt, weil Pat Conroy nicht nur göttlich schreiben konnte, er hatte auch die Seele eines Chefkochs und Gourmets. Der Mann wusste ein Tomatensandwich so zu beschreiben, dass es wie ein essbarer Orgasmus klang. Aber die Zeiten, in denen ich noch Tomatensandwich essen konnte, waren lange vorbei.

Wie oft hatte ich mich mit einem Buch in mein Zimmer geflüchtet, um meiner Stiefmutter zu entkommen? Wie oft hatte ich ein Kochbuch gekauft, weil die herrlichen Farbfotos mich buchstäblich zum Sabbern brachten? Das war jetzt vorbei. Tom, Luke, Savannah, Dante, Mark, Will und der Große Santini waren für mich verloren. Nicht zu vergessen das *All American Cookie Book*, die *Barefoot Contessa Parties* und die Bücher von Susan Branch.

Ich stellte die Bücher zurück, mit dem Rücken zur Wand, sodass ich die Titel nicht lesen musste. Normalerweise war ich zu beschäftigt, um mich von der Tatsache deprimieren zu lassen, dass ich tot war. Aber heute war das anders.

Ich sah das Mädchen zum ersten Mal, als ich das Innere meines Kleiderschranks mit dem Staubsauger säuberte. Das dritte Mal in fünf Minuten. Auf keinen Fall würde ich meine Schuhe in einen zweihundert Jahre alten Schrank werfen, der nach altem Holz und toten Motten roch. Gott sei Dank musste ich nicht atmen!

Mit gezücktem Handstaubsauger kroch ich im Krebsgang aus dem Schrank und wäre fast mit ihr zusammengestoßen. Sie hatte sich wie ein Käfer in einem Stuhl beim Kamin zusammengerollt. Einer von vierzehn. Kaminen, nicht Stühlen. Wie viele Stühle es in diesem Haus gab, wusste ich nicht. Sie beobachtete mich also, und ich erschrak mich so sehr, dass ich den Staubsauger fallen ließ.

„Huch!“, sagte ich. „Ich habe dich gar nicht reinkommen hören.“

„Meine Mama sagt, dass ich leise bin“, sagte sie hilfsbereit.

„Das bist du wirklich. Es ist gar nicht so einfach, sich an mich anzuschleichen. Obwohl …“, murmelte ich, „… es in letzte Zeit häufiger passiert.“ Ich sprach wieder lauter, damit das Mädchen keine Angst bekäme vor der merkwürdigen Blondine, die Selbstgespräche führte. „Deine Eltern arbeiten also hier?“

„Meine Mama hat hier gearbeitet.“

„Hat? Was machst du dann …?“

„Ich mag dein Haar.“

„Danke.“ Ich tätschelte meine blonden Strähnen und versuchte, nicht allzu geschmeichelt auszusehen. Selbst tot hatte ich offensichtlich noch das gewisse Etwas. „Ich mag deins auch.“

Sie war das süßeste Ding, das ich je gesehen hatte. Sie hatte das Gesicht eines geduldigen Rehs, so vorsichtig und niedlich, mit großen blauen Augen und Sommersprossen auf der Nase. Ihr blondes lockiges Haar wurde von einer blauen Schleife zusammengehalten, die zur Farbe ihrer Augen passte, und sie trug ein gestreiftes Kittelchen, pinkfarbene Söckchen – und schwarz-weiße Schuhe.

Ich trat näher, um ihre Fußbekleidung genauer unter die Lupe zu nehmen. „Langweilst du dich nicht zu Tode?“, fragte ich. „So alleine in einem großen Haus? Wo ist deine Mutter?“

„Jetzt mag ich es hier“, antwortete sie, nachdem sie ein wenig über meine Frage nachgedacht hatte. „Ich mag es, wenn hier Leute sind.“

„Na, dann wirst du dich hier sehr wohl fühlen. Meine Freundin Jessica hat eine beschiss… eine Armee angestellt. Sag mal, Sonnenschein, wo hast du denn deine Schuhe gekauft?“

„Meine Mama hat sie für mich gekauft.“

„Wo?“

„Im Schuhladen.“

Mist. „Sie gefallen mir“, sagte ich wahrheitsgemäß. „Ich heiße Betsy.“

„Ich heiße Marie. Danke, dass du mit mir sprichst.“

„Hey, ich wohne hier nur. Ich bin nicht so ein reiches, snobistisches Arschloch, wie du sie vielleicht gewöhnt bist. Äh … weißt du, wie man von hier aus in die Küche kommt?“

Marie grinste und zeigte eine Zahnlücke in ihren Schneidezähnen. „Natürlich. Ich kenne alle Abkürzungen. Zwischen der Küche und dem zweiten Esszimmer gibt es einen geheimen Keller!“

„Dem *zweiten* Esszimmer? Auch egal. Vorwärts, Marie. Ich brauche dringend eine Tasse Tee, bevor ich noch etwas Unvorhergesehenes tue.“

Bevor ich ihre Hand nehmen konnte, hörte ich donnernde Schritte, und Jessica stürzte ins Zimmer. Sie schwenkte das Telefon. „Du musst sofort … Marquette … Tina ist in Schwierigkeiten“, keuchte sie, dann ließ sie sich kraftlos auf mein Bett fallen. „Donnerwetter, das Haus hat mindestens tausend Stufen.“

„Du bist die Letzte, die sich über die Größe dieses Hauses beschweren darf. Was meinst du damit, Tina ist in Schwierigkeiten?“

„Sinclair … am Telefon …“ Sie hielt mir den Apparat entgegen.

„Wenn das ein Trick ist …“, knurrte ich in den Hörer.

„Komm sofort hierher!“

Ich rannte.

Als ich sah, was man Tina angetan hatte, wollte ich erst schreien und mich dann übergeben. Glücklicherweise hatte ich viel Übung darin, mein Abendessen bei mir zu behalten.

„Das ist ein jämmerlicher Versuch, Aufmerksamkeit zu erheischen“, sagte ich.

Tina versuchte ein Lächeln. Ich wünschte, sie hätte es nicht getan. Ihr halber Körper hing nämlich in Fetzen. Sie schwamm teilnahmslos in der Badewanne, die bis zum Rand mit pinkfarbenem Wasser gefüllt war.

Fragen Sie mich nicht, warum, aber wenn man einen kranken Vampir in Wasser legt und Backpulver dazugibt, geht es ihm schnell besser. Erstaunlich! Das Zeug lässt den Kuchen aufgehen und vertreibt Gerüche aus Kühlschränken. Mich erstaunte das sehr, aber ich war so neu in dem Geschäft, dass ich nicht in der Position war, die physikalischen Gesetze der Untoten zu hinterfragen.

„Jesses …“, krächzte ich und räusperte mich. „Wer hat das getan? Geht es dir … natürlich geht es dir nicht gut, aber – tut das weh?“

„Ja.“

„Was ist passiert?“

„Das Übliche. Menschen, die lästige Vampire töten“, erwiderte sie.

Das saß. „Aber Tina, ich dachte doch nicht, dass sie auch hinter den Guten her sind!“ Ich wedelte mit den Armen und versuchte die aufsteigende Hysterie in den Griff zu bekommen. Währenddessen war Sinclair erschienen, wie immer schnell wie der Blitz, und griff nach meinem Handgelenk.

Ich konnte gerade noch „Wa…?“ sagen, und schon hatte er meine Haut mit einem Messer geritzt, das ich zu spät bemerkte. „Au!“, sagte ich und entzog ihm meine Hand, aber es war zu spät. Es geschah so schnell, und das Messer war so scharf, dass ich den Schnitt kaum fühlte. Wenigstens hatte er mich nicht gebissen … „Kannst du nicht einmal fragen, bevor du mich stichst?“

Tina drehte ihren Kopf weg und tauchte unter Wasser. „Und du – hör auf damit!“, sagte ich und gab ihrem Kopf einen vorsichtigen Stupser. Die nasse Hand wischte ich an meiner Jeans ab. Igitt! „Ich weiß, was ich zu tun habe, verdammt. Ein kleines Bitte wäre trotzdem nett“, fügte ich hinzu und starrte Sinclair zornig an.

„Wir dürfen keine Zeit verlieren“, sagte er mit steinerner Miene, aber seine Augen waren schmal. Ich wusste, er liebte Tina. Sie hatte ihn zu dem gemacht, was er heute war. Ich respektierte das besondere Band zwischen ihnen, auch wenn ich es nicht verstand und es immer noch für sehr merkwürdig hielt. „Lass sie sich nähren. Jetzt.“

„Nein“, gurgelte Tina vom Grund der Badewanne her.

„Ich tue es, habe ich gesagt“, fuhr ich sie an, „und jetzt setz dich auf, damit wir es hinter uns bringen können.“

Eine Luftblase stieg an die Wasseroberfläche, aber Tina bewegte sich nicht.

„Das ist dein Fehler“, sagte Sinclair kalt. Ich war so in Sorge, dass ich gar nicht bemerkt hatte, dass er bis auf eine kirschrote Boxershorts nackt war. „Jetzt bring es auch wieder in Ordnung."

„Mein Fehler? Habe ich Tina etwa einen neuen Haarschnitt verpasst … am ganzen Körper? Sei nicht sauer auf mich. Ich bin deiner Aufforderung, zu kommen, so schnell ich konnte gefolgt. Nicht dass du wirklich darum gebeten hättest."

Er umklammerte meine Schulter, die sofort taub wurde. „Tina kennt deine kindische Abneigung gegenüber Blutsaugen. Sie spielt die Märtyrerin, und das lasse ich nicht zu."

„Hey, ich bin ganz deiner Meinung. Hol sie da raus und lass sie an mir nuckeln. Ich bin auf deiner Seite."

Wenn er noch gelebt hätte, wäre sein Gesicht jetzt puterrot geworden. Er presste jedes einzelne Wort zwischen den Lippen hervor. „Sie gehorcht mir nicht."

„Ach, deswegen machst du dir in die Hose? Tolle Farbe übrigens, sie bringt dein … äh, du weißt schon … gut zur Geltung. Aua, entspann dich, ich habe kein Gefühl mehr in meinem linken Arm."

„Tu es", sagte er mitleidlos.

Ich trat gegen die Wanne. „Tina, komm da raus."

Ein trotziges Gluckern.

„Hier spricht deine Königin." Ich unterdrückte ein Lachen. Königin der Schuhe vielleicht! „Jetzt setz dich auf, bitte."

„Frag nicht", zischte Sinclair in mein Ohr, „befiehl es ihr."

„Hör auf damit, das kitzelt. Tiiii-naaaaa!"

Sie setzte sich auf. „Ich will das nicht", log sie, „Ihr findet es barbarisch."

„Sei nicht so ein Baby", sagte ich, obwohl sie völlig recht hatte. „Was ist denn die Alternative? Willst du in dieser Wanne leben wie ein untotes Anatomieobjekt und die nächsten sechs Monate über langsam heilen? Die Zimmermädchen werden einen hysterischen Anfall bekommen."

Ihre Nasenlöcher blähten sich, und ich bemerkte, dass, während ich sprach, Blut über meine Finger getropft war. Ich drehte mich um, legte Sinclair meine Hände auf die steinharte Brust und drückte, trat und schubste, bis ich ihm die Badezimmertür vor der Nase zuschlagen konnte.

„Ich kann den Typen nicht ausstehen", sagte ich und rollte mir die Ärmel hoch.

„Lügnerin", sagte sie und grinste mich an.

„Könntest du das bitte unterlassen, bis dein Gesicht wieder zusammengewachsen ist? Nimm's mir nicht übel."

„Oh, Majestät", seufzte sie, als ich neben der Wanne niederkniete, „es tut mir so leid, dass ich Euch darum bitten muss."

„Sei kein Dummkopf. Ich bin nur froh, dass du lebst. Gewissermaßen."

Sie packte meinen Arm und leckte das Blut von meinen Fingern. Dann saugte sie an meinem Handgelenk, bis keine Sehnen oder offenen Wunden mehr zu sehen waren, bis sie wieder schön war. Es dauerte nicht lange. Immer wieder erstaunte es mich aufs Neue, wie schnell Vampire genesen konnten. Selten dauerte es länger als einige Minuten. Und merkwürdigerweise beschleunigte mein Blut den Heilungsprozess noch. Mit Menschenblut hätte es die ganze Nacht gedauert. Noch mehr Dinge, die ich nicht verstand – und die ich auch lieber nicht hinterfragen wollte. Ich fürchtete mich vor den Antworten, die Tina mir geben könnte.

„Also", sagte ich fröhlich, „welche Pläne hast du sonst noch für den Abend?"

„Nach einer Nahtoderfahrung entspanne ich mich gerne damit, die Wanne zu putzen."

„Ich würde ja gerne helfen. Aber das kannst du vergessen. Zu Hause habe ich neunzehn eigene."

9

Wir verließen gerade gemeinsam das Badezimmer, als Wie-hieß-sie-noch-gleich – die Süße von neulich – in die Suite gestürzt kam.

„Tina, ich bin ja so froh!", rief sie, das schimmernde blonde Haar in wilder Unordnung. Sie sah aus, als hätte sie sich in einem Abfallcontainer von McDonald's gewälzt, und roch auch so. Ein Senfpäckchen klebte an ihrer linken Wange. „Ich dachte, sie hätten dich umgebracht!"

Sie rannte zu Tina und stürzte sich auf sie, drückte und küsste sie. Gut, dass Tina noch nicht wieder angezogen war, die Flecken hätte sie niemals wieder rausbekommen. Wenn ich das Gestammel richtig verstand, dann hatten die Typen beide Mädchen angegriffen, aber Tina hatte sie dann von Monique fortgelockt.

„Diese Trottel", bemerkte ich.

„Dem stimme ich zu", sagte Sinclair finster. Er stöberte einen Bademantel für Tina auf, den er ihr jetzt geöffnet bereithielt. Als sie den Gürtel um ihre Taille geschlossen hatte, verschwand sie fast in schwarzem, flauschigem Frottee. „Ihr hättet euch beide stellen sollen. Oder flüchten."

„Ich weiß, ich weiß", unterbrach ihn Monique, bevor Tina den Mund öffnen konnte. „Ich wollte ja kämpfen, aber Tina …"

„Und du hättest meine Freundin nicht im Stich lassen und dich selbst retten sollen", fuhr Sinclair fort, mit einer Stimme, gegen die Trockeneis warm und behaglich schien.

Wir alle schluckten. Dann tätschelte ich Sinclairs Arm. „Jetzt ist ja alles gut, Eric. Allen geht es gut. Das ist doch das Wichtigste, oder? Eric?“

Sein Gesicht glättete sich, und er lächelte beinahe, als er auf mich herunterblickte. „Warum nennst du mich nur in Krisenzeiten bei meinem Vornamen?“

„Weil dies die einzigen Momente sind, in denen ich dich nicht erwürgen könnte“, antwortete ich wahrheitsgemäß. „Und jetzt hör auf, mit Monique zu schimpfen. Tina ist eine erwachsene Frau, eine sehr erwachsene Frau, würde ich sogar sagen, denn schließlich ist sie über hundert Jahre alt, und wenn sie den Köder spielen will, ist das ihre Sache.“

Monique sagte nichts, aber sie warf mir einen aufrichtig dankbaren Blick zu.

„Das Wichtigste ist jetzt“, sagte ich nachdrücklich, „der Sache auf den Grund zu gehen. Tina ist eine von den Guten. Sie hat nichts getan, dass jetzt so ein paar Vampirjäger hinter ihr her sind. Wir sollten also schleunigst herausfinden, warum.“

Hatte ich tatsächlich gerade gesagt, wir sollten der Sache auf den Grund gehen? Ich kam mir so dumm vor, Leute herumzukommandieren, die mindestens fünfzig Jahre älter waren als ich.

Wenn ich mich nur daran erinnern könnte, wohin ich Tinas Memo getan hatte …

„Kann ich dich kurz sprechen, bitte“, sagte Sinclair und packte mich am Ellbogen. Äh? Er zog mich quer durch den Raum und durch die Tür, die er sofort hinter uns schloss.

„Was denn?“, jammerte ich.

„Hast du beschlossen, die Killer zur Strecke zu bringen?“

„*Die* Killer? Plural? Huch! Ich meine, sicher. Ich glaube schon.“

„Benötigst du meine Hilfe?“

„Ja", sagte ich. Mir gefiel die Richtung nicht, die das Gespräch nahm. „Sollen wir noch lange hier im Dunkeln stehen und uns rhetorische Fragen stellen? Weil das nämlich ganz schön komisch ist. Um nicht zu sagen gruselig."

Er schmunzelte und hielt etwas in der Hand. Ich guckte. Es war ein Trinkglas aus dem Hotel.

„Was … oh …"

Was hatte ich bei Macy's gesagt? Ich würde eher Glas fressen als deine Hilfe annehmen?

Nun ja. Mist, verdammter.

„Na gut", sagte ich und nahm das Glas. Wenn er das Ding schon geklaut hatte, der hinterhältige Widerling … „Jetzt geht's los." Ich starrte das Glas an. Ich fragte mich, ob es wohl wehtun würde, wenn ich hineinbiss. Aber das würde ich ja sehr bald herausfinden. Das Schlimmste, was passieren konnte, war, dass ich die geschluckten Glassplitter wieder erbrach. Ich musste ja sogar Risotto erbrechen, Herrgottnochmal.

Egal. Genug Zeit geschunden. Ich hob das Glas zum Mund, schloss die Augen, öffnete den Mund … und biss in die Luft.

Sinclair hielt das Glas wieder in der Hand. Es war unheimlich, wie schnell er sich bewegen konnte. Wie ein Zauberer. Ein böser Zauberer in Boxershorts. „Du hättest es wirklich gegessen?"

„Das habe ich gesagt, oder?"

„Entweder bist du die erstaunlichste Frau, die mir je begegnet ist …"

„Nun ja." Ich zupfte meinen Pony zurecht und lächelte bescheiden.

„… oder die dümmste."

„Ich hasse dich."

„Das sagst du immer wieder", sagte er und zog mich näher. Wie durch ein Wunder ließ ich es geschehen. Es war eine lange Nacht gewesen. Außerdem roch er gut. Und fühlte sich gut an. Kirschrote Boxershorts. Lecker. Er küsste leicht mein Ohr, und ich unterdrückte einen Schauer. „Aber du kommst immer wieder zurück."

„Meine Neugier wird mich noch mal umbringen."

„Jetzt noch nicht. Komm, lass uns zurück zu den anderen gehen."

„Ja", sagte ich und war gewaltig enttäuscht, dass er nicht hartnäckiger war, und wütend auf mich selbst, weil ich enttäuscht war. „Das ist eine gute Idee."

„Vier", sagte Tina, „wir zählen vier Tote bis jetzt. Schon wieder, meine ich."

„Ich, äh, habe das Memo verloren."

Sie machte ein Geräusch, das verdächtig nach Schnauben klang. „Auch gut, dann fasse ich für dich noch einmal zusammen. Eine Gruppe Menschen hat es auf Vampire abgesehen, die allein unterwegs sind. Sie schlagen ihnen die Köpfe ab oder pfählen sie. Oder beides."

Igitt. Beides?

Monique meldete sich. „Wenigstens wissen wir jetzt eins: Es ist keine einzelne Person, es ist ein Team."

„Ich habe nie angenommen, dass es sich um eine einzelne Person handelt", sagte Sinclair.

„Nein, ich auch nicht. Ich meine, denkt doch mal nach. Könnte ein normaler Typ oder ein normales Mädchen eine solche Verwüstung anrichten? Auf keinen Fall!" Ich streckte meine Beine aus. Hoppla! Angestoßene Schuhspitzen! Dieses Paar musste ich wohl entsorgen. „Woher wissen wir denn, dass es nicht Vampire sind?"

„Die Blutproben, die wir am Tatort gefunden haben, waren lebendig."

„Wie ekelig!“, rief ich. „Du meinst, wenn man mir jetzt Blut abnähme …“

„Wärst du tot. Zumindest unter einem Mikroskop. Versuch bitte, beim Thema zu bleiben, Elizabeth.“

„Das tue ich. Das ist so abstoßend! Wissen wir, warum sie es tun? Wenn man mal vom Offensichtlichen absieht.“

„Dem Offensichtlichen?“, fragte Monique. Ihre Verwirrung war niedlich.

„Vampire sind Arschlöcher.“ Als sie mich alle anstarrten, führte ich weiter aus. „Es tut mir leid, aber das ist die Wahrheit. Ihr holt euch einfach arme, ahnungslose Tölpel von der Straße und saugt sie aus. Ich bin erstaunt, dass so etwas nicht schon früher passiert ist.“

„Es ist schon früher passiert“, sagte Sinclair kühl, „in allen Zeitaltern.“ Er schlüpfte in eine schwarze Hose, trug aber immer noch kein Hemd, was mich irritierte. „Und niemand in diesem Raum benimmt sich so.“

„Du musst aber zugeben, dass wir Ausnahmen sind.“

„Nein, das denke ich nicht“, sagte Monique ernsthaft. „Die meisten Vampire haben nicht mehr das Bedürfnis zu jagen. Es ist viel einfacher, sich Schafe zu halten.“

„Sich was zu halten?“

Ich sah, wie Tina ihr mit dem Daumen das Zeichen für „Kopf ab“ machte und Sinclair den Kopf schüttelte, aber Monique bemerkte davon nichts. „Schafe!“, sagte sie fröhlich. „Du weißt schon. Zwei oder drei Leute, die dir treu ergeben sind und dich trinken lassen, wann immer du willst.“

„Wir kommen vom Thema ab“, sagte Sinclair schnell.

„Den Teufel tun wir!“

„Später, Majestät“, sagte Tina und sah Monique wütend an, die ein verblüfftes Gesicht machte. „Ihr könntet uns später sagen, wie schlimm wir sind.“

„Wie können wir dieses Team dazu bringen, sich zu zeigen?“, fragte Tina.

„Mit einem Köder natürlich“, sagte Monique.

Sinclair nickte zustimmend. „Es sieht so aus, als würden sie aus irgendeinem Grunde immer mittwochs zuschlagen.“

„Vielleicht haben sie alle Jobs“, sagte ich, „und können sich nur mittwochs freinehmen.“

„Wahrscheinlicher ist“, sagte Sinclair freundlich, „dass die Tage eine Bedeutung haben. Sie könnten, zum Beispiel, im okkulten Kalender stehen.“

„Also“, nahm Tina den Faden auf, „werden wir in zwei Wochen versuchen, sie zu fangen.“

Ich konnte kaum ein spöttisches Grinsen unterdrücken. „Einfach so, häh?“

„Nun ja“, sagte Tina vernünftig, „wahrscheinlich sind es keine älteren Herrschaften. Zum einen sind die Angriffe zu grausam und schnell. Ich vermute, es sind Jugendliche ... ich wette tausend Dollar, dass nicht einer legal Alkohol kaufen darf.“

„Hast du einen von ihnen gesehen?“, fragte Monique.

„Ich hatte genug damit zu tun, mich zu verteidigen und mich in Sicherheit zu bringen. Eines kann ich aber sagen, sie waren sehr gut ausgerüstet. Da habe ich lieber keine Zeit verloren.“

„Und das war gut so“, sagte ich beeindruckt, „selbst ohne Zeit zu verlieren, bist du ganz schön zugerichtet worden. Ich bin so froh, dass es dir gut geht.“

„Warum denn, Majestät?“, spöttelte Tina. „Ich dachte, ich wäre Euch egal.“

„Hör auf damit, du Schlampe.“ Tina machte kein Geheimnis daraus, dass sie lieber früher als später in mein Bett hüpfen würde. Das verunsicherte mich, denn erstens stand ich auf Männer, und zweitens war ich trotzdem manchmal neugierig.

Einmal, im College, haben meine Mädels aus der Schwesternschaft und ich uns betrunken und … nun ja, wie schon gesagt, manchmal bin ich eben neugierig. Am besten hielt ich sie in Armeslänge auf Abstand. Ich hatte schon genug damit zu tun, Sinclair nicht in mein Bett zu lassen. „Deine Verführungskünste wirken bei mir nicht."

„Hatten sie Waffen?", fragte Sinclair, leicht ungeduldig.

„Pistolen, Pfähle, Armbrüste, Messer, Masken. Wie ich schon sagte, ich bin mir sicher, dass sie jung sind. Sie fühlten sich jung an. Sie bewegten sich wie Jugendliche und rochen wie Jugendliche."

„Rochen?", fragte ich.

„Viel Clearasil", erklärte sie.

Mir gelang es nur mit Mühe, ein Kichern zu unterdrücken. Teenkiller mit Akne! Das klang wie der Film der Woche.

„Also haben wir schon einen Vorteil."

„Haben wir den?"

„Wir sind älter, schlauer und gerissener", sagte Sinclair. Für meinen Geschmack klang er viel zu selbstzufrieden.

Tina und Monique nickten.

Ich rollte mit den Augen. „Dann haben diese armen Kerle also überhaupt keine Chance, richtig?"

„Richtig", antwortete er, ungerührt von meinem Sarkasmus.

10

„Marie!“, schrie ich. „Bist du da?“

Eigentlich bezweifelte ich es. Es war fast elf Uhr am Abend. Aber ihre Familie schien einen merkwürdigen Tagesrhythmus zu haben, denn normalerweise war sie …

„Hallo.“

„Oh. Gut.“ Ich tauchte aus meinem Kleiderschrank auf. „Hast du meine purpurfarbenen Arpels gesehen?“

„Sehen sie wie Feenschuhe oder wie Ballettschuhe aus?“

„Ballett.“

„Ja. Der linke ist unter dem Waschbecken und der rechte unter dem Bett.“

„Mist!“

„Du warst sehr müde letzte Nacht“, versuchte Marie mich zu beruhigen. Das kleine Mädchen schien Kittelchen und Haarbänder zu lieben, denn sie trug immer die gleiche Kleidung. Bestimmt war sie zu Hause eine dickköpfige, kleine Landplage. „Du hast einfach alles von dir geworfen und bist ins Bett gefallen.“

„Hör auf, mir nachzuspionieren, du kleine Zecke.“

Sie kicherte. „Ich bin keine Zecke!“

„Ja, ja.“ Ich fegte durch das Zimmer. Meine Schuhe waren genau da, wo sie gesagt hatte. „Wo sind denn die anderen alle?“

„Hm … Dr. Marc arbeitet und Jessica schläft.“

„Oh.“ Wie langweilig.

„Es sind neue Sachen in der Küche“, sagte sie. „Jessica hat

dem Mann, der sich um die Vorräte kümmert, aufgetragen, weißen Tee für dich zu kaufen. Und sie hat frische Sahne für dich eingekauft."

„Wirklich? Weißt du, wie selten und teuer weißer Tee ist? Den will ich schon so lange einmal probieren! Oh, und frische Sahne! Komm mit runter, ich mache dir auch eine Tasse."

Sie schüttelte den Kopf. Mich überraschte das nicht, denn Marie war ein sehr schüchternes Kind. Aus irgendeinem Grund war sie es nur in meiner Gegenwart nicht.

Ich zog mich rasch an und entschied mich für Kakishorts, ein rotes, ärmelloses Rollkragenshirt und schwarze, flache Schuhe. Dann bürstete ich schnell meine Haare. Seitdem ich gestorben war, blieben sie immer in derselben Schulterlänge, und meine Strähnchen waren ebenfalls noch genauso frisch wie am ersten Tag. Eine Sorge weniger. Doch jetzt traute ich mich nicht mehr, einen anderen Haarschnitt auszuprobieren. Was, wenn ich dann auf ewig damit leben müsste? Na ja, vielleicht nur die Spitzen ...

„Ich bringe dir eine Tasse mit", versprach ich, als ich das Zimmer verließ.

„Ich habe keinen Durst", rief sie mir nach.

Nach zehn Minuten hatte ich die Küche endlich gefunden. Ich wohnte schon seit einigen Tagen in diesem Haus und verlief mich noch immer. Ohne meine Vampirnase hätte ich die Küche wohl nie gefunden.

Auf dem Tisch lag eine Nachricht von Jessica.

Betsy, der Hausbesitzer hat schon wieder angerufen. Er möchte wirklich sehr gerne an uns verkaufen und geht immer weiter mit dem Preis runter. Ich denke ernsthaft darüber nach. Was meinst du? J.

„Ich meine, dass es immer noch zu teuer ist“, sagte ich laut. Ich konnte ebenso gut mit mir selbst streiten. Auf diese Weise gewann ich vielleicht zur Abwechslung einmal. „Wir drei müssen uns ja jetzt schon verabreden, wenn wir einander in diesem Haus einmal treffen wollen. Außerdem wird mir schlecht von dem Geruch von altem Holz.“

„Hexe, Hexe, Hexe“, gähnte Jessica und stakste in die Küche, gekleidet in ihren jadegrünen Seidenpyjama. Die Farbe brachte ihre ebenholzfarbene Haut sehr schön zur Geltung.

„Ist doch wahr.“ Ich konnte nicht zugeben, dass ich mich an das Haus zu gewöhnen begann und zum ersten Mal im Leben einen ausreichend großen Kleiderschrank hatte. „Kannst du nicht schlafen?“

„Nein. Ich habe mir den Wecker gestellt, um mit dir zu sprechen.“

„Oh. Danke. Aber du brauchst deinen Schlaf.“

Sie zuckte mit den Achseln. „Ich mache heute Nachmittag ein Nickerchen. Heute Abend gehst du nicht zur Arbeit, oder?“

„Nein. Die nächsten beiden Tage habe ich frei. Obwohl es mir ein Rätsel ist, wie Macy's ohne mich auskommt. Denkst du wirklich daran, dieses Haus zu kaufen?“

„Wenn der Besitzer noch weiter mit dem Preis runtergeht, ist es ein richtiges Schnäppchen. Und du musst zugeben, dass es wunderschön hier ist.“

„Ich gebe es zu.“ Ich goss mir ein Glas Schokoladenmilch ein. Zur Hölle mit dem Tee. Der dauerte zu lange. „Wunderschön und groß. Ich werde vielleicht noch mehr Schuhe kaufen müssen, nur um den Schrank voll zu bekommen.“

„Gott bewahre. Also, was gibt's Neues? Abgesehen von der Tatsache, dass du der einzige Vampir auf der Welt bist mit einem Milchbärtchen.“

„Tja, ich muss mich um ein paar Mistkerle kümmern, die Vampire morden. Ich war mir nicht sicher, wie ich dazu stehe, bis sie sich Tina ausgesucht haben …“

„Geht es ihr gut?“

„Jetzt ja.“ Ich übersprang die ekligen Details rund um das Thema Blutsaugen. „Mein Chef geht in Urlaub und hat mir die Verantwortung für die Abteilung übertragen.“

„Gott bewahre.“

„Oh, hör auf damit. Und übermorgen stellen wir den Killern eine Falle. Und ich denke daran, das Jugendamt wegen Marie anzurufen.“

Jessica gähnte und erhob sich, um Kaffee zu machen. „Wer?“

„Die kleine Süße, die hier immer herumlungert. Mir macht es nichts aus, sie ist nicht ungezogen oder so. Aber, verdammt, das Kind ist ja *ständig* hier! Zu jeder Tages- und Nachtzeit. Ihr Vater meint es sicher gut, wenn er sie zur Arbeit mitnimmt, aber das ist wirklich lächerlich.“

„Ich würde sagen, lass uns nichts überstürzen, indem wir gleich das Jugendamt alarmieren. Du könntest Detective Nick anrufen und ihn vielleicht … Guck mich nicht so böse an. Du hast recht, das ist eine schlechte Idee.“

„Es macht mich schon nervös genug, dass wir in seinem Zuständigkeitsbereich wohnen. Ich warte immer darauf, dass er eines Tages vor der Tür steht und ruft: ‚Du bist tot, und ich hatte es vergessen!‘“ Ich erschauerte.

„Gegen Sinclairs Gedächtnislöschung hat er keine Chance. Aber um wieder auf das Kind zurückzukommen … Ich könnte mal mit dem Vater reden“, schlug sie vor. „Wer ist es?“

Da war ich überfragt. „Das habe ich sie nie gefragt. Ich werde es gleich nachholen. Sie ist sicher noch in meinem

Zimmer und probiert meine Schuhe an. Ich vermute, das macht sie immer, wenn ich nicht da bin."

Ich beeilte mich, aber Marie war in der Zwischenzeit gegangen. Und sie kam auch nicht zurück, als ich nach ihr rief.

11

„Aber warum muss denn *ich* der Köder sein?", jammerte ich.

„Nun, du passt ins Schema."

„Warum? Weil ich ein Vampir bin?"

„Ja", sagte Monique.

„Bin ich denn der einzige Vampir, der das machen kann?"

„Ja", sagte Tina.

„Mir gefällt die Idee auch nicht", sagte Sinclair. Guter Sinclair!

„Wenn ich der Köder bin, wird das verdächtig wirken", sagte Tina. „Dasselbe gilt für Monique. Kaum sind wir ihnen entkommen, spazieren wir schon wieder sorglos durch die Gegend? Nicht sehr wahrscheinlich. Und Eric, du bist ein bisschen zu gut gebaut, um ein passender Köder zu sein."

„Danke schön", sagte er.

„Mir wird schlecht", sagte ich. „Gibt es denn keine anderen Vampire, auf denen du herumhacken kannst?"

„Nun ja … Sarah vielleicht. Aber sie ist eine Einzelgängerin. Zumindest war sie es die letzten fünfzig Jahre."

„Wer ist S…"

„Und … Ihr seid nun mal die Königin", unterbrach mich Monique mit um Entschuldigung bittendem Blick. „Irgendwie ist es ja auch Eure Pflicht."

„Streichen wir doch das ‚irgendwie'", warf Tina ein, „und ersetzen wir es durch ‚ganz sicher'."

„Das klang aber mal ganz anders: ‚Sie werden Euch nur

über meine Leiche bekommen, Majestät.‘ Ist das nicht erst drei Monate her?“

„Das war etwas anderes“, sagte Tina mit einer Ruhe, die mich zur Weißglut trieb. „Damals wart Ihr Euch Eurer Pflichten noch nicht bewusst.“

„Oh, wer’s glaubt, wird selig. Okay, okay, ich mache es. Ich nehme an, ihr gebt mir Deckung?“

„Selbstverständlich“, sagte Monique warm. Ich lächelte sie an. Wenigstens einer, der sich darum sorgte, ob ich in Stücke gerissen würde. „Wir bleiben im Hintergrund und beobachten alles. Und wenn wir vier nicht mehr mit einer Gruppe Jugendlicher fertig werden, können wir uns ebenso gut gleich selbst pfählen.“

„Ich nicht“, sagte ich, obwohl Tina und Sinclair zustimmend nickten. Das beunruhigte mich. „Okay, was muss ich tun?“

Sechs Stunden später hatte ich genug. „Es klappt nicht!“, schrie ich. „Und bald geht die Sonne auf! Der ganze Abend war eine einzige Verschwendung, ihr Loser!“

Sinclair tauchte so plötzlich aus dem Schatten auf, dass ich mir fast vor Schreck in die Hose machte. Während ich mir japsend an die Brust griff, sagte er: „Es scheint, als hättest du recht. Wir werden es später noch einmal versuchen.“

„Scheiße“, sagte Tina hinter mir. Ich quiekte und wirbelte herum, während sie fortfuhr: „Ich will diese kleinen Scheißkerle in die Finger bekommen, und zwar *jetzt*.“

„Bald“, beruhigte Sinclair sie. Er legte ihr freundschaftlich einen Arm um die Schulter und musste sich dabei fast bücken. Sie war wirklich sehr klein. „Lass uns zum Hotel zurückgehen und ausruhen. Wo ist Monique?“

„Hier“, sagte diese von der gegenüberliegenden Straßenseite. Sie überquerte die Straße schnell bei Rot – alle Vampire sind grundsätzlich Gesetzesbrecher – und gesellte sich zu unserer kleinen Gruppe. „Das ist wirklich unglücklich. Ich hatte gehofft …“

„Das nächste Mal“, sagte Sinclair.

„Mist! Sollen wir noch einen Abend sinnlos herumstehen?“, meckerte ich. „Donnerwetter, ich kann es gar nicht erwarten! Erinnert mich daran, dass ich freinehmen muss.“

Sinclair murmelte etwas, was ich aber nicht verstand. Gut für ihn.

„Tolle Schuhe“, sagte Monique und zeigte mit dem Finger auf meine Füße.

„Ja“, sagte ich erfreut. Ich war ganz in Schwarz gekleidet – ein Klischee, ich weiß, aber es schien mir passend für unsere kleine nächtliche Theateraufführung – bis auf meine Schuhe. Die waren nämlich aus durchsichtigem Acrylglas mit hohem Keilabsatz und einem Schmetterling in jedem Absatz. Normalerweise trug ich keine Plastikschuhe, aber dieses Mal hatte ich eine Ausnahme gemacht. „Sind sie nicht fantastisch? Neunundsechzig fünfundneunzig, mit meinem Rabatt.“

„Sind das echte Schmetterlinge?“

„Nein“, sagte ich beleidigt.

„Ach ja, richtig. Du bist ja im Tierschutzbund.“

„Nicht mehr. Sie wurden mir zu extremistisch. Ich bin zwar dagegen, Kaninchen Rasiercreme ins Auge zu sprühen. Aber ich bin nicht dafür, die Aidsforschung abzuschaffen.“

„Wie nett“, sagte Sinclair freundlich, „dass du deine politischen Ansichten wechseln kannst wie deine Garderobe.“

„Äh … danke?“ War das ein Kompliment gewesen? „Aber ich würde trotzdem nicht mit echten Schmetterlingen in meinen Schuhen herumlaufen.“

„Sind sie bequem?“, fragte Monique. „Bei der Höhe?“

„Bequemlichkeit ist kein Kriterium! Ein Preis, den man zahlen muss."

„Das ist wirklich ein hochinteressantes Thema", sagte Sinclair, „aber bald geht die Sonne auf, und ich würde es gerne vermeiden, bei lebendigem Leibe gegrillt zu werden, während die Damen über ihr Schuhwerk sprechen."

„Du bist aber heikel! Dann sehe ich euch später."

„Ich bringe dich zu deinem Wagen", sagte er schnell.

Ich lachte. „Warum? Was soll mir schon passieren? Die Bösen lassen sich heute Abend nicht mehr blicken. Zumindest nicht in dieser Gegend."

Er zögerte für einen langen Moment – hatte er etwa darauf gehofft, in der Tiefgarage einen Annäherungsversuch starten zu können? – und sagte dann: „Nun gut. Gute Nacht."

„Nacht. Gute Nacht, Tina. Wiedersehen, Monique."

Fünf Minuten später stand ich in der Garage der US-Bank. Mein Wagen war der einzige im dritten Stock. Wenn ich nicht bereits tot gewesen wäre, hätte ich jetzt wirklich Schiss gehabt. Die Kriminalitätsrate von Minneapolis war relativ niedrig im Vergleich zu anderen Städten, aber man musste das Schicksal ja nicht herausfordern. Ich schloss mein Auto auf und wollte gerade die Tür öffnen, als ich Schrammen auf meinen Schuhspitzen bemerkte! Zwei Paar in einer Woche! Mein Vampir-Lifestyle tat meinen Schuhen definitiv nicht gut, und das würde ich nicht länger hinnehmen.

Ich beugte mich hinunter, um den Schaden genauer unter die Lupe zu nehmen, und hörte ein Kawummmm-Platsch! Ich richtete mich auf und sah einen dicken hölzernen Pfeil, der in dem Metall zwischen dem Fenster und dem Autodach zitterte.

Ich wirbelte herum und sah einen etwa achtzehn- oder neunzehnjährigen Jungen, der hinter einem der Betonpfeiler stand und eine Armbrust hielt. Ich hörte ein Klick, als er einen weiteren Pfeil in die Armbrust spannte, und trat gerade rechtzeitig zur Seite, um zu sehen, wie der Blödmann durch das Fenster auf der Fahrerseite schoss.

„Lass den Mist!", schrie ich. „Was ist denn mit dir los?"

Beweg dich.

Ich duckte mich, und der Junge sprang hinter den Pfeiler, als zwei weitere Pfeile an ihm vorbeiflogen. Super. Hinter mir befand sich also noch jemand.

„Was ist, war unsere Falle nicht gut genug für euch?", rief ich. „Den ganzen Abend habe ich mir die Füße in den Bauch gestanden, und *jetzt* taucht ihr auf? Das nächste Mal ..." – ich konnte sehen, wie der Pfeil aus der Armbrust des Jungen auf mich zukam, nicht gerade in Zeitlupe, und trat einen Schritt zur Seite. Vielleicht tat mein untotes Adrenalin ja seine Wirkung – „... macht ihr besser einen Termin."

„Gib auf, du Vampirhure!", rief jemand hinter mir.

„Oh, wirklich nett", blaffte ich, „ihr kennt mich ja nicht einmal!"

Ich hörte gedämpfte Schritte. Sie waren wirklich gut, denn ich hatte nicht einmal gemerkt, dass ich in einen Hinterhalt gelaufen war. Jetzt aber nahm ich alles wahr. Ich zählte mindestens drei Leute in diesem Stockwerk, vielleicht vier.

Ich verspürte den starken Drang, mich zu bewegen – vielen Dank an meine innere Stimme! –, und dieses Mal schlugen drei Kugeln in meine Wagentür. Dann klatschte eine weitere in meine Schulter.

„Auaaaa!", beschwerte ich mich. Es fühlte sich an, als wäre ich von einem Baseballschläger getroffen worden. Für einige Sekunden tat es weh, dann wurde meine Schulter taub. „Glück für euch, dass ich noch eine Million andere T-Shirts zu Hause habe. Was habe ich euch denn getan?"

Die Angreifer in meinem Rücken murmelten etwas, und der Junge bei dem Betonpfeiler – ein blauäugiger, blonder Surferboy – schaute überrascht. Er starrte und starrte, so als würde er auf etwas warten. Auf was? Dass ich mich in Luft auflöste? Waren das besondere Kugeln?

„Blindgänger", sagte eine Frau von irgendwoher. Schließlich sagte er: „Keine Bewegung, du verdammter Blutsauger."

„Bist du auf Drogen? Steht etwa ‚Vollidiot' auf meiner Stirn geschrieben?"

„Nein", gab mein Möchtegern-Killer zu.

„Wirst du jetzt endlich damit aufhören, meinen Wagen zu schrotten? Der muss noch mindestens ein Jahr halten." Glücklicherweise waren Fords sehr robust. „Wer seid ihr Arschlöcher überhaupt?"

„Wir sind die Blade Warriors", rief eine Frau in meinem Rücken. Sie hatte sich gut versteckt, und ich hatte keine Ahnung, wie sie gekleidet war. Ich rollte mit den Augen, und der Pfeiler-Junge hielt inne, als er einen neuen Pfeil einspannen wollte. „Wir töten Vampire."

Ich schnaubte. Teenager! Wenigstens schossen sie nicht mehr auf mich. „Blade Warriors? Ernsthaft? Habt ihr euch das wirklich ausgedacht und gesagt ‚Ja, das klingt gut, das nehmen wir'?"

Es folgte peinlich berührtes Schweigen.

„Und was das Vampirkillen angeht", fuhr ich selbstzufrieden fort, „darin seid ihr wirklich schlecht. Wie viel Munition habt ihr jetzt sinnlos für mich verpulvert?"

„Du musst es ja wissen", grinste Blondie höhnisch.

„Hallo? Bin ich diejenige, die mitten in der Nacht mit schusssicheren Westen und Armbrüsten herumläuft wie ein blöder Streber? Und vier gegen einen? Bemitleidenswert!"

„Aber du bist ein Vampir", protestierte die Frau. Sie stand

ungefähr vier Meter näher. Aha. Jetzt ließen sie die olle Schnecke reden, während sich die drei Übrigen langsam an mich heranpirschten. „Du tötest Menschen!"

„Nein, das tue ich nicht. In meinem ganzen Leben habe ich nur einen Menschen umgebracht, und der war schon tot. Wie ich euch schon gesagt habe: Ihr wisst gar nichts über mich. Weil ich ein Vampir bin, verdiene ich es automatisch, mit Pfeilen beschossen zu werden?"

„Nun ja … ja."

„Unsinn. Ihr seid Teenager, aber ich versuche nicht, euch umzubringen. Obwohl ich es mir vielleicht anders überlege", murmelte ich, „wenn ihr weiter auf meinen Wagen schießt."

Nachdem ich meine kleine Ansprache beendet hatte, beschloss ich, dass es an der Zeit war, mich vom Acker zu machen, bevor das Glück sich wendete. Gott sei Dank hatte ich auf der rechten Seite der Rampe geparkt. Ich rannte eilig zur gegenüberliegenden Wand, wich auf meinem Weg einer Kugel und zwei Pfeilen aus, schwang mich ohne ein weiteres Wort über die Kante und stürzte drei Stockwerke tief auf die Straße.

12

Ich hinkte die Straße hinunter, griff mir den ersten Obdachlosen, den ich sah, entschuldigte mich vielmals und schleppte ihn hinter einen Müllcontainer auf einen Snack, der meine Lebensgeister wieder weckte. Wie immer fühlte ich mich danach körperlich wunderbar und ekelte mich gleichzeitig vor mir selbst.

Nach einigen Sekunden – der Ekel hielt nie lange an – ließ ich meinen lächelnden, schlafenden Blutspender in einem Stapel Kartons zurück. Es war eine warme Nacht, er würde schon zurechtkommen. Wenn man nicht wüsste, dass er dort läge, würde man ihn nicht bemerken.

Meine Schulter war wie durch Zauberhand geheilt, schon bevor ich die Gasse verlassen hatte. Ich war erstaunt, als ich fühlte, wie die Kugel heraussprang und in meinen BH fiel.

Ich fischte nach ihr und starrte dann darauf. Da ich aber eine Kugel nicht von einem Dildo unterscheiden konnte, beschloss ich, sie später Sinclair zu zeigen, und stopfte sie wieder zurück in meinen BH. Oder vielleicht könnte ich sie Nick Berry zeigen … Ein Cop müsste sich doch mit solchen Sachen auskennen. Falls ich mich traute.

Kurz vor Sonnenaufgang kam ich zu Hause an – Gott segne die Nachttaxis! – und bemerkte erst nach Verlassen des Taxis, dass ich meine Handtasche in meinem Auto liegen gelassen hatte. Also manipulierte ich den Fahrer mit meinen besonderen Vampirkräften und versuchte mich nicht schuldig zu fühlen. Er fuhr davon, angenehm erregt bis in die Fußspitzen.

Natürlich gab es den erwarteten Aufruhr, als ich das Haus betrat. Marc und Jessica schrien mich beide gleichzeitig an, und während Jessica auf den Tasten ihres Handys herumhackte, nötigte Marc mich, mein T-Shirt auszuziehen, damit er meine Wunde untersuchen konnte.

„Huh", sagte er und piekste in meine Schulter, als wäre ich ein Stück Rindfleisch, „ich sehe gar nichts."

Ich hüstelte, erklärte aber nicht, wie ich mich selbst geheilt hatte. „Wen rufst du an?", fragte ich Jessica.

„Du weißt, wen", sagte sie und bellte dann in den Apparat: „Betsy wurde angegriffen. Sie ist jetzt hier."

„Neinneinneinnein, nicht Sinclair! Das fehlte mir noch." Ich schaute auf meine Uhr. „Er wird es wahrscheinlich gar nicht rechtzeitig hierhin schaffen."

„Genau, er ist ja so hilflos", sagte Marc. Er faltete mein T-Shirt. „Das kannst du wegwerfen, Süße, das ist ruiniert. Was ist das für ein Gefühl, wenn man angeschossen wird?"

„Was ist das denn für eine blöde Frage von jemandem, der Medizin studiert hat? Es tut weh!"

„Ich meine, glaubst du, dass es für einen Vampir anders ist? Im Krankenhaus habe ich viele Schusswunden gesehen, aber keine ist innerhalb einer Stunde geheilt."

„Wie soll ich das wissen? Ich bin heute zum ersten Mal angeschossen worden. Ich konnte zusehen, wie die Kugeln auf mich zuflogen …"

„Cool, wie in *Matrix*?"

„Nein. Eher wie hart geworfene Baseball-Bälle. Ich musste ganz schön auf Zack sein, um ihnen auszuweichen."

„Gott sei Dank geht es dir gut", sagte Jessica. Ich errötete vor Freude, die aber schnell verging, als sie fortfuhr: „Du Idiotin. Was hast du dir dabei *gedacht*?"

„Schrei mich nicht an! Ich *dachte*, es wäre gut, zu meinem

Wagen zu gehen und nach Hause zu fahren“, sagte ich. „Ich bin hier das Opfer! Wieso bist du sauer auf mich?“

„Ich werde diesen Sinclair erwürgen“, brummelte sie. Wenn Jessica wütend wurde, hatte sie die Angewohnheit, ihre Wangen einzusaugen, sodass ihre Gesichtsknochen noch deutlicher vorstanden. Sie sah aus wie eine zornige ägyptische Königin, die ein paar Milchshakes brauchte. „Dich da hineinzuziehen … dich in Gefahr zu bringen …“

„Zu diesem Zeitpunkt war ich gar kein Köder mehr. Es geschah danach. Die“, ich brachte es kaum ohne ein Kichern über die Lippen, „*Blade Warriors* haben im Parkhaus auf mich gewartet.“

Marc zog die Augenbrauen hoch, er und Jessica tauschten einen vielsagenden Blick.

„Ich weiß, wie sich das anhört“, sagte ich.

„Schlecht“, antwortete Jessica.

„Sehr schlecht“, fügte Marc hinzu.

„Ich hatte eigentlich ihren Namen gemeint, aber ihr habt recht. Gut klingt es nicht. Es war ein Hinterhalt. Huh. Ich werde mal schnell duschen, ich fühle mich ganz schmutzig. Wir reden in ein paar Minuten weiter, okay?“

Ärgerlicherweise warteten sie vor der Badezimmertür, während ich mich frisch machte. Wenigstens war Marie nicht da. Es wäre zu schrecklich gewesen, einem Kind erklären zu müssen, was passiert war.

In sauberen Baumwollshorts und einem neuen T-Shirt trat ich aus dem Badezimmer und wollte wieder ins untere Stockwerk gehen. Jessica und Marc konnten nicht warten, sondern bombardierten mich mit Fragen auf dem langen Marsch in das größte unserer vielen Wohnzimmer.

„Wie hast du es geschafft zu flüchten? Sag uns alles“, befahl Jessica schließlich, als ihr auffiel, dass ich alles, was sie und Marc sagten, einfach ignorierte. „Die Geschichte sollte anfangen mit ‚Vor sechs Stunden bin ich aus der Tür gewackelt wie eine große, blonde Idiotin' und enden mit ‚und dann kam ich durch die Tür über und über mit Blut verschmiert und sah ganz schön müde aus'."

„Kann das nicht warten?", maulte ich. „Sinclair werde ich dann alles noch mal erzählen müssen. Was für eine Nacht! Ich bin froh, wenn es endlich morgen ist. Heute, meine ich."

Plötzlich flog die Eingangstür auf, so laut, dass wir alle erschrocken zusammenzuckten, und da war er, der Prinz der Dunkelheit.

„Geht es dir gut?", verlangte Sinclair zu wissen, durchquerte den Raum mit langen Schritten und sah mir prüfend ins Gesicht.

„Bitte, komm doch rein", sagte ich sarkastisch. „Vergiss nicht, dir die Füße abzutreten. Und mir geht es gut. Kein Grund, sich so zu beeilen. Wo sind deine Schuhe?"

Jessica hüstelte. „Ich habe ihm versprochen, ihn auf dem Laufenden zu halten."

Das lenkte mich von der Tatsache ab, dass Sinclair im Anzug und Mantel, aber mit nackten Füßen vor mir stand. „Was hast du?"

„Das ist doch jetzt nicht wichtig", sagte Sinclair ungeduldig. Er ließ seine Hände über mein Gesicht, meinen Hals, meine Schultern und meine Arme gleiten. Ich schlug sie weg, als er versuchte, mein T-Shirt hochzuschieben, um einen Blick auf meinen Bauch zu werfen. „Ich möchte aber darüber sprechen, und zwar jetzt." Doch bevor ich weiter darüber nachdenken konnte, was ich eigentlich sagen wollte, überkam mich ganz plötzlich eine bleierne Müdigkeit. Ich schüttelte den Kopf, um mich wieder zu fangen, und bemerkte, dass es draußen hell wurde. „Huh, oh", brachte ich noch heraus, bevor Sinclair und das Wohnzimmer aus meinem Gesichtsfeld verschwanden und mir der Teppich entgegenkam.

„Ich hasse das", sagte ich genau fünfzehn Stunden später. Ich öffnete die Augen und war erstaunt, Sinclair zu sehen, der ohne Jacke in einem Sessel neben meinem Bett saß und las. „Mein Gott!"

Er blinzelte. „Bitte, nenn mich nicht so. Guten Abend."

„Das ist so unfair! Wieso musst du nicht den ganzen Tag schlafen?"

„Ich bin eben ein bisschen älter als du." Er klappte das Buch zu. Ich sah, dass es eines aus Jessicas Sammlung antiker Schulbücher war. Das langweiligste Hobby der Welt, außer Golf vielleicht. „Erzähl mir alles, was gestern Nacht passiert ist."

Ich ignorierte den Befehlston. „Hast du überhaupt geschlafen?", fragte ich misstrauisch. Ich kannte doch meine Pappenheimer!

Er grinste dreckig. „Ich habe mich für einige Stunden neben dich gelegt."

„Perverser!"

„Nein, aber wenn ich einer wäre, wäre es mir ein Leichtes gewesen, die Situation auszunutzen."

„Habe ich schon erwähnt, dass ich dich nicht, wirklich überhaupt nicht mag?"

„Ah!", sagte er und sah erfreut aus. „Wir machen Fortschritte. Von Hass zu Abneigung."

„Wirklich überhaupt nicht! Null! Wo sind meine Mitbewohner? Ich will die Geschichte nicht tausendmal erzählen müssen."

„Hier sind wir", riefen sie im Chor und kamen in mein Zimmer.

„Ich auch“, fügte Tina hinzu und folgte ihnen. „Geht es Euch gut, Majestät?“

Ich würde sie nie überreden können, mich bei meinem Vornamen zu nennen, und hatte es aufgegeben, sie zurechtzuweisen. Marc gluckste, aber ich ignorierte es und antwortete: „Mir geht es gut. Ich bin nur von einer Kugel getroffen worden.“

In Sinclairs Kinn zuckte ein Muskel. Merkwürdig. Das hatte ich vorher noch nie erlebt. „Sie haben auf dich geschossen?“, sagte er mit beängstigender Ruhe.

„Meinem Auto geht es schlechter als mir, das kannst du mir glauben. Übrigens müssen wir es heute Abend holen. Und meine Handtasche. In der Aufregung …“

„Von Anfang an, bitte.“

Ich lieferte ihnen einen vollständigen Bericht und ließ nichts aus. Niemand unterbrach mich – nicht ein Mal, und das war eine völlig neue Erfahrung für mich.

„Sie haben gewusst, dass du ein Vampir bist“, sagte Tina, nachdem ich geendet hatte. Sie sah sehr, sehr besorgt aus.

„Äh, ja. Richtig bemerkt. *Woher* wussten sie das? Es ist doch so, dass die meisten Vampire es selbst kaum glauben können.“

„Und wie konnten sie von den anderen Vampiren wissen?“, fragte Marc.

„Nun, das kann doch nur … vielleicht hetzt uns ein anderer Vampir diese Typen auf den Hals.“

„Es muss ein anderer Vampir sein“, sagte Jessica sofort. „Wer sonst könnte denn wissen, wer tot ist und wer lebendig?“

Sinclair nickte. „Und sie haben auf dich gewartet.“ Er wirkte wie die Ruhe selbst, ballte aber seine Hände zu Fäusten. „Sie wussten, dass du kommen würdest.“

„Offensichtlich." Ich hatte noch keine Zeit gehabt, darüber nachzudenken, wie merkwürdig das war. „Hör auf damit, das macht mich nervös. Oh, fast hätte ich es vergessen!"

Ich sprang aus dem Bett und rannte zum Schrank. Dorthin hatte ich die Kugel geräumt, nachdem ich meine Kleidung in den Korb für Schmutzwäsche geworfen hatte.

„Hier ist ein Hinweis!", rief ich und hielt die Kugel in die Höhe.

„Das ist toll, Miss Marple", sagte Marc mit gespielter Begeisterung.

„Halt den Mund. Seht euch das mal an, Leute." Ich gab die Munition Sinclair, der sie kurz untersuchte und dann an Tina weiterreichte.

„Das ist ein Hohlspitzgeschoss", sagte sie sehr erstaunt.

„Huch!", sagte Jessica. „Eine blutsaugende Waffenexpertin."

„Ich habe eben viele Interessen", antwortete sie milde. „Später werfe ich einen genaueren Blick darauf."

„Ich dachte, ich könnte die Kugel vielleicht Nick zeigen", sagte ich.

„Detective Nick Berry? Ich denke nicht, dass das klug wäre", sagte Sinclair, „wir halten ihn besser da raus."

„Vielleicht ist er schon mitten drin. Vor einigen Tagen hielt er mich an und stellte eine Menge Fragen. Keine Sorge …", sagte ich, weil Tina und Sinclair alarmiert guckten, „ihr habt ganze Arbeit geleistet. Er erinnert sich weder daran, dass ich tot bin, noch an alles andere."

„Bleibt die Tatsache, dass er Euch angehalten hat", sagte Tina beunruhigt.

„Das war nur Zufall", sagte ich und fühlte mich plötzlich unwohl. „Er hat meinen Wagen erkannt und winkte mich an den Straßenrand."

Alle schwiegen für einen kurzen Moment. Dann befahl Sinclair: „Du solltest dich ausruhen", und stand aus seinem Sessel auf. „Die Nacht im Bett verbringen."

„Ich habe den ganzen Tag im Bett verbracht, und das reicht."

Er ignorierte mich, wie immer. „Tina und ich werden uns beraten und …"

„Mir geht es gut, wie oft muss ich das noch sagen? Hört auf, mich zu bemuttern. Außerdem muss ich heute Abend arbeiten, ich kann gar nicht im Bett bleiben."

„Du gehst auf keinen Fall zur Arbeit."

„Aber natürlich werde ich das!" Ich starrte ihn zornig an. „Wann wirst du endlich kapieren, dass du mir nichts zu befehlen hast?"

Jessica räusperte sich. „Äh … Betsy?"

Ich hörte nicht hin. „Ich höre nicht auf dich …"

„Das habe ich bereits bemerkt."

„… und es macht mich einfach nur sauer."

„Bets."

„Du solltest aber auf mich hören, es wäre besser für dich", blaffte Sinclair zurück. „Diese *faux* Unabhängigkeit ist einfach ermüdend."

„Faux?", rief ich. Das hieß doch falsch, oder? Wahrscheinlich. Blödes Französisch! „Jetzt hör mir mal zu, Arschloch …"

„Betsy!" Jessica packte mich am Arm, so fest, dass es geschmerzt hätte, wenn ich noch am Leben gewesen wäre. „Frauenkram", sagte sie in die Runde und zog mich ins Badezimmer.

Ich befreite mich nur mühsam aus ihrem Griff. „Was denn? Ich bin gerade beschäftigt, wie du wohl gesehen hast. Was ist denn so wichtig, dass es nicht ein paar Sekunden warten kann?"

Sie sprach leise, weil wir beide wussten, wie gut Vampire hören konnten. „Ich wollte verhindern, dass du Schlimmeres von dir gibst."

„Liebelein, das war doch noch gar nichts."

„Okay, ich weiß, du magst ihn nicht – oder glaubst, dass du ihn nicht magst, ich blicke da nicht so recht durch –, aber Bets! Es war so romantisch! Er fing dich auf, als du den Teppich küssen wolltest. Ich meine, kaum dass du in die Knie gingst, da war er auch schon bei dir. Dann hat er dich hochgehoben und ins Bett getragen, obwohl ich nicht verstehe, woher er wusste, wo dein Zimmer ist. Und dann ist er nicht von deiner Seite gewichen."

„Igitt …"

„Im Gegenteil. Als ich gegen Mittag nach euch beiden gesehen habe, habt ihr geschlafen wie … äh … Tote, und er hatte seinen Arm um dich gelegt, und du hattest dich an seine Seite gekuschelt."

„Niemals!", sagte ich schockiert. War ich so schamlos im Schlaf?

„Bets, es stimmt. Und wie! Als ich ein paar Stunden später wieder nachgesehen habe …"

„Jesses, du warst aber neugierig! Das ist ja schon fast unheimlich."

„Das ist ja auch interessant. Wie auch immer, Eric war wach und bat mich ganz höflich wie immer um ein Buch und um eine Tasse Kaffee."

„Du bist nicht seine Kellnerin."

„Nein, aber eine gute Gastgeberin. Außerdem war es … wirklich süß. Er war wirklich nett. Und er ist nett zu dir."

„Ist er nicht!"

„Ich denke nur, nur solltest ihn besser behandeln", sagte sie entschieden.

Verräterin! Ich holte tief Luft, und mir wurde schwindelig. „Und ich denke …“

Aber wir wurden durch ein Klopfen an der Badezimmertür unterbrochen. Also gingen wir wieder in mein Zimmer, und zu meiner Überraschung waren Sinclair und Tina verschwunden.

„Er ist abgehauen, ganz schön wütend, wenn du mich fragst“, antwortete Marc, obwohl ich ihn nichts gefragt hatte. „Und sie hat sich verabschiedet, wie immer sehr höflich, und ist ihm gefolgt.“ Er schüttelte den Kopf. „Willst du wirklich heute Abend zur Arbeit gehen?“

„Worauf du dich verlassen kannst.“

„Es ist nur …“ Marc sah besorgt aus, was sehr selten vorkam. „Diese Warrior-Typen wussten, wer du bist. Sie folgen dir vielleicht.“

Der Gedanke war für mich überraschend und behagte mir gar nicht. Ich dachte nach. „Das glaube ich nicht“, sagte ich dann. „Woher sollten sie wissen, wo ich arbeite?“

„Sie wussten schließlich auch, wo du geparkt hattest“, stellte er fest.

„Ich muss hin. Wenn ich jetzt nicht gehe, denkt Sinclair, dass ich es nur tue, weil er es gesagt hat.“

„Gott verhüte“, sagte Jessica, „dass du jemals den Rat eines älteren, erfahreneren und sehr intelligenten Mannes annähmst.“

„Ich würde alles tun, worum er mich bäte“, sagte Marc bewundernd. „Was für ein Körperbau! Und er ist so unglaublich intensiv und ernst, aber wenn du ihn einmal im Bett hast …“

„Stopp!“, sagten Jessica und ich gemeinsam.

„Ihr wisst, dass ich recht habe.“ Er sah mich mit hochgezogenen Augenbrauen an. „Ach ja, Betsy, kannst du das nicht aus eigener Erfahrung, die dazu noch nicht allzu lange her ist, bestätigen?“

„Ich will nicht darüber sprechen“, sagte ich nachdrücklich. „Er hat mich hintergangen. Er wusste, wenn wir Sex hätten, würde er König werden.“

Nein, mir gefiel es wirklich nicht, darüber zu reden. Aber ich dachte sehr oft daran. Ich hatte nicht nur den tollsten Sex meines Lebens gehabt, es war auch eine außerordentlich intensive Erfahrung gewesen. Denn während er in mir war, war ich – für einen Moment – auch *in ihm* gewesen. Ich konnte seine Gedanken lesen. Und die waren sehr … nett gewesen. Zumindest während wir miteinander schliefen, hatte er mich wirklich gemocht.

Vielleicht hatte er mich sogar geliebt.

„Komm schon“, sagte Marc mit seiner sanften Arztstimme, „das ist doch schon drei Monate her. Und es hat doch auch Vorteile, oder etwa nicht? Sinclair und Tina sind cool, und ganz offensichtlich mögen sie dich. Was ist so schlimm daran? Wann wirst du dich endlich damit abfinden?“

„Tausend Jahre“, sagte ich und versuchte mir meine Verärgerung nicht anmerken zu lassen. Marc, der verknallt in Sinclair war, verstand einfach nicht. Und Jessica war der Meinung, ich sollte netter zu ihm sein. Nett! „So lange stecke ich fest in diesem Trauerspiel. Dank Sinclair.“

„Das weiß ich, und es tut mir ja auch leid“, sagte er freundlicherweise, „aber es gibt schlimmere Dinge als nette Vampire, die denken, dass du sie regierst, oder?“

„Ich will nicht mehr darüber sprechen.“

„Okay“, sagte Jessica sofort. Sie schaute Marc böse an. „Du musst nicht, wenn du nicht willst. Warum ziehst du dich nicht für die Arbeit um? Ich mache dir Tee, und dann gehen wir dein Auto holen.“

Ich schniefte. „Na gut. Aber ich komme sofort mit dir. Ich habe totale Lust auf Tee. Ich sterbe vor Durst. Guckt mich nicht so komisch an.“

„Sorry“, sagten sie wie aus einem Mund. Ich konnte Unbehagen in ihren Stimmen hören.

„Oh, bitte, als wenn ich jemals euch zwei Deppen beißen würde“, murmelte ich. „Ich ziehe mich um und bin sofort unten.“

Sie gingen, und ich glaubte die Eingangstür gehört zu haben, schenkte dem aber weiter keine Beachtung. Noch mehr Besucher – toll! Je mehr, desto besser.

Ich ging zu meinem Kleiderschrank und stolperte fast über Marie. „Jesses, das darfst du nicht tun!“, rief ich. Oder schrie ich? Okay, ich schrie. „Süße, würde es dir etwas ausmachen, mich allein zu lassen? Ich hatte einen schweren Abend, und dabei hat er noch nicht mal richtig angefangen. Geh zu deinem Vater oder zu sonst jemandem.“

„Natürlich“, sagte sie mit großen, ernsten Augen. „Aber du solltest lieber nicht die Tür öffnen.“

Ja, ja, wenn du es sagst ... Als ich aus dem Badezimmer kam, war sie verschwunden. Ich zog eine saubere Bluse an, Kakishorts und schwarze Sandalen. Ich bürstete mir schnell die Haare, entschied dann, dass das reichen musste, und wollte schnell in die Küche gehen. Ich öffnete die Schlafzimmertür und erlebte die Überraschung meines Lebens.

13

Aus den privaten Aufzeichnungen von Vater Markus, Pfarrer der St. Pious Church, 129 East 7th Street, Minneapolis, Minnesota

Die Bösen zu töten ist nicht ganz so befriedigend, wie ich gedacht habe. Und ich kann kaum glauben, dass ich so etwas nur denken kann, geschweige denn, es niederschreibe. Wenn ich lange tot sein werde, gehören diese Papiere der heiligen Kirche. Wie werden sie über mich denken, und wie werde ich mich gegenüber dem Vater im Himmel rechtfertigen?

Zuerst dachte ich, Gott würde aus dem Munde desjenigen sprechen, der uns engagiert hat. Jetzt frage ich mich, ob es nicht der Teufel war, der mit der Stimme meines Stolzes zu mir redete. Weil nämlich viele Dinge, an die ich lange Zeit geglaubt habe, vielleicht nicht wahr sind. Und wenn das so ist, was soll dann aus mir werden? Was wird aus den Kindern? Man sagt, dass alle Dinge im Einklang mit Gottes Willen stehen. Vielleicht gilt das auch für die Untoten.

Das Geld, die Ausrüstung, die Fähigkeiten der Blade Warriors – jeder Vampir, den die Kinder aufstöberten, wurde von ihnen auch ins Jenseits befördert. Ich nahm an, dass sie etwas Gutes bewirkten. Uns wurde befohlen, nicht zu töten, aber sind diese Wesen nicht eigentlich schon tot? Ich war davon überzeugt, von Gott auserwählt zu sein, dass die Kinder von Gott auserwählt waren, aber jetzt …

Alles fing damit an, dass den beiden weiblichen Vampiren

die Flucht gelang. Sie waren beide sehr schön, sahen jung aus und waren stark wie zehn Tiger. Obwohl wir die Kleinere der beiden, die Dunkelhaarige, stark verletzten, konnte sie uns doch entkommen. Zum ersten Mal konnten wir nicht unsere Pflicht erfüllen, und das war für die Jungs sehr schwer zu verkraften. Ani war optimistischer, aber auch ihr sah man an, wie verzweifelt sie war.

Dann trafen wir auf den Vampir in dem Parkhaus.

Aber war sie überhaupt ein Vampir?

Unser Auftraggeber hatte sich bisher nie geirrt. Aber diese Frau … Sie zischte und knurrte nicht, als wir sie in die Ecke getrieben hatten, und sie versuchte auch nicht, uns zu beißen. Stattdessen wirkte sie verwirrt und verärgert, und obwohl sie sich so grazil wie eine Dschungelkönigin bewegte, versuchte sie doch keine der üblichen Tricks: Hypnose, Gedankenkontrolle und Verführung. Sie schrie Jon an und machte sich über den Rest von uns lustig. Wir kamen uns dumm vor, und, schlimmer noch, wir fürchteten, dass wir tatsächlich dumm waren. Und nachdem sie uns verhöhnt hatte, griff sie nicht an, sondern flüchtete. Dadurch hatten wir wieder dazugelernt: Höhe ist für Vampire kein Problem.

Ani fand eine Handtasche im Auto der Frau … des Vampirs. Auch das bereitete mir Kopfzerbrechen: Dieser Vampir hatte ein Auto, einen Job, ein Leben. Sie trug alle Ausweise bei sich, sogar einen Bibliotheksausweis.

Vampire, die in die Bibliothek gehen.

Der Name war richtig – Elizabeth Taylor –, aber alles andere wollte nicht zu dem passen, was wir bisher von Untoten wussten.

Wir alle hatten plötzlich Zweifel, und in unserem Business ist das der Anfang vom Ende.

Jon ersann einen Plan, der ebenso einfach wie waghalsig

war. Und so fanden wir uns alle am nächsten Abend in der Summit Avenue der Hauptstadt des Staates wieder.

Zu unserer großen Überraschung war die Haustür nicht verschlossen. In der Einfahrt standen mehrere Autos, und als wir eintraten, sahen wir eine Köchin mit Tüten voller Einkäufe beladen durch die Eingangshalle eilen. Sie warf uns nur einen kurzen, uninteressierten Blick zu und verschwand durch einen Bogengang. Draußen hörten wir, wie ein Auto angelassen wurde, und Wild Bill ging nachsehen. Er kam wieder und informierte uns, dass der Gärtner gerade gegangen war.

„Merkwürdig", war Anis Kommentar. Sie studierte Philosophie im Hauptfach an der Universität, und wir alle hatten großen Respekt vor ihrem Verstand. „Der Vampir fährt einen schrottreifen Ford, wohnt aber in einem solchen Haus? Wissen sie Bescheid? Und wenn sie Bescheid wissen, sind sie auf ihrer Seite? Oder sind es Gefangene? Ich sehe keine Bissspuren, und sie sehen nicht aus, als hätte man von ihnen Blut gesaugt …"

Bevor wir antworten konnten – und es wäre schwer gewesen, auf diese Fragen eine Antwort zu geben –, kam eine reizende afroamerikanische Frau eilig die Treppe herunter, und hinter ihr lief, ausgerechnet, ein Arzt. Er war ein clever aussehender, junger Mann mit dunklem Haar, gekleidet in einen grünen Arztkittel, und er war sehr überrascht, uns zu sehen.

„Na toll", sagte die Frau. Sie war sehr dünn, fast mager, aber trotzdem reizend. Ihre ebenholzfarbene Haut hatte einen Stich ins Rötliche, und ihre Wangenknochen ließen sie fast königlich aussehen. Ihre Augen blitzten dunkel, als sie auf uns zulief, und merkwürdigerweise kam sie mir bekannt vor. „Sagt nichts, lasst mich raten, die Blade Warriors. Mit euch habe ich ein fettes Hühnchen zu rupfen."

„Ihr habt unsere Freundin überfallen", fügte der Arzt hinzu. Er folgte ihr auf dem Fuße, als sie rasch näher kam.

Das machte uns ein wenig nervös. Gegenüber Menschen fühlten wir uns hilflos, denn die wollten wir ja gerade nicht töten! Aber bisher hatten wir noch keinen Vampir getroffen, der menschliche Freunde hatte.

Und wo hatte ich diese Frau schon einmal gesehen?

„Vielleicht sind es Haustiere", flüsterte Ani hinter meinem Rücken.

„Vielleicht habt ihr unerlaubt unser Haus betreten", sagte die Frau kalt. „Ihr Arschlöcher seid hier auf privatem Besitz. *Meinem* privaten Besitz. Ihr verschwindet also ganz flott, es sei denn, ihr wärt gekommen, um euch bei meiner Freundin zu entschuldigen. In diesem Fall gilt dasselbe, weil wir es nämlich nicht hören wollen."

„Die Tür war nicht verschlossen", bemerkte Jon.

„Also ist es kein Einbruch, sondern nur unerlaubtes Betreten", sagte der Arzt grinsend.

Nach seinem kleinen Witz entspannten wir uns alle ein bisschen, aber die junge Frau verzog keine Miene. „Verlasst jetzt mein Haus", sagte sie mit einer deutlichen Warnung in der Stimme. „Ich zähle bis drei. Dann lade ich das Gewehr. Dann fülle ich die Wasserpistolen mit Bleiche. Dann …"

„Jessica Watkins?", sagte ich überrascht.

Sie blinzelte mich an, nicht minder überrascht. „Ja. Und?"

„Ich bin Vater Markus. Sie haben meiner Kirche eine halbe Million Dollar gespendet." Endlich wusste ich, wer sie war! In ausgewaschenen Jeans und GAP-T-Shirt hatte ich sie nicht erkannt, denn die Dame sah ich vor allem bei Benefizveranstaltungen, und da war sie immer sehr formell gekleidet. „Das ist ja eine Überraschung. Schön, Sie zu sehen."

Sprachlos ließ sie sich von mir die Hand schütteln. „Äh,

ja. Ebenso. Äh … was machen Sie denn mit diesen Dumpfbacken?"

„Dies sind meine Kinder", korrigierte ich sie fest.

Sie grinste. „Ach, Sie sind einer von *diesen* Priestern."

Obwohl das Ansehen der Kirche in den letzten Jahren tatsächlich sehr gelitten hat, ließ ich mich doch nicht provozieren. „Ich kümmere mich um sie", sagte ich geduldig, „und sie kümmern sich um mich im Alter. Wir tun Gottes Werk."

„Heute nicht, Vater! Betsy hat keinem von euch etwas getan. Lasst sie in Ruhe!"

„Wir sind gekommen, um ein Rätsel zu lösen", sagte ich, „wir sind uns nicht sicher, ob … Ihre Freundin … ob sie das ist, was wir denken."

„Also kommt ihr mitten in der Nacht in mein Haus, bewaffnet bis an die Zähne? Ich bin überrascht, dass ihr nicht mittags aufgetaucht seid, wie richtige Feiglinge", sagte sie, und ihre herrische Stimme triefte vor Sarkasmus. Sie war wirklich die Tochter ihres Vaters. Der Mann war dafür bekannt gewesen, die Vorstandsvorsitzenden zum Weinen zu bringen, kurz bevor er deren Firma übernahm.

„Das würden wir niemals tun", sagte ich beleidigt, „selbst die Untoten verdienen es, ehrenhaft behandelt zu werden."

„Eine Überzahl von fünf gegen eine, in die Ecke getrieben und zu Tode gepfählt? Vater Markus, ich hätte nie gedacht, dass Sie so ein Mistkerl sind."

Das saß! Ich war ein guter Mann, ein guter Priester. Ich half, die Untoten zu jagen. Ich rettete Leben. Ich war *kein* Mistkerl.

Wie üblich sprang Ani in die Bresche, wenn sie das Gefühl hatte, jemand würde respektlos behandelt. „Sprechen Sie nicht so mit Vater Markus", warnte sie. Sie war eine große Frau – so groß wie ich – mit rabenschwarzem Haar, das ihr bis knapp unter die Ohren ging, und hübsch geschwungenen Mandelaugen. Ihre Mutter war eine Japanerin gewesen. Ihren Vater hatte sie nie kennengelernt, aber ihre Größe und ihre Statur ließen darauf schließen, dass er Nordeuropäer war. Ihre Glieder waren lang und schlank, und sie war eine der schnellsten Läuferinnen, die ich je gesehen habe. Als wir sie fanden, dachte sie darüber nach, an den Olympischen Spielen teilzunehmen. „Es sei denn, du willst dein Gebiss frühstücken."

„Ani", murmelte ich.

„Ach, als Nächstes pfählt ihr ganz normale Leute, ist das so, Tussi?", fuhr Jessica sie an. „Ihr kommt in mein Haus, auf der Jagd nach meiner Freundin, ihr klopft noch nicht einmal, bringt Messer und Gewehre mit, und jetzt bedroht ihr mich? Süße, du hättest deinen Arsch heute besser im Bett lassen sollen."

Die Kinder traten unbehaglich von einem Fuß auf den anderen, und ich konnte es ihnen nicht verübeln. Untote jagen war eine Sache, den Zorn einer der reichsten Bewohnerinnen der Stadt – des Staates! – erregen eine andere. Selbst ohne ihr Geld wäre Jessica Watkins respekteinflößend gewesen. Wie ich schon sagte, sie war die Tochter ihres Vaters.

„Lasst uns einen Handel machen", brach der Arzt das ungemütliche Schweigen. „Vater, gehen Sie doch hinauf in Betsys Zimmer …"

„Betsy?", wiederholte ich.

„… und bespritzen Sie sie mit Ihrem Weihwasser. Ist das ein guter Vorschlag?"

„Marc", begann Jessica, aber er schüttelte den Kopf.

„Nun", ich hüstelte, „es wird sie wahrscheinlich sehr schwer verbrennen. Oder sie umbringen. Oder sie erblindet. Es ist Ihre Freundin."

„Das Risiko gehen wir ein", sagte der Arzt fröhlich.

„Wir begleiten ihn", sagte Jon.

„Auch gut, aber das Spielzeug bleibt hier unten. Nur Weihwasser. Das sollte doch für super Vampirkiller, wie ihr es seid, reichen, oder?"

Seine Worte waren unhöflich, aber gleichzeitig grinste er uns freundlich an. Ich versuchte herauszufinden, ob er uns in eine Falle lockte, konnte aber nichts Verdächtiges entdecken. „Das ist richtig."

„Na also. Dann gehen Sie die Treppe hoch. Wir warten." Er sah beunruhigend gut gelaunt aus, aber, wie ich schon sagte, ich wusste nicht, wo das Problem lag.

Die Kinder schnallten gehorsam ihre Pistolen ab und zogen die Messer aus der Scheide. Als sie fertig waren, türmte sich eine kleine Sammlung auf dem hübschen Kirschholztisch. Was mich betraf, ich hatte nie mehr als ein Kreuz und Weihwasser gebraucht. Die Untoten stürzten sich immer auf eines der Kinder, an mich wagten sie sich nicht heran.

„Also gut", ich atmete tief ein, „lasst uns gehen. Aber zuerst …" Folgsam ließen die Kinder die Köpfe sinken, und ich schloss die Augen. „Vater im Himmel. Führe meine Hand und schütze meine Familie. In deinem Namen, amen."

„Amen", echoten sie. Interessanterweise sagten auch der Arzt und Jessica Amen.

„Dritter Stock", sagte er hilfsbereit. „Fünfte Tür links. Passen Sie auf die siebte Stufe auf, die quietscht nämlich."

Verblüfft starrte ich ihn an und wusste, dass er mir meine Verwirrung ansehen konnte. Das wurde ja immer skurriler! Aber wir hatten eine Aufgabe zu erledigen und sogar seine Erlaubnis, es zu tun.

Ich entkorkte die Flasche mit Weihwasser und stieg die Treppe hinauf.

14

Ich öffnete die Tür, und zu meinem großen Erstaunen traf mich ein Schwall Weihwasser mitten ins Gesicht. Für einen Moment schniefte ich nur, dann begann ich zu niesen.

Na toll. Weihwasser! Das Zeug war schlimmer als scharfer Pfeffer. Ich nieste und hustete und schnappte nach Luft, bis ich wieder klar sehen konnte.

Im Flur standen ein paar Leute, aber deutlich sah ich vor allem einen großen, alten Mann in Schwarz, der mich anstarrte und mir ein Kreuz entgegenhielt.

„Vielen Dank", blaffte ich, „was habe ich dir denn getan, Arschloch? Hier stehe ich, tue keinem Menschen etwas zuleide, und du spritzt mir Weihwasser ins Gesicht! Schau dir mein Haar an! Und meine Bluse! Verdammt, die habe ich gerade erst frisch angezogen!" Ich schüttelte das Wasser von meinen Schuhen. Die Typen hatten Glück, dass die Sandalen aus der letzten Saison waren! Dann bahnte ich mir einen Weg an ihm vorbei durch die anderen Spinner hindurch. „Lernt ihr das in der Arschloch-Schule? Komme ich etwa in euer Haus und spritze euch mit Wasser voll?"

„Wir ... äh ..."

„Na also." Ich stampfte die Treppe hinunter und hörte sie hinter mir herschlurfen. Niemand sagte ein Wort. Und das war mir gerade recht, denn ich hatte noch längst nicht zu Ende geschimpft. „Und dann noch etwas: Habt ihr schon einmal etwas von Anklopfen gehört? Wie lange habt ihr überhaupt in meinem Flur herumgelungert?"

Am Fuße der Treppe warteten Marc und Jessica auf mich. Marc grinste dreckig, und Jessica guckte böse. Wenigstens ging es den beiden gut.

„Probleme?"

„Ihr werdet mir nicht glauben!", ereiferte ich mich weiter. „Ich öffne die Tür, und da spritzt mich dieser große Idiot ganz in Schwarz mit Weihwasser voll!"

„Das überrascht uns nicht. Marc hat es ihm erlaubt", sagte Jessica.

„Was hast du?"

„Wir waren uns nicht sicher", sagte der große Idiot in Schwarz und sah verwirrt und ängstlich und schuldbewusst aus – alles gleichzeitig. „Wir waren uns nicht sicher ... wir dachten, du wärst ein Vampir."

Ich war ein Wesen aus dem Schattenreich der Untoten, ohne Herz und ohne Gefühle. Wen interessierte es schon, dass er aussah wie der Großvater von jemandem, den ich kannte? Okay, er sah aus wie *mein* Großvater! „Ich bin ein Vampir, Blödmann! Ich sollte dir alle deine Zähne ziehen und damit Kniffel spielen."

„Aber ... aber das ist unmöglich!", rief einer der depperten Teenager. Ich warf ihm einen bösen Blick zu ... und erkannte ihn.

Sie traten alle einen Schritt zurück, als ich auf sie zusteuerte. „Ich kenne euch doch! Ihr seid die Blöd Warriors!"

„Blade Warriors", korrigierte einer von ihnen, der Surfertyp von letzter Nacht, aber nur sehr leise.

„Ihr schießt mein Auto zusammen und kommt dann *hierher*?" Ich wirbelte zu Marc und Jessica herum. „Sie haben euch doch nichts getan?"

„Niemals", sagte der große Idiot in Schwarz und hatte die Stirn, beleidigt zu klingen. „Wir töten nur die Toten."

Endlich bemerkte ich, dass der schwarze Anzug eine Soutane war, und unterdrückte den dringenden Wunsch, ihm den Kopf von den Schultern zu reißen und damit Fußball zu spielen. Einen Priester Blödmann zu nennen – würde ich dafür in die Hölle kommen? Selbst wenn er einer wäre? Darüber würde ich mir später Gedanken machen.

„Euch Typen …“ Ich holte Luft, beachtete nicht den Schwindel, der folgte, und zwang mich, ruhig zu bleiben. „… euch Typen haben wir gesucht.“

„Das glaube ich“, sagte die Frau. Sie war sehr hübsch und groß – meine Größe –, sah aber bösartig aus, wie eine große, böse Lucy Liu mit einem schlechten Haarschnitt. „Das glaube ich gerne.“

„Habt ihr etwa gedacht, es fällt uns nicht auf, wenn ihr herumlauft und Vampire abschlachtet?“, log ich, denn selbstverständlich hatte ich davon nichts bemerkt. „Kaum! Und jetzt bekommt ihr richtig Ärger.“

Oho, ich konnte es kaum erwarten, dass Sinclair herausfand, dass ich die Truppe gefasst hatte! Ganz alleine!

„Ich denke nicht, dass …“, startete der Priester einen erneuten Versuch, doch ich war immer noch zu verärgert, um ihn ausreden zu lassen.

„Was ist denn bloß mit euch los? Was habe ich euch getan?“

„Nun“, sagte der große Idiot in Schwarz, „äh … eigentlich nichts.“

„Sie ist kein Vampir“, insistierte der Surfertyp.

„Sie ist einer!“, insistierte der kleinere Freak mit schwarzen Igelhaaren und blonden Spitzen.

„Ist sie nicht!“

„Ist sie doch!“

„Nein!“

„Doch!“

Der Lucy-Liu-Verschnitt ging zu dem großen Tisch in der Eingangshalle, zog ein Messer, so lang wie mein Unterarm, aus einem beeindruckenden Haufen von Waffen und reichte es Marc, mit dem Griff nach vorne, der sehr überrascht war. „Bitte“, sagte sie freundlich, „würdest du das bitte in mein Ohr stoßen, bis ich nichts mehr hören kann?“

Ich konnte nichts dafür. Ich musste lachen. Und wie immer gelang es mir nicht, böse zu sein, wenn ich kichern musste. Lächerlich, ich weiß, aber so ist es nun mal.

„Ich sage immer noch, sie ist kein Vampir.“ Der Surfertyp bestand eine halbe Stunde später immer noch darauf. An seiner Lippe klebte Sahne, aber das würde ich ihm nicht sagen.

„Du musst es mir einfach glauben“, sagte ich. Wir saßen im Tea Room – einem der Tea Rooms –, und Jessica bewirtete die Leute, die versucht hatten, mich umzubringen. Nun, ich denke, das ist doch zivilisierter, als sie zu beißen oder ihnen die Arme auszureißen. „Ich bin wirklich einer, und wir sollten besser einen Weg finden, miteinander auszukommen.“

„Du kannst uns nicht verübeln, dass wir überrascht sind“, sagte Ani. Sie hieß Ani Goodman, ein toller Name für eine Vampirjägerin. Wenn sie erst einmal einen anständigen Haarschnitt hätte, würde man mit ihr rechnen müssen. „Es liegt daran, dass du so schrecklich … äh …“

„… oberflächlich bist“, sagte Marc.

„Schrill“, fügte Vater Markus hinzu.

„Nervig“, setzte Jessica noch einen drauf.

„Hat schon jemand eingebildet gesagt?“, fragte der Surfertyp, Jon, der Anführer.

„Ihr seid wirklich sehr komisch." Ich kreuzte die Arme vor der Brust und obendrein auch noch die Beine. „Wenn sich jetzt alle genug auf meine Kosten amüsiert haben …"

„Ich habe noch nicht genug", sagte Marc.

„Das ist wirklich eine unangenehme Situation", sagte Vater Markus.

„Ach nee!"

„Weil wir doch bis jetzt immer gedacht haben, Gottes Werk zu tun."

„Oh, ich dachte, wir redeten immer noch über mich."

„Ich bin sicher, das werden wir auch sehr bald wieder", beruhigte mich Ani, und Jessica musste lachen. Sie wechselten einen Blick miteinander, und alle schienen sich immer deutlicher zu fragen, ob wir nicht tatsächlich alle miteinander auskommen könnten.

„Die Vampire, die wir getötet haben, waren Scheußlichkeiten." Mein lieber Mann, Vater Markus ließ sich aber nicht leicht von einem Thema abbringen! „Aber jetzt, nach den Ereignissen der letzten Tage …"

Ich fühlte mich unbehaglich. Ich wusste, wie schlecht Vampire sein konnten. Aber auch wenn es lächerlich war, ich war ihre Königin, und ich trug die Verantwortung. Leider wusste ich nicht, worin genau diese Verantwortung bestand.

„Seid ihr eines Tages aufgewacht und habt beschlossen, Vampire zu pfählen?", fragte Marc. Er stopfte sich ein halbes Eclair in den Mund. Ich sabberte fast – der Kuchen sah so lecker aus! Vanillepudding quoll aus den Seiten und lief auf seinen Teller. Ich hob den Blick und sah, dass alle mich beobachteten, wie ich den Kuchen anstarrte. Ich zwang mich, den Blick abzuwenden, und begnügte mich mit einem weiteren Schluck Tee. „Stand es etwa in eurem Horoskop?"

„Nein", sagte Jon, „Vater Markus kennt sehr viele Leute

aus seiner Gemeindearbeit, Leute, die wir sonst nie kennengelernt hätten, Leute aus aller Herren Länder."

„Nun, das ist wahr", hüstelte Markus bescheiden.

„Und vor einigen Monaten hatte er diese E-Mails bekommen, und dann ist plötzlich Geld auf unseren Konten eingegangen, für Waffen und so, und dann haben wir eine Liste mit Namen und Adressen bekommen. Und Treffpunkten, wie zum Beispiel ... und dann haben wir uns an die Arbeit gemacht."

„Wie sind diese Leute auf euch gekommen? Wir habt ihr überhaupt so gut kämpfen gelernt?"

„Sie sind Waisen, die sich dem System entzogen haben", sagte Vater Markus ruhig.

„Ja, und?", fragte ich verwirrt.

„Wir sind auf der Straße aufgewachsen", sagte Ani mit vollem Mund. Sie schluckte ihren Schokoladenkeks hinunter und fuhr fort: „Das ist ein guter Ort, um das Kämpfen zu lernen."

„Jon und Bill habe ich hinter der Kirche dabei erwischt, wie sie versuchten, meine Reifen aufzustechen", sagte Markus liebevoll, „und dann habe ich sie unter meine Fittiche genommen. Und sie haben die anderen zu mir geführt."

„Ach Gottchen, das ist ja rührend. Und es geht uns wirklich am Arsch vorbei", kicherte ich.

„Wer finanziert Sie?", fragte Jessica.

Die Warriors wechselten Blicke. „Die Sache ist die", sagte Vater Markus vorsichtig, „wir wissen es nicht genau, unser ..."

„... Marionettenspieler", sagte Jessica.

„... Auftraggeber wünscht anonym zu bleiben."

Jessica sah Marc an und rollte mit den Augen. Der zuckte die Achseln. Ich fand es ebenfalls sehr merkwürdig, sagte aber nichts. Solange Jessica im Raum war, musste ich das auch nicht. „Ach, so ist das? Jemand versorgt euch mit allem, was man so braucht, um Vampire zu töten, ihr bekommt alles hübsch wie auf dem Präsentierteller und stellt keine Fragen, sondern fangt gleich mit dem Killen an?"

„Zuerst haben wir schon Fragen gestellt", sagte Ani, „aber wir waren sehr schnell überzeugt, als der erste Vampir beinahe Drake getötet hätte."

„Wer ist Drake?"

„Drake geht nicht mehr mit uns auf Streife. Er muss erst wieder laufen lernen."

„Oh", sagten Marc und ich gleichzeitig.

„Auch egal", sagte sie schnell, „danach ging es ganz leicht. Und ganz sicher haben wir nicht mehr an unserem Tun gezweifelt. Wenn wir einen Vampir gestellt hatten, war er meistens gerade dabei, jemanden auszusaugen. Oder zu verletzen, nur so zum Spaß."

Ich rutschte unbehaglich auf meinem Stuhl hin und her, sagte aber nichts.

„Bis wir auf dich trafen."

Endlich konnte ich etwas zur Verteidigung von Vampiren anführen. „Eigentlich bis ihr auf Tina und Monique traft. Auch sie sind euch entkommen. Und, nur zu eurer Information, sie sind gute Vampire! Nicht dass ihr euch die Mühe gemacht hättet, das herauszufinden."

„Es tut uns ja auch leid", sagte Jon und zerbröselte in seiner Aufregung einen Vanillekeks zwischen den Fingern. Was dachte er sich nur dabei? Ich würde den Dreck nicht wieder aufsaugen, das stand fest! „Aber wer denkt schon daran, dass Untote vertrauenswürdig sein könnten. Sie sind Vampire, ergo sind sie böse, ergo sollten sie getötet werden."

„Ich geb dir gleich ergo", murmelte ich. Doch dummerweise hatte er recht. Das konnte ich ihm allerdings nicht sagen. Was *konnte* ich ihnen eigentlich sagen? Erwartete man von mir, dass ich sie alle umbrächte, jetzt und hier? Bisher hatte ich noch nie einen Lebenden getötet.

Und wie sollte ich sie töten können, wenn wir alle gemeinsam Tee tranken und Kekse aßen? Sollte ich besser warten, bis sie aufgegessen hätten, oder sollte ich mich auf sie stürzen, wenn sie Nachschlag verlangten? Es war nicht leicht, ein seelenloses Schattenwesen zu sein.

Während ich noch mehr Tee ausschenkte und über Massenmord nachdachte, hörte ich, wie eine Tür im Stockwerk unter uns aufflog. Aber ich sagte nichts. Wir hatten schon genug Probleme, auch ohne weitere ungeladene Gäste.

Ich hörte leises Klopfen am Fenster hinter mir, und als ich mich umdrehte, vergoss ich fast den Tee vor Schreck. Es war Tina, die mich anstarrte, was mich einigermaßen verstörte, da wir uns im zweiten Stock befanden.

„Wir kommen", konnte ich von ihrem Mund ablesen, „bleibt ruhig."

„Um Himmels willen", sagte ich, rannte durch den Raum und öffnete das Fenster. Alle sprangen auf, und Jessica schrie auf, als sie sah, wer sich vor dem Fenster befand. Anscheinend war ich die Einzige, die Tinas Klopfen gehört hatte. „Komm rein und trink Tee mit uns, wie unter wohlerzogenen Menschen üblich. Du hängst ja an der Mauer wie eine blonde Motte, komm endlich rein!"

Sie sah mich wütend an, kletterte aber ins Zimmer. Dann warf sie den Kriegern böse Blicke zu. „Wir sind gekommen", sagte sie würdevoll, „um Euch vor dem sicheren Tod zu retten."

„Keks?", fragte Ani süß.

Die Tür zum Tea Room schlug auf, und – was für eine

Überraschung – Sinclair stand dort. Ungebeten, wie immer. Erst stand er für einen langen Moment still, als Nächstes sah ich, wie er Jon am Schlafittchen packte und wie eine kaputte Pfeffermühle schüttelte.

Dann folgte ein wildes Durcheinander. Verschütteter Tee. Auf dem Boden Kekse, auf denen alle herumtrampelten und die Krümel in den zweihundert Jahre alten Teppich traten.

Ich warf mich vor Sinclair, mit ausgebreiteten Armen, gerade rechtzeitig, um einen erneuten Schwall Weihwasser abzufangen. Ich schüttelte den Kopf, um wieder freie Sicht zu bekommen, und zog dann Jon aus Sinclairs festem Griff. Ein bisschen zu heftig, denn der Arme segelte über zwei Stühle hinweg und landete mit einem saftigen Bums, der die Teetassen erzittern ließ. „Hört auf damit! Hört endlich auf!", schrie ich. „Das hilft uns auch nicht weiter, Blödmann." Dann drehte ich mich um und nieste auf Sinclairs Kragen.

Die beiden kleinen Jungs – Wild Bill und Devo – hatten hinter Vater Markus Deckung gesucht, der schützend sein Kreuz am ausgestreckten Arm umklammert hielt. Aber Ani war bereit, sich in die Schlacht zu stürzen, denn sie behielt Sinclair genau im Blick und schwenkte ein Buttermesser.

„Es sieht so aus, als würde Ihre Majestät keine Rettung benötigen", sagte Tina und behielt Ani fest im Blick.

„Ach, nicht?! Vielen Dank, dass ihr das auch mal bemerkt. Warum setzt ihr euch nicht, entspannt euch, trinkt Tee und esst einen Keks? Wenn sie nicht alle zertreten sind."

„Warum", sagte Sinclair und zog ein schwarzes Taschentuch hervor, um mir das Gesicht zu trocknen, „trinkst du Tee mit den Vampirkillern?"

„Vielleicht weil sie zu jung sind, um Alkohol zu trinken?", schlug ich vor.

Tina versteckte ein Grinsen hinter vorgehaltener Hand.

„He, dich kenne ich doch!", sagte Ani plötzlich und starrte Tina an.

„Nein, tust du nicht", sagte ich schnell, „du hast sie noch nie gesehen. Verwechselst sie wahrscheinlich mit einem anderen Blutsauger."

„Natürlich erkennt sie mich", sagte Tina. „Das letzte Mal, als wir uns trafen, lud sie gerade ihre Armbrust nach, und ich rannte um mein Leben."

Interessiert sah ich, dass Ani errötete. Sinclair hatte meine Schulter gehalten, während er das Weihwasser aus meinem Gesicht tupfte. Jetzt fasste er fester zu, und ich schrie auf. „Fang nicht wieder an, bitte nicht", rief ich und wedelte hysterisch mit den Armen. „Setzen wir uns hin und reden über alles wie zivilisierte Menschen."

„Warum?", fragte er kalt.

„Äh … weil ich nett darum gebeten habe?"

Er starrte auf sein Taschentuch, das jetzt, da es nicht mehr von mir berührt wurde, zu glimmen begann. Wenn also Weihwasser nicht mehr mit mir in Berührung war, konnte es andere Vampire verletzen? Merkwürdig! Er warf es in den Papierkorb und blickte die Warriors düster an.

„Wie meine Königin befiehlt", stieß er zwischen zusammengebissenen Zähnen hervor. Ich war erstaunt. Alle anderen erleichtert.

15

„Wann versteht ihr endlich, dass ihr eine geladene Waffe seid? Eine Waffe, mit der jemand anderes zielt? Nur ein Werkzeug, ein großes, dummes Werkzeug." Jessica schob sich noch einen Cracker in den Mund, kaute und fügte dann hinzu: „Das versteht ihr doch, oder?"

„Das ist nicht wahr", jammerte Wild Bill.

„Natürlich ist es das. Bevor der Marionettenspieler kam, wart ihr nicht einmal ein Team. Jetzt lauft ihr rum und pfählt tote Leute. Und ihr wisst noch nicht mal, warum."

Sinclair nickte zustimmend und nippte an seinem Earl Grey. Die Vampire hatten es sich auf der einen Seite des Tisches gemütlich gemacht, während sich alle anderen auf der gegenüberliegenden Seite drängten. Vater Markus hatte sich sein Kreuz um den Hals gehängt, sodass alle Anwesenden es gut sehen konnten. Dadurch wurden die anderen Vampire ein bisschen kribbelig. Immer wieder versuchten sie ihn anzusehen, dann aber glitten ihre Blicke von ihm weg.

Am anderen Tischende schreckten alle auf, wenn Tina und Sinclair nach der Teekanne griffen. Eigentlich war es sogar lustig.

„Also, wer ist der Marionettenspieler?", fragte Tina. „Habt ihr denn gar keine Idee?"

„Nein", antwortete Ani.

„Ach, komm schon."

„Ich schwöre es! Alles blieb immer anonym. Wir nahmen an, es handelte sich um ein reiches Opfer von Vampiren. Du weißt schon … jemand, der einen geliebten Menschen an … an einen von euch verloren hat.“

„Boing … danke, dass du mitgespielt hast. Was haben wir denn heute als Gewinn, Johnny?“

„Lass endlich die Nummer mit dem Gameshow-Moderator, Marc“, befahl ich, „das bringt Vampire durcheinander. Sie sind keine großen Fernsehgucker.“

„Ganz sicher nicht tagsüber“, sagte Sinclair verschnupft.

Marc grinste. „Ich will damit sagen, das glaube ich nicht. Erinnert ihr euch, wie wir übereingekommen sind, dass es ein Vampir sein muss, weil er die Toten von den Lebenden zu unterscheiden weiß? Wie soll ein normaler Mensch das wissen? Es ist ja nicht so, dass Eric Buch führt … Oh, John Smith ist von den Toten auferstanden, das muss ich mir aber schnell notieren.“

„Nein“, sagte Sinclair, und er lächelte tatsächlich. Gott sei Dank. „Ich führe nicht Buch.“

„Eigentlich habe *ich* das gesagt“, sagte Jessica, „und du hast recht. Der Bösewicht ist einer von euch“, sagte sie und zeigte auf die Vampire an der anderen Seite des Teetischs. Sie zeigte direkt auf mich, und ich schlug ihre Hand weg. „Ihr solltet herausfinden, wer es ist und warum er es tut. Und, aua, nicht so fest, Betsy.“

„Sorry. Ich werde so leicht nervös, wenn jemand etwas über Killer sagt und dann auf mich zeigt. Also, warum tut jemand so etwas? Warum sollte ein Vampir andere Vampire töten wollen?“

„Wenn wir wissen, warum, wissen wir auch, wer“, sagte Tina.

„Ihr wisst wenigstens, wo die Spenden herkommen“, sagte Sinclair. Es war keine Frage.

„Alle Spenden, die für unsere Aktivitäten bestimmt sind,

werden von einem Schweizer Konto überwiesen", erklärte Vater Markus.

„Ach ja, die Schweizer", murmelte Tina. „Gefällige Bankiers der Nazis, Dritte-Welt-Diktatoren und Vampirkiller."

Niemand kommentierte das.

Vater Markus räusperte sich. „Unsere gesamten Instruktionen kommen über anonyme E-Mails."

„Devo ist unser Computerexperte, aber selbst er konnte die E-Mails nicht zurückverfolgen."

„Ach, also habt ihr es versucht?", fragte Sinclair höflich. „Ich nahm an, ihr hättet eure Marschbefehle entgegengenommen und wärt losgerannt wie gehorsame kleine Hundchen."

„Wer könnte also verdächtig sein?", fragte Jessica schnell. Sie erhob sich, um hin und her zu laufen, was mich wie üblich verrückt machte. Aber sie hatte diese Angewohnheit nun schon seit fünfzehn Jahren und würde sie jetzt nicht mehr ablegen. „Wenn ihr überhaupt daran interessiert seid, das herauszufinden."

„Natürlich sind wir das", sagte Vater Markus beleidigt.

„Warum?", fragte Tina herausfordernd. „Wir sind immer noch Vampire. Und ihr immer noch unsere Nahrung."

„Das bin ich nicht, junge Dame", sagte Vater Markus streng. Wenn man bedachte, dass Tina ungefähr neunzig Jahre älter war als er, war das komisch. „Es ist eine Sache, anzunehmen, Gottes Werk zu tun, und eine andere, herauszufinden, dass man benutzt wurde und nicht weiß, warum und von wem."

Tina sah tatsächlich schuldbewusst aus, Sinclair eher amüsiert.

„Das ist so nicht richtig." Marc schüttelte den Kopf. „Ihr habt doch immer schon gewusst, dass ihr benutzt wurdet. Es war euch nur egal, bis euch ein ehrenwerter Bürger darauf aufmerksam machte."

Vater Markus zuckte die Achseln, aber er errötete, als schämte er sich, ohne es zugeben zu wollen.

„Also denken wir alle, dass es Vampire sind", sagte Jessica und trat weiter Krümel in den Teppich auf ihrer Wanderung durch das Zimmer. Verdammt! „Nun ja, es gibt da einen sehr geeigneten Verdächtigen in diesem Raum."

„Wen?", fragte ich überrascht.

„Mich", sagte Sinclair.

„Wenn du es bist, der uns das ganze Geld geschickt hat", sagte Ani mit zuckersüßer Stimme, „dann vielen Dank."

„Ach, komm schon! Sinclair, der Marionnettenspieler? Okay, das ergibt Sinn, aber er würde doch keine Vampire umbringen. Oder? Na also."

„Warum nicht?", fragte Marc. „Ist nicht böse gemeint, Sinclair, aber du bist nicht gerade der Typ, der Konkurrenz mag."

„Du bist ein guter Beobachter, Dr. Spangler."

Trotz des Sarkasmus, der dieses Lob begleitete, glühte Marc vor Stolz. Mich interessierte, woher Sinclair Marcs Familiennamen kannte, denn von mir hatte er ihn nicht.

„Und jetzt, da Nostro tot ist", fuhr Marc fort, wie eine homosexuelle, männliche und junge Version der Jessica Fletcher aus *Mord ist ihr Hobby*, „kannst du deine Herde noch ein wenig ausdünnen. Und du kannst es dir leisten, die Blade Warriors zu finanzieren."

„Das ist doch lächerlich!", sagte ich hitzig. „Er ist ein Ekelpaket und ein diktatorischer Kontrollfreak, aber er würde doch nicht seine eigenen Leute abschlachten."

„Vielen Dank, Elizabeth", sagte er höflich.

„Aber er wäre dazu imstande", sagte Tina mit der für sie typischen unerbittlichen Ehrlichkeit. „Aber er würde es persönlich tun und nicht ein paar pickelige … und nicht andere damit beauftragen."

„Ganz abgesehen davon“, sagte Sinclair ruhig, „würde ich niemals der Königin Schaden zufügen.“

Ich musste gegen meinen Willen Grinsen. Er mag mich! Er mag mich wirklich!

„Und dann gibt es schließlich noch dich, Bets“, sagte Jessica, und das Grinsen fiel aus meinem Gesicht. „Es ist ja bekannt, dass du es hasst, die Königin zu sein, und dass du die meisten Vampire nicht ausstehen kannst. Außerdem machst du dir nicht gerne die Hände schmutzig. Es würde dir ähnlich sehen, ein paar Leute zu engagieren, die die Arbeit für dich erledigen.“

Ich hätte ihr gerne entgegnet, dass sie sich zum Teufel scheren oder auf der Stelle tot umfallen solle. Aber leider war alles, was sie gesagt hatte, wahr. Also trank ich meinen Tee und guckte böse.

„Dagegen spricht, dass sie kein Interesse an Vampirpolitik hat, geschweige denn mitmischen will. Und sie kann nicht wissen, wer ein Vampir ist und wer nicht. Ganz zu schweigen davon, dass sie nicht über die Mittel verfügt, eine solche Operation zu finanzieren. Und das führt uns“, sagte Sinclair lässig, „zu dir, Jessica.“

„Also wirklich, jetzt hört aber auf!“, schrie ich.

Aber Jessica blieb ungerührt. „Das ist wahr. Ich gebe eine gute Verdächtige ab.“ Sie begann die Gründe an ihren langen, schlanken Fingern abzuzählen. „Ich habe genug Geld. Ich fühle mit meiner Freundin mit und weiß, wie sehr sie darunter leidet, Königin der Vampire zu sein. Es ist mir scheißegal, ob Vampire getötet werden oder nicht. Tut mir leid, Jungs. Und ich bin reich genug, um meine Spuren zu verwischen. Aber da gibt es ein Problem.“

„Sie kann es nicht sein“, sagte Vater Markus.

„Nein?“, lächelte Jessica.

„Nein“, sagte er entschieden. „Ich kenne Ihre Familie, seitdem Sie ein Kind waren, Miss Watkins. Dazu wären Sie nicht fähig.“

„Sie haben doch meinen Vater gekannt, oder etwa nicht?“, sagte sie, immer noch lächelnd.

„Das habe ich. Sie sind dazu nicht fähig“, sagte er dickköpfig.

„Hallo?“, fragte eine Stimme, und dann steckte Monique ihren Kopf durch die Tür. Tina und Sinclair rührten sich nicht, aber alle anderen sprangen auf. „Habe ich irgendetwas verpasst?“

„Wer ist denn *das*?“, fragte Jon ein wenig zu interessiert.

„Das geht dich gar nichts an. Was machst du hier, Monique?“

„Im Hotel war niemand, also habe ich eine wohlbegründete Vermutung angestellt. Was geht hier vor? Das ist aber wirklich ein schöner Raum!“

Sie machte es sich zwischen Tina und mir bequem und sah entzückend aus in ihren beigefarbenen Caprihosen und dem ärmellosen roten Pulli.

„Wir versuchen herauszufinden, wer der Marionettenspieler sein könnte“, erklärte ich. „Äh, Monique, du bist doch nicht reich, oder etwa doch?“

Ohne einen Tropfen zu vergießen, schenkte sie sich eine Tasse Tee ein. „Ach du lieber Himmel, nein“, sagte sie milde, „nicht im Vergleich zu anderen Leuten.“ Sie zog eine Augenbraue hoch und nickte zu Sinclair und Jessica hinüber.

„Und was ist mit dem guten Detective Berry?“, fragte Sinclair.

„Was soll mit ihm sein?“ Ich war verblüfft. Darauf wäre ich nie gekommen, nicht in einer Million Jahren.

„Schließlich ist er nach einer dreimonatigen Abwesenheit

wieder in dein Leben getreten. Und als Mitglied der Polizei hat er Zugang zu Informationen, von denen wir anderen nur träumen können."

„Ja, aber … er ist doch so nett."

„Er sah nicht so nett aus, als er im letzten Frühjahr sabbernd auf deinem Teppich herumkroch", sagte Tina unverblümt.

„Aber er kann sich an nichts mehr erinnern!"

„Ist das so?"

Ich schwieg. Eigentlich wusste ich nicht sicher, woran Nick sich noch erinnerte.

„Nach dem, was er mit uns erlebt hat, hat er gute Gründe, Vampire zu hassen", fügte Sinclair hinzu.

„Das Problem ist", sagte Tina, „wir haben zu viele Verdächtige. Jeder Einzelne von Nostros Anhängern könnte es sein. Betsy wird nicht wirklich … äh … von allen als die rechtmäßige Königin anerkannt."

„Bastarde", zischte Monique.

„Einige Vampire könnten darin ihre Chance sehen, die Macht an sich zu reißen", fuhr Tina fort.

„Was den Kreis der Verdächtigen auf ungefähr dreihundert reduziert", sagte ich düster.

„Mehr als zweihunderttausend", korrigierte Sinclair mich.

„So viele Vampire laufen da draußen herum?", fragte Ani entsetzt.

„Mehr oder weniger."

Wir diskutierten noch ein Weilchen, aber bald war es vier Uhr morgens, und wir entschlossen uns, das Thema zu vertagen. Außerdem war der Tee alle, und die restlichen Kekse waren zerdrückt.

Tina und Sinclair gingen als Erste und ließen die Blade Warriors einfach links liegen. Das war natürlich extrem unhöflich, aber irgendwie mochte ich sie dafür. Neugierig, warum sie heute Abend noch einmal zurückgekommen waren, wollte ich ihnen gerade nachgehen, als mich Ani am Arm packte.

„Äh ... Betsy ... Betsy, so darf ich dich doch nennen, oder?"

„Das ist mein Name", sagte ich verdutzt. Marc und Jessica schoben sich an uns vorbei, wieder einmal in ein Wortgefecht vertieft.

„Ich wollte dich wegen Tina sprechen."

„Tina?"

„Klein, schöne Beine, blonde Haare, große, hübsche Augen ... Tina."

„Oh", sagte ich und begriff endlich, „*die* Tina. Was ist mit ihr?"

„Hat sie ... du weißt schon ... hat sie jemanden?" Ani hüpfte von einem Fuß auf den anderen. Ich fragte mich, ob sie wohl zu viel Tee getrunken hätte. „Ist sie mit diesem Sinclair zusammen?"

„Äh, nein." Ich war mit ihm zusammen. Irgendwie.

„Wie ist sie so?"

„Sie ist ein hundert Jahre alter Vampir, der dich zum Frühstück verspeisen könnte und anschließend deine Wirbelsäule als Trommelstock benutzen würde." Ich war fest entschlossen, diese Unterhaltung im Keim zu ersticken. „Sie ist Sinclair treu ergeben, sie kämpft wie eine Löwin, und sie ist dickköpfig. Ein blutsaugender Killer. So ist sie."

„Ja, aber ist sie mit jemandem fest zusammen?"

„Ani, du bist ein Vampirkiller!"

„Ihr habt uns die ganze Nacht erklärt, dass einige von euch gut sind", blaffte sie zurück. „Du bist ja auch kein wirklich typischer Vampir! So was wie dich habe ich noch nie gesehen. Du bist wie eine von diesen Cheerleadern, mit denen ich zur Schule gegangen bin. Im Interesse der bilateralen Beziehungen zwischen Mensch und Vampir …“

„Du liebe Güte, ist ja gut! Nein, sie ist Single. Aber wenn man bedenkt, dass ihr bei eurem letzten Treffen versucht habt, ihr den Kopf abzuschneiden, nehme ich an, dass diese Beziehung unter keinem guten Stern … oh!“

Tina steckte den Kopf durch die Tür. Mist! Ich würde ihr und Sinclair kleine Glöckchen umbinden müssen. „Ani, Schatz, du hast deine Scheinwerfer angelassen“, sagte sie, „das wollte ich dir nur sagen.“

„Danke!“, sagte Ani, sprang an mir vorbei und schubste mich fast gegen den Tisch. „Ich kümmere mich sofort darum. Und ich … ich hatte ohnehin vor, mit dir zu reden. Ich wollte mich … äh … entschuldigen, weil ich versucht habe, dich umzubringen und so.“

„Schon vergessen, Schatz. Du weißt es nicht besser.“

„Genau! Genau so ist es! Ich dachte, dass alle Blutsauger herzlose Killer sind, aber jetzt verstehe ich, dass ich vielleicht falsch lag.“ Die Tür schlug hinter ihnen zu, doch ich konnte Ani immer noch hören. „Vielleicht können wir uns ja mal auf eine Tasse Kaffee oder so treffen …“

„Du liebe Güte!“, sagte ich. Aber wer wollte das schon hören? Niemand.

16

Ich öffnete die Augen und sah Marie, die über mir schwebte.

„Du musst damit aufhören", sagte ich und warf stöhnend meine Bettdecke zurück.

„Mir ist langweilig."

„Süße, was erwartest du von mir? Geh und such deinen Vater."

„Und du wachst nie auf, wenn ich mit dir rede."

„Mach dir darüber keine Gedanken", gähnte ich. Eine weitere Nacht voll harter Arbeit erwartete mich. „Und troll dich, ich muss mich für die Arbeit anziehen."

Ich sprang unter die Dusche, machte mich frisch und zog mich an. Marie trollte sich unterdessen tatsächlich, und zur Abwechslung hatte ich mal mein Schlafzimmer für mich ganz allein.

Als ich Mascara auftrug, klopfte Jessica an die Tür. „Herein!", rief ich.

„Guten Abend, totes Mädchen. Warum stehen deine Bücher alle mit dem Rücken zur Wand?"

Ich zuckte mit den Achseln.

„Auch gut. Wenn du ein Geheimnis daraus machen willst … Sinclair hat angerufen. Er kommt heute Abend mit ein paar Leuten vorbei."

„Wie schön. Aber ich werde nicht da sein."

„Ohhh, jetzt wird er verschmäht!"

„Ich verschmähe ihn nicht. Ich muss arbeiten. Außerdem

fragt er nicht einmal, ob er vorbeikommen kann. Da geschieht es ihm recht."

„Richtig, das wird ihm eine Lehre sein. Hör mal, wirst du die Blade Warriors im Auge behalten?"

„Ich?", fragte ich erschrocken. Und was hatte ich mir dabei gedacht, marineblaue Mascara zu kaufen? Das neue Schwarz – dass ich nicht lache. Ich sah aus, als hätte ich einen Herzfehler. „Warum ich?"

„Du willst doch sicher nicht, dass sie weiter Vampire köpfen, oder?"

„Warum sollten sie das tun? Wir haben ihnen doch gestern Nacht lang und breit erklärt, dass sie nur Werkzeug in den Händen eines bösen Strippenziehers sind, blablabla, dass es an der Zeit ist, mit dem Töten aufzuhören und herauszufinden, wer oder was dahintersteckt."

„Ich finde immer noch, jemand sollte sie im Auge behalten", meinte Jessica.

„*Du* kannst ja auf die Pickelbrigade aufpassen."

„Vielen Dank auch", sagte sie, musste aber trotzdem lachen.

„Nicht einer von ihnen kann in eine Bar gehen und legal einen Drink bestellen. Ich mochte Teenager bereits nicht, als ich selbst noch einer war."

„Sagt die frühere Miss Burnsville."

„Dafür kann ich nichts", sagte ich würdevoll. „Meine Mitschüler mochten mich eben mehr als ich sie."

„Vielleicht schaffst du es, die Energie der Krieger in eine andere Richtung zu lenken", schlug sie vor.

Beinahe hätte ich mir mit der Mascarabürste in die Augen gestochen. „Vielleicht kannst du ja was auch immer in eine andere Richtung lenken, wenn dir so viel daran liegt. Ich muss mich um die Toten kümmern. Die Lebenden fallen nicht in meinen Zuständigkeitsbereich."

„Nun, ich denke, sie brauchen eine kleine Orientierungshilfe“, sagte sie verschlagen. „Jon hat schon fünfmal für dich angerufen.“

„Was? Tagsüber? Blödmann.“

„Ich glaube, er hat sich verliebt.“

„Also darauf willst du hinaus. Na toll, das hat mir gerade noch gefehlt.“

„Hey, es gibt Schlimmeres.“

„Was denn zum Beispiel?“

„Mir fällt gerade nichts ein. Aber ich bin sicher, das kommt noch“, sagte sie heiter.

Als ich das Haus verließ, war ich sehr schlecht gelaunt. Unglücklicherweise war ich nicht schnell genug gewesen, denn auf dem Weg zum Auto traf ich auf Sinclair, Tina, Monique und einen unbekannten Vampir.

„Wie nett, dass du uns entgegenkommst“, sagte Sinclair. „Geht es dir gut?“

„Ich bin auf dem Weg zur Arbeit.“ Ich warf einen Blick auf meine Uhr. „Und eigentlich bleiben mir nur noch zwanzig Minuten bis Schichtbeginn. Also … Bye-bye.“

„Das ist Sarah“, fuhr er unbeirrt fort. „Sarah, das ist Elizabeth die Erste, unsere Herrscherin.“

Die Erste? Ich war in irgendetwas die Erste?

Sarah nickte kühl. Sie war ungefähr so klein wie Tina und hatte kurz geschnittene braune Haare und braune Augen mit grünen Sprenkeln. Sie trug eine schwarze Hose, ein ärmelloses Rollkragenshirt und flache Schuhe aus Krokodilsleder. Um die Hüften trug sie einen Gürtel, ebenfalls aus Krokodilsleder. Scharf!

„Sarah ist in der Stadt, um Euch ihre Reverenz zu erweisen“, brach Tina endlich das Schweigen.

„Wohl kaum“, sagte Sarah verschnupft. Tina knuffte sie

mit dem Ellbogen in die Seite, aber Sarahs Gesichtsausdruck änderte sich nicht.

„Nett, dich kennenzulernen", versuchte ich die Stimmung ein wenig aufzulockern. Eins stand fest: Nach einigen Jahrzehnten als Vampir hatten Tote ein wirklich sicheres Stilgefühl. „Tolle Schuhe!"

„Du hast Nostro getötet." Das war keine Frage.

„Nun ja. Ja."

„*Du* warst das."

„Sarah …", warnte Sinclair.

„He, das war Notwehr! Irgendwie. Okay, nicht wirklich. Ich meine, es war schon Notwehr insofern, als er irgendwann sicher noch einmal versucht hätte, mich zu töten. Und das hatte er schon zweimal versucht! Oder war es dreimal? Ich bin ihm nur zuvorgekommen. Aber ich habe nicht angefangen. Das war er! Und streng genommen hab ich es auch nicht selbst getan. Ich hab nur die Biester auf ihn losgelassen, und das ist ja etwas anderes, als hätte ich ihm persönlich den Kopf abgebissen."

Sarah starrte mich an. Tina fixierte den Boden und biss sich auf die Unterlippe, und Sinclair hatte die Augen geschlossen.

„Was?", maulte ich. „Ich sage ihr nur, was passiert ist. Jetzt muss ich aber wirklich gehen. Geht doch ins Haus, wenn ihr wollt, Jessicas Haus, aber das nächste Mal ruft vorher an, damit ich auch zu Hause bin, wenn ihr vorbeischneit." Ha! Das war nicht sehr wahrscheinlich. Aber ich wollte höflich sein.

„In dieses Haus gehe ich nicht", sagte Sarah.

„Was hast du gegen mein Haus? Bist du diejenige, die Tina und Monique mir kürzlich hatten vorstellen wollen und die dann quengelig geworden ist und nach Hause ging?"

„Ich habe nicht gequengelt."

„Okay, wie auch immer." Arme Irre! „Ich will es auch gar nicht wissen. Ich komme zu spät zur Arbeit."

„Das habt Ihr schon mal gesagt", zog Tina mich auf, „und steht trotzdem noch hier herum."

„Wir haben Dringendes zu besprechen", erinnerte mich Sinclair, der Spaßverderber.

„Verschon mich! Ihr braucht mich doch nicht, um herauszufinden, wer der Marionnettenspieler ist. Redet einfach noch einmal mit den Warriors."

„Tatsächlich wollen sie uns hier treffen." Er zauberte eine Karte hervor. Woher? Keine Ahnung, denn er trug weder Anzugjacke, noch hatte sein Hemd Taschen. „So haben wir es letzte Nacht verabredet, und Jon hat mir das gegeben."

„Sie haben Visitenkarten?" Ich rollte mit den Augen. „Weiß der Himmel, warum mich das noch überrascht." Sie zuckten alle zusammen. „Und würdet ihr bitte aufhören, jedes Mal herumzuhüpfen, als hätte euch jemand in den Hintern gekniffen, wenn ich den Namen des Herrn sinnlos im Munde führe?"

„Manche Dinge kann man nicht befehlen", sagte Sarah, immer noch eiskalt.

„Ach ja, nicht? Na dann, tschüss."

Ich ging an ihnen vorbei und fühlte ihre Blicke in meinem Rücken, als ich zu meinem Wagen ging. Und das war genauso unangenehm, wie es sich anhört.

„Ich glaube nicht, dass Sie dieses Paar wirklich wollen", wisperte ich, „angeblich sind sie handgenäht, aber das stimmt nicht."

„Oho", sagte meine potenzielle Kundin. „Ganz schön ausgebufft."

„Sie sollten das Modell von Prada anprobieren", schlug

ich vor. „Ich weiß, man sieht es jetzt sehr häufig, aber das hat seine Gründe. Schauen Sie sich nur das Design an! Ein Kimono für die Füße."

„Ganz hübsch, aber ..."

„Wie krass, du arbeitest ja wirklich bei Macy's!"

Ich drehte mich um. Jon, freakiger Anführer der Warriors und verhinderter Surflehrer, stand neben der Kasse und starrte mich mit offenem Mund an. Ich hatte freien Blick auf seine Plomben.

„Was ist?", blaffte ich. Dann dachte ich an meine Kundin und zwang mich zu einem Lächeln. „Ich bin in einer Minute bei dir."

„Keine Eile, ich habe genug Schuhe", gab er grinsend zurück.

Ich wandte mich wieder meiner Kundin zu, die entschlossen versuchte, einen Escada-Schuh der Größe sieben auf ihren Fuß Größe neun zu quetschen. „Hören Sie damit auf", sagte ich, „Sie machen sie ja noch kaputt. Ich hole Ihnen schnell Ihre Größe."

„Das ist meine Größe", stieß sie hervor und hielt den Atem an.

Auch gut, das würde Blasen so groß wie Pflaumen geben. „Sagen Sie Bescheid, wenn Sie mich brauchen", sagte ich süß, griff dann Jon beim Ellbogen und zog ihn zu den Stiefeln. Er schrie auf, als seine Füße vom Boden abhoben. Ich setzte ihn wieder ab und zischte ihm ins Ohr: „Was machst du hier?"

„Ich wollte sehen, ob es wahr ist", flüsterte er zurück, und sein Atem kitzelte mich am Ohr. „Bist du sicher, dass du ein Vampir bist?"

„Du glaubst nicht, wie oft ich das gefragt werde."

„Doch, das glaube ich", sagte er und starrte auf mein Namensschild.

„Was willst du?“

„Wirst du deine Kundin beißen?“

„Nein!“

„Kein Grund, laut zu werden, war nur eine Frage. Können wir nicht einfach gut miteinander auskommen?“

„Sagt der Vampirkiller.“

„Ich bin bekehrt“, sagte er und klang verletzt.

„Hmm.“

„Warum trägst du nachts hier drinnen eine Sonnenbrille?“

„Vielleicht bin ich ein großer Corey-Hart-Fan?“, schlug ich vor.

Sein leerer Blick sagte mir, dass der Witz ins Leere ging. Offensichtlich war er nicht fit im Pop der Achtzigerjahre. „Egal. Hat Sinclair dich geschickt? O Gott, er ist doch nicht hier, oder?“ Ich blickte wild um mich, entdeckte aber nur ein paar Kunden.

„Ist er dein Freund?“

„Studierst du Jura? Ist das eine Quizshow hier? Und nein, er ist nicht mein Freund.“

„Er benimmt sich aber so.“

„Das ist einer der vielen Gründe, warum ich ihn nicht ausstehen kann. Und jetzt mach dich vom Acker. Anstatt mir auf die Nerven zu gehen, solltest du dich mit Sinclair und Tina treffen und herausfinden, wer euer Auftraggeber ist.“

Er trat von einem Fuß auf den anderen. „Na ja … Ani ist ja dort. Sie ist die Clevere von uns … nicht ich.“

„Ani – clever?“

„Also habe ich gedacht, ich komme mal vorbei und besuche dich. Aber wenn du wirklich willst, dass ich gehe …“

„Endlich hat er's begriffen! Ja, ich will wirklich, dass du gehst. Und vielen herzlichen Dank für deinen Besuch“, sagte ich und schubste ihn sanft in Richtung Ausgang. „Auf Wiedersehen."

Er machte kehrt und begann im Krebsgang den Rückzug anzutreten, die Hände in die Taschen seiner ausgewaschenen Jeans gestopft, die – nebenbei bemerkt – drei Nummern zu klein war. Sein blondes Haar schimmerte im Neonlicht, und selbst von Weitem konnte ich sehen, wie blau seine Augen waren und wie gut er sein T-Shirt ausfüllte. Über seinem Kopf stand in großen imaginären Lettern „Guter Junge" geschrieben. „Tut mir echt leid, dass ich versucht habe, dich umzubringen", rief er, rückwärts gehend.

Ich machte eine Geste, als würde ich meine Lippen mit einem Schlüssel verschließen und ihn anschließend über meine Schulter werfen. Er zeigte mir noch einmal sein strahlendes Lächeln – offensichtlich hatte er einen exzellenten Zahnarzt – und verschwand in Richtung Saftbar.

Ein netter Junge. Wenn Jessica recht hatte und er tatsächlich in mich verknallt wäre, würde ich ihm die schlechte Nachricht schonend beibringen müssen. Zum einen war er zehn Jahre jünger als ich. Zum anderen war er noch am Leben. Und ich war ein Vampir, er ein Vampirkiller.

Außerdem hatte ich genug damit zu tun, zur Arbeit zu gehen, meine Pflichten als Königin der Toten zu erfüllen und mir Sinclair vom Leib zu halten. Für einen Freund hatte ich wahrlich keine Zeit mehr.

Schade.

17

Mein Handy klingelte, als ich auf der 494 West war. Den Klingelton wollte ich schon seit Langem ändern, vergaß es aber immer wieder, und so dudelte es „Funkytown" in mein Ohr.

„Hallo?"

„Hi, wo bist du?" Es war Jessica. „Ich spiele schon die ganze Nacht den Alleinunterhalter für Tina und Sinclair."

„Von mir aus! Es ist nicht meine Schuld, wenn sie nicht vorher anrufen. Ich bin auf dem Weg zu den Biestern."

„Wie cool! Wann nimmst du mich mal mit?"

„Niemals."

„Ach, komm schon", quengelte sie.

„Vergiss es. Zu gefährlich."

„Das sagst du immer, wenn es lustig wird", schmollte sie.

„O ja, wirklich lustig. Durchgeknallte Blutsauger, mehr Tier als Mensch. Glaub mir, wenn ich nicht für sie verantwortlich wäre, würde selbst ich mich fernhalten."

„Schon gut. Wir reden später."

„Gib Sinclair einen dicken Schmatzer von mir." Ich legte auf und warf das Handy auf den Beifahrersitz. Schade, dass ich ihrer Bitte nicht nachkommen konnte, aber ich würde niemals ihr Leben in Gefahr bringen. Auch wenn sie meine Autofenster hatte reparieren lassen, während ich schlief.

Ich fuhr vor Nostros Haus vor. Die Biester waren sein Werk, das Ergebnis eines wahnwitzigen Experiments, und bis heute hielten wir sie in seinem Haus. Warum auch nicht? Er hatte sicher keine Verwendung mehr dafür.

Wenn man einen neugeborenen Vampir daran hinderte, Blut zu saugen, wurde daraus ein Biest. Sie wurden buchstäblich verrückt vor Hunger, und die meisten von ihnen verloren den Verstand. Ganz zu schweigen von der Fähigkeit, auf zwei Beinen zu laufen und regelmäßig ein Bad zu nehmen. Es war traurig und abstoßend zugleich.

Ich machte die Runde ums Haus, um zur Scheune zu gelangen – wahrscheinlich die einzige Scheune in ganz Minnetonka. Auf dem Rasen tollten die Biester im Mondlicht wie große untote Hundewelpen. Als sie mich rochen, kamen sie angerannt. Ich tätschelte ein paar von ihnen und kam mir dumm dabei vor. Auch sie waren einmal Menschen gewesen – und jetzt behandelte ich sie wie Haustiere. Natürlich benahmen sie sich so – grässlich gefährliche, unberechenbare, blutrünstige Haustiere – aber trotzdem …

„Majestät!"

Alice grüßte mich und kam über den Rasen angelaufen. Sie war gerade vierzehn geworden, als Nostro, der Mistkerl, sie zu einem Vampir gemacht hatte. Jetzt steckte sie auf ewig in den Qualen der Pubertät fest! Es gab also doch noch Schlimmeres als den Tod.

„Hi, Alice." Sie sah ganz besonders niedlich aus in ihrem blauen Pullover und der weißen Bluse. Das lockige rote Haar wurde von einem blauen Haarband zurückgehalten. Nackte Füße. Die Zehennägel himmelblau lackiert. „Wie geht's dir?"

„Gut, Majestät."

„Zum tausendsten Mal: Betsy."

„Sie scheinen sich zu freuen, Euch zu sehen", sagte sie und ging nicht weiter auf meine Bemerkung ein.

„Ja. Sie sehen gut aus. Du kümmerst dich gut um sie."

Alice errötete stolz. Oder hatte sie vor kurzem Blut gesaugt? Jedenfalls waren ihre Wangen ganz rosig. Die Biester tranken Schweineblut, und die wöchentliche Metzgerrechnung war in der Tat sehr hoch. Darüber wunderte ich mich immer wieder, denn jeder Vampir, den ich kannte, benötigte „lebendiges“ Blut.

Vielleicht brauchten die Biester den Stoff nicht direkt von der Quelle, weil sie kaum noch etwas Menschliches an sich hatten.

„Ich glaube, sie machen Fortschritte“, sagte Alice. „Ich habe ihnen ein paar Bücher dagelassen, und dieses Mal haben sie nicht darauf geschissen wie das letzte Mal. Nur ein bisschen daran geknabbert.“

„Keine Details, bitte. Aber trotzdem danke. Und wie geht es dir?“

„Na ja, Ihr wisst schon“, sagte sie zurückhaltend und zeigte auf das riesige leere Haus. „Es ist manchmal ein bisschen einsam hier draußen, aber Tina leistet mir Gesellschaft.“

„Jesses, Alice, du bist keine Gefangene. Du kannst gehen, wann immer du willst. Du musst hier nicht leben.“

„Aber das ist jetzt mein Job“, sagte sie ernst. „Das ist das Allerwichtigste.“

„Das ist die richtige Einstellung“, gab ich zu. „Äh … danke noch mal.“

„Ich bin hier, um Euch zu dienen, Majestät.“

„Schluss damit. Hast du alles, was du brauchst?“

„Ja, natürlich“, sagte sie heiter.

Das sah ich anders, aber ich nehme an, nach einigen Jahren unter Nostros Herrschaft war es für Alice ein Kinderspiel, einen Haufen wilder Vampire in Schach zu halten. Ich an ihrer Stelle hätte mich zu Tode gelangweilt. Aber Alice beschwerte sich nie, und immer wenn ich vorschlug, jemand anderem die Aufsicht über die Biester zu übertragen, nur um ihr einmal eine Pause zu gönnen, dann weinte sie fast.

„Nun, nächste Woche komme ich nicht. Du hast ja meine Handynummer. Ruf an, wenn du etwas brauchst."

„Das mache ich, Majestät."

Ich seufzte. „Und bitte, versuch mich Betsy zu nennen."

Sie lächelte nur.

„Das Beste wäre, sie alle zu pfählen."

„Jesus!" Ich sprang Alice fast in die Arme vor Schreck. Sie streckte den Arm aus, um mich zu stützen, zog ihn aber schnell wieder zurück, als fürchtete sie sich davor, meine erhabene Person zu berühren. „Sinclair, ich schwöre bei Gott, wenn du nicht damit aufhörst …" Im Mondlicht sah er aus wie ein schlecht gelaunter Teufel.

„Majestät", sagte Alice und senkte ehrerbietig den Kopf.

„Alice", sagte Seine Majestät.

„Was zum Teufel machst du hier?", fragte ich, nicht sehr ehrerbietig.

Er zuckte mit den Achseln.

„Sehr erwachsen! Ich wollte gerade gehen. Wehe, wenn du hinter meinem Rücken die Biester pfählst!"

„Ich komme mit dir."

Na toll. Warum fand ich das ebenso aufregend wie ärgerlich? „Bis bald, Alice."

„Euer Majestäten."

„Gute Nacht, Alice."

Die Biester jaulten, als ich ging, aber dann hörte ich ein Platschen und anschließend ein Schlürfen. Igitt! Fütterungszeit im Zoo. Hoffentlich hatte Alice ihren Pullover nicht mit Blut bekleckert.

Sinclair griff nach meiner Hand und hielt sie den ganzen Weg über zum Auto. Wir sahen aus wie ein totes Pärchen, das fest miteinander ging. „Es hat wieder einen Mord gegeben", sagte er.

Ich stolperte über ein Loch zu einem Erdhörnchenbau. „Was? Wann? Warum hast du das nicht sofort gesagt?“

„Tina und ich denken, es ist besser, die anderen Vampire aus der Sache rauszuhalten, bis der Schuldige gefunden ist.“

„Oh.“ Schade, dass sie mich nicht aus der Sache rausgehalten hatten. „Ist es jemand, den wir kennen?“

„Nein. Eine Frau, die Jennifer heißt. Sehr jung für einen Vampir. Tina fand ihre Todesurkunde, und die war noch nicht mal zwanzig Jahre alt.“

„Ein richtiges Kind. Hm, das ist merkwürdig. Jon hat gar nichts darüber gesagt, dass heute Nacht noch jemand ermordet wurde. Ich werde den kleinen Scheißer erwürgen!“

Sinclairs Griff wurde fester, wenn auch nur ein wenig. „Du hast Jon heute Abend gesehen?“

„Ja, er hat mich bei der Arbeit genervt.“

„Ich werde ein Wörtchen mit ihm reden.“

„Nein, das wirst du nicht“, sagte ich ärgerlich. „Bist du etwa der Einzige, der mich bei der Arbeit nerven darf? Und lass meine Hand los.“

„Ja. Und nein.“

„Wir kommen vom Thema ab.“

„Das Risiko besteht bei jeder Unterhaltung mit dir. Aber du hast recht. Jon und Ani schwören, dass sie nichts damit zu tun haben.“

„Und du denkst, dass sie tatsächlich auf dem Wege der Besserung sind?“

„Ja. Und Tina stimmt mir zu. Außerdem hat sie fast den ganzen Abend mit Ani verbracht.“

„Das wird nicht gut gehen, das sage ich dir“, unkte ich. „Ani wird nicht Tinas Haustier sein wollen, und du kannst mir nicht erzählen, dass Tina wirklich auf der Suche nach einer festen Freundin ist.“

„Kann ich nicht?“

„Hallo?! Sie haben einfach nichts gemeinsam. Ganz zu schweigen von dem Altersunterschied. Von *hundert* Jahren!“

„Ich wüsste nicht, dass ein Altersunterschied ein unüberwindliches Hindernis darstellt“, sagte er vorsichtig und fügte hinzu: „Außerdem geht es dich nichts an.“

„Ach, sei still! Und gib mir meine Hand zurück.“

„Das lehne ich ab. Und hör auf, so zu zappeln. Jedenfalls ist diese Jennifer tot. Jemand mordet weiter.“

Ich trat gegen ein Büschel Gras, das davonflog wie ein Divot auf dem Golfplatz. „Wenigstens haben uns die Kinder nicht verarscht. Was jetzt?“

„Jetzt müssen wir den Leichnam untersuchen. Vielleicht haben wir etwas übersehen.“

Ich blieb abrupt stehen. Sinclair ging weiter, sodass ich fast von den Füßen gerissen wurde. „Nei-hein! Da bin ich nicht mit von der Partie! Das steht auf keinen Fall auf meiner To-do-Liste für heute Abend!“

„Es ist deine Pflicht“, sagte er unerbittlich.

„Vergiss es. Das ist mein voller Ernst, Eric, tote Körper machen mir Angst. Ich kann mir noch nicht mal *Die Nacht der lebenden Toten* ganz alleine ansehen.“

Er rieb sich die Stirn, als hätte ihn eine Mördermigräne im Griff. „Elizabeth …“

„Du wirst mir doch nicht wirklich so den Abend verderben, oder?“, bettelte ich. „Ich kann mir nichts Schlimmeres vorstellen.“

Er lachte. „Manchmal … oft … bist du wirklich bezaubernd.“

„Wer kommt denn jetzt vom Thema ab? Als wenn ich nicht bemerkt hätte, dass du mich zu deinem Wagen geführt hast und jetzt … aua, pass mit den Haaren auf!“, warnte ich ihn, als er die Hand auf meinen Kopf legte und mich auf den Beifahrersitz seines Lexus drückte. „Verdammt, Sinclair, wir sind noch nicht fertig!"

„Das kannst du mir auf dem Weg zur Leichenhalle erklären", sagte er und ließ sich auf dem Fahrersitz nieder.

Als wäre die Situation nicht schon unheimlich genug gewesen, befand sich die Leichenhalle ausgerechnet … na, wo meinen Sie? Richtig – in meinem Keller!

„Bitte töte mich", murmelte ich, als wir die Treppen hinunterstiegen.

„Wo sollten wir die Leiche denn sonst aufbewahren?", fragte Marc. Er war nicht unwesentlich am Diebstahl der Leiche beteiligt gewesen, der am Abend stattgefunden hatte, denn praktischerweise schienen die Leute die Anordnungen eines Arztes nicht zu hinterfragen. „Etwa im Marquette?"

„Überall, nur nicht in unserem verdammten Haus!"

„Ach, du hast aber auch an allem etwas auszusetzen!"

„Seit April", sagte ich düster, „hatte ich dazu auch allen Grund."

Marc dachte kurz darüber nach und gab dann zu: „Da hast du nicht ganz unrecht."

Im Keller fand eine richtige kleine Party statt, auch wenn es eine Weile dauerte, bis wir sie gefunden hatten, denn die Kellerräume erstreckten sich über die gesamte Fläche des Hauses. Ganz am hinteren Ende gab es einen Raum, den ich nie betreten hatte, und dort warteten Tina, Monique, Sarah die Irre, Ani, Jon und Jessica auf uns. Oh, und natürlich die Leiche. Fast hätte ich's vergessen.

„Noch einmal: Ich bin nicht einverstanden", sagte Sarah statt eines Grußes.

„Sei still", befahl Sinclair.

„Was hast du eigentlich für ein Problem mit unserem Haus?“, wunderte ich mich. „Wenn du Nostro gerne hattest, kann ich ja verstehen, dass du mich nicht magst. Was eine gewaltige Geschmacksverirrung ist, wenn du mich fragst. Aber was hast du gegen meine Bude?“

„Ich habe hier gearbeitet“, sagte sie steif, „ich habe diesen Ort gehasst und will einfach nicht hier sein.“

„Oh, *Entschuldigung*! Niemand zwingt dich dazu.“

„Das stimmt nicht ganz“, sagte Sinclair und fixierte Sarah mit dunklem Blick. Sie hörte sofort auf herumzuzicken und starrte auf den Boden.

Was war hier los? Die Erkenntnis traf mich wie ein Schlag: Sarah mochte mich nicht, fand die Tatsache, dass ich Nostro getötet hatte, nicht gerade berauschend, und war erst kürzlich in der Stadt aufgetaucht. Wenn sie jetzt noch Geld hätte, wäre sie eine perfekte Verdächtige. Kein Wunder, dass Sinclair sie im Auge behalten wollte.

Sarah blickte auf und sagte: „Nostro hat mich gemacht.“

„Oh.“ Nun, das erklärte einiges. Er war ein echter Scheißkerl gewesen, aber seine Vampire waren ihm gegenüber merkwürdigerweise sehr loyal, vor allem die, die er höchstpersönlich gemacht hatte. Ich konnte das nicht nachvollziehen, aber was wusste ich schon von Vampirpolitik? Nada.

„Ich habe ihn nicht wirklich geliebt“, sagte sie, „aber er hatte sich meine Loyalität verdient. Er gab mir die Unsterblichkeit. Er machte mich zu einer Göttin unter den Menschen.“

„Und zu einer Irren unter dem Rest von uns.“ Ihre kleine Enthüllung hatte sie an die Spitze unserer Verdächtigenliste katapultiert. Ich fragte mich, ob sie es wusste. „Einigen wir uns darauf, dass wir uns nicht einigen können.“

„Das kann ich nicht akzeptieren.“

„Vielen Dank, dass ihr alle gekommen seid“, sagte Tina

und schnitt Sarah damit das Wort ab, als diese gerade den Mund öffnete. „Vor allem zu einer solch makabren Pflicht."

„Ich habe dir ja gesagt, dass wir ein großes Haus brauchen", wisperte Jessica mir ins Ohr.

„Ja, aber hierfür …?!"

Ich trat näher. Der tote Vampir, Jennifer, lag ausgestreckt auf einem alten, ramponierten Holztisch in der Mitte des Raumes. In zwei Teilen.

Ich würgte und wendete mich ab. Ich fühlte, wie Sinclair mir über den Rücken strich, und merkwürdigerweise gab mir das die Kraft, noch einmal hinzuschauen. Ich war nicht die Einzige, die mitgenommen aussah. Auch Jessica war so blass, dass ihre braune Hautfarbe grau aussah. Und in Tinas Augen sah ich tiefe Traurigkeit.

„Um deiner Frage zuvorzukommen", sagte Jon, „wir haben ihr nicht den Kopf abgeschnitten." Seine Ungerührtheit ärgerte mich.

„Wenn ich das annähme", sagte Sinclair freundlich, „läge hier noch ein anderer Körper in zwei Teilen."

„Fangt nicht wieder damit an, Jungs", sagte ich automatisch, als Jon erblasste und nach seinem Messer griff. „Habt ihr denn keine Idee? Gar keine?"

„Dies ist der erste Mord, der nicht an einem Mittwoch stattgefunden hat", sagte Tina.

„Wir sind immer mittwochs zusammengetroffen", sagte Ani. Sie ging um den Tisch herum und betrachtete die arme kopflose Jennifer genauer. „An diesem Tag mussten wir alle nicht arbeiten."

„Aha!", sagte ich. „Ich hab's ja gesagt, das war von Anfang an meine Theorie. Erinnert ihr euch? Damals, als Tina und Monique angegriffen wurden?"

„Ja, schon gut, du bist sehr clever", sagte Sinclair abwesend. Er folgte Ani auf den Fersen und untersuchte ebenfalls die Leiche.

„Sie wurde erschossen", sagte Sinclair.

„*Und* enthauptet? Das nenne ich gründlich", murmelte Jessica. Ich erschauderte.

„Bei Vampiren sollte man besser auf Nummer sicher gehen", sagte Ani, fast entschuldigend.

„Das erinnert mich", meinte Tina, „an die Kugel, die einer von euch in Ihre Majestät geschossen hat. Es war ein mit Weihwasser gefülltes Hohlspitzgeschoss."

„Kein Wunder, dass es wie verrückt gepikt hat", kommentierte ich.

„Und das hast du *überlebt*?", keuchte Monique überrascht.

„Ach, na ja, du weißt doch, wie das ist …", sagte ich bescheiden. Monique sah mich voller Bewunderung an. Sehr angenehm, zur Abwechslung einmal bewundert zu werden. Die meisten Vampire betrachteten mich, als wäre ich eine Wanze.

„Ja, unsere Elizabeth steckt voller Überraschungen", sagte Sinclair und ruinierte alles mit seinem Sarkasmus. „Wer von euch Kriegern hat sich denn dieses kleine, charmante Geschenk ausgedacht?"

Nach einem kurzen Zögern hob Ani langsam die Hand. Sie errötete, als Tina sie vorwurfsvoll anschaute.

„Hmmm."

„Sei nicht so streng mit ihr", sagte Marc, „du musst doch zugeben, dass die Idee brillant ist."

„Ja, das muss ich zugeben", stimmte Tina zu, „ich sehe mal nach, ob die Kugeln noch im Körper stecken. Und wenn sie von derselben Sorte sind, wissen wir, dass der Marionettenspieler – in Ermangelung eines besseren Spitznamens – Jennifer getötet hat. Das ist interessant."

Ich hob die Hand. „Äh … warum?“ Wenn man mich fragte, war die ganze Angelegenheit eher ekelig als interessant. Aber mich fragte ja keiner.

„Weil wir – die Blade Warriors – versprochen haben, keine Vampire zu töten, bis wir herausgefunden haben, wer im Hintergrund die Fäden zieht“, fiel Jon ein. „Wir haben es diskutiert, letzte Nacht, nachdem wir euch kennengelernt hatten, und …“

„Und nachdem ihr Tee mit uns getrunken hattet“, sagte ich mit einem triumphierenden Blick zu Sinclair.

„… wir haben beschlossen, uns für eine Weile zurückzuhalten.“

„Für eine Weile?“, fragten Tina und Sinclair gleichzeitig und in scharfem Ton.

Jon ignorierte sie. „Letzte Nacht haben wir unserem Boss eine E-Mail geschickt. Aber es scheint, als würde er immer noch Vampire töten. Oder dass er jemand anderen gefunden hat, der es für ihn erledigt.“ Er spreizte verwirrt die Hände. „Wieso macht er das? Sucht er sich gezielt bestimmte Vampire aus, ist er ein untoter Serienmörder, oder was ist mit ihm los? Ich meine, er muss diesen Vampir getötet haben unmittelbar nach Erhalt unserer E-Mail. Warum?“

„Wenn es überhaupt ein Er ist“, meldete sich Monique zu Wort.

„Ein guter Hinweis, äh …“

„Monique.“

Jon sah sie immer wieder bewundernd an. Verständlich, denn sie war wirklich hübsch und schick angezogen in ihrem schwarzen Ann-Taylor-Kostüm, schwarzen Strumpfhosen und schwarzen Pumps. Gegen den dunklen Stoff des Kostüms schimmerte ihr Haar fast silbern.

Offen gestanden waren mir bisher nur wenige hässliche

Vampire begegnet. Einer, um genau zu sein. Und der war auch eher ungewaschen als unattraktiv gewesen.

Logisch, jeder mir bekannte Vampir war ein Opfer gewesen, und zwar eines anderen Vampirs. Und die schienen sich vor allem gut aussehende Snacks auszusuchen. Vermutlich, weil Blutsaugen so erotisch ist. Die meisten Menschen wollen attraktive Partner bumsen. Und die meisten Vampire wollen von attraktiven Menschen trinken.

Monique sah fantastisch aus, das war unbestreitbar. Tina tat den Augen auch nicht gerade weh. Auch Jennifer war mal hübsch gewesen, wenngleich ihr langes braunes Haar jetzt blutverklebt war, und …

„Eine Minute. Kein Wort, kein Wort!“ Ich hielt mir den Kopf und krümmte mich.

„Was ist los mit dir, verdammt?“, fragte Marc.

„Ich kenne diesen Blick“, sagte Jessica, „sie hat eine Idee. Oder sie braucht ein Abführmittel.“

„Ist denn nur mir aufgefallen, dass alle Opfer Frauen waren?“, rief ich. „Sagt mir, dass das nicht stimmt.“

Tina schaute überrascht. „Nun … ja, das stimmt. Das ist noch eine Gemeinsamkeit. Außer der Tatsache, dass sie alle an einem Mittwoch ermordet wurden und …“

„Findet ihr denn nicht, dass das ein bisschen merkwürdig ist?“, fragte ich Tina und Sinclair. Dann wandte ich mich an Jon und Ani. „Und ihr? Was meint ihr?“

„Das … äh … schien uns nicht wichtig“, sagte Ani und hüstelte. „Wir dachten, ihr wärt alle gleich böse.“

„Wir sind Feministen“, sagte Jon, ohne eine Miene zu verziehen. „Wir haben kein Problem damit, weibliche Vampire zu töten.“

„Das könnte uns etwas über das Motiv verraten“, sagte Sinclair.

„Ach ja? Meinst du?“, sagte ich sarkastisch.

„Die Frauen sahen alle unterschiedlich aus, oder?“, fragte Jessica. „Der Killer ist also nicht hinter einem bestimmten Typ her. Schließlich hatte er es auf Betsy und Tina und Monique abgesehen … und ihr seht nun wirklich sehr verschieden aus. Ihr habt noch nicht einmal dieselbe Figur.“

Will heißen, ich war ein abscheulicher Hulk neben den delikaten Figürchen von Tina und Monique. Vielen Dank.

„Es wird spät“, sagte Monique nach einem langem Schweigen, während ich über meinen gewaltigen Körperumfang grübelte und die anderen über was weiß ich. „Vielleicht sollten wir morgen Abend weitermachen?“

Ich war gerade erst angekommen, wollte aber nicht streiten. Moniques Vorschlag bedeutete für mich unglücklicherweise drei Nächte in Folge, in denen ich mit diesen Spaßverderbern Morde aufklären sollte. Gerne hätte ich die anderen darauf hingewiesen, dass ich eine ehemalige Tippse und kein Cop war. Aber ich sagte nichts.

„Hat jemand ein Messer?“, fragte Tina. „Ich möchte versuchen, eine der Kugeln herauszuholen.“

„Und ich verabschiede mich an dieser Stelle“, sagte ich und wandte mich ab. Das war einfach *too much* für mich! „Tina, du brauchst dringend ein Hobby.“

„Mein Hobby“, sagte sie, „ist es jetzt, den zu fassen, der das hier getan hat. Nähen kann ich auch noch später lernen.“

„Daran werde ich dich erinnern“, murmelte ich.

Sinclair gab ihr ein Taschenmesser, das sie mit einem lauten Klick auseinanderklappte. Die Klinge war zehn Zentimeter lang. Sinclair war ganz offensichtlich überzeugter Pfadfinder. Tina beugte sich über Jennifer und begann in ihrer Brust herumzubohren.

Ich rannte die Stufen hoch, so schnell ich konnte.

18

Jon folgte mir in mein Schlafzimmer. „Weißt du", sagte er und hinderte mich daran, ihm die Tür vor der Nase zuzuschlagen, „ich bin es, der die Warriors überzeugt hat, euch in Ruhe zu lassen."

„Das ist toll. Dein Verdienstkreuz ist bereits in Arbeit. Warum gehst du nicht nach Hause und wartest dort darauf?"

„Nachdem ich dich kennengelernt hatte, war das, was wir getan haben, nicht mehr richtig."

„Schön, schön. Gute Nacht!"

„Ja. Äh … hör mal, musst du nicht jemanden beißen oder so …?" Er klang so hoffnungsvoll … es tat mir fast leid, ihm sagen zu müssen, dass dem nicht so wäre. Und benahm sich so ein Vampirkiller? „Hat dir schon mal jemand gesagt, dass du wunderschöne grüne Augen hast?"

„Sie sind nicht grün, sie sind schlammfarben. Jon, ich möchte mich gerne bettfein machen." Ich versuchte, nicht verärgert zu klingen. „Wenn die Sonne aufgeht und ich nicht im Bett liege, kippe ich einfach um, egal, wo ich gerade bin."

„Echt? Egal, was du machst, du schläfst einfach ein? Und bist dann total hilflos und so?"

„Das ist nicht so aufregend, wie es klingt." Ich legte ihm meine Hände aufs Gesicht und drückte ihn sanft aus der Tür. „Also, gute Nacht."

„Ich sehe dich morgen", begann er, und dann wurde er plötzlich aus meinem Blickfeld gerissen. Sinclair drückte sich an mir vorbei und schlug die Tür zu.

„Jetzt reicht's mir aber", begann ich, „seit wann ist denn mein Schlafzimmer ein Bahnhof?"

Sinclair lehnte sich gegen die Tür und kreuzte die Arme vor der Brust. „Ich bestehe darauf, dass du dieses Kleinkind abweist. Sofort."

„Falls es deiner Aufmerksamkeit entgangen sein sollte, das habe ich bereits getan. Es ist nicht mein Fehler, wenn er sich für Vampire interessiert."

Sinclair schnaubte. „Das tut er nicht. Er interessiert sich für dich."

„Was soll ich denn deiner Meinung nach tun?", zickte ich. „Ich habe genug eigene Probleme."

„Probleme und wunderschöne grüne Augen", sagte er trocken.

„Du hast gelauscht! Geh weg, ich möchte ins Bett gehen."

„Du wirst doch nicht wieder diesen Pyjama mit dem albernen Sushi-Muster anziehen, oder?"

„Der ist bequem. Hau ab."

„Erinnere mich daran, dass ich dir anständige Nachtwäsche kaufe."

„Ich werde Sprengstoffhunde alles abschnüffeln lassen, was du mir schenkst." Ich drehte den Türknauf, aber er rührte sich nicht vom Fleck. Ich knuffte ihn in die Schulter. „Jetzt geh endlich! Musst du nicht zurück im Hotel sein, bevor du in Flammen aufgehst?"

„Ach, ich weiß nicht", sagte er beiläufig, „hier ist viel Platz. Vielleicht bleibe ich einfach hier."

Ich wusste es! Dieses geräumige Herrenhaus anzumieten war eine schlechte Idee gewesen. Jetzt gab es keine höfliche Entschuldigung mehr, um Übernachtungsgäste abzuweisen.

„Meinetwegen. Aber in meinem Zimmer schläfst du nicht."

„Nein?“

„Nein!“

„Ich gehe zurück ins Marquette“, sagte er, „wenn du mir einen Kuss gibst.“

„Okay, okay. Mann, kannst du nerven.“ Ich griff in seine Haare, zog sein Gesicht zu mir herunter und gab ihm einen Kuss auf den Nasenrücken. Dann ließ ich ihn wieder los. Er versuchte nach mir zu greifen, aber mittlerweile kannte ich seine Tricks und wich seinen Händen aus. „Und jetzt hau ab. Versprochen ist versprochen.“

„Hmpf.“ Aber er ging. Dank sei Gott! Glaube ich zumindest.

Als ich am nächsten Abend aufwachte, fühlte ich mich unruhig und wusste zuerst nicht, warum. Dann fiel es mir wieder ein: Mord, Detektivspiel, Jon und Sinclair. Und das war erst die Spitze des Eisbergs.

Auf dem Stuhl neben meinem Bett saß Marie und sah mich vorwurfsvoll an.

„Was ist?“, fragte ich.

„Früher warst du viel öfter zu Hause“, sagte sie wehmütig.

„Sorry, Sonnenschein. Es ist viel passiert in letzter Zeit …“ Ich hatte nicht vor, über Enthauptungen mit einem Kindergartenkind zu sprechen. Stattdessen setzte ich mich auf und schwang meine Beine über die Bettkante. „Ist irgendetwas nicht in Ordnung mit meinem Pyjama?“

„Nein. Ich mag ihn.“

„Genau!“ Blöder Sinclair. „Heute Abend habe ich einiges zu tun, aber vielleicht können wir morgen … aua!“ Ich stolperte, als ich aus dem Bett stieg, das übrigens die Größe eines Eisenbahnwaggons hatte, und fiel auf Marie.

Eigentlich fiel ich eher *durch* Marie hindurch. Es fühlte sich an, als würde ich mitten im Februar in einen See tauchen. Ich landete mit einem dumpfen Schlag auf dem Teppich und sah, wie ihre kleinen Füße sich durch meinen Arm bohrten.

„Jesus Christus!“, sagte ich und war froh, dass ich nicht mehr atmen musste, denn gerade jetzt stand mir der Atem sehr still.

„Sei nicht böse“, sagte Marie ängstlich, „ich habe mich nicht getraut, es dir zu sagen.“

„O mein Gott. Du bist … du bist …“ Ich wedelte mit meiner Hand durch ihren Kopf. Heilige Scheiße auf Toast! Da war ein Geist in meinem Schlafzimmer!

Ich rappelte mich auf und stürzte zur Tür, ohne auf Maries Betteln zu hören, die mich anflehte zu bleiben. Gott sei Dank stand die Tür offen, sonst wäre ich geradewegs durch sie hindurchgerannt. Auf der Treppe hätte ich beinahe Jessica zu Fall gebracht, bevor ich durch die Eingangstür sprintete und an Sinclair mit einer solchen Wucht abprallte, dass ich auf den Bürgersteig fiel und dort wie ein Käfer auf dem Rücken liegen blieb.

„Wolltest du nicht diesen lächerlichen Pyjama loswerden?“

Ich sprang auf und kletterte praktisch an ihm hoch wie auf einen Baum. „Eric, Eric, etwas Furchtbares, das Allerfurchtbarste … in meinem Zimmer …“ Ich zeigte auf das Haus.

Er griff meinen Arm. „Was ist? Bist du verletzt? Hat dich jemand angefasst? Ist Jon da? Ich reiße ihm die Halsschlagader heraus, wenn er …“

„Mein Zimmer … in meinem Zimmer … oben … Marie … in meinem Zimmer …“

„Majestät! Beruhigt Euch! Was stimmt nicht?“ Tina kam den Bürgersteig hochgerannt. Sie mussten gerade erst vorgefahren sein. Nett! Ruft bloß nicht an, bevor ihr kommt, Leute! Selbst in totaler Panik war ich verärgert. „Hat wieder jemand versucht, Euch zu töten?“

„Wenn es nur das wäre! Da ist ein totes Mädchen in meinem Zimmer!“

„Da ist ein totes Mädchen hier draußen“, sagte Sinclair verdutzt.

„Ich doch nicht, Blödmann!“

„Komm mit, zeig es mir.“ Er nahm meine Hand und begann die Auffahrt hochzugehen.

Ich zog so feste an seiner Hand, dass er fast rückwärts fiel. „Nein! Ich kann nicht da reingehen, Eric, ich kann nicht! Ich ziehe bei dir ein, im Marquette, ja? Aber lass uns sofort gehen, ja? Ich fahre. Lass uns gehen. Ja?“

Erics dunkle Augenbrauen schossen in die Höhe, so hoch, dass ich dachte, sie würden seine Stirn verlassen. „Nun … wenn es dir wirklich so wichtig ist …“

„Wag es ja nicht“, sagte Tina, „du opportunistischer Bastard. Sie weiß nicht, was sie sagt.“

„Spricht man so zu seinem König?“, fragte er und klang verletzt.

Sie schnaubte. „Wenn der König sich wie ein Arschloch benimmt, ja. Kommt, Majestät. Schauen wir uns mal Euer totes Mädchen an.“

„Ihr seid verrückt! Da gehe ich nie wieder rein.“

„Was passiert dann mit Euren Schuhen?“

Auch wieder wahr. Ich musste sie retten! Vielleicht konnte Marie meine Babys mit Geistprotoplasma einschleimen, darauf wollte ich es nicht ankommen lassen. „Kommt ihr mit mir?“, fragte ich und versuchte, nicht so mitleiderregend zu klingen, wie ich mich fühlte. „Beide?“

„Natürlich.“ Sinclair tätschelte mich. Schade, dass ich

deswegen nicht wirklich sauer auf ihn sein konnte. Ich hatte andere Probleme. „Hab keine Angst. Ich kann kaum glauben, dass dieselbe Frau vor mir steht, die die Biester auf Nostro gehetzt hat."

„Das ist etwas ganz anderes!"

„Ehrlich gesagt, habe ich immer gedacht, du wärst zu flatter- und launenhaft, um wirklich Angst zu haben."

Ich entzog ihm meine Hand. „Ich dich auch, Mistkerl."

„Das kling schon besser. Die einzig wahre Königin ist zurück."

Jessica öffnete die Tür, zerzaust und ärgerlich. „Du hättest mich fast umgebracht!", schrie sie. „Was zum Teufel ist hier los?"

Ich zitterte wie ein nasser Hund. „Das wirst du mir nicht glauben."

Sie folgte uns zeternd die Treppe hinauf, bis ich zu meinem Zimmer kam und entschlossen durch die Tür trat, bevor der Mut mich wieder verließ. Marie saß immer noch im Stuhl, aber sie machte einen Schmollmund und starrte mich zornig an.

„Da! Totes Mädchen!"

„Was redest du da?", fragte Jessica.

Sinclair schüttelte den Kopf. „Ich sehe niemanden, Elizabeth."

Ich deutete mit dem Finger. „Aber sie ist doch genau vor euch. Auf dem Stuhl neben meinem Bett. Seht ihr sie?"

Alle glotzten mich an. Auch Marie, um die Situation noch unheimlicher zu machen.

Ich versuchte es noch einmal. „Sie ist da drüben. Kittelchen, Haarband, zweifarbige Schuhe! Diese tollen Schuhe müsst ihr doch sehen!" Ich wandte mich an Tina und Sinclair. „Ihr seht sie aber doch, oder? Mit eurer Supervampirsehkraft. Oder mit was auch immer."

„Nein", sagte Tina entschuldigend.

„Natürlich tust du das. Sie sitzt doch genau vor dir."

„Es tut mir leid, Majestät. Nein." Dann stupste Sinclair, der mich immer noch anstarrte, ihren Ellbogen, und ihre Augen weiteten sich. „Ja."

„Ihr seid verrückt, Leute", sagte Jessica. „Ich strenge mich so sehr an, dass ich Kopfschmerzen bekomme, aber da ist nichts."

„Ich sehe", sagte Sinclair, „ein kleines Mädchen. Blond. Große Augen. Strubbeliges Haar."

„Ha! Also siehst du sie doch!"

„Wir sehen sie", sagte er vorsichtig, „weil du uns dazu gebracht hast."

Was war denn das jetzt für ein Unsinn? „Was sagst du da?"

„Du hast uns dazu gezwungen", erklärte Tina.

„Was soll das bedeuten?", rief Jessica.

An dieser Stelle brach Marie in Tränen aus. „Hört auf damit!", schluchzte sie. „Ich hasse das! Ich hasse es, wenn die Leute über mich sprechen, als wäre ich nicht da."

„Ach je, Kleine, weine doch nicht", sagte ich eilig.

„Was?", fragte Jessica.

„Sie sagt, dass sie es nicht mag, wenn wir über sie reden, als wäre sie nicht anwesend."

„Sag ihr, dass es uns leidtut", sagte Jessica und rollte mit den Augen.

Marie schluchzte noch heftiger. „Ich kann dich hören!"

„Jessica, du gehst am besten", blaffte ich sie an, „du bist uns keine große Hilfe."

„Nichts lieber als das! Halluzinierende Blutsauger haben mir gerade noch gefehlt. Außerdem hatte ich heute kein Nickerchen, und langsam habe ich die Nase voll von mitternächtlichen Treffen.“ Sie stürmte aus dem Zimmer und knallte die Tür hinter sich zu.

„Marie.“ Endlich wurde ich ein bisschen ruhiger. Auch wenn das Kind tot war, so hatte es mich doch nicht mit Absicht erschreckt. Und sie war noch so klein. „Marie, warum hast du mir nicht gesagt, dass du … äh …“

„Weil ich wusste, dass du so reagieren würdest“, sagte sie unter Tränen.

Das war zu viel für mich. Das arme Kind! Nicht nur, dass es tot war, nun steckte es auch noch für alle Ewigkeit in diesem monströs überdimensionierten Singlehaushalt fest. Mit mir!

Schnell lief ich zu ihr hin, kniete nieder und nahm sie in die Arme. Und hätte sie fast sofort wieder losgelassen, denn es fühlte sich an, als umarmte ich eine Eisskulptur. Aber wenigstens konnte ich sie jetzt berühren. „Nicht weinen“, sagte ich in ihr winziges, perfekt geformtes, geisterhaftes Ohr. „Das kriegen wir schon wieder hin.“

Sie schniefte und drückte mich ebenfalls. Ganz schön fester Griff für so ein kleines Mädchen! „Nein, das stimmt nicht. Das kriegt niemand wieder hin.“

„Wir sind nicht wie die anderen Leute, die in diesem Haus gelebt haben“, bemerkte Sinclair.

Ich drehte mich zu ihm um und zog Marie auf meinen Schoß. „Ach, auf einmal kannst du sie hören?“

„Ja. Zuerst nur sehr leise, aber jetzt kann ich sie sehr gut hören und auch sehen.“ Er warf mir einen seltsamen Blick zu. „Dank dir.“

„Ach, hör schon damit auf. Hör mal, Marie, gibt es einen Grund, warum du hier herumspukst? Musst du deine … Knochen oder so was finden?“

„Nein.“

„Das wäre schon in Ordnung.“

„Die perfekte Beschäftigung für eine Sonntagnacht", murrte Sinclair.

Ich ging nicht auf ihn ein, sondern erwärmte mich immer mehr für das Thema. „Genau! Wir suchen alle. Und dann, wenn wir deine … dich gefunden haben, können wir dich anständig beerdigen, und du kommst in den Himmel!"

„Ich bin im Vorgarten beerdigt", sagte sie, „unter dem Zaun auf der linken Seite, bei der großen Ulme."

Ich versuchte, nicht zu würgen. Leichen kleiner Mädchen in meinem Vorgarten! Jesus! „Das ist …äh …" Ich war sprachlos.

„Marie", sagte Tina und hockte sich auf Augenhöhe vor sie hin, „warum bist du hier, Schatz?"

„Ich warte auf meine Mutter."

„Und wann bist du … wann haben die Leute aufgehört, dich zu sehen?"

Marie sah verwirrt aus. „Ich bin fünf", sagte sie. „ Das ist schon sehr lange her."

Tina versuchte es noch einmal. „In welchem Jahr bist du geboren?"

„Mein Geburtstag ist im April", sagte sie stolz, „der Diamant ist der Aprilstein. Zehnter April neunzehnhundertfünfundvierzig."

Nach einer Pause sagte Tina taktvoll: „Nun ja, Süße, höchstwahrscheinlich ist deine Mutter bereits tot. Warum versuchst du nicht, sie zu finden? Ich bin sicher, dass sie auf dich wartet."

„Sie ist nicht tot", sagte Marie feierlich und starrte Tina mit tränenverhangenen Augen an.

„Wie willst du das wissen?", fragte ich neugierig.

„Weil *ich* noch hier bin."

„Und du bist *die ganze Zeit* hier gewesen?"

Sie nickte.

„Heilige Scheiße", stellte ich fest. Wie der kleine Irre in *The Sixth Sense*! Ich sah tote Menschen!

Endlich ergab alles einen Sinn. Dass das Haus von einem Besitzer zum anderen wechselte. Dass der Besitzer so dringend verkaufen wollte. Dass er mit dem Preis ständig runterging. Dass Marie weder mit mir trinken noch essen wollte. Dass sie zu jeder Tages- und Nachtzeit auftauchte. Vielleicht konnten ja normale Menschen Marie nicht sehen, aber sie mussten gespürt haben, dass etwas nicht stimmte, weil dieses Haus seit Jahren zum Verkauf gestanden hatte.

„Können wir", ich schluckte, „können wir dich wieder ausgraben und woanders hinbringen?"

Marie zuckte mit den Achseln.

Merken und auf die To-do-Liste setzen: totes Kind SOFORT ausgraben und AUS DEM VORGARTEN BRINGEN.

„Das ist alles wirklich hochinteressant", bemerkte Sinclair, „und verdient eine genauere Untersuchung. Aber wir haben Arbeit."

„Eric Sinclair, du herzloser Bastard!" Ich schlug die Hand vor den Mund. „Scheiße, das hätte ich nicht sagen sollen! *Scheiße*, auch *das* hätte ich nicht sagen sollen!"

Marie kicherte hinter vorgehaltener Hand. „Ist schon gut", sagte sie zu mir, „ich kenne diese Wörter. Als einmal ein paar Arbeiter den Keller renoviert haben und einer einen Betonblock auf seinen Fuß fallen ließ ..."

„Okay, den Rest kann ich mir denken."

„Nimm es nicht persönlich, Liebes", sagte Sinclair freundlich zu Marie, „aber wir haben ein paar Angelegenheiten zu regeln, die ein bisschen dringender sind."

„Arschloch", hustete ich in meine Handfläche.

„Immerhin ist sie seit über einem halben Jahrhundert hier",

stellte er fest. Dann sah er Marie direkt an. „Wir werden dich nicht vergessen."

„Das ist schon in Ordnung", sagte sie sofort. „Betsy kann mich sehen. Von Anfang an konnte sie mich sehen. Und sie kann mich *berühren*. Du kommst doch zurück, oder?"

„Darauf kannst du wetten. Außerdem habe ich keine Wahl. Ich lebe in diesem besch... Mausoleum. Aber du musst damit aufhören, hier herumzuschleichen und mich zu erschrecken, einverstanden?"

„Hmmm – einverstanden."

„Es macht sicher Spaß, sie springen zu sehen", sagte Sinclair zu Marie, die wieder lachte.

„Wozu die Eile?", fragte ich. „Ist noch jemand ... äh ... ist noch etwas passiert?"

„Einige Vampire sind in die Stadt gekommen, um Euch die Reverenz zu erweisen", erklärte Tina.

„Igitt."

„Sorry. Und die Kugeln, die ich ... äh ... letzte Nacht gefunden habe, passen zu denen, die die jungen Leute benutzt haben."

„Oho!"

„Also gibt es einiges zu besprechen."

„Richtig." Ich wandte mich an Marie. „Langweiliger Erwachsenenkram, tut mir leid. Aber ich komme wieder."

„Ich werde hier sein", sagte sie, ohne die leiseste Spur von Ironie.

19

Kaum hatten wir das Haus verlassen, fielen sie über mich her. „Wie konnte es nur deiner Aufmerksamkeit entgehen, dass Marie ein Geist ist?“, fragte Sinclair. „Wie viele Wochen lebst du jetzt schon in diesem Haus?“

„Ich hatte eben viel um die Ohren“, verteidigte ich mich. „Soll ich etwa eine Fünfjährige ausfragen? Von sich aus hat sie mich ja nicht aufgeklärt.“

„Ist dir denn nicht aufgefallen, dass sie immer dieselbe Kleidung trug?“

„Ganz offensichtlich verstehst du nichts von Kindern. Die können nämlich ganz schön dickköpfig sein. Kaum zu glauben, aber in der zweiten Klasse habe ich dasselbe Paar Schuhe zwei Monate lang getragen!“

„Ich muss gestehen, dass ich nicht geglaubt hätte, so etwas einmal zu sehen“, sagte Tina, als wir uns alle in Sinclairs Cabrio quetschten. Wenigstens war es nicht rot. Für einen schweigsamen Toten hatte er manchmal eine erstaunliche Vorliebe für Schrilles. „Und ich habe schon sehr, sehr lange gelebt.“

„Was sehen? Einen Geist? Ja, das war wirklich merkwürdig. Ich habe jetzt noch Gänsehaut.“

„Nun, du solltest dich langsam wieder zusammenreißen“, sagte Sinclair und startete den Motor, der mit einem lauten Schnurren ansprang. „Für die Königin der Toten ist es unangebracht, Angst vor Gespenstern zu haben.“

„Das Memo habe ich nicht bekommen“, murrte ich.

„Vor heute Abend habe ich noch nie einen Geist gesehen", bemerkte Tina.

„Ich ebenfalls nicht", sagte Sinclair. Er fuhr rückwärts aus der Einfahrt, ohne den Kopf zu drehen. Angeber.

„Ach ja? Aber ihr beide seid so viel toter als ich." Hmmm, das war nicht das, was ich eigentlich hatte sagen wollen. „Ich meine, ihr seid schon viel länger tot als ich." Viel, viel länger.

„Die Fähigkeit, Tote zu sehen – alle Toten – und mit ihnen zu sprechen, ist der Königin vorbehalten. Und, wenn sie es wünscht, ihren Gefolgsleuten."

„Echt? Aha. Woher weißt du das?"

„Die Prophezeiung", sagten Tina und Sinclair wie aus einem Munde.

Dann fügte Tina hinzu: „Es stand im *Buch der Toten* geschrieben – ‚Und die Königin wird die Toten kennen, alle Toten, und niemand wird sich vor ihr verbergen können oder Geheimnisse vor ihr haben'. So ungefähr."

Ich schlug fast gegen das Autodach. „Gottverdammt, gottverdammt!" Sinclair wäre fast von der Straße abgekommen, und Tina zuckte zusammen, aber ich war zu wütend, als dass ich darauf Rücksicht hätte nehmen können. „Ich habe es so satt! Irgendetwas völlig Merkwürdiges passiert mir, und ihr sagt alle ganz locker: ‚Ja klar, auch das steht im *Buch der Toten*, hatten wir das nicht erwähnt?' Jetzt reicht's! Jetzt setzen wir uns sofort zusammen hin und lesen das blöde Ding von vorne bis hinten durch. Wo ist es? Im Hotel? Wir gehen es auf der Stelle holen."

„Das geht nicht", sagte Sinclair.

„Warum nicht?"

„Weil man verrückt wird, wenn man zu lange ohne Unterbrechung darin liest."

„Das ist deine Entschuldigung für alles", schnappte ich.

Ich faltete die Arme vor der Brust und beschloss, mit niemandem mehr ein Wort zu wechseln, bis wir im Hotel waren.

Drei unproduktive Stunden später stampfte ich über den Bürgersteig durch die Eingangstür meines Hauses und warf mich sofort mit dem Gesicht nach unten auf die Couch in der Eingangshalle.

„Eine einzige beschissene Katastrophe", sagte ich zu dem Sofakissen.

„Was ist los?" Es war Marc, der irgendwo rechts von mir stand. „Bist du okay?"

„Nein."

„Sie werden schon noch kommen", sagte Tina entschuldigend, „sie brauchen nur ein wenig Zeit."

„Ha!"

„Stimmt was nicht?" Das war Jessica, die die Treppe heruntergerannt kam. Obwohl ich sie nicht sehen konnte, wusste ich doch, wo alle standen. Erstaunlich. Genauso erstaunlich war es, dass der Morgen graute und sie immer noch auf mich gewartet hatten. Und es war auch erstaunlich, dass dieses achtzig Jahre alte Sofa nach Popcorn roch. „Gab es schon wieder einen Mord?"

„Nein", sagte Tina, „wir haben heute Nacht ein paar Vampire getroffen, die erst kürzlich in die Stadt gekommen sind. Es … äh … ist nicht so gut gelaufen."

„Das ist richtig", sagte Sinclair und setzte sich neben mich. „Und das ist sehr interessant."

Ich drehte mich auf die Seite und warf ihm einen wütenden Blick zu. „Interessant?"

Die Vampire hatten mich angestrengt ignoriert, und die feindliche Stimmung hatte die Raumtemperatur so weit heruntergekühlt, dass ich Gänsehaut bekam.

Oh, sie zeigten sich Sinclair gegenüber sehr ehrerbietig. Wir hörten jede Menge „Mein König" hier und „Euer Majestät" da, aber niemand sprach mit mir. Was für ein arrogantes Pack.

„Sie sind nur neidisch", sagte Tina, bevor Sinclair antworten konnte. Sie setzte sich auf einen Stuhl gegenüber der Couch – diese Eingangshalle war praktisch unser viertes Wohnzimmer – und betrachtete mich mitleidig. „Noch nie zuvor in der Menschheitsgeschichte war ein Vampir in der Lage, das zu tun, was Ihr tut."

„Und?"

„Betsy, jeden Tag tragt Ihr ein Kreuz um den Hals! Als Schmuckstück! Die meiste Zeit kann ich Euch kaum ansehen."

„Oh, jetzt fühle ich mich wirklich besser."

„Ihr wisst, wie ich das meine", sagte sie freundlich. „Und zu ihrer Verteidigung muss gesagt werden, dass alles sehr schnell gegangen ist. Die meisten waren seit über hundert Jahren Nostro treu ergeben gewesen. Ihr aber seid erst seit drei Monaten an der Macht."

„Das gilt auch für Sinclair", bemerkte ich, „und ihn haben alle sofort akzeptiert."

„Hmm", sagte Tina. Mehr fiel ihr dazu nicht ein.

„Es sind Arschlöcher, aber das wusstest du vorher", sagte Jessica. „Warum trifft dich das nun?"

„Gute Frage. Ich weiß es nicht. Es war einfach eine Scheißwoche. Und ich habe vergessen, dass ich eigentlich heute Abend arbeiten sollte. Jetzt habe ich Macy's schon zum zweiten Mal versetzt. Mein Chef wird das nicht sehr lustig finden. Und die anderen – die anderen Vampire – haben sich mir gegenüber wirklich … kalt gezeigt. Unser Hotelzimmer befand sich quasi mitten in der Antarktis."

„Eigentlich sieht alles recht vielversprechend aus“, sagte Sinclair. „Wir haben unser Motiv.“

„Was? Haben wir das?“

„Ich war neugierig, wie fremde Vampire auf dich reagieren würden. Deshalb war deine Anwesenheit heute Nacht auch notwendig. Und es ist ganz offensichtlich, dass du viel Unmut in der Gemeinschaft erregst.“

„Alles Weicheier.“

„Ich nehme an, es ist ein Preis auf deinen Kopf ausgesetzt. In der Tat ...“ Er machte eine Pause. Wahrscheinlich überraschte es ihn, dass er unsere ungeteilte Aufmerksamkeit hatte. „In der Tat vermute ich, dass die Morde Teil eines Plans sind, dich aus dem Weg zu räumen.“

„Was?“, keuchten Marc, Jessica und ich einstimmig.

Tina rieb sich die Augen. „Ja“, sagte sie leise, „es passt alles zusammen, oder?“

„Sind deshalb auch all die anderen Opfer Frauen gewesen?“, fragte Marc skeptisch.

Jessica fuhr dazwischen: „Aber warum sollte jemand überhaupt andere Vampire töten?“

„Übung“, sagte Tina. „Um sich langsam zu Euch, Majestät, vorzuarbeiten.“

„Das ist das Schrecklichste, was ich je gehört habe!“ Ich setzte mich auf. Der Gedanke war entsetzlich. „Das kann nicht stimmen. Niemals!“

„Es ergibt Sinn. Sehr viel Sinn“, sagte Jessica ruhig.

„Nein. Das ist ... das ist einfach falsch. Aus ungefähr dreißig verschiedenen Gründen.“ Menschen zu töten, um sich daran zu gewöhnen? Um sich zu mir vorzuarbeiten? Ich fühlte mich plötzlich sehr schuldig. Arme Jennifer! Sie war noch nicht einmal ein echtes Opfer gewesen, sondern nur ein Übungsobjekt! „Nostro war für ungefähr eine Million Jahre an der Macht gewesen, und nie hatte jemand versucht, ihn zu stürzen. Im Frühjahr erscheine ich auf der Bildfläche, und schon ist die Jagdsaison eröffnet?"

„Kurz gesagt: ja."

„Aber ..."

„Vielen Vampiren macht Ihr Angst", sagte Tina. „Ihr geht Euren eigenen Weg. Ihr seid nicht auf den Schutz anderer angewiesen. Ihr braucht keine menschliche Gesellschaft. Wir müssen uns täglich nähren, Majestät. *Jeden* Tag. Soweit ich das beurteilen kann, könnt Ihr es eine Woche ohne Nahrung aushalten." Eigentlich lag mein Rekord bei zehn Tagen, aber das ging niemanden etwas an. „Ihr seid gegen Sonnenlicht immun ..."

„Wenn ich so immun bin, warum gehe ich dann zu Boden wie ein Boxanfänger, wenn die Sonne aufgeht?", grummelte ich.

„Jeder braucht mal ein wenig Erholung", sagte Sinclair beruhigend und doch mit einem selbstzufriedenen Grinsen im Gesicht.

„... Kreuze und Weihwasser", fuhr Tina unerschütterlich fort. „Die Biester, die Ihr nicht erschaffen habt, gehorchen Euch dennoch aufs Wort. Ihr habt einen wohlhabenden Wohltäter. Der König ..." Sie brach ab und schien ihre Worte noch einmal zu überdenken, bevor sie schloss: „... der König mag Euch ebenfalls."

Ja, genau, so wie ein Wolf rohes Fleisch mag. „Ja, und? Was gefällt ihnen daran nicht? Es ist ja nicht so, dass ich aktiv Vampirpolitik betriebe."

„Noch nicht", sagte Sinclair.

„Oh. So ist das. Ich stecke in der Scheiße, und zwar ganz, ganz tief. Alle Vampire hassen mich, und alle versuchen mich zu töten!"

„Nicht alle", sagte Sinclair, ohne eine Miene zu verziehen. „Trotzdem sprichst du einen wichtigen Punkt an: Du brauchst Leute, die dich schützen. Tagsüber müssen es Menschen sein und nachts loyale Vampire. Es sieht kaum so aus, als würde der Marionettenspieler so schnell aufgeben."

Das wurde ja immer besser. Wenn ich noch am Leben gewesen wäre, hätte ich jetzt ganz bestimmt Mörderkopfschmerzen gehabt. Ich ließ mich zurück auf die Couch fallen und seufzte. „Ich kann das alles nicht glauben." Aber das war gelogen. Tina hatte recht. Auf eine verquere Art passte alles zusammen.

„Am besten behaltet Ihr Sarah in Eurer Nähe", brach Tina schließlich das lange Schweigen.

„Das sehe ich auch so. Sie ist eine gute Verdächtige."

„Sie ist eine Irre, nichts weiter. Was sollen wir denn jetzt bloß tun?" Ich bedeckte meine Augen mit den Händen. „Mist, ich muss unbedingt hier raus." Ich sprang von der Couch hoch und begann durch den Raum zu laufen. „Das war bei Weitem die schlimmste Woche, seitdem ich gestorben bin, ich schwöre bei Gott!"

„Willst du ein bisschen shoppen gehen? Zur Erholung?"

Das Angebot rührte mich und überraschte mich noch mehr. Jessica hasste Shopping und vor allem die Mall of America. Wahrscheinlich machte ein Fensterbummel nur noch halb so viel Spaß, wenn man sich alles, was man sah, gleich sechsfach kaufen konnte.

„Nein, das geht nicht. Außerdem ist es drei Uhr morgens, und die Mall hat geschlossen. Selbst die Bars sind jetzt geschlossen."

„Wir könnten bowlen gehen", schlug Marc fröhlich vor. „Fünf Minuten von hier gibt es eine richtig gute Bowlingbahn, die vierundzwanzig Stunden geöffnet hat."

„B…Bowling?“ Der Raum begann vor meinen Augen zu verschwimmen. Ich musste mich setzen, bevor ich Sinclair noch in den Schoß fiel. „Du meinst … in … geliehenen Schuhen?“

„Was denkst du dir eigentlich?“, fragte Jessica Marc scharf. „Willst du sie noch mehr aufregen?“

„Jesses, ist ja schon gut. Ich habe vergessen, wie seltsam sie wird, wenn es um ihr Schuhwerk geht.“

„Mir geht es gut“, sagte ich schwach zu Sinclair, als er mir mit einem Sofakissen Luft zufächelte. „Gebt mir nur eine Minute.“

„Der Marionettenspieler muss dir gar nicht den Kopf abschneiden“, sagte Marc, „es reicht, wenn er dir gebrauchte Schuhe anzieht. Aus lauter Verzweiflung würdest du glatt Selbstmord begehen.“

Sinclair lachte. Ich riss ihm das Kissen aus der Hand und schlug es ihm ins Gesicht.

20

Als ich schließlich in mein Zimmer zurückkehrte, wartete Marie dort auf mich. Ich war froh, sie zu sehen, denn mir brannten einige Fragen auf der Seele, seitdem wir sie zurückgelassen hatten. Um eine Antwort auf die Frage zu bekommen, die mich quälte, würde ich alles tun – selbst den Geist eines Kindergartenkindes ausquetschen.

„Du spukst also immer noch in meinem Zimmer herum?"

„Das stimmt nicht! Ich fühle mich hier eben wohl."

„Ja, ja. Hör mal, was ich dich immer schon mal fragen wollte … Wie bist du eigentlich … so … geworden?"

Sie runzelte die Stirn, und eine niedliche kleine Falte bildete sich zwischen ihren Augen. „Das hat mich noch niemand gefragt. Andererseits hat auch niemand wirklich mit mir geredet, bevor du hier eingezogen bist."

Richtig, als Königin der Toten hatte man jede Menge Privilegien. Ob man wollte oder nicht. Ich zwang mich zu einem Lächeln, als sie fortfuhr: „Nun ja, meine Mutter hat hier früher gearbeitet. Wir haben in Jessicas Zimmer geschlafen, wenn Mami mit der Arbeit fertig war. Einmal ist ein böser Mann gekommen. Ich habe ihn kommen hören. Ich bin aufgewacht und aus dem Zimmer gerannt, und da habe ich gesehen, wie er Mami wehgetan hat. Ich habe ihn getreten, und er hat mich wirklich feste geschubst. Und ab da konnte mich keiner mehr sehen."

Wahrscheinlich war sie auf den Kopf gestürzt und gestorben, dachte ich. Und der Scheißkerl, der sie so achtlos gestoßen hatte wie eine lästige Fliege, hatte sie dann im Vorgarten verbuddelt. Wie schade, dass ihn niemand gesehen und die Polizei gerufen hatte.

Aber irgendetwas störte mich an der Geschichte. Ich wusste nur nicht, was. Verdammt! Warum war ich nur schön und nicht auch intelligent? Normalerweise machte mir das nichts aus, aber in Nächten wie diesen …

„Oh", sagte ich schließlich, weil es auch nicht viel anderes zu sagen gab. „Danke. Das wollte ich wissen."

„Ich wünschte, meine Mami würde kommen. Ich vermisse sie so schrecklich."

Seit mehr als fünfzig Jahren vermisste sie ihre Mami! Armes Kind! Das war es, was sie in diesem Haus festhielt. Wie merkwürdig. In Büchern kann der Geist keine Ruhe finden, bis ein Killer der Gerechtigkeit zugeführt wurde. Aber dieser Geist wartete einfach auf seine Mami.

Mir kamen die Tränen.

„Willst du mein neues Kleid sehen?", fragte ich, um endlich das Thema zu wechseln. „Ich habe es im Ausverkauf erstanden. Sechzig Prozent Ermäßigung!"

„Klar."

Während ich für Marie eine Modenschau improvisierte, dachte ich scharf nach. *Ich* würde ihre Mami sein! Ich konnte keine eigenen Kinder haben. Ich machte kein Pipi mehr, und noch weniger hatte ich einen Eisprung. Aber ich konnte auf Marie aufpassen, und wenn sie sich an mich gewöhnt hätte, würde sie ihre Mami nicht mehr so schrecklich vermissen.

Das war der aufmunterndste Gedanke seit Langem. Die Nachricht, dass ich niemals Kinder haben würde, hatte mich sehr getroffen. Nicht immer, nicht jeden Tag, aber doch ab und zu und oft völlig überraschend musste ich daran denken, und es machte mich traurig.

Es war ja nicht so, dass ich von jemand Bestimmtem Babys haben wollte. Auch nicht von jemandem ganz allgemein und ganz bestimmt nicht von Sinclair. Außerdem würde der mich mit seinem toten Sperma wohl kaum schwängern können. Trotzdem – es wäre nett, wenigstens die Wahl zu haben.

Aber jetzt hatte ich die Wahl. Ich würde ... ich würde ... Geister adoptieren!

Gut, ich sehe ein, dass der Plan, wie viele andere Pläne auch, noch nicht ganz ausgereift war. Aber ich hatte Zeit. Viel Zeit.

In der folgenden Nacht fuhren Jessica und ich vor dem Haus meines Vaters vor. Ordentlich eingereiht in die schicke Vorstadt Edina, war es für zwei Personen viel zu groß und viel zu teuer für den Wohnungsmarkt. Genau deshalb war es perfekt für meine Stiefmutter, Antonia Taylor, genannt Ant.

„Ich wette, die haben keine Termiten", murmelte ich und starrte auf das Haus.

„Was?"

„Nichts."

Wir stiegen aus dem Auto und steuerten auf die Eingangstür zu. Bevor Jessica klopfen konnte, legte ich meinen Arm um ihre Schulter und sagte: „Ich entschuldige mich im Voraus für alles, was meine Stiefmutter sagen wird, und für alles, was mein Vater *nicht* sagen wird."

„Ist schon in Ordnung."

„Vielen Dank, dass du mit mir kommst."

„Kein Problem, mach ich doch gern", log sie. Wir wussten beide, dass es ein schrecklicher Abend werden würde.

Heute stieg das traditionelle Taylor-Barbecue zur Feier des vierten Juli. Weil mein Vater beruflich sehr eingespannt war – er war im Vorstand einer Firma, die Schwämme herstellte –, fand das Barbecue allerdings am achtzehnten Juli statt.

Ant nutzte diese Party immer, um anzugeben. Also wurde jede Menge unterschiedlicher Leute eingeladen: Reiche, Arme, Arbeitskollegen, Familienmitglieder, Freunde, Politiker. Jessica bekam eine eigene Einladung, weil sie reich war, was über die Tatsache triumphierte, dass sie schwarz war.

„Wirklich", sagte ich noch einmal und klopfte, „es tut mir sehr leid."

„Entspann dich. Glaubst du, sie bietet mir wieder Grillhuhn und Wassermelonen an?"

Ich stöhnte, setzte aber schnell ein Lächeln auf, als meine Stiefmutter die Tür öffnete.

Als sie mich sah, erbleichte sie. Das war nicht ungewöhnlich, ich wäre eher schockiert gewesen, hätte sie gelächelt oder lediglich keine Miene verzogen. Ich hatte ihr nie verziehen, dass sie die Ehe meiner Eltern zerstört hatte, und sie hatte mir nie verziehen, dass ich von den Toten auferstanden war. Die Familientreffen zu den Feiertagen gerieten dadurch – nun, sagen wir mal – ein wenig unentspannt.

„Fröhlichen vierten Juli", sagte ich artig.

Ant nickte. „Jessica. Schön, dass du gekommen bist." Sie ließ die Tür offen und ging fort.

„Sie denkt, dein Name ist Jessica", flüsterte Jessica übertrieben laut.

„Sehr lustig." Ich folgte Ant ins Haus. Dort sah ich zu meiner Überraschung …

„Mom?"

„Hallo, Liebling!" Meine Mutter stellte ihren Drink ab – ich roch Dewar's und Soda – und nahm mich fest in den Arm. Es fühlte sich an, als würde ich von einem Kissen umarmt, das nach Zimt und Orangen duftete. „Ich hatte gehofft, du würdest kommen." Sie gab mir einen herzhaften Schmatzer auf die Wange, wandte sich dann Jessica zu und ließ ihr dieselbe Behandlung zukommen.

Jessica drückte sie erfreut. „Dr. T! Was machen Sie denn hier?"

Eine berechtigte Frage. Ant verachtete meine Mutter, und die erwiderte dieses Gefühl aus ganzem Herzen. Sie taten alles dafür, sich nicht in derselben Stadt zur selben Zeit aufzuhalten, geschweige denn im selben Raum. Ich konnte mir nicht vorstellen, welche verrückten Umstände meine Mutter dazu bewogen haben mochten, zu dieser Feier ins Haus meines Vaters zu kommen.

„Erinnerst du dich nicht? Ich bin letzten Monat befördert worden."

„Klar. Du bist jetzt Dekan der Fakultät." Meine Mutter unterrichtete an der Universität von Minnesota. Ihr Fach war der Bürgerkrieg, die Schlacht von Antietam, um genau zu sein. Gähn. „Jetzt kommandierst du all die kleinen Professorenweicheier herum."

„Und das", sagte meine Mutter und feixte, „hat mir die Einladung zum Taylor'schen Barbecue eingebracht."

Ich rieb mir die Schläfen. Ants gesellschaftlicher Dünkel kannte keine Grenzen. Jetzt lud sie sogar Geschichtsprofessoren ein! Das ergab keinen Sinn. Wie schwachsinnig. Professoren verdienten sehr selten Reichtümer. Und sie konnten der Tod für jede Party sein. Natürlich nicht meine Mutter. Trotzdem war es merkwürdig …

„Gott sei Dank", sagte Jessica gerade, „gibt es jetzt jemanden, mit dem ich sprechen kann, der nicht denkt, ich gehörte zum Personal."

„Aber Jessica, niemand denkt, dass du zum Personal gehörst. Außer vielleicht … nun ja …"

„Toll, dich hier zu sehen", sagte ich endlich.

Meine Mutter zwinkerte zu mir hoch. Seit der siebten Klasse war ich größer als sie. „Was ist los?"

„Schlimme Woche", sagte Jessica und hielt einen Kellner beim Ellbogen fest, um ihm ein Glas Wein zu entreißen. „Politik unter Untoten. Sie wissen schon."

„Und wie geht es Eric Sinclair?"

„Mir egal", sagte ich und griff mir einen eigenen Kellner, der Bloody Marys schleppte. Ich trank einen Schluck und zog eine Grimasse. Wie gerne würde ich einmal den in die Finger bekommen, dem es eingefallen war, Tomatensaft mit Orangensaft und scharfer Sauce zu verderben. „Er ist ein arroganter Kerl. Unausstehlich. Er hört nie zu. Taucht ständig unangemeldet auf."

„Der König der Vampire", murmelte meine Mutter. Sie versuchte anzüglich zu grinsen, was ihr nicht so recht gelang. Stattdessen machte sie ein Gesicht wie die Person auf dem Vorher-Bild in einer Anzeige für ein Mittel gegen Sodbrennen. Meine Mutter war klein, mollig und hatte weißes, gelocktes Haar. Schon mit dreißig hatte sie ausgesehen wie eine Fernsehgroßmutter. „Und er mag dich, Zuckerstückchen."

„Kotz", sagte ich und leerte mein Glas. Ich räumte ein Glas Punch vom Tablett eines anderen Kellners. Wie viele Caterer hatte Ant eigentlich engagiert, verdammt? Sollte das nicht ein ungezwungenes Barbecue werden?

„Äh … vielleicht solltest du ein bisschen kürzer treten, Liebling. Du fährst doch, oder?"

„Mom, weißt du, wie viel Alkohol ein Vampir trinken muss, um beschwipst zu sein?"

„Nein."

„Ich auch nicht." Und heute Nacht würde ich es herausfinden! Ich leerte auch dieses Glas und stürzte den Rest von

Jessicas Wein hinunter. „Hat jemand meinen Vater gesehen?"

„Er steht in der Ecke, zusammen mit dem Bürgermeister. Viel Glück beim Versuch, ihn loszueisen. Süße, ist es wirklich so schlimm? Soll ich für einige Tage zu euch kommen?"

Mir lief es kalt den Rücken hinunter. Das war es, was mir zu meinem Glück noch gefehlt hatte: meine Mutter, die sich kümmerte, während Sinclair und Jon mich anbaggerten, der Marionnettenspieler versuchte, mich zu pfählen, und der Geist eines toten Kindes in meinem Zimmer herumhüpfte und laut „Bruder Jakob, Bruder Jakob" sang, bis ich überzeugt war, verrückt zu werden.

„Vielleicht nächsten Monat, Dr. T", kam Jessica mir zu Hilfe, als sie sah, dass ich vor Stress fast in Ohnmacht fiel. „Im Moment ist es ein wenig … kompliziert."

„Schon gut, Mom", sagte ich, so nett ich konnte. Meine Mutter stand hunderprozentig zu mir als Untoter und gab ihr Bestes, um mir zu helfen. *Ganz* anders als manch andere Elternteile – und ich möchte hier keine Namen nennen. Meine Mutter war sogar froh, dass ich ein Vampir war. So müsste sie sich keine Sorgen machen, dass ich überfallen oder vergewaltigt würde, wie sie mir einmal sagte. Es war nicht ihr Fehler, dass mein Leben so unglaublich – wie hatte Jessica es genannt? – *kompliziert* war.

„Ich denke, ich bin aus anderem Grund heute Abend hier", fuhr meine Mutter mit gedämpfter Stimme fort. „Deine Stiefmutter scheint ein Geheimnis zu haben, und sie platzt schier vor Unvermögen, es für sich zu behalten. Ich vermute, die große Enthüllung findet heute statt."

„Uhhh." Was würde es nun schon wieder sein? Hatte sie meinen Vater so lange schikaniert, bis er ihr ein Flugzeug für ihre Shoppingtouren gekauft hatte? Wollte sie noch eine

Benefiz-Gala auf die Beine stellen? „Gehe ich recht in der Annahme, dass wir jetzt nicht mehr gehen können?"

„Wir hätten erst gar nicht kommen müssen", bemerkte Jessica ganz richtig.

Ich zuckte mit den Achseln. Im April, als ich gerade frisch von den Toten auferstanden war, hatte mein Vater mir sehr nachdrücklich mitgeteilt, dass ich für ihn tot sei und, wenn ich schon nicht so höflich wäre, auch tot zu bleiben, mich doch bitte schön von ihm fernhalten solle. Und ich meinerseits hatte ihm sehr nachdrücklich klargemacht, dass ich seine Tochter und es sein Job sei, mich zu lieben, tot oder untot. Seither lebten wir in einer Art angespannten Waffenruhe nebeneinander her. Drei Monate zuvor war ich zum Osterdinner hierhergekommen und nun im Juli zum Barbecue. Basta!

„Hast du heute Abend … äh … schon Blut gesaugt?"

„Mir geht's gut, Mom. Mach dir darüber keine Sorgen."

„Weil ich nämlich eine Idee habe. Bin gleich zurück."

Sie trottete in Richtung Küche, ganz geballte Effizienz und Geschwindigkeit.

„Ich kann nicht glauben, dass deine Stiefmutter deine Mutter zu dieser Party eingeladen hat."

„Und ich kann nicht glauben, dass Mom tatsächlich gekommen ist!"

Jessica warf mir einen Blick zu. Durch den Küchenlärm hörte ich, wie ein Mixer zum Leben erwachte. „Natürlich ist sie gekommen. Sie wollte sichergehen, dass dein Vater und Ant nett zu dir sind."

Zum ersten Mal an diesem Abend lächelte ich. Jessica hatte wahrscheinlich recht. Meine Mutter sah lieb aus, konnte aber zum Pitbull werden, wenn sie mich in Schwierigkeiten glaubte.

Bevor wir weiter spekulieren konnten, kam meine Mutter

zurück mit etwas, was wie ein dunkler Schokoladenmilchshake aussah.

„Das ist Roastbeef", verriet sie mir, und ich ließ beinahe das Glas fallen. „Ich dachte mir, da du doch keine feste Nahrung essen, aber doch trinken kannst ..."

„Hmmm", machte Jessica und betrachtete meinen Beefshake.

„Pardon, Ladys, würden Sie bitte Ihre Plätze einnehmen." Die Kellner geleiteten uns alle zu dem großen Tisch im Esszimmer. Interessanterweise hatte Ant für uns den Platz am Kopf des Tisches vorgesehen, neben sich und Dad. Erstaunlich! Normalerweise konnte gar nicht genug Abstand zwischen ihr und mir liegen. Immerhin hatte ich am Kindertisch gesessen, bis ich sechsundzwanzig war.

„Hi, Dad", sagte ich, als mein Vater mir gegenüber Platz nahm. Er ließ kurz ein unsicheres Lächeln aufblitzen und hätte fast sein Weinglas umgeworfen.

„Darren", sagte meine Mutter höflich, „du siehst gut aus."

Mein Vater glättete seine Querkämmer-Frisur, während ein Kellner sein Glas zurechtrückte und auf dem Weinfleck herumtupfte. „Danke, Elise. Du auch. Glückwunsch noch mal zur Beförderung."

„Danke. Sieht Betsy nicht entzückend aus?"

„Äh ... ja. Entzückend."

„Danke, Dad", sagte ich trocken.

„Antonia", sagte Mom, als Ant ihren Stuhl mit energischen kleinen Rucken vorwärtszog. „Eine herrliche Party."

„Danke, Mrs. Taylor."

He! Meine Mutter hatte, aus Dickköpfigkeit und Boshaftigkeit, ihren Familiennamen behalten, nachdem mein Vater sie hatte sitzenlassen.

„Dr. Taylor", korrigierte meine Mutter sie süßlich.

„Jessica", sagte Ant, „wie geht es dir?"

„Gut, Mrs. Taylor."

„Ich habe gehört, dass du dein Apartment in der Innenstadt verkauft hast – Freunde von mir hätten es beinahe gekauft. Wo wohnst du jetzt?"

„In einem Haus in der Summit Avenue", sagte sie unverblümt, weil sie wusste, dass dies meine Stiefmutter verrückt vor Neid machte. Seit Jahren versuchte Ant, ein Haus in der Summit Avenue zu ergattern. Aber obschon mein Vater wohlhabend war – ein Haus in dieser Preisklasse war für sie unerreichbar. Meine Mutter unterdrückte ein Lächeln, als Jessica fortfuhr: „Es ist natürlich viel zu groß für uns, aber wir kommen zurecht."

„Äh … Betsy wohnt auch dort?"

„Sicher. Wir wohnen zusammen. Und dann gibt es noch Marc, unseren schwulen Freund …" Ant war eine überzeugte Schwulenhasserin. „… und außerdem brauchten wir den Platz für die ganzen Vampire, die uns besuchen." Und eine überzeugte Vampirhasserin.

Meine Mutter prustete in ihren Drink. Wie immer auf Society-Partys hörte niemand wirklich auf das, was Jessica sagte, sodass sie meine Tarnung nicht auffliegen ließ. Außerdem klang das alles zu verrückt – selbst für meine Ohren.

Ich hob mein Glas mit Roastbeef hoch und roch daran. Es roch nicht schlecht. Eigentlich roch es sogar recht gut. Und das Glas war angenehm warm.

„Teilst du ihnen die Neuigkeit mit?", fragte mein Vater, in dessen Gesicht immer noch der Schock über Jessicas Bekanntmachung stand.

„Neuigkeit?", fragte meine Mutter höflich.

„O ja." Zum ersten Mal an diesem Abend sah meine Stiefmutter mich direkt an. Die Kraft ihrer blauen Augen

(Kontaktlinsen), der blonden Haare (gefärbt) und der roten Lippen (Botox) ließ mich mein Glas Roastbeef eilig in einem Zug herunterstürzen. Schade, dass nicht auch ein bisschen Gin drin war. „Darren und ich haben euch Aufregendes mitzuteilen. Wir gründen eine Familie."

„Gründen …?", fragte meine Mutter verwirrt.

Jessicas Augen weiteten sich. „Sie meinen, Sie sind …"

„… schwanger", sagte Ant, und in ihrer Stimme schwangen Triumph und Hass mit. „Ich bin für Januar ausgerechnet."

Ich lehnte mich vor und erbrach den gesamten Beefshake in den Schoß meiner Mutter.

21

„Wie konnte sie nur?“, stöhnte ich. „Wie konnte sie das tun?“

„Weil sie eifersüchtig auf dich ist“, sagte Jessica geradeheraus. „Das war sie von dem Tag an, an dem sie in das Haus deines Vaters gezogen ist. Im April hatte sie wahrscheinlich gedacht, sie wäre dich endlich los. Aber du warst zu blöd, um tot zu bleiben. Also denkt sie sich: ‚Dann habe ich eben mein eigenes Kind und bekomme *meinen* Teil an Aufmerksamkeit und *Betsys* noch dazu.‘“

Jawohl, das klang nach Ant. Exakt.

„Ich gebe zu“, sagte meine Mutter, „dass es mich doch überrascht hat. Ich hätte nicht erwartet, dass Antonia so weit ginge.“ Plötzlich lachte sie. „Dein armer Vater!“

„Er verdient es“, sagte ich. Ich kauerte auf dem Beifahrersitz und betete den Tod herbei. Den Sicherheitsgurt hatte ich abgelehnt. Gerade jetzt war mir ein kleiner Trip durch die Windschutzscheibe sehr willkommen. „Er hat sie sich ausgesucht. Er hat sie geheiratet.“

„Und seitdem bezahlt er dafür, Elizabeth“, sagte meine Mutter in einem Ton, der keinen Widerspruch duldete. „Es ist an der Zeit, dass du erwachsen wirst und loslässt. Wenn *ich* nicht mehr wütend bin, warum bist du es dann?“

„Sei still.“

„Pardon, junge Dame?“

„Wir haben uns auf der Party gezeigt. So, und jetzt sind wir da.“

Meine Mutter schnappte nach Luft, als wir in die Auffahrt

einbogen. Ich konnte es ihr nicht verübeln. Ich erwartete immer noch beinahe, aus dem Haus wieder hinausgeworfen zu werden, wenn ich mich in die Haupthalle wagte.

„O Jessica, wie wunderbar! Ich nehme an, es ist viel zu teuer."

„Nun ja", sagte sie bescheiden.

„Meine Güte! Was für ein Palast!"

Ich sah mit saurer Miene, wie Jessica das Lob genoss. Ich sagte nichts, auch wenn ich es gerne getan hätte. Jessicas Eltern waren gestorben, als sie noch klein war. Meine Mutter war das Mütterlichste, was Jessica je gekannt hatte, und sie vergötterte sie.

„Komm hoch mit mir, ich habe ein Paar Jogginghosen, die ich dir geben kann." Der Rock meiner Mutter war natürlich ruiniert. Beefshake, Galle und Kaschmir – das vertrug sich nicht.

„Das ist aber wirklich nicht nö…"

„Was? Willst du etwa in Strumpfhosen nach Hause gehen? Im Leben nicht. Komm schon."

„Vampire", flüsterte meine Mutter Jessica zu, „können so empfindlich sein."

„Das habe ich gehört", blaffte ich.

„Ach wirklich?"

„Das ist wirklich lästig", murmelte Jessica zurück, „ich kann noch nicht mal in Ruhe einen Furz lassen, ohne dass Betsy es als Erste hört."

„Gute Güte!"

Als wir in die Eingangshalle traten, kam uns Marc entgegen, der eine Kanne Eistee trug. „Hi, Dr. T. Ihr kommt gerade recht. Eure Gäste sind schon da."

„Welche Gäste?"

„Hmm, lass mich nachdenken." Und Marc begann sie an

den Fingern abzuzählen. „Da sind zwei von den Blade Warriors, der König der Vampire, der Vampir, der ihn erschaffen hat, der Priester der hiesigen Gemeinde und ein weiterer Vampir. Sarah oder so."

„Na toll", maulte ich, „bin ich eigentlich die Einzige, die ohne vorherigen Anruf niemals uneingeladen bei jemandem auftaucht?"

„Anscheinend", sagte Sinclair, der wie immer aus dem Nichts auftauchte. Meine Mutter machte vor Schreck einen Luftsprung. Und ich tat dasselbe. „Dr. Taylor. Was für eine Freude, Sie wiederzusehen."

Meine Mutter fiel fast in Ohnmacht, als Eric ihre Hand mit beiden Händen umschloss und sich darüberbeugte wie ein Empfangschef. „Oh, Euer Majestät. Die Freude ist ganz auf meiner Seite."

„Für Sie Eric. Bitte, Dr. Taylor. Immerhin sind Sie keine meiner Untertanen. Leider", seufzte er.

„Und Sie müssen mich Elise nennen", sagte sie mit affektiertem Lächeln.

„Und ich mich übergeben. Schon wieder", kündigte ich an. „Würdet ihr bitte für fünf Sekunden aufhören, einander schöne Augen zu machen?"

„Bitte vergeben Sie meiner Tochter", sagte meine Mutter und sah Sinclair verzückt an. „Normalerweise ist sie sehr viel umgänglicher. Es war wohl eine schlimme Nacht für sie."

„Natürlich. Da sie ja Ihre Tochter ist, erwarte ich Großes von ihr."

„Aber Eric! Wie reizend! Betsy hat mir nie gesagt, dass Sie ..."

„Leute, meint ihr das ernst? Ich muss wieder kotzen. Also hört damit auf."

„Ich muss auch kotzen", sagte Sarah. Ich drehte mich um

und sah sie in der Tür zum zweiten Wohnzimmer stehen. „Wenn wir hier fertig sind, würde ich gerne gehen."

„Nein", sagte Sinclair.

„Ja", sagte ich im selben Augenblick. „Warum geht ihr nicht alle? Ich bin nicht in der Stimmung."

„Dann komm in Stimmung. Wir müssen uns um ernste Dinge kümmern." Das Eis in seiner Stimme schmolz, als er sich wieder mit sanftem Blick meiner Mutter zuwandte. „Ernste Vampirprobleme, gnädige Frau, sonst würde ich Sie selbstverständlich einladen, sich zu uns zu gesellen. Einen scharfen Verstand wie den Ihren könnten wir gut gebrauchen."

„Ich will gehen!", schrie Sarah. Sie schrie wirklich. Und ich hatte gedacht, ich wäre die Einzige, die Sinclair anschrie. „Ich will auf der Stelle gehen."

„Was hast du für ein Problem?", fragte Marc. Die Kanne Eistee schwitzte und tropfte auf den Boden. Er sah sich nach einem Möbelstück um, das weniger als zweihundert Jahre alt war, damit er sie abstellen konnte. Aber er fand nichts. So hielt er sich grimmig an ihr fest. Auf die To-do-Liste: Untersetzer kaufen. „Ich habe gehört, dass du mein Haus nicht magst. Tickst du noch ganz richtig?"

„Wenn ihr es unbedingt wissen wollt", sagte Sarah und spuckte jedes einzelne Wort geradezu aus, wie sie wohl gerne Marcs Finger abgebissen und wieder ausgespuckt hätte, „ich hatte einmal eine Tochter. Und sie war … nun, sie starb. Hier. In diesem Haus. Und ich will nicht darüber sprechen, und ich will nicht hier sein."

Sie trat einen Schritt nach vorne und lief gegen Sinclairs ausgestreckten Arm. Ich hörte, wie meine Kieferknochen krachten, als mir der Mund plötzlich weit offen stand. „Du hattest was?" Ich brüllte tatsächlich.

„Ein Kind? Ein blondes Mädchen?“, fragte Sinclair scharf.

Ich drängte ihn zur Seite. „Ist ihr Name Marie? Trägt sie Haarbänder, um ihr Haar aus dem Gesicht zu halten? Und zweifarbige Schuhe mit Riemchen? Und Kittelchen?“

Sarah brach in Tränen aus. Das war ein noch größerer Schock als die Tatsache, dass sie es gewagt hatte, Sinclair anzuschreien. „Ihr wisst von ihr? Woher? Wer hat euch davon erzählt? Sprecht nicht mit mir über sie, ich will das nicht!“

„Sarah, sie ist in unserem Vorgarten begraben!“

„Sie ist was?“, fragte Jessica scharf. „Und wann gedachtest du dieses Wissen mit mir zu teilen, totes Mädchen?“

„Komm!“, sagte ich und zeigte die Treppe hinauf. „Ins Vampirschlafzimmer!“ Ich wirbelte herum, und meine Mutter geriet ins Straucheln. Ich musste wohl mal wieder so schnell gewesen sein, dass ihr schwindelig geworden war. „Mom, ich muss mich jetzt sofort darum kümmern, ja? Wir sprechen später, ja? Das hier ist wichtig. Ja?“

„Natürlich“, sagte sie und drückte mich. „Geh und mach deine Arbeit.“

„*Mom.*“ Ich riss mich aus ihrer Umarmung. „Das ist mir peinlich vor den anderen Vampiren.“

Ich raste die Treppe hinauf.

Ich stürzte in mein Schlafzimmer mit entschieden zu vielen Menschen dicht auf den Fersen. „Marie!“, brüllte ich. „Marie, komm raus!“

Ganz langsam nahm ihre Gestalt Konturen an und wurde sichtbar. Nie zuvor hatte ich sie das tun sehen – und lassen Sie es sich gesagt sein, es war ein merkwürdiger Anblick. Erst dachte ich, sie säße gar nicht in dem Stuhl, dann sah der Stuhl ein bisschen blau um die Kanten herum aus, dann war es, als würde eine verblasste Marie dort sitzen, und dann saß Marie dort, wie ich sie kannte.

„Was?", fragte sie verwirrt. Dann sah sie an mir vorbei, und ihre Augen wurden riesig. „Mami!"

Ich drehte mich um. Sarah würde meine Hilfe brauchen. „Sarah, du kannst den Geist sehen, wenn …"

Als sie an mir vorbeistürzte, schubste sie mich gegen Tina. „Mein Käferchen!"

Tina hielt mich fest und murmelte gleichzeitig: „Käferchen?" Ich fühlte Sarahs Schmerz, nur das hielt mich davon ab, ebenfalls zu kichern.

Sarah versuchte Marie zu umarmen, fiel aber stattdessen in den Stuhl. Die Vorwürfe blieben ihr dennoch nicht erspart. „Mami, wo bist du gewesen? Ich habe gewartet und gewartet!" Dabei hatte Marie die Arme in die Hüften gestemmt, ganz empörte Ungeduld.

Sarah trat zurück und versuchte zu antworten, musste dann aber noch heftiger weinen.

„Marie", fragte Sinclair, „wie hat der Mann, der dich niedergeschlagen hat, ausgesehen?"

„Fragt sie nicht darüber aus", befahl Sarah. Ihre Stimme war immer noch belegt, aber ihr Mutterinstinkt war geweckt, und sie stellte ihre Stacheln auf. König hin, König her – Sinclair würde ihrem Kind kein Leid zufügen. Ich mochte sie dafür und hatte ein schlechtes Gewissen, weil ich sie für eine eiskalte Irre gehalten hatte. „Im Übrigen ist das auch nicht nötig. Es war Nostro. Er tötete sie. Und erschuf mich."

„Und da warst du auf mich sauer, weil ich ihn getötet habe?", fragte ich entsetzt.

„Das ist … kompliziert", entgegnete sie. Mein persönliches Unwort der Woche.

Ich hörte ein Krachen und blickte auf. Tina hatte den Stuhl

hochgehoben und eines der Beine abgebrochen. „Hör auf damit, das Ding ist wahrscheinlich einen sechsstelligen Betrag wert“, befahl ich. „Und was jetzt? Ich meine, jetzt, wo sie wieder zueinandergefunden haben.“

Würde Sarah jetzt bei uns einziehen, um Marie nahe sein zu können? Mist, das hoffte ich nicht. Wenn ich erst einmal einen Vampir hereinließe, wäre den anderen Tür und Tor geöffnet. Dann hätte ich verloren!

Sarah strich mit der Hand durch Maries Kopf.

„Mami, komm jetzt. Worauf warten wir noch? Lass uns gehen.“

Sarah wandte sich mir zu. Sie war in zehn Sekunden um zehn Jahre gealtert. Ihr Gesicht war hohlwangig, und sie schluchzte immer noch. „Betsy, meine Königin, ich bitte Euch um einen Gefallen.“

„Was?“

„Stimmt es … Ich habe gehört, Ihr denkt, dass wir Seelen besitzen. Dass Vampire Seelen besitzen.“

„Äh …“ Worauf wollte sie hinaus? Mir schwante Böses. „Ja, das stimmt. Ich meine, davon bin ich überzeugt.“

„Also ist es wahr“, sagte Sarah, „weil Ihr die Königin seid. Und Euer Wille ist unser Wille. So steht es im *Buch der Toten*.“

Die alte Leier! „Okay, sicher, wenn du das sagst.“

„Ja. Gut.“

Dann folgte eine Pause, als müsste sie all ihren Mut zusammennehmen, um zu sprechen. Wenn sie menschlich gewesen wäre, hätte sie sicher einen tiefen Atemzug getan.

„Dann muss ich Euch um einen Gefallen bitten. Ich will, dass Ihr mich tötet. Jetzt sofort.“

22

„Du willst, dass ich *was* tue?“

„Ich mache es“, sagte Tina prompt. Ich bemerkte, dass das Stuhlbein in ihrer Hand einen guten Pflock abgab. Mist! Wieder war sie mir drei Schritte voraus. „Die Königin sollte solch eine niedere Aufgabe nicht übernehmen müssen.“

„Äh … ich komme immer noch nicht mit, Leute …“

„Niedere Aufgabe?“ Sarahs Augen blitzten zornig. „Mein Tod hat nichts Niederes an sich! Er wird mich wieder mit meinem eigen Fleisch und Blut vereinen, von dem ich die letzten fünfzig Jahre getrennt war.“

„Leute?“

„Ich meinte nur … die Königin hat nicht den Mumm dazu“, fügte Tina mit gesenkter Stimme hinzu. „Aber mir macht es nichts aus, und ich helfe gerne.“

„Oh.“ Besänftigt beruhigte sich Sarah wieder. „Dann bin ich einverstanden.“

„Sarah, bist du sicher?“ Vorsichtig behielt ich Marie im Auge und wisperte den Rest: „Was, wenn es nicht klappt? Was ist, wenn du …“ *In der Hölle wieder aufwachst* lag mir auf der Zunge, aber wahrscheinlich waren das nicht die rechten Worte zur rechten Zeit. „Was ist, wenn ich unrecht habe?“

„Ihr seid die Königin“, sagte Sarah, offensichtlich verwirrt.

„Außerdem glaubst du daran. Tief in deinem Herzen“, sagte Sinclair. Ich fuhr erschrocken zusammen. Er hatte sich so still verhalten, dass ich seine Anwesenheit ganz vergessen hatte. „Du weißt, dass es so ist. Warum sonst würdest du das Kreuz tragen? Oder zur Kirche gehen?“

„Woher weißt du, dass ich in die Kirche gehe?“

„Elizabeth, ich weiß *alles* über dich.“

„Okay, jetzt ist aus dem lästigen Möchtegernverehrer ein besessener Stalker geworden. Aber darum kümmere ich mich später. Gib mir das Ding.“ Tina schlug mir das Tischbein in die Handfläche wie eine vampirische OP-Schwester. „Sarah hat mich gefragt. Also werde ich es auch tun.“

„Ich danke Euch, Majestät.“

Tina sagte nichts, sondern neigte nur den Kopf.

„Äh … was muss ich denn jetzt genau machen?“

„Ziel auf das Herz“, sagte Sinclair. Er berührte einen Punkt auf Sarahs Brust. „Das tote Zentrum. So schnell und tief, wie du kannst.“

„Und … das ist alles?“

„Ja. Kein Vampir erholt sich von einem hölzernen Pflock im Herzen, selbst wenn du ihn danach wieder rausziehst. Sie wird nicht verschwinden, wie in einem schlechten Film, aber sie wird für immer tot sein.“

Ich schluckte. „Okay. Aber zuerst solltest du vielleicht beichten, Sarah. Du weißt schon, um Gott mit reinem Herzen gegenüberzutreten.“

Sarah erschauderte. „Kann ich nicht dir beichten?“

„Nein, natürlich nicht. Eine Sekunde.“ Ich riss meine Schlafzimmertür auf. Ani, Jessica und Jon fielen mir entgegen. „Genug herumgeschnüffelt. Vater Markus!“, brüllte ich. „Kommen Sie hoch! Wir brauchen Sie!“

„Ich gehe ihn holen“, sagte Ani.

„Nein, das mache ich“, sagte Jon, und schon rangelten sie wütend um die Wette. Fäuste flogen, und sie schlugen und kratzten wie tollwütige Chinchillas.

„Äh … Jessica …“

„Schon gut“, sagte sie, stieg über die Kämpfenden hinweg und eilte die Treppe hinunter.

„Okay“, sagte ich zurück im Schlafzimmer, „Jess geht den Priester holen.“

„Aber er wird mich doch nicht mit einem seiner … Werkzeuge berühren, oder doch?“, fragte sie zitternd. Die Frau, die eben noch Sinclair angeschrien hatte, hatte jetzt Angst vor einem alten, sechzigjährigen Mann! „Oder mich mit … ichweißnichtwas bespritzen?“

„Nein. Er wird dir einfach zuhören. Beichte ihm einfach all das Schlechte, das du getan hast …“

„Alles?“, wiederholte sie entsetzt.

„Dann eben nur die Kurzfassung“, sagte ich. Langsam verlor ich die Geduld. „Dann ramme ich dir den Pflock ins Herz, und du und Marie seid wieder vereint.“ Und dann werde ich mich wieder übergeben und mich für den Rest der Woche unter dem Bett verstecken. Ein toller Plan!

Vater Markus konnte schnell sein, wenn er wollte. Wir hörten ein kurzes Klopfen, dann steckte er den Kopf durch die Tür. „Ihr habt nach mir gerufen?“

„Ja. Danke, dass Sie so schnell gekommen sind. Kommen Sie hier herüber, Vater …“ Er schloss die Tür, und ich gab ihm eine kurze Zusammenfassung der Ereignisse. „Also, wenn Sie sie bitte für Gott ein bisschen aufpolieren könnten?“

„Ich glaube nicht, dass er das kann“, sagte Tina. „Bei ihr kann er kein Kr…, egal welches Zeichen machen oder sie mit irgendetwas berühren.“

„Und wenn sie keine gläubige Katholikin ist, wäre das auch gar nicht – nun, sagen wir mal – angebracht. Ehrlich gesagt ist es ohnehin unangebracht, bedenkt man ihren … äh … Zustand.“ Markus schaute nervös in die Runde, klappte seine

Brille auseinander und schob sie sich auf die Nase. „Sind Sie sicher, dass sich ein Geist in diesem Raum befindet?"

„Vertrauen Sie mir. Tun Sie einfach Ihr Bestes." Gab es so etwas wie eine Letzte Ölung unter erschwerten Bedingungen für Vampire?

Vater Markus lächelte Sarah an, die sich schnell von ihm wegduckte, und ich bemerkte zum ersten Mal, dass er ein sehr nettes Gesicht hatte. Es war lang und traurig, wie ein priesterlicher Basset, aber wenn er lächelte, hatte er tiefe Grübchen in jeder Wange, und das sah sehr süß aus.

„Sarah, mein Kind." Langsam griff er nach ihrer Hand. Sie zuckte zurück, gestattete ihm dann aber, ihre Hand zu nehmen. „Spürst du tief in deinem Herzen Reue für die Sünden, die du begangen hast, im Leben und im Tod?"

„Ja."

„Und erkennst du unseren Herrn Jesus Christus als deinen Retter an?"

„Eric Sinclair ist mein Herr", sagte sie trotzig, „Und Betsy ist meine Herrin."

„Und im Jenseits, meine Liebe?"

„Davon gehe ich aus", maulte sie, „wenn er mich denn überhaupt haben will."

„Also gut. Dann übergebe ich deine Seele an Gott."

Er machte das Kreuzzeichen über ihrem und seinem eigenen Kopf und wich mit abwehrend erhobenen Armen zurück. Aber nichts passierte. Sie ging nicht in Flammen auf oder so. Ich muss zugeben, dass ich erleichtert war. Das hätte uns wirklich den Abend verdorben.

„Danke, Vater", sagte ich.

„Brauchen Sie …"

„Tschüss."

Tina hielt ihm mit unmissverständlicher Geste die Tür auf.

„Aber ich würde gerne wissen …"

„Nur für Vampire, tut mir leid." Dann fixierte sie Ani und Jon mit einem solch einschüchternden Blick, dass sie sich schleunigst in Richtung Treppe aufmachten. Vater Markus trat ebenfalls den Rückzug an, warf aber noch einen letzten neugierigen Blick zurück, als die Tür sich hinter ihm schloss.

„Okay." Das hörte sich gut an. Also noch einmal: „Okay. Dann mal los. Äh … Sarah, du stellst dich hier drüben hin." Ich drückte sie gegen die Wand. Dann suchte ich einen anderen Platz, denn genau hinter dieser Wand befanden sich meine Schuhe. „Okay. Hier ist es gut. Hmmm … okay." Versuchsweise führte ich den Pflock zu der Stelle, die Sinclair mir gezeigt hatte, als wollte ich sie erdolchen. Herr im Himmel, wie kam ich nur immer in diese Situationen? „Okay."

„Wartet." Sie griff nach meinem Handgelenk.

„Oh, Gott sei Dank."

„Nein, das ist es nicht. Ich habe mich nicht umentschieden. Meine Klamotten. Ich habe den Schrank voller Armani-Sachen, die ich nicht mehr gebrauchen kann. Tina weiß, wo ich wohne. Sie sollen jetzt Euch gehören. Ihr seid größer als ich, aber wir haben dieselbe Figur. Das meiste könnt ihr ändern lassen."

„Armani?" Ich warf meine Arme um sie und küsste ihre kalte Wange. „Du wirst es nicht bereuen, das verspreche ich."

„Dann zieht es jetzt endlich durch. Bitte."

„Schon gut, schon gut."

„Mami?" Marie klang besorgt.

„Ich bin gleich bei dir, Kleines", sagte Sarah ein wenig zu fröhlich. Dann zischte sie: „Tut es!"

Ich tat es. Ich rammte das Tischbein in sie hinein, heftiger als nötig. Ich war so besorgt, dass ich doch noch kneifen und den Job vermasseln könnte, dass ich etwas zu viel des Guten tat. Das Tischbein ging durch Sarah hindurch und dann durch die Wand. Ich ließ es los, und Sarah steckte aufgespießt an der Wand wie ein Käfer auf einem Stück Papier.

Und sie war gegangen. Ich wusste es und konnte es fühlen. Und wenn nicht das, dann hätte ich es ganz sicher gesehen. Ihre Augen, die mich eben noch zornig angesehen hatten, weil ich nicht schnell genug gemacht hatte, waren jetzt ohne Leben. Sie zuckte am ganzen Körper wie eine Forelle auf dem Trockenen, aber es waren nur die Spasmen des sterbenden Körpers.

Ich drehte mich weg und hatte schreckliche Angst, dass ich mich wieder übergeben müsste. Ich spürte Sinclairs Hand unter meinem Ellbogen. „Ganz ruhig", sagte er. „Das hast du gut gemacht. Schau!"

Ich blickte hoch. Auf Maries Gesicht zeichnete sich große Überraschung ab. Sie starrte auf ihre Hände, die jetzt durchsichtig waren. Sie sah mich an, lächelte, und ich sah die kleine Lücke, wo sie ihre Milchzähne verloren hatte. „Jetzt werde ich Mami wiedersehen, B..." Und dann war sie verschwunden.

Lange sagte niemand etwas, und niemandem fiel etwas ein, was er hätte sagen können. Endlich brach Tina das Schweigen. „Ich schaffe die Leiche weg."

„Gibt es Friedhöfe für Vampire?", fragte ich mit zitternder Stimme. Ich fühlte mich wackelig, als hätte ich jeden Augenblick umkippen müssen.

Sie lächelte. „Ja."

„Okay. Hör mal, äh ... es war eine wirklich lange Nacht. Eine unglaublich lange Nacht. Tina, ich bin deine Königin, richtig? Das hast du doch immer geglaubt?"

„Natürlich, Euer Majestät."

„Gut. Also, kannst du mir dann einen wirklich, wirklich großen Gefallen tun? Kannst du nach unten gehen und die Blade Warriors wegschicken und Marc und Jess und meiner Mutter sagen, dass ich morgen mit ihnen spreche? Mir ist jetzt nicht nach Gesellschaft.“

„Sofort, Majestät.“

Sie nahm meine Hand und tat etwas Merkwürdiges und Verwirrendes. Sie küsste sie. „Ihr habt richtig gehandelt.“ Sie lächelte, und ihr Gesicht erstrahlte. „Ihr wart großartig.“

Warum fühlte ich mich dann so elend?

Ich hörte, wie Tina zerrte und drückte, wollte aber nicht hinschauen. Dann trug sie die Leiche aus dem Zimmer. Sinclair hielt ihr die Tür auf und schloss sie auch wieder. Selbstverständlich ging er davon aus, dass mein Bedürfnis, alleine zu sein, *ihn* nicht einschloss.

„Das wäre erledigt“, sagte ich und starrte auf die Stelle, wo eben noch Marie gewesen war.

„Ja, ich glaube auch.“

„Ich freue mich für sie.“

„Ich ebenso.“

„Sie hatte ihre Mami so sehr vermisst, dass sie über ein halbes Jahrhundert hier herumgelungert ist. Viele Jahre! Und jetzt sind sie zusammen. Das ist gut, oder?“

„Richtig.“

Ich brach in Tränen aus und lehnte plötzlich, ohne es zu wollen, gegen etwas Hartem, das mit Baumwollstoff bedeckt war. Sinclairs Brust. Er legte die Arme um mich und strich über meinen Rücken. „Elizabeth, weine nicht, Schatz. Alles, was du gesagt hast, war richtig. Alles, was du *getan* hast, war richtig.“

„Ich weiß“, heulte ich in seinen Jackenaufschlag.

„Also. Du hattest eine schwere Entscheidung zu treffen,

und das ist immer schwierig." Er gab mir einen Kuss auf den Kopf. „Aber du warst Sarah eine Königin, als sie dich brauchte, und Marie konnte sich keine bessere Freundin wünschen."

Er war so süß, dass ich noch heftiger schluchzte.

„Elizabeth, warum riechst du immer nach Erdbeeren?"

Der plötzliche Themenwechsel überraschte mich mitten in einem Schluchzer. „Das ist mein Shampoo."

„Nun, es riecht herrlich."

„Außerdem hat Jessica heute mit einer Erdbeere nach mir geworfen. Die Dekoration ihres Daiquiri beim Barbecue meines Vater. Die ist mir im Büstenhalter stecken geblieben, und ich hatte keine Zeit gehabt, mich umzuziehen, bevor ihr gekommen seid. Ich meine, ich habe sie natürlich herausgefischt, aber der Saft …"

„Nun, das ist … das ist auch herrlich." Ich fühlte, wie seine Brust von unterdrücktem Gelächter bebte.

Ich sprang zurück und gab ihm einen Klaps auf die Schulter. „Das ist nicht lustig, Sinclair. Ich habe eine Krise!"

„Ja, ich beginne die Vorzeichen zu erkennen."

„Ich hätte auf sie aufgepasst, weißt du? Ich hatte schon alles geplant. Ich meine, ich werde niemals ein eigenes Baby haben. Also dachte ich, ich könnte Marie unter meine Fittiche nehmen. Ich hatte mich an sie gewöhnt. Sie war immer hier."

„Ja, das muss dir ganz schön auf die Nerven gegangen sein."

„Nein, es … ich fand es ganz schön. Nachdem ich mich nicht mehr vor ihr gegruselt habe, meine ich. Aber jetzt … werde ich sie nie wiedersehen." Allein der Gedanke brachte mich wieder zum Weinen. „Das war die einzige Art, wie ich ein Kind hätte haben können! Es musste erst eines ermordet werden und dann in meinem Haus herumspuken!"

„Elizabeth, das ist nicht wahr!"

„Es war einfach eine Scheißwoche!"

„Ja, es war schwer für dich, mein Liebling."

„Ja! Und jemand versucht mich umzubringen, und mein Haus ist zu groß, und die anderen Vampire hassen mich, und eines Tages werde ich Jon wie einen Käfer zerquetschen müssen, damit er mich in Ruhe lässt, und ich kann tote Menschen sehen, und ich habe den Verdacht, dass der Gärtner auch ein Geist ist, und meine Stiefmutter ist schwanger mit meinem Halbbruder oder meiner Halbschwester."

Er sah mich nüchtern an. „Niemand wird es wagen, dir Leid zuzufügen, wenn ich in der Nähe bin." Dann: „Wer ist schwanger, hast du gesagt?"

„Egal. Weißt du", schniefte ich, „du kannst wirklich süß sein, wenn du mich nicht zur Weißglut treibst."

„Du nimmst mir das Wort aus dem Mund", neckte er mich. „Außerdem habe ich dir nie dafür gedankt, dass du mir das Leben gerettet hast."

„Was? Wann?"

„Als dieses Mädchen mich mit Weihwasser bespritzen wollte. Du bist vor mich gesprungen und hast alles abbekommen. Erinnerst du dich?"

„Oh, das. Na ja." Ich zuckte mit den Achseln. „Das war doch nichts. Ich wusste ja, dass es mir nichts anhaben konnte. Und ich wollte nicht, dass diesem hübschen Gesicht etwas passiert", stichelte ich.

„Natürlich nicht." Er streichelte meine Wange, und wieder einmal fiel mir auf, wie dunkel seine Augen waren. Wenn ich seinen Blick erwiderte, war es wie der Blick in einen Winterhimmel.

Als er sich vorbeugte und mir einen Kuss auf die Unterlippe drückte, packte ich ihn bei der Jacke und küsste ihn zurück.

Er roch so gut – nach knirschender Baumwolle und seinem eigenen, ganz persönlichen Geruch. Ich dagegen roch natürlich nach zerdrückten Erdbeeren. Aber anscheinend mochte er das. Immerhin war seine Zunge in meinem Mund, und mir gefiel's.

„Ich nehme an, jetzt sagst du mir, dass ich gehen soll", murmelte er, hörte auf, mich zu küssen, und knabberte zart an meiner Kehle, ohne jedoch zuzubeißen. Ich erschauderte und lehnte mich gegen ihn.

„Das sollte ich wohl. Es wäre einfach zu gemein von mir."

„Was wäre gemein, mein Schatz?"

„Morgen wäre ich wieder gemein zu dir. Und daher wäre es gemein, wenn ich dich heute Nacht bleiben ließe."

Ich spürte an meinem Hals, dass er lachte. Er lachte fast nie, und wenn er es tat, kam es immer überraschend und war irgendwie lustig. „Das Risiko gehe ich ein", sagte er und schüttelte seine Jacke von den Schultern.

Ich trat zur Seite und sah ihm zu, wie er sich auszog. Erstaunlich, wie schnell er sich die Klamotten vom Körper reißen konnte! O Gott, hatte er einen tollen Körper. Als Sohn eines Farmers war Sinclair in bester Verfassung gewesen, als er gestorben war. Seine Schultern waren so breit, dass er sich die Anzüge maßschneidern lassen musste. Auf seinen Armen zeichneten sich deutlich die Muskeln ab, seine Brust war schwarz behaart – gerade so viel, wie nötig – und verjüngte sich nach unten zu einer schmalen Taille und langen, muskulösen Beinen. Und er war sehr froh, mich zu sehen.

„Das hat nichts zu bedeuten, richtig?", fragte ich, obwohl mir plötzlich das Sprechen schwerfiel – meine Zunge fühlte sich an, als wäre sie zu dick für meinen Mund. „Im *Buch der Toten* gibt es nicht zufällig noch eine kleine Passage, die du eventuell vergessen hast zu erwähnen? Wenn wir noch mal

Sex haben, macht dich das zu einem – ich weiß nicht – Superkönig für immer?"

„Nein." Er drehte mich um und öffnete den Reißverschluss meines Kleides. Er liebkoste meinen Nacken. „Du hast aber nicht vor, die ganze Zeit über zu reden, oder?"

Ich wirbelte herum, und mein Kleid fiel zu einem seidigen Stoffhäufchen auf den Boden. Ich sah, wie sich seine Augen anerkennend weiteten – zur Abwechslung trug ich passende Unterwäsche. Hellgrün, mit Monarchenschmetterlingen. „Was soll das wieder heißen?"

„Nichts. Red nur weiter, Schatz. Ich bin ganz Ohr."

Er lachte wieder und drückte mich an sich. Das war recht interessant, weil ich seine harte Länge an meinem Unterbauch spürte. Also beschloss ich, nicht mehr verärgert zu sein. „Ach, Elizabeth, ich habe dich wirklich sehr gern."

„Ja, das merke ich. Na ja, ich mag dich auch, Eric, wenn du dich gerade einmal nicht wie ein Arschloch aufführst."

„Mit anderen Worten, wenn ich nicht widerspreche. Eine gute Basis, um eine jahrtausendelange Partnerschaft darauf zu gründen."

Auf einmal war dieser Gedanke nicht mehr *nur* erschreckend für mich. Und er war so merkwürdig gut gelaunt, dass es auch mich aufmunterte. Ehrlich gesagt, hatte ich ihn nie besser gelaunt gesehen. Der Mann musste wirklich auf Sex stehen. „Lass uns einen Tag nach dem anderen angehen, okay?"

„Wie meine Königin befiehlt", sagte er, riss mich hoch und warf mich auf das Bett. „Außerdem mag ich deine Schmetterlinge. Aber ich finde, sie sollten auf dem Boden sein, meinst du nicht?"

Einen Moment später waren sie das auch.

„Wow."

„Ja."

„Ich kriege keine Luft. Eigentlich bin ich außer Atem, auch wenn ich nicht atmen muss. Un-glaub-lich!"

Sinclair reckte sich, zog mich dann an seine Seite und gab mir einen Kuss auf den Busen. „Kunst kann viele Formen annehmen."

„Also bist du jetzt ein Künstler?"

„Ja."

Ich schnaubte verächtlich, musste ihm aber insgeheim recht geben. Er war hungrig gewesen, geschickt und sehr, sehr gut. Natürlich konnte er auf ungefähr sechzig Jahre Erfahrung zurückgreifen. Meine Kehle brannte immer noch da, wo er mich gebissen hatte, aber das warf ich ihm nicht vor. Ich wusste, dass er sich einfach nicht hatte zurückhalten können.

Ich fragte mich, ob er dort, wo ich ihn gebissen hatte, ebenfalls Schmerzen verspürte.

Jetzt lag ich hier neben ihm und überlegte, wie ich ihm mein schmutziges, kleines Geheimnis beibringen sollte. Weil es nämlich schon wieder passiert war. Wenn wir miteinander schliefen, konnte ich seine Gedanken lesen. Aber ich wusste, dass er meine nicht lesen konnte. Ich hatte bereits früher versucht, ihm Gedanken zu übermitteln, aber ohne jede Reaktion seinerseits. Und ich war nicht klug genug, es ihm taktvoll zu sagen, ohne ihm Angst zu machen.

Sag mal, Sinclair, weißt du eigentlich, dass ich in dir wie in einem offenen Buch lesen kann, wenn wir miteinander schlafen? Jeden Gedanken, jeden kleinen Wunsch? Aber das wird einen Kontrollfreak wie dich doch nicht stören, oder?

Lieber nicht.

„Sag mal, bist du sicher, dass du die Nacht über bleiben

willst? Was ist, wenn der Marionettenspieler noch einen Versuch bei mir startet?"

„Das soll er mal versuchen", sagte Sinclair und zog die Bettdecke über uns. „Seit Tagen male ich mir schon aus, wie ich ihm den Kopf abreiße."

„Die meisten Leute malen sich aus, wie sie heiraten oder ihr Traumhaus bauen oder schick in Urlaub fahren."

„Das mache ich auch", sagte er ernst.

„Aha, ist das jetzt der Teil, wo wir Geheimnisse austauschen und uns verlieben?", sagte ich scherzhaft.

Ich spürte, wie er mich durch die Dunkelheit hindurch musterte. „Nein", sagte er. „Schlaf jetzt."

Sicher! Wenn das so einfach wäre. Stattdessen gingen mir tausend Dinge im Kopf herum. Außerdem durchlebte ich immer noch den exzellenten Sex, den ich gerade gehabt hatte. *Wirklich* exzellent.

Ich konnte immer noch seine Hände auf meiner Haut spüren. Tatsächlich *waren* seine Hände noch auf meiner Haut. Aber eben waren sie überall gewesen. Und er hatte mich auch überall geküsst. Er war wie ein Hungernder gewesen, der sich plötzlich einem opulenten Büfett gegenübersieht.

Und wenn ich überall sage, meine ich überall. Sinclair ist praktisch zwischen meinen Beinen eingezogen. Als sich seine Zunge in mein Inneres schlängelte, bin ich fast verrückt geworden. Er leckte und küsste und saugte, und ich hatte ihn die ganze Zeit über gebeten, nicht aufzuhören. Fast dachte ich, er spräche laut, als ich ihn *Nicht beißen, nicht beißen, nicht beißen* sprechen hörte.

„Was ist los?", keuchte ich.

„Nichts. Still", sagte er und schnalzte mit der Zunge gegen meine Klitoris.

Nicht beißen nicht beißen nicht beißen nicht beißen …

Ich griff seine Schultern und zog, bis seine Brust auf meiner lag. „Wirst du mich jetzt vögeln?"

Ich erwartete eine sarkastische Antwort oder eine höhnische Bemerkung, etwa das übliche „Wie meine Königin befiehlt", aber stattdessen teilte er meine Beine mit dem Knie und schob sich in mich. Ich konnte ihn fast hinten in meiner Kehle spüren, so groß war er. Und das gefiel mir.

Ich schlang meine Arme um seine Taille und drückte ihn näher an mich, als er mich streichelte und sein Gesicht an meinen Hals presste. Die Muskeln in seinen Schultern waren straff vor Anstrengung und fühlten sich unter meinen Fingern an wie Fels.

Dann biss ich ihn. Er versteifte sich in meiner Umarmung, und ein Schauer durchlief seinen Körper. Sein kühles, schweres Blut floss in meinen Mund, und das Gefühl, von ihm zu nehmen, während er seinerseits von mir nahm, brachte mich zum Orgasmus.

Kaum fühlte ich, wie seine Zähne in meine Haut drangen. Ich erschauderte unter seinem Körper und bemerkte ein hohes Wimmern, das aus meinem Mund kam.

Wir bewegten uns so heftig gegeneinander, dass mein gigantisches, schweres Bett in Bewegung geriet. Das Kopfende knallte gegen die Wand, und ich glaubte zu spüren, wie auch das Haus erzitterte. Es wäre zumindest nicht verwunderlich gewesen. Das ganze Universum sollte sich von dem anstecken lassen, was wir taten. So fühlte ich mich. Wir waren nicht nur zwei einsame Menschen, die Sex hatten. Zum ersten Mal verstand ich, wer wir waren und warum wir hier waren. Der König und die Königin der Toten hatten so leidenschaftlichen Sex, dass die Wände einstürzten.

Elizabeth!

„Eric", brachte ich heraus.

Er stieß noch einmal zu, heftiger dieses Mal, und das Kopfende des Bettes schlug noch ein letztes Mal gegen die Wand. Ich kam noch einmal und er ebenso. Sein Griff wurde so fest, dass es fast schmerzte, dann leckte er die Bisswunde an meinem Hals, und ich schnappte nach Luft.

„Gott!"

„Ich habe dich schon einmal gebeten, mich nicht so zu nennen", sagte er, und wir mussten beide lachen.

Ja, es ist unglaublich gewesen. Und ich fragte mich jetzt, ob ich jedermanns Gedanken beim Sex lesen konnte oder nur Erics. Wie lange konnte ich das noch für mich behalten?

Ich hörte ein komisches Geräusch und zuckte zusammen. Sinclair hatte mit den Fingern vor meinem Gesicht geschnippt. „Jemand zu Hause? Seit zehn Sekunden sage ich jetzt deinen Namen."

„Pardon. Ich habe nachgedacht. Und tu das nicht. Du weißt, dass ich das hasse."

„Nachgedacht? Worüber?"

„Dass du unglaublich gut bist im Bett."

Nun ja, das kam der Wahrheit doch recht nahe. „Du weißt, ich will dein Ego nicht noch weiter aufblasen, aber das war ... wirklich toll."

„Danke schön", sagte er höflich, aber er klang erfreut. „Du holst aber auch das Beste aus mir heraus. Dein Körper ist perfekt."

„Na ja, ein paar Pfunde weniger wären schon gut. Mal ernsthaft, du bist der Beste, den ich je gehabt habe."

„Aha? Von wie vielen?"

„Vergiss es, mein Freund. Darauf lasse ich mich nicht ein."

Er gähnte und kuschelte sich an meine Seite. „Warum nicht?"

„Weil du gewinnen wirst. Du hast schon viel länger Sex als ich."

„Das ist richtig. Aber ich will mehr über die anderen Männer wissen, die du in dein Bett gebeten hast."

„Lass uns einfach sagen, dass ich sie an einer Hand abzählen könnte, und damit Schluss." Eigentlich drei Finger. Aber das ging ihn nichts an.

„Also bist du noch jungfräulich", grinste er.

„Ach, sei still. He, wird es heller hier im Raum, oder bin ich …"

Das Letzte, woran ich mich erinnere, war Eric, der in sich hineinlachte, als ich in Bewusstlosigkeit versank. Blöde Sonnenaufgänge!

23

Ich öffnete die Augen und war gar nicht erfreut, Marc zu sehen, der sich über mich beugte. Sein Mund stand offen, und er gaffte mich an. Und vermutlich auch Sinclair, der sich von seiner Decke freigestrampelt hatte.

„Was?“ Ich lehnte mich über Sinclair, griff nach der Decke und zog sie über uns. „Ich hoffe für dich, mein Freund, dass jemand in Flammen steht.“

„Häh? Oh. Äh … ’tschuldigung. Der Grund meines Kommens ist mir angesichts deiner Zellulitis vollkommen entfallen.“

„Ich habe keine Zellulitis“, giftete ich.

„Und ich auch nicht“, sagte Sinclair. „Guten Abend, nebenbei bemerkt.“

Jessica kam herein. Sie verlangsamte ihren Schritt, als sie Sinclair neben mir sah, tat dann so, als hätte sie nicht soeben den Schock ihres Lebens gehabt, und stiefelte munter weiter zu Marc. „Gibst du ihr jetzt endlich das Telefon? Es ist dein Chef“, sagte sie zu mir. „Hört sich an, als wäre er sauer.“

Ich griff nach dem Hörer, was nicht ganz einfach war, da Marc immer noch gaffte und ich ihm mit der einen Hand den Apparat abringen und mit der anderen Hand die Decke halten musste.

„Hallo? Mr. Mason?“

„Elizabeth. Sie hätten schon vor einer Stunde hier sein sollen.“

Mist! Was war heute für ein Tag? Wie viel Uhr war es überhaupt? Einen Moment – „Mr. Mason, ich habe mit Renee getauscht. Sie hat meine Schicht übernommen."

„Ach ja? Aber Renee ist ebenfalls nicht da."

Dann schrei sie doch an! „Mr. Mason, ich bin heute nicht eingeteilt."

„Der Plan sagt etwas anderes."

„Ja, aber … wir haben getauscht."

„Ich verstehe. Meinen Sie, sie könnten für einige Stunden kommen, da Renee ja Ihr kleines … Arrangement vergessen zu haben scheint?"

„Natürlich", sagte ich schnell. Hier war jetzt Schadensbegrenzung angesagt, und nicht zu knapp. „Ich bin in einer Stunde da."

„Auf Wiedersehen, Elizabeth."

„Mist!", sagte ich, nachdem er aufgelegt hatte. „Er denkt, ich lüge, um meinen Arsch zu retten."

„Und was für einen Arsch", sagte Sinclair bewundernd.

„Schluss damit. Verdammt, jetzt muss ich zur Arbeit und zuckersüß sein und Renee kräftig in den Arsch treten, wenn ich sie das nächste Mal sehe."

„Alles zur selben Zeit?"

„Verdammt!"

„Mason weiß dich gar nicht zu schätzen", erklärte Jessica.

„Du bist süß, aber ich war keine besonders gute Angestellte in der letzten Zeit. Mit diesem ganzen …"

„Geheimen Leben als Vampir?"

„Na ja … eigentlich schon."

„Schlampe", hustete Marc in seine Hand.

„Das bin ich nicht! Ich hatte erst zweimal Sex in den letzten – in welchem Jahr sind wir?"

Sinclair lachte.

„Lasst mich jetzt in Ruhe, Leute“, befahl ich, „ich muss mich duschen und für die Arbeit fertig machen.“

„Die Blade Warriors sind hier“, sagte Jessica und rollte mit den Augen. „Zumindest einer von ihnen.“

Ich rieb mir die Schläfen. „Es ist Jon, oder?“

„Wenn Jon der ist, der aussieht, als gehörte er an einen Strand, dann ist er es.“

Sinclair knurrte. Er knurrte tatsächlich wie ein Wolf! „Schick ihn weg“, befahl er.

„Beruhige dich, o König der toten Leute“, sagte Jessica und grinste dreckig. „Wie es der Zufall will, will er nur mit Bets sprechen.“

„Das ist mir egal. Schick ihn weg.“

„Hör auf, meine Freunde herumzukommandieren!“ Ich stützte mein Kinn auf die Hand. „Das ist verrückt. Aber ich kann jetzt nicht mit ihm sprechen, ich muss zur Arbeit. Ich rede später mit ihm. Es ist ja niemand gestorben, oder etwa doch?“

„Noch nicht.“

„Du bringst mich auf Ideen“, murmelte ich und schwang mich auf die Beine. Mir machte das nichts aus. Jessica hatte mich schon millionenfach nackt gesehen, und Marc interessierte sich sehr viel mehr dafür, wie Sinclair aussah. „Also gut. Ich sehe euch später.“

„Ach, komm schon“, jammerte Marc, „wir wollen wissen, was hier oben letzte Nacht passiert ist. Vor allem, warum Tina die Treppen mit einem toten Vampir im Arm herunterkam. Und warum du nicht ganz alleine aufgewacht bist.“

„Später“, sagte ich unnachgiebig und ging ins Badezimmer.

Ich wusch mir gerade das Shampoo aus den Augen, als ich hörte, wie jemand den Duschvorhang zurückzog. „Du bist besser nicht Eric Sinclair“, sagte ich, ohne die Augen zu öffnen.

„Würdest du Marc bevorzugen? Oder Jon?“

„Igitt. Und noch einmal … Igitt.“ Ich spülte und öffnete die Augen. Eric war fantastisch nackt – immer noch! – und stand vor mir, die Hände in die Hüften gestützt, lächelnd. „Er ist nur ein verliebter Junge.“

„Du hörst dich nicht überrascht an.“

„Aus irgendeinem merkwürdigen Grund“, gab ich zu, „scheinen mich Jungen im Teeniealter zu mögen.“

„Ich kann mir nicht vorstellen, warum“, sagte er und kniff mir in die Brustwarze.

Ich schlug seine Hand fort. „Warum hast du überhaupt so gute Laune? Das ist schon das zweite Lächeln heute Morgen. Abend, meine ich.“

„Ich bin eben ein Abendmensch.“ Er griff nach mir und rieb seine Brust an meiner. „Ich sehe, hier gibt's noch mehr Erdbeershampoo.“

Ich versuchte mich seinem Griff zu entwinden, aber ich war so glitschig wie eine Forelle in einer sprudelnden Quelle. Kein Entkommen! „Hör auf damit. Ich habe keine Zeit für deine Mätzchen. Ich komme jetzt schon zu spät.“ Er war aber auch wirklich verführerisch … Aber nein, ich konnte jetzt nicht. Mein Traumjob hing davon ab, dass ich gerade jetzt die Finger von Eric ließ. So ein Mist! „Habe ich schon erwähnt, dass ich spät dran bin? Weil es nämlich so ist!“

„Spielverderber“, sagte er, ließ mich aber los. „Ich verstehe nicht, warum du dich so beeilst, zu einem sinnlosen …“

„Fang nicht damit an!“

„Das hatte ich gar nicht vor.“ Er klang doch tatsächlich verletzt.

Ich warf ihm die Seife zu, die er mit einer Hand aus der

Luft fischte. „Natürlich nicht. Zeit, aufzusatteln, mein Großer, und dann solltest du flink die Platte putzen."

„So klingt selbst eine Dusche richtig … dreckig."

Wider Willen musste ich lachen. „Schluss jetzt, habe ich gesagt!"

„Dein Wunsch ist mir Befehl", antwortete er, und dann drückte er mit Schwung Erdbeergel aus meiner Shampooflasche – wann hatte er die denn in die Finger gekriegt? –, das sich großzügig über meine Brüste verteilte. Ich fluchte, duckte mich unter dem Schwall weg, um die Bescherung abzuwaschen. Dann war das heiße Wasser zur Neige gegangen – blöder, alter Wasserkessel –, und wir fluchten beide.

Ich rannte gerade die Hintertreppe hinunter – der schnellste Weg von meinem Zimmer zu der Auffahrt hinter der Küche –, als ich Jons klagende Stimme hörte. „Aber sie mag mich doch. Das weiß ich!" Ich hielt inne und begann ganz langsam den Rückzug anzutreten. Ich würde die andere Treppe nehmen und über die vordere Auffahrt verschwinden müssen, aber Jessicas Worte ließen mich erstarren.

„Jon, sie ist nicht nur ein Vampir, auch wenn das schon problematisch genug wäre, findest du nicht? Du und deine kleine Gruppe durchgeknallter Robin Hoods, ihr tötet doch Vampire."

„Nur die bösen", sagte er. „Wir haben abgestimmt. Sinclair und Tina und Betsy und Monique sind sauber. Wir waren uns nicht sicher hinsichtlich Sarah, bis sie … was auch immer sie mit ihr gemacht haben. Aber wenn wir einen Vampir dabei erwischen, wie er einen Menschen verletzt oder tötet, steht er auf der Abschussliste."

„Erspar mir deine verdrehte Argumentation. Und vielleicht solltest du diesen Plan mit Sinclair abstimmen."

„Er ist nicht mein Boss!"

„Okay, okay, komm wieder runter. Kein Grund zur Aufregung. Was ich eigentlich sagen wollte, ist, dass Betsy nicht nur ein Vampir ist, sie ist die Königin der Vampire."

„Ja, und? Sie mag den Job ja noch nicht einmal. Und wie ich gehört habe, ist sie auch nur durch einen Unfall Königin geworden. Sie würde wieder aussteigen können, wenn …"

„Gut, aber das kann sie nicht."

„Wenn sie es wirklich wollte …"

„Nein, wirklich. Das kann sie nicht. Die Vampire haben ein Buch, in dem all ihre Gesetze und Prophezeiungen und anderer Kram geschrieben stehen, und nach diesem Buch, das für sie wie eine Bibel ist, ist Betsy die Königin und Sinclair der König.

„Na und?" Er klang jetzt muffelig, und ich konnte es ihm nicht verübeln. Was Jessica ihm da sagte, wollte er gar nicht wissen.

Ich hörte, wie sie von einem Fuß auf den anderen trat, und musste fast grinsen. Sie verlor die Geduld und bemühte sich sehr, nicht laut zu werden. „Es ist so, als wären sie verheiratet. Und nach dem Vampirgesetz sind sie das auch. Du bist also nicht nur scharf auf einen Vampir, sondern auch noch auf einen verheirateten Vampir."

„Na und?"

„Sei nicht blöd. Die beiden haben die Verantwortung für ein ganzes Königreich, Jon, und falls du es noch nicht bemerkt haben solltest, der König ist verrückt nach ihr. Er reißt dir den Kopf ab, wenn du irgendetwas versuchen solltest. Und sei mal ehrlich, es ist ja nicht so, als hätte Betsy dich ermutigt, oder?"

Mürrisches Schweigen.

„Außerdem … denke ich … vielleicht … liebt sie ihn auch."

„Nein."

Ich purzelte fast die Treppe hinunter. Ganz genau. Nein!

„Das ist das bestgehütete Geheimnis der Welt. Selbst sie weiß nicht Bescheid! Aber was ich damit sagen will: Gib die Hoffnung auf. Sie wird dich immer wieder abweisen. Oder Eric reißt dir den Kopf ab. Also haben wir hier eine klassische Patt-Situation, oder?"

„Ich frage sie trotzdem, ob sie mit mir ausgehen will."

Ich hörte ein Zischen, als Jessica ihre Arme gen Himmel warf. „Prima, wenn du unbedingt deinen Kopf unter dem Arm spazieren führen willst. Was geht mich das an?"

„Wenn sie Nein sagt, auch gut. Aber ich frage sie."

Großartig. Nun gut, damit würde ich mich auseinandersetzen, wenn es so weit wäre. Jetzt wartete die Treppe zur vorderen Auffahrt. Und Macy's!

Ich lachte tatsächlich, als ich aus der Auffahrt fuhr. Ich konnte nicht anders. Der Gedanke war zu absurd. Ich verliebt in Eric Sinclair? Und er verliebt in mich? Noch blöder.

Ich trieb ihn zur Weißglut. Das wusste ich. Er wusste es. Wir alle wussten es. Der einzige Grund, warum er mich um sich haben wollte, war die Tatsache, dass ich die Königin war. Darüber hinaus hatten wir nichts gemeinsam. Rein gar nichts. Es war schon blöd genug, dass wir nun dazu bestimmt waren, ungefähr eine Million Jahre Seite an Seite zu regieren. Das nervte ihn wahrscheinlich genauso wie mich.

Mein Handy klingelte. Boop-boop-boo-BOOP-BOOP-boop-bip-boop-boop! Blöde Funkytown-Melodie. Ich musste das endlich ändern. Ich angelte in meiner Handtasche nach dem Apparat. „Hallo?"

„Wie immer", verkündete Jessica, „hast du einen großen Schlamassel hinterlassen, um den ich mich jetzt kümmern muss."

„Entschuldigung, aber ich musste zur Arbeit."

„Und was hast du nur mit Sinclair gemacht? Er summt! Und er hat abgewaschen. Höchste Zeit, dass ich meinen Unterhalt verdiene, hat er gesagt, und dann hat er die Haushälterin weggeschickt, damit sie ein Schläfchen macht. Du solltest den Typen mal in Gummihandschuhen sehen."

Ich musste lachen. „Das hast du dir jetzt ausgedacht."

„Wer könnte sich so etwas ausdenken? Er scheint auch nicht gehen zu wollen. Normalerweise löst er sich in Luft auf, sobald er feststellt, dass du weg bist. Nicht heute. Heute stolpere ich ständig über ihn. Es ist unheimlich, aber interessant."

„Ach ja? Wer ist denn sonst noch da?"

„Alle. Jon, Ani, Vater Markus, Tina. Oh, das Beste hätte ich fast vergessen! Nachdem er abgewaschen und deine Bücher neu arrangiert hat – sie stehen jetzt alle richtig herum ..."

„Mist!"

„... traf er auf Jon, den es schlimm erwischt hat, falls du es noch nicht weißt."

„Ich habe so etwas läuten hören."

„Wie dem auch sei. Ich hatte Angst, sie würden sich anknurren und mit der Brust gegeneinanderrennen, aber nichts da. Sinclair hat ihn nur angelächelt und ihm den Kopf getätschelt. Den Kopf getätschelt! Gott sei Dank hatte ich Jons Armbrust im Kühlschrank versteckt, sonst wäre das Ganze böse ausgegangen."

„Das ist wirklich merkwürdig", gab ich zu.

„Merkwürdiger als merkwürdig. Eher bizarr und unerhört, das trifft es besser. Du musst ihm das Gehirn aus dem Kopf gebumst haben."

„Jessica!" Dann kicherte ich. „Okay, gut. Vielleicht habe ich das."

„Was ist passiert? Ist dir eine dritte Brust gewachsen oder was? Und denk nicht, ich hätte nicht bemerkt, dass der Putz in deinem Zimmer von der Decke gerieselt ist. Ich sage dir, den Typen habe ich nie in besserer Laune gesehen."

Ich riss das Steuer herum, um einem roten BMW auszuweichen. Ich hasse diese Typen, die meinen, nur weil sie ein gelbes Licht am Wagen hätten, könnten sie fahren, wie es ihnen passt. „Hör mal, wir hatten wirklich eine schöne gemeinsame Nacht. Eine wirklich schöne Nacht. Mir ging es nicht gut, wegen Ant, du weißt schon, und weil ich Sarah pfählen musste …"

„*Du* hast sie getötet?"

„… und wegen dem, was alles in letzter Zeit passiert ist. Er hat mich aufgemuntert."

Ich konnte durch das Telefon hören, wie Jessica anzüglich grinste. „Darauf wette ich."

„Ach, hör auf."

„Pass lieber auf Jon-Boy auf. Er will dich unbedingt zum Rock-and-Roll-Tanzen einladen, oder was immer Kinder in diesem Alter so machen, um sich zu amüsieren."

„Rock and Roll? Du lieber Himmel."

„Wärst eben besser tot geblieben", stellte Jessica fest, „wie jeder normale Mensch es getan hätte."

„Ach, sei still."

„Spray it, don't say it", sagte sie und legte auf. Wieder einmal hatte sie das letzte Wort. Zicke.

24

„Sie *feuern* mich?"

„Wir müssen uns wohl von Ihnen trennen", erklärte Mr. Mason. „Wenn Sie da sind, machen Sie Ihre Arbeit sehr gut, aber in letzter Zeit sind Sie recht unzuverlässig geworden."

„Aber … aber …" Aber dafür kann ich nichts. Aber ich bin die Königin der Untoten, und Königinnen werden nicht gefeuert! Aber ich war sehr beschäftigt damit, nicht umgebracht zu werden! Aber die neuen Pradas kommen nächste Woche rein, und ich brauche dringend meinen Angestelltenrabatt! Aber ich bin noch nie von jemandem gefeuert worden, der im Juli einen Rollkragen trägt! „Aber … aber …"

„Haben Sie nicht außerdem viel Dringenderes zu erledigen?", fuhr er freundlich fort. „Sie müssen einen Killer finden und Ihren Gemahl zufriedenstellen."

„Ja, schon richtig, aber – was?"

„Ihr solltet nicht hier sein, Majestät. Jeder versteht das, außer Euch."

Ich gaffte ihn an. Versuchte zu sprechen, ohne Erfolg. Gaffte weiter. Machte einen neuen Versuch. Wieder nichts. Ich war stumm vor Verblüffung, wie damals, als Charlize Theron den Oscar als „Beste Schauspielerin" gewonnen hatte.

Er öffnete den einsamen Umschlag auf seinem ansonsten makellosen Schreibtisch und zog einen Gehaltsscheck heraus, an den ein blaues Papier geheftet war. Die Kündigung. Aua! „Hier ist Euer letzter Scheck. Und viel Glück bei der Suche nach dem Killer."

„Mr. Mason!"

„Oh, ich bin kein Vampir", sagte er und deutete damit meine hervortretenden Augen und den sperrangelweit geöffneten Mund richtig. „Ich werde gehalten."

„Was werden Sie?"

„Ich bin ein Schaf", erklärte er. Er zog an seinem Kaschmirrollkragen und zeigte mir seine Kehle. Ich sah keine Bisswunden, aber einen recht großen blauen Fleck. „Zuerst habe ich gedacht, es wäre ein Test, als Ihr hier aufgetaucht seid. Oder ein Scherz. Dann habe ich gemerkt, dass es Euch ernst war. Ihr wolltet wirklich hier arbeiten. Ich konnte mir nicht vorstellen, warum. Und schließlich bin ich zu dem Schluss gekommen, dass ich Euch feuern muss. Zu Eurem Besten."

„Oh, vielen herzlichen Dank", sagte ich und erholte mich langsam von dem Schock. „Jesses, warum haben Sie mir das nicht früher gesagt?"

Er hüstelte in seine Hand. „Ich ging davon aus, dass Ihr clever … äh … ich dachte, Ihr wüsstet, wer ich bin."

Ich riss ihm den Scheck aus der Hand und stand auf. „Nun, dann haben Sie sich in mir getäuscht, Mister. Aber gewaltig." Einen Moment. Ach, auch egal. „Das ist perfekt. Das perfekte Ende einer perfekten Woche."

Er hob abwehrend die Hände. „Ich entschuldige mich. Und ich rate Euch, mich nicht zu hypnotisieren, um mich dazu zu bringen, Euch wieder einzustellen. Nach all dieser Zeit bin ich gegen alle Versuche immun außer gegen meinen Meister."

„Aber … wenn Sie mich kennen, dann müssen Sie auch Eric Sinclair erkannt haben. Und er hat sie ziemlich gut hypnotisiert."

„Seine Majestät, der König", sagte Mason vorsichtig, „ist

ein sehr mächtiger Vampir. Ihr habt recht, ich musste mich ihm unterwerfen."

„Unterwerfen? Ihm unterwerfen? Ich weiß nicht, wovon zum Teufel Sie sprechen, aber ich gehe besser, bevor ich Ihnen den Kopf von den Schultern reiße, um damit Fußball zu spielen."

„Und das weiß ich zu schätzen. Es ist wirklich zu Eurem Besten", rief er mir hinterher, als ich davonstampfte. Ich machte eine obszöne Geste, die Königinnen wahrscheinlich nicht machen sollten. Aber danach fühlte ich mich besser.

Ich ging zu meinem Wagen, den ich in Georgia abgestellt hatte. Dieser blöde gigantische Parkplatz der Mall of America. Was für eine beschissene Woche. Schlimmer konnte es nicht kommen. Außer dass ich geköpft würde. Das wäre schlimmer. Auf der anderen Seite wäre ich damit auf einen Schlag einige Probleme los.

Ich legte die Stirn auf das Autodach. Die Werkstatt hatte ganze Arbeit geleistet und die Kugellöcher und Pfeilkratzer überpinselt. Und es lief wieder wie am Schnürchen. Schade, dass ich gerade jetzt nicht die Energie aufbringen konnte, meine Schlüssel aus der Tasche zu fischen und mich ins Auto zu setzen. Wahrscheinlich würde ich auf dem Nachhauseweg ein Kind überfahren und wäre wieder einmal gezwungen, in einen unfairen Kampf zwischen Vampir und Mensch einzugreifen. Irgendetwas Schlimmes, auf jeden Fall.

Ich hörte, wie ein Wagen hinter mir zum Stehen kam, drehte mich aber nicht um. Was kam als Nächstes? Wahrscheinlich Ant, beladen mit Kruzifixen und Babynahrung.

„Majestät?"

Ich sah mich um. Es war Monique. Sie hatte die Tür ihres schnittigen schwarzen Porsches geöffnet, lehnte sich heraus und sah erfreulich besorgt aus. Das munterte mich ein wenig auf. „Stimmt etwas nicht, meine Königin?“

„Nicht etwas, alles stimmt nicht!“

Sie blinzelte verwirrt.

Ich begann mit dem Kopf gegen das Autodach zu schlagen. Es tat noch nicht einmal weh. „Einfach alles in dieser großen, weiten Welt – nein, das stimmt nicht.“

„Majestät, Ihr beult Euer Autodach ein“, gab sie zu bedenken.

„Wen interessiert das? Ich würde mich ja gerne näher mit meinen zahlreichen und grotesken Problemen beschäftigen, aber dann fange ich wahrscheinlich an zu weinen, und das wäre wirklich nicht angenehm. Für uns beide.“

„Darauf lasse ich es gerne ankommen. Warum lasst Ihr Euer Auto nicht hier und kommt mit mir? Wir trinken etwas, und Ihr sagt mir, wen ich umbringen soll.“

„Führ mich nicht in Versuchung.“ Ich seufzte. „Das ist noch das beste Angebot des Tages. Also einverstanden.“

Ohne zu zögern ließ ich meinen Wagen zurück und sprang in Moniques Porsche. „Los geht’s.“

25

„Das hört sich nicht gut an", gab Monique zu, als ich endlich zum Ende kam. Sie drückte das Gaspedal durch, um es noch bei Gelb über die Ampel zu schaffen. Dabei zeigte sie ihre hübschen Beine. Schwarzer Minirock, schwarze High Heels, weiße Bluse mit Spitzenmanschetten. Nuttig, aber trendy. „Aber wenigstens steht der König fest zu Euch."

„Ha! Fest in mir würde es eher treffen."

„Äh … hm. Also … wie ist er so?"

„Er nervt."

„Ich meine … ist er ausreichend talentiert zwischen den Laken?"

„Ich muss zugeben", sagte ich, „das hast du schön gesagt. Und, ja, er ist ausreichend talentiert. Mehr als das. Er ist toll! Mir bricht der Schweiß aus, wenn ich nur daran denke. Wenn ich noch schwitzen würde."

„Erzählt!"

Einer Fremden? Selbst wenn es eine nette Fremde war? Nein, danke. „Aber es bedeutet ihm nichts. Er mag eben Sex. Du hättest mal sehen sollen, was er tat, als ich ihn das erste Mal in seinem Haus besuchte!"

„Er scheint", sagte Monique vorsichtig, „ein annehmbarer Gemahl zu sein."

„Sicher, wenn es einem nichts ausmacht, herumkommandiert zu werden. Und von oben herab behandelt zu werden. Und gedrückt zu werden, wenn es einem nicht gut geht.

Und Sex zu haben, bis sich einem die Zehennägel aufrollen. Und … ach, reden wir lieber von etwas anderem."

„Wie Ihr wünscht." Sie riss das Steuer herum, als wir in die Seventh Avenue einbogen – praktisch auf zwei Rädern, huch! –, und kam mit quietschenden Reifen vor einem kleinen Steinhaus zum Stehen. Zuerst dachte ich, es wäre ein Wohnhaus, aber dann sah ich, dass die Türen offen standen und jede Menge extrem hip aussehender Leute in einer Schlange bis auf den Bürgersteig standen. Auf dem roten Neonschild über der Tür las ich SCRATCH.

„Oh, gehen wir tanzen?" fragte ich, schon besser gelaunt. „Das liebe ich."

„Das ist mein Club. Ich wollte ihn Euch schon lange zeigen."

„Ach ja?" Das erklärte die hübschen Klamotten. Und den Porsche. „Ich dachte, du kommst nicht aus der Gegend."

„Ich habe überall im Land Besitz. Erstaunlich, was man alles geschafft bekommt, wenn man siebzig Jahre Zeit hat."

„Da hast du auch wieder recht", sagte ich, als ein Diener uns die Tür öffnete. Er trug schwarze Cargohosen, Tennisschuhe ohne Socken und ein weißes T-Shirt mit der Aufschrift „Geh und beiß dich selbst". Wie niedlich. Er grinste mich an, als er die Tür hinter mir zuschlug, und ein anderer Diener fuhr in Moniques Wagen fort. „Also ist das hier ein Vampirclub?"

„Überwiegend. Hier entlang, Majestät. Wir holen Euch einen Drink."

„Das hört sich gut an." Wir bahnten uns einen Weg durch die wartende Menge, und ich folgte ihr wie ein Lamm zur Schlachtbank. Hmmm. Tatsächlich folgte ich ihr ja, und ich tat es gern. Aber warum machte mir diese dumme Redewendung plötzlich Angst?

„Wisst Ihr“, sagte Monique und drehte sich zu mir um, „Ihr habt ihn wirklich nicht verdient.“

„Wen?“, fragte ich blöde. Lamm zur Schlachtbank? Wo hatte ich das schon mal gehört? Mr. Mason, natürlich. Er sagte, er würde gehalten. Als Schaf. Und wo hatte ich diesen ekligen Begriff vorher schon einmal gehört? Von Monique, in der Nacht, als Tina und sie angegriffen worden waren. Sie sagte, dass es viel einfacher wäre, Schafe zu halten, anstatt zu jagen. Und Tina und Sinclair hatten abgewunken und es mir nicht erklären wollen. Jetzt war es zu spät. Pech gehabt. „Wen verdiene ich nicht?“ Ich hatte eine schreckliche Vorahnung, und doch wusste ich genau, wen sie meinte.

„Den König selbstverständlich.“

„Selbstverständlich. Äh ... du hast nicht zufällig Mr. Mason dazu angestiftet, mich zu feuern, oder?“

Sie schaute mich nur an.

„Ja. Natürlich hast du das. Er hat gelogen hinsichtlich Renee, die angeblich nicht gekommen wäre. So konnte er mich feuern und mich aus dem Gebäude locken. Und dann ... äh ... hat er dir Bescheid gesagt. Daher wusstest du, wo ich war. Und jetzt sind wir hier. In deinem Club.“

„Ich wusste, dass du dumm bist“, seufzte sie, als mehrere Hände von hinten nach mir griffen, „aber dass du schwachsinnig bist, hätte ich nicht gedacht.“

„Macht das einen Unterschied?“, schrie ich. Schon wurde ich zur Mitte der Tanzfläche gezogen. Unglücklicherweise wollten sie nicht Lambada mit mir tanzen, da war ich mir sicher. „Wer ist hier schwachsinnig? Ich bin doch dahintergekommen, oder? He, behaltet eure Hände bei euch! Schluss damit! Monique, was zum Teufel ...“

Monique verschwand hinter der Bar und erschien wieder mit einem böse aussehenden Pflock.

„Und eben dachte ich noch, du würdest mir einen Daiquiri mixen."

„Das ist dein Stichwort", erklärte sie mir wie einem begriffsstutzigen Schüler. Das ärgerte mich maßlos. „Jetzt solltest du so etwas sagen wie: Du bist der Killer."

„Du bist es tatsächlich. Ich kann es nicht glauben! Der einzige neue Vampir, den ich kennenlerne, der wirklich nett ist, rennt durch die Gegend und tötet Vampire!" Immer noch hielten mich ungefähr zehn Hände fest. Wo war Sinclair, wenn ich ihn mal an meiner Seite brauchte?

„Ja", sagte sie und klang gelangweilt. Wie bedauerlich, dass ich nicht in der Lage war, ihre Aufmerksamkeit auf mich zu ziehen. Ich wurde so wütend, dass ich mich am liebsten selbst gebissen hätte. „Ich war so verrückt zu glauben, dass es schwierig werden würde, dich zur Strecke zu bringen. Also dachte ich, die Warriors könnten ein wenig Übung vertragen. Dann ... dann ...", fuhr sie fort, schürzte die Lippen und sah zum ersten Mal wirklich wütend aus, „ließ sich dieser Idiot, dieses Kind, dieser Schwachkopf, Jon, von Euch verhexen. Und er wollte Euch nicht mehr umbringen. Und er überzeugte die anderen, ebenfalls mit der Jagd aufzuhören."

Ich zuckte bescheiden mit den Schultern. Mein gottloser Sexappeal war schließlich nicht mein Fehler. „Schlecht gelaufen, blöde Kuh. Und Finger weg, Leute!" Ich zog und zerrte, ohne Erfolg. Waren diese Vampire etwa aus Gummi? „Und du hast so getan, als würdest du ebenfalls angegriffen, um den Verdacht von dir abzulenken."

Sie gähnte. „Mmmm-hmmm."

Und es hatte funktioniert, verdammt. Nicht für eine Sekunde hatte ich Monique im Verdacht gehabt. Ich war zu sehr damit beschäftigt gewesen, Sarah im Auge zu behalten, die hundertmal so viel wert gewesen war wie diese verräterische

Schlampe. Unglaublich, dass ich *sie* gepfählt hatte und dann mit Monique Party machte. Manchmal war ich so dumm, dass ich es nicht verdiente zu leben. Nun, wie es schien, würde ich mir darüber nicht mehr lange Gedanken machen müssen.

„Jetzt bekommst du, was du verdienst. Glaube ich. Genau! Du bist in Schwierigkeiten, Monique." Wenn ich mich erst einmal von diesen Vampiren befreit hätte. „Bald, jede Sekunde ist es so weit, dann werde ich ... äh ..."

„Dann werde ich Euch töten", vollendete sie den Satz für mich. Anscheinend schien sie sich wieder für unser Gespräch zu interessieren. „Und Sinclair wird eine neue Gemahlin brauchen. Und das wird nicht Tina sein. Sie sind doch mehr wie Geschwister, findet Ihr nicht auch? Sarah ist tot, und es gibt nicht sehr viele Vampire, die passend wären."

„Also bist nur noch du übrig, hä?"

„Also bin nur noch ich übrig."

„Aber gibt es nicht Tausende wie uns?"

„Ich versichere Euch, dass Eric Sinclair mich für die geeignetste Alternative halten wird."

„Und die Tatsache, dass er bereits eine Gemahlin hat", sagte ich trocken, „ist kein Hindernis, meinst du?"

„Hindernis! Ich bin erstaunt, dass du kein Wörterbuch gebraucht hast, um auf dieses Wort zu kommen."

„Hehe! Es ist eine Sache, mich zu überfallen, aber von hässlichen Beleidigungen sollten wir doch absehen."

Sie stolzierte zu mir herüber, den Pflock in der Hand. Makabererweise hatten wir Zuschauer. Neben den Vampiren, die mich immer noch fest umklammert hielten, befanden sich zwanzig weitere auf der Tanzfläche, die uns alle anstarrten. Von der Seite war keine Hilfe zu erwarten. Die gehörten entweder zu Monique oder dachten, dass ich keine echte Königin sei. Was auch immer, es kam auf dasselbe hinaus.

Wenigstens redete sie noch, auch wenn sie den Pflock schon schwang wie ein Dirigent seinen Taktstock. Der klassische Fehler jedes Bösen in einem James-Bond-Film. Hoffte ich zumindest.

„Verschwendung von Ressourcen."

„Wie bitte? Ich habe nicht zugehört."

Sie knirschte mit den Zähnen. „Ich sagte, ich bin entsetzt über die Verschwendung von Vampiren und Ressourcen. Ich hätte dich selbst übernehmen sollen, sobald ich in der Stadt war. Ich wusste ja nicht, dass es so einfach wäre."

„He! Was habe ich gerade über hässliche Beleidigungen gesagt?"

„Wenn ich daran denke, dass ich die Blade Warriors noch dafür bezahlt habe, ihre Fähigkeiten zu verfeinern, sich fit zu machen – für dich! Was für ein Blödsinn. Du hast doch nicht wirklich Nostro getötet, oder?"

„Was?" Der plötzliche Themenwechsel überraschte mich. „Hattest du deswegen gedacht, ich wäre knallhart?"

„Selbstverständlich", sagte mir ihr trockener Blick.

„Wie der Zufall es will, habe ich ihn tatsächlich getötet." Und leider, wie der kleine George Washington, konnte ich nicht lügen. „In gewisser Weise. Ich ließ die Biester los, und die fraßen ihn dann." Die Biester! Was gäbe ich dafür, jetzt ihr süßes Knurren zu hören. „Hör zu, Monique. Du musst mich nicht pfählen, um Sinclair zu bekommen. Du kannst ihn auch so haben."

„Das denke ich nicht."

„Doch, wirklich!" Es war nicht zu glauben. Erst legte er mich rein, sodass ich ahnungslos mit ihm schlief. Dann fand ich heraus, dass ich von da an seine untote, kleine Ehefrau für die nächsten tausend Jahre wäre. Dann fiel ich wieder auf ihn herein und schlief noch einmal mit ihm. Sozusagen.

Und jetzt würde diese nuttige, kleine Schlampe mich töten, um ihn ganz für sich zu haben! Wenn ich das hier überlebte, würde ich ihm mal so richtig den Kopf waschen.

Ich wünsche dir die Pest an den Hals, Eric Sinclair!

„Ganz ehrlich. Ich will ihn nicht. Habe ihn nie gewollt."

Okay, die letzte Bemerkung war eine kleine Lüge. Ich hatte ihn schon wirklich gewollt, so wie man ein saftiges Steak will. Aber ich wollte nicht mit ihm verheiratet sein, zumindest nicht ohne vorher gefragt zu werden. Was er nie getan hatte. Nicht einmal. War das etwa zu viel verlangt? Ein Heiratsantrag? Ich denke nicht. Nicht dass mich jemand um meine Meinung gefragt hätte. Gott bewahre, niemand hatte mich je um meine Meinung gefragt!

„… ist Euch ergeben."

„Was?"

„Würdet Ihr mir freundlicherweise Eure Aufmerksamkeit schenken? Falls es Euch nicht aufgefallen sein sollte: Ihr seid eindeutig in der schwächeren Position."

„Schon recht, das ist nicht das erste Mal. Hör zu, wir können doch eine Lösung finden. Natürlich bist du eine verrückte Kuh, die sich in diese blöde Idee verrannt hat, mich zu vernichten, oder wie man das nennt. Aber ich bin sicher, wir könnten miteinander auskommen. Ich meine, wenn schon meine Eltern sich nach ihrer Scheidung geeinigt haben, dann kann das jeder. Du kannst Sinclair montags, mittwochs und freitags haben, und ich …"

Mit einem frustrierten Schrei sprang sie vor – ich gebe zu, manchmal habe ich diese Wirkung auf Menschen – und versenkte den Pflock in meiner Brust. Es tat höllisch weh. Und dann starb ich. Ein weiteres Mal.

26

Aus den privaten Aufzeichnungen von Vater Markus, Pfarrer der St. Pious Church, 129 East 7th Street, Minneapolis, Minnesota

Wir kamen um Sekunden zu spät! Ich nehme an, aus diesem Grunde reagierten wir alle so langsam. Es schien so unwirklich zu sein, dass wir nicht rechtzeitig zu ihrer Rettung hatten kommen können. Vor allem die Kinder hatten noch keine Niederlage erlebt. Die Kavallerie erscheint immer rechtzeitig, zumindest im Film.

Jon war Betsy durch die ganze Stadt gefolgt – der dumme Junge, wir hatten ihn alle gewarnt, dass es aussichtslos wäre –, und irgendetwas an dem Club machte ihn misstrauisch. Möglicherweise weil alle wartenden Vampire plötzlich ohne ersichtlichen Grund davonrannten. Sie mussten gespürt haben, dass etwas in der Luft lag – oder sie hatten plötzlich andere Verpflichtungen.

Jedenfalls rief Jon uns sofort an, als er den Club erreichte. Schon kurz darauf kamen wir ebenfalls dort an. Und doch waren wir entscheidende Sekunden zu langsam gewesen.

Als die Frau, die die ganze Zeit über die Fäden im Hinterhalt gezogen hatte, Betsy tötete, war es, als erlösche das Licht im Raum. Genau so. Wir waren so schockiert, dass sich niemand bewegte.

Und Betsy war still, so still. Es schien geradezu lächerlich, dass diese grünen Augen nie wieder funkeln sollten, die roten

Lippen niemals wieder *Idiot* oder *Schwachkopf* oder *Arschloch* sagen sollten.

Eric Sinclair ist eine der großartigsten und furchteinflößendsten Persönlichkeiten, die ich in meinem langen Leben je kennengelernt habe. Aber jetzt brach er zusammen. Wäre es nicht so furchtbar traurig gewesen, hätte ich es rührend gefunden.

Er barg sie in den Armen und sank zu Boden. Sein Mantel bauschte sich um sie beide, als sie fielen. Er flüsterte ihren Namen, immer und immer wieder, und liebkoste ihr Gesicht mit zitternden Fingern. Keiner von uns konnte ihn in diesem Moment erreichen. Er schloss uns alle aus.

Unsere frühere Auftraggeberin, Monique, versuchte sich zu rechtfertigen. Sie roch den Tod, wahrscheinlich ihren eigenen und den der Königin. Alle standen wir noch in stummer Anklage um sie herum, aber sie ahnte, dass das nicht lange anhalten würde. Dass wir bald handeln würden. Sie war auf frischer Tat ertappt worden, ihr wahres Wesen war zum denkbar schlechtesten Zeitpunkt enthüllt worden, und das wusste sie, genauso wie wir.

Das ewig selbe Motiv: Sie erklärte, dass sie Eric begehrt habe, der nach Vampirgesetz zu Betsy gehörte. Also hatte Monique die Blade Warriors gegründet, um Betsy aus dem Weg zu räumen. Ganz leidenschaftslos fragte ich mich, ob sie verrückt war oder nur besessen. Hatte jahrelanges Blutsaugen ihr Bewusstsein so lange pervertiert, dass sie Kinder anheuerte, um ihre eigene Art zu töten? Ich wusste es nicht. Und in dem Moment war es mir auch egal.

Aber sie hätte ebenso gut zu einer Wand sprechen können. Trotz ihrer Bemühung, seine Aufmerksamkeit auf sich zu ziehen, wiegte Eric Sinclair Betsy weiter in seinen Armen, ohne aufzusehen oder zu sprechen.

Tina dagegen hatte solche Hemmungen nicht. Sie war genauso wütend und schockiert wie wir alle, aber sie war nicht vor Schreck erstarrt. Immer wieder fand ich es faszinierend, wie wenig das Äußere eines Vampirs etwas über sein Inneres verrät. In meinen Augen war Tina nur eine bezaubernde, junge Studentin gewesen.

Nicht so heute Abend.

Sie machte den Anfang, und schon tobte ein erbitterter Kampf um uns herum. Ich zog Marc und Jessica in meinen Rücken – sie waren zu geschockt, um zu kämpfen – und hielt mein Kreuz in die Höhe. Doch das war nicht nötig, denn ich sah, wie einige von Moniques Lakaien bereits aus der Hintertür schlüpften, um dem Kampf zu entfliehen. Klug von ihnen. Denn wenn Mr. Sinclair wieder zu sich kommen würde, wäre es kein guter Tag für alle, die auf Moniques Seite gestanden hatten.

Als Mensch konnte ich dem Kampfgetümmel kaum folgen. Es war physisch unmöglich. Hier konnte ich einen silbernen Blitz, dort eine verschwommene Faust ausmachen, dann wieder rollte der Kopf eines Vampirs über den Boden. Und wie immer schlugen sich die Kinder wacker.

Endlich war nur noch Monique übrig, und Jon, dem die Tränen in den Augen standen, zog sein Messer und ging auf sie zu. Er beachtete uns nicht, schaute nicht nach links und nicht nach rechts. Er schwang die Waffe zurück, und ich hörte, wie er sagte: „Das ist für Betsy, du Schlampe." Doch dann wurde er in der Bewegung von Tinas scharfem „Halt!" gestoppt.

Mit der ihr eigenen unheimlichen und übermenschlichen Schnelligkeit hatte sie sich zwischen Jon und unsere gemeinsame Feindin gestellt. In der einen Hand hielt sie ein Schwert – eigentlich Anis Schwert –, dessen Spitze auf Monique gerichtet war, mit der anderen bedeutete sie Jon, nicht näher zu kommen.

Monique stand mit dem Rücken zur Wand, und trotz ihrer Zerbrechlichkeit war Tina einfach beeindruckend. Ani gab ihr Rückendeckung, was eigentlich überflüssig war.

„Wir lassen den König über ihr Schicksal entscheiden", sagte Tina, und damit war die Sache entschieden. Selbst der untröstliche Jon würde diesem Befehl nicht widersprechen.

Ich hatte bemerkt, dass Moniques Gruppe der Mut verlassen hatte, als Eric Sinclair auf der Bildfläche erschienen war. Das war verständlich, wenngleich auch nicht nett und unfair gegenüber Betsy. Während sie nicht sehr königlich oder edel wirkte – obwohl sie es tatsächlich war, wenn man sich einmal die Mühe gemacht hatte, ihr wahres Wesen zu erkennen –, so gab es doch keinen Zweifel, dass Eric der rechtmäßige Anwärter auf den Thron war. Und niemand wollte sich mit dem mächtigsten Vampir des Planeten anlegen. Ganz besonders dann nicht, wenn er gerade seine Gemahlin aus Verrat und Treuebruch verloren hatte.

Als der Letzte von Moniques Vampiren aus dem Raum schlüpfte, ließen wir ihn einfach gehen. Wir waren in der traurigen Minderzahl gewesen, wir hatten Glück gehabt.

Während Tina Monique in Schach hielt, fielen wir anderen neben Betsy auf die Knie. Es war kein Blut zu sehen, und die ganze Szenerie wirkte – wie schon gesagt – unwirklich. Sie sah nicht aus wie tot. Die Geschichten konnten nicht stimmen. Die Filme konnten nicht stimmen. Sie war weder ein Häufchen Staub noch eine schrumpelige Mumie. Ihre Augen waren geschlossen, obwohl sie die senkrechte Falte auf der Stirn hatte, die uns normalerweise ihre Verärgerung anzeigte. Sie sah aus, als würde sie jeden Augenblick ihre

Augen aufschlagen und Tee mit Milch und einer doppelten Portion Zucker verlangen.

Nach einem langen Moment fragte Marc, ganz der praktische Arzt, was jetzt zu tun wäre. Jon antwortete nicht, und Tina schüttelte nur den Kopf. Monique versuchte etwas zu sagen, schwieg aber sofort wieder, als die Schwertspitze sich in ihre Kehle bohrte.

Wir anderen wussten, dass es hoffnungslos war. Vampire kamen nicht zurück, wenn sie mit einem Holzpflock gepfählt worden waren. Es war unmöglich – selbst diese fantastischen Kreaturen der Nacht waren Gesetzmäßigkeiten unterworfen. Aber keiner von uns hatte das Herz, es Marc und Jessica zu sagen. Wir nutzten die Zeit, um uns von dem Schock zu erholen.

Ihr Tod kam, wie bei allen charismatischen Persönlichkeiten, zu plötzlich, zu schnell. Wir brauchten Zeit, um zu trauern.

Jessica zupfte Betsys Ponyfransen zurecht, die etwas durcheinandergeraten waren, und ich sah, wie ihre Tränen auf Betsys unbewegtes Gesicht tropften.

„Oh, Bets, Bets … das ist nicht gerecht. Wir sind schließlich doch drauf gekommen. Wenn wir doch nur eine Minute früher gekommen wären … Wir hätten dich retten können! Dich retten *müssen*!“

Sie war noch jung.

„Ich kann das nicht noch mal“, weinte Jessica, „ich sollte das nicht noch einmal mit dir durchmachen. Du musst damit aufhören, du darfst nicht mehr sterben.“

„Vergiss es“, sagte Marc plötzlich. Er legte seine Hände um den Pflock, der zwischen Betsys Brüsten steckte. Jon streckte die Hand aus, um ihn aufzuhalten, aber Marc schüttelte so heftig den Kopf, dass seine Tränen spritzten. „Ich kann sie nicht so sehen, wie ein Käfer auf einen verdammten Pappkarton genagelt. Das ist nicht richtig, und ich werde es nicht zulassen.“

Und dann zog er mit einem Grunzer den Pflock aus ihrer Brust.

Betsy schlug die Augen auf. Was uns natürlich alle erschreckte.

27

Ich fühlte ein heftiges Brennen in meiner Brust, hörte, wie mein T-Shirt riss, und öffnete die Augen, um wem auch immer meine Meinung zu sagen.

„He!", beschwerte ich mich. „Verdammt, das war ein neues T-Shirt!"

Es gab einen dumpfen Laut, als Sinclair mich fallen ließ. Warum er mich gehalten hatte, weiß ich nicht – ich hatte es aufgegeben, ihn zu verstehen. Zu zahlreich waren seine kleinen Geheimnisse. „Elizabeth", sagte er, und ich erschrak über seine weißen Lippen.

„He! Noch einmal! Warum hast du das gemacht?" Ich rieb mir den Hinterkopf. „Warum starrt ihr mich alle an, Leute? Ihr macht mir Angst." Und das taten sie wirklich! Ich blickte in eine Wand von Gesichtern, und allen stand der Mund weit offen. Wenn ich blieb, wo ich war, würde man wohl bald auf mich sabbern.

„Buh", sagte Jon.

„Ja, schon gut. Was ist passiert? Wo ist diese hinterhältige Kuh Monique? Wartet, bis ich die in die Finger kriege! Die ist geliefert! Sie hat mich reingelegt. Hat mich hierhergelockt, um Party zu machen. Schöne Party! Sie hat mich gepfählt! Ich meine, wer tut denn so was? Und es hat höllisch wehgetan! Und warum habt ihr denn so lange gebraucht? Warum liege ich auf diesem ekligen Boden? Sinclair, hilf mir auf. Sofort."

„Buh", sagte Jon noch einmal. Was hatte der Junge nur für ein Problem? Aber gerade jetzt hatte ich Wichtigeres zu tun.

„Du lebst“, platzte Jessica heraus. „Wieder.“

„Sieh dir das Loch in meinem T-Shirt an“, beschwerte ich mich. „Baumwolle wächst doch schließlich nicht auf Bäumen! Moment mal, da wächst sie wirklich, oder? Oder wächst sie an Büschen? Wie auch immer … hmmmmpf!“ Ich trommelte gegen Sinclairs Schulter, bis er aufhörte, mich zu küssen. „Junge, Junge. Weder die richtige Zeit noch der richtige Ort, wenn du verstehst, was ich meine. Jetzt hilf mir auf.“

Er riss mich auf die Füße, und Jon umarmte mich so stürmisch, dass ich ins Stolpern geriet. Dann zog Sinclair ihn von mir runter und gab wieder dieses komische Knurrgeräusch von sich, und Jon knurrte zornig zurück. Jessica fuhr sie an, sie sollten mit dem Scheiß aufhören, aber mir war das egal, weil ich Monique entdeckt hatte, die in einer Ecke stand, mit einer Schwertspitze an ihrer Kehle, mit der Empfehlung meiner besten Freundin, Tina.

„Ha!“, sagte ich und riss Marc den Pflock aus der Hand. Der schrie auf und zog sich einen Splitter aus der Hand. „Du wagst es, mir in die Brust zu stechen? Und mein Shirt zu ruinieren?“

Ich marschierte rüber zu Monique, die doch tatsächlich erstaunt aussah, aber zugleich auch sauer. „Falsche Königin“, sagte sie herausfordernd, als Tina zur Seite trat. Das machte mich ein bisschen nervös. Ich hatte gehofft, dass die Schwertspitze weiter auf sie zielen würde. „Du wirst niemals herrschen.“

„Tss, tss. Da hat aber jemand seine Lektionen aus dem *Buch der Toten* nicht gelernt. Es scheint, als würde ich bereits herrschen. Nur ein paar Loser wie du haben das immer noch nicht geschnallt.“

„Du redest zu viel“, sagte sie, „wie immer.“

„Ach, das hat aber gesessen. Monique! Du hast mich verletzt. Hier." Ich berührte das Loch in meinem T-Shirt. „Wo bleibt denn da die Liebe? Ach, wo ich gerade daran denke, du hast etwas verloren." Ich wog den Pflock in meiner Hand. „Ich denke, ich gebe es dir wieder. Wenn es dir nichts ausmacht."

„Das wagst du … uff."

„Igitt, wie widerlich", schrie Jessica und drehte sich weg.

„Sorry", sagte ich, trat einen Schritt zurück und betrachtete die gepfählte Monique. Ich muss zugeben, ich war stolz auf mein Werk. „Was soll ich sagen? Der Tod ist nun mal schmutzig. Und sie hat es verdient." Ich versuchte, nicht so weinerlich und schwach zu klingen, wie ich mich fühlte.

Weil sie es nämlich wirklich verdient hatte. Für das, was die Blade Warriors in ihrem Auftrag diesen armen Vampiren angetan hatten. Ganz zu schweigen von dem, was sie *mir* angetan hatte. Das sollte sie persönlich dem Teufel erklären, wenn sie es konnte. Mir war es egal.

„Sauber", kommentierte Sinclair. Er sah wieder ein bisschen besser aus – nicht mehr ganz so leichenblass, für seine Verhältnisse. Ich war erleichtert. Und er knurrte Jon nicht mehr an wie ein tollwütiger Bär.

„Ich wollte das machen", schmollte Jon.

„Irgendwie war es mein Job", erklärte ich ihm. „Du kannst dann den nächsten bösen Vampir-Serienkiller übernehmen."

„Oh." Das heiterte ihn auf. „Okay. Ich bin froh, dass du nicht wirklich tot bist."

„Ich auch", sagten Marc und Jessica wie aus einem Munde und mit Nachdruck.

„Und äh … genau das ist mir noch nicht ganz klar. Monique wird doch nicht wie ich wieder aufwachen, wenn ich ihr diesen Pflock aus der Brust ziehe, oder?"

„Natürlich nicht", sagte Tina schockiert. „Das kann niemand. Ich meine … außer Euch. Niemand ist jemals …“ Sie schwieg und schüttelte den Kopf, offensichtlich ratlos. Und das kam nicht oft vor, denn Tina war ein cleveres Mädchen.

„Und das ist interessant, nicht wahr?“, fragte Sinclair.

„Interessant“, sagte Jessica, die immer noch ein wenig grün um die Kiemen herum aussah. „Das ist *nicht* das Adjektiv, an das ich gerade denke.“ Sie fuchtelte mit dem Finger unter meiner Nase herum. „Du … du …“ Mehr hatte sie nicht zu sagen. Ich sah, dass sie durch die Hölle gegangen war. Wieder einmal.

Er ignorierte sie. „Ich denke nicht, dass im *Buch der Toten* erwähnt steht, wie … unzerstörbar … Elizabeth ist.“

„Nun“, ich zuckte mit den Schultern, „Unkraut vergeht nicht.“

„Vor allem jetzt“, sagte er trocken, „mit deinen neuen Besitztümern.“

„Was meinst du damit?“

„Wenn du einen der Unsrigen getötet hast, gehört dir sein Besitz, das ist unser Gesetz.“

„Nie im Leben. Ehrlich? Was ist denn mit den Familien?“

„Vampire haben keine Familie“, erklärte Tina geduldig. „Außer Euch, anscheinend. Habt Ihr Euch nie gefragt, warum Nostros Haus nie verkauft wurde? Es gehört Euch.“

„Schick! Erst Sarahs Armani-Sachen und jetzt das. Habt ihr Moniques Porsche gesehen? Meins, alles meins!“ Ich hielt inne, weil Marc und Jessica mich komisch ansahen. „Es ist ja nicht so, dass ich sie nur getötet hätte, um an das Auto zu kommen.“ Das war nur ein schicker Bonus.

„Nein“, sagte Tina und warf mir ebenfalls einen komischen Blick zu, „aber ich denke, diese Geschichte werden wir verbreiten.“

„Wieso?“

„Das müssen wir", sagte Sinclair, „bis du ein wenig rücksichtsloser geworden bist. Sonst wird genau das nämlich zu einem Problem werden. Andere werden denken, dass du ein leichtes Ziel wärst, und versuchen, dir die Krone zu entreißen."

„Das macht doch nichts. Sie ist doch ganz offensichtlich unzerstörbar."

„Das ist niemand", widersprach Vater Markus, „noch nicht einmal Christus."

„Außerdem bin ich *sehr* rücksichtslos", protestierte ich, „diese Woche allein habe ich zwei Vampire getötet! Und ich habe gestern Abend die Milch wieder in den Kühlschrank zurückgestellt, obwohl nur noch ein kleiner Rest übrig war."

„Du warst das?", fragte Marc.

„Obwohl …" Ich knabberte nachdenklich an meiner Unterlippe. „Mr. Mason habe ich nicht getötet, und das hätte ich wohl tun sollen."

„Mason? Dein Vorgesetzter bei Macy's?"

„Ja, er ist Moniques böser Lakai! Er hat mich reingelegt. Hat mich gefeuert und sie dann auf mich angesetzt, damit sie mich einsammeln konnte wie Köder in einem Angelshop. Der Drecksack."

„Wirklich." Sinclairs Augen wurden schmal. „Erzähl weiter."

Ich musste ihm die ganze Geschichte erzählen und dann sogar alles noch einmal detailliert wiederholen. Alle empörten sich ehrlich für mich, und das war toll!

„Ich kann nicht glauben, dass auch dein Chef dich umbringen wollte", sagte Jessica. „Es ist ja bekannt, dass sie die Arbeitslosenrate senken wollen, aber das geht dann doch zu weit."

„Die meisten Leute denken, dass ihre Chefs ihnen Böses

wollen. Aber meiner wollte mir wirklich ans Leder! Äh … lassen wir das … Was machen wir jetzt? Ich brauche ein neues T-Shirt, klar“, ich sah an mir hinunter, „das hier ist einfach … igitt. Aber was noch?“

„Wir haben viel zu bereden“, kündigte Sinclair an.

„Da hast du recht“, sagte Tina und sah dabei beunruhigend hitzig aus. „Was bedeutet das alles? Für uns alle und für unsere Königin?“

„In jedem Fall eine faszinierende neue Geschichte in meinen Aufzeichnungen“, gab Vater Markus zu. Er sah aus, als könnte er es nicht erwarten, sich an den Schreibtisch zu setzen und zu schreiben. Lang-wei-lig.

„Majestät, Ihr seid wieder unter uns! Das ist beispiellos! Und …“

„Hört mal, ihr beiden … ich weiß, ihr könnt nichts dafür, dass ihr totale Spaßbremsen seid. Aber heute Abend werden keine großen Diskussionsrunden mehr abgehalten. Es ist Freitag, und ich bin gerade den kalten Armen des Todes entkommen …“

„Wieder“, sagte Ani.

„… und ich habe Lust zu tanzen!“

„Ich könnte einen Drink gebrauchen“, gab Jessica zu, „oder auch fünf.“

„Ich auch!“, ergriff Marc das Wort. Er wischte sich den Schweiß von der Stirn. Er und Jessica sahen immer noch sehr erschüttert aus. „Es ist ganz schön anstrengend, dir dabei zuzusehen, wie du von den Toten wiederkehrst.“

„Tut mir leid“, sagte ich schuldbewusst, „es war für uns alle eine harte Woche, denke ich.“

„Jetzt ist Schluss mit dem Scheiß“, befahl Jessica, „ab jetzt lässt sich niemand mehr umbringen.“

„Mir macht das auch nicht gerade Spaß! Ich mache das ja

nicht, um im Mittelpunkt zu stehen.“ Es folgte eine bedeutungsvolle Stille, die mich ärgerte. „Das tue ich nicht!“

„Wo geht ihr tanzen?“, fragte Ani.

„Nirgendwo, wo du reinkommst“, sagte Jessica kurz angebunden. „Hier sind nur Mitbewohner von Betsy zugelassen.“

„Ich bin einer von Betsys Mitbewohnern“, sagte Sinclair milde.

„Wir könnten zu Gator's gehen“, sagte ich. Dann erst kamen seine schrecklichen Worte bei mir an. „*Was?*“

„Ach, hatte ich das nicht erwähnt?“ Er sah so unschuldig drein, dass nicht einmal Butter auf seinen Reißzähnen geschmolzen wäre. „Wir ziehen aus dem Marquette aus. Es entspricht nicht mehr unseren Ansprüchen. Und nachdem wir das Problem heute Abend diskutiert hatten, stimmte Jessica zu, unser neuer Vermieter zu sein.“

„*Du ziehst ein?*“ Mir schwanden die Sinne. Ich hatte Lust, etwas zu zerstören. Ich würde neue Bettlaken kaufen. „Du … Ich … Du …“

Jessica streckte die Hände aus und zuckte mit den Achseln. Was hatte sie gesagt? „Sie liebt ihn und weiß es nicht“? Und die ganze Zeit hatte sie das hier geplant!

Ich hätte nicht noch einmal mit ihm schlafen sollen. Hätte sie uns nicht zusammen im Bett gesehen, hätte Jessica nicht diese idiotischen Schlüsse gezogen. Ich wusste es! Ich wusste, dass ich diesen Moment der Schwäche bereuen würde, aber selbst ich hatte das nicht vorhersehen können. Sex mit Eric Sinclair konnte zu nichts Gutem führen!

Ich rieb mir die Stirn. „Ich brauche jetzt wirklich einen Drink.“

„Wir sind bereits in einer Bar“, stellte Jon fest.

„Vergesst es, ihr kleinen Freaks“, sagte ich ruppig und meinte damit auch Ani. „Erstens werde ich nicht in Moniques billigem Club feiern, und zweitens seid ihr nicht alt genug, um Alkohol zu trinken. Also kommt ihr nicht mit."

„Oh, fast hätte ich es vergessen." Jessica wühlte in ihrer Hosentasche. Dann hielt sie Tina und Eric etwas metallisch Glänzendes entgegen. „Die Hausschlüssel."

Ich riss ihr die Schlüssel aus der Hand und schluckte sie hinunter. Ich würgte, aber schließlich waren sie unten.

„Oh, sehr erwachsen", sagte Sinclair verschnupft. Aber ich konnte ein Grinsen aufblitzen sehen.

„Sprich nicht mit mir." Ich hielt inne, um zu sehen, ob der Schlüssel sich einen Weg nach oben bahnen würde. Aber er war sicher, für den Moment.

„Und du ..." Ich schnappte mir Jessicas Ohr, und sie keuchte auf. „Komm mit. Ich fahre meinen neuen Porsche irgendwohin, und da kannst du dich rechtfertigen." Wenn ich den Schlüssel wieder erbrochen hätte.

„Es bringt Steuervorteile. Wenn du dir die Zahlen anschaust, wirst du sicher ... aua, lass mich los!"

„Er kann bei mir schlafen", bot Marc an.

„Ich nehme an, ich sollte etwas Negatives über Vampire sagen, die in Sünde leben", sagte Vater Markus, „aber das scheint das Geringste unserer Probleme zu sein."

„Eigentlich habe ich mir bereits das Zimmer direkt neben Elizabeth ausgesucht ... und versuch erst gar nicht, nach meinem Ohr zu greifen", fügte er schnell hinzu, als ich mich zu ihm umdrehte. „Es sei denn, du möchtest von mir übers Knie gelegt werden."

„Ach, das macht ihr also, wenn die Sonne untergeht", stichelte Ani, und Jon errötete und schaute weg.

Bevor mein Kopf explodieren konnte, zog ich Jessica und Marc hinter mir her und machte, dass ich da rauskam.

EPILOG

Jetzt lebe ich also mit dem blöden Sinclair und der blöden Tina in einem riesigen Herrenhaus, das ich mir nicht leisten kann. Und ich bin untot und arbeitslos. Schon wieder.

Okay, Tina ist vielleicht nicht ganz so blöd. Eigentlich mag ich sie sogar recht gern, wenn ich mich nicht gerade von ihrer enormen Rücksichtslosigkeit einschüchtern lasse. Außerdem macht sie einen echt geilen Erdbeersmoothie. Selbst Sinclair trinkt ihn! Ich nehme an, er mag Erdbeeren wirklich. Ich sollte mein Shampoo wechseln.

Immer wieder kommen fremde Vampire vorbei, um mir ihre Reverenz zu erweisen. Anscheinend hat es sich herumgesprochen, dass Moniques kleine Revolte gescheitert ist, weil nun viele tote Menschen es sehr eilig haben, mir Hallo zu sagen. Aus irgendeinem Grund schenken sie mir Blutorangen. Sinclair sagt, das sei Tradition. Ich sage, es ist krank. Der Kühlschrank ist voll mit den verdammten Dingern.

Ich hatte gedacht, dass Marc und Jessica verrückt wären, als sie ihr … unser Haus für weitere Vampire öffneten, aber Marc erklärte mir ganz ernsthaft, dass Tina und Eric in seinen Augen keine Untoten seien. Ich wette, er ändert seine Meinung, wenn einer von beiden mal so richtig hungrig ist.

Und Jessica ist der Meinung, dass, solange Sinclair und ich füreinander bestimmt seien, wir uns ebenso gut aneinander gewöhnen könnten. Und es wäre unhöflich gewesen, Tina auszuschließen, weil sie und Eric praktisch Bruder und

Schwester seien. Also leben wir jetzt alle in einer Wohngemeinschaft. Ich habe Jessicas Zimmer gefilzt, aber keinen Hinweis auf Drogenmissbrauch gefunden.

Es ist unglaublich nervenaufreibend, wenn man morgens die Treppe herunterkommt und Sinclair bereits im Tea Room vorfindet, wo er das *Wall Street Journal* liest und mich angrinst.

Ganz zu schweigen von der ständigen Versuchung, in sein Zimmer zu schleichen, selbst mit nichts als einem Grinsen bekleidet. Aber ich habe meine Lektion in Moniques Club gelernt. Von Sex mit Eric Sinclair kommt nichts Gutes. Und zu allem Überfluss zeigt der sich als – nun ja – perfekter Gentleman. Mist!

Er und Tina haben das *Buch der Toten* ins Haus gebracht, und nun liegt es in der Bibliothek auf seiner eigenen kleinen Mahagoni-Buchstütze. Jessica hat versucht, es zu lesen, und wurde mit einer dreitägigen Migräne belohnt. Darüber hinaus zuckte sie bei jedem kleinen Geräusch zusammen und hatte ganze drei Tage lang keinen Appetit. Jetzt hält sie sich von der Bibliothek fern.

Eines Tages werde auch ich mich mal mit dem Buch beschäftigen, aber jetzt bevorzuge ich leichtere Kost. Sollen sich doch Tina und Sinclair damit herumschlagen.

Als ich vor einigen Tagen aufwachte, lag auf meiner Brust Pat Conroys Biografie *My Losing Season*. In einer Woche hatte ich es ausgelesen, und das Beste daran war, dass an keiner Stelle von Essen die Rede war. Also stellte ich es zu den anderen Büchern ins Regal. Anscheinend hat sich eine Tür geöffnet, die ich für immer verschlossen glaubte. Das macht mich froh.

Ich versuchte Sinclair zu danken – ich wusste, es war nicht Jessica gewesen, denn sie hätte es nicht im Geheimen getan.

Aber sie hatte Sinclair bestimmt den Tipp gegeben – doch er sah mich an, als wüsste er von nichts. Also schwieg ich.

Jon verließ die Stadt. Er sagte, er wolle zurück zu seiner Familie in die Vorstadt, aber ich wusste, und Jessica stimmt mir zu, dass er den Gedanken nicht ertragen konnte, dass Sinclair nun mit mir zusammenwohnte. Damit war er, offen gestanden, nicht alleine. Er versprach, im Herbst wiederzukommen, und ich stelle erstaunt fest, dass ich den kleinen Freak vermisse.

Ani ist fast jeden Abend hier. Ich glaube, sie und Tina haben was miteinander, aber sie sind diskret. Allerdings laufen sie oft vor sich hin summend durchs Haus. Und das alberne Lächeln geht mir auf die Nerven.

Sinclair hatte recht. Moniques Sachen gehören jetzt mir. Sie hatte tatsächlich Besitz in der ganzen Welt. Und *zwei* Autos!

Was zum Teufel ich mit einem Club in Minneapolis, einem Spa in der Schweiz, einer Privatschule in England und einem Restaurant in Frankreich anfangen soll, ist mir ein Rätsel. Und ich kenne mich nicht mit der Leitung von Mischkonzernen aus. Wahrscheinlich würde ich eher einen Job in einem meiner Unternehmen bekommen. Vielleicht könnte ich das Scratch leiten …

Detective Berrys Beteiligung an der ganzen Geschichte war wirklich reiner Zufall gewesen. Der Taxifahrer, den ich zufällig gerettet hatte, hatte zufällig bei Nick seine Aussage gemacht. Und zufällig sah Nick ein paar Tage später meinen Wagen und hielt mich an. Ich war froh. Ich hatte schon einmal sein Leben ruiniert und war erleichtert, dass ich es nicht ein weiteres Mal getan hatte.

Mr. Mason verschwand. Ich hatte keine Ahnung, bis ich die Suchmeldung in der Zeitung sah. Er hatte keine Familie –

sein eigener Chef hatte ihn schließlich als vermisst gemeldet. Ist das nicht traurig?

Er blieb spurlos verschwunden, bis sie einige Teile von ihm einen Monat später in seinem Apartment fanden. In einem Koffer, den er offenbar gerade packte, als – nun ja, eben geschah, was auch immer geschehen war. Ich fragte Sinclair, aber der blätterte nur die Zeitungsseite um und schwieg. Also sprach ich die Sache nicht mehr an. Mir tat Mr. Mason dennoch ein bisschen leid. Immerhin hatte er mir einen Job bei Macy's gegeben.

Habe Ant besucht mit einem Calvin-Klein-Strampler für mein zukünftiges Halbgeschwisterchen. Das Geschenk sollte sagen „Können wir nicht so tun, als würden wir uns nicht hassen?" und das Eis brechen. Sie schüttete „aus Versehen" Rotwein über mich.

Ich mache mir ein bisschen Sorgen um den Gärtner. Niemand sonst erwähnt ihn, und wenn ich es tue, schauen mich alle komisch an. Jessica sagt, sie habe jemanden eingestellt, der den Rasen mäht und die Blumenbeete pflegt, aber es wäre eine junge Frau, Mitte zwanzig. Dieser Typ ist alt, wirklich alt.

Ich bin ziemlich sicher, dass ich die Einzige bin, die ihn sehen kann.

Ich habe Angst, ihn anzusprechen, aber irgendwann werde ich mir ein Herz fassen. Was immer sein Problem ist, ich hoffe, dass ich ihm helfen kann und er sich in Luft auflöst, wie Marie. Sie vermisse ich, aber unheimliche alte Männer, die mich immer anstarren, wenn ich aus meinem Schlafzimmerfenster gucke, kann ich nicht gebrauchen.

Ich habe viel darüber nachgedacht, was in dieser Nacht in Moniques Bar eigentlich geschehen ist. Der ganze Tag – die ganze Woche! – war albtraumhaft gewesen, und manchmal fällt es mir schwer, mich an alle blutrünstigen Details zu erinnern. Immer wenn ich es versuche, schweifen meine Gedanken ab zu Pulloverschlussverkauf und Lederhandschuhen. Die Winterkollektionen hängen jetzt in den Läden, und ich muss dringend meine Garderobe aufstocken.

Jessica hat mich gefragt und Tina auch. Sinclair jedoch mied das Thema, und ich war nicht ganz sicher, warum. Ich hatte ihnen die Wahrheit gesagt. Ich konnte mich nicht an viel erinnern von dem Moment an, als ich gepfählt wurde, bis zu dem, als Marc mir den Pflock aus der Brust zog.

Das Einzige, woran ich mich erinnern konnte, habe ich ihnen nicht erzählt: Sinclairs Stimme, die durch das Dunkel drang, heiser, drängend, die immer wieder dasselbe sagte: „Komm zurück. Komm zurück. Verlass mich nicht. Komm zurück.“

Merkwürdig. Manchmal frage ich mich, ob ich das nicht geträumt hatte. Oder halluziniert. Oder, was noch unglaublicher wäre, ob er es tatsächlich gesagt hatte. Ganz sicher würde ich ihn nicht fragen.

Also, entweder kann ich nicht getötet werden, oder der König der Toten hat mich zurückgebracht, allein durch die Kraft seines Willens. Beides ist etwas, worüber sich nachzudenken lohnt.

Aber nicht heute. Bei Niemans ist Schlussverkauf, und ich brauche ganz dringend eine Kaschmirstrickjacke. Ich hätte gerne Rot, aber ich nehme auch jede andere Primärfarbe. Jessica bezahlt! Sie sagt, es sei zur Feier des Tages, weil ich wieder einmal von den Toten auferstanden sei.

Dagegen habe ich nichts.

NACHWORT DER AUTORIN

Alle Ereignisse in diesem Buch sind fast ohne Ausnahme frei erfunden. Vampire wohnen nicht im Hotel Marquette. Und sie arbeiten auch nicht hinter der Kasse bei Macy's.

Als dieses Buch geschrieben wurde, war es aber tatsächlich so, dass das Arbeitsamt in Minnesota keine Fragen zur Arbeitslosenversicherung beantworten durfte. Und in einigen Zentren ist es nicht erlaubt, das Telefon zu benutzen, um jemanden anzurufen, der diese Fragen beantworten kann. Ehrlich.

Darüber hinaus werden Besucher der Summit Avenue feststellen, dass das Haus gegenüber dem Gouverneur erstens nicht Betsy gehört und zweitens sich nicht am Ende der Straße befindet. Künstlerische Freiheit, womit ich sagen will, dass ich faul war.

DANKSAGUNG

Wie immer wäre es ohne die Hilfe meines Mannes Anthony noch schwerer gewesen, dieses Buch zu Ende zu bringen. Er hält mir die Kinder aus den Füßen, wenn ich einen Abgabetermin einhalten muss, liest klaglos alles, was ich schreibe, und ist davon überzeugt, dass ich hinreißend bin. Natürlich hat er recht, aber ich schätze es sehr, dass er mich immer wieder daran erinnert. Er ist es auch, der sich die Buchtitel ausdenkt – und glauben Sie mir: Manche sind wirklich sehr lustig.

Danke auch an meine Familie, die mich unerschütterlich unterstützt und sich, so unglaublich das klingen mag, über die Buchverträge noch mehr freut als ich.

Danke auch an Cindy Hwang, die immer wieder „Mehr Sinclair!“ an den Rand meiner Texte schreibt. Die Fans des Vampirkönigs haben ihr zu danken.

Und einen ganz besonderen Dank an die *Magic Widows*, meinen Buchclub und meine Freunde, die sich unermüdlich meine Buchideen und Welteroberungspläne anhören.

Mary Janice Davidson

Die mit dem Werwolf tanzt

Band 1

Roman

Werwölfe sind auch nur Menschen!

Als eine Wahrsagerin den Wyndhamer-Werwölfen prophezeit, dass die mächtige Magierin Morgan Le Fay auferstanden ist, um die Welt zu zerstören, macht sich Derik auf den Weg nach Kalifornien, um sie zu töten. Aber die hübsche, wenn auch etwas zerstreute Dr. Sara Gunn hat keinen blassen Schimmer davon, dass sie die Reinkarnation des Bösen ist. Ihre wilden roten Locken und tiefblauen Augen machen es Derik verdammt schwer, sie umzubringen …

»Der erste Werwolf-Roman von Mary Janice Davidson: umwerfend komisch!« *American Library Association*

304 Seiten, Kartoniert, Klappenbroschur
€ 8,95 [D]
ISBN 978-3-8025-8216-5

www.egmont-lyx.de

EGMONT Verlagsgesellschaften LYX